W9-ACK-747

ASSASSINI

THOMAS GIFFORD

ASSASSINI

Traducción de
Antoni Puigrós

Para Elizabeth

Nota del autor

Invertir nueve años en la investigación y posterior redacción de un libro resulta una tarea notablemente intimidatoria. Me han ayudado innumerables personas, tanto desde dentro de la Iglesia como desde fuera; otras, en cambio, obstaculizaron mi trabajo. Sin duda todas ellas tuvieron motivos suficientes para actuar como lo hicieron, ya fuese de forma desinteresada o despreciativamente. Pero, por cada una que intentó detener mi trabajo, hubo muchas más que me ofrecieron su tiempo, sus energías y su comprensión para ayudarme. Todos saben quiénes son, tanto los héroes como los villanos. Sin embargo, tres personas me han sido del todo indispensables.

Charles Hartman me inspiró todos los aspectos de la tarea a emprender. Sin él, este libro no habría existido. Ha sido una fuente de estímulos constantes: se mostraba infatigable cuando a mí ya me fallaban las fuerzas. En los momentos difíciles, cuando los obstáculos parecían imposibles de superar, nunca me falló.

Kathy Robbins se supo abrir paso entre la densa e infranqueable maleza de emociones, intereses y egos encontrados, y entre la vasta acumulación de documentos legales, con la habilidad, el buen humor y la agudeza de una excelente diplomática. Durante casi nueve años esquivó a los dragones, incluso cuando éstos parecían tener todas las de ganar.

Beverly Lewis se unió al empeño cuando éste había alcanzado el punto álgido de la crisis, y con su clara inteligencia y la determinación de un jesuita logró que todo se solucionara. Sus dotes como editora sólo se han visto superadas por una cualidad que distingue a los grandes editores de todos los demás: el total respeto y comprensión hacia las intenciones del autor.

Los posibles fallos del libro que ahora tiene usted en sus manos deben imputárseme a mí; todas sus cualidades, las comparto gustoso con estas tres personas.

Thomas Gifford
Londres, noviembre de 1989

Prólogo

Octubre de 1982
Nueva York

Aquel hombre parecía un ave de rapiña, todo negro cerniéndose sobre la plateada pista de hielo. Era un caballero ya anciano y patinaba muy bien.

Se divertía escuchando el siseo que producían los patines al grabar dibujos claros y precisos sobre el hielo, y saboreando el soplo tonificante de la brisa otoñal en su rostro. Todos sus sentidos estaban extraordinariamente alerta, como solían estar en fechas tan señaladas. La tarea que iba a realizar lo había reanimado de modo extraordinario: en días así, él era uno a solas con su destino, a solas con su Dios. En días así, el objetivo de su existencia le quedaba claro.

El mundo le parecía más evidente también. A su alrededor, todo había perdido misterio. En días así, lo comprendía todo. La niebla de la mañana se había disipado y el sol se filtraba entre las altas nubes blancas. Los rascacielos del Rockefeller Center se alzaban por encima de su cabeza y la música de los altavoces le marcaba el ritmo, lo cual le permitía ensimismarse en la gracia y la seguridad de su propio patinaje, y con ello viajar casi a través del tiempo.

De niño, había aprendido a patinar en los canales de La Haya. Los edificios sombríos, los parques nevados, el cielo plomizo con sus pesadas nubes que se cernían sobre la vieja ciudad, los diques y los molinos de viento... todo le golpeaba la mente con la peculiar tenacidad de las impresiones infantiles, detalles que ya nunca olvidaría. Poco importaba que apenas existieran ya molinos de viento. Seguían allí para siempre, en su memoria, girando lentamente. El recuerdo de las aspas de los molinos al moverse con lentitud, junto con el sibilante crujido de las cuchillas sobre el hielo, siempre lograban tranquilizarlo. En días como aquél, cuando tenía trabajo que hacer, solía prepararse mediante la relajación. Una generación más joven calificaría aquello de meditación, pero todo venía a ser lo mismo. Lo que se pretendía era conseguir tal nivel de pureza, una concentración tan perfecta que uno ya no se diera cuenta de que lo intentaba. Él casi lo había conseguido y el patinaje le ayudaba en su objetivo. Pronto el tiempo dejaría de existir y él se convertiría en un ojo único que lo vería todo, consciente de cuanto ocurría, sin perderse nada, capaz de convertirse en un ser a solas con su tarea, a solas con los propósitos de Dios. Pronto. Muy pronto.

Vestía un traje negro con el cuello blanco de clérigo y una gabardina negra, que se plegaba tras él como una capa a medida que se deslizaba graciosamente entre los otros patinadores, la mayoría de los cuales parecían adolescentes. En ningún momento se le ocurrió que la gabardina al hincharse pudiera conferirle un aspecto amenazador, de mal agüero. Su mente no funcionaba así. Él era un cura: era la Iglesia. En su rostro se dibujaba una sonrisa extraordinariamente amable, confiada; era la bondad personificada, no alguien a quien temer. Sin embargo, los demás patinadores tendían a abrirle paso mientras lo vigilaban casi de reojo, como si temieran que los juzgara moralmente. No podían estar más equivocados.

El hombre era alto, de frente noble y cabello blanco ondulado, peinado hacia atrás. Tenía el rostro enjuto, con una nariz larga y una boca grande de labios delgados. Su expresión era tolerante, como la de un buen médico rural que entendiera la vida y no temiese a la muerte. El rostro mostraba la palidez casi translúcida de un sacerdote, motivada por toda una existencia vivida en capillas oscuras, celdas mal iluminadas y confesonarios; una palidez fruto de largas horas de oración. Llevaba gafas con montura metálica. La forma de patinar, su concentración, le provocaban la más leve de las sonrisas. Estaba delgado, pero su aspecto era muy saludable. Había cumplido setenta años.

Mientras patinaba mantenía las manos al frente, con las palmas hacia fuera, como si bailara con una pareja invisible. Llevaba guantes negros de cuero, que se le ajustaban como una segunda piel. Por los altavoces sonaba un disco rayado en el cual una muchacha cantaba algo perteneciente a una película que había visto en el vuelo 747 de Alitalia que le había traído a Nueva York. La muchacha afirmaba que iba a vivir para siempre, que iba a marcharse y echar a volar...

El hombre se abrió paso zigzagueando entre los críos que patinaban y se deslizó graciosamente entre las jovencitas de tejanos ajustados, larga melena ondulante y traseros fuertes y musculosos que parecían a punto de reventar las costuras. Las chicas de cierta edad siempre le sugerían unas potrancas juguetonas. Nunca había visto a una mujer desnuda... Apenas había pensado en estas cosas.

Con suavidad adelantó una pierna y patinó sobre una sola cuchilla, cambiando con agilidad hacia atrás y hacia delante mientras con los brazos bombeaba el aire ante sí, los ojos entornados como si atisbara en el núcleo del tiempo mientras su cuerpo se deslizaba hacia delante, impulsado por la maquinaria del recuerdo. Se movía lo mismo que un gran pájaro negro, bordeando la pista, los ojos fijos al frente, azules y claros, como si no tuvieran fondo, igual que los lagos en lo alto de las montañas. En ellos no había el menor atisbo de emoción. Sencillamente, no participaban.

Algunas de las muchachas cuchicheaban y reían ahogadamente mientras observaban al viejo cura deslizarse por su lado, austero, formal. Sin embargo, se advertía un aire de respeto en sus miradas, respeto por su forma de patinar, por la potencia y el estilo con que lo hacía.

Pero él estaba muy ocupado pensando en el resto de la jornada y apenas reparaba en la presencia de las muchachas. Con seguridad, ellas también creerían que iban a vivir para siempre y decidirían marcharse y echar a volar, lo cual estaba muy bien, aunque el viejo cura sabía que se equivocaban.

Entonces, frente a él, sobre la pista de hielo, vio cómo una muchachita de unos catorce años perdía repentinamente el equilibrio y caía sentada en el suelo, con las piernas separadas y extendidas ante sí. Sus amigas se reían y ella sacudía la cabeza, con lo cual la melena recogida en cola de caballo se balanceaba.

El cura se acercó por detrás medio agachado, la sujetó por debajo de las axilas y de un solo movimiento armonioso la izó. Vio la expresión de sorpresa que se dibujó en el rostro de la muchacha al pasar por su lado, como un cuervo de enormes proporciones. Luego la chica esbozó una amplia sonrisa y le gritó su agradecimiento. El anciano asintió con solemnidad por encima del hombro.

Poco después, comprobó la hora en su reloj. Salió de la pista, devolvió los patines alquilados y recuperó el maletín que había depositado en el guardarropa. Su respiración era agitada. Se sentía profundamente tranquilo y en pleno dominio de sus facultades, con una agradable dosis de adrenalina en el cuerpo.

Subió las escaleras de la plaza para abandonar la pista. Compró una rosquilla caliente a un vendedor ambulante, roció un poco de mostaza sobre la corteza salpicada de sal, permaneció allí de pie mientras se la comía metódicamente y luego tiró la servilleta en una papelera. Avanzó después por la galería comercial hasta la Quinta Avenida. Cruzó la calle y se quedó contemplando la catedral de San Patricio. No se consideraba un sentimental, pero la visión de las enormes construcciones religiosas –incluso cuando eran ejemplos tan recientes como aquél– siempre conmovía algo oculto en su pecho. Tenía pensado entrar para orar, pero se había entretenido demasiado patinando. En cualquier caso, podía rezar mentalmente.

Había realizado un largo viaje para asistir a aquella cita.

Era hora de partir.

Roma

El hombre que permanecía en la cama no seguía el partido de fútbol que se desarrollaba en la gran pantalla del televisor. Uno de sus secretarios había puesto la cinta en el vídeo y, solícitamente, lo había conectado antes de salir, pero, de un tiempo a esta parte, el hombre de la cama había perdido interés por el fútbol. Si éste cruzaba por su mente en algún momento, era en forma de recuerdos, partidos que en su infancia había jugado en su Turín natal, muchos años atrás. En cuanto a la grabación de la cinta, que había llegado hacía poco de São Paulo por correo, le tenía sin cuidado. El campeonato mundial ya no entraba en sus planes.

El hombre de la cama pensaba en la inminencia de su propia muerte con el sentimiento de indiferencia que siempre le había resultado tan útil. En su juventud había aprendido el truco de pensar acerca de sí mismo en tercera persona, como Salvatore di Mona. Con una parte de él en pie a un lado y una sonrisa absorta en el rostro, había observado la diligente y sistemática ascensión de Salvatore di Mona a las posiciones más encumbradas, había asentido apreciativamente mientras Salvatore di Mona forjaba alianzas con hombres ricos y poderosos, y había sido testigo de cómo Salvatore di Mona conseguía llegar a la cima de su profesión. De alguna manera, en ese momento Salvatore di Mona había dejado de existir. Entonces había tomado el nombre de Calixto y se había convertido en el vicario de Cristo, en el Santo Padre: en el papa Calixto IV.

Ocho años como presidente de la asamblea: no era un hombre modesto, ni particularmente sobresaliente, pero había sido muy afortunado y práctico en extremo. No era muy amante de los complicados manejos inherentes a su labor y siempre había considerado su carrera como algo sólo marginalmente distinto a la labor de cualquier presidente de una importante compañía multinacional.

Por supuesto, era del todo cierto que sólo el emperador de Japón ocupaba un cargo más antiguo sobre el planeta Tierra, pero, aun así, en ningún momento se le había ocurrido pensar, por ejemplo, que Dios expresara su santa voluntad a través del hombre que había sido Salvatore di Mona, el primogénito del próspero representante de la Fiat en Turín. No, el misticismo no era plato de su gusto, como había dicho en una ocasión monseñor Knox, con su encantador acento inglés.

No, Calixto IV era un hombre práctico. No le interesaban los montajes teatrales ni las intrigas, sobre todo después de haber logrado que el consistorio cardenalicio lo eligiera: una maniobra que había requerido algunas intrigas, torpes y sencillas, para que no quedara duda alguna acerca del resultado final. Algo de dinero repartido de forma sistemática entre los cardenales más influyentes –con la ayuda del poderoso seglar norteamericano Curtis Lockhardt– había contribuido a lograrlo. El cardenal Di Mona había contado con un sólido núcleo de apoyo, al frente del cual figuraba el cardenal D'Ambrizzi. El dinero –sobornos, por dar un nombre a tales repartos– era una tradición que había encumbrado a más de un sudoroso *papabile*. Desde su elección como papa había procurado reducir al mínimo todas las intrigas, murmuraciones, zancadillas y calumnias dentro de la curia. Sin embargo, debía admitir que, en una sociedad cerrada como la del Vaticano, tenía la batalla perdida. Resultaba imposible alterar la naturaleza humana, y más en un sitio donde había como mínimo un millar de aposentos. Nunca había logrado realizar un cómputo fidedigno, pero era un hecho obvio que, cuando se disponían de más de mil habitaciones, en algunas de ellas siempre habría alguien que inevitablemente tendería a no hacer el bien. En general, mantener algo parecido a una especie de control sobre las maquinaciones de la curia era una tarea totalmente descorazonadora. Aun así, en muchas ocasiones había resultado bastante divertido. Sin embargo, ahora ya no lo era.

La cama en la que permanecía acostado –en otro tiempo lugar de reposo del papa de los Borgia, Alejandro VI– era una mole impresionante, con una historia que a él le gustaba imaginar. Sin duda Alejandro VI había hecho mejor uso que él de aquella cama, pero, por el cariz que tomaban las cosas, al menos moriría acostado en ella. El resto del mobiliario del dormitorio podría calificarse de Ecléctico Palacio Apostólico: algunos muebles de estilo moderno sueco, de la época de Pablo VI, un televisor y un vídeo, enormes librerías de estilo gótico, con puertas cristaleras, que en el pasado habían contenido la inmensa colección de libros de consulta que a Pío XII le gustaba tener a mano; sillas, mesas, un escritorio y un reclinatorio que él había rescatado de una sala de almacenaje, cubierto con una capa de polvo de un par de siglos de antigüedad. Todo ello formaba un conjunto abigarrado, pero durante los últimos ocho años él lo había considerado su hogar. Después de contemplar su entorno con una fría mirada, sintió alivio al pensar que no tendría que llevárselo al lugar a donde se dirigía.

Lentamente pasó las piernas por encima del borde de la cama y deslizó los pies desnudos dentro de las zapatillas Gucci. Se levantó y se tambaleó un poco, pero logró mantener el equilibrio con un bastón de empuñadura dorada que un cardenal africano le había regalado –con enternecedora previsión– un año antes. Nunca estaba seguro de cuál de sus dos dolencias le provocaba qué síntomas, pero atribuía al tumor cerebral los mareos que padecía. Por supuesto, se trataba de un tumor que no admitía operación. Según los temblorosos matasanos que la curia había aprobado para que le atendieran, sería un final reñido para ver qué era lo que definitivamente se lo llevaría: si el corazón o el cerebro. Lo cierto era que, para él, no tenía excesiva importancia.

Sin embargo, en el tiempo que le quedaba, aún había muchas cosas por hacer.

¿Quién le sucedería?

¿Y qué podía hacer él exactamente para elegir a su sucesor?

Sor Valentine tenía la sensación de que no podría dejar de llorar y eso la sacaba de sus casillas. Toda su vida había actuado con temeridad, había buscado el peligro y sin duda lo había hallado en gran medida; sin embargo, también había experimentado el miedo. Pero ese temor había sido del tipo espontáneo que todo el mundo sufría a su alrededor: el miedo al disparo de un rifle que se aproximaba por una carretera solitaria, el miedo a alguna de las escuadras de la muerte o de la fe, el miedo a las tropas gubernamentales o a las ávidas guerrillas que bajaban de las montañas en busca de camorra o de sangre. En algunas regiones del mundo, ésta era la ración cotidiana o el tipo de terror habitual, pero era la clase de miedo que indefectiblemente encontrarían allí, el tipo de miedo que buscaban de forma consciente.

Sin embargo, el miedo que ahora experimentaba era muy distinto. Se apoderaba de su voluntad y de su sistema nervioso lo mismo que un cáncer voraz. Procedía del pasado, pero aún seguía con vida y la había encontrado, la había seleccionado. Ahora regresaba a casa porque ya no podía seguir enfrentándose a solas con él. Ben sabría qué hacer al respecto. De alguna forma, siempre había sabido cómo hacerlo.

Pero primero tenía que dejar de llorar, de temblar y de actuar como una estúpida.

Se detuvo al borde del patio, con las puntas de los pies metidas en la húmeda hierba, y contempló la luna, que parecía un guijarro plateado y lleno de hoyos en medio del cielo azul oscuro, velado por algunas deshilachadas nubes. Aquella imagen le recordó la empalagosa cubierta de un disco de *Serenata a la luz de la luna* que había tenido en su niñez. El fragor del oleaje al estrellarse a lo lejos, sobre la playa de Malibú, trepaba por las paredes de los acantilados y cabalgaba en la brisa del océano que pasaba rozándole las piernas desnudas. Se secó los ojos con la manga del hábito, se serenó y avanzó por la hierba hacia la barandilla pintada de blanco que había en el borde de los acantilados. Contempló la espuma que provocaba el oleaje, cómo progresaba y luego retrocedía, para volver a empezar. Un par de faros solitarios avanzaban por la autopista de la costa del Pacífico. A lo lejos, a través de la neblina, la colonia de Malibú resplandecía débilmente como una nave espacial que aterrizara al borde del mar. La niebla avanzaba siguiendo la costa, como si quisiera mantener a raya al ejército enemigo.

Siguió caminando a lo largo de la valla hasta que encontró los rescoldos del fuego donde habían asado el róbalo para una cena improvisada. Sólo ellos dos, una botella de Roederer Cristal, róbalo y pan crujiente recién horneado. Una comida a la que él era muy aficionado, amenizada por la misma conversación que habían mantenido en Roma, en París, en Nueva York y en Los Ángeles, todas en el transcurso del último año y medio. Conversación, debate, discusión, se la llamara como se la llamase, siempre se trataba de lo mismo. Cada vez tenía la sensación de que cedía ante él, igual que un espigón incapaz de resistir el embate de las olas; aunque ella luchaba para no desmoronarse, todavía no estaba preparada para ello. Sin embargo, Dios era testigo, ella quería desmoronarse, derrumbarse, caer entre los brazos de él; pero ahora no podía. Todavía no. Aún no. Maldición. De nuevo estaba llorando.

Dio media vuelta y regresó en dirección a la casa de estructura baja y ramificada, pasó junto a la piscina y la pista de tenis, cruzó el patio de la bandera y se quedó de pie ante las cristaleras, mirando al interior. Una hora antes, había hecho el amor en aquella cama.

Él era un hombre robusto, sólido, con un rostro parecido al de un hermoso bulldog. Decidido. Llevaba muy corto el cabello gris, cuidadosamente arreglado, y daba la sensación de que nunca se le despeinaba. Lucía pijamas de color azul oscuro, con ribetes blancos y las iniciales *CL* en el bolsillo superior delantero. Tenía el brazo derecho extendido hacia el borde de la cama, donde ella había permanecido tendida poco antes, como si se hubiese quedado dormido al ritmo de la respiración de su compañera, de los latidos de su corazón. Ahora permanecía quieto y ella sabía que olería al sudor de los dos y a Equipage de la casa Hermès. Sabía muchas cosas de él, mucho más de lo que le interesaba saber. De todos modos, ella nunca había sido una monja convencional. La verdad era que como monja había sido un auténtico incordio, tanto para la Iglesia como para la orden. Siempre había sabido qué era lo correcto: así había sido desde su nacimiento y nunca había sucedido nada que la obligara a cambiar de idea. Sabía qué estaba bien y qué estaba mal, y muy a menudo sus ideas y las de la Iglesia no coincidían. Ella había seguido su camino y había desafiado a los demás a que actuaran al respecto. Se había convertido en un personaje famoso, había escrito dos best-séllers, se había transformado en una heroína de su tiempo a los ojos de la gran mayoría y la publicidad le había garantizado su seguridad. Había desafiado a la Iglesia a que reconociera ser una institución demasiado pequeña, mezquina e insignificante para incluirla a ella..., y la Iglesia se había visto obligada a retractarse. Se había convertido en un rosetón indispensable en la gran fachada de la moderna Iglesia de Roma, y la única forma para librarse de ella era –desde su punto de vista en aquellos momentos– con los pies por delante.

Sin embargo, todo aquello había sucedido antes de que ella se embarcara en las investigaciones de los últimos doce meses. De todos modos, reflexionó perversamente mientras se enjugaba las lágrimas una vez más y sorbía por la nariz, todas las causas, los discursos y la publicidad no habían sido otra cosa que ejercicios de calentamiento. Sin embargo, nada la había preparado para el último año transcurrido, para el creciente miedo. Pensaba que ya lo había visto todo, que había contemplado el odio bajo todas sus formas y disfraces, y el amor en todas sus facetas. Pero estaba equivocada. No sabía absolutamente nada acerca del odio ni del amor. Dios era testigo de que lo estaba descubriendo.

Dieciocho meses atrás, Curtis Lockhardt le había revelado que la amaba. Ambos se hallaban en Roma, adonde ella había viajado para el lanzamiento de su nuevo libro, que trataba del papel de la Iglesia en la Segunda Guerra Mundial. A él lo habían convocado en el Vaticano para que ayudara a tapar el creciente escándalo de la Banca Vaticana, que comprendía desde el fraude, la extorsión y el desfalco económico hasta el simple asesinato. Lockhardt era uno de los pocos seglares a los que la Iglesia –en este caso Calixto IV– recurría en momentos de crisis extrema. La mayor parte de los seglares no alcanzaban a imaginar la tenacidad y la total falta de compasión que se precisaban para controlar un pulpo con tantos tentáculos como era la Iglesia. Lockhardt sí podía: había hecho su carrera precisamente gracias a estas cualidades, al tiempo que seguía siendo el más simpático, encantador y cordial de los hombres. Tal como a Calixto le gustaba decir, Lockhardt estaba sentado cerca del mismo centro de la Iglesia dentro de la misma Iglesia.

Ella conocía a Curtis Lockhardt de toda la vida. Treinta años atrás, cuando era simplemente Val Driskill y bailaba en el jardín de sus padres bajo la amplia curva de los aspersores, con su traje de baño de rizo y aspecto de caramelo con envoltorio de celofán, con sólo diez años de edad, Lockhardt era un joven abogado y banquero que contaba con los plácemes tanto de los Rockefeller como del Chase. A menudo los visitaba en su casa de Princeton para hablar con su padre de asuntos financieros o de la Iglesia. Mientras ella se pavoneaba exhibiéndose, bronceada y resplandeciente de humedad bajo la luz del sol, escuchaba cómo ellos hacían tintinear el hielo en sus vasos y los observaba de reojo mientras permanecían sentados en los blancos sillones de mimbre, a la sombra del porche.

–A los diez años eras una especie de duendecillo encantador –le había confesado él en Roma aquella noche–. Y, a los quince, un torbellino de lo más atractivo. Maldita sea, poco faltaba para que me ganaras al tenis.

–Claro, sólo me mirabas a mí, en vez de vigilar la pelota.

Val sonrió al recordar cómo él la encontraba deseable mientras la veía saltar por la pista: la brisa inflaba su faldita de tenis y le secaba el sudor, hasta el punto de que percibía los crujidos de la sal sobre su piel. A Val le gustaba Curtis, lo admiraba... Se sentía fascinada por su autoridad: el seglar que hacía que los sacerdotes se sentaran y prestasen atención. En aquel entonces él tenía veinticinco años y ella se preguntaba por qué no se había casado.

–Cuando tenías veinte años, yo estaba totalmente colado por ti. Temía el efecto que sabía ibas a provocar en mí cada vez que te veía. Me sentía como un imbécil. Entonces... ¿Te acuerdas del día en que te llevé a almorzar al Plaza, el Oak Room lleno de murales con castillos de cuento de hadas sobre parajes montañosos, y tú me explicaste lo que pretendías hacer con el resto de tu existencia? ¿Lo recuerdas? El día en que me dijiste que ibas a entrar en la orden. El corazón me dio tal vuelco que estuvo a punto de zambullirse en la sopa de tomate. Me sentí igual que un amante rechazado, y el hecho era que yo iba de buena fe, que te veía como a una niña, como a la hija de Hugh Driskill. Una cría.

»Pero, por supuesto, lo esencial era mi buena voluntad. Estaba enamorado. Y lo sigo estando, Val. No te he perdido de vista, he seguido tu carrera y, cuando viniste a Los Ángeles, supe que te vería de nuevo. –Él se encogió de hombros y desvió la mirada–. La parte negativa era que seguía enamorado de una monja, pero la positiva era que sabía que la espera valdría la pena.

Sus relaciones amorosas empezaron aquella noche en Roma, en el apartamento que Curtis tenía en la parte alta de Via Veneto. Él inició también la campaña para convencerla de que abandonara la orden y se casara con él. Traicionar sus propios votos –acostarse con él– había sido la parte más fácil. Aquellos votos habían significado siempre la parte coercitiva de su trabajo, el mal necesario, el precio que debía pagar a cambio de la oportunidad de servir a la Iglesia, de servir a la humanidad a través del poderoso instrumento que era la Iglesia. Pero abandonar la orden, dejar el marco dentro del cual ella había edificado su existencia... Hasta el momento, eso le había resultado imposible.

Hacía sólo una hora y debido a su mutua frustración, ambos habían discutido fríamente, con pesar, incapaces de aceptar el hecho de que ninguno de los dos alcanzara a entender los motivos del otro, pero, a pesar de todo, enamorados, siempre enamorados. Al final habían hallado consuelo en la pasión, luego él se había quedado dormido y ella había abandonado el lecho y había salido fuera para pensar, para estar a solas con los pensamientos que no se atrevía a comunicarle.

Ante ella, en medio de la noche y los jirones de niebla, oyó un aleteo, una gaviota al bajar, luego un ruido confuso pasó por su lado y el pájaro se posó en el suelo del patio. Por unos instantes avanzó contoneándose, se contempló a sí misma en el cristal y luego emprendió el vuelo, como si se hubiese asustado de su propia imagen. Val comprendía cómo se había sentido la gaviota.

De repente recordó a su mejor amiga en Roma, sor Elizabeth, en quien había visto reflejados como en un espejo algunos rasgos propios. Elizabeth era también norteamericana, algunos años más joven que ella, si bien muy inteligente, aguda, comprensiva. Otra monja moderna, que desarrollaba el trabajo que quería, aunque no tan alborotadora como Val. Ambas se habían conocido en Georgetown, cuando sor Val estaba preparando el doctorado y Elizabeth era una precoz y liberal candidata a la licenciatura en filosofía. Las dos habían forjado una amistad que había perdurado a lo largo de casi una década de tensiones extremas en el seno de la Iglesia. En Roma, Val confió a sor Elizabeth la proposición de matrimonio de Lockhardt. Sor Elizabeth había escuchado con atención toda la historia antes de hablar.

–Voy a improvisar –dijo cuando ella hubo finalizado–, y si suena a casuística, échale la culpa a mi naturaleza básicamente jesuítica. Es cuestión de ética. Recuerda tus votos, pero piénsalo detenidamente: sabes que no eres una cautiva. Nadie te ha encerrado en una celda y ha lanzado la llave, dejándote allí para que te pudras.

Un buen consejo y si Elizabeth estuviese ahora en Malibú, le daría más buenos consejos. ¿Cuáles? Por otro lado, Val ya sabía qué le diría, pues sor Elizabeth siempre le repetía lo mismo.

–Si vas a seguir acostándote con él, Val –insistía–, entonces será mejor que abandones la orden. Es absurdo seguir como hasta ahora. Tal vez consideras que es un tecnicismo, pero, afróntalo, hermana, no lo es. Has pronunciado tus votos. Cualquiera puede tener un desliz, pero convertirlos en una costumbre y una forma de vida... carece de sentido. En dos palabras: es estúpido y deshonesto. Tú lo sabes tanto como yo, y también lo sabe... el Ser Supremo.

Al recordar la firmeza de las palabras de sor Elizabeth, lo único que experimentaba era vacío y temor. El miedo eclipsaba todas las demás emociones.

Todo había empezado con sus investigaciones para el libro. ¡El maldito libro! ¡Cuánto daría por no haber pensado nunca en escribirlo! Sin embargo, ahora ya era demasiado tarde para echarse atrás, y era el miedo lo que la había decidido a volver a Estados Unidos, lo que la había llevado a su casa en Princeton. Era el miedo lo que la hacía dudar de todo: de Curtis, del amor, de permanecer o de marcharse. No había forma de pensar cuando sentía que el miedo la atenazaba. Se había aventurado a ir demasiado lejos en sus investigaciones, había seguido ahondando cuando lo sensato habría sido parar en seco y marcharse, regresar a su hogar. Debería haberse olvidado de lo que había descubierto y cuidar de su propia existencia, de Curtis. Pero no estaba asustada sólo por ella; por encima de todo estaba el gran temor, el que sentía por la Iglesia.

De modo que había regresado a Estados Unidos con la intención de explicárselo todo a Curtis. Sin embargo, algo la había avisado, le había advertido de que se detuviera, algo que ella odiaba identificar. Había descubierto una especie de artefacto infernal, una bomba que había permanecido activada durante mucho, muchísimo tiempo. O Curtis Lockhardt estaba al corriente, o –que Dios lo amparara– formaba parte del plan, o no sabía absolutamente nada de lo que ocurría. No, no podía explicárselo. Él se hallaba demasiado próximo a la Iglesia, demasiado involucrado en ella. Al menos de eso podía estar segura.

A pesar de todo, la bomba seguía allí y había tropezado con ella. Eso le recordó la ocasión en que, en la casa de Princeton, su hermano Ben bajó al sótano y empezó a revolver en busca de los viejos palos de golf con mango de nogal que habían pertenecido a su padre en su juventud, y halló siete latas de pólvora negra que habían quedado allí de alguna antigua celebración del Cuatro de Julio. Ella lo había seguido escaleras abajo y, después de pasar ante las pilas de historia acumuladas por la familia, temiendo que alguna araña real o imaginaria le cayera en el pelo, oyó que él le decía, casi en un susurro, que se fuera inmediatamente, coño, y ella le contestó que lo acusaría por decir palabrotas.

Entonces él le explicó que la casa podía saltar por los aires en cualquier momento porque la pólvora había permanecido en aquellas latas desde mucho antes de que nacieran y era condenadamente inflamable. El calentador del agua que había en el mismo sótano tenía un cortocircuito y lanzaba chispas sin parar. Entonces ella no sabía nada acerca de pólvora, pero conocía a su hermano Ben, y él no estaba de broma.

Ben la obligó a quedarse detrás del muro de piedra del establo mientras, empapado de sudor, sacaba del sótano una lata tras otra y las acarreaba por el césped trasero más allá de la capilla familiar, y luego, bordeando el estanque, hasta el fondo de la finca, más allá del huerto sembrado de manzanos. Luego Ben llamó a la policía en Princeton, que envió a algunos bomberos, y, junto con el mismo jefe de policía, que llegó en su DeSoto negro, lo rociaron todo. Después de eso, Ben se convirtió en un auténtico héroe y la policía le dio una especie de insignia honorífica, con la que él le obsequió al cabo de una semana explicándole que era un regalo, porque ella también se había comportado como un valiente soldado al obedecer sus órdenes. Ese gesto la sorprendió y se echó a llorar. Durante aquel verano, de día llevaba la insignia y por las noches la guardaba debajo de la almohada. Entonces ella tenía siete años y Ben catorce, y durante el resto de su vida siempre había acudido a Ben cuando necesitaba de alguien que pudiera ser un héroe para ella.

Ahora tenía su propia bomba, inflamable y capaz de hacer saltar por los aires la próxima elección papal; ella acudiría a casa para encontrarse con Ben. No acudiría a Curtis, ni a su padre... Al menos, no todavía. Pero sí volvería a Ben. Siempre sonreía al pensar en él, en su hermano, el católico caído. «Es más exacto decir que mi entusiasmo ha decaído», solía puntualizar él. Ahora podría explicárselo todo, contarle lo que había descubierto en los documentos de Torricelli y en los archivos secretos. Ben se echaría a reír ante sus temores, luego se pondría serio y sabría cómo actuar. Sabría cómo decírselo a su padre, cómo abordar con él todo el asunto...

Nueva York

El Rolls-Royce estaba aguardando en el aeropuerto Kennedy cuando llegó el avión privado de Lockhardt y, a través de semáforos en verde, los llevó directamente hasta el corazón de la ciudad, con media hora de adelanto sobre el horario previsto. Lockhardt indicó al chófer que lo dejara en la pequeña manzana llamada Rockefeller Plaza, situada entre el edificio de la RCA y la pista de patinaje del Rockefeller Center. En el cómodo asiento trasero del vehículo miró a Val a los ojos y la cogió de la mano.

–¿Seguro que no tienes nada que decirme?

Detrás de aquella pregunta se escondía mucho más de lo que Lockhardt daba a entender. No le había hablado de la llamada que él había recibido de un amigo del Vaticano una semana atrás, cuando ella se encontraba en Egipto. En las altas esferas había preocupación por lo que Val estaba haciendo, por el rumbo que tomaba su investigación y por su determinación a seguir adelante. El amigo del Vaticano le había pedido que averiguara qué había descubierto ella y que influyese para que abandonara la investigación.

Lockhardt sentía gran respeto por los motivos que impulsaban a Val y por su empeño en sacar a relucir las peculiaridades del Vaticano. Lo cierto era que el Vaticano no impresionaba a sor Val. Sin embargo, Lockhardt tenía también un gran sentido de conservación, que podía fácilmente ampliar para incluirla a ella. Por eso le inquietaba la investigación. No era nada bueno tener a alguien del Vaticano encima de uno y la llamada telefónica no era producto del azar. Había algo que preocupaba seriamente a alguien y se lo habían hecho saber. Sin embargo, él no podía presionar a Val. Ella le revelaría qué había averiguado, pero tenía que darle tiempo.

Val sonrió nerviosa y negó con la cabeza.

–No, de verdad. En estos momentos tienes demasiadas cosas en la cabeza. Calixto se está muriendo, y tú, querido, debes decidir quién va a ser el próximo papa. Los buitres se están congregando.

–¿Te parezco yo un buitre?

–En absoluto. Tú te limitas a azuzarlos, como siempre.

–En lo que a la elección de papa se refiere, yo carezco de voto.

–No seas hipócrita. ¿Acaso el *Time* no te llama el cardenal sin bonete púrpura? –Val sonrió al ver su gesto ceñudo–. Tú tienes más poder que el de un voto. Tú nombraste al último papa...

–Con la ayuda de tu padre, hermana –rió–. También pudimos haber elegido peor...

–En eso tienes razón.

–Dios mío, cuánto te quiero, hermana.

–Seamos realistas. Tú estás en un puesto ideal para designar al próximo papa. Además, yo también te quiero; no estás nada mal para un hombre de tu edad.

–Se supone que no tienes mucha experiencia para poder comparar –replicó él.

–No la tengo, en eso puedes creerme.

–Val, desearía que también confiaras en mí –dijo Lockhardt, cogiéndola de la mano–. Ese terrible secreto tuyo te hará enloquecer. Se te ve completamente agotada. Sea lo que fuere, se está cobrando un alto precio en ti. Estás delgada, cansada y tienes un aspecto lamentable.

–Desde luego, tus palabras son de lo más estimulantes.

–Sabes a qué me refiero. Debes tranquilizarte, relajarte, habla con Ben. Debes expulsar eso que te oprime por dentro.

–Curtis, échame una mano en esto, ¿quieres? No querría parecer una estúpida, si es que mi imaginación me ha traicionado. Todo esto puede esperar hasta mañana. Entonces quizá te lo cuente todo. –Le dio un apretón en el dorso de la mano–. Anda, ve a ver a Andy.

Val se inclinó hacia él y le besó suavemente. Sintió cómo la mano de Lockhardt se posaba en su cabello y le ceñía la cabeza, al tiempo que le rozaba la oreja con los labios.

Lockhardt se enderezó y quedó de pie en la acera, despidiendo a Val con la mano mientras el coche se alejaba. Luego el cristal ahumado de la ventanilla se alzó y ella desapareció de su vista. La próxima parada sería en Princeton.

Lockhardt había pasado tantos años de su existencia en los pasillos del poder que durante mucho tiempo había confundido la satisfacción y la discreta camaradería con la felicidad. Luego sor Valentine le había revelado los misterios de la completa felicidad y solucionado el gran dilema. Ahora estaba convencido de que su unión era para siempre.

En este estado de ánimo, Lockhardt bajó la mirada hacia los patinadores que daban vueltas alrededor de la pista. Era cierto que Val lo tenía preocupado. Había estado en Roma, en París, y había llegado hasta Alejandría, en Egipto, siempre con motivo de su investigación. Él había intentado reunir las piezas y se había enterado de que estaba trabajando en los archivos secretos. Luego había llegado aquella maldita llamada telefónica desde Roma...

Desde su posición elevada, detrás de la barandilla que daba a la pista, sonrió al ver a un cura anciano patinando, lleno de gracia y dignidad, entre los jovencitos. Observó admirado cómo el cura se deslizaba con la gabardina negra inflándose a sus espaldas y luego se agachaba detrás de una jovencita que había caído, para ayudarla a levantarse. Dudaba de haber visto alguna vez un rostro tan solemne y sereno.

Lanzó una ojeada al Patek Philippe, a la oblea dorada que llevaba en la muñeca. Monseñor Heffernan, que ahora sólo contaba cuarenta y cinco años y estaba destinado a llevar el bonete púrpura durante los próximos cinco o diez años, lo aguardaba. Como hombre de confianza del cardenal arzobispo Klammer, había acumulado un considerable poder en una de las secciones más prósperas de la Iglesia. Si se le conocía no era precisamente por su dignidad, y sin duda tampoco por su solemnidad. Se le conocía porque lograba que todo funcionara y, por lo tanto, se le consideraba un camarada condenadamente puntual que esperaba puntualidad en los demás.

Había llegado el momento de partir.

La relación de la Iglesia con la manzana situada justo a la derecha de la catedral de San Patricio se remontaba a finales del siglo XIX, cuando se edificó una iglesia bastante vulgar, St. John, allí donde más tarde –cuando la Iglesia vendió el terreno– se construyeron las famosas Villard Houses, que a ojos de muchos recordaban los austeros palacios florentinos de los Médicis. Después de la Segunda Guerra Mundial, mantener aquellas espléndidas casas resultaba excesivamente costoso para los propietarios, de modo que las abandonaron a la espera de tiempos mejores, como reliquias de otra época.

El cardenal Spellman, arzobispo de Nueva York, que solía contemplarlas a través del tráfico de la avenida Madison desde su residencia en la catedral de San Patricio, decidió adquirirlas de nuevo en 1948. La Iglesia, con sus innumerables entidades, no tardó en ocupar los espléndidos edificios. La Golden Room del 451 de la avenida Madison se transformó en la sala de conferencias de los consultores diocesanos, y una sala de recepción del piso superior que daba a la avenida se convirtió en el tribunal metropolitano de la archidiócesis. El comedor se transformó en sala del tribunal y la biblioteca en el despacho de la cancillería. Avanzando por los pasillos y ascendiendo por las escaleras de mármol, la cambiante entidad que era la Iglesia se fue ampliando.

Sin embargo, los tiempos cambiaban. A final de los años setenta la explosión inmobiliaria de los sesenta cayó en picado y la Iglesia se vio incapaz de mantener las casas Villard, que nuevamente quedaron vacías y gravadas con unos impuestos que alcanzaban los 750.000 dólares anuales. El problema económico se agudizó.

Harry Helmsley acudió en su ayuda al ofrecerse a alquilar las casas Villard y los edificios adyacentes propiedad de la Iglesia para construir un hotel. La Iglesia ayudó a Helmsley con el papeleo y, finalmente, las casas se conservaron intactas. La Iglesia siguió siendo la propietaria y Helmsley obtuvo un contrato de alquiler indefinido, de manera que construyó el hotel en torno a las casas Villard.

Como si fuese un príncipe del Renacimiento, lo denominó el Helmsley Palace.

Fue en ese palacio donde Curtis Lockhardt entró, después de pasar por debajo de la marquesina del siglo XIX en bronce y cristal. Cruzó la tranquila zona de recepción, con sus espejos y el precioso artesonado de nogal estilo francés, dobló bruscamente a la derecha y entró en el pequeño recinto donde se hallaba el mostrador de conserjería y los ascensores privados que llevaban a los pisos superiores, a los áticos.

Era un gesto característico de Andy Heffernan reservar para el encuentro el ático triple. En el mundo altamente politizado donde monseñor Heffernan se movía, Curtis Lockhardt era una de sus bazas con triunfo seguro y quería mantenerla en el mayor anonimato posible. Lockhardt lo visitaba para tratar de una suma de dinero tan enorme que no podían correr el riesgo de que se filtrara el más mínimo rumor. El tema de la elección del nuevo papa estaba sobre el tapete y se hallaba íntimamente ligado a la cuestión del dinero; de haberse tratado al otro lado de la avenida, en San Patricio, los rumores habrían saltado enseguida a la calle. Poder, lujo, mundanalidad y sigilo: todo eso era monseñor Heffernan.

Lockhardt sabía que los cigarros Dunhill Monte Cruz 200 y el coñac Rémy Martin que tanto gustaban a Andy estarían presentes. En privado, monseñor Heffernan había declarado a menudo que se debía disfrutar de todos los privilegios que pudieran obtenerse, y que, cuantos más se lograban, más quedaban por satisfacer.

Lockhardt salió del ascensor en el piso 54 y avanzó por la mullida moqueta hasta el final de un largo pasillo, paralelo a la avenida Madison. No había nada que indicara algo fuera de lo normal detrás de aquellas puertas. Pulsó el timbre y aguardó hasta que una voz surgió por el pequeño interfono:

–¡Curtis, muchacho! ¡Entra!

Parecía como si el bueno de monseñor hubiese tomado un par de martinis durante el almuerzo.

Aunque Lockhardt estaba acostumbrado al lujo, la visión de lo que se exhibía allí siempre lo impresionaba. Se detuvo en lo alto de una escalera semicircular, con una barandilla profusamente tallada. La gran sala inferior tenía la altura de dos plantas y estaba circundada por cristaleras, tras las cuales Manhattan se desplegaba como un mapa isométrico.

El edificio del Empire State, la aguja ligeramente *art déco* del edificio Chrysler, la primitiva modernidad de los rascacielos del World Trade Center, tras los cuales se hallaba la bahía con la estatua de la Libertad, Staten Island, la costa de Jersey...

El Radio City, el Rockefeller Center, el luminoso parche de la pista de patinaje y, casi en línea recta, abajo, la catedral de San Patricio, sus torres gemelas que se elevaban mayestáticamente por encima de la Quinta Avenida.

Lo invadió la sensación de que se hallaba de pie sobre una nube. Se cogió de la esculpida barandilla y, lentamente, inició el descenso por la lujosa moqueta que cubría la escalera. No podía apartar la mirada de aquel panorama, que le hacía sentir como un chiquillo enfrentado a unos juguetes que superaban el más fantástico de sus sueños.

–Un momento, que estoy meando –surgió la voz de Heffernan de detrás de una puerta invisible–. Enseguida estoy contigo.

Lockhardt se volvió de nuevo hacia la vista, casi hipnotizado por la claridad y el detalle con que aparecía la ciudad. Permaneció de pie, con la nariz a punto de pegarse al cristal, contemplando una vista de San Patricio que sus constructores nunca alcanzaron a imaginar. La visión de Dios. Era como una fotocopia que hubiese cobrado vida, desarrollándose en tercera dimensión hacia donde él se encontraba.

–Que Dios bendiga nuestro querido hogar.

Monseñor Heffernan, un hombre corpulento con escaso cabello pelirrojo y una nariz que parecía de payaso, se le aproximó con paso lento. Su rostro era colorado, como de una quemadura del sol que se estuviese pelando. Vestía una camisa negra con el alzacuello, pantalones negros y mocasines con dos bolitas de adorno, también negros. Sus acuosos ojos azules parpadearon tras la pantalla de humo del puro. Desde su pobreza de irlandés, variante del sur de Boston, se había abierto camino hasta convertirse en un hombre muy importante en su mundo, a base de pactar alianzas con las familias más influyentes del país, incluso en algo más que eso. Tanto los unos como los otros eran capaces de utilizarse a conveniencia y eso era algo que monseñor consideraba como una buena definición de la amistad, al menos tan buena como cualquier otra. Andy Heffernan era un hombre satisfecho.

–Tienes un aspecto muy saludable y virtuoso para ser un hombre rico, Curtis. Coge un puro –le indicó, señalándole una caja de madera que había en la esquina de una mesa formada por una base y una hoja de cristal de unos veinticinco milímetros de grosor.

–No me dejas otra opción –dijo Lockhardt, que cogió un Monte Cruz, lo encendió con una cerilla Dunhill para cigarros y saboreó su fragancia–. ¿Dónde has adquirido este aspecto de langosta?

–En Florida. Regresé ayer mismo de una semana de competición de golf con fines benéficos. Una semana fantástica.

Se acercó al sillón que había detrás de la mesa y se sentó. Encima había varias carpetas, un bloc de notas de papel amarillo, un teléfono, los puros y un pesado cenicero. Lockhardt se sentó frente a él, separados ambos por la superficie de cristal.

–Son unos tipos estupendos, Jackie Gleason, Johnny, Tom y Jack. Todos ellos. Hay muchos tipos excelentes, allá en Florida. Hacen cualquier cosa por la Iglesia. Grandes recaudaciones para la sección infantil de Nuestra Señora de la Paz. Mucho golf. No te lo vas a creer, pero fallé un hoyo en un golpe por menos de cinco centímetros. ¡Maldita sea! Deberían haberlo retransmitido por televisión. Un hierro del seis, y cinco asquerosos centímetros a la izquierda. Una vez conseguí uno en Escocia, en Muirfield. ¡Ah, qué tiempos aquéllos! Un largo camino desde el sur de Boston. ¿Qué más puede pedir un hombre, Curtis? Disfruta, disfruta, que durante mucho tiempo estaremos muertos.

–¿Y todo lo que ocurre durante la vida eterna, con el coro invisible, las enormes alas...?

–¡Tú y tu teología monjil! Haz el favor...

Heffernan soltó una risotada con su estilo característico, supuestamente destinada a dar la sensación de que era una persona tan abierta como unos grandes almacenes el sábado por la tarde.

–¿Quieres un favor, además de los diez millones de pavos?

Lockhardt le devolvió la sonrisa y expulsó un aro de humo. La cifra era tan exorbitante que, las pocas ocasiones en que ésta se especificaba durante sus entrevistas, resultaba gratificante en extremo observar la reacción de Heffernan.

–Diez millones de pavos...

La risa de monseñor se apagó rápidamente. Una cifra tan enorme de dinero era un asunto muy serio, incluso para el hombre de confianza del cardenal arzobispo Klammer. Lockhardt siempre se preguntaba qué estaría pensando aquel hombre mientras hablaba de hoyos en una jugada con Johnny Miller y se reía de aquella forma. Nunca parecía estar a la defensiva. Sin embargo, tampoco cometía ningún error.

–Los diez millones... –repitió Heffernan en voz baja, saboreando las palabras mientras juntaba las yemas de los dedos y las golpeaba suavemente–. ¿Crees que con diez millones se podrá manejar todo este asunto?

–Más o menos. Pero siempre podré conseguir un poco más. Todavía quedan ricos con mucho dinero en reserva.

–¿Como Hugh Driskill, quizá?

Lockhardt se encogió de hombros.

–Andy, puedes hacer todas las suposiciones que quieras, pero

¿de verdad te interesa saberlo? ¿Quieres saberlo realmente? Permíteme que lo dude.

–Como quieras. Tú consigue el dinero, que yo ya me encargaré de que llegue a las manos adecuadas. –Heffernan suspiró como un hombre consciente de su bienestar, como un sonriente irlandés–. Sólo que Klammer me desespera, Curtis. Todas esas tonterías no intervencionistas, toda esta crítica negativa...

–Los cardenales norteamericanos son distintos. Suelen creer que su voto es algo sagrado, en vez de una simple ficha negociable. Imagino que él no quiere saber nada de todo eso, que no quiere enterarse siquiera de que eso ocurre. Los sobornos le asustan.

–¡Regalos! ¡Regalos! –Heffernan hizo una mueca–. La palabra que empieza con «S» nunca debe salir de nuestros labios. Diez millones. ¿Qué vamos a conseguir realmente, tú y yo, con ese dinero? En una palabra, ¿servirá también para los judíos?

–Es un núcleo de apoyo americano sólido como una roca. Si unimos esto con Fangio y los cardenales ordenados por Calixto que están en deuda con nosotros... Es fundamental que seamos nosotros quienes nombremos al próximo papa, Andy. La Iglesia sigue su curso y nosotros debemos velar por ella.

Por un instante su pensamiento se vio interrumpido al recordar la voz de sor Valentine mientras le decía que sus averiguaciones podían influir en la elección del nuevo papa.

–¿No hay deserciones en nuestras filas?

–¿Por qué iba alguien a desertar? San Jack tiene setenta años; no vivirá para siempre, y entonces... En fin, para entonces tú ya llevarás el bonete cardenalicio y la Iglesia tendrá a un gran hombre como papa durante algún tiempo. Además, esta vieja Iglesia habrá entrado en el siglo veintiuno siguiendo la única trayectoria posible, si es que desea sobrevivir. Es un nuevo mundo el que se aproxima, Andy, y la Iglesia debe apresurarse para no perder el tren. Así de sencillo.

–Yo te ayudaré en todo, si consigues que todo resulte tan fácil. ¿El dinero es seguro?

–Yo nunca negocio sobre meras probabilidades, Andy.

–Bien, eso se merece un trago. –Monseñor Heffernan cogió una botella de Rémy Martin que había en una bandeja, junto a dos espléndidas copas de cristal de Baccarat, las llenó y entregó una a Curtis Lockhardt–. Por el dinero bien gastado.

De pie ante la gran superficie de cristal, los dos hombres brindaron con el imponente telón de fondo de Manhattan tras de sí. Era como si permanecieran en la cima de una montaña construida por el hombre, una cumbre que hubiesen escalado juntos, Lockhardt marcando el rumbo con su confiado monseñor.

–Por el bueno de san Jack –dijo Lockhardt, con tono sosegado.

–Por el futuro –replicó monseñor.

Heffernan lo descubrió en primer lugar. Se lamió los labios, miró hacia arriba y vio al viejo sacerdote. De alguna forma había logrado entrar sin que lo oyeran, bajando los peldaños mientras ellos disfrutaban de la vista y se felicitaban mutuamente. Monseñor Heffernan alzó la cabeza con un cómico gesto y su rostro colorado sonrió alegremente.

–¿Sí, padre? ¿En qué puedo servirle?

Lockhardt se volvió y vio al sacerdote. Era el que estaba patinando. Le sonrió al recordar la escena que había observado en la pista de hielo. Entonces se dio cuenta de que su mano enguantada se adelantaba, y que en ella había algo.

Mientras Lockhardt lo observaba –y la fuerza le abandonaba el cuerpo, al tiempo que era sustituida por una descarga biológica, química, incontrolable–, en aquella fracción de segundo intentó abarcar todo lo que estaba ocurriendo. Aquel sacerdote se equivocaba. No procedía de las esferas de poder de Curtis Lockhardt. Su mano sostenía una pistola.

El arma produjo un ruido sordo, como el de una flecha al clavarse en una diana húmeda.

Andy Heffernan se vio empujado hacia atrás contra la inmensidad del cristal, silueteado contra la luz, los brazos extendidos como si aguardara a que los clavos penetraran en su sitio. El sonido de antes se oyó de nuevo y el rostro colorado saltó por los aires, irrevocablemente, sin que fuera posible recomponerlo. Los pensamientos de Lockhardt se precipitaron en el interior de su mente mientras permanecía allí de pie, incapaz de moverse, de correr, de lanzarse contra aquel pistolero: aquel rostro, que conocía desde hacía tantos años, había estallado en una explosión de sangre y huesos, y una malla de estrías se dibujaba en el muro de cristal ensangrentado, irradiando a partir de un agujero del tamaño de un puño.

Lockhardt bajó los ojos hacia lo que quedaba de su amigo y contempló hipnotizado el viscoso rastro carmesí que éste había dejado en el ventanal. Tanteó el borde de la mesa escritorio, y moviéndose con la lentitud característica de los sueños, retrocedió hacia donde se hallaba el cuerpo de monseñor Heffernan. Se sentía como si sólo funcionara a medias. Todo parecía muy lejano, muy difuso, como si aquello sucediese al final de un túnel.

Con movimientos lentos, el sacerdote volvió el arma hacia él y lo apuntó.

–Es voluntad de Dios –manifestó, y Lockhardt se esforzó en comprender, en descifrar el código del otro–. Es voluntad de Dios –repitió el sacerdote, en un susurro.

Lockhardt miró fijamente el cañón del arma, luego intentó atisbar en lo más profundo de los ojos del cura; sin embargo, vio algo más, a una muchachita con un traje de baño fruncido, que reía y se pavoneaba bajo el arco iris que formaban los aspersores, que bailaba al recibir los rayos del sol, sobre el césped húmedo y recién segado que se le enredaba entre los dedos de los pies mientras ella danzaba.

Lockhardt pudo oír su propia voz, aunque no logró captar del todo qué estaba diciendo. Quizá llamaba a la muchachita, pronunciar su nombre, intentar sujetarla antes de que fuera demasiado tarde, mantenerla a su lado, retroceder hacia la seguridad del pasado, a la seguridad de las redes del tiempo.

El sacerdote aguardaba con una expresión amable en su rostro, como si concediera tiempo a Curtis Lockhardt para que alcanzara terreno seguro.

Entonces el anciano sacerdote apretó el gatillo.

Curtis Lockhardt cayó hacia atrás y su cabeza golpeó contra el cristal, allí donde éste se unía con la moqueta. Se estaba ahogando en su propia sangre, los pulmones se le inundaban. La visión se le hacía cada vez más borrosa, como si la noche hubiese caído de pronto; apenas lograba distinguir ya a la muchachita que se pavoneaba. En cambio, podía ver allí abajo la silueta de la catedral de San Patricio, cada vez más difusa, y las agujas de los campanarios ascendiendo hacia él, como dedos que lo señalaran.

Junto a la mejilla percibió la pernera negra de unos pantalones, y luego como si algo romo le presionara contra la nuca.

Curtis Lockhardt parpadeó con fuerza, intentando imaginar la alegre figura de la danzarina, pero, en vez de eso, dirigió una última mirada a la catedral de San Patricio.

PRIMERA PARTE

I

Driskill

Recuerdo con absoluta claridad aquel primer día.

Estaba citado para almorzar con Drew Summerhays, el indestructible cerebro gris de Bascomb, Lufkin y Summerhays, en su club. Poseía la mente más clara y adaptable que yo haya conocido nunca y la mayoría de nuestras discusiones durante los almuerzos resultaban esclarecedoras y divertidas. Además, siempre perseguían un objetivo. Entonces Summerhays tenía ochenta y dos años, la edad del siglo, pero muchos días aún se aventuraba a bajar hasta Wall Street. Era nuestra leyenda viva, amigo y consejero de todos los presidentes desde la primera campaña de Franklin Roosevelt, un héroe clandestino de la Segunda Guerra Mundial, un maestro de espías, y siempre un confidente de los papas. Debido a su profunda amistad con mi padre, lo conocía de toda la vida.

En el pasado, incluso antes de que me uniera a su firma y posteriormente me convirtiese en socio de la misma, había disfrutado de su tutela, puesto que me había visto crecer. Una vez, cuando yo estaba a punto de iniciar el noviciado en los jesuitas, se me acercó para darme un consejo, pero yo cometí la imprudencia de menospreciarlo. Lo curioso era que, en contraste con su aspecto severo y austero, era un gran aficionado al fútbol y, en concreto, uno de mis admiradores. Él me aconsejó que jugara unos cuantos años como profesional en cuanto me gradué en la Universidad de Notre Dame. Su argumento era que los jesuitas no se habrían marchado cuando yo me retirase, pero que en aquel momento disponía de la ocasión de probar mi habilidad en una categoría superior. Creía que el destino podía lograr que yo entrara en los Giants de Nueva York. Imagino que eso podía haberse hecho realidad, pero entonces yo era demasiado joven y creía saberlo todo.

Había pasado mis años en Notre Dame jugando como zaguero, cubierto de barro, suciedad y sangre, lleno de costras y zurrando más de lo que mi ansiedad y mi rabia me autorizaban. Ciento diez kilos de embate criminal acolchando un cuerpo de noventa kilos. Literatura deportiva, sin lugar a dudas, pero así me había descrito Red Smith. El hecho era que en aquel entonces yo era un tipo peligroso.

Ahora, a mi manera, soy un ejemplar civilizado por completo, que se mantiene psicológicamente entero gracias a la frágil membrana que nos separa del triunfo de la sinrazón y del mal. Me mantengo intacto e indemne gracias al ejercicio de la abogacía, a mi familia, al apellido familiar y a la tradición.

Summerhays no entendía la sencilla verdad de que yo hubiese perdido el entusiasmo que alguna vez había sentido por jugar al fútbol. Además, mi padre quería que yo entrara en el sacerdocio. Summerhays siempre había pensado que mi padre era algo más católico de lo que, estrictamente hablando, le convenía. Summerhays era un auténtico papista. Mi padre –solía decirme– era algo más: un sólido creyente.

Al final no jugué en el fútbol profesional y me marché para convertirme en jesuita. Por lo que recuerdo, éste fue el último consejo que acepté de mi padre y la última vez que pasé por alto una sugerencia de Drew Summerhays. El precio que debí pagar por mi falta de discernimiento fue muy alto. Tal como se desarrollaron las cosas, la Compañía de Jesús parecía el martillo; la Iglesia, el yunque; y el sonriente zaguero atrapado entre los dos: bang, bang, bang.

Lo malo no es que no me convirtiera en el jesuita que mi padre había deseado: el joven padre Ben Driskill, el voluntarioso muchacho de Hugh, el que pellizcaría la papada a las viejecitas, el que jugaría al baloncesto con los malos elementos del barrio hasta convertirlos en chicos de sacristía, el que daría los últimos sacramentos al viejo y apestoso borracho del señor Leary, el que organizaría excursiones para adolescentes en compañía de sor Rosalía de la escuela del convento de la Visitación, el que dirigiría el canto de los villancicos por Navidad. Nada de eso era para mí. No, lo malo es que me despedí de eso, metí el rosario en el estuche, colgué mi fiel disciplina, empaqueté el cilicio, y me despedí de todo ello para siempre jamás.

En veinte años no volví a entrar en una iglesia católica excepto para honorar a mi hermana Valentine, que recogió la insignia que yo había lanzado y se hizo monja de la orden. Sor Val: una de esas monjas de las que a menudo se oye hablar, esas que van por ahí levantando polvareda y sacan a la Iglesia de sus casillas. Val había sido portada de *Time, Newsweek* y *People*. El viejo Hugh pensaba –a veces con profunda desolación– que había engendrado a un ser diabólico.

Val y yo solíamos bromear al respecto, ya que ella sabía cuál era mi postura. Sabía que yo había penetrado en la Iglesia y que había atisbado cómo resplandecía la maquinaria hasta ponerse al rojo vivo. Sabía que yo había oído el chisporroteo y que me había abrasado. Entendía mis razones y yo entendía las suyas. Sabía que era más decidida que yo, que tenía más agallas.

De lo único que no me gustaba hablar con Drew Summerhays era de fútbol. Por desgracia, tal como me temía, el fútbol ocupaba sus pensamientos ese día. Estábamos a finales de octubre y la liga ya había empezado, de modo que no había quien lo interrumpiera mientras nos dirigíamos a uno de los numerosos clubes a los que pertenecía. Llevaba su impecable gabán con el cuello de terciopelo cepillado con primor, un sombrero hongo color gris perla y el paraguas tiesamente plegado, con el cual golpeaba la estrecha acera donde el enjambre de trabajadores del distrito financiero parecían apartarse como por milagro para dejarle paso. El día se había vuelto húmedo y ventoso en la parte baja de Manhattan, donde nos hallábamos, y pesadas nubes como huellas digitales cruzaban el aire después de una mañana perfecta y soleada. Había indicios invernales que pretendían abrirse paso hacia la isla y que parecían avanzar con nosotros. Torvas nubes grises presionaban sobre Brooklyn como si pretendieran sumergirlo en el East River.

En cuanto nos hubimos sentado y empezamos a almorzar, la voz seca y precisa de Summerhays siguió comentando un antiguo partido que yo había jugado en Iowa contra los Hawkeyes. Ese día había efectuado sin asistencia siete bloqueos y dos robos, pero el juego que persistía en la mente del anciano era el último del partido, con Iowa en la línea de cuatro yardas de Notre Dame. El escaso margen del final había provocado una reacción brutal en la posición trasera. Yo había tenido que disputar dos bloqueos, y cuando alcé la mirada descubrí que la pelota flotaba hacia el extremo lateral de la zona de gol. Llevábamos seis puntos de ventaja y ya no quedaba tiempo en el cronómetro. La zona de gol estaba cubierta de receptores atentos a la posibilidad de colocar un balón ladeado. Entonces di un salto fantástico y, despegándome del barro que intentaba succionarme, intercepté el pase. Cualquiera que hubiese estado allí de pie lo habría podido hacer, pero la casualidad hizo que fuera yo. Tenía la nariz rota desde el comienzo del último cuarto y la sangre que brotaba de un corte sobre la ceja me cegaba, pero tuve suerte y atrapé el maldito balón. Aquella intercepción se convirtió en una leyenda en Notre Dame y perduró hasta el final de la temporada. Ahora Drew Summerhays se acordaba de aquel lance del partido y quería que le contara una vez más la aburrida historia.

De modo que mientras él reclamaba del cielo toda aquella antigua refriega, me acordé de cómo me había sentido durante un partido de verano en que de pronto comprendí aquel juego. Se me presentaba íntegro, como si se tratara de un simple trozo de tela: el director de juego al otro lado de los traseros encorvados y los cascos de los delanteros, moviendo los ojos de un lado a otro, la cadencia dura y bronca de su voz... Sí, de algún modo yo lograba verle la voz. Contemplé las espaldas tensas al correr. Como si pudiera planificar el movimiento de sus moléculas, observé a los receptores apoyándose sobre el otro pie, esforzándose para contenerse. Vi cómo los delanteros urdían la obstrucción que se les había ordenado. Estudié el interior de la cabeza del director de juego y supe lo que estaba pensando, cómo se iba a desarrollar la jugada, cómo debía reaccionar yo.

A partir de ese día, comprendí aquel maldito juego, observé cada jugada como si se desarrollara a cámara lenta. Comprendí la esencia absoluta de lo que estaba sucediendo y me convertí en un maldito jugador de fútbol. Como miembro de la selección nacional aparecí en *Look* y tuve que estrechar la mano a Bob Hope en televisión. Fútbol.

Más tarde uno se dice que jugando al fútbol se aprenden un montón de cosas acerca de la vida, y quizá sea así. Se aprenden cosas acerca del dolor, o respecto al maldito cabrón enloquecido que yace en el fango en lo más profundo de la psique; se aprende lo que es el humor típico de los vestuarios, lo que son las muestras de entusiasmo hacia el Fighting Irish, y que los antiguos licenciados pueden volverse contra uno cuando se pierde el jodido partido. También aprendí que, por el solo hecho de ser un jugador de fútbol, no significaba que pudiera conseguir nada de las rubias tetonas que aparecían en el «Show de Bob Hope». Si la vida consiste en eso..., bueno, imagino que con el fútbol se aprende algo acerca de la vida.

Pero todo lo que he comprendido desde entonces nunca ha tenido comparación con aquel instante durante un partido de verano en que lo observé todo con claridad. Drew Summerhays nunca entendería el fútbol de esa manera. Por otra parte, lo que Summerhays entendía, en pocas palabras yo era incapaz de captarlo: él había comprendido lo que era la Iglesia.

Le observé mientras completaba el corte limpio y quirúrgico del último trozo de lenguado, lo pinchaba con el tenedor y se lo comía sin ningún tipo de acompañamiento: ni ensalada ni verduras ni pan con mantequilla. Un simple vaso de agua sin gas. No tomó café ni postres. Aquel hombre viviría eternamente, y en realidad lo que me interesaba de él era el nombre de la persona que le hacía las camisas. Nunca había visto un almidonado como aquél. Ni una sola arruga, sólo camisas que parecían perfectos campos nevados. Me sentía igual que un campesino mientras mojaba pan en la salsa donde flotaban los restos de mi *ossobuco*. Su rostro era inexpresivo, a no ser que la paciencia que mostraba con mi apetito constituyera una expresión. Ordenó que me trajeran una selección de oporto Fladgate y el camarero se alejó hacia las bodegas del club. Summerhays se sacó un reloj de oro del bolsillo, comprobó la hora y abordó el tema de nuestro almuerzo, el cual no tenía nada que ver con Notre Dame ni con mis antiguas proezas en un terreno de juego.

–Curtis Lockhardt va a venir hoy a la ciudad, Ben. ¿Lo has tratado a menudo?

–Apenas le conozco. Nos hemos visto en un par de ocasiones desde que soy adulto. Solía dejarse caer por casa cuando Val y yo éramos unos críos.

–Es una manera de verlo. Yo lo habría descrito como el protegido de tu padre, casi un miembro de la familia. En cualquier caso, yo lo veo así.

Summerhays deslizó un nudillo por el labio superior y luego cambió de tema para apartarse de las posibles deducciones que yo pudiera hacer respecto a la relación que mantenían Lockhardt y mi hermana, fuera cual fuese esta relación. Los asuntos en los que últimamente se veían involucradas las nuevas monjas no eran de mi incumbencia.

–Por supuesto, ha venido a verme a mí –prosiguió Summerhays–, y también a tu padre. Ah, Simmons, muchas gracias. Precisamente eso es lo que tenía pensado para el señor Driskill.

Simmons dejó la botella sobre la mesa para concederme el privilegio de servirme yo mismo y dejé que el licor se deslizara por las paredes de la copa. El oporto es de efectos inmediatos, debo admitirlo. Simmons reapareció con un puro Davidoff y una cuchilla. No tardé en llegar a la conclusión de que aquellos recuerdos del partido en Iowa eran un pequeño precio que valía la pena pagar.

–Me gustaría que pasaras algún tiempo en su compañía –sugirió Summerhays en voz baja–. Se me ocurre que, considerando algunos de los intereses de la firma...

Pudo haberse encogido de hombros, pero fue un movimiento tan sutil, que quizá sólo lo imaginé.

–¿Qué intereses son ésos, Drew?

Sentí como si toda una carrera viniera derecha a mi encuentro y fuera a absorberme, obligándome a comprometerme demasiado pronto. Si no me mantenía atento, Drew Summerhays me marcaría un primer tanto en la línea de diez.

–No tengo por qué mentirte –me dijo–. Aquí nos estamos refiriendo a la Iglesia. Sin embargo, Ben, la Iglesia es un negocio, y los negocios, ya sabes...

–A ver si lo he entendido, Drew. ¿Te refieres a que los negocios son los negocios?

–Has captado la esencia de mis pensamientos.

–Me lo temía.

–Dos abogados que se muestran agudos –puntualizó, y una sonrisa aleteó en sus labios–. ¿Te has enterado de que el Santo Padre está enfermo? –Ahora me había llegado el turno para encogerme de hombros–. Éste es el motivo de que Lockhardt venga a la ciudad. Está trazando planes para la elección del sucesor de Calixto. Tal vez desea nuestro consejo.

–El mío no –apunté–. Es bastante improbable.

–Pero yo quiero que estés presente en la foto. Será de gran valor para la firma llevar todo ese tiempo de ventaja cuando se tome tal decisión, o cuando se la considere seriamente.

Deslicé unos diez dólares de aquel valioso oporto sobre mi lengua y di una chupada al puro mientras él aguardaba con su inmensa serenidad.

–Yo creía que todavía era el colegio cardenalicio quien elegía al papa. ¿Acaso han cambiado las reglas y no me han informado al respecto?

–No se ha cambiado nada. Se elige al papa como siempre. Sería deseable que mantuvieses firmes las riendas de tu anticlericalismo, Ben. Es un consejo que te doy.

–Hasta ahora me han sido de gran utilidad.

–Las cosas cambian; casi todo cambia. Pero da la casualidad de que la Iglesia no, al menos en su mismo centro. Puedes estar seguro de que nunca te pediría que comprometieras tus principios.

–Te lo agradezco de corazón, Drew.

La ironía le pasó desapercibida esta vez.

–Pero la firma colabora estrechamente con la Iglesia –continuó–. Hay temas con los que deberías familiarizarte, temas que de alguna manera se salen de lo corriente. ¿Por qué no empezar con nuestro amigo Lockhardt?

–Porque la Iglesia es mi enemiga. No puedo expresarlo con mayor claridad.

–Estás perdiendo el sentido del humor y de la proporción, Ben. No te estoy sugiriendo que ayudes a la Iglesia, en ningún aspecto. Simplemente, quiero que prestes atención, que estés más informado acerca de nuestros asuntos. Olvida tus problemas personales con la Iglesia. Recuerda que los negocios...

–Son los negocios.

–En el fondo, así es, Ben.

Sin duda aquél iba a ser mi día dedicado a los católicos.

Cuando regresé al despacho, el padre Vinnie Halloran me estaba esperando. Sentí como si en mi interior fuera a brotar un gemido. Era un jesuita de aproximadamente mi misma edad y lo conocía desde hacía mucho tiempo. La Compañía le había encargado poner orden en las últimas disposiciones y el testamento de la difunta Lydia Harbaugh en Oyster Bay, Palm Beach y Bar Harbor. Se trataba de un complicado documento marginal en el cual dejaba sus vastas propiedades a la Compañía de Jesús. Entre los jesuitas existía una gran preocupación acerca de si el documento resistiría los embates de tres presuntos herederos que, como cabe suponer, se sentían engañados y furibundos.

–Compréndelo, Ben, la reina viuda de Oyster Bay ha entregado dos hijos a los jesuitas. ¿Resulta extraño que deseara que la Compañía se beneficie en gran medida? Además, añadiré que así lo especifica sin dejar lugar a dudas en su testamento. Cielos, como si a los otros tres herederos no les... ¿Los has visto, Ben? Dios con toda su ira... No se les ha dado con la puerta en las narices. Un par de millones por barba. Pequeñas alimañas codiciosas.

En toda mi vida no había visto más de cinco veces a Vinnie con el alzacuello. Ese día llevaba una chaqueta de lanilla, camisa a rayas y pajarita. Me miraba como si esperase que le diera la razón.

–Aportarán un montón de datos para probar que durante los últimos veinte años ella ha sido una vieja chiflada entregada a la bebida. Un argumento muy persuasivo desde mi punto de vista. Y luego está la influencia bajo la cual redactó un testamento sin duda absurdo. Los jesuitas merodeando en torno a su lecho, etcétera.

–¿Se supone que nuestro portavoz debe hablar así?

Vinnie procedía del mundo financiero, de modo que, contrariamente a la creencia popular, el dinero significaba mucho para él. La riqueza de los Halloran de Pittsburgh no alcanzaba la de los Driskill de Princeton y Nueva York, pero sí era lo bastante importante para crear ciertos hábitos.

–¿En realidad es eso lo que la Iglesia espera de ti, Vincent? Merodear en torno a los dudosos testamentos de ancianitas ricas.

–Conmigo no te hagas el moralista, Ben –replicó con tono amable–. Ahí fuera hay un mundo de fieras rabiosas.

–Las fieras se devoran a sí mismas –le devolví la pelota, un juego que nos entretenía desde hacía años.

–La Iglesia no se diferencia de cualquier otra organización, y tú lo sabes. La Iglesia y la Compañía, tenemos que velar por nosotros mismos ya que, como hay Dios, nadie más lo hará por nosotros. Yo contribuyo recogiendo el dinero que sobra por aquí o por allá. La Iglesia debe mantenerse por sí sola...

–Vinnie, Vinnie, estás hablando conmigo, con Ben. La Iglesia no se ha mantenido por sí sola desde la época de Constantino. Siempre se ha vendido al mejor postor. Los chulos cambian, pero al día siguiente la Iglesia sale siempre a hacer la calle.

–Por Dios, muchacho, podrías ser el Anticristo del que tanto nos han hablado. Menudo día para mí. Aun así, todavía podrías convertirte en el perfecto jesuita, de no ser porque luchas con excesivo celo por esa frívola idea tuya acerca de las grandes verdades. Nunca has aprendido a dar formalmente tu opinión y luego cerrar la boca. La verdad es que nunca has entendido qué es la Iglesia. Nunca has sabido obligar al manso cordero del idealismo a que conviva en paz con el feroz león del realismo. En el fondo, la Iglesia es eso.

–¡Menudo camarada de feliz pragmatismo estás hecho!

–No me queda más remedio. Soy un sacerdote –dijo sonriente, retrepándose en el asiento–. Estoy obligado a vivir con este revoltijo, ya que se trata de un revoltijo. La Iglesia no es en absoluto un lugar donde impere el orden; el hombre nunca ha sido un ser ordenado. Nosotros nos limitamos a dar vueltas por ahí haciendo cuanto podemos, y si sólo lo logramos en un cincuenta y uno por ciento, pues bien, diablos, eso es todo lo que se nos puede exigir. Créeme, la viuda Harbaugh quería que la Compañía se quedara con esta suma. Y, si no es así, debería haberlo querido.

Lo que a Vinnie y a todos los demás Vinnies les importaba era lo que ellos creían. La fe de Halloran permanecía intacta y siempre me decía que en algún momento de mi existencia debía de haberme hecho alguna «fectomía». Sus creencias y su fe no eran sólo en Dios –y quizá ni siquiera primordialmente en Dios–, sino en la Iglesia en sí, y eso era lo que en realidad nos distanciaba. Había visto cómo funcionaban y había comprendido que Dios podía transformarse en un mito oportuno, o que se podía creer que residía en el lavaplatos y que se le podía hablar durante el ciclo de secado, aunque nada de eso importaba. Pero, por todos los diablos, no te atrevieses a poner en duda a la Iglesia.

Después del almuerzo, me quedé en el despacho del chaflán que venía ocupando desde hacía más de una década y contemplé el Battery Park, las torres del World Trade Center y la estatua de la Libertad, que apenas se distinguía a través de la bruma y la neblina que a media tarde se espesaba progresivamente. Era el tipo de despacho que el hijo de Hugh Driskill habría esperado tener, y las esperanzas participaban de forma importante en la existencia de Bascomb, Lufkin y Summerhays. Había un escritorio de estilo inglés perteneciente a la época de Dickens, una mesa de refectorio Luis XV, encima de la cual se hallaba un *brancusi;* en un pedestal reposaba un busto de Epstein y un *klee* colgaba de la pared. Me habrían entrado escalofríos de no haberme sentido lo bastante seguro. Eran regalos de mi padre y de Antonia, mi ex esposa. Todo muy ecléctico y de primera calidad. En una ocasión, el *New York Magazine* realizó un reportaje sobre los despachos del poder y el mío fue uno de los elegidos; me costó mucho tiempo borrarlo de mi mente. Yo escogí la moqueta y tanto Hugh como Antonia opinaron que parecía el suelo de una jaula de canarios. Si la memoria no me traiciona, es en lo único que ambos se pusieron de acuerdo alguna vez.

Al final, todo lo que Antonia y yo compartimos fue una profunda desconfianza hacia la Iglesia católica romana, pero eso no bastó para salvar nuestro matrimonio. Siempre tuve la impresión de que ella había heredado aquella actitud desde el instante de su nacimiento, mientras que yo había adquirido la mía a la vieja usanza: me la había ganado a pulso.

La bruma avanzaba procedente de Staten Island y velaba puntos de orientación que me resultaban familiares, igual que las nubes del recuerdo al cernirse sobre las trivialidades cotidianas. Cuando uno alcanza el punto medio de su vida, una de las grandes revelaciones está íntimamente relacionada con los recuerdos, o al menos eso creo. Éstos parecen adquirir una gran importancia y resulta imposible desecharlos. Reclaman todos sus derechos y uno empieza a preguntarse si en ellos no estarán las llaves que cierran las puertas de la personalidad. Todo eso me resultaba algo amedrentador.

Siempre había habido muchos curas rondando por nuestra casa mientras Val y yo crecíamos. Cuando nuestro padre regresó de la guerra en el año 1945, yo tenía diez años y era verano. En la época en que él se encontraba en el extranjero y sólo lo veíamos durante los permisos, había un cura anciano, con grandes mechones de pelo blanco y ondulado que le salían por la nariz y las orejas, que me producía una gran impresión. Le llamaban padre Polanski y venía a nuestra capilla para decir misa. A veces se entretenía deambulando por los jardines con nuestra madre y conmigo. En una ocasión me regaló una paleta de jardín, pero en realidad no lo llegamos a conocer más de lo que conocíamos al hombre que se encargaba de mantener limpio y liso el estanque donde patinábamos, o a los individuos que venían a cuidar el césped, regar, rastrillar y podar los árboles del huerto.

No fue hasta que nuestro padre regresó del frente cuando descubrimos a un cura como ser humano, y fue por simple necesidad comparativa. Trajo consigo a un sacerdote, a un auténtico italiano que hablaba inglés con un acento muy marcado. Por algún motivo, a Val y a mí se nos metió en la cabeza que el padre –¿o era ya monseñor?– Giacomo d'Ambrizzi, con su larga sotana y sus negros zapatos de gruesa suela y punta bulbosa, era un trofeo de guerra que nuestro padre había obtenido de algún modo peculiar: algo parecido al oso apolillado y polvoriento que había en un rincón de la sala anexa, o a las cabezas de león y rinoceronte que colgaban de las paredes de nuestro chalet en los Adirondack. Debido a algún razonamiento infantil, la pequeña Val –que entonces tenía cuatro años– y yo creíamos que el padre D'Ambrizzi nos pertenecía. Por otra parte, él también parecía disfrutar con esta relación. Sería ocioso reseñar todas las carreras a lomo, las partidas de ajedrez y la lotería con figuras de animales que compartió con nosotros aquel verano, cuántas horas pasó a nuestro lado a comienzos de aquel otoño de posguerra, llevándonos de paseo con la carreta y aprendiendo con nosotros a subirse a los manzanos, tallando cabezas humanas en las calabazas e intentando cogerle el tranquillo a eso de patinar sobre hielo en el estanque que había detrás del huerto. Parecía tan inocente como sin duda Val y yo lo éramos por entonces. Si los demás curas a los que conocí hubiesen compartido sus mismas virtudes, sospecho que en estos momentos yo sería uno de ellos. Pero esta clase de suposiciones ahora sólo conducen a un callejón sin salida.

Al padre D'Ambrizzi le encantaban los trabajos manuales y yo solía sentarme durante horas, extasiado, observándole. Nos construyó un columpio en el huerto, cuyas cuerdas él mismo colgó de la gruesa rama de un manzano. Yo nunca había visto nada tan fantástico. Pero luego se superó a sí mismo con una cabaña encima de un árbol, a la que se subía por una escalera de cuerda. Más impresionante aún que eso era verle apilar ladrillos, el modo como lanzaba la argamasa con la paleta y levantaba la pared al efectuar cualquier reparación en la capilla, que empezaba a desmoronarse en un par de puntos. Yo me sentía hechizado. Le seguía los pasos allí a donde fuera, excepto cuando se encerraba en el estudio para realizar su «tarea». Hubiera jurado que su trabajo era de la máxima importancia. Nadie le importunaba cuando estaba ocupado en el estudio.

Pero cuando salía, allí estaba yo esperándole. Él entonces me levantaba con sus largos y peludos brazos de simio como si yo fuera un muñeco de trapo. Su abundante cabello, negro y rizado, estaba afeitado en la cúspide del cráneo, como si se tratara de un gorrito. Su nariz parecía un plátano y tenía la boca torcida, como un príncipe en un cuadro del Renacimiento. Era unos quince centímetros más bajo que mi padre y, según mi madre, se parecía a Edward G. Robinson. Una vez le pregunté qué quería decir con eso, y ella se quedó un momento pensativa antes de responder:

–Bueno, Benjy, ya sabes. Que parece un pistolero, querido.

Mi padre no tenía con los niños la misma gracia natural que D'Ambrizzi. Seguramente padeció algunos ataques de celos al descubrir la afición que Val y yo habíamos cobrado hacia aquel exótico ejemplar. Nunca se nos ocurrió pensar cuánto tiempo iba a permanecer con nosotros: nos limitábamos a adorarlo. Entonces, de repente, un día se fue. Se marchó en plena noche, como si fuese un producto de nuestra imaginación, como si lo hubiésemos soñado. Pero nos dejó una cruz de hueso: la de Val con una filigrana que parecía de encaje, la mía sólida y masculina.

Val aún la lleva consigo. Yo la perdí hace tiempo, supongo.

Poco después, nuestro padre nos habló de D'Ambrizzi, con una táctica que para él resultaba bastante sutil. No pronunció su nombre, pero Val y yo nos miramos de reojo porque sabíamos de quién se trataba. Papá nos explicó por qué motivo no debíamos confundir a los sacerdotes –«a los hombres de Dios»– con el mismo Dios. Mientras los primeros tenían pies de barro, el otro carecía por completo de pies, al menos por lo que se sabía hasta el momento. Todo se redujo a eso, si bien su explicación se extendió mucho más. Luego recuerdo que espiábamos los pies de los curas que bebían whisky en la biblioteca con nuestro padre o que salían para decir misa en la capilla para nuestra madre. Nunca vimos que fueran de barro y eso me dejó confuso. Val, con su estilo de muchachita silenciosa, se marchó a jugar con sus utensilios de modelar y preparó una considerable cantidad de barro. Nuestra madre entró en la sala de juegos, se detuvo, y le dedicó una analítica mirada, mientras le preguntaba qué estaba haciendo. Con voz dulce y clara, Val respondió:

–¡Pies de barro!

A nuestra madre, aquella explicación le pareció de lo más divertida y llamó a nuestro padre para que echara un vistazo. Luego se trajo a una amiga de la iglesia para que los viera, pero Val le anunció que los había deshecho para modelar otra cosa. Sin embargo, yo sabía que eso no era cierto: había escondido los pies de barro dentro de su gran bombo con un payaso pintado en el lateral. Mi hermana había levantado un panel y utilizaba el interior para ocultar sus secretos. Eso fue años antes de que ella descubriera que yo conocía su escondite. Por mi parte nunca encontré un escondite tan bueno como ése, pero la verdad es que nunca tuve grandes secretos. Val era la curiosa, la que tenía cosas para atesorar.

Me acordaba de Val cuando era pequeña, aprendiendo a patinar en el estanque con una especie de desparpajo natural, mientras yo tropezaba y caía como un estúpido, helado, mojado, herido y a menudo irritable. Los deportes de invierno siempre me parecían empeños desafortunados, el castigo por agravios imprecisos, pero Val siempre pensó que yo estaba chiflado. Supongo que no se equivocaba.

Continuaba pensando en Val cuando la señorita Esterbrook, mi secretaria, entró en el despacho y carraspeó a mis espaldas. Me aparté de los recuerdos y de la bruma, y me volví.

–Su hermana le llama, señor Driskill.

Mi secretaria se fue y yo me senté al escritorio un momento antes de contestar al teléfono. Nunca he creído en las casualidades.

–Hola, Val. ¿Dónde estás? ¿Qué te cuentas?

La voz de mi hermana me sonó extraña y así se lo comenté. Pero ella se echó a reír y me llamó chiflado, aunque no parecía poner el corazón en sus palabras. Algo andaba mal, pero la respuesta de Val fue que deseaba que saliera para Princeton, a reunirme con ella en casa esa noche. Tenía que discutir un asunto conmigo. Yo creía que estaba por París o algún sitio así.

–He estado un poco por todas partes. Es una historia muy larga. Acabo de llegar a casa esta tarde. Volé con Curtis. ¿Vendrás esta noche, Ben? Es muy importante.

–¿Estás enferma?
–Estoy un poco asustada, pero no enferma. Ben, ¿te importa aplazar el interrogatorio para esta noche?
–Pues claro. ¿Está ahí papá?
–No. Tenía una reunión de junta en Manhattan.
–Perfecto.
–¿Qué quieres decir con eso?
–Lo de siempre. No me gusta que me sorprenda, si es que se oculta en las sombras dispuesto a saltar sobre mí.
–A las ocho y media, Ben. Ah, y otra cosa. Te quiero, aunque seas un estúpido chiflado.
–Precisamente hoy, Vinnie Halloran me ha acusado de ser el Anticristo.
–Vinnie siempre ha pecado de exagerado.
–Yo también te quiero, hermanita. Aunque seas una monja.
Oí que lanzaba un suspiro y luego colgó. Permanecí un rato sentado, intentando recordar si alguna vez la había visto asustada con anterioridad, hasta el punto de que el miedo se filtrara en su voz. Llegué a la conclusión de que no la había visto nunca así.
Salí del despacho un poco pronto para mí, ya que mi jornada habitual solía extenderse hasta las ocho o las nueve. Quería disponer de tiempo a fin de darme una ducha y cambiarme de ropa antes de ir a rescatar mi Mercedes para salir hacia Princeton.
El taxi me dejó en la calle Setenta y tres esquina con Madison. La claridad se había apagado a causa de la niebla y las luces de la calle ya estaban encendidas, iluminando la húmeda penumbra. Avancé en dirección al parque, intentando aún imaginar qué le sucedía a mi hermana. Las calles aparecían lisas y brillantes. Hacía una semana que habían finalizado los campeonatos de béisbol de finales de verano y de repente reinaba un frío invernal y la niebla se transformaba en diminutas bolitas punzantes.
Sor Val. Sabía que había ido a Roma para iniciar un nuevo libro, luego me había enviado una postal desde París, y no esperaba verla en Princeton hasta Navidad. Se aplicaba furiosamente para cumplir su plan de investigación y redacción del libro, y de pronto allí estaba, tomándose un descanso. ¿Qué era lo que la había asustado hasta el extremo de traerla de vuelta a casa?
En fin, al parecer me enteraría de ello esa misma noche. Nunca se podía asegurar qué tipo de enredos había empezado a husmear

mi hermanita Val. Sólo sabía que estaba investigando el papel de la Iglesia durante la Segunda Guerra Mundial. ¿Era eso lo que la había traído a casa? Resultaba difícil imaginar las razones. Pero con Val nunca se sabía. Ella no era de esas monjas que solíamos encontrar en la escuela primaria de St. Columbkille. Ese pensamiento siempre provocaba una sonrisa en mi rostro, de manera que sonreía como un estúpido cuando llegué ante el edificio de piedra arenisca roja donde se hallaba mi apartamento. No había nada que Val y yo no pudiéramos solucionar. Nunca lo había habido.

Crucé el Hudson por el puente de George Washington, me encaminé hacia Princeton y sentí que el frío, la humedad y la tensión del pie sobre el acelerador despertaban el antiguo dolor en la pierna, un recuerdo de mi paso por los jesuitas. Éstos me habían dejado su marca, de eso no cabía duda. El tráfico por fin se hizo fluido y me encontré a solas con los limpiaparabrisas y el concierto de violoncelo de Elgar que había puesto en el casete. La noche se presentaba desapacible y resbaladiza, la lluvia se había transformado en una especie de hielo fangoso y el coche estaba constantemente a punto de deslizarse conmigo al otro mundo.

Estaba pensando en una noche parecida, veintitantos años atrás, sólo que entonces era pleno invierno y todo estaba blanco en vez de gris, pero reinaba una idéntica atmósfera de descomposición. En aquella ocasión también me dirigía a Princeton, asustado por la discusión que iba a mantener con mi padre. Yo no quería decirle qué había sucedido y sin duda él tampoco quería oírlo. No le gustaban las historias lacrimógenas, ni los fracasos, que según él no eran otra cosa que simple cobardía. Cuanto más me aproximaba a Princeton, más deseaba alejarme. Sin embargo, allí estaba yo, en medio de lo que Bulwer-Lytton habría denominado una oscura y tormentosa noche, el hielo y la nieve me inmovilizaban mientras huía como un ladrón en plena noche de los lóbregos muros donde había intentado convertirme en jesuita; donde había intentado ser el hombre que mi padre deseaba.

A Hugh Driskill le complacía la idea de verme entre los jesuitas, así como saber que abrazaría su severa disciplina, su exigente vida intelectual. Le agradaba saber que iba a ocupar un sitio en un mundo que él era capaz de entender. Además, se trataba de un mundo que mi padre se consideraba capaz de controlar hasta cierto punto. Con su propio estilo egocéntrico le gustaba creer que, debido a su riqueza y a su devoción hacia la Iglesia, a la realización de buenas obras y a su influencia, a la larga sería una de las personas que definirían la camarilla del poder, la Iglesia dentro de la Iglesia. Siempre tuve la impresión de que mi padre se sobreestimaba, pero, en el fondo, ¿qué sé yo en realidad?

Más recientemente se me ocurrió que, a fin de cuentas, mi padre podía tener esa opinión de sí mismo. Drew Summerhays me había confiado algunas cuestiones acerca del pasado que tendían a legitimar la convicción de mi padre en su propia importancia. Durante mucho tiempo, Summerhays había sido guía y amigo de mi padre en la misma medida en que éste lo había sido del omnipresente Curtis Lockhardt. Ahora Summerhays me decía que mi padre y Lockhardt estaban planificando la elección del próximo papa.

Por supuesto, yo recordaba cosas de mi propia existencia que tendían a dar solidez a la opinión que mi padre tenía de sí mismo. Durante mi infancia, el cardenal Spellman –en aquel entonces debía de ser obispo o arzobispo, pero ¿quién se acuerda ya?– siempre venía de Nueva York a Princeton a cenar, lo cual significaba que nosotros éramos alguien especial. Nos visitaba tanto en la casa de Princeton como en el enorme dúplex que poseíamos en Park Avenue y que abandonamos después del accidente de mamá. A veces oía cómo mis padres le llamaban «Frank», y en una ocasión me maravillé cuando él me confesó que llevaba zapatos de piel de cocodrilo. Puede que le hubiera estado examinando por si tenía los pies de barro.

Debería haber sido la llamada de Val lo que me preocupara y me hiciera pensar en los viejos tiempos y sin embargo me acordaba ahora de Spellman, de mi padre, de los zapatos de cocodrilo, de los jesuitas y de aquella noche perdida en el pasado en que la carretera estaba resbaladiza, la nieve revoloteaba y yo regresaba solo a casa cargado de malas noticias, al tiempo que me preguntaba qué diría mi padre, cómo iba a reaccionar ante la nueva decepción que yo le causaría.

De eso hacía veinte años, tal vez más.

A primera hora de la mañana, cuando la nieve casi había dejado de caer y la oscuridad de la noche había cedido un poco, la patrulla de la carretera salió en busca de las víctimas de la tormenta. Encontraron mi Chevy empotrado contra un árbol, completamente destrozado. El coche, el árbol y la maldición a mi alrededor, y ni una sola prueba de que yo hubiese intentado frenar el coche sobre la superficie helada, crujiente y nevada de la carretera, de modo que supusieron que me había quedado dormido. Son cosas que a veces ocurren. En fin, todo aquello se redujo a nada. Tenía una pierna rota y estaba medio congelado, pero lo importante era que durante la noche había comprendido que era preferible morir a tener que explicarle a mi padre mi decisión respecto a los jesuitas.

Epifanía. Aquél fue el único instante de epifanía del que realmente he sido consciente. Por supuesto, tal como ocurrieron las cosas, mi padre supo la verdad de lo que yo había intentado hacer aquella noche. Estaba ahí en sus ojos, el fuego inextinguible de la desesperanza, como bengalas sobre una costa oscura y llena de peligros, haciéndome señales para que pudiera llegar a casa, a mi hogar. Él lo sabía. Sabía que yo había intentado suicidarme, el último pecado mortal de los católicos, y ésa era otra cosa más que nunca me perdonaría.

«Gracias a Dios, aún está Val.» En realidad me dijo eso más tarde, en el hospital. No para insultarme, ni para humillarme, sino que sencillamente lo dijo para sí, lo murmuró entre dientes. A partir de entonces, después de haber intentado conscientemente acabar con mi vida, de haber elegido el vacío, de haber excluido a mi padre de mi decisión, ya no volvió a importarme un comino lo que él pudiera pensar. Eso es lo que me dije a mí mismo. Ése fue mi triunfo.

Bordeé las afueras de Princeton, giré por la carretera asfaltada de dos carriles donde había aprendido a conducir el Lincoln de mi padre y, antes de darme cuenta, los faros penetraron la fustigante cortina de lluvia y aguanieve hasta desparramar su luz hacia la casa. El largo sendero de la entrada que avanzaba entre las hileras de álamos estaba blando y el barro parecía succionar los neumáticos. La curva cubierta de grava se veía enlodada y amarillenta, los rosales descuidados, como si hiciese un siglo que nadie hubiese visitado la casa. A un lado del patio apareció, sombrío y oscuro, el bajo tejado de dos aguas del garaje, construido en piedra. Nadie había encendido las luces de bienvenida a fin de iluminar mi llegada. La casa se extendía hacia la izquierda y el empedrado brillaba bajo los faros como guijarros en el fondo de un arroyo. La casa aparecía oscura, tanto como la noche, impenetrable, húmeda. A lo lejos, por encima de las copas de los árboles, las luces de Princeton oscilaban rosadas entre la lluvia.

Al penetrar en el oscuro vestíbulo principal sentí una descarga helada que me recorrió la espina dorsal. Pero cuando encendí las luces, todo apareció ante mí como siempre: el brillante piso de roble atarugado, sin clavar, las molduras color crema, la escalera, las paredes de color verde oliva, los espejos de marco dorado... Me encaminé directamente al gran salón, dos peldaños más elevado que el vestíbulo, donde solíamos realizar todas nuestras reuniones al volver a casa.

El gran salón. En el pasado había sido la principal dependencia pública de la posada original del siglo XVIII, alrededor de la cual se había edificado el resto de la casa y que todavía era visible a través de las ennegrecidas vigas del techo, la rayada y requemada chimenea de un metro ochenta de alto por tres de ancho, y los ganchos para las marmitas. Pero, a lo largo del tiempo, habían ido incorporando otros detalles: las fundas estampadas con flores, las librerías que cubrían las paredes, las enormes alfombras de nudos color mostaza y escarlata, el cubo del carbón, los sillones de cuero también color mostaza en torno a la chimenea, las lámparas de bronce con pantalla amarilla, los cuencos y tarros de cobre repletos de flores, y en el extremo opuesto de la sala, de cara al huerto y al arroyo, el caballete donde mi padre pintaba algunos de sus cuadros. El que ahora estaba pintando se hallaba cubierto con una tela.

Hacía frío en la estancia, ya que se filtraba la humedad helada del exterior. Las cenizas del hogar estaban apagadas y húmedas, olía a otoño debido a la lluvia que caía por la chimenea y las transformaba en barro. En los viejos tiempos, William y Mary habrían salido de sus propias habitaciones en la casa y estarían agitándose a mi alrededor, atizando el fuego, saludándome, sirviéndome un ponche y dando vida a la casa. Pero ahora William estaba muerto, Mary se había retirado a Scottsdale y la pareja que servía a mi padre vivía en Princeton, no en las dependencias del ala este.

Comprendí que ella no se encontraba en casa. Aun así, la llamé, sólo para que me acompañara el sonido, pero éste se perdió en el silencio. Me detuve al pie de una de las múltiples escaleras desparramadas por allí, y volví a llamarla por su nombre. Desde arriba me llegó el antiguo sonido huidizo, como el de unas hojas de periódico volando a través de un canalón. El frío y la lluvia habían atraído a la casa los ratones de campo que habitaban bajo los aleros, y ahora deambulaban por arriba intentando recordar dónde se encontraban, allí donde innumerables generaciones de sus antepasados habían deambulado con anterioridad.

Cuando éramos pequeños, Val y yo llegamos a la conclusión de que los ruidos que oíamos a través de las paredes se debían al fantasma cuya historia habíamos escuchado desde la cuna. Era el de un muchacho, decía la leyenda, que había asesinado a un oficial inglés detrás de las líneas y luego había escapado con dos casacas rojas pisándole los talones. Un anterior Ben Driskill lo había escondido en uno de los desvanes, pero al cabo de una semana la patrulla inglesa que había salido en su búsqueda llegó a la propiedad de los Driskill y registró la casa. Hallaron al muchacho acurrucado en la oscuridad, medio muerto a causa de una neumonía, y allí mismo lo declararon culpable.

A ese antiguo Ben Driskill lo sentenciaron a morir con el muchacho para dar una lección a todo el vecindario, lo cual impulsó a la esposa de Ben, Hannah, a presentarse en la entrada principal con un trabuco y amenazar con meter una descarga mortal en el estómago de aquel casaca roja si no se limitaba a coger a su prisionero y largarse de allí. El británico agachó la cabeza, sugirió que a partir de entonces Ben se lo pensara dos veces antes de prestar ayuda y asilo a un enemigo de su magnánima majestad el rey Jorge, y se fue llevándose al prisionero bajo custodia. La patrulla condujo al muchacho al huerto y, con un trozo de cuerda de Driskill, lo colgaron de la gruesa rama de un manzano en el mismo huerto. Poco después, el propio Ben lo descolgó y lo enterró al pie del árbol. Su tumba todavía estaba marcada y nosotros acostumbrábamos a jugar allí. Con ojos de asombro, escuchábamos fascinados aquella historia de la muerte del intrépido rebelde y de su fantasma.

Subí al piso de arriba y aguardé, pero nadie –ni un fantasma, ni una ardilla, ni mi hermana– iba a responder. Pensé en mi madre, con uno de sus vaporosos camisones y una bata de encaje, de pie en el pasillo, con una mano tendida, como si intentara alcanzarme desde lejos. ¿Cuándo había sucedido eso? Sus labios formaban palabras que entonces debí de oír, pero que ahora no lograba recordar. ¿Por qué no recordaba sus palabras, si rememoraba a la perfección el aroma de su colonia y de sus polvos de maquillaje? ¿Y por qué su rostro se escondía en las sombras del pasillo? ¿Era joven? ¿O ya tenía el pelo cano? ¿Qué edad tendría yo cuando se me acercó con la mano tendida, diciendo algo, intentando lograr que yo entendiera algo?

Volví a bajar las escaleras, cogí un paraguas y salí. La lluvia caía en ráfagas diagonales frente al fantasmagórico resplandor de las luces que marcaban el sendero. Me levanté el cuello de la gabardina, me dirigí al pequeño pasaje que circulaba entre dos alas de la casa y me agaché para pasar. La lluvia azotaba los paneles de las ventanas sobre mi cabeza y era engullida furiosamente por los canalones de plomo, al tiempo que se helaba lentamente, para luego bloquear las cañerías. Algunas cosas nunca cambiaban.

Salí al césped donde solíamos jugar al croquet y al bádminton. Las luces procedentes de las ventanas del gran salón lanzaban puntiagudos dedos amarillos que señalaban hacia la capilla.

Lógicamente, nosotros teníamos nuestra propia capilla. Mi padre la había hecho construir allá por los años veinte para satisfacer uno de los caprichos de mi abuela. No pertenecía «a ningún estilo característico», como suele decirse en las guías. Ladrillo y piedra, con una franja negra y blanca, y con lo que mi abuela solía denominar «un hermoso capitel, no muy ufano de sí mismo», que continuamente exigía reparaciones. Nosotros no éramos católicos ingleses al estilo de Evelyn Waugh y no manteníamos en la nómina del servicio a un cura dócil, si bien ayudábamos en gran medida a los de St. Mary, la iglesia de New Prudence, una aldea cercana. Al hacerme mayor, me convencí de que tener una iglesia propia era una locura, pero también aprendí a mantener la boca cerrada al respecto. Cuando ingresé en la escuela de San Agustín, el hecho de tener una capilla propia no parecía algo tan absurdo. Algunos de mis compañeros viajaban en el mismo barco.

Ahora la capilla chorreaba bajo la lluvia, como algo que uno pudiera encontrarse en el viejo patio de una iglesia inglesa o en un poema. Era lúgubre y oscura, y estaba llena de ratones. Necesitaba que le segaran el césped de la entrada y el hielo había formado sobre ella una delgada capa laqueada. Me aferré a la barandilla y subí los peldaños que conducían a la puerta de roble forrada de hierro. El picaporte circular chirrió ligeramente cuando lo giré. Una vela parpadeó al recibir el soplo de aire procedente del exterior. Una única vela. Más allá del halo de luz, la capilla aparecía completamente a oscuras, como si sólo existiera el vacío. Sin embargo, Val tenía que haber estado allí para encender la vela. Luego se habría marchado a alguna parte.

Regresé a la mansión y apagué las luces. No soportaba la idea de verme en aquella fría casa sin Val. No era probable que me hubiese dado plantón. Sin embargo, era una noche desapacible, de modo que habría salido para hacer algunos recados y se habría demorado en alguna parte. Más tarde volvería.

Me sentía hambriento, y necesitaba beber algo, de modo que subí al coche, eché una nueva ojeada a la vieja casa solitaria bajo la lluvia y me dirigí a Princeton.

Reinaba un agradable murmullo de conversaciones en la sala del sótano de la Nassau Inn. El bar estaba atestado y se percibía la neblina de humo de los cigarrillos así como la sutil atmósfera de club que tanto encajaba con el nombre, si no con el local en sí. Había fotografías enmarcadas de Hobe Baker y de otros héroes de antaño, y en los tableros de las mesas aparecían muescas profundas de anteriores generaciones de los Tigers. El humo de la sala muy bien hubiera podido ser la neblina del pasado.

Me senté en un reservado y ordené un doble Rob Roy seco, y de repente me di cuenta de lo nervioso que estaba. Era por Val y por el miedo que había en su voz. ¿Dónde se habría metido? Tanta insistencia para nada. ¿Era ella quien había encendido aquella vela?

Acababa de llegar mi hamburguesa con queso cuando alguien gritó mi nombre.

–¡Ben, muchacho! ¡Eres como una imagen del pasado!

Alcé los ojos hacia el rostro juvenil y de ojos azules que correspondía a Terence O'Neale, al padre O'Neale, cuya edad estaba entre la de Val y la mía, pero que por algún motivo siempre parecía un estudiante de primero. Todo el mundo le llamaba Peaches porque tenía una de esas pieles cremosas, color melocotón, eternamente joven y de aspecto inocente. A Peaches lo conocíamos desde siempre. Jugábamos al tenis y al golf, y siempre discutíamos acerca de que yo lo había inducido a emborracharse por primera vez, en la parte trasera de nuestro huerto de manzanos. Ahora me sonreía y sus ojos azules lanzaban destellos mientras oscilaban sobre el abismo del pasado.

–Siéntate conmigo, Peaches –le invité, y él se sentó en el banco de enfrente, con una cerveza en la mano.

En un principio no había querido ser sacerdote, sino que eso vino mucho después de que Val ingresara en la orden. El golf, las motocicletas y el récord mundial de bebedores de cerveza, eso era lo que veía Terence O'Neale cuando echaba un vistazo al futuro. Eso y una esposa, un montón de críos y tal vez un empleo en Wall Street. Se suponía que Val iba a ser la señora de O'Neale y yo daba mi beneplácito. Hacía unos cuatro o cinco años que no le veía, pero no había cambiado. Llevaba una irreprochable camisa blanca y una chaqueta de lanilla. Vinnie lo habría aprobado.

–Y bien, ¿qué te trae de nuevo al escenario del crimen?

–Yo soy un trabajador, Ben. Tengo un empleo en New Prudence. Soy el cura de St. Mary. Parece cosa de brujas. Durante la homilía no hacía más que mirar, pensando que quizá nos encontráramos, tú, yo y Val.

Sonrió al pensar en los misteriosos caminos que utilizaba el Señor.

–¿Desde cuándo? ¿Por qué no has telefoneado?

–Sólo desde este verano. Deberías haber visto a tu padre, cómo se volvió a mirarme cuando me reconoció. Pensé que nos veríamos por Navidad. Val dijo que quizá nos encontraríamos para patinar juntos en el estanque del huerto, pero que no esperara verte aparecer por la iglesia.

–No se equivocaba. Hace veinte años que paso de largo, como muy bien sabes.

Peaches cogió de mi plato una patata frita.

–¿Qué haces por aquí, pues? Tu padre dice que no sueles venir a menudo a casa.

–Y está en lo cierto. Todavía se pregunta si de verdad soy hijo suyo. Quizá se produjo un cambio en la sala de maternidad. Es la única esperanza que le queda.

–Eres excesivamente duro con el viejo, ¿no te parece?

–No. En cualquier caso, no he venido aquí para verlo. Esta tarde recibí una llamada de Val, llena de misterio y empeñada en verme aquí esta noche. Así que vine en medio de esa especie de cuajada que cae, pero ella no estaba en casa esperándome. –Me encogí de hombros–. ¿Cuándo la has visto? ¿A qué viene eso de patinar juntos? Aborrezco el patinaje...

–Este verano, cuando vino por aquí, de paso para Roma, cenamos juntos para recordar viejos tiempos. –Me cogió otra patata frita–. Creo que tienes razón en cuanto a su tono misterioso. Algo está pasando y ella sigue con su investigación en profundidad. Me escribió desde Roma y luego desde París. –Su rostro se empañó–. Está escribiendo ese monstruoso libro, Ben, sobre la Segunda Guerra Mundial y la Iglesia. –Hizo una mueca–. No se trata precisamente de una época de la que la Iglesia se enorgullezca.

–No me extraña –repliqué.

–A mí no me mires. Yo no tuve nada que ver con todo eso. Pío era Pío, y yo sólo un muchachito de Princeton, Nueva Jersey.

Se terminó todas mis patatas fritas y me sonrió. Experimenté un ramalazo de afecto. Val había tomado muy en serio a Peaches y llegó a decirme que sólo se casaría con él. Los dos se habían hecho novios cuando ella cumplió los diecisiete.

Val experimentó una buena ración de culpa de adolescente católica al perder con él la virginidad, una noche de verano en el huerto de casa. Más tarde, cuando ella empezó a pensar seriamente en entregarse a la Iglesia, Peaches supuso que se trataba sólo de una fase que debía superar. Luego se convenció de que ella había cedido ante las presiones de papá. Más tarde pensó que, sencillamente, Val se había vuelto loca. Pero mi hermana quería que su vida fuese algo especial: para ella misma, para el mundo en el cual le había tocado vivir y para la Iglesia. Kennedy había muerto asesinado y Peaches le dijo: «Mierda, si quieres salvar al mundo, únete a los Cuerpos de Paz». Val no quiso discutir con él por ese motivo. No es que ella necesitara a la Iglesia, le dijo, sino que era aquella pobre y vieja Iglesia la que la necesitaba a ella. Val nunca había tenido ningún problema con su ego.

Juan XXIII era la idea que ella tenía de un nuevo comienzo después de que finalizara la época de Pío, a quien consideraba una vergüenza. Pero Pablo VI parecía decidido a perder todo el terreno que se había ganado y por lo visto le satisfacía que la Iglesia se hundiera de nuevo en el pasado. Ella veía que el mundo estaba cambiando y que la Iglesia necesitaba avanzar para desarrollarse dentro de un nuevo ámbito humanista. Val había visto a Kennedy, a

Martin Luther King y al papa Juan XXIII, y quería unirse a ellos para conseguir un mundo mejor. En cuanto a Peaches, en fin, si no podía tener a Val, ya no quería a nadie más. En su momento se hizo cura y todo vino a demostrar que nunca se puede predecir qué rumbo van a tomar las cosas.

Peaches me acompañaba hasta el bar cuando se percató de que el tipo al que estaba esperando se hallaba en la entrada, y me cogió del brazo.

–Ben, quiero que conozcas a un amigo mío.

El hombre que aguardaba en el umbral llevaba un impermeable amarillo y un sombrero de ala caída color verde oliva, con una delgada cinta de cuero. Unas pobladas cejas grises se arqueaban sobre unos ojos acerados, profundamente hundidos en un rostro de mejillas sonrosadas. El destello de un alzacuello asomó por encima de su bufanda verde oscuro. Tendría unos cincuenta y siete años, o quizá ya había cumplido los sesenta. Las arrugas de la risa, en las comisuras de la boca y en los ojos, lo asemejaban a Barry Fitzgerald, quien solía interpretar papeles de cura en las películas de los años cuarenta. Fitzgerald también había interpretado a un excéntrico irlandés en *La fiera de mi niña* y a un taimado vengador en *Diez negritos*. En el rostro que apareció ante mí descubrí ambas posibilidades. Había algo distante y frío en aquellos insulsos ojos grises. Parecía como si éstos no tuvieran nada que ver con el resto de su rostro arrugado y sonriente. Lo reconocí por sus fotos publicitarias.

–Ben Driskill, éste es el poeta laureado de la Iglesia, el padre Artie Dunn.

–Por las barbas del profeta –exclamó Dunn–. No haga caso del joven O'Neale, señor Driskill. ¿No será por casualidad el hijo de Hugh Driskill?

–¿Conoce usted a mi padre?

–Por su reputación, lógicamente. Me han informado de que no figura entre mis lectores...

El rostro de Dunn se agrietó al formar una breve mueca. Se quitó entonces el sombrero y reveló una calva sonrosada con una franja de cabello gris que se rizaba por encima de las orejas y de la bufanda.

–A su edad, sólo percibe que hay demasiado sexo, violencia y profesión de fe. –Le estreché la mano–. Por Navidad, tal vez le obsequie con sus obras completas.

En una ocasión había visto al padre Dunn en televisión, en una entrevista sobre una de sus novelas y sobre cómo había desarrollado el argumento en torno a una de sus pasiones: el béisbol. Phil Donahue le había preguntado si, como la mayoría de los jugadores, tenía alguna manía. «Sólo la Iglesia católica», le respondió, y se metió a la audiencia en el bolsillo.

–No escoja la edición de bolsillo –me aconsejó–. Las solapas de mis ediciones en tela son igualmente escandalosas.

Peaches soltó una risa ahogada.

–Un cura que se parece a Tom Selleck se ve arrebatado por una imitación de Joan Collins medio desnuda.

–¿Por qué no se queda con nosotros, señor Driskill? –preguntó Dunn.

–Será mejor que lo aplacemos para otra ocasión. Tengo que reunirme con mi hermana...

–Ah, una escritora respetable. Una auténtica erudita y una activista. Una combinación única.

–Se lo diré a ella.

Los dejé y me encaminé hacia el coche. Encajaba perfectamente en el carácter de Peaches –una especie de espíritu libre– conocer al padre Dunn, el sacerdote y novelista iconoclasta cuyos libros eran siempre best sellers que dejaban a las altas jerarquías de la Iglesia con la boca abierta. Dunn había creado una fórmula que de alguna manera impartía lecciones prácticas de tipo moral en el contexto de unas historias que trataban casi exclusivamente de sexo, poder y riqueza. Sin duda mi padre tenía la sensación de que Dunn se había enriquecido a base de despojar a la Iglesia de su carácter sagrado. Desacralizaciones aparte, dado que Dunn era un cura diocesano, libre para conservar el dinero que ganaba, era indudable que se había convertido en un hombre acaudalado. Lo mismo que mi hermana, él sabía a la perfección que la Iglesia debía reprimirse considerablemente en sus relaciones mutuas. En la práctica, la Iglesia consideraba que lo más prudente era fingir ignorancia.

Esporádicamente aún caía aguanieve y las aceras resultaban traicioneras. Desde los escaparates de las tiendas, la imaginería de la fiesta de Halloween se asomaba al exterior. Brujas montadas en palos de escobas y cuencos rebosantes de caramelos negros y anaranjados. Linternas de calabazas sonriendo con los dientes mellados... Me encaminé a casa, ansioso por sentarme frente al fuego en el gran salón, con mi hermana Val, para ayudarla a poner orden en todos sus asuntos.

La casa seguía estando desierta y a oscuras, la lluvia todavía caía a ráfagas y se transformaba en aguanieve frente a los faros del coche, que levantaba el barro helado de las rodadas en el sendero de la entrada. Detuve el vehículo frente al garaje, pasé por delante de los faros y miré a través de las ventanas. Allí dentro había un coche. Empujé las puertas y éstas se abrieron. El vehículo estaba húmedo. Pero hacía horas que llovía, además el motor estaba frío. Regresé a mi coche, lo aparqué frente a la casa y de nuevo salí. Eran las diez y media, la ausencia de Val empezaba a preocuparme.

No estoy muy seguro de por qué retrocedí en dirección al huerto. Quizá pretendía dar un paseo, dado que la lluvia se había convertido en nieve –la primera del año– y el silencio parecía irreal después del bullicio de la Nassau Inn. Me detuve, llamé a Val, por si ella hubiese tenido el mismo impulso, pero sólo conseguí que un perro empezara a ladrar a lo lejos, en la oscuridad.

Antes de darme cuenta me encontré de pie en el huerto y al mirar a mi alrededor descubrí que me hallaba bajo el árbol donde el cura de quien nunca hablábamos se había ahorcado hacía muchísimos años. Parecía como si toda mi existencia hubiese transcurrido en compañía de historias relacionadas con la casa y el huerto: curas procedentes de las ruinas de la Segunda Guerra Mundial, sacerdotes que trabajaban en el jardín y decían misa para mi madre, prelados que bebían whisky con mi padre, y aquel pobre diablo que se había suicidado ahorcándose, todo historias relacionadas con el poder de los mitos, historias que reflejaban a mi familia, su historia, sus preocupaciones e, inevitablemente, su religión.

El huerto parecía salir siempre en las historias relacionadas con mi familia, pero a mí nunca me había atraído particularmente aquel sitio. La única razón de que alguna vez hubiese pasado algún rato allí era que a Val le encantaba. Cuando ella tenía cuatro años, le enseñé a jugar al póquer sentados sobre la hierba, lejos de las miradas de la casa. Pero en una ocasión me comí una manzana y encontré un gusano dentro, y a partir de entonces el huerto y yo dejamos de ser amigos.

Acostumbrábamos a pedirle a Fritz, el jardinero, que nos enseñara el sitio exacto donde el cura se había ahorcado. Nosotros nos quedábamos mirando, mientras Fritz nos mostraba la rama exacta y hacía una mueca con la lengua fuera y los ojos en blanco. Acto seguido se echaba a reír y sugería que probablemente el huerto estaba encantado, lo mismo que el desván. Nunca vi un solo artículo de periódico ni una fotografía acerca de aquella tragedia y el pobre cura muerto. Cuando pregunté a mi madre al respecto, ella desvió la cuestión limitándose a decir: «Todo eso ocurrió hace un millón de años y fue muy lamentable, Benjy». Mi padre dijo que había sido cuestión de mala suerte: «Pudo haber elegido cualquier otro huerto, el árbol de cualquiera. Fue mala suerte que eligiera el nuestro».

A esas alturas empezaba a sentirme como un estúpido, de pie allí, bajo la nieve que caía, pensando en un cura que se había suicidado hacía casi cincuenta años y preguntándome dónde diablos se había metido mi hermana. No se la veía por la casa ni por la capilla.

Retrocedí y me detuve ante la capilla, escarchada bajo la nieve, como un edificio salido de un cuento de hadas. El viento llegaba por el fondo y silbaba al cruzar el arroyo, detrás del huerto.

Subí los resbaladizos escalones, empujé la puerta y me quedé mirando aquella fría y húmeda quietud. La pequeña vela se había apagado. Dejé la puerta abierta para que entrara el patético resplandor del exterior y tanteé a lo largo de la pared en busca de los interruptores. Conecté uno y la entrada se inundó de una penumbra grisácea, antediluviana. Me sentí como un personaje penetrando en lo más profundo de unas ruinas inundadas. Conecté el segundo interruptor, y en la zona del altar se encendió otra débil luz. En la oscuridad, por encima de mi cabeza, oí el aleteo de un par de murciélagos.

Había sólo una decena de bancos, divididos por un pasillo central. Di un par de pasos tentativos y llamé a Val por su nombre. Nunca una estancia me había parecido tan vacía. Aquella simple sílaba, «Val», rebotaba en las paredes y en las vidrieras emplomadas de las ventanas. Oí el continuo goteo de un par de grietas. El techo y el campanario precisaban de una nueva reparación.

Luego, en la penumbra, entre el primer banco y el segundo, descubrí un destello rojo. Una manga de lana roja y cuero azul, un fragmento de un viejo chaquetón. Lo identifiqué. Era mi antiguo chaquetón monogramado de San Agustín. En el pecho izquierdo llevaría las acolchadas iniciales SA. Pero su sitio no era el suelo de la capilla.

En la catacumba de san Calixto, profundamente excavada bajo la Via Apia, se halla la tumba de la que, en el siglo IX, el papa Pascual sacó el cuerpo de santa Cecilia. Éste depositó sus restos en un sarcófago de mármol blanco bajo el altar de la iglesia de Santa Cecilia, en el barrio del Trastevere en Roma. Años atrás, yo había visitado la catacumba de Calixto, y al abandonar la oscura galería salí al estallido de luz donde el cuerpo de la joven yace en lo que parece un sueño beatífico. Por un momento me sentí como un intruso que penetrara en su intimidad. Luego, por supuesto, la identifiqué como la obra del escultor Maderno, el cuerpo de Cecilia tal como se le había aparecido en sueños al cardenal Sfondrati. Era una obra extraordinariamente realista. Ahora, al mirar el cuerpo de la mujer en el suelo de nuestra capilla, también tuve la sensación, como le sucedió al cardenal muchos años atrás, de que me hallaba perdido en un sueño, como si confundiese a aquella mujer con la mártir Cecilia.

Yacía encogida en el suelo, como si hubiese caído allí donde estaba de rodillas, rezando. Yacía inmóvil, como la escultura de Maderno, beatífica, con el rostro vuelto hacia el suelo; el único ojo que yo podía ver estaba cerrado. Le acaricié la mano, el rosario apretado entre los fríos dedos. Se había puesto mi viejo chaquetón para efectuar el trayecto de la casa a la capilla. La lana estaba húmeda. Le cogí la mano. Los dedos estaban rígidos.

Mi hermana Val, siempre valiente como un joven soldado, rebosante del coraje que a mí me faltaba, estaba muerta.

Ignoro cuánto tiempo permanecí allí de rodillas. Luego tendí la mano para acariciarle la cara, tan vacía como su espíritu, y me la imaginé de niña, escuché el canto alegre de su risa, y al rozarle el cabello noté la costra de sangre, sentí cómo el cabello chamuscado se quebraba al tocarlo, descubrí la mancha oscura de la herida allí donde había penetrado la bala. Ella debía de estar arrodillada rezando cuando alguien alzó el arma a un par de centímetros de su cabeza y la mató, como si apagara una vela. Estaba convencido de que Val no había sentido nada. Por alguna inexplicable razón, probablemente ella había confiado en su asesino.

Sentí la mano pegajosa con su sangre y sus cabellos. Val estaba muerta y yo apenas lograba recuperar el aliento. Deposité su cabeza tal como estaba antes. Mi hermana, mi querida amiga, la persona a quien yo más quería en el mundo, yacía muerta a mis pies.

Volví a sentarme en el banco y le cogí la mano en un intento de calentársela, pero fracasé horriblemente. Mi rostro estaba petrificado por la pena, pero me negaba a dar crédito a lo que veía. No quería levantarme y ponerme a hacer alguna cosa.

Un soplo helado, una corriente de aire, hizo oscilar algo atrapado en una astilla del extremo del banco de madera. De un tirón lo arranqué de su presa. Era un trozo de tela triangular, negra, impermeable, como de gabardina. Apenas me daba cuenta de lo que tenía ante mí, sólo lo sostenía, algo para que mi mano se entretuviese.

Oí que la puerta de la capilla chirriaba y luego unos pasos en el suelo de piedra.

Los pasos se aproximaban por el pasillo mientras yo me esforzaba por dejar de temblar. Esperaba que fuera el asesino de Val, que hubiese vuelto para intentarlo conmigo. Lo mataría con mis propias manos. Quería estrangularlo hasta que muriera. Alcé los ojos.

Peaches me estaba observando. Había dado un simple vistazo y todo aparecía reflejado en su rostro. En él había desaparecido todo color, ya no se apreciaba la cremosa textura de melocotón en sus mejillas. La boca le colgaba abierta, pero no decía nada.

Junto a él, el padre Dunn se limitaba a contemplar a Val, que ofrecía un aspecto sumamente desamparado.

–¡Oh, mierda! –susurró el padre Dunn, en un tono de infinita tristeza.

Pensé que la exclamación estaba motivada por mi hermana, pero me equivocaba. Tendió su mano hacia mí y me quitó el trozo de tela negra que yo sostenía en la mano.

No transcurrió mucho rato antes de que la maquinaria de la muerte se pusiera en marcha. Sam Turner, el jefe de policía, llegó con un par de agentes; poco después se presentó una ambulancia y un médico con su maletín de fuelle. Sam Turner era amigo de la familia de toda la vida. Resultaba evidente que lo habían despertado y obligado a salir en medio de aquella noche demencial: su cabello cano parecía el de un personaje de cómic y en su rostro se apreciaba una pelusa gris que le subrayaba la papada. Vestía una camisa a cuadros, chaqueta acolchada, pantalón de pana y botas de goma verdes. Me estrechó la mano y comprendí que él también estaba apenado. Conocía a Val desde que era una niña, y ahora se dirigía hacia la capilla bajo la lluvia y la nieve para ver cómo había muerto.

Peaches, pálido y con los labios tensos, preparó café y lo trajo al gran salón en una bandeja con todo lo necesario. Siguiendo un impulso, él y Dunn habían decidido venir para ver si Val había aparecido y se encontraba bien: Peaches estaba preocupado ante la posibilidad de que hubiese sufrido un accidente de automóvil. Al ver la luz en la capilla, ambos habían entrado y me habían descubierto con la cabeza de mi hermana apoyada en la mano. Mientras Peaches y yo nos quedamos bebiendo café, Dunn regresó a la capilla con Sam Turner. Acaso buscaba un escenario para su próxima novela.

Cuando Turner regresó, estaba helado y empapado. Cogió un tazón lleno de humeante café negro y lo sorbió ruidosamente. A través de la ventana vi que cargaban el cuerpo de Val en la ambulancia, sobre una camilla y envuelto en una bolsa de lona. La lluvia y la nieve caían despacio delante de los faros del vehículo, frente a la entrada.

–En fin, Ben, no hay mucho que decir. Voy a sellar la capilla y haré que vengan de Trenton algunos especialistas en homicidios. Tú no tienes idea de lo que puede haber ocurrido, ¿verdad?

–Sólo lo más obvio –respondí mientras recordaba lo alterada que estaba Val cuando me llamó, pero sin saber cómo exponérselo a Turner–. Val acababa de llegar hoy. Me llamó a Nueva York y me pidió que viniese para encontrarme con ella esta noche. –Negué con la cabeza–. Supuse que llegaría con retraso, que habría salido a hacer algunas gestiones. Me fui a la ciudad para comer una hamburguesa, regresé, miré de nuevo por ahí, y la encontré. Eso es todo.

Turner estornudó en un pañuelo rojo y se limpió la nariz.

–Así que vino con una información confidencial –murmuró–. Es curioso. Recibí una llamada telefónica de ella esta tarde. ¿Te lo mencionó?

–No. ¿Qué quería?

–Bueno, eso es lo más extraño. Nunca lo adivinarías. Me preguntó qué sabía yo acerca de aquel cura que se ahorcó en vuestro huerto hará treinta y seis o treinta y siete años, vete a saber. Era mi primer año en la policía aquí, el último mono. Más o menos cuando tú naciste. Fue una de esas extrañas insensateces, un cura que se suicida en el huerto de los Driskill. Pobre estúpido. Ella no me reveló por qué le interesaba, sólo si yo disponía de algún expediente referente al caso.

Negó con la cabeza, mientras se frotaba la canosa barba.

–¿Y bien? ¿Lo tienes?

–¡Diablos, Ben! Y yo qué sé. Le dije que me condenase si había visto nada, pero que registraría las viejas cajas que se guardan en los sótanos de la jefatura. Quiero decir que es posible que tengamos algún expediente. Pero han pasado muchos años, y puede que lo hayan destruido durante ese tiempo. –Volvió a estornudar en el pañuelo–. Estuve pensando en ello después de que me telefoneara y me vino a la memoria el viejo Rupert Norwich. En aquel entonces era ayudante del jefe de policía, en cierto modo fue él quien me metió en el cuerpo, y luego fue jefe durante veinticinco años... ¡Coño! Tienes que acordarte del viejo Rupe, Ben.

–Me puso la primera multa por exceso de velocidad.

–Bien, ahora Rupe rondará los ochenta y vive abajo, por la costa, más allá de la carretera de Seabright. Todavía conserva suficientes energías. Se me ocurrió que podría telefonear a Rupe para preguntarle. Lógicamente, ahora ya es inútil. Nunca sabremos para qué quería sor Val ese expediente.

Turner suspiró al recordar por qué ahora aquello era inútil.

–De todos modos, ¿por qué no echas un vistazo por ahí en busca de ese expediente? –le pedí–. Ya conoces a Val, ella siempre tenía sus razones.

–Imagino que no hará ningún daño. –Se volvió hacia mí y me miró inquisitivamente–. ¿Te encuentras bien, Ben? Ha sido una fuerte impresión.

–Estoy bien. Mira, Sam, tal como yo lo veo, desde que ella pasó aquel año en San Salvador, ha vivido un tiempo prestado... En muchos aspectos, ha llevado una existencia fantástica. Sin embargo, esta noche la suerte la ha abandonado.

–A ella le gustaba salir por ahí y acercarse al borde del peligro, en eso tienes toda la razón. –Turner se aproximó a la ventana–. Oh, Ben, es una lástima, una pérdida lamentable. –Hizo una pausa–. Muchacho, mira cómo se queda la casa de tu padre. Dios, cuánto aborrezco estos casos.

Ahora tenía los ojos inyectados en sangre y el cabello planchado a causa de la lluvia. Se quitó las gafas y las limpió con el sucio pañuelo estampado.

–¿Quieres que prepare a tu padre para la noticia, Ben?

–No, Sam –suspiré–. Éste es un trabajo para Superman.

Mi padre.

No habría dudado en apostar a que me resultaría muy difícil lograr que mi padre se sorprendiera. O que se asustara, o turbara, o que se descompusiera. Sencillamente, él no era presa de las mismas presiones que hacían que los demás nos resquebrajásemos. Su existencia había sido extravagantemente colorida para alguien tan obsesionado con los secretos. Tenía setenta y cuatro años, y sabía muy bien que no aparentaba mucho más de sesenta. «A menos que te acerques demasiado», solía decir. Pero quien lograra acercarse demasiado a mi padre, se merecería un premio. Eso es, más o menos, lo que le oí comentar a mi sumisa madre en un par de ocasiones.

Había sido abogado, banquero, diplomático y supervisor de las inversiones de la familia. En los años cincuenta incluso había adquirido cierta fama como presidencialista, que él había sofocado con rapidez porque era un católico y todo el mundo sabía lo que le había sucedido a Al Smith. Averell Harriman había mantenido conversaciones con él respecto a la posibilidad de anunciar que Hugh Driskill sería su compañero de elección en caso de que Harriman obtuviese la nominación de los demócratas, pero al final mi padre lo rechazó; la vida entre bambalinas casaba mejor con él. La verdad era que mi padre no confiaba mucho en el electorado. Solía decir que no estaba dispuesto a dejar que votaran qué corbata iba a ponerse, ¿por qué iba a consultarles sobre quién debía residir en la Casa Blanca?

Cuando era un joven y brillante abogado, había trabajado en Roma antes de la guerra, al final de los años treinta, entregado sobre todo a cuestiones relacionadas con las inversiones de la Iglesia en las empresas norteamericanas, bancos y propiedades inmobiliarias. Algunas de estas inversiones no eran del todo claras, de modo que era preferible que el Vaticano las mantuviese en secreto. Él los ayudó en esa tarea y el resultado fue que hizo muchas amistades en el seno de la Iglesia, y quizá se ganó un par de enemigos.

–Todo ese período sirvió para adquirir experiencia –me dijo mi padre en una ocasión–. Yo era lo bastante avispado para saber que la religión era una cosa, y otra muy distinta la forma mundana que adoptaba, algo relacionado con la lucha por la supervivencia. Yo quería ver cómo funcionaba la maquinaria de la Iglesia. Entonces el mundo era mucho más sencillo, en la época que Mussolini utilizaba al Vaticano para cubrir sus operaciones de espionaje. Y hablando de adquirir experiencia, ¡aquello fue como obtener el doctorado en Realidad! Guarda tu idealismo para la religión. La Iglesia es todo práctica, todo mecanismos.

Toda su vida, mi padre había sido tremendamente rico, brillante y muy discreto. Y también muy valiente, mi viejo. Pasó mucho tiempo en Washington cuando todo el mundo sabía que estábamos a favor de la guerra. Sus conocimientos acerca de cómo los fascistas desplegaban su espionaje a través del Vaticano le resultaron muy útiles y le dieron a conocer en el seno de algunos círculos bastante misteriosos. Así entabló amistad con un camarada irlandés, algunos años mayor que él, que resultó ser Wild Bill Donovan. Cuando Donovan decidió crear la Oficina de Servicios Estratégicos, la OSS, Hugh Driskill fue uno de los primeros avispados camaradas que incorporó a la directiva. Donovan era un católico, y en aquellos estimulantes inicios en que el rumbo que iba a tomar el destino del mundo estaba en precario equilibrio, él se supo rodear de un puñado de muchachos buenos católicos, en los cuales podía confiar y a quienes podía entender. Su círculo más allegado se hizo incluso bastante famoso, en especial por su apodo: los Caballeros Templarios, debido precisamente a que todos eran católicos. Mi padre fue uno de esos caballeros de Wild Bill.

Cuando la guerra estaba finalizando en Europa, justo en la época en que mi padre se presentó en Princeton con monseñor D'Ambrizzi a la zaga, Jack Warner, que dirigía la Warner Bro., en compañía de Milton Sperling, el productor, de Fritz Lang, el director, y de Ring Lardner Jr., el guionista, y probablemente alrededor de la piscina de alguien, con las *starlets* contoneándose todas a una, empezaron a darle vueltas a la posibilidad de hacer una película acerca de la OSS. La idea era homenajear la labor anónima y secreta de nuestros servicios secretos. Iban a crear un héroe de pies a cabeza, le pondrían en una situación de alto riesgo, detrás de las filas del enemigo, con una historia de múltiples posibilidades, y la dirigirían con el inimitable estilo de la Warner. Mostraría a un personaje de ficción que renunciaba a todo, pero por otra parte querían que tuviese cierta autenticidad. La película fue la razón de que Bill Donovan visitase nuestra casa en Princeton para hablar con mi padre.

Por lo visto, el personaje que iban a crear sería una versión ligeramente modificada de Hugh Driskill. Una de sus aventuras en la Francia ocupada sería la base de la intriga, algo relacionado con pasar clandestinamente a un individuo a las líneas tras las cuales reinaba la libertad.

Para mí resultó emocionante cuando Gary Cooper se presentó en Princeton a pasar un fin de semana. Él iba a ser la estrella de la película y yo estaba a punto de derretirme con el entusiasmo. Recuerdo cómo yo permanecía sentado en los peldaños del porche con un vaso enorme de limonada, escuchando a Cooper, a Donovan y a mi padre mientras hablaban del cine y de la guerra. Al cabo de un rato, Cooper me acompañó a la pista de tenis y me enseñó a perfeccionar mi saque. ¡Dios mío, el sargento York y Lou Gehrig me ayudaban con mi saque! Cooper me dijo que Bill Tilden le había explicado que el truco estaba en el balanceo. Esa misma noche, el actor sacó una libreta y nos dibujó a mí y a la pequeña Val, luego hizo otro retrato a mi padre, a Donovan y a D'Ambrizzi. Me contó que siempre había querido ser ilustrador de dibujos animados, hasta que probó lo de la interpretación, casi por casualidad. Pero antes me había autorizado a que le llamase Frank, que era su verdadero nombre y tal como le llamaban sus antiguos amigos, como los que había hecho en el Grinnell College de Iowa, según me contó.

Nunca volví a verlo, excepto en las películas. Y al año siguiente, en 1946, allí estaba, en la pantalla, con *A capa y espada*. Lo curioso era que el personaje que interpretaba en la película en realidad se parecía muchísimo a mi padre. Hollywood había añadido una típica historia de amor con una joven actriz que debutaba en la pantalla, Lili Palmer, y en casa se me hizo saber claramente que toda aquella basura sentimental era inventada, pura ficción.

Mi padre había tenido sus dudas a medida que le llegaban rumores de los retoques que Hollywood añadía al guión. Recuerdo a

Donovan en el porche, una tarde de verano, sentado con mi padre y con Curtis Lockhardt, su protegido, y cómo bromeaba con papá. Él estaba sentado en una tumbona y yo apoyado como siempre en los escalones, bebiendo ávidamente mi refresco, cuando oí que Donovan se echaba a reír y le decía:

–¡Bueno, Hugh, espero que no ofrezcan una imagen excesivamente gilipollas de ti!

Mi padre gruñó con expresión de incredulidad, y replicó:

–Allí nunca permitirán que Cooper aparezca como un gilipollas.

–Díselo, joven Lockhardt –prosiguió Donovan–. Dile que debe tener un poco más de fe en estas cosas.

Lockhardt asintió.

–Eso es cierto, Hugh. Hay que tener fe.

Yo los estaba escuchando mientras veía cómo mi joven hermanita se pavoneaba con su nuevo traje de baño, entrando y saliendo bajo los arcos de los aspersores, exhibiéndose, con la esperanza de que alguien se fijara en ella. Ya desde pequeña, Val le había echado el ojo a Lockhardt.

Oí que, a mis espaldas, mi padre replicaba:

–Mi fe nunca se ha puesto en duda, caballeros. Es en el señor Warner y en sus esbirros en quien no creo. Por su aspecto, dudo mucho de que sean papistas.

Donovan estalló en carcajadas y la conversación derivó hacia las posibilidades de que Cooper mantuviera relaciones sexuales con la señorita Palmer, quien por lo visto era una tía de bandera, momento en que me mandaron al jardín a ayudar a mi madre; ella permanecía agachada entre los macizos de flores, con un sombrero de alas caídas para protegerse del sol, mientras fumaba un Chesterfield y bebía martini al tiempo que se entretenía arrancando las malas hierbas.

Es cierto que mi padre había pasado por muchas pruebas de fuego en su vida y que se había endurecido y templado en consecuencia, pero esa noche, cuando la noticia del asesinato de Val le cayó encima, comprendí que con su experiencia había obtenido algo más que fuerza y resistencia. Todo eso le ayudaba a mantener la superficie bajo control, pero era su fe –que nunca había puesto en duda– lo que le impedía desmoronarse. No me quedaba otro remedio que claudicar ante aquel maldito hijo de puta. Lo encajó como un hombre, sin desfallecer en ningún momento.

Apareció en la puerta principal con su aspecto imponente, intrigado, y dispuesto a maldecir por cualquier cosa. Medía un metro noventa y pesaba cerca de ciento diez kilos, llevaba el cabello cano peinado hacia atrás, como si fueran alambres que salieran de una ondulada cresta. Me vio a mí, y luego a Sam Turner.

–Hola, Ben. Vaya sorpresa. Sam... ¿Qué pasa?

Se lo expliqué y él se quedó mirándome, sus ojos azul claro fijos en los míos.

–Dame la mano, hijo –me dijo cuando hube finalizado–. No tienes muy buen aspecto. En estos instantes debemos mantenernos unidos, Ben. –Sentí su fuerza como si se tratara de algo palpable, una descarga que penetrara en mí–. Val ha vivido la vida que deseaba y sabía que la queríamos. Ha servido al Señor y no puede haber mejor vida que ésa. No estaba enferma, y nunca conocerá los achaques de la vejez. Se ha marchado a un sitio mejor, Ben, no debemos olvidarlo. Algún día nos reuniremos de nuevo con ella para siempre. No cabe duda de que Dios quería a tu hermana...

En ningún momento su voz había vacilado, pero con su brazo me rodeó los hombros. Yo mido un metro ochenta y siete, sin embargo me zarandeó con su abrazo. Todo cuanto me decía no eran más que tópicos, desde luego, pero logró animarme y comprendí que iba a sentirme mejor. Lo superaría.

–Sam –le llamó mi padre–. ¿Quién ha matado a mi hija?

No aguardó la respuesta, sino que se abrió paso hasta el gran salón al tiempo que estudiaba al grupo.

–Necesito un trago –le comentó, y abrió una nueva botella de Laphroaig.

El pobre Sam Turner no sabía quién había asesinado a mi hermana. Habló en voz baja con mi padre durante un rato. Peaches había encendido una enorme hoguera en la gran chimenea ennegrecida. El padre Dunn se había integrado en el grupo en cuanto Peaches le hubo presentado a mi padre.

Peaches dijo que gustosamente se quedaría esa noche, sólo para permanecer allí sentado y charlar, si yo lo deseaba, pero le contesté que me encontraba bien. Imagino que en realidad no le apetecía regresar a la casa parroquial en New Pru y pasar la noche con sus recuerdos. Sin embargo, cuando por fin Sam Turner se marchó,

Peaches y el padre Dunn terminaron sus bebidas y se fueron juntos, tal como habían venido. Yo me quedé en la ventana, observando cómo se alejaban. El padre Dunn, el novelista millonario, conducía un Jaguar XJS. Peaches tenía un viejo Dodge, una ranchera con una abolladura en un alero y en el guardabarros: lo había heredado con su destino.

Cuando me volví, mi padre servía más whisky en nuestros vasos. Tenía el rostro ligeramente colorado a causa del calor de la chimenea. Me tendió la bebida.

–Va a ser una noche muy larga y esto puede sernos de gran ayuda. Por cierto, ¿qué hacías tú aquí?

Mientras el licor penetraba en mis venas y se llevaba el nerviosismo, le expliqué cómo había transcurrido mi jornada. Me dejé caer en uno de los sillones color mostaza y estiré las piernas, acercándolas al fuego.

Mi padre se quedó mirándome mientras hacía girar su bebida en torno al hielo, sin dejar de balancear incesantemente la cabeza.

–Maldita sea. ¿Qué tendría en la cabeza esa muchacha?

–Algo relacionado con su investigación. Algo que había averiguado, o con lo que se había tropezado por casualidad. Tal vez en París, o... En fin, no lo sé.

–¿Quieres decir que el hecho de hojear en un montón de basura rancia, de la época de la guerra, pudo trastornarla de esa forma? –Parecía exasperado–. ¡La Segunda Guerra Mundial! ¿Qué relación puede tener con que la hayan matado aquí, en Princeton?

Por encima de la pena, daba preferencia a la rabia.

–Tranquilízate –le aconsejé.

–Es ridículo sólo de pensarlo. No, a mí me parece que estamos viendo demasiadas cosas en eso. Olvidamos que vivimos en una época en que la gente muere sin motivo alguno. Val fue a la capilla para rezar e importunó a algún demente que se había escondido allí para refugiarse de la tormenta. ¡Vaya muerte más tonta!

Dejé que siguiera intentando convencerse de que Val había muerto por puro azar, que no había sido intencionadamente. Mi padre no había escuchado el miedo en la voz de mi hermana. Val estaba demasiado asustada para que su muerte fuera accidental.

–Bueno –seguía diciendo mi padre–, ella me telefoneó ayer desde California y me dijo que vendría hoy con Lockhardt a Nueva York, que estaría en casa esta tarde y que probablemente se marcharía mañana. Yo tenía hoy una reunión en Nueva York y ni siquiera estaba seguro de volver a casa esta noche. No me comentó que hubiese algo que la preocupara. –Se quitó la chaqueta y la dobló sobre el respaldo de una de las antiguas sillas de madera, se aflojó el nudo de la corbata y se subió las mangas de la camisa–. No sabes lo inquieto que me sentía, Ben. Tenía la incómoda sensación de que el motivo de su visita era para decirme que pensaba abandonar la orden y casarse con Curtis. Debo de estar loco. ¿O se había hablado ya de eso?

–No lo sé. Siempre había pensado que Curtis respondía a tu idea de lo que debe ser un yerno perfecto.

Mi padre hizo una mueca.

–Mi preocupación no tiene nada que ver con Curtis. Utiliza la cabeza, Ben. Era por Val. Ella era una monja y estaba destinada a seguir siéndolo...

–¿Como yo lo estaba a ser cura?

–Sólo Dios sabe para qué estabas destinado tú. Pero Val sí, ella estaba hecha para la Iglesia...

–¿Quién dice eso? La Iglesia seguro que no, a menos que yo haya interpretado mal los papeles. Diría incluso que con mucho gusto habrían organizado una colecta para comprarle un billete sólo de ida. En cualquier caso, ¿no es asunto de Val? Lo que ella haga con su vida se merece un voto de confianza, ¿no?

Apenas me daba cuenta de que todo aquello carecía de sentido. Estaba utilizando mal los tiempos verbales. Ya no existía vida para Val.

–Debí imaginar que ésa sería tu postura. No tiene sentido seguir discutiendo contigo. Val y yo somos católicos...

–Es curioso que sólo yo tenga todos los defectos.

–En tu lugar, Benjamin, yo no presumiría de saber qué defectos intentan ocultar los demás. Quizá podamos ahorrarnos también, aunque sólo sea por esta noche, tu magullada psique.

No me quedó más remedio que echarme a reír. Val también lo habría hecho. Aquélla era ya una vieja batalla, y ambos, papá y yo, sabíamos que no habría ganador. Discutiríamos una y otra vez hasta que uno de los dos muriera, y entonces eso carecería de importancia, si es que alguna vez la había tenido.

–No me he equivocado de mucho en eso de Val y Curtis, ¿no? –preguntó.

–Val nunca me habló de ello.

–Mejor así, teniendo en cuenta el consejo que seguramente le habrías dado.

De pronto se apoyó la mano carnosa sobre los ojos y comprendí cuán cerca estaba del llanto. No era fácil aquello, ni siquiera para un viejo guerrero. Se levantó y, fríamente, arregló los troncos del fuego. Unas chispas saltaron contra las piedras de la chimenea.

El reloj de la repisa dio dos débiles campanadas, un sonido breve y agudo, como el de una antigua arpa. Me incorporé, cogí un puro del humedecedor, lo encendí, me dirigí al otro extremo de la estancia, me detuve cerca del caballete cubierto con una tela y miré por la ventana hacia la horrible noche. De pronto recordé un perro que habíamos tenido, un labrador al que llamábamos *Jack* y que solía enloquecer al tratar de dar un mordisco a una pelota de baloncesto. Cuando el perro murió, Val insistió en enterrar con él una pelota deshinchada para que pudiera morder el maldito balón durante el resto de su perruna eternidad. Al parecer, tampoco mi padre ni yo podíamos hincarle el diente a nada, ni a lo que le había sucedido a Val, ni a lo que le ocurría a nuestro mundo. Mi padre bostezó y dijo algo acerca de Lockhardt. Me volví hacia él con expresión interrogativa.

–Calixto se está muriendo. Ignoro cuánto tiempo le queda, pero no puede ser mucho. Curtis ya se está preparando, con su habitual diligencia, para respaldar a otro ganador. Para escoger a otro ganador. Quiere hablar conmigo. Puedes apostar a que pretende recaudar fondos.

–¿Quién es su hombre? –pregunté.

–Alguien capaz de guiar a la Iglesia hacia el siglo veintiuno, aunque no sé qué implica eso.

–Bueno, pues que tenga mucha suerte.

–Con Curtis nunca se sabe. Imagino que puede ser tanto D'Ambrizzi como Indelicato. Quizá Fangio, por compromisos adquiridos. De momento parece como si a él no le importara, aunque no es cierto. Está que no cabe dentro de sí.

–¿Quién es tu hombre?

Mi padre se encogió de hombros. En el pasado había jugado mucho al póquer. Él tenía un candidato, una carta decisiva, para jugar en el último instante.

–Nunca te he preguntado una cosa –le dije–, aunque siempre me ha intrigado. ¿Por qué trajiste aquí a D'Ambrizzi cuando finalizó la guerra? Me refiero a que para Val y para mí fue fantástico, era el perfecto compañero de juegos, pero ¿cuál fue la razón de que lo trajeras? ¿Lo conociste durante la guerra?

–Es una historia muy complicada, Ben. Él necesitaba un amigo. Dejémoslo así.

–¿Se trata de una de tus historias en la OSS? ¿De esas que nunca cuentas?

–Déjalo estar, hijo.

–Como quieras.

D'Ambrizzi, Indelicato, Fangio... Para mí sólo eran nombres, a excepción de mis recuerdos referentes a D'Ambrizzi.

La misteriosa época de mi padre en la OSS tendía a producirme cierta tristeza. Después de tanto tiempo, aún los trataba como si fueran secretos de Estado. En una ocasión, él y mi madre nos llevaron a París durante las vacaciones de verano. Suites en el George V, *bateaux mouches* por el Sena, *La Victoria de Samotracia* en el Louvre, misa en Notre-Dame, y mi primer ejemplar de P. G. Wodehouse comprado en la Shakespeare & Co., cerca del Sena. En muchos aspectos, el punto más álgido de nuestro viaje –y no pretendo hacer ningún juego de palabras– fue una visita a la torre Eiffel, cuyo presidente era uno de los antiguos amigos de mi padre de la época en la OSS, el obispo Torricelli, quien por aquel entonces ya era un anciano. Tenía la nariz más larga y ganchuda que he visto en mi vida y según los rumores se le apodaba *Shylock*. En el bolsillo llevaba siempre dulces de anís y Val solía acudir para que le diera alguno. Él nos contó el chiste de Jacques y Pierre, que durante veinte años habían almorzado en un mismo restaurante, pequeño y apartado, tres o cuatro días a la semana. Al final, un día Jacques le preguntó a Pierre por qué durante veinte años había ido siempre al mismo restaurante. Y Pierre le contestó: «¡Porque éste es el único restaurante de París desde el cual no se puede ver la maldita torre Eiffel, *mon ami*!». La verdad es que nadie entendió la gracia, pero Val se echó a reír como una loca porque ella sí lo había captado.

Escuché a mi padre y a Torricelli hacer de pasada alguna referencia a París bajo la ocupación nazi, y Torricelli bromeó acerca de cuando mi padre había salido de un sótano lleno de carbón, donde había permanecido dos semanas escondiéndose de la Gestapo. Al abrir la boca para hablar, pareció el doble de Al Jolson cantando *Swannee*, todo tiznado de carbonilla. Aquélla debió de ser toda una época, peligrosa y fascinante. Pero, a fin de cuentas, él era mi padre, sólo mi padre, y me resultaba difícil verlo como un espía, internándose en la noche para volar centrales eléctricas y depósitos de armamento.

–¿Sabes una cosa, Ben? –preguntó con voz pausada, su cerebro medio sumergido en un lago de whisky–. La sola idea de que deberé informar a Curtis de lo ocurrido me resulta insufrible. No está acostumbrado a enfrentarse con hechos que no le favorecen. Pensándolo bien, ha tenido una existencia muy fácil.

–Bueno, pues ahora le ha llegado un momento especialmente difícil.

Me importaba un bledo Curtis Lockhardt. Era uno de ellos. Por otra parte, tampoco estaba dispuesto a compartir las simpatías de mi padre, que a fin de cuentas era tan vulnerable como una de las gárgolas que colgaban de los muros de Notre-Dame. Sólo lo sentía por mi hermana, por Val.

–Ya se lo diré mañana...

–Oh, yo no me preocuparía por eso. Mañana aparecerá la noticia en la tele y en los periódicos. Val era una celebridad. No, él ya se habrá enterado antes de que se lo notifiquemos. De lo contrario tendríamos que pasar la fregona tras las huellas de su dolor, y no me apetece en absoluto.

Por encima del borde del vaso, mi padre me lanzó una de sus miradas de rayos X, que me traspasó.

–A veces puedes ser asquerosamente desagradable, Ben.

–De tal palo tal astilla. Todo está en los genes.

–Es probable –contestó al cabo de un momento–. Bastante probable –añadió, luego carraspeó y se terminó la bebida–. Bueno, me voy a la cama.

–A enfrentarte con los demonios de la oscuridad.

–Algo por el estilo.

Ya en el umbral, se volvió y con la mano me dirigió un leve gesto de despedida.

–Por cierto, papá...

–Sí. ¿De qué se trata?

Las sombras del vestíbulo estaban a punto de tragárselo.

–Sam Turner me ha dicho que Val le llamó hoy para hacerle algunas preguntas sobre el cura que se ahorcó...

–¿A qué te refieres?

–Al sacerdote que se ahorcó en el huerto. Sólo tenemos a ése, ¿me equivoco? ¿Qué piensas de eso? ¿Te comentó algo al respecto?

–Sam Turner es un viejo cotilla. –Mi padre mascó las palabras, impaciente con las necedades–. ¿Por qué tenía que saber algo acerca de esto? No, Val no me habló de esa vieja leyenda...

–¿Qué quieres decir con eso de «leyenda»? Ocurrió de verdad. El cura bamboleándose helado en el huerto...

–Es una vieja historia. Olvídate. Nunca sabremos qué pretendía averiguar tu hermana, y eso me parece lo mejor. Ahora me voy a acostar –concluyó, dando media vuelta.

–Papá.

–¿Qué?

–Si no logras conciliar el sueño, yo estaré en mi habitación, despierto, mirando al techo, permitiéndome alguna debilidad emocional. De modo que si deseas compañía...

Me encogí de hombros.

–Gracias por la oferta –contestó–. Creo que podré rezar alguna oración. ¿Puedo sugerirte que tú también lo intentes? Si es que te acuerdas de cómo se hace, por supuesto.

–Gracias por recordármelo.

–Bien, piensa que nunca es demasiado tarde. –Por el tono de su voz adiviné una leve sonrisa, a pesar de que no alcanzaba a distinguir su rostro con claridad–. Ni siquiera para un alma descarriada como la tuya, Ben.

Cuando él se hubo marchado, yo me quedé un rato ordenando las cosas del café y las bebidas que había sobre la mesa, terminé de fumarme el puro y poco a poco fui apagando las luces.

Las de la capilla seguían encendidas.

Mi pierna lesionada me martirizaba por mis pecados, y el whisky no me resultaba de gran ayuda. Subí las escaleras y avancé por el pasillo oscuro y aireado hacia mi antiguo dormitorio. Sobre la cama colgaba la foto enmarcada que Joe DiMaggio nos había dedicado a mi padre y a mí.

En el techo distinguí la débil mancha familiar, de color marrón, donde una noche de lluvia el agua se había filtrado por el agujero que había abierto una ardilla al objeto de esconder sus nueces.

Apagué la lámpara de la mesita de noche. El aguanieve golpeaba contra las ventanas. Sobre la cómoda, en un marco de plata, todavía estaba el dibujo que Gary Cooper nos había hecho a Val y a mí. ¡Qué extraño! De nosotros tres, yo era el único que seguía con vida.

Me tragué un par de aspirinas para el dolor de la pierna e intenté escapar de los fantasmas del recuerdo que se reunían sobre el césped, bajo mi ventana, anunciando la muerte. Seguí retorciéndome y dando vueltas en un intento por lograr que mi pierna alcanzara una posición cómoda, luego dormité entre problemáticas meditaciones, pesadillas y horribles fantasías espectrales. A continuación, inesperadamente, me encontré de nuevo entre los jesuitas, como en una experiencia extrasensorial.

El ejército de negras túnicas donde yo había servido avanzaba en plena noche hacia donde yo me encontraba, como negros africanos que se arrastraran para invadir mi terreno, reivindicando mi pertenencia a ellos. Algo que no había sucedido forzosamente así, al menos a grandes rasgos. Lo cierto era que yo había disfrutado mucho con mi vida de novicio. Desde el primer día encontré un lugar entre aquel contingente de sabihondos que siempre parecían formar el meollo de la Compañía de Jesús. Sabihondos profesionales, valorados más por su inteligencia rebelde que por su devoción. Aquellas primeras semanas de entrenamiento básico no tardaron en adquirir la cualidad de un desafío: a nuestra agudizada individualidad de sabihondos que supuestamente debíamos impregnarnos de humildad, plegarias, el tedio de la rutina, el trabajo constante y los ruidos y olores de una residencia de religiosos.

Luego vino el día en que el hermano Fulton, sólo un par de años más avanzado que nosotros en el proceso, nos convocó para pronunciar una conferencia.

–Se habrán formulado ustedes preguntas respecto a algunos de los aspectos más exóticos de nuestra feliz comunidad –empezó el hermano Fulton, un típico jesuita sabihondo, de lacio cabello rubio, rasgos saltones, como de zorro, y pálidos ojos castaños que parecían negar la posibilidad de enfocar con excesiva seriedad cualquier tema–. Aquí pensamos en estos aspectos como prácticas de penitencia, nada temible, pues todos somos valientes camaradas y la Compañía vela sinceramente por el bien de todos. Nuestro interés primordial reside en la fortaleza de espíritu, en la vitalidad, la determinación y el desarrollo interior del hombre. Sin embargo...

Sonrió al grupo de jovenzuelos absortos que aguardábamos a que concluyera el suspense.

–Sin embargo, no debemos en absoluto ignorar nuestro yo físico. La experiencia en el Castillo de la Calavera... Es sólo un poco de humor jesuítico, caballeros. Nuestra experiencia nos indica que un poquitín de mortificación de la carne no perjudica a nadie. Al contrario, de vez en cuando, puede resultar muy benéfica. El dolor ayuda de maravilla a concentrar la mente. Pero el dolor es sólo un medio para que recordemos cuál es nuestro auténtico propósito... ¿Me han comprendido, muchachos? Bien, bien. Baste con decir que, al sentir el dolor, su mente, si funciona tal como se supone que debe hacerlo, se centrará en temas de meditación tales como el amor a Dios. ¿Me siguen?

Sus vivaces ojos castaños pasaban de un rostro a otro, que asentían obedientemente.

–Caballeros, echen un vistazo a estos pequeños adminículos. –Del cajón de su escritorio sacó dos objetos, que abandonó con descuido sobre el secante–. Acérquense y cójanlos. Tóquenlos. Familiarícense con ellos.

Cogí la cuerda blanca trenzada y contemplé cómo se balanceaba entre mis dedos, lo mismo que un valioso collar. El tacto de la cadena me resultó curiosamente excitante, casi vergonzoso. La sopesé con repugnancia, lo mismo que si fuera a cobrar vida y a lanzarse sobre mí, mientras el hermano Fulton proseguía:

–Estos pequeños adminículos, una disciplina y un cilicio, los ayudarán. Les harán más fácil meditar acerca de su devoción a Dios y su obediencia. La cuerda, o látigo, es altamente simbólica. Los lunes y miércoles por la noche se desnudarán ustedes de cintura para arriba y se arrodillarán junto a la cama. Las luces deben estar apagadas. Al oír el tañido de la campana, empezarán a flagelarse la espalda, con un golpe seco por encima del hombro. Deben hacerlo mientras dura el rezo de un padrenuestro. No es difícil.

–¿Y con esto?

Imprimí un leve balanceo a la cadena del cilicio.

–Ajá –prosiguió el hermano Fulton–. Advertirán ustedes los pequeños símbolos en los tablones de avisos cuando regresen a sus celdas. «Flagelación esta noche, cilicio a la mañana siguiente.» Es una máxima jesuita. Benjamin, ¿ha notado usted algo fuera de lo normal en esta cadena?

–Los eslabones –contesté–. Una cara está limada hacia abajo, de modo que los cantos son muy afilados. La otra es roma, redondeada.

El hermano Fulton asintió de nuevo.

–Según usted, ¿qué lado diría que debe ir en contacto con la piel? ¿El romo o el afilado?

–Como saque a relucir ahora las maravillas de la guillotina, saldré por esa puerta –intervino Vinnie Halloran.

–Eso queda para el séptimo año –observó el hermano Fulton–. Para entonces hará mucho tiempo que se habrá marchado usted –añadió con una sonrisa beatífica–. Deben ustedes guardar estos objetos, la disciplina y el cilicio, bajo la almohada. El cilicio es para mortificarse, se lo aseguro. Deben atárselo alrededor del muslo, bajo los pantalones, los martes y los jueves por la mañana. –Se levantó e hizo un ademán invitándonos a marchar–. Ya ven el cierre, así que pueden hacerse una idea. De todos modos, una advertencia: ténsenlo. Átenlo fuerte. No hay nada peor que sentir cómo el cilicio se desliza poco a poco por la pierna hasta caer al suelo. –Se detuvo en la puerta antes de salir–. Si eso ocurriera, se sentirían ustedes como auténticos estúpidos. Recuerden lo que les he dicho.

Con mi habitual determinación, me lancé a la tarea de mortificar mis carnes. El cilicio no era para tomárselo a broma. Se colocaba en torno al muslo, se apretaba hasta que los eslabones tiraban de los pelos de la pierna y se clavaban en la piel, y finalmente se ataba. Uno permanecía quieto mientras se lo ponía, de manera que no era tan terrible, pero cuando empezabas a andar los músculos se flexionaban. Los afilados bordes mordían la carne y los ribetes parecían aumentar de tamaño al clavarse.

El novicio MacDonald pensaba que aquello era una locura, de modo que se afeitó los pelos del muslo y mediante una tira de esparadrapo mantuvo el cilicio holgado sin que se le cayera. Nadie más se atrevía a hablar siquiera del cilicio. Era un combate privado y había que librarlo a solas, lo mejor que se pudiera.

Cuando más dolía era al estar sentado. En la misa. Durante el desayuno. En clase. Los afilados eslabones levantaban los rebordes y clavaban las puntas en la piel. Todo por la buena causa. Mi padre estaría realmente orgulloso de mí. *Ad Majorem Dei Gloriam.* Dios. La Compañía de Jesús. San Ignacio de Loyola. *Sanctus Pater Noster.* Lo mejor era obedecer, cumplir. Lo superaría. Que me condenara si no lograba superarlo.

Estábamos nadando cuando Vinnie Halloran me espetó:

–Eh, Ben, ¿ya te has visto la pierna, muchacho? –Me negué a mirar, pues hacía ya varias semanas que la tenía presente–. Será mejor que te cuides eso. La verdad es que tiene muy mala pinta. Eso es pus ya verde. Mírate la pierna: pequeños puntitos rojos. ¿Sabes que MacDonald se los pinta? ¡En serio! Pero tú, con esa cosa verde saliéndote de ahí...

Vinnie se estremeció, encogiéndose sobre sí mismo.

Sin embargo, yo no estaba dispuesto a rendirme, no ante un asqueroso cilicio jesuita. Ben Driskill no cedería. Así estaban las cosas.

Las heridas se habían infectado y apareció la gangrena. Al final, el hermano Fulton me encontró inconsciente en el inodoro, tendido en el charco de mi propio vómito. Los médicos del hospital St. Ignatius me salvaron la pierna y yo me alegré mucho. Habría sido un suplicio tener que justificar ante mi padre la pérdida de una pierna. Prefería vivir con el dolor residual que de vez en cuando me asaltaba. Pero lo que más me complacía era que no me había rendido. A veces he perdido, a cualquiera puede ocurrirle eso. Pero nunca me he rendido, nunca. Ni siquiera ante los jesuitas. Ni tampoco ante mi padre.

Cuando me desperté, brillaba una tenue luz grisácea en la ventana y podía ver mi propio aliento en el aire frío del dormitorio. A lo largo de la repisa de la ventana revoloteaba la nieve seca, que luego se filtraba por la rendija de la abertura y me humedecía la cara. El teléfono sonaba a lo lejos. Conté cuatro timbrazos antes de que se interrumpiera. En mi reloj eran las siete y ocho minutos y dejaba atrás un sueño en el que alguien gritaba.

El problema era que no lo había dejado atrás. El chillido formaba parte de la realidad, no los restos de una pesadilla. Además no se trataba de un chillido, sino de un grito ahogado que probablemente no había durado más de un segundo, tal vez dos. A continuación se oyó un terrible estruendo, como si un ciego intentara salir de un edificio en llamas.

Mi padre yacía al pie de las escaleras. Tenía la bata enrollada alrededor del cuerpo, los brazos doblados a cada lado, el rostro caído hacia abajo, inmóvil sobre el suelo del vestíbulo. Aquel momento pareció interminable y de pronto me encontré arrodillado junto a él. Parecía otra persona, un viejo con un ojo cerrado y el otro abierto, que me miraba. Entonces aquel ojo parpadeó.

–Papá. ¿Me oyes?

Apoyé su cabeza en mi brazo y una comisura de la boca se le torció: una sonrisa. La otra no se movió en absoluto.

–Teléfono –pronunció con total claridad–. El cardenal... –Aspiró un poco de aire a través de la comisura abierta–. Arzobispo... Klammer...

Dejé que mi padre especificara todos los títulos necesarios. Una lágrima brotó de su ojo cerrado y se escapó como si hubiese permanecido celosamente guardada.

–¿Ha llamado? ¿Qué quería?

–Lockhardt... Heff... Heffernan...

Le resultaba enormemente difícil hablar. En aquello se veía reducido Hugh Driskill, babeando por las comisuras de la boca, al pie de las escaleras.

–Lockhardt y Heffernan –le apremié.

¿Quién diablos era Heffernan?

–Muertos.

Lo que surgió ahora fue un susurro, como si todo él se deslizara, como si las baterías dejaran de funcionar.

–¡Dios mío! ¿Han muerto? ¿Lockhardt ha muerto?

–Asesinados... A... yer...

De nuevo parpadeó. Sus dedos aletearon en mi costado. Luego se desmayó.

Llamé al hospital y enseguida regresé junto a mi padre. Me senté a su lado, le cogí la mano deseando que parte de mi energía penetrara en él, para devolverle el favor.

Quería que mi padre viviese.

2

La joven regresó haciendo *jogging* hasta el moderno rascacielos de Via Veneto, y en el vestíbulo cubierto de mármoles y cromados recobró el aliento, mientras aguardaba a que llegase el ascensor. El sudor le goteaba en la punta de la nariz respingona. El cabello, de un color castaño claro, lo llevaba recogido mediante una banda verde. Al quitarse los auriculares, la vieja cinta de Pink Floyd se interrumpió con brusquedad. Se secó la frente con la manga del chándal gris.

Había corrido cinco kilómetros y se dirigía a la piscina que se encontraba en el ático. Pero antes se detuvo en el apartamento de la planta 18, se despojó del chándal, se puso el bañador, se cubrió con un grueso albornoz y subió corriendo los tres pisos que la separaban del ático. Dispuso de toda la piscina para ella sola y nadó 30 largos seria y metódicamente, marcando su propio ritmo. El sol era de color púrpura y luchaba por salir sobre el horizonte, casi amedrentador entre el polvo y la contaminación que se cernía sobre Roma.

Cuando entró en la cocina a prepararse el café eran ya las seis y media y llevaba levantada desde las cinco. Había rezado, hecho *jogging,* nadado, de modo que había llegado el momento de dejar de tontear por allí. Había llegado el momento de enfrentarse a la jornada.

Sor Elizabeth disfrutaba con la vida que llevaba. No se había hecho monja a causa de que unas irreales estrellas empañaran su visión, sino después de estudiarlo con su habitual metodicidad; las cosas le habían salido bien. La orden se enorgullecía de ella. Aquel apartamento de Via Veneto era propiedad de Curtis Lockhardt. Él mismo había hablado con sor Celestine, quien dirigía tales asuntos para la orden desde su despacho en lo alto de la escalinata de la plaza de España. La aprobación de su traslado llegó rápidamente. La orden tendía a tratar a sus miembros como personas adultas en quienes podía confiar y a las que respetaba.

Sor Valentine la había presentado a Lockhardt y sugirió lo del apartamento. Luego Lockhardt se había convertido también en amigo de Elizabeth y en una valiosa fuente de información para el trabajo de ella. Era un ejemplo perfecto de los engranajes que podían lograr que la vida resultara mucho más placentera en el seno de una sociedad cerrada y asfixiante como la Iglesia. El truco consistía en conseguir que la maquinaria funcionara a favor y no en contra. Elizabeth estaba superdotada por lo que se refería a la práctica de este antiguo arte, práctica que era bastante frecuente. Se mantenía fiel a sí misma y a la orden, lo cual era primordial para conseguir que la maquinaria se pusiera en marcha. Sor Val lo denominaba «pulsar las teclas adecuadas». Ambas sabían cómo hacerlo, aunque las dos no tocaran las mismas teclas.

Tomó café y una tostada, y luego sacó su agenda para repasar el horario de la jornada. A las nueve había una delegación de feministas francesas, católicas laicas de Lyon, que encabezaban un antiguo movimiento contra el Vaticano y querían cobertura en la revista. Que Dios las amparara a todas.

Hacía tres años que la habían nombrado editora de *Nuevo Mundo,* la revista quincenal fundada por la orden. La audiencia estuvo formada inicialmente por mujeres católicas durante el momento más álgido de la conmoción social y religiosa de los sesenta. No transcurrió mucho tiempo antes de que una actitud decididamente liberal impregnara la revista; luego llegaron las acusaciones de influencias marxistas que los encolerizados conservadores les lanzaban desde todos los frentes. Como consecuencia, del liberalismo se pasó al radicalismo, el cual a su vez actuó como imán no sólo para las legítimas voces de la izquierda, sino para la mayoría de las mentes más mojigatas de la cristiandad. Al final aquel vocerío sacó a Calixto de su letargo pontificio y en privado declaró a las instancias superiores de la orden que había llegado el momento de actuar con mayor energía. Por su propio bien.

Poco después, sor Elizabeth fue nombrada editora de la revista, la primera norteamericana que desempeñaba aquel cargo. Durante los últimos tres años había cumplido escrupulosamente los reglamentos y tratado con imparcialidad los principales temas con que la Iglesia se enfrentaba, pero sin soslayar ninguno: control de la natalidad, matrimonio del clero, sacerdocio de las mujeres, aborto, clero de izquierdas en los países subdesarrollados y del Tercer Mundo, papel de la Iglesia en la política internacional, escándalos del Banco del Vaticano... En resumidas cuentas, allí había cabido todo.

La revista había cuadruplicado su tirada y se había convertido en una especie de centro de debate para los bateadores fuertes de la Iglesia. Elizabeth había logrado permanecer en un lugar lo bastante reservado como para evitar que Calixto volviera a parpadear al contemplar la luz del día. Ahora, al parecer, ella iba a sobrevivirle.

Al igual que todos los demás periodistas de Roma, durante el verano y el otoño había sabido que el papa vivía de prestado. La muerte acechaba en las salas del Vaticano. Las frases estereotipadas abundaban en los bares de moda, en las elegantes fiestas a las que asistía el clero, y en los salones de las villas lujosamente decoradas desde las cuales se divisaba toda la ciudad. Aquel ambiente de pura expectación, aquella anticipación lujosa y sin trabas, le recordaba una época más inocente, le recordaba a su abuelo allá en Illinois, en una pequeña ciudad llamada Oregón, a quien visitaba cada verano desde la casa de sus padres en Lake Forest. Le recordaba la excitación y la anticipación que ella experimentaba cuando su abuelo la llevaba al circo.

Un circo era la metáfora ideal. El papa iba a morir y el circo empezaría en efecto con el estridente son del organillo y de los monos atados con cadenas, la fanfarria trompetera de una película de Fellini, con los payasos, los fenómenos y los trapecistas cogiéndose de las manos, bailando, trazando cabriolas sobre la pantalla. Siempre con algunos curas intercalados, un toque de sabor local. Roma se encontraba ahora en la fase precircense y Elizabeth recordaba que su abuela la levantó temprano ese día, y que su abuelo puso en marcha la ranchera y condujo hasta el cercado de la feria bajo el frío amanecer, limpio de nubes y azul, preludio de otro día caluroso. Quería que ella viese todo lo que ocurría antes de que el maestro de ceremonias chasqueara el látigo para dar inicio al espectáculo, quería que viese que algunos de los mejores números del circo ocurrían cuando nadie se encontraba presente para verlos. Los tigres y los elefantes, que se paseaban de un sitio a otro haciendo temblar la tierra, cómo se apoyaban sobre las patas traseras y se empinaban con la cabeza erguida, pavoneándose. El circo antes de que empezara el espectáculo.

Ése era el estado en que Roma se encontraba en aquellos momentos. Los *papabili,* hombres con los ojos muy abiertos, atentos a la gran oportunidad, al poder, a la línea en los libros de historia, se reunían como los grandes elefantes y los tigres, haciendo temblar la tierra con su peso, merodeando con los afilados colmillos al descubierto, que brillaban tras sonrisas apenas entreabiertas. Los cardenales. Los hombres que habían hecho lo que había que hacer para subir a la Silla de San Pedro. Y sus patrocinadores, los agentes del poder, los que hacían tratos, los concertantes. Elefantes, tigres, un sinfín de chacales y hienas, pero ni un solo cordero a la vista.

¡Dios mío, cuánto disfrutaba de aquello!

Le encantaba el politiqueo, las intrigas, el nerviosismo a flor de piel de los contendientes, las fricciones en la lucha cuerpo a cuerpo, las miradas de reojo, el temor a que les clavaran un simbólico cuchillo en la espalda aprovechando la oscuridad del confesonario, el miedo a dar un paso en falso, a una palabra musitada en el oído equivocado, a una carrera destrozada. ¿Quién podía manipular mejor la concentración de cardenales? ¿Quién era capaz de adular, engatusar y amenazar? ¿Intentarían los norteamericanos hacer valer su dinero? ¿Quién sería el más complaciente al ofrecer algunas promesas? ¿Quién conocía a los mejores camareros en los más lujosos restaurantes, quién sería invitado a las más encumbradas recepciones, y quién se lanzaría para obtener un buen lugar en la contienda? ¿Quién era capaz de aguardar tanto tiempo para asestar el golpe? ¿A quién destruirían los rumores?

Aquella mañana, sor Elizabeth llevaba el traje azul marino con la insignia escarlata en la solapa, el símbolo de la orden. Era alta y esbelta, con hermosas piernas y una espléndida figura. El cardenal D'Ambrizzi opinaba que aquel uniforme la favorecía mucho, y no sentía reparos en decírselo.

Había acudido de muy buen humor a oír misa, contenta con su suerte. Esperaba con placer el momento de acompañar a D'Ambrizzi y a un banquero americano que estaba de visita, en uno de los famosos recorridos del cardenal por Roma. Era una buena ocasión para vigilar de cerca a D'Ambrizzi. Elizabeth estaba escribiendo un extenso artículo sobre los *papabili,* que se publicaría en cuanto falleciera el papa Calixto, y donde se ofrecía una visión de los candidatos mejor colocados, contemplada desde dentro de la

Iglesia. Entre éstos, el nombre que más sobresalía era el de D'Ambrizzi. Intentaba mostrarse rigurosa con todos y se imaginaba a los líderes en posición de dos a uno, o de ocho a cinco si se basaba en la lista de los contendientes. D'Ambrizzi era uno de ellos. San Jack, como lo llamaba sor Val.

En la pequeña iglesia a la que acudía cada mañana para oír misa, encendió una vela y rezó una oración por Valentine. Estaba ansiosa por recibir noticias suyas, ya que, cuando se detenía a pensar en ella, se preocupaba terriblemente. En aquellos días, a Val se la veía atormentada, y no sólo por el asunto de Curtis Lockhardt. Elizabeth sospechaba, casi con absoluta certeza, que Val abandonaría la orden y se casaría con aquel individuo, con lo cual dispondría de mayores influencias. No, no era por el asunto de Lockhardt.

Era por todo lo que Val le había insinuado.

En cuanto las francesas se marcharon, dispuso de unas horas para sus asuntos. Las pasó sentada ante el escritorio, con las persianas cerradas a fin de mitigar la deslumbrante luz solar, mientras su ayudante, sor Bernardine, se ocupaba de todas las llamadas en el despacho exterior. Ante sí, sobre el escritorio, ordenó las carpetas de los *papabili.* Repasó con detenimiento las notas referentes a los dos candidatos principales. A continuación se sentó delante del ordenador y dividió la pantalla en dos columnas, escribió los nombres de los dos aspirantes, y procedió a teclear un esbozo de cada uno de ellos.

CARDENAL GIACOMO D'AMBRIZZI

Maneja el dinero del Vaticano, director de inversiones, ostenta poder en el Banco del Vaticano aunque no pertenece a la junta, sin mancha por el escándalo; mundano, con reconocidas cualidades diplomáticas; pragmático, culto, aunque su apariencia es la de un campesino achaparrado y musculoso tipo Juan XXIII y utiliza

CARDENAL MANFREDI INDELICATO

Si el Vaticano poseyera una CIA/ KGB, él sería el jefe (trabaja como consejero del papa en calidad de ministro de Asuntos Exteriores); alto, delgado, ascético, sombrío, escaso cabello negro (¿teñido?), sencillos trajes negros: sin pompa, mucho formalismo; distante con todos a excepción de su camarilla personal;

su mundanalidad con todas sus energías; sociable, amistoso, con sonrisa de cocodrilo y ojos entornados; voluntad de hierro: su máxima es no perder los estribos y resarcirse con creces; gran aficionado a la comida y a la bebida, amante de la buena vida.

Progresista pragmático –sobre control de natalidad, derechos de los homosexuales, sacerdocio de las mujeres–, se halla abierto a todas las sugerencias; no es un típico elemento doctrinario del Vaticano; corre el fuerte rumor de que se ha convertido y que tal vez quiere despojar a la Iglesia de algunas de sus inversiones más discutibles desde un punto de vista moral; gran defensor de los derechos humanos en los países con regímenes totalitarios; en algunos círculos se teme que con la edad se haya convertido en una persona condescendiente y liberal.

Viejo amigo del influyente católico americano H. Driskill. ¿Qué hacía en casa de los Driskill en Princeton al finalizar la guerra? Misterio. ¿Cuál fue su relación con Driskill durante la guerra? Los años de la contienda, en París, con Torricelli. poco conocido por el mundo exterior; auténtico discípulo de Pío durante la guerra; vínculos con Mussolini durante los años treinta.

Noble, de una familia de abolengo, pasado lleno de clérigos; su hermano fue un importante industrial asesinado por las Brigadas Rojas; tiene una hermana casada con la legendaria estrella de cine Octavio Russo; la colección de obras de arte que posee en su villa privada es de un valor incalculable (¿botín de los nazis?); aficionado al ajedrez, reproduce incansablemente las partidas maestras. Conservador, tradicionalista, incluso la curia lo teme; propugna una Iglesia rica y poderosa, profundamente comprometida en el mundo de la *realpolitik;* él y D'Ambrizzi estuvieron muy unidos durante los años de la preguerra, cuando las carreras de ambos empezaban. D'Ambrizzi se ha vuelto más humanista, mientras Indelicato se aferraba a sus puntos de vista del comienzo. Discípulo de Pío XII, cuyo estilo ha adoptado en gran medida: arrogante. Pasó la guerra en Roma con Pío y afirma que trabajó con él para «salvar» la ciudad.

Mientras se preguntaba qué realidad se escondería detrás de aquellos esbozos de los dos hombres, sor Bernardine la reclamó para que se reincorporara a su plan del día. Monseñor Sandanato la esperaba abajo con la limusina.

Los cuatro subieron en el Mercedes del Vaticano: Kevin Higgins, un banquero de Chicago muy bien relacionado, el cardenal D'Ambrizzi y sor Elizabeth en la parte de atrás, con las ventanillas abiertas; monseñor Sandanato al volante. Higgins era un viejo amigo de los padres de sor Elizabeth y la saludó efusivamente, con una charlatanería cargada de recuerdos. Hacía muchos años que no visitaba Roma y le complacía en extremo repetir la visita en compañía de un cardenal y con la hija de un amigo. Elizabeth sospechó que debía de sentirse como se había sentido ella cuando el cardenal se lo propuso: como si fuese la primera vez que veía la Ciudad Eterna.

D'Ambrizzi la recibió con un abrazo tan amistoso y prolongado que Elizabeth aguardó con pasividad a que él se apartara. Necesitaba hablar con ella a solas un momento cuando dejaran a Higgins. Sandanato se había mostrado formal, correcto, inexpresivo, todo un contraste con el vibrante cardenal, quien los aguardaba de pie junto a la limusina, de cara al sol, charlando por los codos con Higgins, cuando monseñor la escoltó hasta el coche.

El trayecto a través de la calurosa y polvorienta ciudad, colapsada por el tráfico, se vio interrumpido por algunas paradas en lugares de interés. El cardenal D'Ambrizzi la llevaba cogida del brazo –como si la quisiera en calidad de sustituta de Val, que a menudo lo acompañaba–, y pasearon en compañía de Higgins, que los seguía detrás, atendido por Sandanato: una oscura sombra, siempre dispuesto para abrir una puerta, sacudir el polvo de un banco o encender los cigarrillos egipcios del cardenal.

Los comentarios de D'Ambrizzi siempre resultaban interesantes. En cierto momento, Sandanato le recordó que debía tomarse una pastilla y el cardenal se la tragó con un granizado que compró a un vendedor ambulante en una esquina. Pasearon luego a lo largo del Tíber, el cardenal por fin en silencio, sonriéndoles a ella y al banquero, permitiendo que el visitante se impregnara de los históricos lugares y meditara acerca de dónde habían estado y lo que habían visto.

–No se trata sólo de que esta ciudad me guste –dijo D'Ambrizzi al arrancar el vehículo en un inglés excelente, aunque coloreado con un pronunciado acento–. Yo soy esta ciudad. A veces pienso que ya estaba aquí cuando Rómulo y Remo fueron amamantados por la loba, y que siempre he estado aquí. No parece una idea muy católica, pero es la verdad; lo siento en lo más hondo. Estuve aquí con Calígula y con Constantino, estuve aquí con Pedro, con los Médicis y con Miguel Ángel, los toqué, los conocí.

Dirigía la mirada más allá de sus ojos entornados; había algo atemporal e indescifrable en su rostro. Luego, de pronto, sonrió como si disfrutara de un chiste privado o de un truco de magia que no pudiese explicar a los pequeños. En momentos así, Elizabeth adivinaba en él todo cuanto Val le había contado, cómo jugaba con ella y con su hermano durante aquellos meses que pasó en Princeton después de la guerra.

–Al igual que Montaigne –estaba explicando–, puedo asegurar que conozco los templos paganos de la antigua Roma mejor de lo que conozco los palacios de la Iglesia actual. Puedo verlos y oír las voces de los cónsules y senadores en la colina del Capitolio, cuando todo era gracia y esplendor. Y puedo ver la misma colina un milenio después, cuando se destrozaban los monumentos y los grandes hombres eran sustituidos por cabras que pacían entre arbustos achaparrados. Ah, ya hemos llegado. Salgamos y demos un paseo.

Su aspecto era imponente mientras caminaba con paso lento, vestido con una sencilla sotana negra. Parecía George Scott interpretando a Patton.

Habían cruzado el Capitolio, o Campidoglio, como se lo conocía en la actualidad, el centro de la municipalidad romana, y por todos lados veían el monograma inmortal que databa de antes de la cristiandad, S.P.Q.R., *Senatus Populusque Romanus.* Al igual que la visión que el cardenal tenía de sí mismo, aquella solemne inscripción –que ahora se veía por todos lados, desde los autobuses hasta las tapas de las alcantarillas– unía las eras pagana y cristiana a través de los siglos. Aquélla era la fascinación primordial que Val había experimentado siempre por la ciudad, tanto en calidad de historiadora como de monja: que aquel enclave excepcional en la Tierra había sido el centro del mundo pagano, que todos los caminos del mundo antes de Cristo conducían a Roma, y que ulteriormente se transformaría en la cuna de la cristiandad.

La vida palpitaba por doquier a su alrededor, en el ruido, en el color, en la sensación de que el tiempo corría atrás y adelante, pasado y presente en uno solo. Lo pagano y lo cristiano estaban tan ligados que las diferencias resultaban irrelevantes. Sor Elizabeth experimentaba una especie de aturdimiento, llena de asombro ante el hecho de que la sensualidad y el aspecto humano de la ciudad coexistiesen de forma tan natural con los mandatos y prohibiciones de la Iglesia. Cuando se volvió, descubrió que el cardenal la estaba observando con expresión repentinamente solemne.

El estruendo procedente de la plaza Venecia se extinguía en el silencio del Capitolio. Cruzaron por el apacible jardincillo que separaba la Via San Marco de la plaza de Aracoeli y, con un amplio ademán del brazo, D'Ambrizzi abarcó los palacios, la plaza y la escalinata del Capitolio, para pronunciar un solo nombre:

–Miguel Ángel.

El cardenal se encogió de hombros satisfecho y la guió hacia la plaza del Campidoglio.

Allí, reluciente bajo el intenso sol, se erguía la elegante estatua de Marco Aurelio montado sobre su caballo, la mano levantada, con el brillante resplandor dorado del palacio del Senado detrás. Cuando Miguel Ángel contempló por vez primera aquel superviviente del mundo antiguo, se sintió tan impresionado por la sensación de vida que emanaba de la estatua, que le ordenó que se pusiera en movimiento. Al detenerse ante ella, D'Ambrizzi comentó:

–Si ahora podemos contemplarla, se debe a un error, ¿saben? En la Edad Media, en una época de gran fanatismo religioso que provocó gran cantidad de actos vandálicos, se pensó que era la estatua del primer emperador cristiano, Constantino. Por eso escapó de la fundición. De haberse sabido que se trataba de Marco Aurelio, habría desaparecido junto con las demás.

Hizo una pausa mientras monseñor Sandanato le encendía otro cigarrillo.

–Igual que su Chicago, Kevin, Roma se ha edificado sobre unos cimientos de leyenda. Ésta dice que cuando la estatua aparezca de nuevo cubierta de oro, se avecinará el fin del mundo y de la crin del caballo surgirá la voz anunciando el Juicio Final. –Dio un suspiro, ronco y profundo, y siguió caminando–. La estatua tuvo muchas finalidades curiosas. En una ocasión la utilizaron durante un banquete: por un agujero de la nariz brotaba vino y por el otro agua. Igual que en las convenciones de los banqueros, Kevin. Un papa irritado ordenó que colgaran de la estatua, por el cabello, a un prefecto de la ciudad. –Rió desde lo más profundo de su pecho–. Me dijo usted que estaba interesado en los detalles más violentos de la historia de Roma...

El banquero se encogió de hombros, con un gesto de timidez.

–En otra época, éste fue un centro de ejecuciones medievales. Ejecutaban a la gente por todas partes, dondequiera que el estado de ánimo lo aconsejara.

Sor Elizabeth aspiró el olor de los cipreses y de las flores de las adelfas que se abrían al sol y desprendían su aroma. Al volverse, descubrió que los enormes y oscuros ojos de Sandanato la estaban observando y le sonrió. Pero él se limitó a volverse hacia el espléndido jardín.

D'Ambrizzi parecía más interesado en mostrar a Higgins las huellas del mundo que había precedido a la cristiandad, asumiendo quizá que sus conocimientos de la historia relacionada con la Iglesia eran más profundos. Al entrar en el pasaje del Muro Romano, D'Ambrizzi señaló unos enormes bloques de piedra gris, gastados por el tiempo, y que apenas daban la sensación de merecer el más mínimo comentario.

–Esto que ven ante ustedes es cuanto queda del templo de Júpiter, del siglo sexto antes de Cristo. En aquel entonces, los soldados de Roma eran poco más que pastores y aún no tenían el concepto de los dioses con aspecto humano. Por supuesto, tampoco había templos en su honor. Los romanos rezaban en campo abierto, en altares levantados sobre el césped. Sin embargo, el inmortal Livio nos dice que los soldados traían aquí el producto de sus pillajes y lo depositaban bajo un roble, donde luego los emperadores romanos decidieron construir el templo de Júpiter. –Miró a su alrededor, como si hubiese visto u oído algo que le resultase familiar–. Aquí se celebraban los grandes triunfos, las incesantes victorias. Teñían de sangre el cuerpo del general triunfante y lo vestían con una túnica de brillante color morado, una especie de toga púrpura bordada en oro. Lo coronaban de laurel y le entregaban un cetro de marfil y una rama también de laurel.

Sus entornados ojos aparecían completamente abiertos en aquel instante, como si fuera capaz de ver ante sí todo aquel espectáculo. Elizabeth sintió que el entusiasmo del cardenal centelleaba dentro de ella, como el efecto de un gran mago.

–Aquí, de pie, estuvo él, ataviado como un dios, ofreciendo un sacrificio a Júpiter, mientras sus enemigos, que permanecían prisioneros en la cárcel Mamertina de aquí abajo, eran pasados por las armas..., mi querida Elizabeth –susurró con voz ronca–. Esos rituales paganos del triunfo superan mi capacidad de descripción. Rodeados de oro, mármol y estatuas que hoy consideramos el patrón de la gracia y la belleza, ataviados con sus túnicas moradas, presidían el sacrificio de cerdos, chivos y toros. El olor de la sangre flotaba por doquier, la gente se desmayaba por el hedor, las túnicas estaban rígidas a causa de la sangre y los chillidos de las bestias moribundas se expandían por el aire, espeso a causa del humo de la carne chamuscada. La plaza estaba resbaladiza por la sangre derramada... Nuestros antepasados, de pie donde ahora estamos nosotros, creían en sus dioses lo mismo que nosotros creemos en los nuestros. No nos diferenciamos de ellos. Somos iguales...

Su voz había ido bajando de volumen hasta casi extinguirse y las imágenes se apoderaban de Elizabeth. Higgins se inclinó ligeramente para acercarse más, estirándose a fin de poder oír. Elizabeth se sentía casi arrebatada por el ardor de aquella descripción.

Más tarde se detuvieron al fresco de la sombra de un pequeño jardín, desde donde podían verse, a través de la calina y el polvo, las desoladas ruinas del Foro. Higgins hablaba en voz baja con D'Ambrizzi y Elizabeth captó algunos fragmentos.

–Las paradojas siempre me han fascinado, la coexistencia del bien y del mal. Algo parecido a su interés por los antecedentes paganos de la cristiandad.

Sandanato caminaba delante de todos, oliendo las flores que se abrían al deslumbrante sol.

–Paradojas –repitió D'Ambrizzi–. Por supuesto, eso es lo que yace en el corazón de la Iglesia. Dos bandos, dos aproximaciones conflictivas a la vida, siempre enfrentadas a fin de sobrevivir... He intentado armonizar estos elementos divergentes. Al fin y al cabo, no somos una organización de ascetas, ¿no le parece? Oh, tenemos a esos hermanos que rezan en los monasterios y a las buenas hermanitas en los conventos de clausura. Ellos ya rezan lo suficiente por todos nosotros, ¿no está usted de acuerdo? Yo nunca dedico más tiempo a la plegaria del que se me exige. –El humo se elevaba desde el cigarrillo que sostenía entre sus gruesos dedos manchados de nicotina–. Sor Elizabeth, usted no es muy aficionada a los grandes prodigios de las plegarias, ¿verdad?

–No, me temo que no. A los prodigios no –añadió, sonriente.

–Lo sabía –contestó él, satisfecho–. Usted y yo somos retoños de un mismo árbol, hermana. Mire a monseñor Sandanato: él es el gran experto en monasterios. Monasterios en ruinas, monasterios desiertos y quemados por los infieles, o devastados por las plagas que aparecieron después. Nunca ha aprobado el énfasis que yo pongo en el mundo seglar, en el dinero y en el juego del poder.

Sonrió, y volvió el rostro resplandeciente a cada uno de ellos. Habían abandonado el alivio de la sombra y el sol se desplegaba ante ellos, deslumbrándolos por un instante. Sandanato aguardaba con gesto paciente, una figura enjuta vestida de negro, una especie de calvinista romano.

–Un juego que alguien debe jugar –comentó Elizabeth, inhalando la fragancia del jardín–. De lo contrario, el mundo nos devoraría. El mal triunfaría y se pondría el bonete rojo y la túnica púrpura...

D'Ambrizzi asintió con vigor.

–Algunos dirían que el mundo ya nos ha devorado. En cualquier caso, es una batalla que debe librarse según las reglas del mundo, no con las nuestras. De modo que yo hago mi juego y dejo que los demás, como mi fiel Pietro, se cuiden de la espiritualidad. La Iglesia es lo bastante grande para todos nosotros.

Sus ojos titilaron tras los pliegues de los párpados.

Más tarde, mientras subían otra empinada calle de la antigua Roma –la Clivus Argentarius, más allá de la basílica Argentaria, que en el pasado había sido el centro del comercio romano–, sor Elizabeth respiraba con dificultad. El sol estaba bastante bajo y les permitía andar por la sombra la mayor parte del tiempo. Al entrar en la Via del Tulliano, Elizabeth se preguntó si el recorrido del cardenal no sería sencillamente una burla elaborada, una broma para provocar algún escalofrío en la espalda del banquero, o si pretendía darles una especie de lección práctica sobre las conexiones que desde siempre habían mantenido unidos al mundo pagano y al cristiano. Quizá se tratara, sencillamente, tal como él había comentado, de un reflejo de su propia identificación con la eterna y ambigua ciudad. En cualquier caso, la mente de Elizabeth fluctuaba con las imágenes y las visiones que D'Ambrizzi había provocado, como si las extrajera del interior de un sombrero de copa bajo la luz de un reflector.

–Allí, en la esquina, está la iglesia de San Giuseppe dei Falegnami –indicó D'Ambrizzi, quien se detuvo para recuperar el aliento–. No tiene nada de extraordinario, pero debajo de la iglesia se halla una sala fascinante, la capilla de San Pietro in Carcere, consagrada como la cárcel donde Nerón encerró a san Pedro. Vengan, quisiera enseñársela.

D'Ambrizzi cruzó al otro lado de la calle, entre Higgins –que parecía ya un poco cansado– y Elizabeth. Sandanato los seguía.

–Explícales la historia, Pietro.

El cardenal estaba fatigado. La enorme nariz caída sobre la boca carnosa, siempre tensa, en una mueca que dejaba al descubierto unos dientes amarillentos. El cigarrillo de tabaco negro, con la faja dorada, colgaba de la dura cordillera que formaba el labio inferior y los ojos casi permanecían ocultos mientras intentaba atisbar a través de la cimbreante columna de humo.

–Su eminencia siente peculiar predilección por algunos de los lugares más espantosos de Roma –explicó monseñor Sandanato–, pero no desesperen: ya llegamos al final. El Tullianum no era más tenebroso que una cisterna, construida probablemente poco después de que los galos saquearan Roma. Sin embargo, más tarde se transformó en prisión, como sótano inferior de la cárcel Mamertina. Recordarán ustedes que ésta era la residencia final de los enemigos derrotados, tales como Simón Bar Giora, Yugurta y Vercingétorix, a los que se solía matar de hambre; también de los enemigos del Estado, como los conspiradores catilinos, a quienes probablemente se estrangulaba. En todo caso, la muerte es la muerte, y por aquí se impartió en abundancia.

Descendieron por la moderna escalera doble que conducía a la entrada de la capilla y luego entraron en la cámara superior. De repente, sor Elizabeth sintió unas palpitaciones en el pecho, advirtió que la respiración se le aceleraba y que el sudor le brotaba de la frente y el labio superior. Una pantalla móvil de puntitos negros apareció ante ella. Estaba a punto de perder el sentido y se detuvo para apoyarse en una barandilla. Experimentó un enorme sofoco y luego un frío helado, mientras el estómago se agitaba en señal de protesta. El calor de aquel día y el punto álgido de su período, el largo paseo, la conversación, la intensidad de las descripciones del cardenal acerca de Roma, los horrores y peculiaridades que había descrito..., todo parecía haberse abatido sobre ella de una sola vez. Sólo deseaba un instante de reposo y, de algún modo, no hacer el ridículo. Los tres hombres parecían flotar ante ella y percibió que asentía al intentar fingir que prestaba atención, disimulando, tratando de sujetarse al pasamanos lo más inadvertidamente posible. La capilla estaba a oscuras. Aborreciendo su propia debilidad, imploró: «Que pueda salir de esto y nunca volveré a ser mala...».

Sor Elizabeth cerró los ojos y se esforzó por mantener la calma, mientras en un apartado rincón de su mente se preguntaba si estaría a punto de desmayarse.

–Del Tullianum había sólo una salida, que es donde nos hallamos en estos momentos, y un desagüe que conducía a la cloaca Máxima. Se cuenta que ésta a veces se obstruía con los cadáveres en descomposición. Lógicamente, lo que vemos ahora sobre el altar es un relieve que representa a san Pedro bautizando a su carcelero...

Pareció que transcurrían horas antes de que regresaran al Mercedes. Ahora, mientras la brisa del Tíber le refrescaba el rostro y el cardenal miraba absorto por la ventanilla, después de haber dejado al banquero en su hotel, Elizabeth dio por terminado el paseo. Estaba agotada, y al ver que el coche se dirigía de regreso a Via Veneto tuvo la sensación de que recuperaría el equilibrio.

Sonrió ante la idea de contarle a sor Val lo sucedido aquella tarde, y en la interpretación que haría ella del recorrido del cardenal. San Jack. Quizá el próximo papa.

Entonces san Jack le cogió una mano entre las suyas, grandes y carnosas, la sostuvo con suavidad para evitar que se desmoronara, y le comunicó que sor Valentine había sido asesinada.

3

DRISKILL

Me hallaba sentado en la cafetería del hospital e intentaba imaginar qué sucedería a continuación.

En una esquina había un televisor y en las noticias se concedía gran importancia a la historia de los asesinatos de Curtis Lockhardt y de monseñor Heffernan, a pesar de que los comentaristas de «The Today Show» tenían muy poco de qué informar. Sabía lo bastante acerca de cómo funcionaba la archidiócesis para distinguir la cortina de humo que habían corrido sobre el asunto. El Departamento de Policía de Nueva York había publicado un escueto comunicado de cuatro frases, de modo que el meollo del asunto se redujo a una apresurada nota necrológica conjunta respecto a Lockhardt y un breve resumen de la trayectoria de Heffernan.

La noticia del asesinato de sor Valentine aún no había salido a la luz. No tardaría en hacerlo y yo ya me imaginaba a los comentaristas de la televisión planteando la suma de dos más dos. Llegar a la conclusión de que eran cuatro no precisaría la intervención de ningún ingeniero espacial.

A través de los cristales de la cafetería, me asomé al mundo de Halloween y miré más allá de la decoración realizada por los niños internos en el hospital, con todas aquellas brujas de color negro y naranja, montadas en el palo de sus escobas, y las sonrientes calabazas. Cuanto más reflexionaba acerca de aquello, más me parecía ver a un ejército de vándalos y godos concentrándose en el horizonte. Sin embargo, sólo había un grupo de árboles de ramas tiesas, el viento cortante y un pequeño muro para resguardarse del frío que resultaba terriblemente inútil al otro lado del aparcamiento. Sin embargo, en mi imaginación, el espectral enemigo sin nombre se concentraba detrás de aquellos tristes árboles. Mi hermana se había visto atrapada en el trabajo sucio de la Iglesia y ésta ya había empezado a meterse en mi vida. Una vez más.

Por fin un par de médicos que conocían a mi padre de toda la vida entraron en la cafetería rascándose la barbilla como unos actores que intentaran interpretar *Obsesión*. Mi padre había sufrido el típico ataque al corazón que tan a menudo aparece en los periódicos. No era nada bueno, pero podía haber sido mucho peor. En esencia, se trataba de una cuestión de espera. De momento, su preocupación radicaba en controlar a la prensa, evitar la posibilidad de que el hospital se convirtiese en un circo de periodistas a la espera de ver si Hugh Driskill renunciaba a seguir con vida. La directiva del hospital ignoraba que hubiesen asesinado a mi hermana y yo no pretendía ponerlos al corriente. Cerca del mediodía abandoné la residencia del doctor, como Val solía denominar al hospital cuando era pequeña, y conducí hasta casa sobre la fangosa nieve endurecida.

El matrimonio que trabajaba para mi padre, los Garrity, estaba a mi disposición para facilitarme todo tipo de comodidades. Los había telefoneado desde el hospital y, después de ponerlos al corriente de las tristes noticias, se presentaron para cocinar algo y arreglar la casa, por si alguno de los visitantes se quedaba a dormir. Después de preparar un jamón, un pavo y Dios sabe qué cosas más, los dos se marcharon y yo me quedé solo. Efectué algunas otras llamadas imprescindibles, a mi despacho y a la oficina de mi padre. Cuando colgué el teléfono, me sentí más solo que nunca.

Atardecía y la luz grisácea se iba apagando. Yo permanecía sentado en el gran salón, sin deseos de encender las luces ni los troncos colocados con sumo cuidado en la oscura chimenea. Había estado examinando los confusos acontecimientos de las últimas veinticuatro horas como un minero que buscase el débil centelleo del oro que confirmara todas sus falsas esperanzas. Entonces se me ocurrió una idea.

Subí las escaleras y me quedé mirando el oscuro pasillo que conducía al dormitorio de Val, cuya puerta aparecía abierta. Desde el hospital había telefoneado a Sam Turner para informarle de lo de mi padre y Sam me notificó que los investigadores del cuerpo habían estado en casa por la mañana. Los Garrity me habían dicho que, en efecto, los policías habían registrado la capilla y la casa, aunque yo no había notado huellas de su labor. Sin embargo, la puerta del dormitorio de Val estaba abierta. ¿Habrían registrado su equipaje?

Intentaba concentrarme en algo, el centelleo dorado del metal precioso entre la escoria, que me permitiera sacarlo a la luz.

El pasillo, largo, oscuro y profundamente silencioso, parecía la desierta galería de un museo dedicado a imágenes y experiencias incalificables, medio intuidas, recuerdos de mi madre, preguntas sin respuesta: ¿por qué había muerto de aquella forma? ¿Qué intentaba decirme cuando me tendió la mano, con sus sortijas terriblemente pesadas en sus dedos temblorosos? Era un museo de la decepción, de musitadas preguntas sin respuesta, como si dentro de los marcos sólo se vieran fragmentos del cuadro y hubiera que imaginarse cuál sería en realidad su significado cuando se terminara la obra. Nuestra casa había sido siempre un museo laberíntico, un palacio tortuoso donde nada era del todo lo que parecía. Yo había vivido en aquella casa y nunca había sabido realmente lo que allí sucedía; ahora Val estaba muerta, mi padre estaba al borde de la muerte, yo me encontraba solo y seguía sin entender nada de lo que sucedía.

Una hora más tarde me encontraba en el dormitorio de Val, con el contenido de dos bolsas extendido sobre una cama. Un par de faldas, jerséis, blusas, un vestido de lana, ropa interior, objetos de tocador, cosméticos, medias, calcetines largos, un par de zapatos planos, otro de tacón, unos vaqueros, pantalones largos de lana, dos novelas de Eric Ambler en edición de bolsillo, un pequeño joyero de piel.

Había registrado en todos los cajones, buscado en el armario y mirado bajo el colchón. Permanecía de pie en el centro de la estancia, y había empezado a sudar. Tenía la sensación de que algo no casaba.

No encontré ningún maletín. No había libreta de apuntes, ni un bloc, ni una pluma. No había ni una sola hoja de papel con notas. Ni un diario, ni una agenda. Ni siquiera un librito de direcciones y teléfonos. Pero, lo más curioso de todo, era que no hubiese ningún maletín. Años atrás yo le había regalado un sólido maletín Vuitton con cerradura de bronce, que se había convertido en parte imprescindible de su vida diaria. Val aseguraba que era un utensilio perfecto, como un Rolex, una pluma estilográfica Waterman o una IBM Selectric. Su indestructible maletín Vuitton. Por lo general lo llevaba lleno a rebosar y siempre viajaba con él. Sencillamente, no podía creer que hubiese olvidado traerlo a casa. Val estaba escribiendo un libro. Nunca iría a ningún sitio sin el maletín y menos a casa. Podía dejarse en Roma carpetas de material de investigación, pero el maletín siempre iría con ella, como si lo llevara esposado a la muñeca.

Y había desaparecido. Alguien se lo había llevado...

Cuando colgué el teléfono y encendí la chimenea en el gran salón eran más de las seis y en el exterior estaba oscuro como la boca de un lobo. La situación de mi padre no había cambiado. Aún no había recobrado el sentido. El médico no había querido comprometerse y, después de decirme que sentía muchísimo lo sucedido a mi hermana, insinuó que probablemente mi padre se recuperaría.

Las llamas prendieron, rozaron la corteza y se ensortijaron por las ramitas y los gruesos troncos. Me dejé caer en el enorme sillón que mi padre había utilizado la noche anterior y noté aún su presencia a mi alrededor. Olía el humo de su puro junto con el de la leña encendida en el hogar. Al fondo de la estancia, entre las sombras, se alzaba su caballete, el cuadro que él estaba pintando, cubierto con una tela. El ruido de un coche en el patio me sacó de mis reflexiones y el resplandor de los faros penetró por la ventana.

Abrí la puerta de la entrada y el padre Dunn entró en la casa, perseguido por una repentina ráfaga de aire frío. Su aspecto era el de un hombre tranquilo, descuidado, a gusto consigo mismo precisamente porque no prestaba mucha atención a su apariencia. La familiaridad de su rostro era algo intrínseco, no sólo producto de la basura que aparecía en las solapas de sus libros.

Se despojó del abrigo, debajo del cual llevaba el traje de clérigo y el alzacuello.

–¿Cómo se encuentra su padre?

–No ha habido cambios –contesté–. Pero ¿cómo se ha enterado?

Interrumpí bruscamente mi avance hacia el gran salón y Dunn pasó por delante de mí para dejar el abrigo sobre una de las sillas de madera junto a la mesa.

–El cardenal Klammer. Usted lo llamó, ¿no?

–Sólo habló con mi padre. Le comunicó lo de Lockhardt y Heffernan, luego sufrió el ataque.

–Bueno, he pasado varias horas con Klammer, intentando impedir que saliera corriendo desnudo por la Quinta Avenida y gritando que no tiene nada que ver con lo ocurrido. Su eminencia y Lockhardt no eran precisamente amigos íntimos, ¿sabe? De modo que ahora, con ese estilo tan atractivo y paranoico que le caracteriza, se considera uno de los sospechosos. Sin duda Klammer vive en el siglo dieciséis, cuando los hombres eran hombres. ¿No le queda un poco de ese Laphroaig?

Se lo serví en un vaso con hielo y de un trago se bebió la mitad.

–Sin duda Klammer no presidirá el duelo, pero un asesinato prácticamente en su antesala exige un apresurado cambio de chaqueta. –Dunn sonrió brevemente y yo me serví una copa–. Le expliqué lo de sor Valentine. Tenía que hacerlo. Me atrevería a decir que ella habría disfrutado viendo su reacción. Nuestro cardenal arzobispo exhibió su expresión de jugador de póquer y rechinó los dientes. Tal como lo habría expresado nuestro inmortal Wodehouse, el rostro de Klammer era el de una oveja con una aflicción secreta. En realidad exclamó: «¿Por qué a mí, Dios mío? ¿Por qué a mí?». Un estúpido lamento teutónico, sin duda. Dispongo de unas cuantas noticias, Ben. He tenido un día muy ajetreado.

–¿A qué se dedica usted en realidad? –pregunté–. ¿Trabaja para la Iglesia?

–Hoy he pasado buena parte del tiempo escuchando. Soy muy hábil prestando atención. Después de hablar con Klammer, me fui a ver al poli encargado de investigar los asesinatos de Nueva York: Randolph Jackson, a quien hace veinte años que conozco. Tenía algunas cosas para contarme. –Me lanzó una de sus intensas miradas, con unos ojos que taladraban y unas cejas que parecían setos de arbustos caídos–. ¿Le molesta si fumo un puro? –Negué con impaciencia mientras él recortaba la punta, luego lo encendió y soltó un chorro de humo–. Todo esto parece increíble: dos cadáveres en el Palace... ¿Qué puede hacerse? En fin, Jackson ha empezado a interrogar a la gente de por allí y eso nos conduce a su hermana. Ben, ¿está usted bien sentado?

–Y eso nos conduce a mi hermana... –repetí: los vándalos y los godos se acercaban a marchas forzadas.

–Una secretaria que trabajaba para Heffernan vio al asesino. –Me observó para ver cómo lo encajaba–. Se encontraba al final del pasillo, programando un ordenador para él, y tenía que hacerle algunas preguntas. De modo que salió al pasillo y se dirigió a la suite del ático. Vio que ese tipo salía por la puerta de Heffernan y se encaminaba hacia el ascensor. Al no obtener respuesta cuando llamó al timbre, la mujer lo intentó por teléfono. Finalmente entró y se encontró con la sorpresa de su vida.

–¿Y bien? ¿El asesino?

–Dice que era un cura.

Su rostro formó una dura mueca, como la de un hombre al lanzar el mayor puñetazo de su vida.

–Un cura. O alguien vestido de cura...

–Ella afirma que siempre puede distinguir cuando se trata de un cura. Lleva trabajando treinta y cinco años para la diócesis. Es una monja.

–¿No quedan ya protestantes en el mundo?

–Me temo que en este asunto, no.

El viento golpeaba con fuerza contra las ventanas. Una concentración de corrientes de aire llenaba la estancia y hacía revolotear las cortinas. La hoguera oscilaba.

–Ella está totalmente segura –añadió Dunn–, pero dice que no puede identificarlo, ni siquiera describirlo. Dice que, para ella, todos los sacerdotes son iguales. A excepción del cabello. Éste era un hombre viejo, con el cabello plateado.

–¿Y cómo encontrarlo en Nueva York?

Imprimí un balanceo a mi cabeza, desesperanzado.

–Bueno, él ya no se encuentra en Nueva York. Ayer estaba aquí. Creo que fue él quien mató a su hermana, Ben.

Mi rostro estaba frío y húmedo.

–He estado pensando en ello hoy. Tres católicos. El truco del sombrero. Tenía que tratarse de una misma operación.

–Había algo en la capilla anoche. Usted lo tuvo en su mano y ni siquiera se dio cuenta. Un trozo de tela, enganchado en el respaldo de un banco. Me di cuenta de lo que era y hoy he obtenido la confirmación.

Dunn se sacó algo del bolsillo y lo hizo oscilar delante de mí. Un pequeño trozo de tela.

–No comprendo –dije.

–Es un trozo de gabardina roto. Una gabardina negra. He visto miles como ésa. Reconocería una en cualquier sitio.

Peaches telefoneó e insistió en que fuéramos a la parroquia de St. Mary, en New Prudence, para cenar. No estaba dispuesto a admitir una negativa por respuesta.

Fui con Dunn en su Jaguar y cuando llegamos a New Pru, innumerables duendecillos, fantasmas y esqueletos habían salido a hacer de las suyas. Los padres aguardaban en las aceras mientras sus criaturas circulaban arriba y abajo, casa por casa, cargados de barritas de caramelo, bolsas de palomitas de maíz y pequeños paquetes de galletas. Hacía viento, con una débil neblina, la noche estaba repleta de gritos y chillidos.

Edna Hanrahan, el ama de llaves de Peaches, nos recibió en la puerta principal de la vieja casa victoriana, con sus grandes ventanales, la verja de hierro forjado y tejado a dos aguas. Peaches acababa de volver de una excursión con los muchachos de la parroquia. En los sótanos de la parroquia se desarrollaba una especie de pandemónium, que yo no había vuelto a ver desde que era un crío. Peaches dirigía a un grupo de chiquillos de ocho a doce años, roncos, de mejillas coloradas, histéricos con sus bromas privadas. Peaches llevaba paja en el cabello y estornudaba debido al polvo; parecía un anuncio de lo que debía ser un cura de parroquia. Dejó caer con fuerza el brazo sobre mis hombros.

–¿Te apetece un día agotador? –preguntó.

–No, gracias –repliqué–. Con uno ya me basta.

Llevábamos toda la vida haciéndonos este tipo de bromas y él sonrió con tristeza. Sus ojos estaban llenos de simpatía y de historia compartida.

–¿Cómo está tu padre?

Todo el mundo parecía hallarse al corriente.

–Es cuestión de esperar. En todo caso, aún vive.

Peaches se abrió paso entre la fiesta. Madres bastante jóvenes ayudaban cortando tarta de manzana, distribuyendo el contenido de cacerolas, metiendo salchichas en los panecillos y patatas fritas en los cuencos. Dunn y yo nos acercamos a los bocadillos y comimos de pie mientras observábamos el estruendo de la chiquillería. Peaches tenía muy buena mano con ellos, como un buen profesor o un entrenador. Al final, Dunn no pudo resistirse a los ruegos insistentes de una rubita de diez años con coletas, que se lo llevó junto al juego de colocar la cola a un burro de cartón, le vendó los ojos, y rió ahogadamente, feliz, al ver los esfuerzos que él hacía para encontrar el burro.

Peaches se me acercó.

–Salgamos fuera, Ben. Necesito un respiro.

Salimos al patio trasero de St. Mary, cuyo césped bajaba hacia un arroyo serpenteante. La luna aparecía y desaparecía tras las oscuras nubes de bordes grisáceos y yo notaba la niebla fría contra las mejillas. Peaches daba pataditas a las hojas que sobresalían entre la quebradiza nieve superficial.

–Esta fiesta no entra dentro de mis atribuciones –explicó–. Se trata de un trabajo heredado. El párroco de St. Mary siempre se encargaba, de modo que a mí no me ha quedado más remedio que celebrarla también. Ya has visto cómo disfrutan los chiquillos.

–Te las arreglas muy bien con ellos –comenté.

–Sí, la verdad es que sí. –Las ventanas del sótano de la iglesia resplandecían luminosas y se oía a los críos riendo y gritando–. Val y yo habríamos tenido unos hermosos niños, Ben.

Asentí. No tenía nada que objetar.

–Dios mío, ¿por qué no renunció, sin más? Ahora estaría viva. La verdad es que sólo soy un cura estúpido, Ben. He alcanzado cuanto podía conseguir, no como Artie Dunn aquí, ni como los importantes compañeros allá en Roma, ni los que están en el meollo. Lo mío es esto... Sin embargo, habría sido un buen esposo. Un gran padre. Maldita sea. Nos lo habríamos pasado muy bien y habríamos sido felices, envejeciendo juntos. En cambio, ahora ella está muerta y yo dirijo una fiesta de Halloween para los hijos de los demás. –Se restregó la comisura de un ojo–. Lo siento, Ben. Tenía que decírselo a alguien.

Paseamos lentamente por la orilla del arroyo y luego dimos media vuelta para regresar a la iglesia. Le conté lo que Dunn me había explicado acerca de que el asesino podía ser un cura.

Peaches negó con la cabeza.

–Conozco a un par de curas que, en el fondo de su corazón, son unos asesinos, pero, en fin, todo eso me parece una locura. Un sacerdote asesinando a Lockhardt, a Heffernan y a Val. Vete a saber qué infierno no estaría azuzando Val, pero ¿por qué Lockhardt y Heffernan? Eran miembros de los consejos internos. Es una locura.

–Pues por lo visto, Dunn se lo ha tomado en serio.

–Sacerdotes –murmuró Peaches–. Recuérdame luego una cosa.

La señora Hanrahan sabe algo que debes oír. Quédate por aquí un rato, mientras pongo fin a esta fiesta.

Edna Hanrahan acababa de hacer café y colocó sobre la mesa una bandeja de galletas caseras. Tenía el cabello cano, el rostro surcado por las arrugas de la alegría y sus ojos aparecían firmes detrás de los gruesos cristales de las gafas. Resultaba fácil descubrir en ella a la muchacha que había sido. Tenía antiguas manos de monja, con todo un historial de agua caliente y jabón de ácido fénico. No era monja, pero llevaba treinta y cinco años cuidando de los párrocos de St. Mary. A finales de los años treinta, cuando estudiaba en la escuela parroquial, había sido alumna de un profesor de quien yo nunca había oído hablar: del padre Vincent Governeau. ¿Qué podía contarme aquella mujer?

–Hábleles del padre Governeau, Edna –le pidió Peaches–. Lo que me contó usted esta tarde.

–Bueno, ya saben ustedes lo tontas que pueden ser las jovencitas. Él era muy atractivo, como un artista de cine. Como Victor Mature, añadiría. –Pasó los dedos por una galleta como si se tratara de un hueso de santo–. Moreno, de piel oscura. Además, siempre impartía unas lecciones tan bonitas... Muy sensibles. Sobre cuadros. Cuadros religiosos, de eso nos hablaba, y de los hombres que los habían pintado. Nos enseñaba cuadros de papas y hablaba como si los conociera. Parecía muy familiar. Todas nos sentíamos fascinadas. –Carraspeó ligeramente–. ¿Una galleta?

Cogí una y la mujer suspiró agradecida.

–¿De qué más hablaban ustedes, las tontas jovencitas?

Peaches le sonrió afable, como un maestro del interrogatorio.

–Bueno, pensábamos que era muy guapo. Por lo visto también nosotras le gustábamos, de modo que coqueteábamos con él, alocadas como éramos. Todo muy divertido, figúrense. Nunca habíamos visto a un cura como aquél. –Bebió un sorbo de café, paladeando el recuerdo que llegaba desde el pasado–. También había una monja, sor Mary Teresa, que era muy bonita. Bueno, veíamos cómo los dos charlaban, paseaban bajo los árboles y parecían muy enamorados. Nosotras pensábamos que era una lástima que no pudieran casarse nunca. Algunos de los chicos comentaban que el padre Governeau tenía una..., ya saben, una aventura. Nosotras nos preguntábamos si sería sor Mary Teresa, y cómo, por todos los diablos. –Nos dirigió una mirada lastimera, como si esperara que no tuviésemos en cuenta su exclamación–. En fin, estoy convencida de que habría sido mejor que nos cuidáramos de nuestros propios asuntos. Luego nos licenciamos y dejamos atrás los tiempos felices de estudiantes. Yo me fui a vivir a Trenton y, ya saben, la vida sigue.

–¿Qué pasó? –la animó Peaches.

–Nunca volví a ver al padre Governeau. –Edna cogió otra galleta y le dio vueltas lentamente entre los ásperos dedos, mirándola ensimismada–. Hasta que vi su foto en *The Trentonian*. Había muerto. De verdad, no podía creerlo.

–Los curas también mueren –comenté.

–¡Pero no de ese modo! ¡Se suicidó! Nunca lo habría creído, ni en un millón de años. –Se volvió a mirarme–. Pero yo suponía que usted ya lo sabía todo acerca del padre Governeau, señor Driskill.

–¿Por qué, Edna? Ni siquiera había oído nunca su nombre.

–Bueno, como sucedió en su huerto y todo eso, donde él se ahorcó. Sencillamente, pensé que usted estaba al corriente, eso es todo. Claro que, como usted era tan pequeño entonces...

–Nunca hablábamos de este asunto –dije.

Conducíamos de regreso a Princeton, con el descongelador y los limpiaparabrisas funcionando a toda marcha sobre la neblina helada que cubría el cristal.

–¿Por qué se interesaba Val por el cura que se ahorcó? –pregunté–. Se suicidó en nuestro propio huerto. Val, que con anterioridad nunca había mostrado el más mínimo interés hacia él, después de tantos años se presenta con la intención de examinar los archivos de Sam Turner.

Dunn mantenía la mirada fija en la resbaladiza carretera.

–Hablando como escritor de novelas, diría que el hecho de que el cura se ahorcase podría haberse utilizado para desviar la atención, es decir, como una excusa...

–Pero ella pidió ver el expediente. Ésta es la realidad. Además, todavía dispongo de otra realidad para usted: la persona que mató a mi hermana, su cura homicida, si insiste, también robó el maletín de ella, todas las notas que se hubiese traído consigo. Las notas para su libro, o cualquier cosa por el estilo, han desaparecido.

–¿Cómo lo sabe?

Se lo expliqué y él estuvo de acuerdo.

–Cuando escribo mis libros, no sabe usted la cantidad de notas que tomo. El inmortal Wodehouse decía que sus notas para una novela ocuparían muchas más páginas que el manuscrito. Necesité ocho años para estructurar mi libro y lo reescribí cuatro veces. –Por unos instantes, murmuró para sí de forma ininteligible–. Un cura ahorcado. Cuarenta y pico de años más tarde ella formula preguntas acerca del cura que se suicidó, luego otro cura la mata y le roba el maletín. Ya estamos otra vez frente al abismo, amigo mío... Cuando uno se halla solo en medio de la niebla y en tierra de nadie, cuando no se puede ver hacia dónde se va o de dónde se viene, cuando se halla de nuevo ante el abismo, el truco consiste en no poner el pie sobre una mina. Hay que avanzar con sumo cuidado. De lo contrario, el cura puede acercársele en mitad de la noche y matarlo a usted también.

Al entrar en el sendero que conducía a la casa, el viento golpeó lateralmente al coche y lo zarandeó.

–Es usted muy hábil clavándole la cola al burro –le dije–. Le vi hacerlo tres veces seguidas. ¿Cómo lo conseguía?

–De la única forma posible. Hacía trampas. Es muy fácil engañar a los chicos. Les encanta. Lo esperan de un sacerdote y yo no iba a decepcionarlos. Forma parte de la gran seducción. Así es como siempre lo hemos hecho, ya lo sabe usted. Coja a una mente joven en sus años de formación –me sonrió mientras sostenía el volante para seguir los helados surcos, la nieve gris bajo los faros del coche–, y sedúzcala. Será suya para siempre.

–Muchísimas gracias, Miss Brodie.

En el patio de la entrada había un vehículo de la policía. Un agente hacía oscilar una luz roja en nuestra dirección.

–¿Qué sucede? –pregunté.

–Oh, ¿es usted, señor Driskill? El jefe Turner pensó que sería mejor que mantuviéramos vigilado este lugar durante un par de días. Nos turnaremos cada par de horas o así.

Parecía aterido y tenía la nariz roja.

–¿Por qué no entra, entonces?

–Aquí estoy bien, señor. Dentro del coche se está caliente. El jefe ha ordenado que nos quedemos en el coche. Tengo un termo con café. Estoy bien.

–Como quiera. Se lo agradezco.

Dunn se quedó mirando al agente mientras éste regresaba a su coche.

–Desde anoche, Ben, es como si nos sangrara la nariz. ¿Sabe qué me decía mi padre? Cuando regresaba de la escuela, todo magullado debido a una pelea en el patio, me decía: «Artie, todavía no ha muerto nunca nadie porque le sangre la nariz». De modo que acuéstese y duerma un poco. Ya estudiará el asunto mañana.

Entré. La casa estaba en silencio, tanto como un bote en plena noche en el canal de Long Island. Crujía, gemía y casi parecía ceder bajo mis pies. El fuego había quedado reducido a un rescoldo que resplandecía débilmente. Apilé encima un par de troncos, acerqué uno de los mullidos sillones de cuero y observé cómo el fuego volvía a prender.

Recordé las observaciones del padre Dunn en referencia a lo de engañar a los chiquillos, de lo fácil que resultaba, de cómo la Iglesia empezaba seduciendo la mente de los jóvenes, y no pude menos que sonreír. Aquel tipo era un granuja. Al final no me había dicho en qué consistía su trabajo, pero sin duda tenía acceso al cardenal arzobispo Klammer y a polis que le informaban de asuntos internos. ¿Qué había comentado Peaches? Que Dunn tenía muy buenos amigos en Roma.

Yo experimentaba el tirón de la Iglesia, el insidioso dedo que me hacía señas para que me acercara, la seducción. El curso de mis pensamientos era muy desordenado, sincopado, saltaba del maletín Vuitton al cura que se bamboleaba de la rama en nuestro huerto, luego a un cura que apoyaba tranquilamente el cañón de su pistola contra la nuca de mi hermana y todavía a otro cura que era infalible al clavar varias veces seguidas la cola al burro de cartón. Me sentía demasiado cansado para imponer mi voluntad sobre aquel caos mental. No había resistencia.

Hacía mucho tiempo que no pensaba en mí como un católico. Habían transcurrido muchos años desde que yo era un católico.

Maldita sea. Ser un católico. Todo había sido amor y odio, ya desde el principio.

No se trataba tanto de un sueño como de un recuerdo que luchaba por salir a la superficie. En duermevela, vi al pájaro y olí la lana húmeda, los años se alejaron veloces y de repente me encontré de nuevo en aquella oscura tarde de marzo, tiempo atrás.

El día era húmedo y frío: la primavera todavía no había hecho acto de presencia. Desde la ventana de la clase contemplaba las pilas de nieve sucia que se derretían en el barro, la grava húmeda de la curva del sendero de la entrada que circulaba desde la calle bordeada de árboles. Las nubes se cernían bajas y grises sobre la ciudad y en el aula la calefacción era sofocante; sin embargo, en el exterior yo percibía el viento y el olor de la lluvia.

Tenía entonces ocho años y estaba terriblemente asustado. Temprano, por la mañana, me había desentendido de la clase de catecismo y sor Mary Angelina se me acercó, avanzaba por el pasillo central, entre las hileras de pupitres: los labios apretados, los ojos fijos, con la escuadra de metal en la mano blanca y huesuda. No lograba apartar los ojos de aquellos labios delgados y sin color, de aquel rostro pálido y sin arrugas, mientras el hábito crujía a medida que ella se me acercaba. Los radiadores silbaban. Mis compañeros de clase se volvieron con expresión grave y los ojos muy abiertos, satisfechos de que fuera yo el elegido por la monja y no ellos.

Oía la voz de ella, pero estaba demasiado asustado para comprender sus observaciones. Tartamudeé, farfullé mi respuesta, olvidé lo que había memorizado con tanto cuidado la noche anterior. Las lágrimas brotaron. La regla metálica restalló y la piel se me hundió en los nudillos. Vi la raya roja que había trazado sobre mi mano y sentí el rubor en las mejillas. Estaba llorando. Reprimía mis ganas de gritar y percibía las consecuencias en forma de lloriqueo.

Pasé el resto del día entristecido, mantenía los ojos bajos a fin de evitar la mirada de sor Mary Angelina. Pero el miedo y lo que empezaba a reconocer como odio crecían con la fuerza de mis ocho años, me refugié tembloroso en los lavabos de los muchachos mientras dejaba correr agua fría sobre los nudillos. Después del almuerzo, regresé a clase con un plan ya trazado. Benjy Driskill ya estaba harto. Lo había meditado, trazando los arcos de las posibles consecuencias, y no encontré otra solución peor que una interminable cadena de enfrentamientos con sor Mary Angelina.

Durante el recreo de la tarde, me dirigí hacia la parte trasera del colegio, que se elevaba contra el fondo gris, todo porches, torrecillas y ventanas metidas en nichos. Edificios de piedra rojo oscuro, perfiles negros con luces amarillentas que brotaban de su interior. Una fortaleza. Yo estaba a punto de escapar.

Aguardé entre los arbustos, cerca de una vieja cochera vacía. La tarde transcurría lentamente y nadie venía a buscarme. La jornada escolar estaba finalizando y los otros niños salieron con estrépito, corrieron hacia sus casas o los coches que los aguardaban. Mi plan abarcaba tan sólo la intención de no volver a la clase, de modo que cuando el colegio se quedó vacío de chiquillos y monjas, me sentí maravillosamente osado y solo. Una niebla rastrera se cernía sobre la hierba y se arremolinaba en torno a los abetos.

Sin embargo, mientras aguardaba allí temblando, transcurrió otra hora y la oscuridad empezó a apoderarse de la tarde. Entonces descubrí que haber escapado de sor Mary Angelina no bastaba. La excitación del momento de triunfo se había desvanecido. Había llegado la hora de volver a casa y enfrentarme a la realidad. Bordeaba la alta verja de hierro cuando descubrí al pájaro.

Se había empalado en una de las puntas en forma de flecha con que finalizaba la verja. Estaba muerto y en descomposición, poco más que un puñado de plumas desordenadas, pegadas con sangre a los esqueléticos restos del animal. Permanecía allí colgando, con un ojo resplandeciente, abierto y brillante, que me miraba malévolo.

Para mí, que me aterraba no saber el catecismo de sor Mary Angelina y que me paralizaba la visión del agonizante Cristo crucificado –demacrado y chorreando sangre pintada– junto a la entrada de la clase de tercero, el pájaro representaba algo incomprensiblemente diabólico, el momento álgido hacia el cual se había encaminado aquel día interminable y desdichado.

No podía enfrentarme de nuevo a sor Mary Angelina: unos ojos negros que ardían detrás de unas cuencas planas y redondas, un rostro pálido como de payaso que giraba incansablemente y en mis sueños me miraba con expresión reprobadora...

Salí disparado, resbalé, me caí y corrí luego sobre la hierba húmeda y medio congelada. Llegué al sendero de grava y enfilé hacia la alta puerta negra y a la libertad que me aguardaba tras ella, lejos de las monjas y del pájaro muerto.

Jadeante, chorreando a causa del sudor, alcé los ojos a medida que me aproximaba a la salida. Mi madre se acercaba por el camino. No parecía muy contenta.

Entonces di media vuelta y regresé por el sendero de grava en dirección a la escuela.

De pronto me vi sumergido en una nube de gruesa lana negra y húmeda. El olor me ahogaba, como si fuera gas, como la niebla que se arrastraba por el suelo. Moví frenéticamente los brazos, golpeando la capa, luchando por liberarme, pero unos fuertes brazos me ciñeron el cuerpo y me inmovilizaron. Empecé a llorar, asustado, avergonzado y mareado.

Era sor Mary Angelina.

Cuando vi su rostro entre las lágrimas, lo único que logré distinguir eran unos ojos penetrantes detrás de las gafas..., el pájaro empalado en las puntas de la verja, el Cristo sangrante, la oscuridad de los pasillos de la escuela. Vi el odio y el miedo, todas aquellas mujeres pálidas como el polvo y con largas túnicas negras, los cuervos que se abatían sobre mí.

–Benjy, Benjy, no pasa nada, querido. Tranquilo, todo va bien, no llores.

La voz de sor Mary Angelina se alzaba suave mientras se arrodillaba a mi lado sobre la grava embarrada. Mantenía el brazo alrededor de mis hombros, un brazo que aflojaba su presa y, a través de los puños con que me restregaba los ojos, vi que ella me sonreía con amabilidad, con una mirada cálida y brillante. Intenté hablar, pero sólo conseguí toser e hipar mientras ella me abrazaba y me daba palmaditas en la espalda, arrullándome suavemente al oído:

–No llores, Benjy. No ocurre nada para que tengas que llorar, nada en absoluto.

Todo en mi pequeño universo parecía girar rápidamente, todo carecía de sentido, pero no podía negar la realidad de sus caricias, su amorosa voz.

Parecía incluso una joven, no una señora vieja. Parecía otra persona, una sor Mary Angelina distinta. Indicaba a mi madre que se acercara mientras me susurraba. Su manto de lana se plegaba sobre la grava, ensuciándose, pero a ella eso no parecía importarle.

Me apoyé en su hombro y enterré el rostro en aquella humedad. Inexplicablemente, todo parecía haberse arreglado.

Aquella hermana era una persona; cuando lo comprendí, finalizó mi primera rebelión contra la Iglesia.

Por algún motivo, nada era lo que parecía.

El odio había sido vencido por la amabilidad. Sor Mary Angelina se había transformado, metamorfoseado; se había convertido en alguien a quien podía acudir.

Nadie me explicó nunca cómo pudo suceder aquello, pero yo quería estar cerca de ella, quería estrecharme contra ella y sentir sus brazos a mi alrededor, la fuerza de su cuerpo.

Necesité mucho tiempo para comprender que la seducción acababa de empezar.

Estaba medio despierto cuando escuché los golpes en la puerta principal. Me desprendí del pasado, bostecé y a través del gran salón me encaminé al vestíbulo. El policía gritaba mi nombre al tiempo que llamaba a la puerta.

Al abrir, descubrí que no se encontraba solo. Sentí que el corazón me daba un salto en el pecho.

Entre las sombras que se alzaban a sus espaldas y silueteándose ante las luces del taxi que maniobraba en el sendero de grava, había una mujer. No distinguía su rostro, pero tenía la sensación de que me resultaba conocido, alguien a quien había visto con anterioridad.

–Dice que viene de Roma, señor Driskill –seguía explicando la voz del policía, aunque yo no le prestaba atención.

Miraba fijamente la silueta que se erguía detrás de él.

Era Val.

Había algo que no casaba y parpadeé frenéticamente en un intento por despertar. La estatura de aquella mujer, la forma del peinado, la silueta que había allí delante y que de pronto desapareció cuando los faros del coche dejaron de iluminarla. Val.

La mujer avanzó un paso hacia la luz que procedía del vestíbulo.

–Ben –dijo–. Soy yo. Sor Elizabeth.

4
Driskill

Sor Elizabeth...

Estábamos los dos de pie en el gran salón. Las sombras de las llamas aleteaban sobre su rostro, en los hoyuelos, brillaban en sus ojos verdes. Me cogió la mano y habló de Val, sacudió la cabeza y su espesa cabellera se balanceó. En su presencia física había algo que llenaba la habitación, amontonaba todo lo demás entre las sombras. Era alta, de anchos hombros, y vestía un suéter grueso que le llegaba hasta las caderas, una falda oscura y botas altas y negras. Sus ojos permanecían fijos en mí, llenos de candor y energía.

Me contó que en cuanto el cardenal D'Ambrizzi le dio la mala noticia, dejó la revista en manos de su ayudante, hizo la maleta y tomó el primer vuelo que salía para Nueva York. Una limusina la esperaba allí para conducirla hasta Princeton.

–Me muero de hambre –dijo finalmente–. ¿Tiene usted un caballo? Sería capaz de comérmelo y luego proseguir con el jinete.

Diez minutos más tarde estábamos sentados a la mesa de la cocina, rodeados por lo que parecía una explosión en el Imperio del Comensal. No era una mujer que se quedara atrás cuando se trataba de comer. Apartó los ojos de lo que estaba haciendo y me miró.

–Para mí es como si fuese mañana por la mañana. –Al parecer estaba haciendo un emparedado de cuatro pisos–. Siempre necesito dar explicaciones cuando empiezo a comer. El hecho de ser una chica en edad de crecer funcionó durante años y años, pero en cuanto cumplí los treinta tuve que encontrar otra excusa. ¿No tendría una Coca-Cola Light, por casualidad?

Estaba manipulando dentro del tarro de la mostaza.

–No, me temo que no.

–Claro, supongo que sería demasiado pedir. En Roma no se consiguen. ¿Y alguna cerveza?

Le serví una cerveza y luego me preparé un bocadillo. Cuando me lo hube terminado, ella dijo:

–Puede que me tome otro... Bueno, quizá medio, ¿de acuerdo?

–Tiene usted espuma en el labio superior, hermana.

–Siempre me sucede. Puedo soportarlo, si a usted no le molesta. Pete's Tavern. Irving Place. Lo recuerdo.

–Me sorprende usted.

–¿Por qué? Oiga, yo soy una monja, pero también un habitante de la Tierra. No sólo sé que me lo pasé muy bien, sino que también lo recuerdo, Ben. –Destapó otra Rolling Rock y la sirvió.

Yo también me acordaba.

Varios inviernos atrás, mi hermana había venido a Nueva York para recibir uno de esos premios anuales humanitarios otorgados por un grupo de mujeres. Val pronunció un discurso en un salón de columnas doradas del Waldorf, que yo ya había visitado en una ocasión para una cena de bienvenida a los Yankees, que regresaban de un entrenamiento. Un millar de personas comían pollo a la crema con guisantes mientras ella se paseaba por el salón como si fuera una profesional de Las Vegas, arrastrándome tras de sí por entre aquella multitud de grandes personalidades.

Sin embargo, después de la cena y del discurso, lo arregló todo para que conociera a otra monja, una amiga suya de Georgetown y de Roma.

–Tienes que conocerla –dijo, cogiéndome de la mano–. ¡Os devoraréis mutuamente!

Su risa traviesa pareció resurgir desde la infancia.

La amiga resultó ser sor Elizabeth. Lo primero que me llamó la atención fue lo mucho que se parecían las dos, allí de pie en el vestíbulo azul oscuro del Waldorf, con el recargado reloj que señalaba las diez. Cabello abundante y ondulado, ojos brillantes, ambas bronceadas, eternamente saludables. El rostro de Val era ovalado mientras que su amiga lo tenía en forma más de corazón. Sor Elizabeth y yo nos estrechamos la mano y cuando ella me sonrió, adquirió la actitud ligeramente sabihonda de los jesuitas mientras ladeaba la cabeza unos cuantos grados como si me desafiara a mantener su mirada. Val nos observaba expectante, dos personas que significaban mucho para ella. Sor Elizabeth sostuvo mi mirada.

–De modo que por fin conozco al jesuita renegado.

Me volví a Val.

–Al parecer, esta cotorra ha revelado los secretos de la familia.

Cuando Elizabeth se echó a reír, su ironía se vio teñida de cordialidad.

–No vamos a devorarnos mutuamente, ¿verdad?

–Bueno, en cualquier caso no podremos decir que no nos habían avisado.

Terminamos en una fiesta particular que organizaba un amigo de algunos jesuitas, destacados admiradores de mi hermana. El apartamento daba al Gramercy Park. Había mucho humo y vino, y charlas llenas de picardía, con bromas acerca del papa. La pobre Val era el centro de atención de todos.

Yo me había aproximado al frescor del aire que se filtraba por una ventana entornada. Sólo estábamos a finales de noviembre, pero una tormenta de nieve se había abatido sobre la ciudad. Todo se estaba cubriendo de blanco y eso daba a Gramercy Park el aspecto de un escaparate navideño. Sor Elizabeth se me acercó y me preguntó si alguien se ofendería en caso de que nos marcháramos a dar un paseo por la nieve. Le contesté que no. El padre John Sheehan, de los jesuitas, a quien conocía hacía años, le dirigió una mirada apreciativa cuando salíamos al vestíbulo, colocó el índice y el pulgar en forma de círculo y asintió aprobadoramente. No tenía ni idea de que se tratara de una monja.

La capa de nieve ya era alta y Elizabeth jugaba con ella como una niña a la que le permitieran estar levantada hasta muy tarde. Le daba pataditas con sus botas de cuero, formaba grandes bolas de nieve que lanzaba contra los árboles que se levantaban detrás de la verja de hierro. Gramercy Park se había transformado en un claustro nevado, con las sombras de los monjes dirigiéndose en silencio hacia la sala capitular. Pasamos por delante de las débiles luces que brillaban en el bar del sótano del Players Club y luego bajamos hasta Irving Place, donde los coches aparcados se transformaban en pequeños montículos de nieve.

Nos detuvimos en Pete's y tomamos una cerveza en la barra gastada y antigua, con la foto de Frank Sinatra mirándonos como un icono o como el abad de su propia orden especial. Ella me habló de su trabajo en la revista, allá en Roma, y yo le comenté lo extraño que me sentía al verme rodeado de tantos católicos, por vez primera en muchos años. Ella me preguntó cómo era mi esposa, Antonia, y yo le contesté que nos habíamos divorciado. Elizabeth se limitó a asentir y tomó un trago de cerveza que le cubrió de espuma el labio superior.

Después de abandonar Pete's, nos reunimos con Val y Sheehan, y los cuatro nos dirigimos al centro paseando por Lexington, riendo y haciendo tonterías. Ahora, ni Elizabeth ni yo pensábamos en Val como en una posible candidata al Nobel de la Paz, sino que por un momento estábamos redescubriendo la infancia y fingíamos que al final todo volvería a ser como antes. Pero no era así, ahora mi hermana estaba muerta.

–Ben, ha llegado el momento de hablar seriamente. Yo quería a tu hermana, sin embargo, todavía no he llorado por ella. No sé qué me pasa.

Sor Elizabeth se secó la espuma del labio superior y estrujó la servilleta hasta formar una pequeña bola.

–Yo tampoco. Tal vez ella no quería que nosotros...

–La gente siempre dice eso mismo. Quizá sea verdad. En cualquier caso, me siento demasiado indignada para poder llorar.

–Lo mismo digo, hermana.

Quería saber todos los detalles, yo se los conté. Lockhardt, Heffernan, Val, mi padre. El padre Dunn y la teoría del cura asesino. Se lo conté todo.

–Bueno, en lo del maletín tienes razón. Era su versión de mi Filofax. Lo llevaba a todas partes; lo tenía consigo la última vez que la vi. Repleto de papeles, libretas de apuntes, fotocopias, plumas, rotuladores, atlas históricos, tijeras... En ese maletín guardaba todo su mundo.

–La asesinaron y robaron su maletín –reflexioné–. ¿En qué estaría trabajando, que era tan importante?

–¿Importante para quién? ¿Por qué Lockhardt y Heffernan, así como Val, representaban una amenaza para ellos?

–¿Qué tenían Lockhardt y Heffernan en mente?

Elizabeth me lanzó una mirada llena de sorpresa.

–¡La verdad es que estás muy desinformado por lo que se refiere a la Iglesia! Créeme, esos dos individuos estaban hablando acerca de la elección del nuevo papa. Ése es el tema de conversación en Roma, y esos dos llevaban consigo a Roma fueran donde fuesen. ¿A quién querrían apoyar? Lockhardt siempre sacaba provecho de todo y se dice que era capaz de inclinar la balanza a su favor. Lo digo en serio.

–Pero ¿en qué lugar coloca eso a Val? ¿Acaso su apoyo podía ser el beso de la muerte para algún candidato?

Elizabeth se encogió de hombros.

–Depende. Por supuesto, ella estaba muy unida a D'Ambrizzi, lo conocía desde la infancia. Tu padre y san Jack, toda esa historia.

–No me la imagino jugando con la política papal.

–Pero era el campo de batalla de Lockhardt.

–Y el maletín era de Val.

–Cierto –admitió ella–. Sin ninguna duda.

–Puede que Heffernan fuera un simple accidente. Quizá Lockhardt y Val eran las víctimas elegidas.

–En este caso, si Lockhardt era el objetivo, ¿por qué no liquidarlo en un sitio menos comprometido? Piensa una cosa, Ben, ¿cómo estaba enterado el asesino de la entrevista en el Palace? ¿No lo comprendes? Disponemos aquí de una terrible evidencia. –Hablaba apresuradamente, dando todo tipo de saltos, mientras yo intentaba seguir sus razonamientos–. ¿Que la secretaria asegura que el asesino era un sacerdote? Bueno, puede que tenga razón. ¿Quién si no un cura, alguien de dentro de la Iglesia, podía estar al corriente del encuentro entre dos personajes como Lockhardt y Heffernan? Val aseguraba que Lockhardt era el hombre más taciturno del mundo, con la posible excepción de vuestro padre. Su reserva se debía al material que manejaba. –Respiró profundamente, aspirando con fuerza–. De modo que ya sabemos que él no comentaría a nadie lo de la reunión. Por lo que se refiere a Heffernan, él era un viejo jugador de póquer, de lo más hermético. No, éste tiene que ser un trabajo hecho desde dentro. –Elizabeth se interrumpió, sorprendida por sus propias conclusiones, una emboscada que ella misma se había tendido–. Como mínimo, el asesinato es una antigua tradición dentro de la Iglesia. Sin embargo, cuando se piensa en ello, se relaciona con la historia, no como algo que pueda suceder ahora mismo.

–Val estaba asustada cuando me llamó. Quería comentar algo conmigo. Peaches afirma que estaba metida en una importante investigación que la tenía preocupada. Tú estabas más unida que nadie a ella. ¿Qué la asustaba? ¿Llegó a insinuarte algo?

–La última vez que la vi fue en Roma, hará unas tres semanas. Había estado trabajando como una loca. En París, en Roma. En la Biblioteca del Vaticano, en los archivos secretos. No era una tarea fácil de clasificar. No me explicó en qué estaba trabajando, pero se trataba de algo antiguo, muy antiguo. Del siglo catorce o quince, no me contó nada más.

–Pero ¿cómo diablos podía eso matarla? ¿Qué hacía en París? Yo creía que su libro trataba de la Segunda Guerra Mundial...

–En París estuvo trabajando durante el verano. Tenía un apartamento allí. Viajaba a Roma a menudo, se zambullía en los archivos secretos y luego regresaba a París. Cuando la vi por última vez, se dirigía a Egipto. A Alejandría. Le comenté que era la Zorra del Desierto, por Rommel y todo aquel material de guerra en el que escarbaba.

–El siglo catorce, la Segunda Guerra Mundial, el cura ahorcado en el huerto. ¿Te habló de este último en alguna ocasión?

–Nunca.

–Sin embargo, vino a casa con todo este material en mente y lo primero que hace es interrogar a Sam Turner acerca de ese viejo suicidio.

Sentía que la impaciencia se apoderaba de mí y yo me veía incapaz de detenerla.

–Justo antes de que saliera para Egipto, la verdad es que la sondeé para que me revelara qué andaba buscando, pero al final se cansó de que la importunara. Me aconsejó que no ahondara, que era mejor que no lo supiese. «Por cuestión de seguridad, Elizabeth –me dijo–. Si no lo sabes, estarás a salvo.» Val me estaba protegiendo, pero no sé de qué. Bueno, al parecer, de que me asesinaran. Se trata de algo relacionado con la Iglesia. –Se mordió los nudillos mientras entrecerraba los ojos–. Algo interno. Algo muy grave. Ella lo averiguó.

–¿En el siglo catorce? –pregunté–. ¿Algo que extiende el brazo desde el siglo catorce y la mata? O, pasando al otro extremo, ¿alguien tan loco que la mata porque quiere ser papa? ¡Vamos, hermana!

–Cuando se trata de la Iglesia, nunca se sabe. Es como un pulpo. Si no te atrapa un tentáculo, te coge otro. Por cierto, ése era el título del nuevo libro: *Pulpo*.

Lancé un fuerte suspiro que hizo temblar hasta las vigas del techo.

–Si tuviésemos una idea fundamentada de lo que Val había averiguado, dispondríamos de un motivo. Ella no te dijo nada porque pensaba que eso te pondría en peligro. Quería contármelo a mí, pero la atraparon antes de que tuviera oportunidad. Sin embargo, debía de habérselo contado a Lockhardt.

–O ellos pensaban que lo había hecho, lo cual es lo mismo.

–De modo que tal vez crean que también me lo ha contado a mí. Por teléfono, quizá. Es una idea alentadora. ¿Hasta qué punto estaban unidos Lockhardt y Val?

–Pienso que, al final, Val habría abandonado la orden para casarse con él. Era un buen hombre y representaba cuanto ella necesitaba: compañía, libertad para escribir e investigar, poder. Él atemorizaba un poco, pero...

–¿Qué quieres decir con eso?

–Oh, con tantas influencias y la cantidad de secretos que conocía... Yo encontraba eso un poco amedrentador. Val no, a ella le encantaba. Lockhardt también me fue de gran ayuda. Me proporcionó el apartamento que poseo en Roma, me presentó a mucha gente. Incluso al cardenal Indelicato, a quien es realmente difícil llegar. Por supuesto, estaba muy unido a D'Ambrizzi. –Elizabeth alzó dos dedos y los cruzó–. Lockhardt, D'Ambrizzi y la sombra del cardenal, Sandanato. Además de Val. Cuando Lockhardt aparecía por Roma, los cuatro eran inseparables. Sólo había una cosa que la refrenaba en su intención de casarse con Lockhardt...

–Mi padre.

–En efecto. No sabía cómo planteárselo.

–Tampoco necesitaba su bendición.

–¡Ben, ella lo quería!

Eran cerca de las dos y los vientos de la noche golpeaban la casa como si fueran los últimos duendes.

–Por cierto, ¿cómo entró Artie Dunn en todo esto? –preguntó ella.

–Por casualidad. –Le conté lo del encuentro con Peaches en la Nassau Inn–. ¿Por qué haces esas muecas?

–Por Dunn. Es como el comodín en todas las barajas.

–¿Lo conoces?

–Lo entrevisté una vez en Roma acerca de sus novelas, y cómo encajaban éstas en su concepto del sacerdocio. Es muy locuaz y con muy buenos contactos. Da la impresión de ser un tipo corriente y luego D'Ambrizzi manda una limusina a buscarlo. Conoce a toda esa gente, incluso al Santo Padre. Ocurre que me resulta difícil creer que Artie Dunn haga algo por casualidad.

–Créeme, lo conocí por puro azar...

–Estoy segura de que fue así. Me refiero a que las cosas no están tan claras como parecen a primera vista. Además, nunca he conocido a nadie que sepa con certeza a qué se dedica realmente.

–Lo sé. Antes, esta noche, le formulé esa misma pregunta y aún estoy esperando la respuesta.

Los dos estábamos agotados. Recogimos la cocina, luego cogí su maleta y la acompañé arriba, a la habitación de los invitados. Me quedé de pie en el umbral mientras ella entraba en el dormitorio.

–Me alegro de verte, Ben. No sabes cuánto lo siento.

Me besó en la mejilla, yo cerré la puerta y me fui a la cama.

Después de mi primer encuentro con Elizabeth, fresco en mi memoria el recuerdo de Pete's Tavern y de Gramercy Park bajo la nieve, me encontré con Val en el Waldorf para desayunar. Elizabeth todavía no se había levantado y Val me preguntó si me lo había pasado bien la noche anterior. Le contesté que sí.

–Entonces, ¿a qué viene esa cara?

Le resté importancia encogiéndome de hombros.

–La mañana siempre conlleva la dura realidad. Puede que anoche me lo pasara demasiado bien o tal vez lamento no haber sido capaz de prolongar la velada. O quizá no me entusiasme envejecer.

–Tú y Elizabeth parecíais llevaros muy bien. –Sonrió con animación–. Me alegro. A veces ella y yo nos sentimos tan unidas que asusta; nos entendemos muy bien. Ella es como mi otra personalidad, Ben. La una podría fácilmente transformarse en la otra, intercambiar nuestras vidas.

–Es muy bonita. Como tú. –Le sonreí.

–Los hombres –murmuró–. Los hombres siempre se enamoran de Elizabeth. No es culpa suya, pero eso la ha hecho muy prudente. Es la bella del gabinete de prensa en Roma. El hecho de lanzar los tejos a una monja lo hace todo más provocativo y excitante para los hombres. Eso la saca de quicio. Por eso me alegro de que se lo pasara bien anoche.

–¿Por qué sigue siendo monja?

Antes de responder, mi hermana hizo una larga pausa durante la cual mordisqueó la crujiente punta de un cruasán.

–¿Queremos seguir siéndolo alguna de nosotras? Ésta sería la auténtica pregunta, Ben. Nosotras somos las primeras de las nuevas monjas. No tenemos nada que ver con las antiguas formas. Elegimos vivir en el mundo, pero no siguiendo sus reglas. En un sentido u otro somos activistas y ninguna de nosotras sabe si la Iglesia podrá digerirnos, o hasta cuándo lo aceptará. Provocamos úlceras a todos los burócratas de la curia. Obligamos a la Iglesia a cambiar, no somos sutiles, sino que presionamos con fuerza, aunque la Iglesia siempre puede devolvernos el empujón. Si tienen la sensación de que los sacamos excesivamente de sus casillas, lo mejor será que tengamos cuidado. Cualquiera que se interponga en el camino de las grandes estrategias, sean cuales fueren, deberá ir con cuidado.

–¿Y qué me dices de ti? ¿Vas a quedarte?

–Depende de las presiones, ¿no te parece? Cuando una se harta, se va. Mi impresión es que Elizabeth se quedará. Ella piensa en términos de lo que es correcto, cree en la bondad esencial de los objetivos de la Iglesia. Pero ¿y yo? No lo sé. A mí me falta su entrega intelectual, su compromiso filosófico. Yo soy una alborotadora, una fastidiosa egoísta y una provocadora. Si dejan que me quede tal como soy, una especie de rueda chirriante, bien, entonces es posible que siga siendo monja hasta la muerte.

Por algún motivo, me cogió de la mano, como si estuviera consolándome de alguna pena que ella sabía que me aguardaba. Le aconsejé que se comiera los huevos antes de que se enfriaran, ya que cada uno me costaba aproximadamente unos diez dólares. Más tarde me despedí con un beso y regresé a mi despacho en Wall Street.

«Provocamos úlceras a todos los burócratas de la curia. Obligamos a la Iglesia a cambiar, no somos sutiles, sino que presionamos con fuerza, aunque la Iglesia siempre puede devolvernos el empujón. Si tienen la sensación de que los sacamos excesivamente de sus casillas, lo mejor será que tengamos cuidado. Cualquiera que se interponga en el camino de las grandes estrategias, sean cuales fueren, deberá ir con cuidado.»

Abandoné mis sueños y los recuerdos de Val y de Elizabeth, y luché por regresar a la superficie. Eran las seis, estaba oscuro y hacía viento. Por todos lados se oían ráfagas de aire. Tiré de las mantas hasta la barbilla. Había medio soñado con Val y oía su voz desde el pasado, empujándome de nuevo hasta el presente. Sin duda alguien había devuelto el empujón. El miedo que había percibido en su voz cuando me telefoneó me hizo pensar que aquello –fuera lo que fuese– era incluso peor de lo que ella había esperado.

¿Estaban todas las respuestas en el maletín Vuitton?

Si era tan importante, y si temía que ellos *–ellos–* la persiguiesen, entonces ¿por qué había permitido que lo cogieran? ¿Por qué de algún modo no lo había guardado en lugar seguro?

Había una inconsistencia lógica en la lectura que yo hacía del comportamiento de Val. Ella sabía que se hallaba en peligro. Tenía que saber que en su maletín había algún tipo de dinamita. Val no era una ingenua, en ninguno de los sentidos del término. Sabía a qué juegos estaba jugando. Debía de haber descubierto dónde estaban enterrados los cadáveres. Sin embargo, permitió que le arrebataran el maletín.

Tenía que haber dejado alguna póliza de seguro. En caso de muerte, de asesinato, de pérdida del maletín.

De repente, me incorporé en la cama. ¡Por supuesto! Ella necesitaba un escondrijo, un lugar donde los malos nunca pudieran buscar.

Salté de la cama y, tiritando, me embutí la vieja bata de cuadros, tropecé con el escritorio y tanteé en busca del interruptor de la luz.

¡La sala de juegos!

Allí olía a humedad y a vacío, las sombras se abatían por la estancia; un trozo del empapelado colgaba del revés. La puerta se abrió como un umbral al recuerdo. Casi podía ver a Val con su vestido corto de cintura alta y sus zapatos de charol con calcetines blancos, en el rincón donde guardaba sus libros y sus pinturas. Yo también andaba por allí, enredando con mi equipo oficial de béisbol, entretenido con la ficha de Joe DiMaggio, rezongando que dejara de fastidiarme...

En algún lugar de las sombras percibí un susurro como de algo que se deslizara. Una ardilla saltó por la estancia, se asomó a la chimenea vacía y luego desapareció detrás de algunas cajas con las cosas de Val en su rincón favorito, entre la librería y la ventana. Encendí la luz del techo y las sombras resultaron ser el cochecito a pedales con la forma del viejo Buick, un par de bicicletas, una pizarra, pilas de cajas de libros, y el enorme bombo que había aparecido unas navidades. Val lo había tocado hasta enloquecer, armando un tremendo alboroto. Luego le encontró una utilidad mejor.

Atravesé la habitación y me arrodillé sobre el suelo polvoriento, al lado del bombo. Alguien había estado allí antes. Val había dejado algo en su viejo escondrijo, donde estaría seguro.

La capa de polvo era muy espesa en los bordes del bombo, pero habían limpiado el panel lateral, con el payaso sonriente. No lograba introducir los dedos bajo el panel, de modo que utilicé la pala de un cubo para la playa, hice palanca y golpeé sobre el maldito artefacto, armando un gran estruendo. Finalmente el panel cedió.

Metí el brazo allí dentro y sentí que mis esperanzas caían en picado.

El lugar estaba vacío.

Pero, no podía ser. Val había estado allí. Se había arrodillado junto al bombo, había dejado las huellas de sus dedos sobre el polvo. Había utilizado el viejo escondite.

Entonces la encontré.

Osciló en la rendija donde Val la había metido. Si bien estuve a punto de desechar aquello, pensando que se trataba de una reliquia de la infancia, luego decidí sacarlo del interior del bombo.

–¿Qué estás haciendo? ¿Prácticas de tambor?

Sor Elizabeth estaba de pie en el umbral. Llevaba un amplio pijama a rayas y se frotaba los ojos mientras bostezaba.

–Estoy muerta de hambre –se justificó, examinando el contenido del frigorífico; luego hizo inventario–: Huevos, jamón, pavo, cebollas, mantequilla. Con esto se puede hacer algo. Bollos ingleses.

Miró a su alrededor en la cocina. Le había facilitado una vieja bata mía y ella había añadido al conjunto un par de calcetines de Val que le llegaban hasta la rodilla. Descubrió la sartén para hacer tortillas, que colgaba de un gancho.

–Ah, y manzanas. También rallaré un par de manzanas. –Me sonrió–. Seguro que piensas que el desayuno es la comida más importante del día, pero te equivocas. En casa no como de esta manera. –Empezó a cascar huevos–. El truco está en la muñeca, como decía Audrey Hepburn en *Sabrina.* ¿Y bien? ¿Qué conclusión sacas de esto?

Yo permanecía sentado a la mesa de la cocina, observando la foto que había encontrado en el bombo. Muy antigua, amarillenta y cuarteada, como las que mis padres se habían tomado en el lago Maggiore en 1936. Sólo que en ella no aparecían ni mi padre ni mi madre. Era la foto de cuatro hombres. La pequeña marca que había detrás indicaba que estaba hecha en Francia. Era el recuerdo del álbum de fotos de otra persona.

–No me dice absolutamente nada. Cuatro tipos a una mesa, hace mucho tiempo. Parece un club: paredes de ladrillo, una vela en una botella de vino, muchas sombras... Un sótano en la Rive Gauche. Cuatro individuos.

Elizabeth estaba cortando cebollas y manzanas sobre la gruesa tabla. Lo hacía a la perfección, con rapidez, sin cortarse. Estiró el cuello para echar otra ojeada a la foto.

–Cinco.

–Cuatro –rectifiqué.

–Apostaría a que otro compañero tomó la foto. –Se quedó mirándome y yo asentí–. Tú conoces a uno de ellos, el que está al lado del cuarto hombre. Aunque no deberíamos llamarlo así, ya que casi sólo se le ve el cogote. Pero al que hace tres, de izquierda a derecha, se le ve de perfil. Míralo con atención. ¿Reconoces esa narizota?

Ella tenía razón, me resultaba familiar, alguien a quien debería conocer. Pero no lograba situarlo del todo.

–Bueno –añadió ella–, yo tengo la ventaja de que lo veo con bastante frecuencia. Pero una nariz así nunca cambia.

Elizabeth había terminado de cortar y yo olía a mantequilla en la sartén. El agua hirviendo se filtraba a través del café en la Chemex y el aroma inundaba la estancia. Ella empezó a batir huevos en un cuenco, con un chorrito de agua.

–Se trata de una versión juvenil del padre Giacomo d'Ambrizzi.

–¡Pues claro! Sin bigote... Cuando papá lo trajo aquí, después de la guerra, llevaba un poblado bigote de bandido mexicano. Nunca había visto un bigote como aquél, aparte de en las películas de Cisco Kid. Ya que eres tan lista, ¿qué significa la foto?

–Yo sólo soy la cocinera. –Salteaba la cebolla y la manzana con la mantequilla en la sartén, de espaldas a mí, como una profesional–. Pero una cosa sabemos con certeza. Se trata de una foto importante. La ocultó a todo el mundo, aparte de a nosotros dos.

–Bueno, a mí no me dice nada. Además, ella nunca supo que yo me había enterado de lo del bombo, de modo que no podía saber que iría a buscarla allí.

–Te equivocas. Val me explicó muchas cosas de ti, de cuando encontraste la pólvora negra en el sótano...

–¡Lo dirás en broma!

–Me habló de los famosos pies de barro y de que ocultaba tu regalo de navidades en el bombo, también que tú imaginabas que el bombo era su lugar para esconder cosas, pero nunca te confesó que sabía que tú estabas enterado. Ella lo utilizaba para dejar en él lo que quería que tú encontraras. Era como un juego, Ben. Eras el hermano mayor que le gastaba bromas a ella, pero ésta era una broma que ella podía gastarte a ti. –Entonces se interrumpió con brusquedad–. Ben, Val puso esa foto allí para que tú la encontraras en caso de que a ella le ocurriera algo. Y tú la has encontrado. Es la clave.

Elizabeth se volvió de nuevo hacia los fogones y vertió los huevos en la sartén.

–¿Una foto de D'Ambrizzi es la clave?

Ella removía los huevos a medida que iban cuajando. Aquella increíble criatura hacía que de nuevo me sintiera hambriento.

–Puede que lo importante no sea D'Ambrizzi –comentó.

–¿Piensas que son los otros tres?

–Cuatro. No te olvides del que tomó la foto.

La secretaria de mi padre, Margaret Korder, llegó a las nueve y se encargó de su especialidad: tomó las riendas, me apartó a un lado y me protegió de las llamadas del mundo exterior, tal como lo había hecho por mi padre durante treinta años.

Sam Turner llegó con el amigo del padre Dunn, Randolph Jackson, del Departamento de Policía de Nueva York, un hombre de color que en el pasado había jugado como marcador en los Giants. Permanecieron en casa desde mediodía hasta pasadas las dos. Se trató más de una charla amistosa que de un interrogatorio oficial. Jackson bebía zumo de naranja y se preguntaba qué relación podía haber entre sus asesinatos en Nueva York y el de Sam en Princeton. Decidí que carecía de sentido deambular lejos del camino trillado de los hechos. Me mantendría alejado de la Iglesia y de la relación de Val con Lockhardt; no mencionaría el maletín, ni el libro que Val planeaba escribir, ni el siglo XIV y la Segunda Guerra Mundial, ni al cura que se había suicidado en nuestro huerto mucho tiempo atrás. Consideraba absurdo guiarlos al seno de la Iglesia: ellos no sabrían qué hacer con aquello ni yo sabría por dónde empezar la historia.

Cuando se levantaron para irse y Jackson se entretuvo a charlar con sor Elizabeth, Sam Turner me apartó a un lado y me anunció que no había hallado ningún expediente que se remontara a la época del cura que se ahorcó.

–Pero me acordé de su nombre –dijo–. Era francés: Governeau. El padre Vincent. Llamé al viejo Rupe Norwich. Lo sintió mucho cuando se enteró de lo de su hermana, Ben. Rupe me dijo que se llevó consigo ese expediente cuando se retiró. Me pareció increíble. Rupe siempre había sido un tipo como es debido. Le advertí que eso iba en contra de la ley. ¡Me contestó que quizá debiera acercarme por allá y arrestarlo! Es todo un carácter, ese Rupe.

Jackson y Turner casi no habían tenido tiempo de alejarse cuando sor Elizabeth y yo subimos a mi coche y nos dirigimos a la costa de Jersey, a sólo una hora aproximadamente de distancia. El día era gris y frío. En los charcos de la carretera se había formado hielo y el viento soplaba vengativo por las barrancas y a través de los campos, que aparecían rígidos y con el color amarronado de comienzos de invierno.

La arena se alejaba flotando de las dunas cuando divisamos la silueta del bungaló de Rupe Norwich. El salado ventarrón había descascarillado la pintura, pero la casa y el césped mostraban la compulsiva pulcritud que se aprecia en las residencias de ancianos que se han retirado y no tienen suficientes obligaciones. Norwich rondaría los ochenta años y le encantaba recibir visitas. Me conocía desde que yo era un crío y se mostró muy afectado por lo sucedido a Val, además de preguntarme por mi padre. Parecía incluso como si tuviera remordimientos por la muerte de Val y el ataque de mi padre, mientras él disfrutaba de magnífica salud.

–Yo no soy como tu padre, que decide los destinos del mundo y de la Iglesia –comentó mientras introducía los pulgares debajo de los tirantes y nos acompañaba a la sala de estar, atestada de muebles y demasiado cálida–. Pero me mantengo ocupado. Ayuda a tener el cerebro en forma. Videojuegos –especificó, señalando hacia su ordenador IBM–. Hoy en día son la solución. Diablos, piloto aviones de combate, juego al golf, al béisbol, aunque nunca salgo de casa. Los ordenadores son imprescindibles. Intento mantenerme al día, y escucho música. A U2 y los Beastie Boys. Por supuesto, también a Springsteen, claro, que es un chico de Jersey. Luego tengo mi antiguo disco de Ted Weems, en setenta y ocho revoluciones, con la voz de Perry Como. Lo que veis aquí es a un hombre de ochenta y dos años tratando de convencer a su nieta de veintiocho que está al corriente de lo que se cuece. –Hablaba con animación, feliz de poder hacerlo–. Su madre compró esta casa hará unos cuantos años y luego falleció. Pero yo estoy sumamente ocupado aquí, con todo mi material. Ya os habréis dado cuenta de que sólo soy un viejo charlatán, pero me resulta imposible dejar de hablar, siempre tengo que decir la mía. Sam Turner me explicó que tenéis en mente al joven Vincent Governeau. Pobre diablo.

El viejo se sentó en la mecedora en cuanto nosotros lo hicimos en el sofá. Estaba muy delgado y vestía chándal y zapatillas Reebok. Sólo tenía ojos para Elizabeth, a quien había vuelto a echar una segunda mirada en cuanto la presenté como a una monja.

–Sam dice que quizá todavía tenga usted el expediente.

–Me lo llevé conmigo hace quince años, cuando me retiré, porque no quería que volviera a salir a la luz para obsesionar a Sam. Luego me dije que al infierno con él; tampoco quería que me obsesionara a mí. Así que lo quemé. –Rió abruptamente–. Destruí todas las pruebas.

–¿Pruebas de qué? –preguntó sor Elizabeth.

–Pruebas de eso que hoy en día llaman encubridores. Nunca solucioné el caso. Forma parte de mi educación. Me enseñaron dónde encajo yo en el esquema de las cosas. Había compañeros mucho más importantes que un poli de Princeton. Pensándolo bien, fue una buena lección. –Sonrió con beatitud al recordarlo; era evidente que nadie podría tomarle el pelo ahora.

–¿Qué se pretendía encubrir?

–Bueno, hermana, no se trataba sólo de eso, sino también de a quién le interesaba que se encubriera. Ben, no creo que tu padre se enterara nunca de todas estas maniobras que se desarrollaban a sus espaldas. De algún modo lo siento por él, probablemente era la única vez en su vida que no estaba enterado del asunto. Entonces yo era el ayudante del jefe, que era Clint O'Neill. De pronto aquello bajó de las alturas y cayó con todo su peso sobre Clint. Era un tipo a quien le gustaba empinar el codo y una noche en que había tomado un par de cervezas admitió que estaban a punto de enterrarlo vivo con el asunto de Governeau. Él tenía que seguir en su puesto. No se puede discutir con el gobernador, con un senador, con un arzobispo y con más pesos pesados que los que se encuentran en un campeonato de lucha libre...

–¿Todo eso porque un cura que enseñaba apreciación del arte a unas adolescentes se volvió majareta y se ahorcó? –Fruncí el entrecejo sólo de pensarlo–. ¿Tan importante era este asunto?

–El problema residía en que él no se mató, ¿comprendes? A menos que inventara un sistema para partirse el cráneo con un martillo y luego colgarse cuando ya estaba muerto. Es probable que sucediera de este modo, a menos que se tratara de un asesinato, naturalmente.

–¿Esta historia nunca salió a la luz?

–Nunca. –Sonrió y se pasó una mano por el cabello cano y enmarañado–. Nunca se supo ni se investigó. Se convirtió en un suicidio a posteriori. Como yo digo, tu padre se encontró con un cadáver en el huerto y con los rumores. Ya sabes cómo le gusta hablar a la gente y a él eso le ponía enfermo. Pero ¿qué podía hacer?

–¿Qué clase de rumores?

–Disculpe, hermana, pero estoy seguro de que ya imaginará...

–¿Monjas embarazadas ocultas en los conventos? ¿Cosas así?

–En efecto, en efecto –asintió Rupe Norwich–. ¿Y qué más? Los camaradas insisten en que sólo son camaradas, ¿no?

–No creerían que una monja le mató, ¿verdad?

–No, Ben. Algunos camaradas pensaron que habría dejado embarazada a una de sus alumnas y que el padre de la muchacha lo mató. Sólo habladurías. No encontramos ninguna arma. Mierda, la verdad es que nunca la buscamos. ¿Entendéis lo que quiero decir? Fue un suicidio.

–Bueno, no me extraña que mi padre no quisiera hablar nunca del asunto. Las habladurías le sacan de quicio. –La idea me resultaba divertida–. Pero ¿por qué Val querría enterarse ahora de lo ocurrido?

Sólo era una pregunta retórica, pero Rupe Norwich tenía una respuesta.

–Eso sugiere que había descubierto algo –apuntó–. O que al menos tenía cierta idea, ¿no? Una teoría, una sospecha quizá. Sin embargo, después de casi cincuenta años, todavía escuece. Es mucho tiempo, y el rastro ya estará frío. –Encogió sus hombros huesudos–. Parece que sucedió ayer. Pobre infeliz. Es mala suerte que te maten, nadie busque al asesino y para colmo pases a la posteridad como un suicida. Es una piojosa desgracia, ¿no os parece? ¿Y a un cura?

Cuando regresamos a casa, Margaret Korder ya se había puesto manos a la obra. Algunos amigos de la familia habían telefoneado y ella los había atendido a todos. Las cuestiones del funeral ya estaban en marcha: al día siguiente dispondríamos del cadáver y al cabo de veinticuatro horas se efectuaría el entierro. Los de la funeraria vendrían para enseñarme algunas fotos de ataúdes. Le indiqué a Margaret que algo sencillo y sólido estaría bien, y que se encargara ella misma. Había organizado ya el funeral de mi madre, de modo que se trataba de otra cosa que dominaba.

El padre Dunn había llamado de Nueva York y volvería a hacerlo. Peaches también había telefoneado. Había dos mensajes del despacho del cardenal D'Ambrizzi en Roma y también volverían a llamar. Se había recibido un mensaje de la oficina del Santo Padre, en el cual expresaban su condolencia, pero no parecía que tuvieran intención de volver a telefonear.

–No tiene que preocuparse por nada –me recordó Margaret–. Todo está solucionado. He conectado el contestador automático y remito las llamadas a mi habitación en la Nassau Inn. Me he instalado allí mientras dure esto. Su padre descansa en cuidados intensivos. Se despertó un momento, bastante atontado, pero volvió a dormirse. Avisarán si hay alguna novedad. Eso es todo.

–Margaret, es usted una joya.

–Para eso me pagan, Ben –sentenció con una triste sonrisa.

Había vivido las trifulcas entre mi padre y yo, y nunca había tomado partido. Sólo me había ofrecido buenos consejos.

–Lo importante ahora es mantener el ánimo y que su padre salga bien de ésta.

–Y encontrar al asesino de mi hermana –añadí.

–Pero primero preocupémonos de los vivos –objetó, volviéndose hacia sor Elizabeth–. ¿Le apetece una taza de té, hermana? He mandado a los Garrity a casa. Para mi gusto, enredaban demasiado. Resultan empalagosos en exceso. Ella no hacía más que estallar en sollozos. Francamente, ya no podía soportarlo. El té me reanimará.

–Me vendrá bien una taza –dijo Elizabeth, y ambas se dirigieron a la cocina.

Elizabeth, con sus pantalones largos, mocasines y un suéter grueso de color azul, me recordaba cada vez más a Val, lo cual era a la vez positivo y negativo.

Subí a mi habitación y me metí en la bañera con agua caliente durante una hora, mientras reflexionaba acerca de la foto que Val había escondido en el bombo y en el hecho de que se hubiese encubierto el asesinato del cura presuntamente suicida. ¿Sería tan antigua la foto como el asesinato? ¿Estaba hecha en Francia? ¿Quiénes eran aquellos tipos? ¿D'Ambrizzi y quiénes más? ¿Qué había inducido a Val a realizar lo que prácticamente era su último acto sobre la Tierra, telefonear a Sam Turner para interesarse acerca del cura que se había ahorcado? ¿Qué pretendía decirme? ¿Y quién pensaba que no bastaba con matarla, sino que también había que robarle el maletín?

Cuando volví a bajar, Margaret había salido para la posada y Elizabeth estaba viendo cómo Dan Rather anunciaba el fin de las noticias vespertinas. Se volvió a mirarme.

–¿Te han llamado del despacho del papa? No sé si sentirme muy impresionada o aterrorizada. Val no podía ser una de sus personas favoritas.

–No, pero mi padre sí. Más o menos. ¿Tienes hambre?

–Supongo que se trata de una pregunta retórica. –Se levantó y llevó las tazas al fregadero–. Por cierto, no han sellado la capilla. ¿Te importa si la visito? No tardaré, pero deja que lo afronte. Necesito un poco de ayuda de la que puedo obtener allí.

–Supongo que para eso está. ¿Quieres que te acompañe?

–No, no te preocupes. Cenaremos algo cuando vuelva, ¿de acuerdo?

El padre Dunn se presentó cuando ella aún estaba en la capilla.

–Le llamé antes por teléfono, pero había salido. Tengo entendido que tiene usted una huésped. Una chica extraordinaria. ¿Adónde había ido usted?

Fuera hacía frío y él se acercó al fuego en el gran salón. Lanzó una mirada anhelante a la mesita de las bebidas y yo le abrí una botella de Laphroaig.

–Es una buena idea. El mío en un vaso, gracias.

–Fuimos a investigar –le respondí.

–¿Acerca de la vida y la época del padre Governeau?

–Sólo su muerte. –Le tendí su bebida y yo me serví la mía–. Desempolvando el pasado.

–Al estilo de su hermana, ¿eh? ¿Y qué?

Me dirigió su mirada ceñuda a lo Barry Fitzgerald.

–No fue un suicidio –le expliqué–. El tipo que en aquel entonces era ayudante del jefe de policía afirma que se trató de un asesinato encubierto. El gobernador, un senador, el arzobispo, todos intervinieron, de modo que no hubo investigación.

Dunn me miró a través de su whisky. Frunció los labios, se sentó y tomó un sorbo.

–Este maldito asunto cada vez está peor. Da la sensación de que alguien fuera presentando las piezas y que nuestro trabajo consistiera en reconstruir la trama. ¿Le importa si hablo como escritor? El hecho de escribir representa un esfuerzo inútil, pero resulta bastante más arduo de lo que un aficionado puede suponer. –Sus ojos inexpresivos permanecían inmóviles, como si aguardara a alguien, o algo–. He estado en Nueva York, y allí tampoco hay buenas noticias; aunque se me escapa lo que puedan ser buenas noticias. Sin embargo, en caso de que tuviésemos alguna duda, ya podemos descartarla: para asesinar a su hermana, a Lockhardt y a Heffernan se utilizó la misma arma. –Volvió a beber, alzó la mirada, sonrió, pero sus ojos siguieron sin cambiar de expresión–. Si yo no fuera tan valiente, creo que empezaría a sentir un aliento cálido en mi nuca.

–Bueno, me alegro de que sea usted valiente, padre. Pero una conspiración de asesinato que se extiende más allá de medio siglo y que hace cuarenta y ocho horas ha matado a mi hermana es para dar un susto de muerte. Por cierto, ¿cómo interpretaría esto?

Saqué la foto del bolsillo de la camisa y se la tendí. Él la cogió, le echó un ojeada, luego se la llevó a la mesa y la colocó bajo la luz.

–¿Dónde diablos ha conseguido usted esto?

Se lo dije y él sacudió la cabeza. Había admiración en su voz.

–La ocultó en el bombo. Las mujeres son unas criaturas sorprendentes. Muy ingeniosas. Me pregunto dónde consiguió esta foto.

–¿Le dice algo?

–Por supuesto. El tipo con la nariz de banana es Giacomo d'Ambrizzi, sin duda. Está revelada sobre papel francés. Diría que hace unos cuarenta años. La Segunda Guerra Mundial, supongo. En París.

–Ha sacado usted muchas conclusiones de una vieja foto arrugada.

Dunn se encogió de hombros.

–D'Ambrizzi estaba en París durante la guerra. Era capellán en el ejército. Yo estuve allí después de la liberación y conocí a D'Ambrizzi. Eso puede darme la razón en cuanto a que la foto se tomó allí, ¿no? Le vi sólo en esta ocasión, luego transcurrieron muchos años antes de que volviera a encontrarlo. En cuanto a estos otros individuos, pueden ser cualesquiera.

–Entonces, ¿por qué era tan importante la foto para Val?

Dunn me la devolvió.

–Lo ignoro, Ben.

La puerta principal se abrió y Elizabeth entró en el gran salón. Su rostro estaba colorado por el viento y el frío de afuera.

–¡Sor Elizabeth, querida!

Dunn salió a su encuentro y varias emociones cruzaron por su rostro a medida que se aproximaba. Elizabeth consiguió forzar una breve sonrisa.

–No sabe cuánto siento lo de sor Valentine.

Le cogió una mano entre las suyas.

–Padre Dunn –le saludó ella fríamente–. No podía faltar.

–Un obseso sexual –repitió Dunn, después de mordisquear su emparedado de jamón; luego miró el whisky que le quedaba en el vaso y eructó disimuladamente–. Voy a cambiarme a la leche, probablemente para el resto de mi vida. –Se acercó al fregadero, se enjuagó el vaso y lo llenó de leche–. Sí, un obseso sexual, y cito sus palabras textuales. Nada más erróneo, hermana, pero salió en letra impresa. Ben, apostaría a que no leyó usted la crítica que ella hizo de mi última novela. Pero los escritores las leemos todas.

–Y nunca se olvidan de las malas –añadí.

Sor Elizabeth estaba inclinada hacia delante, con los codos sobre la mesa de la cocina y la barbilla apoyada en ambas manos.

–¿La consideraría usted una crítica mala, padre?

–Caramba, no. Diría que es una crítica de las que hacen vender. Ni yo mismo podría haberlo hecho mejor. Supongo que algunos de mis colegas me mirarían luego con renovado respeto.

–Los míos también –replicó ella–. Sospecho que es usted un personaje muy importante en los conventos. El sexo es un buen negocio. De modo que está usted en deuda conmigo.

–Pero ¿lo decía en serio, hermana?

–¿Lo de obseso sexual? ¿Cree usted, padre, que iba a mentir? Creo que la pregunta debería ser si tenía yo razón. Usted parece muy versado en lo que respecta a la sexualidad literaria. –Elizabeth se encogió de hombros en un ademán provocativo–. Puede que sólo tenga usted una viva imaginación –añadió, guiñándome un ojo.

–La imaginación ayuda, ¿no cree usted? Por ejemplo, usted acaba de mencionar los conventos. Pero yo me pregunto: ¿qué sabe usted en realidad de la vida en los conventos?

–Lo suficiente, padre. –Le sonrió–. Ni más, ni menos.

No pudimos evitar hablar de los asesinatos, centrándonos en el de Val al tiempo que procurábamos rehuir las emociones. Elizabeth tampoco logró evitar traspasar a Dunn con una de sus miradas apreciativas.

–Todavía no entiendo cómo se ha visto usted involucrado en todo este asunto. ¿Conocía a Val? ¿O se trata de la conexión de Princeton?

–Nunca conocí a sor Val y Ben es el primer Driskill a quien conozco. No, me encontraba aquí por casualidad. Una simple señal luminosa en la pantalla, pero luego resultó que conocía al hombre encargado de investigar esos asesinatos en Nueva York. Pensé que podía serle de ayuda a Ben. Desde luego, conocía a Curtis Lockhardt, aunque sólo superficialmente.

–Disculpe, padre, pero ¿tiene usted una parroquia? ¿Un despacho? Le deben haber destinado a alguna parte...

–Oh, oficialmente estoy vinculado a la archidiócesis de Nueva York. Con el cardenal Klammer, que Dios tenga en su gloria. No, no me mire tan extrañada. Sólo está mentalmente muerto. Klammer disfruta del beneficio de mis consejos. La verdad es que necesita todos los que le puedan ofrecer. Quizá debiera escribirle un guión de comedia. –Sonrió a Elizabeth cordialmente–. Mire, hermana, yo no soy una persona fácil de tratar, pero nuestros superiores contribuyen lo suyo. Vivo aquí en Princeton y tengo un apartamento en Nueva York. En muchos aspectos soy bastante incómodo, pero también dispongo del tipo de mentalidad que siempre resulta útil a la Iglesia.

–¿Y qué tipo de mentalidad es ésa?

–¿Digamos tortuosa? En este caso podría usted considerar que actúo como si fuese los ojos y los oídos del cardenal Klammer. ¿Tiene usted más preguntas, hermana? Sería mejor que las planteara. –Estaba sonriendo, pero parecía cansado.

–Era sólo curiosidad –replicó Elizabeth–. Llevar dos vidas, como sacerdote y novelista, debe de resultar agotador.

Si ella retrocedía no era sólo porque se tratara de un cura o de un hombre. Juntas, ella y Val podían haber sido el azote de los machistas de Roma. La Iglesia apenas toleraba a las mujeres con influencia y prestigio para hablar sin tapujos. Pero Dunn disfrutaba con aquella batalla de preguntas y respuestas.

–Lo llevo lo mejor que puedo –explicó–. Analizo a la Iglesia como un científico estudiaría una muestra bajo el microscopio...

–Sin embargo, el científico no sigue los dictados de la sustancia de la muestra.

–El punto es para usted, hermana. Aun así, estudio a la Iglesia y cómo reacciona ante las presiones. En primer lugar, ahí tiene mi propio caso. He observado cómo los individuos y el sistema se comportan conmigo. Luego he visto cómo lo hacen con los activistas, desde los Berrigan hasta sor Valentine, pasando por los homosexuales que reclaman sus derechos. La Iglesia es un organismo enorme. Si se la pincha, se retuerce; si se la desafía o se la amenaza, lucha por su propia seguridad. Últimamente la Iglesia se ha sentido bastante hostigada. –Dunn alzó los grises matorrales que eran sus cejas y los inexpresivos ojos parpadearon–. Ahí me sitúo yo: observando, analizando. Es un trabajo continuo.

–La Iglesia se ha sentido hostigada –intervine yo–. Cabe suponer que era Val quien la hostigaba, quien hacía que el sistema se retorciera. En ese caso, ¿no estaremos viendo cómo la Iglesia ha devuelto el golpe en beneficio de su propia conservación?

Sor Elizabeth negó con la cabeza.

–Dios sabe que no soy una apologista de la Iglesia, denlo por seguro, pero no puedo considerar seriamente que sancione con un asesinato. No en el siglo veinte. La Iglesia no envía a un asesino para que cometa esos horribles actos.

–Pero ¿qué es la Iglesia? –inquirí–. Hombres. Algunos de los cuales tienen mucho que perder.

–Pero hay muchas otras formas para enfrentarse a los problemas...

–¡Oh, vamos, Elizabeth! La Iglesia siempre ha asesinado a gente –protesté–. A amigos y a enemigos. En nuestro caso, las pruebas indican que es un cura quien...

–Puede haber sido cualquiera vestido de cura, a pesar del testimonio de la hermana. ¡No debemos ser tan incautos! Puede haber alguien que quiera ensombrecer a la Iglesia, ensuciar su nombre.

–Pero ¿quién más podía andar detrás de Val? –pregunté–. ¿A quién fastidiaba ella, si no es a la Iglesia?

–De eso se trata: ¡no lo sabemos, Ben!

–Miren –intervino Dunn–, he intentado ver esto como si fuera uno de mis argumentos, pero ahora necesitamos un poco de tiempo para ponerlo en orden. ¿Qué les parece? ¿Me autorizan a que lo haga? –El reloj que había sobre el frigorífico marcaba sonoramente su tictac y el aguanieve había empezado de nuevo, golpeando a ráfagas contra la ventana–. Demos sólo un repaso a lo que tenemos.

Yo dije que por mí estaba de acuerdo y luego miré a Elizabeth. Dunn la intranquilizaba y mostraba reservas a otorgarle su confianza; la nuestra, de hecho. Sin embargo, yo percibía que se sentía fascinada por el papel de él y por cómo funcionaba dentro de la estructura de poder en la Iglesia. Comprendí también que consideraba que nosotros dos, al compartir el cariño de Val, formábamos un equipo. No quería que el padre Dunn me llevara por senderos extraños y traicioneros. No deseaba que rompiese el equipo familiar.

–De acuerdo –cedió finalmente–. Si quiere usted jugar a los disparates, participaré.

La actitud iconoclasta de Dunn la obligaba a defender a la Iglesia, y, al ser consciente de ello, sentía que perdía terreno.

Nos trasladamos al gran salón, donde el fuego estaba encendido y había una mesa larga con mullidos sillones y un tocadiscos. Puse el concierto de violonchelo de Elgar en el reproductor y pulsé el botón para ponerlo en marcha. Mientras la música embriagadora llenaba la estancia, acercamos los sillones a la mesa: un abogado, una periodista y un novelista; tres seres que vivían de su habilidad en organizar extraños datos y fragmentos de información.

Empezamos con el itinerario de Val. París. Roma. Alejandría, en Egipto. Los Ángeles. Nueva York. Princeton. Había seguido con la limusina después de dejar a Lockhardt en la pista de patinaje del Rockefeller Center. Los registros indicaban que la había llevado a la casa a las cuatro menos cuarto de aquella última tarde.

Val había realizado dos llamadas telefónicas: una a Sam Turner, acerca del cura que se había ahorcado; la otra a mí en Nueva York. En ese intervalo, Lockhardt y Heffernan habían sido asesinados por el «cura» letal. Elizabeth insistía en utilizar las comillas.

En cierto momento, durante su estancia en la casa, Val había escondido en el bombo la foto realizada en París durante la guerra –al menos ahí la había emplazado Dunn–, probablemente para que yo la encontrara si le sucedía algo: sabía que estaba en peligro incluso en Princeton y contaba conmigo para que interviniera en cuanto encontrara la foto. En ésta aparecían cuatro hombres, uno de los cuales era D'Ambrizzi. Un quinto hombre había tomado la foto y Elizabeth lo incluía en el grupo. ¿Qué hacía que aquella foto fuese tan importante? ¿Se acordaría de ella D'Ambrizzi?

Luego Val se dirigió a la capilla –aproximadamente a las cinco y media o las seis–, donde la asesinaron con la misma pistola que habían utilizado para matar a Lockhardt y a Heffernan. Sin duda, se trataba del mismo hombre, quien había dejado tras de sí una tira de su gabardina negra: Dunn aseguraba que era la gabardina de un sacerdote.

El asesino habría entrado luego en la casa, encontrado el maletín de Val y se lo habría llevado.

Por último, Rupe Norwich nos contaba que el cura que se había ahorcado en 1936, en realidad había muerto asesinado; que alguien importante había querido encubrir el crimen y había ordenado que se publicara como suicidio. ¿De qué se habían asustado? ¿A quién se quería proteger?

Cuando concluimos, puede que en nuestras mentes estuviesen muy claros los hechos, pero, tal como observó el padre Dunn, con ellos se podían forjar miles de argumentos. El fuego ardía débilmente y el guardia del exterior estaba vigilando; lo único que se podía hacer era ir a dormir un poco.

5
DRISKILL

Estaba muy en su papel.

Eso fue lo primero que pensé al conocer a monseñor Pietro Sandanato. Interpretaba su papel a la perfección, como si por una casualidad de su fisonomía hubiese quedado establecido para siempre el curso de su vida, como si se le hubiese negado el libre albedrío debido sencillamente a su rostro. Semejaba uno de aquellos santos torturados que aparecían en los innumerables cuadros del Renacimiento exhibidos en los museos, un convencionalismo artístico. Por otro lado, se parecía a un matón de la mafia al que yo había conocido en cierta ocasión. Sensible, torturado, fatigado, con unas manchas permanentemente púrpuras bajo unos ojos que resplandecían como antracita tras unos párpados pesados y oscuros.

Tenía el aspecto de una estatua de Giacometti, demacrado pero con el rostro infantil, terso y avezado, cabello liso y negro, una sola cicatriz de viruela en la mejilla izquierda, como una marca que desfigurara un cutis por otro lado perfecto. Llevaba el alzacuello, un abrigo negro sobre los hombros, un Borsalino negro flexible y guantes de cabritilla negros, que se quitó cuando el padre Dunn lo hizo pasar al vestíbulo y nos presentó. Eran más de las doce y Dunn, después de encontrarse con él en el aeropuerto Kennedy, lo había traído en su coche hasta Princeton.

–Señor Driskill –empezó a decir Sandanato con voz baja y ronca, con arranques al final–, le traigo mensajes de la más profunda condolencia, tanto del gran amigo de su hermana el cardenal D'Ambrizzi como de su santidad, el papa Calixto. Nuestro dolor ante esa tragedia es muy profundo. Por supuesto, yo también conocía a su hermana.

Los hice pasar al gran salón en el instante en que sor Elizabeth entraba, procedente del puesto de mando de Margaret Korder. Sandanato se le acercó y ambos se estrecharon la mano.

–Qué gran tragedia, hermana –murmuró.

La señora Garrity sirvió café y, después de que Sandanato rechazara la invitación a comer, me senté a contemplar cómo hablaban los tres profesionales de la Iglesia. En realidad no prestaba mucha atención a sus palabras. Sandanato iba a ser mi invitado durante unos días y mi intención era evaluarlo. No recordaba haber visto nunca a nadie tan rígido. El rostro, el porte, los ojos obsesivos desencadenaban en mi mente una reacción en cadena de referencias eclesiásticas y católicas, ahora tan ajenas a mi vida. Seguía regresando a los santos agonizantes de los museos, al rostro de Cristo con la corona de espinas y la sangre que le resbalaba por la frente, y al crucifijo que recordaba en el extremo oscuro del vestíbulo en la escuela, a las estilizadas esculturas de Giacometti, pero también me recordaba a los personajes espléndidamente escogidos que Fellini utiliza para ambientar las escenas, para crear de un brochazo los ambientes del Vaticano. El cabello le brillaba como si fuera de cristal y en el tiempo que llevaba observándolo se había fumado tres cigarrillos. Una mano le temblaba ligeramente y daba la impresión de ir vendado de forma tan apretada, que se corría el riesgo de que algún muelle se soltara y sobreviniera un desastre.

Más tarde, Garrity cogió las maletas de Sandanato y las subió a su habitación. Mi invitado le siguió: un fantasma con mocasines de Gucci.

–Y usted, ¿nunca duerme? –le pregunté a Artie Dunn.

–Con cuatro horas por la noche ya tengo suficiente. El sueño de los justos. A ratos perdidos, también doy alguna cabezadita, como los gatos. Oh, eso me recuerda a *Hairball*. Tengo que irme.

–Perdone, pero no entiendo... –dijo Elizabeth.

–*Hairball*. Mi gata. Se llama así. Durante dos años no tuvo nombre y luego se me ocurrió ése. Aparte de que parece una bola peluda, padece irritación estomacal a causa de unas bolas de pelo que se le forman en el estómago. Es un animal con continua diarrea. Pero no deberían haberme dejado que empezara esta historia.

–Créame, de haberlo sabido no le habría incitado –replicó Elizabeth–. Es repugnante.

–Eso mismo digo yo. –Dunn le sonrió–. Tengo que ir a dar de comer a esa pequeña zorra.

Cuando Dunn se hubo marchado, Elizabeth se volvió hacia mí.

–¡Qué hombrecillo más misterioso! Tiene una agenda privada.

Daría cualquier cosa por saber qué pone en ella. Hay algo en él que me asusta.

–Ya que hablas de misterio, de que te asusta, o de algo así, cuéntame cosas de Sandanato. ¿A qué se dedica?

–Nunca le he visto sin D'Ambrizzi. Quiero decir que es una criatura del cardenal, a quien le debe su carrera. D'Ambrizzi lo sacó de un orfanato, y ahora depende totalmente de él. Sandanato es su segundo en la batalla que sostiene con el cardenal Indelicato.

–¿Por qué están luchando?

–Por el futuro de la Iglesia, por cómo debe evolucionar. Toda su vida se han zarandeado del cuello, cincuenta años haciéndose pedazos, o al menos eso es lo que se dice. Y ahora... En fin...

Se encogió de hombros y empezó a arreglar un ramo de flores secas que había en un jarrón de cobre sobre una consola.

–¿Y ahora qué? Ya sé que no pertenezco al círculo interno de la Iglesia, que perdí mi tarjeta de socio, pero puedes confiar en mí.

–Sólo suponía que no te interesaban los cotilleos...

–Ponme a prueba, hermana.

–Iba a decir sencillamente que resulta extraño cómo los dos, después de cincuenta años de batallas, triunfos, derrotas y retiradas, han llegado a esta situación: dos ancianos, los dos a punto de alcanzar el triunfo final, el papado.

–¿No son excesivamente viejos? Ninguno de los dos podrá conducir a la Iglesia hasta el siglo veintiuno.

–Ambos están muy fuertes y sanos, y además, la edad no es tan importante. Lo primordial es trazar las prioridades, encauzar a la Iglesia. Si he de serte franca, andamos un poco escasos de jóvenes candidatos. Federico Scarlatti, quizá, pero es demasiado joven; sólo tiene cincuenta años.

–¿Así que en tu opinión Sandanato es el director de la campaña de D'Ambrizzi?

–Sabes que no funciona de esa manera, Ben.

–¡Y un cuerno! Este viejo jesuita rezuma política de partido, Elizabeth.

Me dedicó una sonrisa llena de tolerancia.

–Eres imposible, pero supongo que te enorgulleces de tu forma de ser. En cualquier caso, Sandanato no sería ese hombre; se acerca más a un jefe de personal. Si insistes en lo del director de campaña, supongo que éste sería Curtis Lockhardt. Es sólo una suposición por mi parte, pero, con el encuentro de Lockhardt y Heffernan, parece bastante acertada.

–¿Y qué conclusión te sugiere? ¿Que alguien que no desea que D'Ambrizzi gane...?

–¡Por Dios, el papado no se gana! ¡No se trata de un partido de fútbol!

–Por supuesto que se gana, y es igual que un partido, hermana. ¿De modo que alguien liquidó a Lockhardt y a Heffernan para abortar las posibilidades de D'Ambrizzi? ¿Suena plausible eso?

–¡Suena absurdo! La verdad, Ben, es que no se trata de una de esas novelas de intriga que escribe Dunn, a pesar de lo que diga él.

–¿Absurdo? Diría que lo absurdo es que tres personas hayan muerto a sangre fría. Pero no creo que la incoherencia llegue a que los hayan matado sin motivo. ¡Eso sería lo absurdo! Había un motivo, hermana. Créeme. Me siento terriblemente intrigado al respecto. Quiero que el hombre que mató a mi hermana pague su culpa, pero no lo encontraremos hasta que no conozcamos sus razones. Puede que en el mundo de la Iglesia valga la pena asesinar a cambio de un papado.

Me sentía herido y había ido más lejos de lo que pretendía, y con un tono más vehemente. Mi rabia había salido a flote, incluso a mí me había cogido por sorpresa. Era como echar un vistazo a la bestia que se escondía tras la máscara de la cordura.

Me miró con dureza, los brazos cruzados sobre el pecho. Los engranajes giraban sin cesar en aquella aristocrática cabeza y al final sacudió su melena leonada. Había evaluado la situación y su rostro se suavizó, como si me concediera otra oportunidad.

–Sin embargo, suena absurdo. Conozco a estos hombres y no son asesinos, Ben. No pretendo tener la más ligera idea de lo que está sucediendo aquí, pero no quiero lanzarme a esas conclusiones que parecen fascinaros a ti y a Artie Dunn. Digamos que intento mantener una mente abierta.

–Si es que no está vacía –sentencié.

Ella se echó a reír, dándose por vencida, y me recordó terriblemente a Val.

–Estás buscando camorra.

–Tienes razón, maldita sea.

–Bueno, supongo que debería estar avisada. No hay duda de que eres el hermano de Val.

–Y el hijo de mi padre, no olvides eso. Dentro de mí se esconde un maldito hijo de puta. –Me dejé caer en una silla y liberé mi tensión–. Necesito abrirme paso en todo este embrollo. Ni siquiera he empezado a enfrentarme a su muerte. ¿Te das cuenta, hermana? Todavía no sé qué voy a hacer con todo esto. Pienso que lo sé, pero no estoy muy seguro. Hazme compañía un rato. Bastará con que me hables. Cuéntame más cosas sobre Sandanato y luego te diré algo que he averiguado de él. Háblame, hermana.

Elizabeth suspiró.

–Bueno, la verdad es que navego en un mar de dudas acerca de monseñor. Hay días en que pienso que es un auténtico ejemplar del Vaticano, el perfecto tecnócrata, frío y calculador, el hombre que sabe cómo funciona todo y que puede pulsar el sistema como si fuera un Stradivarius. Pero al día siguiente llego a la conclusión de que es el religioso integral, prácticamente un monje. Le fascinan los monasterios y quizá es ahí a donde pertenece. En cualquier caso, para Sandanato la Iglesia es el mundo, y el mundo la Iglesia. Ahí radica la diferencia entre él y D'Ambrizzi. El cardenal entiende que existe una Iglesia y un mundo, y más importante aún, sabe que la primera debe existir en el segundo. El cardenal D'Ambrizzi es quizá la persona más mundana que yo haya conocido nunca.

–Los dos parecen formar una extraña pareja.

–En el fondo –dijo, mirando por la ventana hacia la capilla, que se alzaba triste sobre el helado césped, con el techo blanqueado por la nieve–, creo que Sandanato es la conciencia de D'Ambrizzi. Claro que Val opinaba que Sandanato era un fanático, un maníaco. –Rió al recordarlo.

El silencio se adueñó de la estancia. Fuera estaba nublado y las sombras se concentraban como un enemigo. Yo recordaba a Val e imaginaba qué clase de hombre podía haberla matado. Pensaba en lo que podría hacerle si lo encontraba.

Elizabeth encendió una lámpara y luego otra. Una ráfaga de viento silbó en la chimenea y las cenizas revolotearon en el hogar.

–Ibas a contarme algo que has averiguado de él –me recordó con voz suave.

–Oh, claro. Él está enamorado de ti, sor Elizabeth.

Ella abrió la boca, luego la cerró y lentamente se sonrojó. Por un momento se quedó sin habla.

–Pero, eso es absurdo, Ben Driskill. ¡Es ridículo! ¡Una locura! No comprendo cómo has podido pensar semejante idiotez.

–Hermana, tranquilízate. Es sólo una observación de lo más natural. Si es de lo más evidente. No podía apartar los ojos de ti durante más de cinco segundos. Pensé que había una especie de atracción.

–¡Oh! Ya me dijo Val lo irritante que podías llegar a ser.

–Hermana, yo no he afirmado que tú estés enamorada de él. Así que relájate.

Elizabeth puso los ojos en blanco, todavía ruborizada.

–Muchacho, todavía necesitas aprender un par de lecciones.

Luego se alejó pisando fuerte y, antes de salir, se detuvo y me miró por encima del hombro. No encontró nada que pudiera replicar y se limitó a desaparecer. Oí cómo subía las escaleras.

Mi propia rabia había desaparecido, de momento. Volví a pensar en el asesino. Quienquiera que fuese, estuviera donde estuviese.

Mi padre yacía inmóvil sobre las almidonadas sábanas blancas y su rostro era de un gris ceniciento. Tenía los ojos cerrados, pero los párpados palpitaban suavemente, como alas diminutas. La habitación se parecía a la de un serial televisivo, con la máquina conectada al monitor, que emitía débiles señales acústicas, y la música de fondo. Era una habitación particular, sobria y funcional, pero lo más parecido a una habitación presidencial que la clínica podía ofrecer. Incluso conectado a la máquina y con un aspecto que parecía más muerto que vivo, mi padre era todo un ejemplar. Corpulento, sólido. Seguramente había esperado encontrármelo viejo, frágil y débil, tal como lo había visto entre mis brazos al pie de las escaleras. Pero me había equivocado. Supuse que debía de encontrarse mucho mejor ahora que entonces.

Sin embargo, no era la visión de mi padre lo que me preocupaba, sino la monja de hábito negro que se inclinaba a su lado, susurrándole como si fuera el ángel de la muerte que se abatiera sobre él.

La enfermera que me había acompañado por el pasillo era una de esas mujeres corpulentas, fuerte, fresca, sin remilgos. Se acercó a la cama, susurró algo y la monja, una anciana, asintió y pasó junto a mí dejando un rastro oloroso a jabón y limpieza que yo recordaba de las hermanas de mi infancia. Al pasar por mi lado, junto con el susurro del hábito tuve la sensación de que pronunciaba mi nombre, sólo Ben, pero desapareció enseguida y la enfermera empezó a hablarme en un tono bajo y práctico.

–Descansa tranquilamente. Ya no está en estado comatoso, aunque duerme muchas horas. Está conectado ahí –señaló hacia el monitor acústico–, y podemos controlar su situación desde nuestra sala. La verdad es que ya no es necesario mantenerlo por más tiempo en la UCI. El doctor Morris le permitirá que se levante dentro de un par de días. Lamenta no haber podido coincidir con usted, señor Driskill. Bueno –prosiguió mientras controlaba las sondas conectadas a mi padre y ahuecaba las almohadas con gesto reflexivo–, los dejaré solos unos minutos.

–Enfermera, ¿ha visto usted al sacerdote que me acompañaba? Le gustaría hablar con mi padre.

–Oh, me temo que sólo están autorizados los miembros de la familia.

–Entonces quizá pueda explicarme qué parentesco tengo yo con esa monja que se inclinaba sobre mi padre antes de que esté completamente frío.

–Oh, bueno, le aseguro que no lo sé. Ha estado aquí todos los días, mañana y tarde. Sencillamente, supuse que alguien le había dado permiso.

–El cura que me acompaña es un emisario personal de Roma, enviado por el papa Calixto, ¿sabe? No creo que, en tales circunstancias, debamos enviarle de vuelta con las manos vacías, ¿no le parece?

–Por supuesto, señor Driskill.

–También le agradecería que despidiera a esa monja.

–Por supuesto, señor Driskill.

–Ahora, déjeme con mi padre, por favor.

La enfermera cerró la puerta al salir y yo apoyé la espalda en la ventana. Mientras lo observaba, mi sombra se cernía sobre su rostro.

–Eso mismo habría dicho el viejo alborotador. Buen muchacho, Ben. –Mi padre abrió ligeramente el ojo izquierdo–. Te aconsejo que nunca sufras un ataque al corazón. Es como si un misil MX te golpeara en pleno pecho. No lo consientas, a menos que lo hagas como es debido y la palmes.

–Pareces estar muy bien –comenté–. Me has dado un susto de muerte.

–¿Cuando me caí por las escaleras?
–No. Ahora, cuando has hablado. No esperaba...
–Es pura fachada.
–¿El qué?
–Mi actuación jovial. Me siento fatal. Levantar el brazo representa un trabajo en el que invierto medio día. No hablo mucho con los médicos. Me obligarían a levantarme y a correr por ahí, los malditos sádicos. –Respiraba emitiendo un ruido carraspeante y las tomas de aire eran poco profundas, rápidas–. Ben, no hago más que soñar con Val. ¿Te acuerdas del día en que Gary Cooper os hizo un retrato, a vosotros dos?
–Precisamente el otro día me acordé de eso.
–Mis sueños están repletos de muertos, maldita sea. Val, Gary Cooper, tu madre. –Tosió suavemente–. Me alegro de que hayas venido, Ben. Dale un beso a tu padre.
Me incliné hacia él y apreté mi mejilla contra la suya. El tacto era cálido y seco, llevaba una barba de varios días, que podía explicar en parte su rostro grisáceo.
–Cógeme la mano, Ben –me pidió, y así lo hice–. Eres un tipo difícil, ¿te das cuenta? Eres difícil, Ben. Supongo que siempre lo has sido.
Me enderecé y le dije que consideraba que mi naturaleza irritante formaba parte de mi encanto natural.
–Sin duda, sin duda –replicó.
–Te gustará saber que el emisario del papa está esperando ahí fuera.
–Oh, Dios mío. ¿Tan mal estoy?
–Ha venido por Val, también. Es como matar dos pájaros de un tiro.
–Ben, eres un sacrílego. Un pecador, me temo.
–No se irá hasta que lo hayas recibido, ¿sabes?
–Me lo imagino. Bueno, Ben, ¿te alegras de que todavía siga vivito y coleando? –Asentí–. No te hagas tanto de rogar. Me preguntaba cuándo ibas a venir.
–Me dijeron que estabas en coma. –Le sonreí–. De modo que puedes considerarte afortunado de que haya venido.
–Menuda suerte. –Sonrió entre dientes, apagadamente.
–Oye, ¿quién es esa monja privada que pulula por aquí?
Sacudió la cabeza.

–Agua, Ben. Por favor. –Sostuve el vaso de plástico mientras él sorbía a través de la pajita. Luego dijo–: Haz pasar al enviado del papa. Estoy muy cansado. Ven a verme otra vez, Ben.

–Lo haré –prometí.

Estaba casi a punto de salir de la habitación cuando me volvió a llamar.

–Ben, ¿se sabe algo del asesino? Val, Lockhardt, Andy... ¿Han detenido a alguien?

Negué con la cabeza.

–Se cree que los asesinatos se cometieron con la misma arma. El mismo asesino.

Mi padre cerró los ojos y yo salí de la habitación.

Sandanato estaba fumando un cigarrillo mientras observaba el patio del viejo edificio de ladrillo rojo. La lluvia, a punto de convertirse en aguanieve, volvía a caer y las luces empezaban a encenderse en medio de la creciente oscuridad. Había dormido un poco, pero, aun así, no tenía aspecto de haber descansado. Estaba a mucha distancia de Roma y parecía acusarlo.

–Está despierto –le informé–. Será mejor que aproveche la ocasión.

Me miró fijamente, asintió, apagó el cigarrillo y se alejó por el pasillo.

Elizabeth se acercaba, procedente de la sala de espera, con la vieja monja que estaba con mi padre. El contraste resultaba sorprendente. Era indudable que la anciana no alcanzaba a imaginar el hecho de ser una monja y vivir del mismo modo que Elizabeth. Ésta me miró y luego se dirigió a la anciana.

–Así que debe de conocer usted a ese ejemplar descarriado...

–Oh, sí.

El rostro era de tal finura, tanto en textura como en su formación ósea, que podía haber pasado por una pieza de porcelana cuyo valor hubiera aumentado con los años. No se le veía el cabello, como es lógico, pero su rostro estaba enmarcado en blanco. Resultaba muy agradable ahora y pensé en lo hermoso que habría sido en el pasado. Siempre tenía la suerte de encontrar a las más bonitas. Aquellas que tenían una verruga en la nariz y pelos en la barbilla, al parecer yo no las veía.

–Hace cuarenta años que conozco a Ben. –Había picardía en sus ojos–. Pero parece que él me ha olvidado.

El recuerdo llegó a mí en el instante preciso, un aleteo de la memoria.

–¿Olvidarla? ¿A sor Mary Angelina? ¡Ni pensarlo! Sor Mary Angelina fue quien logró que yo superara mi primera crisis de fe.

–Pues es una lástima que no permaneciera a tu lado el resto de tu vida, para sostenerte cada vez que tropezaras –comentó Elizabeth, con una dulce sonrisa y los ojos encendidos.

–¿A qué te refieres, Benjamin? –La monja se quedó mirándome con curiosidad–. ¿Qué es ese episodio que no recuerdo?

–Un día, en la escuela, me harté de todo aquello. Usted me pegó con la regla en los nudillos y yo me marché, me oculté en el patio del colegio. Cuando intentaba escapar, usted me atrapó. Pensé que todo se había acabado y que me iban a castigar. En cambio, usted me abrazó, me dio unos golpecitos en la espalda y me aseguró que no pasaba nada. Nunca lo he olvidado, a pesar de que nunca logré entender lo sucedido. De modo que puede estar segura de que me acuerdo de usted, hermana.

–Es extraño, pero no lo recuerdo en absoluto. Ni lo más mínimo. De todos modos, tengo casi setenta años y quizá ya empiece a fallarme la memoria.

–Imagino que para usted sería un día más en la escuela.

–Bueno, una ha tenido tantos alumnos a lo largo de los años...

–No sabía que conociera también a mi padre.

–A tu padre y a tu madre. Sí, siempre fuimos amigos. Yo había venido a visitar a la señora Francis el día en que tu padre sufrió el ataque y tú lo trajiste. Fue toda una conmoción. Tu padre... En fin, una espera que los hombres como Hugh Driskill vivan eternamente. –Me miró fijamente y luego se volvió a Elizabeth–. Algunos hombres son así. Es como si carecieran del gen de la mortalidad, aunque todos viajamos en el mismo barco por lo que a eso se refiere, ¿verdad? –Suspiró a través de una encantadora sonrisa monjil–. Ben, me alegro de haberte visto. Recibe mi más sincera condolencia, sor Valentine era una criatura encantadora. Por lo menos tu padre se recupera muy bien. Todos estaréis presentes en mis oraciones.

Al quedarnos solos, sor Elizabeh me tiró de la manga y cuando me volví a mirarla, vi que me sonreía con timidez. En aquel preciso momento me pregunté qué habría hecho yo sin ella a mi lado.

–Val solía tirarme así de la manga.

–Lo siento –dijo, y la soltó.
–Oh, no. Me gusta. Hace que me sienta... bien.
–¿Vas a portarte bien a partir de ahora? –Su voz era muy suave.
–¿Para qué empezar? –dije–. Ya es demasiado tarde para eso.
Nos hallábamos en el coche, cuando un pensamiento acudió a mi mente.
–Sor Mary Angelina. Me pregunto si conoció al padre Governeau. Si en aquel entonces ella estaba por aquí, y a él le atraían las mujeres... Puede que lo conociera. ¿O es una estupidez?
–Eso mismo me pregunto –replicó Elizabeth.

Ella no me dejaba dormir. Había horadado un agujero en mi noche, en la oscuridad y en la simple idea de descansar. Cerraba los ojos y allí aparecía ella, su rostro, como si se me presentara en un sueño. Pero no se trataba de un sueño. Yo estaba completamente despierto y así era justo como Val quería que fuese.

Era como si Val me hubiese concedido los días para soportar el efecto de su muerte. Ahora se me acercaba y me hablaba con seriedad. Era tanta la aflicción, que parecía como si me gritara: «Y ahora, hermano, ¿qué piensas hacer al respecto? Un miserable hijo de puta me ha saltado la tapa de los sesos, ¿qué piensas hacer para solucionarlo?». En mi mente, ella no me estaba provocando, no bromeaba: quería una respuesta. Val era una criatura repleta de acción, lista para partir. «Yo ya he hecho mi parte –me estaba diciendo–. Ya he corrido mis riesgos y por eso me han matado. Te he dejado suficientes pistas para que completes esta historia de misterio. He resucitado el tema del padre Governeau y escondí la foto en el bombo. Ahora, por el amor de Dios, coge el relevo y corre. Oh, mi querido Ben, por qué no puedo llegar a ti, maldito estúpido. Sé valiente y hazlo por mí, Ben. ¡Desata el infierno!»

A eso de la medianoche, con toda la casa durmiendo, me harté de mi querida hermana muerta. Incluso su fantasma resultaba incordiante. Tenía que habérmelo imaginado. A pesar de haber muerto, seguía tan viva como siempre, insistente, decidida. Me levanté y me puse la bata. Ella no me dejaba en paz y cuando intentaba hablar conmigo mismo, ella me interrumpía: «Me vais a enterrar mañana, Ben. Me vais a enterrar. Entonces me iré de verdad, me iré, me iré para siempre».

–No me atosigues –murmuré–. Nunca me veré libre de ti, hermanita, y los dos lo sabemos. No queda más remedio.

A medida que ella se iba desvaneciendo, alcancé a oír que me llamaba estúpido.

Necesitaba tomar un brandy. Quizá me ayudara a conciliar el sueño, o a que lo conciliara Val, si es que tenía –en calidad de fantasma– alguna proyección en mi propia psique. Me dirigí abajo y oí cómo la casa crujía y gemía con el viento, con todos los fantasmas correteando por allí.

En el gran salón la luz estaba encendida.

Sandanato estaba sentado en uno de los sillones de piel color mostaza, con la espalda vuelta hacia la fría chimenea.

–Hace mucho frío aquí –dije.

A su lado, encima de la mesa, había una botella de brandy. Sobre su pecho descansaba una copa, que sostenía con ambas manos, y un cigarrillo humeaba en el cenicero. Se volvió lentamente a mirarme. Tenía los párpados medio caídos y el rostro macilento a causa del insomnio. No pareció sorprenderse ante mi aparición.

–No podía dormir –se excusó–, y me temo que me he apropiado del brandy. ¿Le he despertado?

–No, no. Yo tampoco podía dormir. Pensaba en el funeral de mañana. Esto va a ser una locura. La mitad de los asistentes al duelo esperarán ver cómo mi hermana resucita y proclama la salvación para todos los buenos católicos, mientras la otra mitad pensarán que tenía un pacto con Satanás y que ha caído directamente en el fuego eterno. Más o menos así. Tengo los nervios a punto de saltar.

Sandanato asintió.

–Parece que tiene casi tantos problemas como yo. ¿Me permite ofrecerle un poco de su brandy, señor Driskill?

–Desde luego. –Me sirvió una generosa medida y le sugerí que se sirviera un poco más. Al finalizar, me tendió la copa–. Gracias, monseñor. Que el sueño nos atrape a su debido tiempo.

Brindamos por eso.

–¿Puedo preguntarle si es usted el pintor? Es un trabajo notable. Mucho. Puro sentimiento. Espiritualidad.

Por un momento no tuve ni la más remota idea de a qué se refería, luego dio una chupada a su cigarrillo y con la mano señaló al otro extremo de la sala. Entonces lo descubrí.

Había quitado la sábana del caballete. Por supuesto, él no podía saber la prohibición de mi padre de que nadie contemplase sus obras mientras no las hubiese terminado. Forcé la vista para ver la tela a través de la débil luz que emitía la lámpara de encima de la mesa.

–Es de mi padre. Él es el pintor.

–Un agudo sentido de la teatralidad, así como un excelente dominio de la historia de la Iglesia. ¿Ha pintado alguna vez los grandes monasterios en ruinas? Hay unas vistas increíblemente espectaculares. Pero éste, éste es muy bueno. ¿Lo había visto antes?

–No, la verdad es que no. Él nunca enseña sus obras antes de finalizarlas.

–Entonces éste será nuestro secreto. La vanidad del auténtico artista.

Se levantó del sillón y su perfil quedó a contraluz. La nariz tenía un ligero aspecto aguileño. A pesar de que en la estancia hacía frío, en su rostro se advertía una leve pátina de sudor.

–Acérquese y échele un vistazo de cerca. Creo que encontrará una particular fascinación, si es que todavía sabe apreciar lo relacionado con el catolicismo.

Exhaló y una nube de humo le ensombreció los rasgos.

–¿Todavía?

–Su hermana mencionó en una ocasión que había pasado algún tiempo con los jesuitas y que luego... –Se encogió de hombros–. Que luego se alejó.

–Qué forma más delicada de decirlo.

–Oh, debo precisar que su hermana lo expresó con la jerga que se emplea en la calle. Ella utiliza..., utilizaba un vocabulario muy colorista.

–Apuesto a que sí. Lo sé.

–Dígame, ¿por qué abandonó el seminario?

–Por una mujer.

–¿Diría usted que ella se lo merecía?

–¿No aparece en mi expediente?

–Vamos, vamos. ¿A qué se refiere? No existe ningún expediente.

–Olvídelo. No es más que una típica observación de medianoche.

–Bien, ¿valía la pena esa mujer?
–Quién sabe. Quizá algún día encuentre la respuesta.
–¿Es la trompeta de las lamentaciones lo que oigo?
–Ha cogido usted el significado equivocado del asunto, monseñor. Me marché debido a la Virgen. No podía seguir aceptándola con todo su equipaje.
–¿Se pregunta ahora si el motivo fue lo suficientemente justificado para abandonar?
–Lo único que lamento es haberla utilizado como excusa. Había muchas otras buenas razones.
Su sonrisa había perdido el matiz de retraimiento.
–Ya basta de autobiografía. Acérquese y observe el cuadro de su padre.
Nos acercarnos al caballete y yo encendí otra lámpara. Allí estaba, el emperador Constantino, contemplando la señal en el cielo. Con un estilo enérgico y primitivo, el de un narrador de historias, mi padre había capturado el momento en que la historia de Occidente cambiaba para siempre. Monseñor Sandanato contempló la tela, apoyó la barbilla en una mano, forzó la vista a través del humo y empezó a hablar como si yo ya no estuviese presente, como si instruyera a un pagano acerca de lo que había ocurrido hacía mucho tiempo en el camino hacia Roma. Hablaba de la Iglesia teñida con sangre.

La historia de la Iglesia había sido siempre un tapiz desordenado, lleno de rostros dolientes y carnes despellejadas, empapadas en la sangre coagulada de la ambición desmedida, la codicia y la corrupción, de las intrigas y las conspiraciones, de ejércitos marcando el paso. Siempre había sido necesario equilibrar lo mundano, lo diabólico y el poder, contra la bondad, la generosidad, la fe y la esperanza que ésta proporcionaba al hombre; la esperanza y la promesa que hacía soportable una existencia que de lo contrario resultaría intolerable. No importaba a quién torturaba y mataba la Iglesia en un momento dado, eran los hombres quienes lo hacían, hombres y no la fe sobre la cual la Iglesia se apoyaba. Los hombres siempre habían sido buenos y malos, pero la fe en la idea de que Cristo había muerto por nuestros pecados, que el hombre en su debilidad y flaqueza se redimiría eternamente en Cristo, ese mensaje de fe siempre había decantado la balanza. El bien era siempre lo mayor, ésta era siempre nuestra enseñanza, pero a veces se ponía en duda. Con bastante frecuencia, me parecía a mí.

–Hasta el veintisiete de octubre del año trescientos doce –estaba diciendo Sandanato–, ser católico era algo relativamente sencillo, si no gratificante del todo. Podías convertirte en alimento para un león o pasarte la vida encadenado de pies y manos, o una pandilla de matones romanos podían darte una paliza de muerte en cualquier callejón por el simple placer de dártela, o de pronto descubrías que te crucificaban en un lateral de la carretera en las afueras de Roma para que sirvieras de escarmiento. Pero sin duda se sabía cómo estaban las cosas entre el individuo y el resto del mundo. La riqueza, el poder y el placer eran perniciosos, mientras que la pobreza, la fe en Dios y la promesa de salvación conformaban nuestra existencia.

Puede que aquélla fuera la idea que Sandanato tenía sobre una discusión entre amigos a medianoche, pero debo admitir que logró arrastrarme al pasado. Me sentía cómodo, carecía de sentido negarlo. Me hacía pensar de nuevo como un católico.

27 de octubre del año 312.

Constantino, un alemán de treinta y dos años que dominaba seis idiomas, un guerrero-rey pagano que gobernaba Occidente, desde Escocia hasta el mar Negro, se estaba preparando para una crucial batalla en uno de los grandes puentes que conducían a Roma, el Milvio. Al oscurecer, consciente de que por la mañana se entablaría una feroz batalla, Constantino tuvo una visión, y a partir de entonces el mundo cambió por completo. En el cielo, rojo y dorado por el resplandor del sol poniente, vio la cruz de Jesús y oyó una voz que le decía: «Con este símbolo vencerás». Por la mañana, con aquel signo pintado en los escudos de sus soldados y en los caballos, se desarrolló la batalla. La ganaron. Roma era suya y no cabía duda de cuál era la razón. El poder de Cristo lo había conducido a la victoria.

28 de octubre del año 312.

Todavía empapado de sudor, salpicado con sangre y cubierto con el polvo del combate, pidió que lo condujeran a la zona del Trastevere, donde llevaron a su presencia a un hombre moreno y bajito, completamente aterrorizado. Era Milcíades, el papa. Milcíades había pasado toda su vida escondido, siempre temeroso de que lo capturaran y de la inevitable ejecución, de manera que temió lo peor. Era tan iletrado que necesitó un intérprete para entender el perfecto latín cortesano que utilizaba Constantino. Temblaba ante el alto y rubio teutón, pero el mensaje fue claro. Poco faltó para que se desmayara al escucharlo.

A partir de aquel instante, todo sería distinto, nuevo, mejor. Roma sería cristiana. El emperador luciría uno de los clavos de Cristo en la corona, otro lo doblaría para convertirlo en un bocado del freno para su caballo, de modo que siempre lo llevaría consigo en la batalla.

Al día siguiente, Constantino y su familia desfilaron con Milcíades y su primer sacerdote, Silvestre, ante el estadio de Calígula y los templos de Apolo y Cibeles, hasta el cementerio sobre la colina del Vaticano, donde Constantino se arrodilló para rezar junto a los restos de Pedro y Pablo. Mientras la comitiva recorría los terrenos del cementerio, el emperador trazó sus planes: allí mismo, sobre la tumba donde descansaban los restos de Pedro, se edificaría una basílica que llevaría su nombre. Los de Pablo se trasladarían al lugar donde lo habían matado, en la carretera de Ostia, y allí también se construiría una basílica. Pero eso no era todo. Constantino se había convertido en un hombre con una misión. El grupo continuó por la colina Laterana, cubierta por los palacetes de la antigua familia romana de los Laterani. Constantino abrió las puertas de par en par:

–A partir de ahora, ésta será la residencia de Milcíades y de todos los sucesores del santo apóstol san Pedro.

Quince meses más tarde, Milcíades moría y Constantino nombraba papa a Silvestre. Éste, el primer papa verdaderamente secular, comprendió con una visión muy superior a la de su predecesor el nuevo e innegable futuro de la Iglesia. Silvestre forjó los lazos entre ésta y el Imperio, garantizando con eso que la primera Iglesia de ámbito mundial se extendiera por todas aquellas carreteras romanas a todos los rincones del vasto territorio. Fue Silvestre quien oyó a Constantino en confesión y también quien comprendió que el triunfo de Cristo no necesitaba aguardar a la Segunda Venida. Jesucristo podría reinar a través del poder de Roma en todo el mundo, por medio de los sucesores de Pedro. El alcance de la Iglesia parecía ilimitado.

–Durante tres siglos, apenas habíamos existido en el mundo –señaló Sandanato–, perseguidos, martirizados y ocultos. Ahora

Silvestre tenía la gran oportunidad de construir la Iglesia del mundo. Cristo había hablado a Constantino, lo había convertido y a través de este medio se convertiría el resto de la humanidad. La espiritualidad iría unida ahora y para siempre a la riqueza, a la pompa y a la fuerza. Con Constantino apoyándole, Silvestre podía volver al punto de partida, a lo que en una ocasión Jesús le dijo a Pedro en el monte Hermón.

Sandanato se interrumpió y me miró, como si aguardara a que mi memoria de católico me facilitara la cita. De algún modo, procedente de lo más profundo del subconsciente, ésta hizo su aparición.

–Yo te daré la llave del reino de los cielos –recité–, y cuanto prohibieras en la Tierra será prohibido en el cielo, y cuanto permitieras en la Tierra será permitido en el cielo...

–Exacto –exclamó Sandanato–. Por vez primera en la historia, el sucesor de Pedro poseía las armas efectivas que todo el mundo podía entender. Y, por supuesto, con ayuda de su Iglesia, convertirlo en su presa. Más que nunca, en los siglos que siguieron, la violencia se apoderó de nosotros y ya nunca nos dejó en paz.

»Es el precio de Constantino –prosiguió Sandanato–. Una vez aceptamos el poder seglar, tuvimos que pagar el precio seglar. Con el poder llegaron los arribistas, los contrincantes, aquellos que anhelaban despojarnos de nuestras alianzas militares y de la inmensa riqueza de que disponíamos. La historia está llena de amenazas contra nosotros, de compromisos que nos hemos visto obligados a hacer. Pero hasta ahora, señor Driskill, siempre hemos sabido quiénes eran nuestros enemigos. Incluso cuando el desafío era mucho más drástico, sabíamos lo que estaba sucediendo. Es probable que se acuerde usted de aquel caluroso mes de agosto de 1870.

Da la casualidad de que lo recordaba muy bien, tanto como podía recordarlo un seminarista. Fue cuando el mundo seglar al final se rebeló contra la Iglesia. Pero lo que sucedió en aquel verano largo y angustioso de hacía algo más de un siglo, en realidad había empezado en 1823 y se había extendido durante veintitrés años, a lo largo de los pontificados de León XII, Pío VIII y Gregorio XVI: veintitrés años de opresión papal y de dictadura en la ciudad de Roma y en todos los Estados Pontificios, donde reinaban los papas-reyes. Cerca de un cuarto de millón de ciudadanos habían sido condenados a muerte, o sentenciados a cadena perpetua, o exiliados por cometer ofensas políticas: es decir, por despertar las iras de la Iglesia. Se censuraban libros, se prohibía que la gente se reuniera en grupos de más de tres personas, viajar era algo muy restringido y por todas partes los tribunales se reunían para emitir severas condenas a los acusados. Los procesos se realizaban íntegramente en latín, por consiguiente, raro era el hombre que entendía de qué se le acusaba. La justicia dejó de existir durante el mandato de estos papas y fue sustituida por caprichos violentos, la restauración de la Inquisición por León XII, con sus torturas inhumanas, y papas que desatendían las súplicas de las gentes a quienes gobernaban. Cada ciudad tenía su plaza sembrada de patíbulos permanentes, siempre a punto para recibir a quienes osaban enfrentarse a la Iglesia.

Las sociedades secretas proliferaron. El asesinato se convirtió en un estilo de vida. Por ejemplo, cuando los habitantes de Bolonia se rebelaron, fueron brutalmente reprimidos. Las tropas austríacas siempre estaban a punto para responder a la llamada del papa y cruzar las fronteras de los Estados Pontificios para ejercitar el arte de la guerra contra los ciudadanos rebeldes. Pero el curso de la historia corría contra las viejas formas y en 1843, la gente –el populacho, en opinión de la Iglesia– se apoderó de la ciudad de Roma.

Pío IX había sido elegido papa en 1846 y el mundo que había heredado estaba desesperado, al menos tal como se contemplaba desde el palacio papal. Garibaldi y Mazzini estaban en el exilio y poco después de que subiera al trono de Pedro, Pío abandonó Roma de noche, en el carruaje abierto del ministro bávaro y no se detuvo hasta llegar a Nápoles, donde pasó de un escondrijo a otro mientras los romanos proclamaban la república, prescindían simbólicamente del papa, asesinaban a los clérigos y saqueaban las iglesias. Cuatro años más tarde, finalmente regresó a Roma, cuando el ejército francés se apoderó de la ciudad y Mazzini huyó a Suiza y Garibaldi regresó a las montañas. Pío IX había vuelto, en efecto, sostenido por la voluntad de un poder extranjero, pero la realidad era –y Pío lo sabía– que lo escrito en el muro del palacio de Letrán era definitivamente indeleble.

Pío IX había empezado su reinado bajo una ola de popularidad y había respondido intentando dar a las gentes lo que éstas pedían. Expulsó a los jesuitas, autorizó la publicación de un periódico popular, arrasó los barrios judíos, defendió la primera instalación de un ferrocarril en los Estados Pontificios, proclamó una constitución civil..., todo en un esfuerzo por contrarrestar los males cometidos en el pasado cuarto de siglo. Pero de nada sirvió. La historia, al igual que un duro entrenador, lo maltrató. La gente exigía el futuro, no el pasado, y el futuro no consistía en pertenecer a un papa, sino en formar parte de la nueva nación italiana.

El momento más álgido se alcanzó con el asesinato del primer ministro del papa, Rossi, un elegante aristócrata, en la escalinata del palacio del Quirinal. Una multitud se concentró allí cuando Rossi salía por la puerta principal, a la famosa escalinata. A medio bajar, la aparición de un joven con una daga, la cuchilla en la garganta, y Rossi se tambaleó. La sangre salpicó los escalones mientras el populacho vociferaba de puro odio. Arriba, en la ventana de su estudio, Pío lo contemplaba. Ésa fue la imagen que me obsesionó durante mis años de estudiante y la que permaneció grabada en lo que en otro tiempo fue mi conciencia de católico.

En el pasado, cuando los intereses del mundo invadieron el poder del papado, siempre aparecieron recursos mundanos, un ejército al que recurrir. Silvestre I, León III, Gregorio VII, Clemente VII, todos habían resistido al desafío seglar llamando a un militar o a otro, pero en 1869 no había nadie a quien recurrir, ningún ejército al que llamar para que acudiera a salvar el papado. En las capitales europeas se había tomado una decisión de facto: el papado estaba acabado. El *Times* de Londres informaba de la «muerte irreversible de esta venerable institución». Cuando estudié por vez primera esa época, recuerdo que pensé asombrado: «¿Es posible que mi padre sepa que las cosas han sido siempre tan terribles para la Iglesia?». Parecía inaudito que hubiese existido semejante situación y él no me lo hubiese contado, no me lo hubiese advertido, aunque, por supuesto, él ya hacía cuanto podía para que aquello no volviera a suceder.

En todos los siglos transcurridos desde que la visión se le apareciera a Constantino, la situación nunca había sido tan grave. Sin embargo, Pío aún se guardaba un as en la manga y no le quedaba más remedio que jugarlo. Recurrió al poder que Jesús le había otorgado a Pedro, el poder sobre el espíritu. En julio de 1869, los obispos declararon el principio de infalibilidad, así como lo que la Iglesia denominaba la doctrina del primado. El papa ya no podía equivocarse en cuestiones morales o de fe: se le debía obediencia.

Como primado, sus doctrinas y su jurisdicción no podían ser anuladas o sustituidas por ningún hombre o grupo en toda la cristiandad. La Iglesia declaró al hombre que era su cabeza el líder espiritual y máxima autoridad sobre la Tierra, y retó a cualquiera que lo pusiera en duda o lo negase.

No obstante, se alzó un sordo clamor ante esta exigencia y nadie lo sabía mejor que Pío. Mientras la batalla espiritual parecía haberse ganado, la lucha seglar en un mundo seglar se había perdido.

No era una simple cuestión de metáfora. La lucha era un hecho y en agosto de 1870 los franceses retrocedían ante el avance de Prusia y abandonaron Roma ese mismo día, el 19. El ejército del general Kanzler, con menos de 4.000 hombres, era lo único que quedaba entre la integridad del último papa-rey y el general Cardona del ejército nacional italiano, con 60.000 hombres a menos de una jornada de marcha para alcanzar las murallas de Roma. Pío, sin nadie a quien recurrir, ordenó sólo una leve resistencia y luego la rendición.

El rey Víctor Manuel, al frente de la nueva nación, había ganado: Roma sería la capital de la nueva Italia. El 20 de agosto, al amanecer, los cañones italianos comenzaron el fuego.

Menos de cinco horas más tarde, la bandera blanca ondeaba en la cúpula de San Pedro.

En octubre, en todos los Estados Pontificios se celebró un plebiscito. Los votos obtenidos a favor de la anexión a la república italiana sumaban 132.681. En contra había únicamente 1.505. En la primavera de 1871, el parlamento italiano garantizaba la soberanía del papa sobre su reducido mundo, que a partir de entonces consistiría en el Vaticano, el palacio de Letrán y la residencia veraniega de Castel Gandolfo. Entonces y para el resto de su vida, Pío declaró amargamente: «A partir de ahora nos consideraremos prisioneros».

No fue hasta 1929 –cuando Pío XI llegó a un acuerdo con Benito Mussolini y se firmaron los Pactos de Letrán– cuando la Iglesia fue libre una vez más para operar a su voluntad en los ámbitos del poder, las finanzas y la política.

El pequeño encendedor de oro de Sandanato prendió fuego y percibí el olor del Gauloise cuando el humo me pasó rozando por la cara.

–La violencia no es nada nuevo –comentó–. Ambos lo sabemos. La violencia en el seno de la Iglesia ejercía una considerable fascinación en su hermana, o al menos eso me dijo su eminencia. Siempre la hemos padecido, pero ahora es como si atacara a ciegas, ¿no le parece? No podemos identificar al enemigo. ¿Se da cuenta? En el pasado siempre supimos quién era nuestro enemigo, pero ahora tenemos a tres muertos recientes y nos sentimos horrorizados, y no hay ejército al que podamos llamar para que se presente con estrépito para salvarnos. Esos tiempos ya han desaparecido. Aquí estamos, completamente solos, desarmados, en un mundo de oscuridad.

Tuve la sensación de que, a pesar de sus lúgubres palabras, sonreía con tristeza. Parecía relajarse cuando el tema de conversación era la violencia. Puede que sólo le gustara al descubierto, y ahora estábamos metidos de lleno en unos asesinatos. Levantó la copa en lo alto. Eran casi las cuatro, la mañana en que iba a celebrarse el funeral de mi hermana, y yo me sentía muy cansado, a punto para dormir.

–Confusión para nuestros enemigos –brindó.

Le dirigí una mirada mordaz.

–Que pueda usted repetirlo, camarada.

El funeral de mi hermana pasó en medio de un recuerdo borroso de actividades que yo realizaba de manera automática. Todo parecía suceder a lo lejos. Yo interpretaba mi papel y, con gran sorpresa, descubrí que lo hacía de forma bastante aceptable. No estaba mal, dado que me sentía abrumado en medio de tantos católicos de mirada aguileña, su precioso ritual y su misa prematuramente celebrante. Siempre me había preguntado qué se podía celebrar en una misa de funeral. Por supuesto, disponía de la respuesta de rigor, todo sobre festejar la vida del invitado de honor que acababa de fallecer. Durante cerca de un cuarto de siglo, todo aquello me había sorprendido como la mayor de las tonterías, pero nunca tanto como en el funeral de mi madre. La vida de aquella pobre muchacha que ella había sido, solitaria y al final enloquecida, no respondía a la idea que yo tenía de una celebración.

El funeral de Val fue muy distinto. La suya era una existencia que valía la pena celebrar y una muerte que exigía venganza.

Peaches dijo la misa en la pequeña iglesia de New Pru. Intentamos que la asistencia fuera bastante reducida, quizá unos cincuenta o sesenta, la mayoría de las filas de los poderosos, de los más poderosos y de los poderosísimos. El representante del presidente, un par de gobernadores, algunos miembros del gabinete, abogados, leguleyos y toda la demás gentuza empeñada en creer que el mundo gira gracias a ellos. Había cinco o seis equipos de cadenas de televisión, que la policía estatal mantenía a raya. Margaret, el padre Dunn, sor Elizabeth y yo hacíamos cuanto podíamos para mantenerlos bajo control, pero, aun así, todo estaba impregnado con el estigma del «suceso sensacionalista».

Antes nunca había visto a Peaches en plena actividad y me quedé impresionado. Tenía que ser una dura prueba para él. El olor a incienso, que tan bien recordaba a lo largo de los años, llenaba la iglesia. El ataúd resplandecía apagadamente, como oro bruñido, y entre todos realizamos un ceremonial que yo recordaba del pasado. Recibí la comunión, por vez primera en todos aquellos años, y vi que el rito era muy distinto: la gente no se arrodillaba en el reclinatorio ante el altar, como antes, y no sólo se recibía la hostia, sino también la sangre de Cristo. Quizá aquellos cambios lo facilitaron todo. Pero, por el amor de Dios, la que estaba allí delante era mi querida hermana.

Yo hice el panegírico: el hermano que se quedaba y todo eso. Por los ocasionales pucheritos y las sonrisas en otros momentos, o las cabezas que asentían, calculo que fue un éxito. Elegí mis comentarios apartándome todo lo posible de mis propias emociones. A Val le habría gustado mi amabilidad y mi tono beatífico, una especie de broma privada entre nosotros, como tantas otras. De otro modo yo no lo habría soportado. No habría elegido a aquella gente tan especial para exhibir mi alma desnuda. Cuando terminé el discurso, se cantó un himno, los asistentes pasaron en fila para dar el pésame y el espectáculo llegó a su fin.

Val fue enterrada en el cementerio que había pegado a la pequeña iglesia. Las lápidas formaban un largo sendero y al final se encontraba la parcela de la familia Driskill. Allí estaba enterrada mi madre y los padres de mi padre. Ahora Val. Quedaba espacio de sobra para mi padre y para mí. Para nosotros no había grandes monumentos, sólo una austera lápida. «Nuestro trabajo será nuestro monumento», solía decir mi padre. Siempre conseguía que me acordara del poema «Ozymandias», que yo había memorizado en la escuela. «Contemplad mis obras, vosotros los poderosos, y desesperad...»

El viento soplaba frío y desapacible y se filtraba entre nosotros. Así que no estaba dispuesto a quedarme allí de pie, con los dientes castañeteando y las lágrimas helándose sobre mi rostro, mientras contemplaba cómo el ataúd desaparecía bajo tierra. Ya estaba bastante fastidiado con la rabia irracional de ver que la sepultaban, que la enterraban; una rabia que nacía de la idea infantil, y sin embargo poderosa, de que, en efecto, sería la Val consciente y viva la que estaría metida allí en las frías y oscuras noches que se avecinaban. Me aparté del pequeño grupo de amigos de la familia que se habían quedado para asistir al acto final de aquel drama y me alejé caminando yo solo. Sor Elizabeth y Margaret Korder se quedaron con ellos.

Paseé bajo las nubes grises y oscuras, y me detuve al llegar a la reja de hierro pintada de negro que marcaba el límite del cementerio. Más allá de la verja se extendía un pequeño cercado, lleno de mojones cubiertos de hierbajos. Abrí la reja y pasé. Con anterioridad, nunca había sido consciente de la existencia de aquellas pequeñas lápidas, pero ahora sentí que algo –mi subconsciente, o quizá el destino– me empujaba hacia allí.

La tumba del padre Vincent Governeau estaba cubierta de cardos y garranchuelo, una lápida plana en el suelo, con el nombre y las fechas en caracteres muy pequeños, apenas visibles: 1902-1936. No se le había concedido una tumba en terreno sagrado.

Debí de permanecer allí de pie más tiempo del que imaginaba, pues sor Elizabeth terminó su cometido y vino a reunirse conmigo. Se arrodilló para inspeccionar lo que había atraído mi atención. Vestía una versión modernizada del antiguo hábito tradicional de la orden, uno que había encontrado en el armario de Val. En un primer momento, me sorprendí al verla ataviada así. Parecía una persona completamente distinta, alguien disfrazado. Cuando descubrió el nombre en el mojón, su mano acudió presurosa a la boca.

–¡Oh, Dios mío!

–Pobre desgraciado –murmuré–. Me imagino el tipo de funeral que le debieron de ofrecer los bondadosos padres de la Iglesia. Barrieron toda su vida bajo la alfombra, lo metieron en un agujero y fingieron que nunca había existido. Sólo porque se había suicidado, aunque en realidad lo habían asesinado. Hermana, su lugar está dentro del cementerio y no aquí, en tierra de nadie.

Cuando volvimos a entrar en el cementerio, ella se me cogió del brazo.

–Estuviste muy bien allí dentro, Ben. A Val le habría...

–No seas ingenua. Se habría partido de risa.

–Aun así, lo has hecho muy bien. Ella se sentiría orgullosa.

–¿Quieres oír una cosa divertida?

–¿El qué?

–Ni siquiera me acuerdo de lo que he dicho.

–¡Oh, Ben! Si fueras sólo la mitad de duro de lo que aparentas, te aborrecería.

–Entonces no te acerques demasiado, querida. Val sabía la verdad acerca de mí. Por eso me dejó la foto.

–Me pregunto...

–Val se pasó toda la vida luchando por lo que consideraba justo. Pero, si la coges por el lado equivocado descubrirás que sólo era un ángel vengador. Ella era mucho más dura que yo.

–Puede que nunca llegara a conocerla.

–La conociste, no lo dudes. Será mejor que lo reconozcas. Ahora es conveniente que te prepares para todo el ajetreo en la casa.

–¿Has visto a sor Mary Angelina?

–La verdad es que no he visto gran cosa.

–Dijo que venía de ver a tu padre y que él le había pedido que regresara para contarle cómo se había desarrollado todo...

–¿Qué será eso, hermana? ¿Un romance otoñal o invernal?

La casa estaba atestada de gente a la que yo conocía vagamente. Dudé de que Val conociera a más de uno de cada diez: todos eran amigos y camaradas de mi padre. La comunidad de los banqueros, los jubilados más relevantes de la CIA, la Universidad de Princeton, aspirantes a la presidencia de ambos organismos, tanto de ayer como de hoy, la Iglesia, la ley... Todos engullían pavo y jamón y bebían whisky como si fueran recogidos de un centro de beneficencia. Los Garrity habían contratado a personal extra. Aquello no había quien lo aguantara.

El padre Dunn acompañaba al inmenso cardenal arzobispo

Klammer de grupo en grupo, igual que un elefante en las primeras etapas de su adiestramiento. Peaches, Sam Turner y algunas otras eminencias locales intentaban no desmerecer de todos aquellos veteranos de *Meet the Press* y *Face the Nation.* Sor Elizabeth ayudaba a Margaret Korder, dos maestras de la pista que procuraban mantener el circo en marcha.

Pero el hombre a quien yo buscaba no se hallaba presente.

La biblioteca estaba cerrada ese día y comprendí que lo encontraría allí.

Drew Summerhays estaba de pie junto a la ventana en la sala que tenía las paredes cubiertas de libros, se dedicaba a hojear una primera edición de *El agente secreto* que Somerset Maugham había dedicado a mi padre. Summerhays los había presentado un verano en Cap d'Antibes y ambos habían congeniado, pues se parecían en gran medida.

Al entrar yo, alzó la vista del libro y me sonrió con su boca de labios delgados y pálidos. Era más seco que el palo de un azadón y vestía un traje con chaleco color gris marengo, la llave Phi Beta Kappa en una cadenilla de oro –Harvard, por supuesto–, la insignia escarlata de la Legión de Honor en la solapa, lustrosos zapatos negros de Jermyn Street, corbata de punto negra, camisa blanca y un anillo de sello en el meñique de la mano derecha. El jurista. Era un hombre que jugaba con más de una baraja.

–¿Te he dicho alguna vez que Maugham es mi autor favorito, Ben?

–Oh, no. Creo que no.

–Willie era un completo tartamudo, ¿sabes? Yo también sufrí ese mismo defecto cuando era niño. Yo me curé del mío y él del suyo. Fuerza de voluntad. Un motivo tan bueno como cualquier otro para que lo considere mi escritor favorito. Tu padre era muy amigo de Willie. Solían intercambiarse historias de espías. De dos guerras distintas, claro. ¿Qué noticias tienes de tu padre, Ben?

–Que lucha por conservar el tipo. Saldrá adelante, Drew. Un poco de miedo.

–Tu padre es un hombre duro para tener miedo.

–Me refería a mí. Me asusté. Yo me asusto con facilidad.

–Tú y tu padre... –reflexionó y luego dejó la frase en suspenso. Opinaba que yo y mi padre éramos, en el fondo, tal para cual, más parecidos de lo que ninguno de los dos se atrevía a admitir. Lo había comentado muchas veces en el pasado.

–De modo que estás asustado. Pareces un hombre que disfruta aparentando una falsa modestia, o que intenta torearme. Eres un bribón.

–Un bribón curioso. Te estaba buscando, Drew.

–He venido aquí para alejarme del gentío. Los funerales y la concentración que los sigue... Soy plenamente consciente de que en un día no muy lejano yo seré la principal atracción. Pobre Val. Qué día tan triste.

–¿Eras uno de sus defensores?

–Sé demasiado para defender a nadie en el sentido que tú pretendes darle. Le deseaba lo mejor y respetaba sus puntos de vista. En una ocasión recogí fondos para su labor.

–¿Quién la mató, Drew?

–Primero debes averiguar por qué, Ben. Luego vendrá el quién.

–Estaba pensando eso mismo. ¿Por qué alguien iba a matar a mi hermana? ¿Murió por sus opiniones acerca de la Iglesia?

–No lo creo. Ni por sus actitudes filosóficas, ni tampoco por sus esfuerzos por mejorarlas. Aunque mi opinión es sólo la de un hombre. Habría que examinar con extraordinaria atención la vida de Val, buscar el motivo. Tiene que estar ahí, para alguien acostumbrado a observar con atención. Seguro que has pensado mucho en eso, estos últimos días. Estás habituado a ver las cosas con ojos de abogado, no puedes evitarlo, ¿eh? Reunir pruebas, investigar el caso, reconstruir al elefante. –Vio el desconcierto en mi rostro–. ¿No sabes lo que dijo Rodin cuando alguien le preguntó cómo había hecho la escultura de un elefante? Respondió que había empezado con un enorme bloque de piedra y luego había quitado todo lo que no era un elefante. Bueno, pues todo lo que tú tienes es el suelo cubierto con los fragmentos de la vida de Val. Júntalos todos y obtendrás el perfil de un asesino. Val habrá desaparecido, pero tú habrás identificado al asesino.

Drew se volvió al estante y dejó el libro en su sitio.

–Quiero saber cosas de Curtis Lockhardt y de Heffernan. A los dos los escogieron para morir con Val. Ella pensaba en abandonar la orden para casarse con Lockhardt.

–Olvídate de Heffernan, Ben. A él lo mataron a causa de Lockhardt. Por sí solo no era más que lo que decía de sí mismo: un sacerdote católico irlandés, con aspiraciones sociales. Tráeme el abrigo, Ben. Salgamos a dar un paseo y hablaremos del difunto señor Lockhardt.

Llevaba un sombrero flexible colocado recto sobre la cabeza, bufanda negra de cachemira, guantes negros y un gabán también negro de mangas estrechas y rectas y hombros cuadrados. Con la raya de los pantalones podría haber cercenado la garganta de un hombre. Su rostro enjuto aparecía sonrosado debido al viento que arrastraba las crujientes hojas sobre el césped helado. Pasamos por delante de la capilla, en dirección al huerto y al estanque que había al fondo, donde en el pasado solíamos patinar sobre hielo.

–Curtis Lockhardt –empezó a decir Summerhays en cuanto nos alejamos del parloteo que llenaba la casa–. Se veía a sí mismo como si interpretara muchos papeles, como a un actor que cambiara de una obra a otra. Sin embargo, en el fondo sabía que era un abogado chapado a la antigua, con un apellido que lo remitía a Boston, a los años posteriores a la guerra de la Independencia. Se podría decir que los Lockhardt han actuado siempre como abogados, del mismo modo que otros pueden trabajar manualmente construyendo un cobertizo, o una escalera, o un gallinero, o una nasa para atrapar langostas.

Summerhays describió a un hombre que siempre había figurado entre los que constituían el «gobierno secreto», el «gobierno dentro del gobierno», y la «Iglesia dentro de la Iglesia». Lockhardt había aprendido las lecciones sentado en las rodillas de mi padre.

–Sin embargo –decía Summerhays, mientras paseábamos entre los árboles sin hojas, en el huerto donde mi padre había encontrado al padre Governeau colgando de la rama de un manzano–, Curtis consideraba siempre que su gran logro había sido coger al insignificante Salvatore di Mona y convertirlo en el papa Calixto IV. Sin duda, hay que reconocérselo. Salió a comprar un papa y por Dios que lo consiguió.

Ocurrió porque estaba en la junta directiva de la Fundación Conway de Filadelfia. Lockhardt descubrió, con curiosa sorpresa, que Ord Conway –conocido por sus empleados como «el viejo jubilado»– había llegado a la conclusión de que quería su propio papa personal. Al final, Ord designó a Lockhardt para lograrlo y éste adquirió un papa por 5,8 millones de dólares y algo de moneda suelta. Quince millones menos de lo que a Nelson Doubleday le había costado comprar a los Mets de Nueva York. Lo cierto era que muy pocas personas sabían que se podía comprar un papa. Ord vivió dos años en el reino de Calixto IV, pero ya se sabe que la vida es pródiga en ironías divertidas.

Durante algún tiempo, Lockhardt había pensado de alguna manera en Ord Conway como en un viejo fascista oscuro y convencional, el débil retoño de una gran estirpe familiar. A Ord, sencillamente, le gustaba la Iglesia tal como era durante su infancia, cuando aprendía el catecismo. Lockhardt se dio cuenta y advirtió cuánto se entregaba aquel hombre a anular algunas reformas y cambiar el rumbo hacia lo que él llamaba una «Iglesia democrática». Ord siempre había dicho que la democracia estaba muy bien donde estaba, pero que, maldita sea, no tenía cabida en la Iglesia. «¡Se supone que los católicos no tienen que votar un carajo en lo que van a creer! –solía exclamar–. No tienen nada que decir al respecto. ¡Eso es lo primordial!»

Lockhardt estaba trazando un plan. Al descubrir que Conway sólo trataba de recuperar los viejos tiempos y quedar en paz con su propia conciencia, éste se convirtió en el instrumento perfecto. Había una preciosa simetría de elementos. Conway quería creer que vería el regreso de la Iglesia de su infancia, monseñor Andy Heffernan deseaba entrar en la rampa interna del cardenalato y Lockhardt quería conservar, más o menos, el statu quo. Se necesitaría algo de dinero, pero eso no suponía ningún problema: Ord Conway estaba pidiendo que le despojaran de parte de su fortuna. Por otra parte, se tendría que celebrar una negociación: la naturaleza del asunto lo requería. Curtis Lockhardt estaba en su elemento.

La clínica de control de natalidad en Bolivia era el vehículo perfecto. De ideología liberal, pero no demasiado. Esto era una señal de hasta qué punto habían cambiado las cosas. Muchos católicos en posiciones de poder, si no en este bastión del conservadurismo burocrático que era la propia curia romana, consideraban que la clínica era un paso importante y de gran responsabilidad social. Ya no seguía oponiéndose al gran subtexto de las enseñanzas de la Iglesia, al menos desde la comisión del papa Pablo VI, que había sido un acontecimiento fundamental en la historia reciente de la Iglesia. A Curtis Lockhardt nada le gustaba tanto como conjuntar todos estos rompecabezas. Bastaba con proporcionarle unas cuantas piezas sueltas y él ponía en marcha todo su instinto. Conseguía encajarlas. No es de extrañar que el cardenal Salvatore di Mona, en la víspera de su elección, le reprochara a Lockhardt que no hubiese hecho caso de su llamada:

–Usted pertenece a esta toga escarlata, mi querido Curtis. A esta toga y a este bonete. Sería usted imparable.

Lockhardt se había sentido complacido.

–Pero si no hay nada que me detenga, eminencia.

Sin embargo, eso sucedió mucho después de que Lockhardt encontrara la forma de utilizar la pobre alma magullada de Pablo VI como una palanca en lo que él consideraba el caso Conway.

Todo había empezado con Juan XXIII. Para empezar estuvo su comisión sobre el control de natalidad. Luego ésta pasaría a Pablo VI, que incrementó su alcance y la sacó de manos del Concilio Vaticano, con lo cual la hizo todavía más importante. Durante los años sesenta, los católicos de todo el mundo se habían pasado a la píldora, decenas de millones hacían caso omiso de las enseñanzas oficiales de la Iglesia. Entonces la comisión obtuvo un mandato del propio pontífice para que encontraran una brecha en la doctrina oficial: hallar la forma de que todos los católicos que practicaban el control de natalidad volvieran a ser honestos. Lógicamente, si el papa hubiera pretendido cambiar la interpretación de la doctrina, él mismo «habría lanzado la comisión de cabeza al Tíber», como observaría un cardenal de la época.

En efecto, cuando el informe de la comisión estuvo listo, habían hallado la brecha y llegaron a la conclusión de que siempre que la unión matrimonial completa estuviese abierta a la posibilidad de engendrar un hijo, no tenía por qué estarlo cada acto sexual individual dentro del matrimonio.

Ahí estaba, la crucial ruptura doctrinal que podía haber permitido a la Iglesia, en opinión de Lockhardt, entrar de lleno en el siglo XX y también a muchos de los fieles regresar al rebaño.

Pero la conciencia de Pablo VI –y las maniobras ocultas que los conservadores del Vaticano proyectaban en esa conciencia– hizo que éste, milagrosamente, pasara por alto el informe de la comisión. Su encíclica, *Humanae Vitae*, rechazaba de lleno los hallazgos de la comisión y propinaba a la Iglesia una bofetada de la cual todavía no se había recuperado. Lockhardt opinaba que había siempre un punto límite y, según su opinión, la *Humanae Vitae* había marcado el fin de la vieja Iglesia conservadora. A partir de ese instante tendría que seguir un camino u otro, hacia delante o hacia atrás. O la Iglesia permanecía en manos de los conservadores y mordía el polvo, o caería en poder de los moderados y liberales que aspiraban a un futuro nuevo y a una Iglesia cambiante y adaptable.

Cuando el caso Conway empezó, el dilema estaba muy lejos de haberse resuelto: a fin de cuentas, el punto límite podía prolongarse durante años, incluso décadas. Lockhardt lo vio enseguida –el inicio, el desarrollo y el final– una tarde, durante una reunión de la junta de la Fundación Conway. Debió de coincidir con la época en que, de pronto, yo me sentí atraído por la esencia pura del fútbol. Lockhardt tenía su deporte y yo el mío.

–En ese instante Lockhardt se volvió hacia un par de compañeros de la junta –explicó Summerhays mientras permanecíamos de pie, contemplando el gris horizonte que se extendía al otro lado del estanque poco profundo, ya helado–. A tu padre y a mí. Sugirió que nos encontráramos para tomar una copa cuando la reunión hubiese terminado. Lockhardt creía modestamente que Hugh Driskill y yo éramos los únicos que le igualábamos en urdir componendas.

Los tres se encontraron en un club que Lockhardt frecuentaba en Filadelfia. Después de escuchar con atención, Hugh Driskill dijo:

–La pregunta, Curtis, es muy sencilla. ¿Eres capaz de convencer a Ord Conway de que con un centro de control de natalidad en Bolivia y seis millones de pavos podrás negociar su idea de un papa lealmente conservador?

–Sí.

–Muy bien, Curtis –dijo Hugh Driskill, haciendo un guiño a Summerhays–. Dinos cómo.

Del mismo modo que tantas ideas brillantes, la suya era muy sencilla.

Conway entregaría seis millones de dólares a la Iglesia, a través de los buenos oficios de monseñor Heffernan en Nueva York. Se destinarían algunos fondos al centro de control de natalidad, donde se integrarían varios cardenales del Tercer Mundo, moderadamente progresistas, y algunos intelectuales europeos. Pero el dinero se utilizaría de hecho para garantizar el préstamo de un banco de Roma a un banco de Panamá, que luego lo enviaría al gobierno boliviano. De ese modo, los seis millones de dólares de Conway aparecerían en dos documentos: en esa garantía y también en un documento totalmente aparte; de hecho, se transformarían en doce millones. O en más. Lo crucial era que hombres como Lockhardt, Hugh Driskill, Summerhays y el cardenal D'Ambrizzi, que dirigía para el papa L'Istituto per le Opere di Religione –el Instituto para Obras de Religión, como se denominaba eufemísticamente al Banco del Vaticano–, entendieran cómo tenían que realizarse los negocios vinculados al Vaticano.

–¿Para qué eran los otros seis millones? –preguntó Summerhays retóricamente: sus ojos estaban pendientes de un perro que tanteaba la superficie helada del estanque, se aventuraba con cautela y sacudía la pata delantera al hacerlo–. Para comprar un papa. Tu padre y yo estuvimos de acuerdo. La idea llevaba el sello de un maestro.

En aquel entonces, el cardenal Octavio Fangio presidía la Sagrada Congregación Episcopal, cuya sede se encontraba en una pequeña plazuela llamada de Pío XII, el Salvador de la Ciudad, justo al lado de San Pedro. Fangio era un hombre moderado, pragmático y relativamente ambicioso que tenía más influencia que nadie en el nombramiento de los obispos. Los papas le consultaban y era muy eficaz en su trabajo. De entre las filas de sus favoritos salían no sólo los obispos y arzobispos, sino también los cardenales. Fangio había dejado muy claro que él era uno de los candidatos al papado –uno de los *papabili*–, pero era demasiado joven y él lo sabía. Al cabo de otros diez o veinte años, Fangio ya no sería tan joven y habría conseguido un gran número de amigos.

Hugh Driskill fue el primero en darse cuenta.

–¿Quieres que Fangio pueda disponer de los seis millones?

–En cierto modo –fue la respuesta de Lockhardt.

El hermano de Fangio, Giovanni, era un abogado de Nápoles que se había declarado en bancarrota. Unas importantes inversiones lo habían llevado a tocar fondo y podía perder la villa que tenían en las montañas, la casa ancestral. Parte de los seis millones servirían para salvar la villa y para que el pobre Giovanni se recuperara.

–Y tú sugerirás al cardenal Fangio que te dé algo a cambio –murmuró Hugh Driskill.

Hacía poco, el papa había anunciado un nuevo consistorio: la selección de veintiún nuevos cardenales para compensar la merma. Lockhardt sugería que él, Hugh Driskill y Summerhays podían discutir esos posibles cardenales con un par de amigos de la curia y con el cardenal Fangio, para obtener quizá los nombres de quince candidatos que fueran mutuamente aceptables. A cambio de su colaboración, Fangio salvaría a su hermano y, al mismo tiempo, crearía un potente núcleo de apoyo a su candidatura papal cuando, en algún momento del largo trayecto –cuando el candidato de Lockhardt hubiese abandonado la escena–, ésta se presentara. Mientras tanto, los quince votarían lo que Fangio les sugiriera. Monseñor Andy Heffernan podía obtener en Fangio a un amigo muy valioso por lo que se refería a la rápida consecución del bonete rojo de los cardenales. Todo el mundo saldría ganando, incluso Ord Conway, que, en efecto, nombraría al papa: siguiendo las sugerencias de Lockhardt, por supuesto.

Summerhays se volvió y contempló la casa a través del huerto desnudo. La oscuridad se cernía a nuestro alrededor.

–Lockhardt necesitó un año, más o menos, para poner todo esto en marcha. Por otra parte, los hombres de Fangio dieron pruebas de ser buenos soldados. Así fue, Ben, cómo Salvatore di Mona, un hombre de la organización, que sabía escuchar, un moderado, se convirtió en Calixto IV. Y Curtis Lockhardt había venido a Nueva York para entrevistarse con Andy Heffernan, mientras Calixto se está muriendo en Roma. Curtis sabía que volvía a reanudarse el juego, ¿no lo comprendes? Sin embargo, ahora ya no podrá saber el desenlace. De todos modos, como acostumbran a decir los ingleses, Curtis tenía muy buenas corazonadas. –Suspiró y luego consultó su reloj–. Es hora de marcharme. Bueno, Ben, voy a darte un consejo: olvídate de todo eso lo más rápido que puedas. Quiero decir que Val ha muerto, se ha ido y también tenía buenas corazonadas. ¿No te das cuenta? Se trata de un juego peligroso, con serios jugadores. Mantente alejado y tómatelo con calma. No intentes sacar conclusiones de todos los fragmentos esparcidos por el suelo. No lo conseguirías. Nunca llegarías a descubrir el perfil del asesino. Hablando de igual a igual, a alguien que en el pasado lo fue, permíteme que te diga que han sido los católicos, Ben. Será mejor que los dejes con sus propias estratagemas. La vida ya es demasiado corta.

Se cogió de mi brazo. Apenas pesaba nada. Era como si ya hubiese empezado a partir, preparándose para el último viaje.

En el trayecto de vuelta a casa le enseñé la foto que Val había dejado. Negó con la cabeza y dijo que no le sugería nada en particular. Identificó a D'Ambrizzi, pero sus pensamientos se centraban ya en otros asuntos. ¿Qué importancia podía tener una fotografía?

6

Driskill

El día siguiente al funeral de mi hermana amaneció despejado, frío y luminoso. Por fin había logrado dormir la noche anterior, pero no había resultado fácil. Tenía los circuitos demasiado cargados y en el juzgado en que se había convertido mi mente, Drew Summerhays había sido el último testigo. Antes de conciliar el sueño, decidí lo que debía hacer. Sólo entonces lo vi claro: nunca lo había puesto en duda, en ningún momento.

Monseñor Sandanato estaba en Nueva York para hacer una visita de cortesía al cardenal arzobispo Klammer. Sor Elizabeth salía hacia Roma aquella misma tarde y yo quería explicarle mi plan y, de ser posible, recabar su ayuda. No estaba preparado para que todo me saliera mal.

Estábamos esperando a que el padre Dunn pasara a recogerla. Él había alegado que su coche ya se sabía de memoria el trayecto al aeropuerto Kennedy. La casa estaba en silencio y, en el gran salón, unos jarrones con flores alegraban el ambiente. El sol se filtraba por las ventanas. En el exterior había una luz intensa, hacía mucho frío y el suelo aparecía blanco y helado. Nos aproximábamos a un récord en la bajada de temperaturas. Había mandado a los Garrity a su casa después de mediodía y Margaret se encargaba de los asuntos en su cuartel general de la Nassau Inn. Allí atendía a la gente de la prensa y la televisión. Sam Turner pensaba mantener al agente de guardia fuera de la casa. Iba a dejarlo allí hasta que todo hubiese amainado, según sus propias palabras.

–Ben, me alegro de haber podido estar a tu lado –dijo Elizabeth, vestida ya para el viaje, con el mismo atuendo que llevaba cuando llegó, la noche de Halloween–. Desearía no tener que marcharme ahora, cuando todo parece estar en el aire, pero debo regresar a mi oficina. Calixto puede morir en cualquier momento y entonces aquello se convertirá en un auténtico caos. Tengo que estar allí. Sin embargo... –Apoyó una mano en mi brazo y me miró con sus inquisitivos ojos verdes–. Me preocupas. He pensado en lo que me dijiste, en lo duro que puedes llegar a ser, en lo de tal padre tal astilla, y siento temor. –Retiró la mano y se apartó un paso, como si de repente se avergonzara de haberse aproximado tanto, literal y simbólicamente–. En fin, imagino que ahora reanudarás tu trabajo... –Su tono de voz había cambiado, se había vuelto más remoto.

–Durante algún tiempo, no –puntualicé–. Voy a tomarme un descanso. He hablado por teléfono con mis socios esta mañana. Tienes razón, hermana, todo está aún en el aire. La verdad es que no ha hecho más que empezar. Estoy decidido a descubrir qué se esconde detrás de todo esto y terminar con ello.

Elizabeth alzó los ojos sorprendida, como si yo hubiese gritado.

–¿Qué quieres decir?

–Que pienso descubrir al asesino de mi hermana.

–¿Cómo? ¿Qué puedes hacer tú?

–Val hubiera querido que lo intentase, por eso me dejó la foto, ¿no te acuerdas? En pocas palabras, no pienso dejarla en la estacada.

–Estás equivocado, ¿sabes? –Dejó caer el comentario con absoluta precisión–. Val nunca habría querido que pusieras tu vida en peligro. Oh, puede parecer fantástico salir por ahí y vengar su muerte, no te culpo. Pero enfréntate a la realidad, Ben. No dispones de la más mínima posibilidad. Ese hombre ha desaparecido y no hay ningún rastro que seguir.

–Mira, sé muy bien lo que me hago.

–¡Oh, Ben! ¡Déjalo, por favor! Yo también he estado reflexionando, ¿sabes? He pasado toda la noche en vela, pensando, y por vez primera he sido consciente de que, en efecto, Val ha muerto asesinada. Han matado a tres personas y es posible que todo esté relacionado con el trabajo de Val. A estas alturas, a esa gente le traería sin cuidado matarte a ti también. Tú lo ignoras todo acerca de ellos, pero ellos te vigilan. ¿No lo comprendes? Pueden matarte en cuanto les dé la gana. –Me miró perpleja, como si yo fuera un estudiante poco brillante–. Si te acercas demasiado, Ben, ¿crees que dudarán en matarte? Procura entenderlo, es como en una de las novelas de Dunn. Por favor, olvídalo, Ben.

–No pienso discutir contigo, hermana. Voy a descubrir lo que se oculta detrás de todo esto, así que será mejor que no discutamos.

–Muy bien, imagina que lo consigues. ¿Qué harás luego? Averiguas lo que pasa y ellos te liquidan. Mira, Val sabía qué era lo que había averiguado, conocía los riesgos, pero creyó que valía la pena. Ben, por el amor de Dios, tú ni siquiera sabes qué consideraba ella tan importante.

–No te esfuerces inútilmente –le advertí.

–Sólo quiero que lo dejes en manos de las autoridades.

–Ellos no tienen ninguna posibilidad, y tú lo sabes. ¿De verdad piensas que Val habría querido que yo me desentendiera?

–Val está muerta, Ben. Ya está fuera del juego. Hazme caso. Val era una atrevida. Muy valiente, pero temeraria. Yo no, y pido a Dios que tú tampoco lo seas. Ella salía fuera, a las barricadas, mientras yo permanecía observando y escribiendo acerca de ello. Sólo porque ella presionara demasiado y la hayan matado no significa que nosotros estemos obligados a seguir sus pasos. Me conozco muy bien y sé que no estoy hecha para morir por mis principios. ¿Y tú? ¿Lo crees así de verdad?

–Yo no lo hago por mis principios. Me importa un bledo lo que mi hermana averiguó o vuestra condenada Iglesia.

–¡Un loco perteneciente a ella, en todo caso, pero no la Iglesia en sí! No pienso prestar oídos a una cosa así, Ben. De ningún modo.

–¡Perfecto! ¡Por Dios! ¡Alguien ha matado a mi hermana y alguien pagará por ello! ¿No lo entiendes, Elizabeth? Es muy sencillo.

–¿Y no te das cuenta de que quien lo pague probablemente serás tú?

–Entonces, ¿ya has tomado una decisión? –pregunté–. Sencillamente, te apartarás del asunto.

–¿Y qué esperabas que hiciese?

Me encogí de hombros.

–Sí –exclamó–, me apartaré del asunto antes de que sean ellos los que me aparten. Estoy dispuesta a conservar mi vida, la de verdad. La policía puede encargarse de todo, y además está la propia Iglesia. Cuando Sandanato entregue su informe y en Roma oigan lo que Dunn tiene que decir, no les quedará más remedio que hacer algo.

–Y tú puedes escribir acerca de ello. Eras la mejor amiga de Val. Editas una revista.

–¿Escribir alocadas suposiciones respecto a curas asesinos, jirones de gabardina, fotos arrugadas e incluso la presencia de un cura escritor de best-séllers en el escenario del crimen? ¿Crees de verdad que puedo escribir sobre eso? ¡Vamos, Ben! Ha llegado el momento de ser realistas. Una cosa es estar sentado alrededor de una mesa en plena noche, imaginando una conspiración, y otra muy distinta...

–En resumen, que ya no te interesa, ¿verdad? El tema se ha vuelto incómodo para ti.

–Esta suposición resulta odiosa, Ben. La verdad es que he tenido tiempo de pensar, de ver las cosas con perspectiva.

–Entonces ya no tenemos nada más que decirnos, hermana –concluí, sintiéndome traicionado, con frío y náuseas en el estómago.

Me dije sencillamente que los católicos eran los católicos y que me había atrevido a aproximarme demasiado. Había confiado en ella. La vieja seducción.

El padre Dunn había insistido en llevarla al aeropuerto. Cuando vino a recogerla, no fue una partida alegre. Labios tensos, secas inclinaciones de cabeza y luego ella se marchó. Puede que todo lo que Elizabeth había dicho fuera cierto e inevitable, pero yo no quería oírlo.

Si le hubiese permitido que me convenciera –si me olvidara de todo y dejara que el asesinato de mi hermana quedase impune, como en el caso del padre Governeau medio siglo atrás–, no habría podido vivir en paz conmigo mismo. No era cuestión de lo que yo quisiera hacer, sino de lo que debía hacer.

De lo contrario, ¿quién hablaría en nombre de los muertos?

Pasé el resto de la tarde incubando un auténtico humor de perros. La discusión con Elizabeth me había alterado; había sido tan triste y fundamental... Yo creía en la realidad de lo que le había ocurrido a Val; para Elizabeth, la realidad era el resto de su existencia, su vida en Roma, su entrega a las cosas tal como eran, a la realidad de la Iglesia. Yo había esperado –cielos, supuesto– que el cariño que ambos compartíamos por mi hermana nos convertiría en aliados naturales en la búsqueda del asesino. Estaba convencido de que ella me había inducido a creerlo así: sabía que no lo había imaginado. Pero no debería haber hecho suposiciones, no con una monja, con uno de ellos. Porque no cuesta nada fanfarronear sobre la

Iglesia, pero cuando ésta aparece envuelta en unos asesinatos, entonces sor Elizabeth se echa atrás.

Cuando Sandanato regresó de Nueva York, me encontró sentado ante el cuadro que mi padre estaba pintando, observándolo mientras la luz del atardecer se extinguía lentamente. Alcé los ojos y vi que dejaba su abrigo sobre una silla e iba a calentarse las manos frente a la chimenea. Le comenté que parecía un poco alicaído, lo cual era ridículo viniendo de mí. Él asintió y, con una triste sonrisa en su rostro moreno y torturado, se dejó caer en uno de los sillones.

–La verdad es que Klammer agota a cualquiera. No sé cómo lo soporta el padre Dunn. Resulta difícil mantener una conversación con ese hombre. Nada de lo que dice parece guardar una lógica con lo que ha dicho con anterioridad. Estoy mentalmente agotado y tengo frío; no me ha abandonado desde que llegué. Klammer hizo que lo acompañara a dar un paseo. La Quinta Avenida, el Rockefeller Center, los patinadores sobre hielo. Hermoso, pero frío. –Sufrió un estremecimiento y se inclinó hacia el fuego–. Usted tampoco parece muy animado.

–Ha sido un día asqueroso –exclamé.

Necesitaba un amigo, un compañero. Me encontraba a gusto con Sandanato, y eso me sorprendía. Sentirse cómodo con Dunn era muy sencillo, ya que todo en él daba ánimos. Pero la aureola de tensión que Sandanato acarreaba consigo me había mantenido a distancia hasta ese momento. No sé, quizá se debiera al hecho de que yo había vuelto a pensar como un católico. Puede que yo reconociera aquella tensión porque también se había apoderado de mí desde hacía algún tiempo.

–¿Dónde está sor Elizabeth? Llevo todo el día esperando estar los tres juntos a la hora del cóctel.

Entonces me acordé de lo que yo le había dicho a Elizabeth y me pregunté si Sandanato estaría realmente enamorado de ella.

–Se ha marchado. –Vi que su sonrisa se desvanecía–. Dunn la ha acompañado al aeropuerto. Debe de estar volando hacia Roma.

–Claro, tiene que mantener todos sus compromisos. La tiranía de su Filofax.

–Ella tiene la culpa de que el día haya sido tan asqueroso.

–¿De verdad? Creía que ustedes dos eran grandes amigos.

–Bueno, lo dudo después de lo de hoy.

Sandanato estaba interesado y yo quería hablar con alguien, de modo que le conté lo que había ocurrido entre Elizabeth y yo, cómo había reaccionado ante mi determinación a averiguar por qué habían asesinado a Val. Sandanato escuchó paciente y comprensivo. Cuando callé y por fin permanecí sentado y en silencio, contemplando el fuego, él se tomó su tiempo para replicar. Sirvió un par de whiskies con agua y se paseó por el otro extremo del gran salón, donde se detuvo a observar el cuadro de Constantino que mi padre pintaba.

–Mujeres –suspiró–. Ven las cosas de modo diferente, ¿no cree? Nosotros somos los vengativos, ellas las apaciguadoras. Es como debe ser. Sor Elizabeth quiere que la vida siga. Contempla la muerte de su hermana como una terrible aberración, pero no como algo en lo que haya que insistir, ¿comprende? Sin embargo, un hombre..., él siente que debe hacer algo si matan a su hermana. Yo soy italiano, sé cómo se siente. Sin embargo...

–Sin embargo, ¿qué?

–La razón está de parte de ella. –Se encogió de hombros expresivamente, con resignación–. Tiene que comprenderlo. Ellos pueden matarlo, eso es obvio.

–¿Ellos? ¿Quiénes son ellos?

–¿Quién sabe? Es posible que nunca lo averigüemos.

–Se equivoca. Yo lo descubriré.

–Usted se parece mucho a su hermana. La imagino a ella cuando lo miro a usted, amigo mío. La oigo cuando usted habla. Y, al igual que ella, se equivoca y se comporta con temeridad. Ésta es una combinación peligrosa. Ella era como un barril de dinamita con una mecha encendida. Usted también.

–Pero usted siente lo mismo que yo.

–Sí, pero si estuviese en mi lugar diría que no dispongo de ninguna posibilidad. Sus emociones le delatan. Piénselo, ellos le conocen; en cambio, usted a ellos no. Eso es lo que realmente cuenta, ¿no le parece?

–Mi interés es mayor que el de ellos.

–Ah. ¿Y cómo lo sabe? No tiene usted idea de cuáles son los intereses que están en juego. ¿O sí?

Con un gesto aparté a un lado las implicaciones. Lo último que deseaba oír era la voz de la lógica.

–¿Qué opina acerca de la teoría de Dunn? La de que el asesino es un sacerdote.

–Confieso que desconozco eso que tanto los obsesiona a ustedes, los americanos: armas y disparos. Puede que se trate de algún sacerdote enloquecido. –La conclusión parecía haberlo agotado.

–No se trata de un cura loco –rebatí–. En el seno de la Iglesia está sucediendo algo. Ha estallado una pústula y ha matado a tres personas. La Iglesia tiene problemas y alguien intenta solucionarlos con una pistola.

Decidí dar rienda suelta a mi curiosidad. Elizabeth había dicho que Sandanato era un elemento del Vaticano o un monje. Yo sospechaba que era ambas cosas. Ella también lo había calificado como la conciencia de D'Ambrizzi.

–¿Qué ocurre en el seno de la Iglesia? Usted debe de estar enterado de todo. Se supone que el papa se está muriendo, además tienen ustedes tres muertos recientes. ¿Existe alguna relación? ¿Se está dividiendo la Iglesia? ¿Se trata de una guerra civil?

–La Iglesia siempre está en trance de dividirse.

Fumaba un Gauloise con sus dedos manchados de nicotina, los ojos entornados como siempre debido al humo. Un mechón de cabello le caía sobre la frente y él se lo retiró. ¿Tendría treinta y cinco años? ¿Cuarenta? Me pregunté cuánto tiempo duraría. Parecía de esos individuos que se consumen interiormente. Elizabeth había comentado que Val le consideraba un fanático, un maníaco. No lo parecía. Lo que sin duda Val quería decir era que Sandanato estaba en desacuerdo con ella.

–Su hermana era un buen ejemplo de ello –prosiguió–. Nadie dudaría de la sinceridad de sus creencias, pero muchos cuestionarían su buen juicio. Ella se había transformado en un caballo desbocado. La popularidad, los libros... Por su naturaleza, era el tipo de persona que se dedica a desgarrar el tejido de la Iglesia, entregada a la idea de cambiarla.

–Tengo la impresión de que usted era de los que cuestionaban su buen juicio.

–Su hermana y yo teníamos un punto de vista distinto de lo que es la Iglesia. Yo me siento fascinado por la labor que ésta ejerce, por los recovecos de la fe, por la Iglesia tal cual es, tal como siempre ha sido. En el fondo de su corazón, su hermana era primero una humanista y luego una católica. Yo sabía que la Iglesia es por naturaleza una sociedad cerrada. Ella creía que las posiciones de la Iglesia podían, o debían, determinarse de forma democrática. A mí me preocupa el alma de los hombres y los medios para su salvación. Ella consideraba a la Iglesia como una especie de enorme centro de beneficencia, entregada a socorrer a sus hijos sobre la Tierra.

–¿Y usted piensa que cada hombre debe bastarse a sí mismo?

–La Iglesia no puede hacerlo todo –dijo sonriente, negándose a morder el anzuelo–, y lo primordial es tratar las cuestiones de la salvación eterna. A fin de cuentas, éste es el objetivo de la existencia de la institución, ¿no? Se supone que los gobiernos seglares ya se encargan de cuidar las condiciones de vida de sus ciudadanos. Pero no la Iglesia. Si ésta se involucrara en tales empeños, debilitaría su papel como núcleo moral. La Iglesia no es para el presente, sino para la eternidad. La gente tiende a olvidar esto hoy en día; quiere una vida mejor ahora, quiere votar. Pero a la Iglesia se acude con una plegaria, no con un voto.

–De modo que mi hermana y usted se hallaban profundamente enfrentados.

–No le dé excesiva importancia. A veces yo también discrepo de mi superior, el cardenal D'Ambrizzi. Hoy en día, estar en desacuerdo es lo normal dentro de la Iglesia.

–Entonces, ¿no cree que a mi hermana la han asesinado por sus creencias?

–No tengo ni idea de por qué la han asesinado, ni a Lockhardt, ni a Heffernan.

Estaba pensando en la descripción que habían hecho Val, Sandanato y Drew Summerhays de las ocupaciones de Lockhardt. ¿Cómo era posible que los tres estuvieran involucrados de forma tan completa y profunda en la misma Iglesia? Me daba la sensación de que cada uno trataba con una Iglesia de su propia invención.

–Estoy decidido a averiguarlo –repetí como un disco rayado.

Quizá pretendía referirme a que iba a averiguar qué Iglesia era la auténtica, o cuál estaba destinada a prevalecer. Tal vez lograra detener el caleidoscopio el tiempo necesario para ver claramente el dibujo.

–Entonces, mi querido amigo, debo decirle que mi consejo es el mismo que le ha dado sor Elizabeth. Piénselo dos veces y luego oblíguese a reflexionarlo una tercera vez. Se halla usted fuera de su elemento. Si le da tiempo al tiempo, todo se solucionará. Intenta meterse en un asunto sin ninguna posibilidad de que pueda entenderlo.

–Tiró el cigarrillo a lo lejos–. Pero, si está decidido, ¿por qué no viene a Roma y volamos juntos? Podrá formular algunas preguntas, hablar con el cardenal D'Ambrizzi. Tengo entendido que lo conoció cuando usted era un niño. Seguro que él se alegrará de verlo.

–Puede que mi investigación me lleve a Roma –dije en tono aburrido, e incapaz de hacer nada para solucionarlo–. Pero no ahora. No quiero que todas las estructuras de poder en la Iglesia me aconsejen que abandone y que me meta en mis asuntos.

–Lo siento, pero ya sabe lo que ocurre. La Iglesia es muy celosa de sus secretos.

–Yo también lo siento, pero pienso meterme de lleno en esto.

–Todos estamos involucrados en averiguar la verdad de lo ocurrido.

–Ahí está la diferencia. Es como el jamón con huevos. El cerdo se halla metido de lleno. La gallina sólo está involucrada.

Las implicaciones de mi comentario penetraron a través de su conocimiento formal del inglés. Luego, lentamente, sonrió y asintió para dar a entender que lo había comprendido.

Sandanato permitía saber cuál era su posición. No temía decirme en qué puntos divergían él y Val, y por qué. Apreciaba su disposición a ilustrarme con su punto de vista. Al final, llegué a la conclusión de que era un auténtico elemento del Vaticano. Sabía mantener su opinión del papel de la Iglesia al margen de sus relaciones personales y, sin embargo, yo estaba convencido de que si llegara el caso, la apoyaría sin condiciones. Mientras tanto, le encantaba discutir y ejercitar su intelecto. Sandanato podía mezclar la teoría y la práctica, y lograr el equilibrio entre ambas. Al fin y al cabo, no era únicamente la conciencia de D'Ambrizzi; Elizabeth había asegurado que también era su jefe de personal, y el cardenal era un hombre mundano. Lo cierto es que yo habría apostado cuanto tenía a que era capaz de unir teoría y práctica por el bien de la Iglesia, tal como él la concebía. Poder hablar con él después de mi discusión con sor Elizabeth me ayudó a tranquilizarme, me permitió ver las cosas con mayor claridad. Sabía cuál era su postura, pero nada me hizo cambiar de opinión y no permití que a monseñor Sandanato le quedara ninguna duda al respecto.

Nos dirigimos a Princeton y llevamos a Margaret Korder a

cenar a un restaurante francés, donde hablamos sobre todo de los obstinados esfuerzos de la prensa para hablar con mi padre o conmigo. Al menos tenían los asesinatos de Nueva York para entretenerse. Sandanato se despidió de ella en el vestíbulo de la Nassau Inn, diciéndole que esperaba volver a verla en Roma. Yo añadí que ya nos veríamos en casa por la mañana.

La noche era fría y clara. La luna parecía un decorado teatral. Las estrellas titilaban en la profundidad sin límites de un cielo azul oscuro. Sandanato se iría al día siguiente y cuando llegamos a casa subió a su habitación para hacer el equipaje. Yo pensaba visitar a mi padre ese mismo día y decirle que me iba a investigar el rastro que Val había dejado tras de sí las últimas semanas. Mi primera etapa sería Alejandría. Necesitaba averiguar qué había hecho ella en Egipto aquellos últimos días. Estaba estudiando mi itinerario cuando Sandanato volvió a bajar.

Se detuvo ante mí con su sonrisa ovejuna y un par de patines colgando de la mano.

–He encontrado esto en un armario. En una ocasión aprendí a patinar. Tendría unos diez años y mi padre nos llevó a Suiza en unas vacaciones. Desde entonces nunca he vuelto a practicar. ¿Qué le parece si salimos y lo intentamos? –Comprobó la hora en el reloj–. Son las diez. Es probable que nunca vuelva a tener esta oportunidad y me sentaría bien el ejercicio. Dormiré mejor.

La proposición era tan absurda e inesperada, que sin darme cuenta me levanté y me mostré de acuerdo. El estanque del fondo, alimentado por un arroyo que serpenteaba a través de todo el territorio, estaba ya helado. Había descubierto a un par de muchachos que patinaban en él cuando Summerhays y yo salimos a dar nuestro paseo. Por vez primera en varios días me sentía sin la más mínima preocupación. En el vestíbulo de atrás encontré un par de patines en una pila de calzado para salir al exterior y los dos partimos en dirección al estanque. Aquello era algo que Val habría entendido. Mientras caminábamos juntos por el césped helado, casi podía oírla riéndose de nosotros.

La luna era muy luminosa, casi llena, y el estanque se veía plano como un dólar de plata tras las negras siluetas del huerto. La capilla parecía un cuadro pasado de moda, con la luz de la luna derramándose sobre el campanario. Intenté no prescindir de las asociaciones de ideas: mi hermana acurrucada detrás del banco de madera, el árbol del que un asesino había colgado al padre Governeau.

Nos sentamos en el suelo helado mientras cambiábamos los zapatos por los patines, riéndonos de nosotros mismos, haciendo bromas acerca de cuál patinaría peor. La brisa nos salpicaba de nieve seca y mis dedos estaban helados mientras luchaba con los cordones, tirando de ellos para tensarlos. El estanque estaba relativamente liso y mostraba indicios de que los muchachitos que habían llegado patinando por el arroyo desde New Pru habían tenido la precaución de traerse una escoba.

Nos incorporamos con movimientos vacilantes, apoyándonos el uno en el otro para entrar en el estanque helado, dos figuras ridículas, él con su abrigo negro y yo con mi trinchera, avanzando con prudencia sobre la resbaladiza superficie, probando la fortaleza de nuestros tobillos. El recuerdo se hizo cargo de la musculatura, me di impulso y me deslicé un poco, tambaleándome pero sin caer. Al cabo de pocos minutos ya estaba sudando, a causa del desacostumbrado ejercicio. Oía mis gruñidos y jadeos y la risa distante de Val en el fondo de mi mente. Los conocimientos básicos volvían a mí y cuando por fin conseguí detenerme, vi que Sandanato se precipitaba hacia delante, de repente oscilaba, moviendo cómicamente los brazos como aspas, y luego caía de culo. Miró hacia el cielo como si suplicara la intercesión divina y al intentar levantarse no hacía más que resbalar y patinar. Me acerqué para echarle una mano y, como dos actores en una película muda, ambos nos vimos atrapados en nuestra torpeza y caímos juntos, sentados con las piernas estiradas, riendo entre jadeos. Por fin logramos incorporarnos. Nubes blancas de vapor le salían a chorro de la boca y la nariz.

–Virgen Santísima –murmuró–. ¿De quién fue la idea?

Metió la mano en el bolsillo, sacó un paquete de cigarrillos y, entre jadeos, encendió uno. Luego volvió a guardar en el bolsillo el pequeño encendedor de oro. Me lanzó una mirada ceñuda y decidida, se dio impulso y esta vez logró permanecer de pie, mientras su silueta se recortaba contra la oscuridad del fondo.

La nieve seca me golpeaba la cara y sentía que el sudor se me secaba, crujiendo como si fuera hielo. Observé a Sandanato unos instantes, con la esperanza de que le resultara tan divertido como había creído. Acto seguido volví a concentrarme en mis propios esfuerzos y sentí que mis músculos se tensaban y luego se relajaban, participando en el ritmo de los movimientos. Dios mío, Val solía ponerse histérica al verme patinar. Decía que parecía un oso amaestrado. Estaba cubierto de sudor cuando divisé al otro recién llegado, que había venido aquella noche a inaugurar la temporada de patinaje.

Sandanato y yo nos encontrabámos en puntos opuestos del estanque rectangular y apenas lograba divisarlo. Más que patinar, lo que hacía, lenta y metódicamente, era evitar caer.

Yo patinaba cerca de donde el arroyo desembocaba en nuestro estanque. El otro compañero se encontraba a unos cincuenta metros de distancia, iluminado por la luna, mientras se deslizaba corriente abajo hacia mí. Los brazos se balanceaban con suavidad a medida que se acercaba. Reduje la velocidad al ver que se aproximaba, lo observé y envidié su elegancia al patinar. Yo lo hacía trazando enormes y perezosos círculos, orgulloso de no estrellarme al efectuar un torpe salto, aunque casi me tambaleé al modificar el equilibrio para saludar al recién llegado.

Éste levantó una mano, saludándome. Era mucho mejor patinador que yo y se acercaba con paso regular, mientras el viento le enrollaba la gabardina a sus espaldas. Llevaba un sombrero negro de fieltro y, a medida que se aproximaba, la luna se reflejaba en sus gafas.

–Hermosa noche –comenté entre jadeos, cuando llegó a mi lado.

Sus mejillas aparecían rojas a causa del viento. Era un anciano, el rostro surcado con profundas arrugas, una cara alargada con una larga nariz y una boca ancha, de labios finos.

–Sí, es una noche hermosa –contestó.

Yo no podía entender por qué no se detenía, por qué se me tiraba encima. Estúpidamente, pensé que quizá no sabía detenerse. Entonces, en la última fracción de segundo, advertí que algo fallaba.

En su mano, oculto entre los pliegues de la gabardina, sostenía algo que brillaba bajo la luz de la luna.

Me volví hacia Sandanato, quien todavía luchaba por mantener el equilibrio a unos cincuenta metros en dirección opuesta, y ansié que mis piernas se pusieran en movimiento, que me concedieran una oportunidad, que me alejaran de aquel hombre. Pero no me movía, sino que resbalaba y me escurría como un hombre atrapado en una pesadilla, dominado por el terror y empapado de sudor helado, incapaz de huir. Entonces advertí su mano en el hombro. Oh, Dios. Señor. No pretendía tirarme al suelo, sino sostenerme en posición para clavarme la brillante hoja.

Intenté llamar a Sandanato, en realidad podía haberlo hecho, pero entonces sentí el dolor que me recorría la espalda partiendo justo de debajo del brazo derecho. Un corte dolorosamente limpio y frío, como un carámbano que se metiera bajo mi piel. Me sentí caer, vi cómo el hielo parecía precipitarse contra mi rostro, intenté apuntalarme, batiendo las piernas con la esperanza de derribarlo. Cuando su mano intentó sujetarme, le oí la voz, que susurraba por lo bajo:

–Es sólo un momento, señor Driskill. Quieto, quieto.

Percibí el silbido de su brazo al describir con la navaja otro arco en el aire, noté que ésta penetraba a través del tejido de mi trinchera y luego fui consciente de que me encontraba tumbado en el hielo, intentando girar sobre mi espalda, pero de repente sin fuerzas para hacerlo...

Mi cara golpeó con fuerza sobre el hielo y sentí que mi nariz chorreaba, noté el sabor de la sangre, un ojo contra el hielo mientras con el otro veía las cuchillas de sus patines junto a mi cara. Hice esfuerzos por volver la cabeza y de nuevo le vi el rostro. Veía el centro plano del cristal de sus gafas, que parecían sin fondo, vacías; mientras mantenía los ojos fijos en él, advertí que el sombrero negro se le ladeaba sobre la cabeza con lento movimiento y que poco a poco se posaba sobre el hielo, revelando un cabello plateado y peinado hacia atrás, ondulado e increíblemente brillante a la luz de la luna.

Entonces recogió el sombrero y desapareció de mi vista. Oí el sedoso crujido de las cuchillas mientras se alejaba patinando. Todo aquello había ocurrido en unos diez segundos y yo no lograba moverme. Entonces el pobre Sandanato se me acercó, jadeando y con esfuerzos, y llegó a mi lado avanzando de rodillas. Tenía un desgarrón en una rodillera de los pantalones, y oí que me preguntaba:

–¿Puede oírme? ¿Puede oírme?

Yo le contestaba, pero al parecer él no lo advertía. De pronto, su voz se fue debilitando cada vez más, hasta desaparecer. Entonces sentí que la mejilla se me helaba sobre el hielo resbaladizo.

Segunda parte

I

Melancolía.

Así era como su madre lo llamaba. Elizabeth nunca había sido presa fácil de la melancolía: era demasiado activa para que la atrapara, estaba demasiado ocupada con el mundo externo. Pero cuando se apoderó de ella en el vuelo 747 que la devolvía a Roma, la experimentó en toda su dureza. La melancolía.

Este sentimiento no tenía nada que ver con la conmoción y la pena provocadas por la muerte de Val. Estaba preparada para afrontar aquello. El entrenamiento religioso los ayudaba a combatir el dolor. En cambio, la melancolía se introducía bajo la piel, se filtraba en la sangre de modo que ni la Iglesia, ni la fe, ni la disciplina podían detenerla. Se apoderaba de uno en el momento más inesperado y entonces ya era demasiado tarde. Las consecuencias eran terribles.

La pequeña del avión le proporcionó una forma reconocible. La niña que estaba en el asiento de delante, de unos seis o siete años de edad, y que la observaba por encima del respaldo del asiento en la oscuridad de la cabina. Podían muy bien haber sido los únicos pasajeros despiertos. La pequeña tenía unos ojos azul oscuro enormes y brillantes, nariz corta y ancha, y una boca de expresión solemne. Llevaba una cinta azul y dorada sujetando la cola de caballo. Se encontraban sobrevolando algún lugar del Atlántico cuando Elizabeth advirtió aquellos ojos que la estaban observando.

Le sonrió y el rostro solemne pareció cobrar vida. La pequeña apoyó la barbilla sobre el respaldo de su asiento.

–Me llamo Daphne, pero mis padres me llaman Daffy. Hablo bajito porque no quiero despertar a mi madre. Y tú, ¿cómo te llamas?

–Elizabeth.

–Mi madre tiene el sueño muy ligero, así que tengo que guardar silencio, moverme de puntillas y todo eso. Y tú, ¿por qué no duermes?

–Estaba pensando.

–Yo también. –La pequeña cabecita asintió comprensiva–. Pensaba en mis amigos. Los veré mañana. Y tú, ¿en qué pensabas?

–En amigos, lo mismo que tú.

–¿También vas a verlos mañana?

–No, creo que no.

–¿Vives en Roma?

–Sí. ¿Y tú?

–Tenemos una casa en Chicago, pero mi papá trabaja en Roma, así que vivimos allí también. ¿Dónde está tu casa?

–En Via Veneto.

El rostro de la pequeña se iluminó.

–Yo sé dónde está Via Veneto. ¿Tienes una niña pequeña? Ella y yo podríamos jugar juntas.

–Oh, lo siento, pero no. Me gustaría...

–¿El qué? ¿Qué es lo que te gustaría? ¿Tener una niña pequeña?

–Sí, Daphne. Me gustaría tener una niña pequeña. Como tú.

–¿En serio? –Rió ahogadamente, tapándose la boca con la mano.

–De verdad.

–Puedes llamarme Daffy, si quieres.

Y eso lo había desencadenado todo. La melancolía. Aquélla fue una larga noche para Elizabeth.

Sentía como si el espíritu de Val se hubiese apoderado de ella en el avión esa noche. Algo la estaba importunando, como si Val pretendiera decirle algo sin conseguirlo del todo. Se puso los auriculares y metió una cinta tras otra en el casete: Billie Holiday, Stan Getz, Astrud Gilberto, Moody Blues, Jefferson Airplane, la sinfonía *Júpiter* de Mozart, Gustav Leonhardt interpretando los conciertos de Bach para clavicordio en *fa* y en *do*. Las cintas salían una detrás de otra de su bolso y la pluma rasgaba sobre las páginas de su Filofax, mientras su mente se precipitaba de un lado a otro en busca de Val.

Val. Intentaba captar su señal, como la de un faro lejano, pero era en vano. Val quería que ella recordara una cosa. Ya le vendría a la memoria, se dijo. Por fuerza tenía que recordarlo.

Eso ya era bastante desalentador, pero cuando sus pensamientos se dirigían a Ben, entonces era peor. Se sentía despreciable por cómo habían quedado las cosas entre los dos. Aborrecía su forma de comportarse, la discusión. La verdad era que él estaba en lo cierto, por completo, y ella se preguntaba por qué y cómo lo había echado todo al garete. Había querido colaborar con él para averiguar qué le había sucedido a Val. Incluso se sentía excitada ante aquella perspectiva, que la había ayudado a soportar la muerte de su amiga: la búsqueda del policía retirado en la costa, desierta en pleno noviembre, y oír sus historias sobre el sacerdote asesinado hacía tantísimo tiempo, teorizar luego con Ben y el padre Dunn hasta altas horas de la noche.

Entonces, ¿por qué había terminado todo mal, con su repentina defensa de la Iglesia, llena de remilgos? ¿Qué se había desencadenado en su interior? Quizá fuera sencillo de explicar: el miedo se había apoderado de ella. Había significado un duro golpe con el apretado puño del realismo el hecho de que Val hubiese muerto. Asesinada. Como si la verdad que ella había estado buscando se hubiese vuelto en su contra y la hubiera incapacitado.

Miedo. Miedo por ella misma si proseguía la investigación, miedo por Ben si insistía en descubrir al asesino. Su amiga más querida había muerto y ella estaba enferma de cobardía, se despreciaba por ello. Había sido una cobarde y, en el último momento, se había sentido inquieta al pensar que la Iglesia podía haber alargado los tentáculos y asesinado a Val para protegerse a sí misma. Podía creer muchas cosas acerca de aquella vieja Iglesia, llena de cicatrices, pero no hasta ese extremo.

Sin embargo, ella nunca había sido una dócil portavoz de la institución, ni su defensora. No más de lo que lo había sido Val. Tampoco era tal como Ben la había calificado. No era justo que él pensara así de ella. ¡En absoluto!

Luego Daphne había asomado la cabeza por encima del respaldo de su asiento, habían mantenido aquella breve charla y Elizabeth había experimentado la melancolía, que no tenía nada que ver con Val, ni con la Iglesia. Bueno, no del todo, en cualquier caso.

Daphne le había hecho pensar en niñas pequeñas y en el amor. Al asomarse dentro de aquellos ojos brillantes, redondos y enormes, se había visto a sí misma tiempo atrás en Illinois, llena de anhelante esperanza y expectativas, contemplando su vida como un circo interminable. Le había bastado con mirar los ojos de aquella pequeña para sentir que el pulso se le aceleraba, que el corazón le palpitaba y que la zarandeaba el amor. A la gente sencilla le encantaban las canciones que trataban de estos temas. Daphne. La diminuta mano sobre la boca para ahogar la risa, la madre que tenía el sueño ligero, y el deseo de que Elizabeth tuviese una niña como ella.

Amor.

El amor representaba un problema para Elizabeth. En cuanto bajaba la guardia, éste la asaltaba, le llenaba el corazón y liberaba una lágrima de nostalgia en el rabillo del ojo. Lo cierto era que siempre surgía de alguna parte y cuando se desencadenaba –no muy a menudo: ella era una adicta al trabajo, se esforzaba en prescindir del sentimiento, diciéndose que era una complicación que no quería ni necesitaba–, entonces era como una enfermedad, una fiebre que minaba su vitalidad y que podía durar varios días. El vacío en el estómago, dolor en el corazón ante la necesidad de afecto, de caricias, la dependencia de otro ser humano. ¿Qué significaba todo aquello si no unas ansias de amar, lo que simplemente se le negaba por su vocación?

Había veces en que estas ansias se apoderaban de ella, como al mirarse en los ojos de Daphne y pensar que nunca tendría a una Daphne que fuese suya. También mientras charlaba junto a la mesa de la cocina, preparando un revoltijo, en la intimidad, viendo a Ben Driskill sentado allí, mirándola.

Viendo a Ben Driskill mirándola.

Había sido agradable compartir con él aquella noche nevada en Gramercy Park, bebiendo cerveza en Pete's Tavern. También lo habían sido aquellos últimos días, compartiendo las horas con Ben incluso en aquellas tristes circunstancias. Juntos en la casa, consciente de que ambos estaban bajo el mismo techo, oírle deambular por allí aunque no estuvieran en la misma habitación, hablar juntos con el viejo policía, sentarse juntos frente al fuego, el hallazgo de la foto en el bombo. Captar la ironía y el dolor que Ben experimentaba al referirse a los católicos, sentir incluso el peso de su ira directamente contra ella. Él era la vida, estaba allí fuera, en medio de la batalla, anhelando correr riesgos.

¡Mierda! La imaginación se le desbocaba, pero...

Había incitado a Ben para que fuera más allá, deseaba que ambos formaran un equipo, y había un insoslayable componente masculino-femenino en el tiempo que habían pasado juntos. ¿Cómo evitarlo?

Pero se suponía que no debía ser así. No podía ignorarlo.

Sin embargo, ella se sentía muy a gusto con él. Se había enfurecido mucho cuando Ben le indicó que sin duda monseñor Sandanato estaba enamorado de ella. El rostro se le había cubierto de rubor debido a lo que había estado pensando acerca de Ben y se preguntó si él no se estaría burlando de ella. Aquella afirmación era una locura. Se estaba riendo de ella, el muy condenado. Una monja como objeto de deseo, ja, ja. ¡Eso sí que tenía gracia!

Al haber experimentado aquellas intensas sensaciones marginales que supuestamente estaban vedadas a una religiosa, pensó que Ben se había dado cuenta y que se burlaba de su falta de experiencia, de su turbación.

¿Era éste el motivo por el cual ella al final se había mostrado hostil?

Su defensa de la Iglesia, la negación de las actitudes con las que lo había alentado..., ¿se debían a que se había sentido humillada por él?

¿O se trataba, simplemente, de que temía que pudiera enamorarse de Ben?

Cualquier otra mujer –que no fuese una monja– habría pensado que el hecho de pasar una velada juntos en el pasado y unos cuantos días sumergidos en la pena por la muerte de un ser querido apenas contribuían a dar pie para enamorarse. Pero la relación de esta otra mujer con los hombres tenía que ser del todo distinta a la suya. Una monja estaba habituada a tratar con los hombres –la mayoría sacerdotes– de otra forma, una forma muy especial, que impedía todo romanticismo, toda sensualidad. Si es que esa monja tenía sentido común.

Sus sentimientos hacia Ben no eran así.

De modo que se puso en contra de él y lo obligó a que la despreciara.

Un buen trabajo, hermana.

Llegó a Roma con los ojos enrojecidos y agotada, como si algo golpeara dentro de su cabeza. Daphne le dio un abrazo de despedida mientras su madre la contemplaba orgullosa y Elizabeth volvió a experimentar la atracción magnética de aquellos ojos enormes y brillantes. Ni Daphne ni su madre llegaron a sospechar que se trataba de una monja.

En el taxi hojeó su Filofax, en busca de las anotaciones que había hecho durante el vuelo, e indicó al conductor que la llevara al rascacielos de Via Veneto. Allí se puso el atuendo para correr, metió el *White Album* de los Beatles en el casete y salió para efectuar una intensa carrera de cuarenta y cinco minutos, para sudar y desprenderse de la rigidez que le había provocado la noche.

Después de una ducha fría, contempló con tristeza su imagen reflejada en el espejo del lavabo. Sin maquillaje, el cabello mojado y apelotonado, rostro fatigado, ojos apagados. El rostro que la estaba contemplando le recordó a sor Claire, durante la época de noviciado. Claire había llamado a la representante de Revlon para que visitara a «las novatas», como siempre las llamaba, a fin de instruirlas en la sutil –y sin embargo efectiva– utilización de los cosméticos.

–¿Cómo esperan salir y divulgar la palabra de Dios –les decía–, si van por ahí hechas un Absoluto Desastre?

Casi se veían las mayúsculas cuando lo pronunciaba. Las lecciones habían dado su fruto. Bueno, en aquellos instantes no cabía duda de que ella estaba hecha un A. D., pero al cabo de diez minutos ya había reparado los daños de una noche de insomnio y estaba lista para enfrentarse al mundo, si no al demonio y a la carne.

Horas más tarde, cuando el ajetreado día de su reincorporación llegaba a su fin, se sentó a solas en su despacho, dejó a un lado –al menos momentáneamente– las crisis acumuladas en la revista y se tomó el primer descanso para reflexionar. Bebió un sorbo del café frío que había en la taza, apartó a un lado una pila de pruebas que aguardaban para ser corregidas y cerró los ojos. Durante todo el día, su subconsciente no había parado de echar humo intentando recordar una observación que Val había hecho de pasada y que se negaba a acudir a su memoria.

De pronto, Elizabeth abrió los ojos. Había oído una voz en su despacho. Tardó una fracción de segundo, pero luego comprendió que había sido ella, que hablaba consigo misma. No, para ser exacta debería decir que hablaba a Val, pero lo que la asustaba era que

Val había contestado. Se trataba sólo de un recuerdo, lógicamente, un viaje a través del tiempo. Una noche, ambas aguardaban en la oficina a que Lockhardt acudiera a recogerlas, ya que los tres iban a salir a cenar a uno de aquellos elegantes locales que a él tanto le gustaban, a un sitio nuevo. Val estaba muy excitada, descargando adrenalina sin parar. Elizabeth le preguntó qué le sucedía y Val, después de sacudir la cabeza y sonreír, le contestó que no podía decírselo, pero parecía a punto de reventar con la noticia. En el transcurso de la cena, Lockhardt mencionó que alguien a quien conocía había muerto hacía poco, alguien relacionado con la Iglesia. ¡Mierda! Elizabeth no lograba recordar el nombre. ¿Era irlandés? Parecía como si el recuerdo se adhiriera a su mente. Los ojos de Val se habían cruzado con los suyos, sólo un instante, y luego dijo:

–Ya van cinco.

Lockhardt se interrumpió bruscamente y preguntó:

–¿A qué te refieres?

–A que van cinco en un año.

Lockhardt le replicó que aquél no era el momento ni el lugar adecuados y Val, imitando a una famosa presentadora de televisión, exclamó:

–Olvídalo.

Cinco en un año.

Entonces el agotamiento se apoderó de Elizabeth y horas más tarde se despertó, todavía sentada ante su escritorio. Se fue a casa a tiempo para dormir diez horas seguidas.

El trabajo le ocupó los siguientes días.

Continuó con la rutina de siempre, lo cual significaba que se veía en la obligación de estafar a cada jornada para conseguir siete u ocho horas de sueño. Tenía que celebrar entrevistas, reuniones con los departamentos de redacción y de producción, cumplir plazos con la imprenta, artículos de última hora con los que bregar, traductores a quienes convencer para que trabajaran horas extras, conferencias de prensa, dignatarios de visita con quienes acudir a tomar el té en los cuarteles generales de la orden en la plaza de España, cenas con alguna que otra delegación que venía de África, de Los Ángeles o de Tokio. Procedentes de todo el mundo, los peregrinos llegaban a Roma, los ricos y los pobres, los santos y los cínicos, los desinteresados y los codiciosos, asumiendo las esperanzas y plegarias de sus Iglesias, con las mejores intenciones o dispuestos a llenarse los bolsillos o decididos a imponer su voluntad sobre la enorme criatura desperdigada que era la Iglesia de Roma. Elizabeth informaba, interpretaba y registraba sus idas y venidas. También escuchaba; en ningún momento dejaba de escuchar.

En los días posteriores a su regreso, por todas partes oía comentarios acerca de la salud del papa. Los periodistas habían organizado apuestas para predecir el instante de su muerte. El interés de las apuestas bajaba o subía según los chismorreos. El rumor siempre daba vueltas en torno a si su santidad había sufrido un cambio: si era bueno o malo, dependía del informante. El surtido de los *papabili* se elevaba o caía como el mercurio en una serie de termómetros. D'Ambrizzi e Indelicato eran los favoritos, pero había otros que también tenían sus adeptos. Todo el mundo estaba dispuesto a poner obstáculos.

Además estaba el asunto de los asesinatos de sor Val, Lockhardt y Heffernan, allá en América, donde aquellas cosas podían ocurrir en cualquier esquina. Aun así, tres era demasiado, incluso en América. La asediaban a preguntas, pero se defendía lo mejor que podía: se hacía la tonta. No mencionó a nadie la teoría del cura asesino: en Roma, aquello sería una bomba y ella era demasiado prudente para encender la mecha. Ni una palabra había aparecido al respecto y no sería ella quien facilitara las pistas para desencadenar un rumor tan explosivo. Por lo tanto, a solas con el cura asesino rebotando en su cerebro, empezó a sentirse atrapada, encerrada con lo que ella sabía que era la verdad.

Necesitaba hablar de ello con alguien. Resultaba muy extraño no tener a Val. Quería averiguar todo lo relacionado con aquellos cinco. Cinco muertos en un año.

Casi estuvo a punto de llamar por teléfono a Ben, pues quería oír su voz, pedirle disculpas. Pero, cuando iba a descolgar el teléfono, se echaba atrás. No, ya lo haría mañana. Mañana.

Era como una pesadilla –y él lo sabía muy bien– la forma en que uno podía acostumbrarse a una continua aflicción, algo para lo cual no había cura, algo que emponzoñaba e infectaba el resto de su existencia y lo dejaba casi en un estado de desesperación, obsesionado, impotente.

En los momentos que precedían al instante de despertarse, en la confusa neblina de la conciencia que se aproximaba, cuando un hombre casi era capaz de controlar la bestia que anidaba dentro de sí, Sandanato se había visto vagar por el oscuro lugar que le aguardaba cada noche. A veces conseguía burlar la vigilancia. Otras no. Se trasladaba en silencio de habitación en habitación, pero tras algunas de las puertas y arcadas que traspasaba no había habitaciones, sino cavidades con el suelo cubierto de arenas calientes, muros de piedra cobriza que se alzaban en torno a él, un millar de peldaños tallados en la ladera escarpada y un disco abrasadoramente blanco a lo lejos, en el azul que se cernía sobre él, como si quien lo contemplara fuese un hombre atrapado para siempre en el fondo de un pozo envenenado.

En sus sueños, siempre se encontraba en el fondo de un pozo, sin hallar la salida, tropezando en la oscuridad, con el cielo que se mofaba inexpresivo en lo alto, lejos de su alcance. Su sueño siempre estaba ligeramente impregnado de incienso, con el olor peculiar a arena ardiente impulsada por el viento y a matojos que nunca habían conocido la lluvia. En su sueño aparecía siempre un lugar oscuro y sin nombre, que palpitaba con su propia energía, que latía con la sangre negra que goteaba de los manantiales abiertos como heridas en los riscos.

Entonces sucedía lo imprevisto. El milagro.

El suelo del valle temblaba bajo sus pies, la sangre negra brotaba espumosa de los bruñidos muros de piedra, éstos se resquebrajaban ante él, y descubría una salida, un sendero tallado en la montaña y una vasta extensión al otro lado: un desierto que resplandecía cegador en el horizonte, bañado con una mezcla de sol y luz de luna, inexplicable porque se trataba de un sueño, un castillo, un lugar sagrado e inmensamente seguro.

Y en su sueño ya no seguía solo, sino flanqueado por hermanos encapuchados a los que de algún modo conocía, a quienes sacaba de la prisión situada al pie de los riscos barridos por el viento. Se había transformado en un ser íntegro y nuevo, bautizado con la sangre negra, convertido finalmente en un guerrero, en un gladiador de alguna orden atávica que partía hacia una misión sagrada.

El Valle de Lágrimas, ése era el nombre que había dado al diabólico lugar de donde había escapado.

Entonces todas aquellas imágenes se difuminaban, el lugar de la sangre negra se retiraba al interior del subconsciente y él abría los ojos, con el cuerpo y las sábanas empapados en sudor. Así empezaba el día.

Eran las cuatro de la madrugada del primer día completo que monseñor Sandanato había pasado en Roma desde su vuelta.

El cardenal Giacomo d'Ambrizzi había llevado en secreto la mayor parte de su existencia y las cuatro de la madrugada era una hora bastante secreta.

Detrás del volante, monseñor Sandanato estudiaba el rostro de su viejo maestro a través del espejo retrovisor. El cardenal permanecía hundido en el asiento trasero del coche menos llamativo de los matriculados en la Ciudad del Vaticano: un Fiat azul, con un arañazo oxidado en el alero trasero. Su afición a la discreción se hallaba en plena actividad. Las cuatro de una fría madrugada otoñal, gris y oscura; las calles secundarias de Roma, ligeramente empinadas; los antiguos edificios que se inclinaban los unos hacia los otros, como viejos camaradas enclenques. Era como conducir por el interior de un túnel.

Con actitud reflexiva, el cardenal sacó un cigarrillo egipcio de una vieja cajita forrada de cuero, se lo apuntaló sobre el labio inferior y lo encendió. Dio una profunda bocanada y Sandanato observó a través de la gruesa trama de sus pestañas los dedos del cardenal, gruesos y cortos, manchados por la nicotina: dedos de campesino. El rostro, profundamente sumergido en una novela de Sherlock Holmes, daba la imagen de un amante del placer, de un Borgia. Tenía los labios carnosos, los dientes irregulares y amarillentos por el efecto continuo de la nicotina, ojos claros y azules cuando se veían a través de los párpados entrecerrados.

El cardenal iba vestido de paisano debido a su obsesión por la discreción, pero monseñor Sandanato lo comprendía. Incluso en aquellos instantes, sentado en silencio en la parte trasera del pequeño coche, el anciano tocado con el antiguo Borsalino –parte de su camuflaje– hablaba en voz baja debido al temor a que hubiera un micrófono oculto en el interior del vehículo. «Todo es posible en el juego de las grandes apuestas –solía decir–. Hablar demasiado perjudica al más interesado, y en eso tienen razón, ¿sabe?»

Llevaba el sombrero ligeramente caído sobre la frente, tapándole el cabello que antes había sido negro y que ahora era blanco, liso y pegado al enorme cráneo, como un casquete. El traje, de un gris indefinido, le quedaba un poco pequeño y estaba algo gastado, como si se lo hubiese prestado un ruso. Era corpulento, fornido, de constitución robusta e impresionante, incluso a sus setenta y tantos años. Criado en Trieste, tenía fama de mente rápida y puños veloces.

A lo largo de los años, Sandanato había tenido mucho tiempo para observar a aquel hombre, su disfraz natural, que él utilizaba según su conveniencia. Tenía los engañosos carrillos y los labios de un viejo parlanchín y su postura natural sugería que se estaba hundiendo. Por algún motivo, siempre iba encorvado, al margen de cuál fuera la ocasión. Resultaba inconcebible imaginárselo limpio, aseado y planchado, incluso cuando su atuendo era impecable. Sin embargo, todo era una falsa fachada. Detrás de aquel rostro de sibarita resplandecía un vigoroso intelecto. Astuto, con instintos tan exactos como la lógica de un ordenador. El cardenal Giacomo d'Ambrizzi, uno de los hombres más aficionados a los secretos, tenía muy pocos para monseñor Sandanato.

Éste sabía que, desde el principio, el cardenal se había visto involucrado en los asuntos más mundanos de la Iglesia. Disponía del tipo de mente sagaz, calculadora y manipuladora que se requería, y los que desempeñaban cargos importantes en el poder lo habían detectado en aquel joven de Trieste. Su caballo de batalla siempre había sido el dinero. Empezó consiguiéndolo y luego lo supo invertir. Nadie como él había logrado en su época, de forma individual, obtener y administrar tanta riqueza para la Iglesia.

Durante todo ese tiempo, el cardenal había averiguado lo maleable que era la propia Iglesia, con cuánta facilidad respondía a las caricias de un amante. Al igual que a la gente, a la Iglesia se la podía influir para que hiciese la voluntad del cardenal. Pero, más que ninguna otra cosa, él quería preservar a la Iglesia, defenderla contra el mal y sus enemigos, tanto de dentro como de fuera. Era una tarea agotadora, pero siempre había sido el hombre ideal para llevarla a cabo. Además, Pietro Sandanato había estado siempre a su lado en los grandes momentos de su poderío.

El cardenal le hablaba a menudo de la época en que había descubierto su vocación, de cómo podía servir mejor. Había ocurrido durante una visita a un ruinoso despacho en Nápoles, haría unos cincuenta años: un suelo de linóleo gastado, hedor a sudor, platos con restos de pasta apilados en una esquina de la desordenada mesa escritorio. Era la oficina de un empresario iletrado y vulgar, cuyas esperanzas acerca de la Iglesia concordaban con las del actual cardenal. El padre D'Ambrizzi había conseguido cien mil dólares de aquel hombrecillo roñoso y con viejas manchas de sudor en la camisa. Así empezó todo; luego D'Ambrizzi supo cómo canalizar aquella suma de dinero.

Muchos años después, al referirse al control que el cardenal D'Ambrizzi ejercía sobre la amplia cartera de inversiones del Vaticano y a la casi abrumadora seguridad que rodeaba todos sus movimientos y actuaciones, un cardenal estadounidense había comentado:

–Eso va con el cargo, así de sencillo. Si en Munich sonríes al banquero que no debes o en París sales a cenar con el consejero que no corresponde, el mercado de valores de Nueva York o la Bolsa sufrirán una conmoción. Sin embargo, amigo mío, ¿se ha preguntado alguna vez dónde encaja Dios en todo esto?

El cardenal le había dicho a Sandanato que, en efecto, eso era cierto. Su vida estaba ligada a los secretos y a la seguridad inherentes al cargo, pero también constituían un aspecto de su propia naturaleza. Sin embargo, como hasta el momento la obra de Dios seguía su curso, hacía mucho tiempo que el cardenal había dejado de teorizar. Algún día, sin duda todo se aclararía.

Monseñor Sandanato enfiló el Fiat por un callejón medio escondido y sin salida, aparcó al fondo, junto a unas pilas de trastos viejos y al parecer sin dueño, y apagó los faros. Era la entrada posterior de un hospital, tan oscura que parecía camuflada. Un montón de ladrillos a un paso de convertirse en ruinas. La clientela era gente pobre y poco exigente y nadie hubiese sospechado que un cardenal pudiera entrar allí. Naturalmente, ésa era la razón por la que D'Ambrizzi lo había elegido. Hacía sólo tres semanas, a menos de quince metros de la entrada principal, las Brigadas Rojas habían disparado en las piernas a un político. Sin embargo, se lo habían llevado en una ambulancia a otro hospital que se encontraba a veinte minutos de allí. Era el sitio idóneo para los propósitos del cardenal.

En el oscuro vestíbulo había únicamente dos hombres, que se cubrían con unas batas llenas de manchas de sangre. Ninguno de los dos prestó la más mínima atención al apuesto sacerdote ni al rechoncho anciano que caminaba con paso lento y un poco encorvado. Ambos entraron en una pequeña habitación que había tras un oscuro recodo y se sentaron en dos sillas de madera desvencijadas. El cardenal sacó del bolsillo la novela de Sherlock Holmes y empezó a leer; movía ligeramente los labios a medida que seguía el texto. Sandanato permanecía sentado con la espalda erguida, esperando.

El doctor Cassoni entró sin hacer ruido y pidió que lo disculparan. Su arrugado rostro mostraba una expresión de seriedad. Él y el cardenal se conocían casi de toda la vida, y por ese motivo seguía desde hacía varios meses el juego encubierto del cardenal. La residencia habitual del doctor Cassoni eran tan elegante y lujosa como falto de recursos se hallaba el pequeño hospital. Cassoni sacudió la cabeza con gesto de abatimiento.

–Tienes muy mal semblante –comentó el cardenal, con voz queda–. Deberías hacer que te vea un médico. –Rió irónicamente y prendió un cigarrillo con el encendedor que le ofrecía Sandanato.

–Oh, Giacomo, me encuentro fatal. –Cassoni se sentó en el borde del viejo escritorio de madera–. Aunque tampoco se debe únicamente a esa terrible circunstancia.

Guillermo Cassoni era el médico privado del papa Calixto. D'Ambrizzi lo había recomendado al Santo Padre cuando éste había empezado a padecer fuertes jaquecas, dos años atrás.

–¿Has confundido las radiografías de dos pacientes? –inquirió el cardenal, sonriendo.

–Mucho peor –contestó Cassoni–. No he confundido ni las radiografías, ni el último escáner ni nada de nada. –Cambió de postura sobre el escritorio y miró ceñudo al cardenal–. Nuestra apuesta, la tuya... La hemos perdido, amigo mío. El Santo Padre ya no vivirá mucho. El tumor cerebral se encuentra en fase terminal. –Se encogió de hombros–. A estas alturas ya debería estar ingresado en el hospital. Me sorprende que todavía no se haya decidido a actuar. En fin, de un modo extraño... Ya sé, ya sé que debe permanecer donde está, que debe resistir lo máximo posible. Habrá que aumentarle la medicación. Ahora estamos refiriéndonos a un plazo de semanas; un mes, seis semanas. Quizá por Navidad.

–Es una contrariedad.

El doctor Cassoni rió ásperamente.

–La culpa no es mía, Giacomo. Tú eres el encargado del departamento de los milagros, y su santidad necesita uno.

–Todo el mundo se muere. La muerte no significa gran cosa. Pero cuando el muerto eres tú, eso sí puede resultar importante. Siempre quedan tantas cosas por hacer antes de que...

–Y tan poco tiempo –puntualizó el médico–. Es una queja muy habitual, la oigo todos los días. A menudo la muerte se presenta en el momento más inoportuno.

El cardenal cuchicheó, asintiendo.

Monseñor Sandanato oyó que seguían hablando del dolor, de los distintos grados de incapacitación, de marcas de medicamentos, de efectos secundarios. Sentía deseos de gritar, pero permanecía escuchando. Los tres hombres reunidos en aquel pequeño despacho de un ruinoso hospital eran los únicos en Roma que se hallaban tan próximos a la verdad respecto a la salud del papa. Ni siquiera el individuo afectado la sabía con tanta exactitud. En aquellos instantes, saberlo suponía una gran ventaja. El plazo era desesperadamente breve. Pronto habría un nuevo papa, que debía ser el hombre adecuado.

Al salir, pasaron de nuevo ante los hombres con la bata de cirujano ensangrentada, quienes hablaban de tenis y no se preocuparon siquiera de devolver el saludo al sacerdote ni al anciano. Monseñor Sandanato percibió el olor de la sangre al pasar junto a ellos.

Cuando salieron del hospital, la mañana todavía era gris, aunque coloreada por una débil luminosidad que refractaba la neblina del aire. Un gato negro y fofo permanecía sobre el techo del Fiat, y sólo se fue cuando el cardenal le obligó con ademán decidido. Sus huellas quedaron impresas sobre la pintura del capó.

–Llévame a ver el campo, Pietro –indicó el cardenal–. Llévame al Campo di Maggiore.

Al cardenal siempre le gustaba contemplar Roma al alba. Esa mañana pasaron ante Castel Sant'Angelo, donde el papa Clemente VII se refugió al huir de sus enemigos en 1527. El cardenal había sentido siempre cierta simpatía por el pobre Clemente, asediado por los ejércitos franceses y quién sabe qué otros, cuando lo único que pretendía era conservar su poder; algo que habían pretendido todos los papas. Pero ahora la Iglesia volvía a sentirse acosada, los enemigos trepaban por los muros, empuñando sus lanzas. Los asesinatos ocupaban su mente, habían llegado al punto culminante con los tres últimos cometidos en Estados Unidos. «¿La voluntad de Dios?», pensó amargamente.

Desde el asiento trasero, el cardenal vio que Sandanato lo observaba a través del espejo retrovisor. Sonrió, juntó ambas manos en el regazo y sintió que el campo pasaba veloz por su lado, a pesar de que no lo miraba. Lo conocía ya, podía verlo incluso con los ojos cerrados. Pero ahora estaba pensando y lo hacía con mayor facilidad si mantenía caídos los pesados párpados, la mente desligada de su entorno. Dejó a un lado la novela de Sherlock Holmes.

El cardenal confiaba en Sandanato más que en cualquier otro hombre. También sentía cierto grado de orgullo personal por aquel joven, igual que un escultor por la estatua que ha creado, que le ha salido tal como la había imaginado en sueños. Sí, monseñor Sandanato era el hombre del cardenal. Si el anciano no confiaba del todo en él era, sencillamente, porque estaba convencido de que no existía la confianza completa. Nunca había existido. Aquellos que confiaban demasiado, no tardaban en cavar su propia tumba.

Había sido una larga ascensión desde el borde de la carretera.

Todo aparecía cubierto por una fina pátina de polvo –el coche, los árboles, la carretera, sus ropas–, lo cual recordaba al cardenal los años que había pasado en Sicilia. Sólo que allí el polvo era ocre y rojizo, y el sol hacía que los perros viejos murieran en plena calle.

Sandanato cogió del brazo al cardenal cuando éste tropezó con una roca y ambos se apartaron del ardiente sol para sentarse a la sombra de un árbol nudoso, tan antiguo como la cristiandad. Hacía fresco a la sombra de los árboles y el valle que se extendía a sus pies se alejaba bajo el esplendor de la mañana. Había una corriente de agua, fría y azul, y a cada lado una moqueta verde y limpia, tachonada con los puntos irregulares del ganado. Un par de ovejas, algunas vacas pastando, un hombre que avanzaba lentamente, como en un sueño. La ladera de enfrente se hallaba salpicada de rocas. Todo el conjunto parecía aguardar a un pintor para que le rindiera justicia, aunque tal justicia significaba sin duda una tela irremediablemente vulgar que se vendería barata a los turistas en las paradas que se alzaban al borde de la carretera, reflexionó con tristeza el cardenal.

Los dos permanecían sentados bajo el árbol.

–¿Le apetece un poco de vino? ¿Una cerveza? ¿Alguna otra cosa?

–Nada, gracias –contestó el cardenal–. Quédate ahí sentado y relájate. Necesitas tranquilizarte. Has estado sometido a una fuerte presión. –Se refería al viaje a Estados Unidos–. Deberías llevar siempre contigo una novela de misterio, Pietro. Ayuda a pasar mejor el tiempo que tu misal o la contemplación de las verdades eternas. Los argumentos no exigen demasiada atención y uno puede pensar y leer a la vez. Aunque ya te lo he recomendado otras veces. Ahora que estamos solos... –Miró como al descuido a su alrededor, por la colina–. Estamos fuera del alcance de los micrófonos, ¿verdad? Bueno, cuéntame ahora todo lo relacionado con el viaje a Princeton.

Hacía veinte años que habían estado por vez primera en aquel lugar, donde, en el siglo XVI, un diplomático de Nápoles, Bernardo di Maggiore, cayó en una emboscada de los simpatizantes aragoneses, acusado de ponerse en su contra en una pugna con el papa. A pesar de sus explicaciones, lo desollaron vivo durante un ritual que duró toda la jornada y lo clavaron a un olivo para que sirviera de advertencia a todos los que se oponían a la Corona de Aragón. Por sus últimos servicios al papa, fue canonizado, luego declarado mártir y finalmente olvidado.

Tras la brisa que subía del valle, Sandanato casi podía oír los gritos de Bernardo di Maggiore, imaginaba el rostro retorcido de los que lo torturaban, la complacencia final de la víctima al sentirse descuartizada, ejecutada y arrastrada hasta convertirse en un resto del ser humano que había sido, pero que en aquel instante se había transformado en algo más, en alguien inmortal. Él también habría muerto por una causa importante, por una idea con auténtico significado, pero no una como la que ahora estaba recordando. Al fin y al cabo, la inmortalidad no requería grandes ideas.

El cardenal se dispuso a escuchar el informe de Sandanato y, mientras tanto, abrió una botella de Chianti y cortó un trozo de pan de una hogaza recién horneada. Mientras comían pan con queso, entre mordisco y trago, Sandanato le ponía al corriente con voz queda. El cardenal se esforzaba por dominarse, pero aquel informe lo encolerizó y lo llenó de frustración. La muerte le estaba robando, el asesinato le privaba de gente y eso lo irritaba. Su propia muerte no le habría preocupado tanto. Sin embargo, era incapaz de aceptar la muerte de sus esperanzas, el compromiso que había contraído hacía tanto tiempo con la Iglesia. Tomó un abundante trago de aquel vino tan puro que nunca le provocaría dolor de cabeza y se secó los labios. Tendría que actuar con rapidez, antes de que la maquinaria se desbocara y se precipitara hacia lo desconocido. Se volvió hacia Sandanato:

–Muy bien –dijo, y con ambas manos formó la aguja de un campanario frente a su rostro con rasgos de los Borgia–. Ahora háblame de Ben Driskill y del papel que desempeña sor Elizabeth en este peligroso juego. Éste no es lugar para una mujer, Pietro.

–No entiendo eso que me cuenta. ¿Lo apuñalaron mientras usted se hallaba allí delante?

Elizabeth no podía borrar la incredulidad del tono de su voz.

La brisa que recorría la plaza hacía chasquear los colgantes de las sombrillas de las mesas y golpear entre sí las hojas de las palmeras. El humo de los tubos de escape se cernía como un antiguo velo fúnebre sobre el tráfico. A la hora del almuerzo, el sol era bastante cálido para otoño, y resplandecía como en un cuadro detrás de la contaminación. La terraza del café estaba llena de gente, pero el silencio contenido que allí reinaba era un oasis en el estruendo de Roma.

Monseñor Sandanato la había llamado el día anterior desde su despacho en el Vaticano y ella no había dudado en aceptar su invitación a almorzar. En aquel instante se encontraba allí sentada, con la boca abierta, horrorizada por la noticia que él acababa de darle. Sandanato seguía muy erguido y tranquilo, pero los ojos, más profundos que nunca en sus cavidades, lo traicionaban. Además, se había tomado media botella de vino desde que ella llegara. Monseñor había elegido sus palabras con todo cuidado, como si se corrigiera a sí mismo a medida que las pronunciaba. Siempre sucedía lo mismo con los sacerdotes: se controlaban ante ella. Elizabeth era periodista y mujer, dos de los elementos más peligrosos del mundo.

–No, no. Yo me encontraba al otro extremo del estanque helado. No me di cuenta de nada hasta que ya fue demasiado tarde. Sólo vi a otra persona que había salido para patinar de noche. Es un pequeño riachuelo que se ensancha detrás de la casa, en el huerto. Era la primera posibilidad de patinar esta temporada. –Sandanato arrancó con el tenedor un pedacito de pescado a las finas hierbas y lo mordisqueó–. Ya había desaparecido cuando llegué junto a Ben, quien se hallaba tendido sobre el hielo, sangrando. Lo ayudé a llegar a la casa. Había mucha sangre.

–Pero ¿se encuentra bien ahora? ¿Se quedó usted en Princeton hasta asegurarse...?

–Sí, desde luego. Se recupera, aunque fue una herida grave. –Señaló torpemente hacia la espalda, a un lado–. Fue una suerte que no le atravesara ningún órgano vital. Su padre también se está recuperando. A pesar de que se trata de un anciano, es fuerte.

Al alzar los ojos, Elizabeth se encontró con los de Sandanato, que la observaban con intensidad. Algo en las emociones de él estaba muy cerca de la superficie, como si el roce de un dedo pudiera provocarle una especie de dolor paralizador. ¿Qué buscaba él en su mirada? ¿Qué era lo que se callaba? De nuevo recordó lo que Ben Driskill le había dicho: «Está enamorado de ti».

–¿Así que fue un sacerdote quien le apuñaló?

–Yo sólo puedo repetir lo que Driskill me dijo. No estaba lo bastante cerca para verlo, pero él asegura que fue un sacerdote, el hombre de cabello plateado a quien vieron en el Helmsley Palace. Driskill opina que debe tratarse del mismo hombre.

Sandanato se encogió de hombros.

Una Vespa arrancó cerca de allí y desapareció veloz entre el tráfico. Los camareros de chaqueta blanca se movían con elegancia entre las mesas, indiferentes a todo lo demás.

–¿Pero usted no lo vio?

–¿Cómo podía verlo, hermana? Al principio me encontraba muy lejos y luego estaba demasiado ocupado en no caer mientras intentaba acercarme a Driskill.

Sor Elizabeth suspiró y dejó los cubiertos a un lado. Las delicadas lonchas de ternera se quedaron intactas en el plato. Tomó un sorbo de Orvieto, logrando así apartar sus ojos de él. Sandanato sabía cómo sujetarla con la mirada. Tenía ojos de mártir, doloridos.

–Cada vez más, todo esto me parece una locura –exclamó Elizabeth–. ¿De quién salió esa brillante idea de ir a patinar? Ben me contó que aborrece el patinaje.

–Debo admitir que la idea fue mía. Parecía...

–Ya sé, ya sé, en aquel momento le pareció una buena idea. Pero, aparte de todo lo demás, señora Lincoln, ¿qué le ha parecido la obra?

–No entiendo...

–Olvídelo. Es un chiste malo. ¿De manera que la idea fue de usted?

–Se me ocurrió que nos convendría un poco de ejercicio. Una forma de despejarnos. ¿Cómo iba a saber que podía ocurrir una cosa así?

–Lo que me preocupa, monseñor, es cómo se enteró ese sacerdote de que Ben Driskill había salido a patinar.

–No es posible que lo supiera, hermana. No, ya he reflexionado acerca de este punto. Su intención debía de ser atacar a Driskill en la casa. Luego lo vio salir, la gran oportunidad y la aprovechó. Conseguir los patines fue muy sencillo: estaban detrás de la puerta trasera de la casa y él ya había realizado este trayecto, a fin de cuentas.

El sol se había desplazado y le daba en la parte superior de la cabeza, con lo cual aumentaba el brillo de su abundante cabello negro y le dibujaba un triángulo sobre la frente, como si se tratara de un antojo.

–Sí, cuando entró en la casa y se llevó el maletín de Val. Tuvo que ocurrir así. ¡Dios mío, vaya suerte!

–¿Buena o mala? –musitó Sandanato–. Bueno, quizá dentro de todo sea una circunstancia consoladora. La herida era grave y pudo haber muerto, pero no ha sido así. Puede que el hecho de haber sobrevivido le haga cambiar de idea.

–¿A qué se refiere?

–A ir por su cuenta tras el asesino. Eso sí es una auténtica locura.

–¿De verdad lo cree así, monseñor?

–Carecería de toda posibilidad, mientras que otro asesino sí la tendría. Quizá esta advertencia le haya hecho cambiar de idea.

–Lo dudo.

–Bueno, desde luego yo volvería a pensármelo si un asesino me hubiese clavado un cuchillo en la espalda.

–Me pregunto si le habrá causado ese efecto. Es un hombre obstinado, muy decidido. ¿No ha pensado en que eso puede haberlo fortalecido en su propósito?

–Dios mío, confío en que no sea así. Moriría sin saber por qué lo habían matado, ni quién. Nunca averiguaría si había alguna razón para...

–¿Qué clase de razón puede haber para asesinar?

–El caso es que ahora su padre lo necesita en casa –prosiguió, como si ella no hubiese intervenido–. Me contó que usted había intentado convencerlo para que renunciara a su idea de perseguir al asesino, que lo dejara en manos de las autoridades.

–Lo intenté, con resultados sin duda contraproducentes.

Sandanato se encogió de hombros, resignado ante la locura de los demás.

–Confío en que ahora se lo piense dos veces.

–Mire, ni las autoridades de Princeton ni las de Nueva York moverán un dedo por solucionar este caso. Será como si no hubiese ocurrido. Allí no están en disposición de meterse en el seno de la Iglesia y encontrar a ese hombre.

–Entonces, ¿da por sentado que se trata de un cura?

–Hágame caso. La Iglesia va a formar un círculo con sus carretas y se parapetará en el interior. No permitirá que la policía entre, si el asesino es un sacerdote. ¿Qué ocurrirá, pues? Ambos lo sabemos. La Iglesia realizará su propia investigación según sus métodos y, si los malos están en su seno, entonces podemos tener un caso en el que los malos se investiguen a sí mismos.

Elizabeth se recostó en la silla y bebió un trago largo de agua mineral muy fría. La contaminación le había secado la lengua y se le había instalado en la garganta. El viento otoñal soplaba cada vez más frío en la plaza.

–Se muestra usted innecesariamente crítica.

–Oh, ¿en serio? Bueno, usted está metido en la Iglesia. ¿Qué tipo de investigación pondrán en marcha?

–Aguarde un momento, hermana. Yo no puedo suponer sin más que el asesino sea un auténtico sacerdote, alguien de dentro de la Iglesia.

–Pues quizá esa suposición sea la correcta. En tal caso, ¿en qué posición se hallaría usted? ¿Quién es ese sacerdote? ¿Quién conoce su identidad? ¿Quién le da las órdenes? ¿Acaso actúa él solo y elige a sus propias víctimas? Las preguntas son aterradoras.

–¡Hermana, usted no puede pensar semejante atrocidad! En este caso la víctima es la propia Iglesia. ¡Están asesinando a nuestra gente!

–Ahora me dirá usted que el cardenal D'Ambrizzi no está en absoluto interesado en lo que sucede.

–Créame, ya está bastante ocupado con todo lo demás. Lo cierto es que hoy en día no son precisamente escándalos lo que necesitamos.

–No creo que eso sea nada nuevo –concluyó ella, sonriendo irónicamente.

Sandanato carraspeó y Elizabeth supo qué diría a continuación.

–Ya que habla usted de noticias, no tendrá intención de escribir acerca de este asunto en su revista, ¿verdad?

–No puedo fingir que Val sigue viva y coleando, ¿no cree? Ella era una de nuestras heroínas oficiales, monseñor. –Vio que él se agitaba incómodo en la silla blanca de metal–. Sin embargo, yo no sé nada. Por tanto, ¿qué podría escribir? –Comprobó que Sandanato se relajaba y disfrutó ante la oportunidad de bromear con él–. Aun así, me queda una pregunta. De hecho, es una pregunta de Val.

–¿Cuál puede ser?

–¿Qué querría decir Val cuando se refirió a la muerte de un destacado seglar? Creo que lo era, aunque no logro acordarme de su nombre. Sin embargo, Val dijo: «Con ése, van cinco en un año». ¿Qué significa eso para usted? ¿Se refiere a cinco muertos? ¿Qué clase de muertos? ¿Cinco católicos? ¿Quiénes? ¿A qué se refería?

–Hermana, no tengo ni idea.

Sandanato respondió inmediatamente, casi interrumpiéndola, sin darse tiempo a pensarlo. Elizabeth lo había visto otras veces: él no necesitaba –o no quería– pensarlo; los ojos se le habían nublado, borrándola en cuanto traspasaba ciertos límites. Como mujer, ella siempre sería una extraña por lo que se refería a cierto tipo de asuntos, asuntos serios, temas internos de la Iglesia.

Su santidad el papa Calixto IV todavía era capaz de disfrutar de algunas mañanas. Sabía que estas oportunidades eran cada vez más escasas, de modo que cuando se le presentaba alguna, procuraba disfrutarla, a pesar de que el goce ya le tenía sin cuidado. Sin embargo, lo más importante era que pretendía conseguir algo. Disponía quizá sólo de un par de horas antes de que el dolor apareciera de nuevo, ya en el pecho o en la cabeza. Luego más píldoras y finalmente la pérdida de la conciencia. De modo que no podía perder el tiempo. Aquella mañana era una de las buenas. Había llamado a los hombres que deseaba ver y ahora aguardaba, procurando mantenerse relajado.

De pie ante la ventana de su despacho, en la tercera planta del palacio Apostólico, contemplaba el alba sobre las colinas de la Ciudad Santa, sobre el curso cimbreante del Tíber, al coronar los polvorientos montículos que recortaban el horizonte. En el pasado, a menudo se había preguntado qué pensaría un papa mientras contemplaba el mundo desde su cima, pero nunca había imaginado el estado mental en que ahora se encontraba él. No era un hombre particularmente emotivo: nunca había elegido el compromiso si el papel de observador estaba disponible. Probablemente ésa era la causa de que le hubiesen elegido entre el grupo de los que podían convertirse en *il papa*. Durante muchos, muchísimos años, había sido inmune a la confusión, al miedo, a la pasión, a la ambición, e incluso a los abusos más extremos de la deslealtad. Sin embargo, ahora, en el último acto de su vida, todo era distinto. Mientras contemplaba la belleza de la salida del sol, se preguntaba si alguno de los papas que le habían precedido se habría atemorizado tanto por lo que acechaba más allá de su ventana. Por supuesto, era consciente de que se trataba de una pregunta idiota; sabía perfectamente que él era sólo el último en la larga procesión de pontífices aterrorizados.

Se sentía demasiado confuso debido a aquellas muertes. Asesinatos. Aquel último acto terrorífico en Nueva York y la monja incordiante, molesta. ¿Cuándo diablos terminaría todo aquello? ¿Adónde conduciría?

Suspiró profundamente y se sirvió una taza del espeso café que había en un servicio de plata. Sobre el escritorio había una bandeja de bollitos todavía sin probar. Desde la ventana alcanzaba a ver el barrio de Roma donde había vivido cuando era un joven estudiante. Resultaba aterrador pensar que, en alguno de aquellos edificios anónimos situados en la ladera de la colina, un hombre con un rifle equipado con todos los medios de la moderna tecnología podía estar ahora mirando a través de la ventana, aguardando a que Calixto IV, el obispo de Roma, se detuviera en sus paseos y se quedara allí quieto, hipnotizado por el sol naciente, para saltarle la tapa de los sesos y desparramarlos por toda la estancia.

La verdad era que se estaba poniendo melodramático. Nadie iba a dispararle con un rifle. Todavía no.

Se terminó el café en el preciso momento en que sonaba el despertador de pulsera, hecho por encargo –regalo de un famoso artista de cine–, recordándole que el primero de sus visitantes le estaría aguardando en la antesala.

Sacó del bolsillo una antigua cajita de *cloissonné* y murmuró algo acerca de las ironías de la conducta humana. En todo momento había podido observar ambigüedades, ironías, absurdos: todo aquello iba unido a su trabajo. Más resignado a la inesperadamente absurda naturaleza de su papel como papa, no era la primera vez que sospechaba que le habría ido mucho mejor de haber sido un hombre piadoso. Sin embargo, en la última etapa del siglo XX, la piedad no era un requisito en la asignación de las tareas papales.

El café le resultaba estimulante, tendía a exacerbar cualquier ansiedad que sintiera. Las píldoras que llevaba en la exquisita cajita eran propranolol, un medicamento para la angina de pecho. Le frenaban los latidos del corazón, impedían que las manos le sudaran y temblaran, y le ayudaban a mantener la voz firme y autoritaria. También le reprimían cualquier tipo de miedo que pudiera asaltarle en momentos cruciales. Cogió una píldora, se la tragó con el agua fría que había en el vaso de cristal tallado que le habían traído con la bandeja del desayuno, y trazó una marca en la lista que llevaba en el bolsillo. Había tomado ya su pastilla para el corazón, la píldora para la hipertensión y la de la angina de pecho.

Llegó a la conclusión de que si fueran capaces de alargarle un poco más la existencia, tal vez se convertiría en el primer papa sintético de la historia.

Descolgó el teléfono y le dijo a su secretaria:

–Haga pasar a su eminencia.

El cardenal Manfredi Indelicato siempre había intimidado al hombrecito que sólo era el padre Di Mona cuando el primero escalaba los peldaños del poder en el Vaticano y la austera figura de Pío XII presidía desde lo alto, allá por los años cuarenta. Había quienes pensaban que había tomado a Pío como modelo, pero se equivocaban. Indelicato era un auténtico noble, nacido de una familia que se remontaba a la noche de los tiempos: era inmensamente rico y disfrutaba de una espléndida villa con todo su servicio. Sin embargo, llevaba una existencia de asceta. Tanto intelectual como moral, física y genealógicamente, parecía el mejor de los hombres. Mejor que Pío y que Di Mona. Pero Salvatore di Mona era el papa, de modo que cualquier otra consideración carecía de importancia. Ojalá el papa pudiera tener eso en cuenta.

Alzó los ojos hacia el pálido rostro de Indelicato y observó el cabello negro –probablemente teñido– y sus ojos como los de un ave de presa que aguardara con paciencia. Un pájaro de largas patas, esperando, al acecho, listo para hundir el pico y atravesar algo pequeño, peludo y atemorizado.

–Santidad –saludó con voz queda, logrando que la palabra sonara de algún modo amenazadora. En cierta medida, eso formaba parte de su trabajo.

–Siéntese, Manfredi. No destaque tanto.

Calixto siempre intentaba establecer el trato utilizando el nombre de pila, pero, con suaves modales, le empequeñecía. Indelicato se sentó y cruzó las piernas.

–Su amigo san Jack llegará dentro de unos instantes. ¿Ha hecho lo que le pedí?

El rostro largo y enjuto se inclinó ligeramente, como si la pregunta fuera innecesaria.

–Entonces oiré su informe.

El papa se apoyó contra el respaldo de la silla y cruzó ambas manos en el regazo. Se preguntó si no sería ya demasiado tarde para enseñar a Manfredi Indelicato, el hombre más temido del Vaticano, el director de los Servicios Secretos y de Seguridad en el Vaticano, a besarle el anillo de vez en cuando. Por supuesto, ahora ya era demasiado tarde. Pero habría sido divertido. Raras veces se le daba a uno la oportunidad de intimidar al inquisidor.

–He mantenido bajo vigilancia a los individuos en cuestión, santidad. Por supuesto, el doctor Cassoni es un modelo de discreción en todos los aspectos, menos en uno. Ayer se levantó en plena noche y condujo hasta un hospital de lo más vulgar, situado en lo más recóndito de los barrios bajos. Allí mantuvo una entrevista y me temo que sería bastante razonable suponer que su santidad era el tema de conversación.

Era de vital importancia que el estado de salud del pontífice se difundiera en la exacta medida que le interesaba al Vaticano, es decir, a Calixto y a la curia. El cardenal Indelicato había sugerido vigilar al médico privado.

–No me interesa el suspense, Manfredi, sino la información. ¿Con quién mantuvo la entrevista?

–Permita que le pregunte una cosa, santidad. ¿Cómo llegó Cassoni a convertirse en su médico?

–D'Ambrizzi me lo recomendó.

–Debí habérmelo imaginado –murmuró Indelicato, en un débil reproche hacia sí mismo.

–Ni siquiera usted puede esperar saberlo todo.

–Es posible que no, pero fue con el cardenal D'Ambrizzi con quien nuestro buen doctor mantuvo la entrevista.

El papa no encontró ninguna respuesta, pero al levantar los ojos de la taza de café ya frío se preguntó si era una sonrisa pasajera lo que había advertido en el amplio repertorio de aleteos que apareció en las comisuras de la boca grande y delgada de Indelicato.

El cardenal D'Ambrizzi entró en el gabinete y, después de saludar al papa, se dirigió a Indelicato.

–Fredi, Fredi, ¿a qué viene esa cara larga? Tienes problemas, ¿eh? ¿Qué podría decirte yo? –Se apartó un paso y se quedó mirando a aquel hombre alto y delgado, con su inmaculado traje de simple sacerdote. D'Ambrizzi sonrió, tendió la mano hacia Indelicato y deslizó los rollizos dedos bajo la solapa de la chaqueta–. Hermoso traje, muy elegante. ¿De tu sastre habitual? Yo no tengo figura para lucirlos. Un buen sastre perdería el tiempo conmigo. Cuanto más holgados los llevo, mejor me sientan, ¿eh, Fredi?

Indelicato bajó la mirada desde su tremenda estatura.

–Giacomo, deberíamos vernos más a menudo. Echo de menos tu fabuloso ingenio –dijo, y luego volvió la cabeza–. Oh, monseñor Sandanato, me alegro de que se reúna con nosotros esta mañana.

Trajeron más café y bollos mientras el papa aguardaba a que los dos cardenales dejaran de lanzarse pullas. Era como estar mirando a don Quijote y a Sancho Panza, si no se los conocía. Indelicato permanecía sentado, sorbiendo apenas su café solo, mientras que D'Ambrizzi lo llenaba de terrones de azúcar y crema de leche. Sandanato se limitaba a contemplar el suyo. Durante todos aquellos años, Indelicato y D'Ambrizzi habían estado presentes en la mente de los observadores del Vaticano. Contrarios, enfrentados, colegas con un solo objetivo: servir a la Iglesia.

–Ocho –murmuró el papa en medio del silencio, y observó que todos los ojos se volvían hacia él–. Nos enfrentamos con ocho homicidios. Ocho asesinatos en el seno de la Iglesia. No sabemos por qué, ni quién es el asesino. Ni siquiera disponemos de una motivación. No podemos predecir cuál será el siguiente, pero sí estamos seguros de que habrá más, por fuerza. –Hizo una pausa–. Hemos considerado quiénes podían ser los asesinos: nuestros amigos, la Mafia. Extremistas, Opus Dei, Propaganda Due.

Indelicato negaba con la cabeza.

–Mis investigadores no han hallado nada que indique la participación de cualquiera de estas organizaciones. Aseguran que no hay nada relacionado con nosotros.

–¿Nadie que quiera darnos una lección?

–No, santidad. No hay nada entre estos grupos.

–El hecho es que entre esta gente siempre hay algún descontento –gruñó D'Ambrizzi–. Los jesuitas están molestos porque piensan que su santidad los desdeña en favor del Opus Dei. Éstos están hartos porque quieren ser autónomos de los obispos y tener control sobre Radio Vaticano, mientras que su santidad no les concede ni una cosa ni otra. Los marxistas nos ven como a unos tiranos capitalistas que operamos fuera del Vaticano. Y los conservadores nos consideran un foco de comunistas mal nacidos que están destruyendo la Iglesia. Sólo Dios sabe qué piensa Propaganda Due, pero deben de sentirse avergonzados. Incluso a mí me asustan. Sin embargo, por lo que se refiere a asesinar a gente en el seno de la Iglesia... –Imprimió un ligero balanceo a su cabeza–. Por otro lado, dan la impresión de que mataran indiscriminadamente, prescindiendo de cualquier orientación filosófica. ¿Me he dejado a alguien, santidad?

Calixto hizo un gesto de resignación.

–Pongan ustedes a tres sacerdotes en una esquina y ya tendrán una nueva facción insatisfecha por algún motivo. Pero ¿asesinos? No. Sin embargo, díganme una cosa, ¿es cierto eso que ha llegado a mis oídos, respecto a que es un cura quien ha asesinado a esos tres en Estados Unidos?

Los ojos de D'Ambrizzi se agrandaron bajo las profundas arrugas talladas en su frente.

–¿Puedo preguntarle cómo se ha enterado de eso, santidad?

–Por favor, Giacomo. Soy el papa.

D'Ambrizzi asintió.

–Mensaje recibido.

–¿Y bien? ¿Es cierto?

–Pietro –indicó D'Ambrizzi.

Sandanato relató lo que sabía y, cuando hubo finalizado, Calixto le dio las gracias con un gruñido que no comprometía a nada.

–Hay que llegar al fondo de todo esto y acabar con ello.

–Por supuesto, santidad –asintió D'Ambrizzi–. Pero eso presentará algunos problemas.

–Sin embargo... –Indelicato parecía dispuesto a presentar alguna contradicción, pero finalmente se mostró incapaz–. Tiene razón. De todos modos, podemos intentar...

–Quiero acabar con eso. Si procede de alguien de dentro de la Iglesia, hay que detenerlo y borrar todas las huellas. No me preocupa excesivamente poner a los asesinos al descubierto, pero ya trataremos de ese asunto cuando llegue el momento adecuado. –Entornó los ojos, en un intento por luchar contra el dolor que empezaba a sentir en la cabeza–. Más que nada, me interesa averiguar el porqué. –Respiró hondo–. No quiero ver autoridades externas deambulando en el seno de la Iglesia, ya sea aquí, en Roma, en América, o en cualquier otro sitio. ¿Me han comprendido? ¡Éste es un asunto de la Iglesia!

Incapaz de controlarse, dio un respingo y se apretó la cabeza.

–¡Santidad! –exclamó D'Ambrizzi, levantándose, y se le acercó.

–De pronto me he sentido muy cansado, Giacomo. Eso es todo. Necesito reposo.

Apoyándose en D'Ambrizzi, con Indelicato a su lado, Calixto se incorporó y, lentamente, permitió que lo acompañaran.

Sor Elizabeth se culpaba por haber estado demasiado ocupada para pensar debidamente en todo lo ocurrido. Las ideas que acudían a su mente debían de haber aparecido días antes. Ahora reflexionaba acerca de la madre superiora, la madura monja que regía los destinos de la orden. Residía en el espléndido edificio de color gris, parte del cual era una iglesia, otra convento y otra fortaleza, en lo alto de las escalinatas de la plaza de España. La madre superiora era francesa y había mantenido una gran amistad con sor Valentine. Elizabeth la conocía razonablemente bien, después de casi diez años de tratarla. Podía mostrarse cálida y afectuosa, pero siempre volvía al protocolo cuando alguien pretendía corresponder a su amabilidad. Ella controlaba la función, el mundo en que vivía, y cualquiera que se presentara como una dama en las oficinas centrales, podía provocar un alboroto en aquel mundo.

El despacho de la madre superiora estaba decorado en colores crema y melocotón, además de un gris perla levemente *art déco*. Había un crucifijo moderno que parecía flotar a cinco centímetros de la pared, y que, iluminado por un foco oculto, proyectaba una sombra impresionante. Daba la impresión de ser la pared de un pequeño museo privado. Los jarrones repletos de flores y de brillantes hojas verdes formaban el complemento perfecto. Al otro lado de la ventana, la gente circulaba bajo el sol que parecía irradiar de las mismas escalinatas. La madre superiora, que permanecía de pie con las manos juntas, mirando por la ventana, se volvió entonces a Elizabeth. Tenía un sorprendente parecido con la actriz Jane Wyman, que en el pasado había sido la esposa de Ronald Reagan.

–¿Desea hablarme de sor Valentine?

–Hace días que debería haberlo hecho –se excusó Elizabeth–, pero han ocurrido tantas cosas últimamente, que necesitaba ponerme al corriente acerca de los detalles. Sin embargo, me preguntaba si la había visto usted a menudo durante estos últimos seis meses.

–Claro, por supuesto. Ella vivía aquí, querida.

–Pero pasaba la mayor parte del tiempo en París.

–Ignoro a qué parte del tiempo se refiere. A pesar de todo, parecía capaz de diversificar el suyo. Era una persona que solía ser bastante bulliciosa, pero reservada. –La superiora sonrió con ternura al recordarla; se entretenía arreglando las flores en un jarrón de cristal tallado–. Le facilité aquí una habitación espaciosa y colocamos en ella un escritorio. Sor Valentine trabajaba intensamente. Como siempre.

–¿Ha vaciado ya esa habitación?

–Todavía no. Es una tarea tan desagradable, que aún no me he visto con ánimo para hacerlo. De hecho, tenía intención de ponerme en contacto con usted respecto a la disposición de todas sus pertenencias. Los papeles, los libros; sor Valentine siempre lo guardaba todo, ¿sabe?

–Ignoraba que ella residiese aquí –musitó Elizabeth.

–Bueno, no debe tomarlo como un desprecio. Ella estaba muy absorta en sus investigaciones. Siempre fue muy tenaz, ¿verdad? Pasaba muchas horas en los archivos secretos. Todavía tenía muchas... ¿influencias? ¿Qué expresión utilizan ustedes, los americanos?

–Padrinos.

–Exacto. Ella todavía tenía padrinos en las altas esferas.

–¿A quién se refiere?

–Al cardenal D'Ambrizzi, por supuesto. Es quien mueve los resortes para que los archivos secretos sean su coto privado.

–¿Puedo ver esa habitación?

–Desde luego. Ahora que la tengo aquí, no pienso dejarla escapar. Voy a tomarla bajo mi protección, querida.

La madre superiora la dejó a sus anchas en la soleada habitación. En el exterior, a través de las dos estrechas ventanas, se divisaba la espesura de las buganvillas del jardín. Durante cerca de media hora, Elizabeth permaneció sentada en un mullido sillón examinando minuciosamente cuadernos de notas, carpetas y papeles sueltos. Todo parecía estar relacionado con libros anteriores, artículos e incluso discursos que Val había pronunciado. Suspiró con desaliento y levantó un conjunto de carpetas y cuadernos de notas agrupados mediante tres gomas elásticas.

En la cubierta de la carpeta superior había algo escrito con rotulador. Dos palabras: LOS ASESINATOS.

2

DRISKILL

Durante el vuelo Nueva York-París-El Cairo no paré de engullir calmantes y beber champán hasta perder la noción del tiempo. En cuanto cerraba los ojos veía aquella pesadilla del cabello plateado, con el puñal resplandeciente en su mano, y ya no había forma de conciliar el sueño. Yo ya no contaba en términos de horas, sino de días; habían transcurrido nueve desde que enterramos a mi hermana. Había permanecido en el hospital, donde me habían practicado casi cien puntos entre la espalda y el costado, y de algún modo tenía la sensación de que todo había sucedido tan rápido, que la siguiente cosa de la que fui consciente fue de encontrarme en el aeropuerto de El Cairo a la espera de conectar con un vuelo de Egyptair rumbo a Alejandría. Hacía un calor espantoso y había tanta gente, que los empellones que recibía no beneficiaban en absoluto a mi espalda. Luego, después de tomar un calmante y sufrir una pesadilla, me vi bajo el cielo azul en dirección al pequeño aeropuerto de Alejandría, que habían reconstruido después del altercado con los israelíes en 1973. A un lado del avión se divisaba el desierto, que con sus arenas ardientes se extendía hacia el infinito; por el otro, la superficie plana y azul del Mediterráneo. Pero en aquellos momentos el desierto desaparecía de la vista para dejar paso a la franja larga y estrecha de la ciudad, alargada, verde, combada por las curvas de los dos grandes puertos al norte y por la laguna Maryut al sur.

Cogí uno de aquellos ruidosos taxis pintados de rojo y negro, el cual serpenteó en medio del tráfico de la Delta Road, que en dirección contraria conducía a El Cairo en cuatro horas. Al oeste de Alejandría, también a cuatro horas de distancia, se encontraba El Alamein, luego Matruh, después Libia y Tobruk, los fantasmas de la Segunda Guerra Mundial. La sensación de intemporalidad –no sólo histórica, sino la que proporcionaban las dunas cambiantes y la envolvente superficie del mar, tan indiferentes a los hombres, a sus ciudades y a sus imperios, a sus momentáneos destellos culturales– resultaba abrumadora, incluso en medio del enloquecido tráfico y a pesar del aspecto comparativamente nuevo de aquella ciudad de cuatro millones de habitantes.

Mi taxista viró por la calle del Canal de Suez y luego entró por el espectacular escenario natural de la Cornisa que circunda el puerto Oriental, el viejo puerto, donde la brisa refrescante mantenía templada la ciudad y mitigaba el mareo que yo experimentaba. Me dejó en la plaza Saad Zaghloul, delante del hotel Cecil. Al otro extremo de la calle, junto a una franja verde bajo el resplandeciente sol, el autobús que llevaba a El Cairo estaba cargando. Al salir del taxi, de nuevo me envolvió la suave brisa marina. El hotel daba al puerto Oriental, al otro lado de la elegante calzada semicircular que formaba la Cornisa. Más lejos aún, el Mediterráneo lanzaba sus destellos. En aquel preciso instante, sólo de forma pasajera, suspendido entre lo que había sucedido y lo que iba a suceder, me pareció el paraíso.

Alejandro Magno había arrebatado Egipto a los persas, tres siglos y medio antes de que Cristo naciera. Después de obtener en Menfis un recibimiento en olor de multitudes, prosiguió por la costa hasta el oasis de Siwa, con objeto de visitar el oráculo de Amón, para ver si éste podía corroborar su idea de que era el hijo del dios. Durante el trayecto, se detuvo a descansar en un hermoso poblado de pescadores, con un elegante puerto natural. Tal como haría en numerosas ocasiones durante su breve vida, ordenó que en torno al puerto se edificara una ciudad. Como era su costumbre, ordenó que esa ciudad llevara su propio nombre. Después de dejar allí a un grupo de arquitectos, prosiguió su camino para consultar el oráculo. Nunca llegaría a ver la nueva ciudad de Alejandría.

Nueve años más tarde murió y, en cumplimiento de su última voluntad, decidieron trasladar sus restos para enterrarlos en el oasis de Siwa. Sin embargo, uno de sus generales, Tolomeo, detuvo el cortejo y, en medio de una espléndida ceremonia, lo enterró en la plaza principal de la nueva ciudad. Lógicamente, ahora las obras que había realizado Tolomeo permanecían en el olvido, enterradas en algún lugar debajo de la moderna Alejandría, debajo de todos aquellos escurridizos taxis pintados de rojo y negro.

En Alejandría, Euclides había inventado la geometría. Tolomeo había hecho edificar el fantástico faro de 120 metros de altitud en la isla de Faros, una de las maravillas de la Antigüedad. Más tarde, los romanos no lograron resistirse al señuelo de lo que se había transformado en el centro económico de Oriente y junto con ellos llegaron Julio César, Cleopatra, Marco Antonio y Octavio, que se convertiría en César Augusto. Posteriormente, san Marco introdujo el cristianismo en Egipto y fundó lo que con el tiempo se convertiría en la Iglesia copta. Más tarde aún, los persas regresaron como conquistadores. Luego, los árabes. Aquélla era una larga historia, larguísima. Durante el siglo XX los ingleses también darían su punto de vista a través de gente como Lawrence Durrell y E. M. Forster. Aparte de que también había que tener en cuenta a los propios egipcios.

Luego mi hermana había llegado a Alejandría. Yo tenía que averiguar por qué.

El suelo de mi habitación era de madera noble pulimentada, que brillaba apagadamente, como si no pararan de restregarla con cera virgen. El mobiliario era antiguo, ligeramente desgastado, aunque el estilo era algo señorial, aristocrático. Había un balcón saliente, con vistas a la Cornisa y al puerto. La brisa penetraba en la habitación y refrescaba mis ojos ardientes y fatigados. Vi también un teléfono, pero no me sentía con ánimos para utilizarlo todavía. Había un televisor, pero tampoco me apetecía la idea de ver *Dallas* o, con mayor probabilidad, una vieja película de suspense doblada al árabe. Además estaba el frigorífico, con gran cantidad de hielo. Encargué al bar una botella de ginebra, varios botellines de agua tónica y limones. Saqué de mi equipaje el frasco de Tylenol y la codeína que me habían recetado. Llevaba un cargamento de calmantes y aspirinas, pues el médico de Princeton me había advertido que no contara con hallar aspirinas en Egipto.

Entré en el cuarto de baño y me quité la camisa. Con cuidado, comprobé el vendaje de la herida. Estaba hecho un asco, de modo que apreté los dientes, me lo arranqué y preparé uno nuevo. Resultaba muy molesto. Me repugnaba tener que mirar la herida. El mismo doctor me había comentado que le recordaba el corte de una vieja operación de trasplante de riñón. La piel estaba fruncida a lo largo de la costura que unía los dos colgajos. Me había dicho que estaba loco y que si salía de viaje con aquella herida tan reciente me buscaría complicaciones. Probablemente estaba en lo cierto. Una de tales complicaciones era que continuamente tenía la sensación de que por la herida brotaban cubos de sangre, que me bajaba chorreando por la espalda. Todo era pura ilusión, pero resultaba desconcertante.

Me preparé un gin-tonic, en el que casi todo era tónica, y con cuidado me tumbé en la cama, apoyando la cabeza contra las almohadas exageradamente mullidas. Desde allí alcanzaba a divisar la superficie azul pálida del mar, que se perdía en el velado horizonte. Daba la sensación de que podría cuartearse si lanzaba una piedra desde mi balcón. Me sentía fatal, agotado. Entonces me di cuenta de que me encontraba muy lejos de casa.

El hielo contra la cara había impedido que me desmayara del todo.

Sandanato no sabía qué demonios hacer. Al principio no se había dado cuenta de lo que estaba sucediendo, luego vio la hemorragia, como si un coche viejo perdiera aceite. Apenas oía sus murmullos –en parte por culpa suya, y en parte mía– acerca de si debía dejarme allí e ir a la casa para telefonear en busca de ayuda, o debía empezar a gritar con la esperanza de que el guardia de Sam Turner lo oyera, o intentar incorporarme y ayudarme a regresar. Luego debí decirle algo, ya que se arrodilló para que me apoyara en él y me levanté por mis propios medios. Yo no experimentaba mucho dolor, pero perdía gran cantidad de sangre. Estaba a punto de desmayarme, pero no me cabía la menor duda de que no quería que me ocurriera allí, con aquel frío, sobre el hielo.

Al final, mientras apoyaba el brazo sobre sus hombros, él me ayudó a levantarme y con grandes esfuerzos logramos recorrer los cien metros que nos separaban de la casa, aunque pareció que tardábamos horas en recorrerlos. El agente de Turner le ayudó a quitarme los patines, mientras yo me debilitaba cada vez más. Luego llamó al hospital y Sandanato se quedó sentado en el suelo, junto al sofá donde yo permanecía tendido, y no paraba de hablar. Eso era lo último que yo recordaba, hasta el anochecer del día siguiente.

Durante los primeros días padecí fuertes dolores, que transcurrieron en medio de un recuerdo borroso, sobre todo de gente que me aconsejaba que desistiera de la idea de marchar a Egipto. Me sorprendía el hecho de que todos parecían olvidarse de cuáles eran mis motivos.

El cura de cabello plateado que iba matando gente, que había asesinado a mi hermana mientras estaba rezando, había surgido de alguna parte, de la oscuridad y del frío, y había intentado matarme. Me había clavado una enorme navaja, y con sólo un par de centímetros más habría finalizado con éxito su misión. Los médicos no paraban de repetirme cuánta suerte había tenido. La fortuna, imagino, debe de ser algo muy relativo.

Peaches venía a verme todos los días. En su rostro había siempre la misma expresión de desconcertada inocencia, como si cada desgracia que ocurría lo golpeara con más fuerza. Estaban poniendo a prueba su fe. El ataque del que yo había sido víctima parecía haberlo convencido de que nos hallábamos en la zona oscura y sin mapa alguno, sólo con la ayuda de Dios. Cuando me veía levantado y dando vueltas por allí, sacudía la cabeza como si temiera que de pronto me desmoronase. Me decía que, por lo que a él se refería, hacía todo lo posible para permanecer ocupado, cualquier cosa para evitar pensar en lo que nos había sucedido a Val y a mí. Deseaba que me quedara por allí en cuanto abandonara el hospital. Por vez primera desde que había llegado a St. Mary en New Prudence, empezaría a ordenar todo lo que había en el desván de la casa parroquial y en las habitaciones que servían de almacén, a fin de realizar una selección de todos los trastos que se habían ido acumulando a lo largo de cincuenta o sesenta años. Pensaba que yo podía ir a ver cómo se las arreglaba, para hablar y hacerle compañía. Pero le dije que no me era posible.

El padre Dunn pasó varias veces por el hospital. La última vez iba camino del aeropuerto. Se dirigía a Los Ángeles para entrevistarse con un productor que pretendía rodar una película basada en una de sus novelas.

–A Klammer le pongo los nervios de punta –explicó–. De modo que se alegra de que le deje el campo libre. En cuanto a usted, Driskill, ¿qué quiere que le diga? –Probó una cucharada de la tapioca que solían traerme entre comidas–. Le aconsejo que vaya con cuidado. Es un milagro que aún siga con vida. Tómelo como una advertencia. Usted no es un superpoli, ni tampoco James Bond o Superman. Lo que precisa es lo que más le falta: ser un especialista en acrobacias. Váyase a Antigua, a St. Thomas o al canal de Hobe, donde pueda divertirse con otra gente rica como usted; allí le enseñarán el bendito don de la indolencia y evitará que le maten. Será un loco si persiste en eso, si entrega su vida. Sin duda, la perderá de seguir así. ¿No se da cuenta, Driskill? Algo terrible está pasando, mucho más grave que en cualquiera de mis libros. Debe dejar que las autoridades cumplan con su cometido. A la Iglesia no le queda más remedio que investigar lo sucedido. Trate de comprender; esto es asunto de la Iglesia. –Sus ojos claros parecían haberse encendido, como piedras preciosas, con brillo en el centro–. Manténgase al margen de este asunto, Ben. No beneficiará a nadie si muere, y tampoco podrá devolverle la vida a Val.

Antes de responder, le sonreí.

–Voy a conseguir que alguien lo pague –dije–. Ellos no pueden hacernos eso, a mí y a mi familia. La verdad, así de sencillo.

–Se está poniendo usted muy pesado, Ben. No es usted un héroe, créame.

–Artie, acuérdese de la ley de Driskill: «Tiempos desesperados convierten en héroes a hombres desesperados».

El padre Dunn no pareció impresionado.

–Se equivoca al persistir en eso. Monseñor Sandanato está de acuerdo conmigo.

–También sor Elizabeth, no se olvide de ella. ¿Se imagina dónde meto yo las advertencias de dos curas y una monja?

Dunn soltó una fuerte risotada.

–Bien, puesto que no logro disuadirlo, le deseo lo mejor. –A punto de salir de mi habitación, se volvió y me dirigió una de sus miradas de gnomo–. Por cierto, he visitado a su padre estos días. Lo está pasando mal, Ben. No vivirá para siempre.

–Pues eso es exactamente lo que pretende.

–Le he dejado un par de mis libros y le he desafiado a que los lea. Al menos mantendrán en funcionamiento su adrenalina.

Luego me aconsejó que pensara dos veces lo de seguir con mis planes, se puso el sombrero, me dirigió un saludo y se fue.

Sandanato insistía en suplicarme que me apartara de aquel maldito embrollo.

–Ya ha visto de lo que son capaces. Saldrán de cualquier parte para abalanzarse sobre usted. –Sus oscuros ojos aparecían profundamente hundidos en las cuencas de color morado y fumaba sin cesar–. Ya ha entregado usted una hermana.

–Nadie la ha entregado. Nos la han arrebatado.

–Su padre se encuentra en estado crítico, y a usted casi lo abren en canal, como a un conejo. ¡Basta! Ésta no es su batalla. ¡Ni siquiera es usted católico!

Al final salió rumbo a París, donde iban a enterrar a Curtis Lockhardt gracias a algunos contactos de su familia. Se le veía agobiado por la ola de asesinatos y por el ataque contra mí, hasta el punto de que parecía ser él quien iba a desmoronarse y no yo. Pero yo había visto tipos así con anterioridad. Eran capaces de soportar una infinita cantidad de presión. Parecía como si éste fuera su alimento. Tal como estaban las cosas, me dijo que al menos aguardara a que él averiguase qué pensaba hacer Roma respecto a los asesinatos. Le contesté que me tenía sin cuidado lo que Roma hiciera. Roma era su problema.

Mi padre fue toda una sorpresa. No se recuperaba tal como yo había esperado. Los médicos me dijeron que había empeorado al enterarse de mi desgracia, como si ésa fuera la gota que había colmado el vaso, que parecía haberlo desposeído del incentivo necesario para recuperarse.

Esta reacción me había sorprendido. Habría sido muy diferente si se hubiese hundido bajo el peso del dolor por la muerte de Val. Pero ¿yo? A fin de cuentas, yo aún seguía con vida.

Sin embargo, en cuanto le vi comprendí que los médicos tenían razón. Estaba pálido como el pergamino, inmóvil, y las novelas del padre Dunn seguían en la mesita junto a la cama, intactas. Cuando por fin conseguí hacerle hablar, deseé no haberlo hecho.

–A veces pienso que después de todo voy a morir, Ben. De repente me siento solo, fuera de circulación.

–Eso es ridículo, papá, y tú lo sabes. Aparte del ejército de amistades que se preocupan constantemente, tienes la fe. ¿No te acuerdas? ¿No es ahora el momento en que se supone que la fe debe surtir efecto?

Pareció como si no me hubiese oído.

–Te equivocas. La soledad no tiene nada que ver con la gente. La gente no importa. Estoy cansado y ya no puedo controlar las cosas como solía hacer antes. No comprendo qué me sucede. Oh, la verdad es que no sé qué quiero decir. Intento expresar algo intangible, pero tremendamente... real. Nunca antes me había sentido así.

No había dicho ni una sola palabra acerca de la fe. Quizá no quería discutirlo con su hijo, el infiel.

–Mira, has sufrido unos cuantos golpes duros. No creas que vas a salir de ésta como si nada.

–Bueno, Ben, confío en que te mejores y en que yo salga de ésta. Me sentiría muy feliz de poder tenerte a mi lado. Podríamos recuperarnos juntos. Me gustaría que te quedaras en casa durante algún tiempo, sin hacer nada, sólo para darme la bienvenida cuando vuelva. La empresa puede darte una excedencia de seis meses. Podríamos hacer un crucero, o viajar a Londres e instalarnos allí una temporada, cuando yo vuelva a estar en forma...

Sólo con hablar de ello ya parecía reanimarse. Pero el resto de la conversación no se desarrolló tan bien.

No quería que saliera en busca del asesino de Val y tampoco quería saber qué estaba investigando mi hermana ni por qué la habían matado. Me dijo que yo era un estúpido temerario y que no debía perder el tiempo arriesgando el cuello. ¿No tenía suficiente sentido común para darme cuenta de que aquello había sido un aviso? ¿No comprendía lo afortunado que era por el hecho de que no me hubiesen matado? ¿No veía que le estaba volviendo la espalda cuando más me necesitaba?

Nunca había oído a mi padre pidiéndome un favor, aparte de suplicarme que lo dejara en paz. Me sentía como si nunca hubiese conocido a aquel hombre con anterioridad y eso me facilitaba la separación. No lo hacía del todo fácil, pero servía de ayuda. Yo era un digno hijo de mi padre: había aprendido a volver la espalda. Descubrí que una lágrima brotaba de su ojo cerrado.

–Lo siento, papá. Tengo que irme. Pero volveré. Quizá entonces podamos...

–Estás obsesionado, Benjamin. Te encuentras a un paso de la locura y ni siquiera te das cuenta. No vas a volver, Ben. –Tragó saliva con fuerza y apartó la vista–. No vas a volver –repitió.

Las lágrimas rodaron por sus pálidas mejillas. ¿Por quién estaba llorando? ¿Por él mismo? ¿Por Val? ¿Quizá por su hijo descarriado? Pero no, eso era imposible. Sólo por un instante, me rendí al sentimentalismo.

En el revoltijo de religiones que convivían en Egipto, sin duda la musulmana era con mucho la que predominaba, y la copta la cristiana más numerosa. Sin embargo, como en todas partes, en

Alejandría se advertía la presencia de Roma. Allí estaban los jesuitas y la orden de religiosas, sacerdotes y monjas al cuidado de una pequeña pero decidida comunidad católica.

Después de dieciséis horas de sueño interrumpidas por los lamentos de las llamadas a la plegaria de los musulmanes –sonidos audibles desde todos los rincones de la ciudad, y lo bastante fuertes como para penetrar en mi cerebro embotado–, llamé al cuartel general de la orden, que resultó ser una escuela dirigida por ellos. Me remitieron a sor Lorraine, la madre superiora, quien admitió sin titubeos haber visto a sor Valentine en la visita de ésta a Alejandría: en efecto, mi hermana se había hospedado en las dependencias de la orden. En el acento marcadamente francés de sor Lorraine subyacía un risueño matiz cuando me dijo que le encantaría verme y que podía visitarla cuando quisiera.

Detuve un taxi a la salida del hotel y al cabo de un cuarto de hora me hallaba ya en el despacho de la madre superiora. A través de las ventanas se veía un campo de juegos repleto de chiquillos uniformados, cuyos gritos y risas llegaban hasta allí arriba, alegrándole la jornada. El terreno aparecía bordeado de palmeras.

Sor Lorraine era una mujer menuda, de cabello negro, cincuentona, con unos grandes ojos y una nariz respingona, muy francesa. Vestía un traje azul, con una chaquetilla cruzada como las que Chariel había popularizado y una blusa de seda color crema con un lazo en el cuello. Al entrar me di cuenta de que algunas religiosas llevaban el hábito tradicional. La directora, sin embargo, era claramente una administradora moderna. Como todas las francesas que yo había conocido, resultaba atractiva acaso debido a algún tipo de reacción alquímica, como por instinto. Resultaba mucho más atractiva en conjunto que por sus rasgos aislados.

Había leído la noticia del asesinato de Val y se había sentido particularmente afectada a causa del reciente encuentro entre las dos. Con los codos apoyados en el escritorio, jugaba con una estilográfica de oro y escuchaba mientras yo le explicaba que sólo pretendía reconstruir las últimas semanas de mi hermana.

Antes de que yo finalizara, ella ya asentía con su cabecita negra en señal de que entendía mis razones.

–Sí, sí le comprendo. Me gustaría poder decirle todo lo que ella tenía en mente, pero, ¡ay!, nunca se sabe, ¿no es así? Sin embargo, me sentía atraída por su hermana, admiraba la obra que ella había realizado, simpatizaba con ella. Era obvio que su queridísima hermana estaba preocupada cuando la conocí. Estaba tensa, desconfiaba. Continuamente miraba por encima del hombro. ¿Comprende lo que le quiero decir?

–¿Que tenía miedo?

–*Oui.* Experimentaba un miedo... peculiar. De algo o de alguien. Entiéndame, por favor, ésta es una observación únicamente mía. Su hermana no hablaba de su miedo. Pero yo observé, y lo pensé, que miraba por encima del hombro, como si esperara que al volverse descubriría a alguien que la seguía. Despertó mi curiosidad, ¿sabe?

–¿Qué quería ella de ustedes? ¿Sólo un alojamiento?

–Oh, necesitaba algo más que una cama para dormir. Había venido en busca de un hombre llamado Klaus Richter. No me dio más explicaciones, aparte de que estaba realizando cierta investigación para un libro. Encontrar al señor Richter no resultó difícil. Yo misma lo conozco. Un buen católico alemán, practicante habitual. –Se permitió una sonrisa burlona al describir al alemán–. Posee una compañía de importación y exportación, un enorme almacén frente al puerto Occidental. Una zona muy distinta de donde se encuentra el Cecil. Es un conocido hombre de negocios, muy apreciado por lo que he oído. Es un compulsivo jugador de golf y su foto a menudo aparece en los periódicos. Por supuesto, él es *très, très* alemán, de esos de la palmada en la espalda, la jarra de cerveza y todo eso. Es un elemento destacado de la vieja guardia alemana, los veteranos del Afrika Korps que regresaron para quedarse a vivir en Egipto. Suelen visitar los cementerios en el desierto y dejan coronas sobre las tumbas, tanto de sus camaradas caídos como de sus enemigos. Richter es muy apreciado por el gobierno egipcio desde la época de Nasser. Creo que el alemán le fue muy útil como intermediario en unas compras de armamento, hace ya muchos años.

–¿Val viajó hasta Egipto para entrevistarse con él?

–Eso parece. –La superiora comprobó la hora en su reloj de pulsera–. Tengo que acudir a una cita, señor Driskill, pero si tiene usted alguna otra pregunta que formularme... –Encogió los hombros al estilo francés–. O, simplemente, si desea hablar conmigo, llámeme, por favor.

Me proporcionó la dirección de las oficinas de Richter y, tan pronto como salí de su despacho, ya la eché de menos. Confiaba en poder encontrar al menos un par de preguntas para formularle.

El sórdido y gris almacén de la Global Egypt Import Export se levantaba en medio de otros edificios de su misma especie, uno más entre una flotilla de estanques en forma de rana, carentes de cualquier indicio de que en ellos hubiese nenúfares, apiñados contra el puerto comercial. Un laberinto de buques de carga destartalados y difíciles de clasificar, amarrados al muelle entre los ejes oxidados de las grúas mecánicas. Cargaban y descargaban acompañados del chirriar de los engranajes, de chimeneas humeantes, del olor a petróleo y a gasolina, de estridentes voces en árabe, y también en alemán, en inglés y en francés, todos gritando. Si uno cerraba los ojos, podía creer que se encontraba en cualquier muelle industrial del mundo. Pero entonces alguien empezaba a gritar en árabe, y todo volvía a recuperar su apariencia real.

Klaus Richter debía de tener algo más de sesenta años, pero estaba fabricado como un Mercedes: para durar. Llevaba el abundante cabello cortado al cepillo, probablemente no muy diferente a como lo llevaba en los viejos tiempos, en el Afrika Korps. Exhibía el intenso bronceado de los jugadores de golf, unas cejas descoloridas y amarillentas, un reloj de pulsera Breitling que informaba de todo excepto de los resultados de los campeonatos de béisbol, y calzaba unas botas de explorador. Vestía una vieja e inmaculada chaqueta de camuflaje y una camisa de algodón azul pálido con el cuello abierto, con una espesa mata de pelos blancos que asomaban por encima del último botón. Los pantalones color caqui mostraban una raya perfecta. Cuando su secretaria me hizo pasar, él ensayaba un golpe con un palo de golf sobre la moqueta verde. Tanto ella como yo nos detuvimos bruscamente y él guardó el palo en el interior de una especie de estuche de hojalata. Al empujarlo, se produjo un ruido característico que yo había oído con anterioridad.

–Un *putter*[1] de Julius Boros –exclamé.

Richter me miró y sonrió abiertamente.

1. Palo de golf de borde corto que se usa para golpes que se realizan cerca del hoyo. *(N. del T.)*

–Julius me lo regaló hace veinte años. Colaboré con él en una subasta para financiar su participación en un campeonato. Ganó, y me regaló uno de sus *putters*. El mejor que he tenido nunca. –Aún seguía sonriendo, pero su mirada era cada vez más inquisitiva–. ¿Viene usted por asuntos de negocios, amigo? ¿O sólo para hablar de golf?

Tenía un marcado acento alemán, pero hubiese apostado a que hablaba varios idiomas. Me presenté, le dije que mi visita era de tipo personal y con una inclinación de cabeza indicó a su secretaria que nos dejara a solas.

Richter cruzó el amplio despacho forrado de madera, en dirección a su bolsa de palos de golf, y dejó en ella el *putter*.

–He jugado al golf en todo el mundo, incluso en Augusta y en Pebble Beach. En todos los campos de Escocia... ¿y dónde vivo yo? ¡En el mayor búnker de arena del mundo!

Era una frase que a menudo pronunciaba y sonrió al repetirla. Miró un instante por la ventana, hacia los buques, las grúas, los montacargas, los trabajadores, y luego se volvió hacia mí.

–¿En qué puedo servirle, señor Driskill?

–Tengo entendido que mi hermana vino a verle, no hace mucho. Una monja llamada sor Valentine.

–¡Oh, Dios mío! ¿Era su hermana? Oh, mi querido amigo, leí lo de su muerte.

–Asesinato –rectifiqué.

–Oh, sí, sí, por supuesto. Qué tragedia. La verdad, no sé qué decir. La vi aquí mismo, en este despacho, sólo una semana o así antes de que ocurriera, y luego su foto apareció en la televisión y en los periódicos. Una mujer extraordinaria. Debe sentirse orgulloso de ella.

Se sentó detrás del escritorio, que estaba repleto de hojas de pedidos, notificaciones de embarques, catálogos, *tees* de golf, fichas de puntuación, folletos de viajes a todo color. Las paredes de su despacho se hallaban cubiertas por centenares de fotografías, como para conmemorar cada uno de los acontecimientos de su vida. Rápidamente descubrí unas enormes ampliaciones de un juvenil Klaus Richter, de pie bajo el ardiente sol del desierto junto a su tanque; otra con una pirámide al fondo, y otra más en la que sostenía una bandeja de plata en un club de golf.

Sobre el escritorio había un marco dorado con una foto de los que supuse serían dos de sus hijos.

–Lo acompaño en el sentimiento, señor Driskill. Sinceramente.

Las arenas del tiempo son imparables, ¿no cree? –Como si pretendiera ilustrar su opinión, cogió un reloj de arena que debía de medir casi treinta centímetros de alto y que adornaba una esquina del escritorio, le dio la vuelta y observó la arena que empezaba a resbalar hasta el fondo–. Yo también he visto la muerte muy de cerca. Ahí mismo, en el desierto Occidental. Hombres valerosos vieron cómo se les arrebataba la vida en plena juventud, en ambos bandos. Todos morimos demasiado pronto, en el mejor momento, ¿no cree? Estas arenas proceden del desierto Occidental, señor Driskill. Las tengo siempre aquí, a fin de no olvidar la derrota. –Apartó la mirada del reloj–. En efecto, vi a su hermana.

–¿Por qué motivo vino a verlo?

Richter alzó las cejas y la frente se le llenó de arrugas. El cráneo bronceado le brillaba a través del corto cabello cano.

–Bueno, deje que recuerde. –Se echó atrás en el sillón de respaldo alto tapizado de cuero y se rascó la fuerte barbilla–. Sí, fue mi querida amiga, sor Lorraine, quien me telefoneó para hablarme de ella y luego me la mandó. Debo decir que me sorprendió, y también halagó, si he de serle sincero, el hecho de que su hermana se interesara por este viejo soldado sin importancia. ¿Sabía usted que estaba escribiendo un libro acerca de la Iglesia durante aquellos penosos años de la guerra?

–Me lo mencionó. –Fuera, en los muelles, había empezado a oírse el ruido de una perforadora: parecía una potente ametralladora–. Ella vino para entrevistarlo a usted, ¿no es así?

–Sí, pero al principio yo me equivoqué en todas mis interpretaciones. Yo era un ayudante de Rommel, ¿sabe? Muy joven, pero, aun así, muy próximo al gran hombre. Naturalmente, supuse que el objetivo de ella era Rommel, el mariscal de campo, mi derecho a la posteridad. Pero no, ella no estaba en absoluto interesada en la guerra del desierto. ¡Era París! París. Cuando recuerdo mi guerra, nunca pienso en París. Aquello no era la guerra, ¿me comprende? ¡No había nadie que me disparara! Éramos un ejército de ocupación, París era nuestro, no una ciudad en llamas. Al menos no lo fue mucho tiempo. Hacíamos lo que los americanos llamáis «cumplir con el deber». ¡Podían haberme enviado al frente del este! Pero su hermana recogía material sobre la actuación de la Iglesia en París durante la ocupación. Utilizaba como personaje central al obispo Torricelli, a quien yo había conocido en el transcurso de mis obligaciones administrativas. La Iglesia y el cuartel general de la ocupación necesitaban relacionarse con normalidad, sólo para asuntos cotidianos, en un intento por erradicar de las iglesias las células de la Resistencia –explicó, encogiéndose de hombros.

Recordaba a Torricelli, el anciano de las peladillas de anís que tanto gustaban a Val. Recordaba su historia acerca de mi padre al salir del sótano repleto de carbón –probablemente los sótanos de una iglesia–, con su aspecto de cantante negro callejero. Resultaba extraño imaginar, al cabo de cuarenta años, a un hombre como Torricelli intentando abrirse paso en un terreno neutral entre los nazis y la Resistencia, conocido tanto de Klaus Richter como de Hugh Driskill. Bueno, nadie mejor que un obispo católico para tales maniobras. Si mi padre se encontrara ahora con el señor Richter, ¿se sentarían en unos mullidos sillones para intercambiar recuerdos de guerra?

Observaba a Richter mientras él se entregaba a sus evocaciones del pasado, cuando de pronto me fijé en una foto que había tras él en la pared: el joven Klaus Richter, endurecido ya por la guerra, estaba de pie junto a un par de camaradas, con la torre Eiffel a sus espaldas, en uno de esos días nublados, típicos de París. El rostro pareció saltar hacia mí. Vuelto ligeramente para mirar la famosa torre, las sombras le llenaban las cuencas de los ojos. Aquel rostro.

–Oiga, ¿alguna vez coincidió en París con un sacerdote llamado D'Ambrizzi? –pregunté–. Un tipo moreno, de nariz grande, fuerte como un toro. Ahora es cardenal.

Richter me interrumpió con una nota de sorpresa en su voz:

–Yo soy un católico, señor Driskill. ¡No necesita decirme quién es el cardenal D'Ambrizzi! En la actualidad es uno de los hombres más influyentes de la Iglesia. Sí, sé quién es y sin duda lo recordaría si lo hubiese conocido. Pero no, nunca le vi. ¿Qué tiene que ver con todo eso? ¿Es muy importante?

–En absoluto. Era sólo curiosidad. Mi hermana lo mencionó en una ocasión y me preguntaba si habrían estado en París en la misma época.

Richter abrió las manos, admitiendo tal posibilidad.

–Pudo ser así, desde luego. En aquel entonces había bastantes sacerdotes por allí y muchísimos soldados alemanes. Puede sonar extraño ahora, pero hacíamos todo lo posible para no fastidiar, al menos no más de lo que era absolutamente necesario. Nos dábamos cuenta de lo mucho que amaban París. Nosotros también amábamos esa ciudad. De haber ganado la guerra, puedo asegurarle una cosa: París nos habría cambiado a nosotros, sin embargo, nosotros no habríamos podido transformar París. Pero el ejército alemán se vio obligado a entrar de nuevo en la jaula y ¿cuál fue el resultado? ¡Todos nos hemos americanizado!

Su risa se quebró y sus ojos parecieron aguardar una respuesta.

–A veces pienso que ésta es una excusa que les resulta muy útil frente al resto del mundo.

–Es posible –asintió–. En fin, volviendo a su hermana..., me temo que fui una gran decepción para ella. Conocí a Torricelli, pero sólo de pasada; por otra parte, nunca he escrito diarios ni cartas, esas cosas que tanto gustan a los historiadores.

El interfono que había sobre la mesa empezó a sonar y su secretaria le informó de que una persona quería verlo. Richter se volvió hacia mí:

–¿Me perdonará un momento? Mi capataz necesita comentarme algo. Por favor, quédese ahí. Ensaye con mi *putter,* si le apetece. Sólo tardaré un momento.

Richter cogió un montón de papeles amarillos y salió al despacho de su secretaria.

Aproveché para examinar de cerca las fotos. Aquellas paredes contenían un relato increíblemente detallado de su vida. Las seguí una a una, de una pared a otra, y en el rincón más oscuro de la estancia descubrí que había un hueco, únicamente el pequeño espacio donde faltaba una foto. En aquel rincón, con una mesa librería repleta de manuales, libretas de notas, listas de precios, diccionarios en media docena de idiomas, un archivador de carpetas y un par de plantas medio marchitas ensortijadas alrededor de unas estacas, con aquella desordenada mesa captando la atención lejos de las fotos, aquel hueco podía haber pasado inadvertido durante meses, incluso años. Había que examinar muy de cerca las fotos para darse cuenta. Eso era lo que yo había hecho y allí lo tenía. Algo faltaba en la historia de la vida de Klaus Richter. Yo sabía dónde estaba.

Cuando él volvió a entrar, me encontró admirando el *putter* de Julius Boros. Se sentó en el borde de la mesa escritorio, con una pila de formularios de color blanco, y comentó algo acerca de los interminables detalles técnicos que requería una operación de importación y exportación. No dejaba de vigilar la arena que se deslizaba por el eje del reloj.

–¿Qué estábamos diciendo?

–París.

–Ah, sí. En fin, no pude serle de ayuda a su hermana. Vino de tan lejos sólo por...

–Puede que la ayudara más de lo que usted supone.

–El querido Torricelli, él sí era uno de esos con los que sueñan los historiadores. Una verdadera hormiguita. Lo guardaba todo, incluso los menús o las listas de la lavandería, todos los apuntes. Yo le entregaba documentos y él los archivaba. Organizado, siempre clasificando por orden alfabético; resultaba realmente asombroso. Siempre pensé que tenía un ego superdesarrollado, ¿no le parece? Un hombre tiene que estar muy convencido de su propia importancia para guardarlo todo.

Suspiró ante aquel pensamiento. Pero a mí me parecía que un hombre capaz de transformar su lugar de trabajo en una historia fotográfica de su propia existencia también debía tener enormemente desarrollado el ego. Siempre resultaba fácil juzgar a los demás. Yo me creía capaz de encontrar a los asesinos de mi hermana. El ego aparecía en todas partes.

–Su hermana se mostró muy paciente conmigo aquel día. Yo no hacía más que entrar y salir, pues tenía que atender unos negocios por teléfono. Ella se mostró muy comprensiva, pero me temo que la decepcioné en gran medida.

Continuamos charlando algunos minutos, pero yo ya había conseguido lo que podía dar de sí aquel filón. Él anunció que tenía una cita para jugar al golf, yo le agradecí el tiempo que me había dedicado, y me marché.

Saludé a la secretaria con una inclinación de cabeza. En aquellos momentos un repartidor le estaba entregando un paquete. Era pequeño y plano, envuelto en papel de embalaje y atado con un cordel. Fuera, en la calle atestada de gente, divisé una furgoneta pintada de azul y blanco, aparcada con el motor en marcha. En el panel lateral había un rótulo, en letras azules y en varios idiomas, que anunciaba las galerías E. LeBecq.

El perfil con nariz de plátano. D'Ambrizzi inclinado hacia delante, como si escuchara lo que alguien le susurraba, el bigote de bandido que le colgaba sombríamente. El joven de facciones duras que se hallaba junto a D'Ambrizzi, ¿llevaba uniforme? Había algo de la Wehrmacht en el cuello duro. El hombre que estaba a su lado, de rostro enjuto, profundas arrugas que cincelaban su rostro verticalmente y sombras que las cubrían; el rostro de un hombre que había pasado por duras pruebas, una ceja como una palanca, una sola pincelada sobre sus ojos. Luego estaba el cuarto hombre, el que al principio parecía estar desenfocado, borroso, pero había algo especial en él. Dos velas sobre la mesa, botellas de vino, la foto que habían tomado con flash, el cual lanzaba extrañas sombras en la pared de ladrillo pintado, a sus espaldas.

Me hallaba sentado en una pequeña cantina moteada de excrementos de mosca, donde los trabajadores acudían a beber café y Coca-Cola, y trataba de mantener la vigilancia sobre la entrada principal y las puertas laterales de la empresa Global Egypt. Bebía el espeso café y mis ojos oscilaban entre el almacén y la foto que Val me había dejado en el bombo. Pasé la mano por encima para alisarla, mientras reflexionaba acerca de aquellos cuatro hombres. También podía oír a sor Elizabeth diciéndome: «No, cinco. Cinco hombres».

Klaus Richter parecía un tipo de peso. Sin duda, se hacía el insignificante y era plenamente consciente de cuánto amaban los parisienses su ciudad. Le encantaban todas aquellas fotos suyas, una existencia de la que se enorgullecía. Además, Julius Boros le había regalado uno de sus *putters*. Sor Lorraine afirmaba que era un pilar de la comunidad católica. Y demostraba tener sentido del humor, diciendo que Egipto era el mayor búnker de arena del mundo. Menudo individuo.

Un mentiroso.

Había conocido a D'Ambrizzi en París, y me había mentido en lo referente a este asunto.

Sabía que era un mentiroso porque había encontrado una foto suya en el bombo de juguete de mi hermana. En aquella foto, él estaba sentado junto a D'Ambrizzi. Joven, inexpresivo, un rostro que había visto ya demasiado en la época que estuvo en París. Yo estaba bastante seguro de dónde había conseguido mi hermana aquella foto.

Val había viajado a Alejandría en busca de uno de los hombres de la fotografía y lo había encontrado. Luego el tipo del cabello plateado la había asesinado.

Klaus Richter.

Sentado en la cantina –mientras el sol brillaba como una moneda nueva de medio dólar– me di cuenta de que, por vez primera desde que había empezado todo, me sentía realmente asustado. Me encontraba solo, ensimismado en mis propios pensamientos, sin poderlos compartir con sor Elizabeth, con el padre Dunn o con monseñor Sandanato. El sol brillaba con fuerza, yo estaba bebiendo un café muy concentrado, y todavía nadie había intentado matarme ese día. También experimentaba escalofríos, porque me sentía terriblemente asustado. El miedo me había atacado de pronto, al comprender que Klaus Richter era uno de los hombres de la foto y ésta lo bastante importante como para mentirme al respecto. Los escalofríos me ponían la piel de gallina y el miedo provocaba en mí la sensación de que la espalda me supuraba, como si estuviese empapada en sangre.

Aborrecía esa sensación.

Aborrecía estar asustado. Val también había tenido miedo.

Al cabo de una hora, Klaus Richter salió por una puerta lateral con la bolsa de los palos de golf. La metió en el maletero de un Mercedes negro con cuatro puertas que había aparcado en el callejón, subió al coche y se alejó, dejando tras de sí una estela de polvo y arena.

Me guardé la foto en el bolsillo y volví a cruzar la calle. Descubrí que la secretaria no estaba en su escritorio y que la puerta del despacho de Richter estaba abierta. Allí dentro, alguien estaba golpeando algo y armaba un gran estruendo. Me acerqué al umbral. Inclinada por encima de la mesa librería, la secretaria martilleaba contra la pared.

Llamé a la puerta y dije:

–Perdone usted.

La secretaria dio un respingo hacia atrás y se volvió, con el martillo en alto y la boca abierta por la sorpresa.

–Siento haberla asustado –me excusé.

–Me he dado en el dedo –aclaró, sacudiendo la mano; luego sonrió con sus gruesos y rojos labios en medio de un rostro atezado–. De todos modos, me habría dado incluso sin su ayuda –reconoció–. El señor Richter ya se ha marchado. No volverá hasta mañana.

–Apuesto a que la causa es el golf.

–Por supuesto. ¿Puedo ayudarlo en algo?

–No es muy importante, pero se me ha ocurrido que quizá me había dejado aquí la pluma. –Era una débil excusa, pero ¿qué más daba?–. Oiga, deje que clave eso por usted.

Me tendió el martillo y me indicó un clavo. Estaba justo donde había pensado que estaría.

–¿Qué tipo de pluma es?

–Una estilográfica. Una vieja Mont Blanc de las grandes.

Me incliné sobre la mesa, saqué de la pared el clavo torcido, coloqué otro allí mismo y con dos certeros golpes lo clavé.

–¿Dónde está la foto?

La mujer estaba abriendo el paquete envuelto con papel de embalaje. Después de volver a doblar el papel, me tendió la foto enmarcada. Era idéntica a la que yo tenía en el bolsillo. La cogí y ella volvió a sonreírme con timidez.

–Me alegro de que no fuera usted el señor Richter –murmuró–. Es muy especial por lo que se refiere a sus fotos y yo quería volver a colocar ésta antes de que se diera cuenta de que faltaba. Amontoné plantas y pilas de cosas por aquí con la esperanza de que no notara nada.

–¿Qué fue del original?

La colgué del clavo y la enderecé, llenando el hueco. Sabía que era Val quien la había cogido, incluso me la imaginaba cuando la descubrió, mientras Richter salía del despacho para realizar su negocio, y cómo la deslizaba dentro del maletín Vuitton. Pero ¿por qué? ¿Qué importancia tenía aquella foto?

–Nunca se lo he comentado al señor Richter –dijo, y su voz se transformó en un susurro–, pero estoy segura de que la mujer que viene a limpiar el despacho la debió derribar al quitarle el polvo. Es probable que el cristal se rompiera y, en vez de admitirlo, la tiró. Ahora insiste en que no sabe nada, por supuesto. Por suerte, el señor Richter tenía otra copia en sus archivos de fotos, de modo que me apresuré a hacerla enmarcar y ponerla en su sitio antes de que él se diera cuenta.

Ella me iba siguiendo por la habitación mientras yo fingía que estaba buscando la pluma. Finalmente me arrodillé, saqué la pluma de mi bolsillo y la «encontré» debajo del escritorio.

La mujer me acompañó hasta la salida, me agradeció la ayuda que le había prestado, y yo le contesté que me alegraba de haberle sido útil. Casi podía sentir a Val a mi lado, dándome palmaditas en el hombro y llamándome loco.

Pero ¿qué importancia tenía aquella foto?

Vinculaba a Klaus Richter, un legítimo empresario de Alejandría, con D'Ambrizzi, cuarenta años atrás, en París, durante la ocupación. Pero ¿por qué era eso tan importante? ¿Por qué mentir al respecto? ¿Por qué Val me la había dejado a mí? ¿Qué tenía que ver aquella foto con su muerte?

Cuando regresé al Cecil, había un mensaje aguardándome. Sor Lorraine había llamado y quería que la telefoneara. Subí a mi habitación, me lavé la cara, inspeccioné el vendaje de la espalda y me preparé un gin-tonic, con muy poca ginebra. Ingerí un par de calmantes. De pie ante la ventana, contemplé el atardecer, que se cernía sobre el mar y la plaza, con su enorme estatua en el centro, el estruendo de tranvías y autobuses frente a la estación Ramli y el viento fresco que soplaba continuamente desde el mar. Me terminé la bebida mientras observaba el puerto a mis pies, las sombras que se alargaban y las luces encendiéndose a lo largo de la Cornisa. A mi izquierda, el club náutico resplandecía como la tierra prometida, donde todos podíamos ir y disfrutar de una noche maravillosa, perfecta. «Entonces, ¿por qué Richter tenía que mentirme?» Hubiese bastado con la simple verdad y yo habría asentido con un gesto, sorprendido ante el misterio de la investigación de Val, y probablemente habría renunciado.

Yo me encontraba a salvo, en el borde del círculo. Todavía estaba en el exterior, donde todo era gris y las luces de seguridad parpadeaban. Aún podía mandarlo todo al diablo y regresar a casa. Tenía sólo a un mentiroso alemán y a nadie más a quien seguir. Egipto no me había dado gran cosa. Claro que podía regresar a Richter y enfrentarlo con la foto. Podía seguir empujando hacia la oscuridad del centro del círculo, hacia el agujero negro que se había tragado a mi hermana. Allí estaban los secretos, las respuestas. Cuánto ansiaba conocer esas respuestas. ¿Me devolverían acaso la felicidad y la paz? ¿Y una apacible eternidad para mi querida hermana?

Llamé por teléfono a sor Lorraine.

Me preguntó cómo andaban mis investigaciones y le confesé que tenía la sensación de haber chocado contra un muro y que ya empezaba a mirar por encima del hombro. Me contestó con una risa muy francesa, bastante mundana, y me anunció que había recordado algo más que quizá pudiera serme de utilidad.

–Hermana –la interrumpí–, ¿podría proporcionarme el nombre de un buen restaurante? –Ella empezó a contestar, pero no la dejé seguir–. ¿Querría aceptar la invitación de este pobre viajero medio perdido? Sin su ayuda, habría hecho el viaje en vano.

Tuve la impresión de que la hubiera invitado de todos modos, pero no estaba de humor para pasar una velada solo, con una botella de ginebra Bombay y los recuerdos de la cabellera plateada y la navaja bajo la luz de la luna. Gracias a Dios, su respuesta fue afirmativa, de modo que volví a dar las gracias a Dios por aquellos pequeños favores, por la orden religiosa y por la modernización de las monjas. Un nuevo mundo lleno de valor. Sor Lorraine me proporcionó el nombre del restaurante, me explicó cómo llegar y me dijo que nos reuniríamos allí.

El Tikka Grill estaba situado al lado de El Kashafa el Baharia Yacht Club, el club náutico cuyas luces había contemplado desde mi balcón. El comedor estaba en el segundo piso y nuestra mesa daba al puerto, a los yates blancos, que resplandecían a causa de las fiestas que se celebraban a bordo. Parecía la escena de una película de Humphrey Bogart. La música que tocaban era suave y mi monja me sonreía desde detrás del candelabro. Me invadió la sensación de que todas las mujeres que conocía eran monjas. Se lo comenté a sor Lorraine, quien inclinó su pequeña y elegante cabeza y abrió enormemente los ojos.

–Quizá es un sistema que Dios utiliza para salvarlo a usted de sus bajos instintos, ¿no ha pensado en ello?

–Preferiría que Dios no se preocupara tanto por mis instintos.

–Debería darle vergüenza. Dios está en todas partes y se preocupa por todo. Alejandría no es una excepción.

Acto seguido tomó un sorbo del vino blanco francés y me recomendó los pinchitos de pescado.

Mientras comíamos íbamos hablando y sentí que me abandonaba, que me relajaba: las paredes estaban estucadas de blanco, el local se veía agradablemente concurrido, los manteles y las servilletas tenían un suave color rosado, el vino era seco y frío y el pescado excelente. Un auténtico oasis arrullador, donde por un momento me sentí a salvo. Le dije que Richter se había mostrado bastante afable, pero que apenas me había dicho nada sobre Val que yo ya no supiera.

Sor Lorraine dejó a un lado los cubiertos.

–Señor Driskill, no puedo creer que haya venido desde tan lejos sin una razón de peso. Yo no soy detective, pero todo el mundo sabe que su hermana murió asesinada. Usted ha venido porque antes vino su hermana. Sospecho que ha decidido..., ¿cómo lo dicen ustedes? Que ha decidido coger al toro por su cuenta.

–El caso, no el toro. O por los cuernos, no por su cuenta.

–Da lo mismo. ¿Puedo serle franca?

–Todo el mundo suele serlo cuando llega a este punto.

–Pienso que es usted algo temerario. Llevo pensándolo desde ayer y poco faltó para que me olvidara de usted y de lo que representa. Pero luego pensé que había venido de muy lejos. Además su hermana era una mujer sumamente extraordinaria. Toda una figura para la orden. –Hizo un leve gesto, como para alejar un pensamiento–. ¿Estoy en lo cierto si le digo que no creo que pueda convencerle para que se olvide de lo que le ha traído aquí?

–Hábleme de eso que ha recordado, hermana.

–Sor Valentine fue a ver a otro hombre cuando estuvo aquí. O, mejor dicho, lo intentó. Se lo mencionó a sor Beatrice, quien me lo contó a mí. Se me había ido de la cabeza y de pronto pensé en ello anoche. –Suspiró expresivamente, como si comprendiera que debía haberse callado el nombre para siempre. Sor Lorraine era una coqueta innata.

–Dígame ese nombre –exigí.

–¿Me dirá qué piensa hacer, si se lo doy?

–Hermana. –La espalda me estaba matando: me había cogido por sorpresa, como el hombre de la navaja–. Lo cierto es que no sé qué voy a hacer.

–¿Se encuentra usted bien? –Se inclinó hacia mí, forzando sus enormes ojos–. Se le ve muy pálido.

–No puedo explicarle los motivos. –Estaba actuando como Val cuando sor Elizabeth le preguntó qué le ocurría: intentaba proteger a sor Lorraine de algo que yo mismo ignoraba–. Pero necesito saber ese nombre, hermana.

–LeBecq. Étienne LeBecq. Es el dueño de unas galerías. *Très chic*. En El Cairo y en Alejandría. Es de ese tipo de hombres que poseen su propia avioneta. Un paisano mío, supongo. Su familia está relacionada con el negocio del arte desde hace varias generaciones. En París, con gente como Wittgenstein y Duveen Gobelin. Gente de alcurnia. Al parecer, LeBecq vino a Egipto después de la guerra, cuando era muy joven. –Hizo una mueca–. Los LeBecq eran..., ya sabe. De los de Vichy, tengo entendido.

–¿Lo conoce personalmente?

Necesitaba un calmante. Necesitaba una nueva existencia y un día sin miedo. Los escalofríos me estaban zarandeando.

Sor Lorraine negó con la cabeza.

–Ninguna monja católica, ni siquiera las de nuestra orden, se mueve en los círculos del señor LeBecq.

–¿Es uno de los camaradas de Richter?

–No lo sé. ¿Un francés con un historial de Vichy y un soldado de la ocupación? –Se encogió de hombros–. ¿Por qué lo pregunta?

–Mi hermana los relacionó. Además, una de las furgonetas de LeBecq entregó un paquete en el despacho de Richter esta tarde.

Con cuidado, en un intento de aliviar el dolor, cambié de postura en la silla. Sentía que tenía la espalda empapada.

–¿Qué le ocurre? ¿Señor Driskill? ¿Necesita que le vea un médico?

–No, no, se lo ruego. Tengo problemas de espalda y es posible que todavía acuse un poco de fatiga.

–Creo que ha llegado el momento de que se vaya usted a la cama.

Sor Lorraine pidió la cuenta y pretendía pagar la maldita factura, pero logré deslizar mi tarjeta de crédito entre las manos del camarero.

Ella conducía un Volkswagen descapotable y el aire fresco del mar me reanimó. Bajé delante del Cecil, le aseguré que ya me encontraba mejor, le agradecí su ayuda y me apresuré a subir a la habitación.

En cualquiera de las novelas del padre Dunn, los malos habrían registrado mi habitación, o me estarían esperando con un arma, o la espléndida rubia que se sentaba a mi lado en el vuelo procedente de El Cairo me esperaría desnuda en la cama. Sin embargo, nada de eso sucedió, la habitación aparecía intacta y en silencio, y yo me sentí terriblemente solo. La cama estaba lista y las cortinas flotaban impulsadas por la brisa.

Acudí al frasco de los calmantes, comprobé el vendaje de la espalda –que estaba a la perfección–, y me tendí en la cama, preguntándome si sería mejor que empezara a rezar mis oraciones.

Las galerías LeBecq estaban frente al mar: enormes placas de cristal en las dos plantas, con palmeras que se mecían al frente y que se reflejaban arriba y abajo. El local era aséptico: acero cromado, plexiglás y cristal, con paredes blancas y algunos cuadros solitarios sobre inmensas superficies blancas. Distinguí un *rauschenberg*, un *noland*, un *diebenkorn* de aspecto pálido, frío, exquisito. En los escaparates de la planta baja, a ambos lados de la entrada, había dos grandes *hockneys* sobre trípodes cromados, abundante agua y sol, superficies planas y reflectantes, y sombras acogedoras. Un par de clientes muy elegantes paseaban ante las obras expuestas en el interior y luego subieron por la escalera abierta que parecía flotar como en un sueño de grandes lujos hacia la planta superior.

Había telefoneado desde un restaurante que se encontraba a cinco minutos de allí y solicité ver personalmente al señor LeBecq aquella misma tarde para hablar de los *hockneys*. La chica que había atendido la llamada tenía una voz muy agradable al preguntarme si podía serme de alguna ayuda. Al cabo de un par de minutos ya había conseguido una entrevista con LeBecq para las tres de la tarde. Después de almorzar, me senté en un banco de allí fuera y me dispuse a leer una novela de Wodehouse que había cogido del vestíbulo del Cecil. Me presenté en la galería unos minutos antes de las tres y eché una ojeada. Era muy espaciosa, distante, fría, etérea, exenta de todo tipo de emociones. El arte que allí se exhibía era para las casas de veraneo que se alineaban a lo largo de las playas, donde los potentados de El Cairo se resguardaban de los calores del delta del Nilo.

La mujer que me acompañó al despacho de LeBecq era menuda, eficiente, formal, con un rostro de líneas afiladas, caderas y hombros torneados, femeninos. Era la chica de la voz suave. Vestía una falda color tabaco que se mecía desde las caderas al andar. Mostraba un intenso bronceado en su rostro ovalado, nariz ligeramente curva, pómulos salientes, y lucía muchas joyas de oro. Me hizo pensar en cuánto tiempo hacía que no experimentaba auténticos deseos de acariciar a una mujer: podía sentirme incitado por algún tipo de necesidad, pero desear era algo muy distinto. Musitó algo y acto seguido abandonó el despacho. Al cabo de unos instantes, apareció el señor LeBecq. El despacho se hallaba tras unas paredes de doble cristal a prueba de ruidos, desde donde se dominaban las dos plantas principales de la galería. Al subir las escaleras hasta el nido de águila de LeBecq, el maldito artefacto pareció oscilar como un puente colgante sobre un abismo, con las respuestas al otro lado. Cuando oí que LeBecq tosía con educación, me volví hacia él, dando la espalda a aquella visión. Entonces, al verlo, no tuve más remedio que mirarlo sorprendido.

Era pálido, como si acabara de salir de un ataúd lleno de tierra procedente de su país de origen, y vestía un traje negro, camisa blanca con doble puño, gemelos de oro y ónice, y corbata negra con estampado gris. Era algo viejo, aunque de una edad indeterminada, alto, delgado como el palo de una escoba. Parecía un personaje del Antiguo Testamento, un juez levitando, todo severidad. Resultaba difícil imaginárselo succionando a los ricos, colmando sus necesidades de adquirir algo con tonos verde claro que armoni-zase con la tapicería del sofá. Llevaba pesadas gafas negras y sus ojos flotaban como dos enormes escarabajos de agua tras los gruesos cristales.

–Creo que ha llamado usted interesándose por los *hockneys*. Desde luego, son piezas muy escogidas, señor Driskill.

–Les mentí. Yo ya poseo dos *hockneys* y, dado que me gustan muchísimo, pienso que con dos ya tengo más que suficiente para el resto de mi vida.

–No entiendo, *monsieur*. Usted llamó interesándose por los *hockneys* del escaparate.

–En efecto. Sólo quería asegurarme de que le vería a usted personalmente. Ayer me entrevisté con Klaus Richter. ¿No le habrá telefoneado, por casualidad? ¿Alguna palabra de advertencia, quizá?

–¿El señor Richter? No, no me ha llamado. –Permanecía de pie, dando la espalda a la enorme pared de cristal: el corte de su traje era muy ajustado y le daba aspecto de cigüeña enlutada–. Ahora debo rogarle que exponga el asunto que le ha traído aquí, de lo contrario... –Señaló en dirección a la puerta.

Me di cuenta de que, a través de unos altavoces ocultos, empezaba a sonar una pieza de Vivaldi.

–Mi hermana vino a verle y unos días más tarde alguien la asesinó. Desearía saber a qué vino.

–¿De qué me habla usted? No conozco a ninguna hermana suya.

–Se llamaba sor Valentine y viajó hasta Alejandría para verlos a usted y a Richter. Yo he venido para averiguar los motivos.

Dio la impresión de que alguien hubiese cortado los hilos que le mantenían erguido. Sus piernas sufrieron una sacudida nerviosa y la cabeza se le desmoronó. Llevaba un postizo de cabello negro, que se le levantó de la nuca en cuanto se inclinó hacia delante. Avanzó con paso torpe hasta la mesa escritorio, buscó a tientas el respaldo del sillón, lo colocó y se dejó caer en él. Parecía haber palidecido todavía más. Apoyó ambas manos sobre la mesa.

–Sor Valentine –murmuró sin entonación–. Sí, leí lo de su asesinato. –Parecía hablar para sí–. ¿Qué quiere usted de mí? ¿Qué espera...?

–¿Por qué vino a verle?

–Oh. –Pasó suavemente una mano por el rostro–. Por nada. Estaba buceando en el pasado. No pude ayudarla en nada.

–¿Cuáles eran sus vínculos con la Iglesia?

–¿Con la Iglesia católica? No tengo nada que ver con ella. Ya lo ve usted, soy un marchante de arte. Siempre lo he sido, al igual que mi familia.

Hacía grandes esfuerzos para mantener en lo posible la compostura. Estiró el brazo y enderezó una fotografía enmarcada que tenía sobre el escritorio. En ella aparecía de pie en una pista de aterrizaje, con un brazo apoyado sobre el ala de una avioneta. En la imagen también llevaba un traje negro.

–No tengo nada para usted, *monsieur*. Por favor, váyase; tengo mucho que hacer.

Los escarabajos se movían sin cesar inquietos tras las gafas.

–No pienso marcharme sin una respuesta. –Me incliné sobre la mesa y lo miré fijamente–. Tengo una foto suya, LeBecq. –De un manotazo dejé la foto sobre el escritorio y él dio un respingo hacia atrás. Le estaba asustando, pero ignoraba por qué–. Échele un vistazo –le ordené, pero él apartó el rostro. Entonces lo cogí del brazo y tiré para que se volviera en su sillón giratorio–. ¡Mire esta maldita foto!

LeBecq se quitó las gafas y con precaución se inclinó hacia delante, como si temiera que yo le aplastara el rostro contra la mesa. Sostuve la foto sobre el escritorio y él parpadeó, bajó algo más la cabeza, y entornó los ojos para ver. Resultaba difícil imaginarlo pilotando una avioneta, con aquella visión tan precaria.

–D'Ambrizzi, Richter y usted –exclamé: el hombre delgado, cadavérico, de las cejas que parecían una pincelada; habían pasado cuarenta años, pero era el mismo hombre–. Hábleme de esta foto, dígame quién era el cuarto hombre. –Hice una pausa–. Y quién tomó la foto. –Aguardé–. ¡Hable ya!

–¿Cómo quiere que lo ayude? –murmuró en tono lastimero–. ¿Cómo puedo saber quién es usted?

Golpeé con el puño sobre la mesa y el marco de la fotografía brincó.

LeBecq retrocedió. Movía los labios, pero no pronunció ni una palabra. Por fin soltó un gruñido:

–Quizá fue usted quien la mató... ¡No, no me pegue! ¡No me toque!

–Hábleme de la reunión que aparece en la foto. Usted, Richter y D'Ambrizzi. Me lo va a decir y cuanto antes lo haga, mejor.

–Puede que haya venido a matarme –murmuró desesperado, mirándome por fin, como si contemplara su cruel destino: aquellos enormes ojos me hablaban y me decían que no era sólo yo quien tenía un mal día–. Es posible que haya venido para matarnos a todos.

–¿De qué habla usted? –Disminuí la presión que ejercía sobre él; tenía que conseguir que hablara–. ¿Matarlos a todos? ¿Quiénes?

–Su hermana vino a verme, quería averiguar cosas de aquellos tiempos. Yo sabía que, tarde o temprano, esto pasaría. El pasado siempre te persigue. ¿Quién le envía? –Sus ojos se alzaron en pos de los míos, mientras su mano tanteaba en busca de las gafas.

–Ya le he dicho cuál era el motivo de mi visita.

–¿Es Simon? ¿Es él quien le envía?

–¿Quién diablos es Simon? ¿El cuarto individuo? ¿O el que hacía la foto?

LeBecq negó con movimientos lentos. Tenía enormes dificultades para enfrentarse a lo que le estaba sucediendo.

–¿Viene usted de Roma? ¿Es eso? –Se pasó la lengua por los labios resecos, cuarteados–. Por el amor de Dios, no me mate ahora. Después de tantos años... Su hermana ha muerto, mi hermano ha muerto, ¿no es eso suficiente?

–¿Su hermano? ¿Qué tiene que ver su hermano con todo esto?

–La fotografía –indicó y carraspeó en un intento por erradicar el miedo: parecía como si envejeciera drásticamente ante mis ojos–. El que aparece en esa foto suya no soy yo. Es mi hermano, Guy LeBecq. El padre Guy LeBecq. Diez años mayor que yo, un sacerdote. Yo no sé nada de esta fotografía. Por favor, debe creerme. –Su personalidad cambiaba continuamente. Ahora parecía malhumorado, no amedrentado–. Lo mismo que a su hermana, señor Driskill, a él también lo mataron. Hace muchos años, en París. Durante la guerra. Lo asesinaron en el cementerio de una iglesia y lo encontraron apoyado contra una lápida. Tenía la espalda rota, como si hubiesen exprimido la vida de su cuerpo.

Retrocedí un paso del escritorio, con la foto aún en la mano, tropecé con una silla y me senté en ella.

–Lo siento –logré articular por fin–. ¿Cómo podía yo saberlo? –LeBecq respiraba pesadamente, mientras Vivaldi seguía sonando–. ¿A qué se refería cuando ha dicho que yo había venido a matarlo? ¿Quién es Simon? ¿Por qué Roma iba a enviarme? No entiendo nada de lo que está pasando.

–Hágame caso –pronunció lentamente mientras se acomodaba las gafas, luego se agarró a los brazos del sillón–. Ellos también lo matarán a usted. No lo dude. Está usted muy lejos de su país y se mezcla en un asunto que no interesa a los suyos. Es una cuestión perteneciente al pasado, nunca lo entendería. Así que vuelva a casa, señor Driskill, y olvídese de nosotros. Por el amor de Dios, olvídenos y quizá ellos le permitan vivir. ¿Entiende lo que quiero decir? Váyase a casa, llore la ausencia de su hermana y conserve la vida. Usted es inocente y esta circunstancia es su única protección. Cúbrase con ella, ocúltese tras su inocencia. Y ahora, por favor, váyase. Yo no puedo decirle nada más. Nada.

Permaneció sentado en silencio, contemplándose las manos, mientras yo salía.

En la escalera flotante, la hermosa muchacha que me había acompañado pasó por mi lado al subir hacia el despacho. Me sonrió y preguntó si todo había ido bien. Me encogí de hombros y noté que sus ojos me seguían mientras yo continuaba bajando.

Cuando llegué a la planta baja de la galería, alcé los ojos hacia la gruesa pared de cristal del despacho de Étienne LeBecq. A él no se le podía ver, pero sí a la chica, que en aquellos momentos entraba.

Me marché y regresé al Cecil paseando lentamente.

¿Su hermano?

¡Jesús!, todo aquello era una comedia bufa y había tomado un giro inesperado. Atravesé directamente el vestíbulo del hotel en dirección al bar. El vestíbulo había contemplado tiempos mejores, pero esos tiempos tenían que haber sido grandiosos. Ahora la opulencia se había esfumado y envejecido, pero los recuerdos, como los de un viejo libertino, seguían siendo agradables. El bar daba a la Cornisa y al mar, y los rayos del sol poniente conferían un tono dorado al paisaje.

Coloqué la espalda en una posición cómoda y, después de tomarme un gin-tonic, hice señas para que me sirvieran otro. Me había desahogado con LeBecq y empezaba a sentirme mejor cuando de pronto aquel tipo me soltó que el de la foto era su hermano. Y que su hermano estaba muerto. Entonces, ¿qué era lo que le trastornaba tanto? Pensaba que yo había venido de Roma, que me enviaba un tal Simon y que iba a matarlo. «A matarnos a todos.» Seguramente Val sabía algo de todo aquello. «Su inocencia es su única protección.» ¿Quería decir con eso que Val sabía cosas que yo sin duda ignoraba? Por algún motivo, me había sentido incapaz de permanecer en su despacho martilleándolo. Sin embargo, tendría que volver a verlo. Él era todo cuanto tenía y lo obligaría a explicarse con mayor precisión. Claro que también estaba Richter, pero ése era un tipo más duro de pelar.

Me pregunté por qué no había sonsacado a Richter acerca de la foto. Sin duda, yo había comprendido que fue Val quien se la había robado. No tenía sentido sacar a relucir todo aquel lío, a menos que uno ya supiera qué iba a encontrar.

¿Por qué no había mencionado a ninguno de los dos al tipo del cabello plateado, el cura que había asesinado a Val y que había intentado matarme a mí? Carecía de respuesta para eso, al menos no había ninguna que me satisficiera. Acaso temía que todos formaran parte de la misma terrible conspiración... o que viniese a por mí una vez más.

–¡Señor Driskill! ¡Teléfono para el señor Driskill!

Un botones avanzaba por el bar gritando mi nombre. Le hice señas y me indicó que cogiese la llamada en la cabina número 1 del vestíbulo.

Cuando contesté, tenía la esperanza de que sor Lorraine quisiera tomarme bajo su protección y cenar juntos otra vez. Pero no era ella. Se trataba de una mujer, que hablaba entre susurros. No podría afirmar si pretendía disfrazar su voz o simplemente asegurarse de que nadie la oía.

–Señor Driskill, necesito verlo esta noche.

–¿Quién es usted?

–Luego. Nos encontraremos en...

–Yo sólo me encuentro con desconocidos en sitios elegantes, señorita.

–Ante la estatua de Saad Zaghloul, en la plaza. Delante de su hotel. ¿Es lo bastante seguro?

–¿Cómo la reconoceré?

–Yo lo conozco a usted. A las ocho.

La mujer colgó antes de que pudiera contestar con una nueva réplica brillante. Regresé al bar y me tomé dos calmantes con un tercer gin-tonic. Luego subí a mi habitación, tomé un espléndido baño, me cambié el vendaje de la herida y me senté ante la ventana para intentar tomar notas de lo que había averiguado en Egipto. La lista no estaba mal, pero al sacar conclusiones resultaba descorazonadora. Era sólo un cúmulo de lo que podían ser verdades sin ninguna relación. Quizá la misteriosa mujer pudiera proporcionarme alguna.

Pocos minutos antes de las ocho, me puse unos pantalones de pana y un suéter grueso y salí en medio de aquel viento frío y continuo hacia la enorme estatua que dominaba la plaza. La mujer debía de estar esperándome, ya que salió a mi encuentro en cuanto crucé la calle. Todavía llevaba la falda plisada color tabaco, zapatos de ante bajos a tono y una chaqueta de piel. Le dije que aquélla era una agradable sorpresa, pero ella consideró totalmente resistible mi intento de parecer galante. Estaba muy atractiva, pero su rostro era una máscara de severidad. El viento no lograba enredarle la mata de cabello negro. En el cuello llevaba un colgante con un pesado amuleto.

–¿Por qué tanto misterio? ¿Qué ha hecho usted para encontrarme?

–El Cecil ha sido el primer hotel al que he llamado. –Se encogió de hombros–. Temí que se negara a venir, de haber sabido quién era yo.

–¿Y bien? ¿Quién es usted? Trabaja usted en la galería y es la muchacha más bonita de Alejandría. ¿Qué más?

–Gabrielle LeBecq. Mi padre es el dueño de la galería.

Se detuvo bajo la estatua, que parecía presidir nuestro encuentro. Su madre debía de haber sido muy hermosa.

–Al menos no es usted una monja –comenté.

–¿Qué se supone que significa eso? –Siguió caminando, las manos metidas en los bolsillos de la chaqueta–. Ni siquiera soy católica. Soy copta.

–Lo que faltaba.

–No comprendo. –Me miró de soslayo, perpleja.

–No se preocupe.

–Yo soy egipcia, mi madre era copta.

–De acuerdo, pero en realidad carece de importancia. –Su boca estaba finamente perfilada, unos delicados montículos se elevaban para formarle los labios–. ¿Qué estamos haciendo aquí?

–Tengo que hablar seriamente con usted. Venga, tomaremos un café.

Cruzamos hasta la cafetería Trianon.

Ella permanecía en silencio, observándome con atención y sin sonreír. No pronunció una sola palabra hasta que no nos hubieron servido los cafés.

–Tiene que dejar en paz a mi padre. No debe martirizarlo. No se encuentra bien. –Me observó mientras yo tomaba aquel brebaje caliente y recio–. Diga algo.

–He venido aquí para ver a dos hombres y su padre es uno de ellos. Siento haberlo trastornado, pero...

–Ignoro qué desea usted de él, pero cuando he entrado en su despacho estaba sollozando. Ha sufrido ya un infarto y no debe sufrir otro. Me ha explicado quién es usted y jura que le contó a su hermana todo cuanto podía.

–¿Qué le contó, señorita LeBecq?

–No lo sé. Dice que hizo todo cuanto podía.

–A mi hermana la mataron después de hablar con su padre. Quiero saber qué le contó él.

La joven negó con un enérgico movimiento de cabeza.

–Mi padre es un hombre honrado. Las preguntas de ella se referían a algo..., no sé, a algo que pasó hace cuarenta años. ¿Qué puede importar eso ahora?

–A alguien debe de importarle lo suficiente como para que mi hermana muriese por saberlo. La verdad es que no puedo tener consideraciones con su padre.

–Pero él es un marchante de arte, no tuvo nada que ver con la guerra, debe comprenderlo. –Se mordía los labios, al borde de las lágrimas–. Su hermano, el cura, era mayor que él. Murió como un héroe en la guerra. Estaba en la Resistencia, creo. Algo por el estilo. –Se pasó un dedo por debajo de los ojos, de largas pestañas–. Mi padre y mi abuelo trabajaban en las galerías LeBecq y mi padre abandonó Francia para establecerse aquí en cuanto finalizó la guerra.

–¿Por qué? ¿Por qué no se quedó en París?

–¿Y eso qué importancia tiene, señor Driskill? Vino aquí, con el paso del tiempo se casó con mi madre y nací yo en el cincuenta y dos. Mi padre es un hombre muy respetado, ¡y usted no tiene derecho a acosarlo así!

–¿Qué relación tiene con Richter?

La joven se puso rígida.

–Son amigos, han realizado algún negocio juntos y ambos son católicos. Pero eso es algo que carece de importancia. No, en absoluto. Primero se presenta su hermana, luego usted...

–Preste atención a lo que le digo, señorita LeBecq. Piense en ello. ¿Cómo puede algo «que carece de importancia» trastornar a su padre de forma tan espectacular? ¿Por qué iba a preguntarme si alguien llamado Simon me envía para matarlo? ¿Por qué me preguntaría si he venido «a matarlos a todos»? Éstas han sido sus palabras. A mí no me parece que eso carezca de importancia. ¿Y a usted? Conteste con sinceridad. Mi hermana muere y su padre se asusta hasta casi enloquecer. ¿Por qué?

–Lo ignoro. Sólo sé que tenía miedo de... ¡De usted! Eso sí lo sabemos, ¿verdad?

De pronto, se levantó con brusquedad.

–Oiga...

–Por favor, se lo suplico. Déjelo en paz. Regrese a su país y deje que sigamos viviendo como hasta ahora.

Desapareció de mi vista incluso antes de que pudiese protestar.

Para cuando hube pagado los cafés y salido fuera, ya no quedaba rastro de Gabrielle LeBecq.

A la mañana siguiente me desperté aturdido debido al puñado de calmantes que me había tomado. Parecía como si tuviera un poco de fiebre; nada grave, me dije. En cuanto a mi espalda, no parecía haber sufrido cambio alguno. Sin embargo, al atardecer volví a examinar la herida. Estaba ligeramente inflamada a lo largo de la costura y supuraba un poco. Tenía las pastillas adecuadas para eso, así que las añadí a la mezcla y suprimí la ginebra.

Había sido un día vacío, inútil, perdido. Había intentado reflexionar sobre la información dispersa que había obtenido de Étienne LeBecq. Sin duda, él era una fuente de crucial importancia, pero ¿cómo iba a sonsacarle algo, si no quería hablar? Había chocado contra otro muro y no estaba discurriendo con suficiente imaginación, sin embargo, como suele decirse, incluso un burro hace sonar de vez en cuando la flauta.

Llamé por teléfono a Margaret Korder en Princeton. Me informó de que las noticias acerca de los asesinatos en el Helmsley Palace y el de Val apenas salían en los periódicos, que la policía no había progresado en sus investigaciones, y que en este aspecto no podía decirme nada nuevo. Mi padre estaba deprimido, dormía mucho y no contestaba gran cosa cuando la gente trataba de hablar con él. Parecía como si me echara de menos, y el hecho de que me hubiese marchado para realizar mis pesquisas era algo que podía provocarle un ataque de ira o hundirlo en la frustración. Me di por enterado y llamé al hospital, pero mi padre estaba descansando y consideraron que no debían despertarlo. Les pedí que le informaran de mi llamada, que me encontraba bien y que no se preocupara por mí.

Cuando la noche se cernía sobre Egipto y el frío viento aumentaba su arrogancia, el teléfono sonó. Era Gabrielle LeBecq y esta vez no intentaba disimular su voz. Estaba preocupada, tal como evidenciaba su respiración jadeante. Dijo que lo había pensado mucho antes de llamarme, pero que había llegado a la conclusión de que yo formaba parte de sus problemas, y por lo tanto era la persona a quien debía acudir. Le pedí que hablara más despacio, ya que mi francés era muy rudimentario, y que me explicara qué quería decir realmente.

Me informó de que su padre había desaparecido y que nadie lo había visto desde que salió de la galería, poco después de hablar conmigo. No había vuelto a su casa, ni había dejado ningún mensaje para ella.

–Me temo que le haya ocurrido algo grave. Estaba muy trastornado después de hablar con usted. –Respiró hondo–. Usted es el motivo de que haya desaparecido. Confío en que se haya limitado a eso y no se le ocurra quitarse de en medio. –Sofocó un grito angustiado–. ¿Por qué tuvo que venir usted? ¿Qué es lo que pretende en realidad?

–Ya le dije lo que quiero averiguar: por qué tuvo que morir mi hermana.

–Entonces tengo que hablar de nuevo con usted. Venga a verme. Estoy en casa. Hay algunas cosas que debo contarle, que explicarle. Estoy muy asustada. Usted representa lo que mi padre ha estado esperando todos estos años. Por favor, dese prisa, señor Driskill, antes de que sea demasiado tarde.

Me facilitó la dirección y, olvidándome de la fiebre, bajé enseguida, cogí un taxi y me dirigí hacia su casa. No tenía idea de qué diablos quería decirme aquella mujer, pero el hecho era que había algo por hacer, lo cual permitía ilusionarme con que me encaminaba hacia alguna parte.

La casa era un chalet que había perdido su color blanco bajo la luz de la luna. Parecía como si hubiese crecido sobre la cresta de una duna a una señal del arquitecto Frank Lloyd Wright. Recorrí el largo sendero que circulaba desde la verja hasta la casa, entre muchas palmeras, arbustos y flores. El chalet estaba a oscuras cuando llegué. Miré hacia atrás, pues había creído oír un ruido que no formaba parte de la naturaleza. Sor Lorraine era una profetisa. Ya empezaba a mirar por encima del hombro, y eso me recordó a Val, ya que al final no había vigilado con la atención necesaria. Escuché con atención y observé si algún rayo de luna se reflejaba en unos cabellos plateados o en la hoja de un cuchillo, pero sólo oí el ruido del oleaje en la playa tras la casa y el viento que sacudía las palmeras. No descubrí ningún indicio de vida.

La puerta principal en realidad estaba formada por dos puertas: una plancha de madera en el interior y luego una de hierro forjado pintada de negro. Mientras observaba las dos puertas en busca de un timbre, la plancha de madera se abrió de golpe y di un salto de casi medio metro de altura. Sentí como si fuera a vomitar. Entonces se abrió también la puerta de hierro y Gabrielle dijo:

–No tenía intención de asustarlo.

–Pues no podía haberlo hecho mejor.

Había una débil luz cenital que le eclipsaba la cara. Cuando me miró, vi que tenía los ojos enrojecidos, como si hubiese estado llorando.

–Entre, por favor.

Gabrielle se hizo a un lado y por un brevísimo instante temí que fuera a traicionarme. Pero luego esa sensación se esfumó.

Me precedió por las oscuras habitaciones hacia una luz que había al final de un largo y ancho pasillo. Entre las sombras por las que pasábamos distinguí un *rouault*, un icono bizantino y un par de cuadros de Monet que disponían de una pared para cada uno. Había gran cantidad de mobiliario, sobrio y macizo, macetas con plantas, algunos tapices en las paredes y gruesas alfombras: todo muy escogido, delicado, potenciado por la débil luminosidad proporcionada únicamente por la luz de la luna al penetrar por las ventanas.

–Pase por aquí –me indicó–. He intentado comprender lo que puede haber pasado por la mente de mi padre y creo que me he hecho un lío.

Miró a su alrededor, a las pilas de documentos que llenaban el estudio de su padre. Los cajones del escritorio estaban abiertos y tres lamparitas de mesa encendidas. Había un *degas* en la pared opuesta al escritorio, un mueble sólido y tallado, con figuras doradas en las esquinas y tablero forrado en piel. Gabrielle enderezó un par de pilas, apoyó las caderas en una mesa librería, se retiró el mechón de pelo que le caía sobre la frente y encendió un cigarrillo con un pesado encendedor de mesa.

–Cuénteme cuanto sepa acerca de mi padre. Tiene que existir alguna razón que explique su huida.

El cigarrillo le temblaba entre los dedos.

–Le enseñé una foto que fue tomada en París hace mucho tiempo, durante la ocupación alemana. Luego, sencillamente, pareció como si se desmoronara y empezó a decir que yo había venido para matarlo. Todo carecía de sentido. Tenía miedo de alguien llamado Simon y me preguntó si me enviaban desde Roma. Como usted ha dicho, tenía miedo, estaba terriblemente asustado. Pero entonces guardó silencio y me pidió que me marchara.

–Esa foto...

Llevaba un suéter de cachemira con cuello de pico, las mangas subidas hasta la mitad del antebrazo y pulseras de oro que tintineaban. Su rostro expresaba cansancio, fatiga, y se advertían débiles círculos alrededor de sus brillantes ojos negros. Estaba a punto de desmoronarse: tenía que haber algo más, aparte de que su padre había desaparecido hacía veinticuatro horas; tenía que haber algún otro motivo. Gabrielle rondaría los treinta años, era una mujer adulta, pero ahora se estaba enfrentando a algo que no sabía cómo manejar.

–¿Puedo ver esa foto suya? –pidió.

Yo estaba a su lado, de modo que coloqué la foto sobre la mesa, bajo la luz, y ella se inclinó para estudiarla. Unas gafas le colgaban de una cadenita que llevaba alrededor del cuello. Se las puso para examinar la foto.

–Richter –murmuró–. ¿Ése es mi padre? No creo que...

–Él me dijo que era su hermano Guy. Un sacerdote.

–Oh, sí. No es mi padre, aunque se aprecia un gran parecido.

Señaló una de las figuras y me miró con expresión interrogante.

–Es D'Ambrizzi. Ahora es cardenal. Puede que pronto se convierta en papa.

–¿Y este otro? Se parece a Shylock.

–¡Eso es! –exclamé en un susurro, debido al silencio que imperaba en la casa–. Sabía que había algo en ese perfil. ¡Es Torricelli! El obispo Torricelli. Me estaba rondando por la cabeza. Era un hombre muy influyente entre los católicos de París durante la guerra. Lo conocí cuando yo era un crío. Mi padre nos llevó a todos a París, después de la guerra. Él había conocido a Torricelli. Recuerdo que alguien lo llamaba *Shylock*, un apodo, y mi hermana preguntó qué quería decir *Shylock*. Torricelli se echó a reír y, colocándose de perfil, señaló su nariz. Enorme, ganchuda. Según mi opinión, mucho más parecida a la de Punch, el bailarín pintado por Lautrec. –Me quedé mirando la foto–. Dios mío –pensé en voz alta–, ahora ya los conozco a todos: monseñor D'Ambrizzi, Klaus Richter, de la Wehrmacht, el padre Guy LeBecq y ahora el obispo Torricelli.

–¿Tiene algún significado esta foto? –Dejó que las gafas resbalaran sobre sus pechos–. ¿Por qué se la mostró a mi padre?

–Porque creí que aparecía en ella. Mi hermana llevaba consigo esta foto cuando la asesinaron. Era mi única pista y tengo que averiguar qué significaba para ella. ¿Por qué ha obligado a su padre a escapar?

Gabrielle permaneció un largo rato en silencio. Yo miraba hacia fuera, al Mediterráneo que bañaba la gruesa arena. Mi mente corría veloz, para no llegar a ninguna parte. Necesitaba ayuda, alguien con una inteligencia despejada y mucho más ágil que la mía. Cuando me volví hacia ella, vi que no se había movido: seguía allí de pie, apurando el cigarrillo, observándome.

Hice una inclinación de cabeza hacia los documentos que ella había estado revolviendo.

–¿Qué es todo esto?

Gabrielle se acercó al escritorio. Se movía con gracia, meciéndose con elegancia sobre los tacones altos. Parecía cansada, tensa, hermosa. Deseé romper aquel instante en pedazos y reconstruirlo como si se tratara de un encuentro romántico. Quería acariciarla y me esforcé por alejar de mi mente esa idea. No era el momento más indicado para perder la concentración.

–He examinado todos los documentos que he podido encontrar. Buscaba algo que me indicara por qué su hermana asustó tanto a mi padre. No se ha comportado con normalidad desde que ella fue a verlo. –Apartó a un lado algunas pilas–. He encontrado su diario. Ayer, al salir de la galería, vino a casa. No lo supe hasta que no leí su diario. Cuando yo llegué, él ya se había ido. Realizó algunas anotaciones. Ésta la hizo después de hablar con usted. Aquí, compruébelo usted mismo.

Se trataba de un bloc de espiral, una agenda con páginas para anotaciones. En ella había escrito algo en francés y me interesaba saber exactamente qué decía allí.

–Tradúzcamelo –le pedí.

–«¿Qué será de nosotros? ¿Dónde terminará todo eso? ¡En el infierno!» –La voz se le quebró. Gabrielle se mordía el labio inferior cuando se volvió hacia mí. Había lágrimas en sus mejillas y el rímel se le había corrido–. Mi tío murió como un héroe y ahora, cuarenta años después, mi padre... Sé que ha ocurrido algo terrible y que usted no pretendía que eso ocurriera...

–Así es, Gabrielle, no era ésa mi intención. Sólo estaba tanteando en medio de la oscuridad.

Apoyé las manos sobre sus hombros, sentí que la suave lana de cachemira se deslizaba sobre mi piel; ella se acercó a mí y apoyó luego la cabeza en mi pecho. La sujeté y sentí que temblaba contra mi cuerpo. Era menuda y parecía como si los huesos se le fueran a quebrar. Se pegó a mí, un desconocido, en el instante del miedo, y yo le besé suavemente el cabello, inhalé su olor. Hubiera querido decirle que no pasaba nada, que su padre estaba bien, pero no podía. Había muerto demasiada gente. De modo que la sostuve entre mis brazos y dejé que llorara. Quizá su padre se encontrara bien, o quizá estuviese ya en el infierno. Aquél no era el momento de consolarla con falsas esperanzas. Sin apartarse de mi pecho, murmuró:

–¿Por qué debería confiar en usted?

–¿Y qué puede perder con ello? Sabe usted muy bien que no estoy aquí para matar a nadie. Además, soy un tipo atractivo para mi edad, ¿no?

Gabrielle sonrió y sorbió las lágrimas.

Entonces efectué un disparo a ciegas.

–Y quizá también porque sabe algo que no me ha contado, algo que yo debería saber. Confía en mí porque necesita hacerlo.

Gabrielle se apartó de mí poco a poco.

–Aquí, en su diario, hay algo. –Pasó las páginas rápidamente–: Aquí está el día en que su hermana fue a verlo. No menciona su nombre en absoluto, pero aquí, observe, anotó una lista de nombres.

Simon.

Gregory.

Paul.

Christos.

¡Archiduque!

Gabrielle me observó mientras yo leía los nombres en voz alta.

–¿Son nombres auténticos, señor Driskill? –inquirió–. ¿O se trata de nombres en clave? Archiduque.

Asentí lentamente.

–¿Y qué significa ese signo de admiración? ¿Por qué es tan importante ese hombre?

–En su fotografía hay cuatro hombres –insinuó ella.

–Y casi juraría que mi hermana le mostró esa misma fotografía. Su padre vio la foto, pero no anotó nada acerca de mi hermana. Sin embargo, apuntó esos nombres.

–Pero eso no encaja, ¿no lo ve? ¡Ahí sobra un nombre!

–No, encaja a la perfección. El quinto hombre es el que hizo la foto.

Ambos permanecimos allí de pie, mirándonos mutuamente, advirtiendo nuestra confusión.

–Señor Driskill, ¿quiere que demos un paseo por la playa? Puede que el aire fresco nos ayude a despejar la cabeza.

–¿Por qué no me tutea y me llama Ben?

Gabrielle cogió una chaqueta de ante que había sobre el respaldo de una silla.

–Entonces usted debe llamarme Gaby, ¿de acuerdo? –Asentí sonriendo–. Vamos.

Abrió una puerta corredera de cristal, y el aire frío y salado llenó la habitación. De un puntapié, se quitó los zapatos de tacón alto.

Bajamos por una escalera de madera hasta la compacta arena. Las olas se desplegaban sobre ella y brillaban plateadas bajo la luna. Las luces de Alejandría titilaban hacia el este. Nos acercamos hasta la línea donde la arena estaba húmeda y paseamos a lo largo del rompiente de las olas. Durante un rato hablamos de cuestiones personales, de mi vida como abogado en Nueva York, de la muerte del hombre con quien ella pensaba casarse, en 1973, durante la guerra con Israel, de mi propio fracaso en mis relaciones con la Iglesia y los jesuitas, de su vida como hija única con su padre, al morir la madre. Gabrielle había conocido sólo a dos hombres norteamericanos y se echó a reír cuando le confesé que yo nunca había conocido a una mujer egipcia.

–Todo el mundo espera encontrar a Cleopatra –comentó con voz suave, mientras me cogía del brazo.

El viento salado nos salpicó la cara cuando dimos media vuelta y regresamos paseando a la casa.

Le pregunté si creía que su padre habría llamado a su camarada Richter, de haber querido hablar con alguien después de que yo le visitara el otro día.

Gabrielle rió ásperamente, un amargo contraste con su tono habitual.

–¿A Richter? Créeme, no es ningún «camarada» de mi padre. ¡Es su carcelero!

–¿Qué quieres decir?

–Vayamos dentro; tengo frío. Haré un poco de café y luego te hablaré del señor Richter y de la familia LeBecq.

Cuando nos hubimos instalado en una habitación con tapices en las paredes, antiguas alfombras persas, amplios sofás, cuencos llenos de flores y lámparas bajas que lanzaban suaves rayos de luz, me contó una historia extraordinaria que había ido recogiendo a lo largo de los años y que había guardado en secreto hasta entonces.

Jean-Paul LeBecq, el padre de Guy y de Étienne, había sido un católico muy conservador y simpatizante del gobierno títere de los nazis, con el mariscal Pétain como figura central. Guy era sacerdote y Étienne trabajaba en la galería, como heredero del negocio de su padre. Bajo la atenta vigilancia del anciano LeBecq, Étienne no tenía más remedio que hacerse eco de las opiniones políticas de su padre. Al poco de estallar la guerra, Jean-Paul se vio incapacitado por un ataque, y Étienne, con veinticinco años, se puso al frente del negocio. Entonces averiguó que el anciano había estado actuando como una especie de diplomático sin cartera, moviéndose para suavizar las relaciones entre el ejército nazi de ocupación y la Iglesia católica en París. Era muy importante mantener los canales de comunicación abiertos, ya que cada uno de los grandes bloques necesitaba del otro. Por esa época Étienne conoció a Klaus Richter, que trabajaba en el mismo bando, conectando al ejército de ocupación con la Iglesia. Cuanto ella me decía encajaba con los fragmentos sueltos de información que Richter me había facilitado. No sabía gran cosa acerca de la relación del padre Guy LeBecq con todo aquello, sólo que siempre le habían dicho que había muerto como un héroe –de nuevo aquella frase– durante la guerra. Nada más.

A base de mantener los oídos bien abiertos mientras trabajaba como ayudante de su padre y por lo que le había oído decir durante uno de sus ataques depresivos, Gabrielle se había enterado de que el viejo Jean-Paul manejaba los tesoros artísticos que los nazis habían robado de colecciones privadas, la mayoría de las cuales pertenecían a judíos. Cuando la salud de Jean-Paul le impidió desempeñar un papel activo en el negocio, esa tarea le correspondió al joven Étienne.

–Pero ¿por qué necesitaban los nazis un intermediario? –pregunté–. En realidad se apoderaban sencillamente de lo que querían.

–Sí –admitió Gabrielle–, pero no debes olvidarte de la Iglesia. Ésta quería su parte en el botín a cambio de cooperar con los nazis.

–Pero ¿hasta dónde llegaba esa cooperación?

Gabrielle se encogió de hombros.

–En tiempos de guerra, ¿quién sabe?

–Pero, todo eso que me has contado, ¿lo sabes a ciencia cierta?

–¡No seas tan legalista! Yo no estaba allí, si te refieres a eso. Pero sí, lo sé con certeza. –Se estaba impacientando conmigo–. Ha estado atormentando a mi padre durante todos estos años. ¿Por qué iba a inventarse semejante historia? Sí, así fue como sucedió.

–Pero ¿cómo puedes estar tan segura?

–Por lo que sucedió después, ¡porque he visto por lo que ha tenido que pasar mi padre! He intentado quitármelo de la cabeza, pero primero vino tu hermana y ahora tú. Has hecho que todo volviera a resucitar. Me avergüenzo de lo que hizo mi padre.

–Gaby, el hecho de que durante la guerra la Iglesia y los nazis compartieran la cama no es algo muy bonito, pero tampoco es nada nuevo. La Iglesia hizo muchas cosas durante la guerra de las que no puede enorgullecerse. No debes mostrarte tan dura con tu padre. A mí me da la impresión de que debió de verse atrapado en medio, el agente que traspasaba a la Iglesia obras de arte que los nazis habían robado. Gaby, eran tiempos de guerra, vete a saber qué presiones ejercerían en él. Era muy joven y seguía las huellas de su padre.

Sin embargo, yo rumiaba qué habría detrás de todo aquello. ¿Qué había averiguado Val? No, aquello formaba parte de un pasado, de un pasado demasiado lejano. Un eslabón en un antiguo proceso. ¿A quién le importaría en la actualidad? ¿Cómo podía alguien sentirse amenazado por acusaciones que se remontaban cuarenta años atrás?

–Lo grave es que aquello no se terminó al finalizar la guerra –añadió Gabrielle–. ¡Eso es lo peor de todo! ¡Mi padre se convirtió en uno de sus colaboradores! Ellos le ayudaron a montar las galerías en El Cairo y Alejandría después de la guerra, a fin de poder seguir traficando con obras de arte sin que nadie reparase en ello. ¡Mantuvieron el negocio en marcha!

–¿Mantuvieron? ¿Quiénes? Si la guerra había terminado...

–¡Qué fácil resulta ser ingenuo para un americano! Nosotros no podemos, aquí no nos podemos permitir tener vuestra visión del mundo. No cuando los alemanes empezaban a aparecer por El Cairo con un pasado recién inventado: ricos, poderosos, asesorando al gobierno. Los nazis, Ben, los nazis escondieron tesoros artísticos por valor de miles de millones de dólares, además de oro, joyas y piedras preciosas inimaginables. Sin embargo, todo aquel botín no les servía de nada. ¿Qué podían hacer con él? Necesitaban dinero, algún medio para transformar todo aquello en dinero. En todo el mundo había supervivientes del nazismo: la Legión Cóndor en Madrid, Die Spinne, los antiguos agentes de las SS que abandonaban Europa rumbo a África, a Sudamérica, a vuestros maravillosos y justos Estados Unidos, la vieja guardia que soñaba con un Cuarto Reich. No se trataba sólo de los Mengele, Barbie y Bormann, había centenares de hombres de los que nunca se había oído hablar, y todos necesitaban dinero. Una manera de proporcionárselo, de colocarlos en importantes negocios y en productivas carteras de inversiones, consistía en la venta de obras de arte. Pero no resultaba fácil encontrar a un comprador en quien confiar, de modo que tuvieron que recurrir también a una especie de chantaje, ¿comprendes?

–¿Quieres decir que vendían a la Iglesia toda la mercancía? ¿Que es así como se financiaban a sí mismos?

–Los nazis supervivientes tenían a la Iglesia entre la espada y la pared: o nos compráis la mercancía o...

Se quedó mirándome, a la espera de que yo finalizara la frase.

–O de lo contrario le diremos al mundo que os proporcionábamos parte del botín durante la guerra. Sin duda, se trataba de un chantaje. Pero, de hecho, la Iglesia recibía algo a cambio de su dinero. –Suspiré y con mucho cuidado volví a recostarme en el sofá–. ¡Que me condene ahora mismo! De manera que la Iglesia había firmado un pacto con el diablo.

–Se trataba..., mejor dicho, se trata de un delicado equilibrio –corrigió Gabrielle–. La Iglesia no se halla indefensa. Podría revelar los lugares donde se esconden muchos de los hombres que en el pasado se consideraban criminales de guerra; de modo que los nazis supervivientes también temen a la Iglesia. Se trata de una amalgama de temores mutuos. Mi padre estaba en medio de los dos bandos, aunque también obtenía algo a cambio. Con su complicidad, con sus pecados, se enriqueció. Ignoro cuáles eran los mecanismos, pero utilizaban a mi padre para vender, comprar, pasar contrabando, distribuirlo fuera de Europa y, finalmente, entregarlo a la Iglesia. También se encargaba de desviar los pagos hasta los nazis.

–A través de Klaus Richter –concluí.

Gabrielle asintió.

–Creo que así es como funcionaba. No puedo probarlo, pero mi padre me explicó lo suficiente para completar el resto del acertijo. Eso ha temido mi padre todos estos años, que lo descubrieran. Mi padre es un hombre débil, carece de agallas para estos juegos. Richter lo considera un eslabón insignificante, de modo que es quien sostiene la correa que mantiene atado a mi padre. Klaus Richter lo vigila, y ahora me temo que mi padre se haya resquebrajado bajo la presión de su propia culpa.

Gabrielle estaba llorando en silencio. Me acerqué y me arrodillé a su lado. Ella me tendió las manos y yo se las cogí. Parecía como si no pudiera dejar de llorar y, al intentar decir algo, las palabras le salían amortiguadas. Entonces alzó hacia mí su rostro resplandeciente y me besó. Poco después me guió hasta el dormitorio e hicimos el amor con la avidez de dos desconocidos, cada uno buscando sin duda la protección momentánea que necesitábamos. Cuando ella se quedó dormida, me levanté, me puse algo de ropa encima y salí al descansillo de la escalera de madera que conducía a la playa. El frío viento me secó el sudor de la cara. Ni siquiera alcanzaba a recordar si durante el esfuerzo de las últimas dos horas me había dolido la espalda. El vendaje aún parecía estar en su sitio, pero no por ello me encontraba mejor.

Observé el reflejo de la luna sobre el agua y, en medio del silencio, con sólo el golpeteo de las olas en la orilla, intenté llegar hasta mi hermana, hasta Val, y preguntarle si aquello era..., si aquello era todo.

Puede que, al igual que yo, se hubiese tropezado con aquella banda de ladrones de obras de arte en época de guerra: unos cuantos clérigos, algunos viejos nazis impenitentes, instalados en los rincones más extraños del mundo, con sus cuadros, estatuas y huevos de Fabergé ilegalmente conseguidos, y con sus sueños rotos de tener algún día el mundo en sus manos. No era muy edificante, pero carecía de suficiente trascendencia como para incidir en la elección del nuevo papa o para matar a Val, a Lockhardt y a Heffernan: no encajaba, no. Había descubierto un detalle desagradable en la esquina del tejido que formaba la Iglesia, pero nada más.

Sin embargo, allí estaba la fotografía. Richter había mantenido tratos con la Iglesia y con él se sentaban tres clérigos, dos de los cuales estaban muertos, y el otro que podía subir a la Silla de San Pedro estaba en peligro. También tenía la afirmación de Gabrielle de que aquel flujo de obras de arte y de dinero todavía funcionaba. Si ella estaba en lo cierto, entonces habría hombres en el seno de la Iglesia que estarían involucrados en la continuación del viejo juego de chantaje mutuo. En el seno de la Iglesia habría alguien que sería el jefe nazi.

Quizá alguien del pasado. O alguien nuevo, que continuara la tradición.

D'Ambrizzi era el vínculo superviviente por parte de la Iglesia. ¿Cómo podía yo estar seguro de que una revelación, ahora, no fuera a destruir las posibilidades del cardenal D'Ambrizzi para conseguir aquel trabajo único? D'Ambrizzi, mi maravilloso compañero de juegos durante el verano y el otoño de 1945.

Val había estado muy unida a él y sor Elizabeth lo conocía bien.

Los hechos parecían girar en torno a mi cabeza y no lograba mantenerlos quietos. ¿Dónde encajaba París en la actualidad? Val había pasado los últimos meses de su vida en París, desenterrando algo que habían ocultado allí. Pero ¿qué era? ¿Y también París en el pasado? ¡Diablos, todos habían estado en París entonces!

Me preguntaba adónde podía haber ido Étienne LeBecq y pensaba en lo mucho que me apetecería hacerle unas cuantas preguntas, cuando oí algo que se movía a mis espaldas. Gaby se había puesto una gruesa bata y estaba de pie en el umbral.

–Creo que sé dónde está mi padre –dijo–. Él y Richter solían hablar de un lugar, un sitio relacionado con los católicos, donde podrían acudir si alguna vez querían apartarse de todo. Solían bromear al referirse a él. Richter decía que no estaba exactamente en el fin del mundo, pero que podían verlo desde allí.

–¿Un sitio católico? ¿A qué se referían? ¿A una iglesia? ¿Un monasterio? ¿Un asilo?

–Lo ignoro. Pero sí sé cómo lo llamaban.

–¿Cómo, Gaby?

–*L'inferno.*

3

1. Claude Gilbert. 2-81
2. Sebastián Arroyo. 8-81
3. Hans Ludwig Mueller. 1-82
4. Pryce Badell-Fowler. 5-82
5. Geoffrey Strachan. 8-82
6. Erich Kessler.

La carpeta que Elizabeth había encontrado entre las pertenencias de Val resultó decepcionante, pues su grosor se debía a unas veintitantas hojas en blanco. Sólo la primera contenía una lista de nombres seguidos de unas fechas. Todos a excepción de Erich Kessler, que carecía de fecha. Fuera cual fuese la información que Val había logrado reunir, había desaparecido. Probablemente se la había llevado dentro del maletín Vuitton que le habían robado cuando la asesinaron.

En la carpeta había otra hoja casi totalmente en blanco. Había en ella una mezcla de letras mayúsculas que carecían de significado para Elizabeth. Un código privado de Val, impenetrable a cualquier interpretación. No parecía descifrable, pero, aun así, se lo llevó.

En la oficina reinaba la locura, pero al día siguiente encontró un momento para coger aparte a sor Bernadine y, mientras tomaban unas latas de Coca-Cola, le entregó la lista.

–Aquí tiene una tarea muy especial, hermana –le dijo.

Sor Bernadine estaba fumando un cigarrillo, el que se permitía por la tarde. Siempre que fumaba parecía más adulta e inteligente. Pero aquello era una simple ilusión, ya que resultaba admirablemente adulta e inteligente en cualquier caso. Elizabeth le entregó una fotocopia de la hoja con los nombres.

–Es probable que, igual que yo, reconozca a uno o dos de estos nombres. Apostaría a que todos están muertos y es probable que éstas sean las fechas. Cubren aproximadamente los últimos dieciocho meses. Lo que me interesa son los datos de su muerte, tal como aparecen inscritos en los documentos de sus ciudades, tal cual. Y me los traduce, pues no querría cometer un error estúpido. ¿Entendido?

–Delo por hecho, hermana. Pero necesitaré un poco de tiempo.

–Bueno, aplaste con la poderosa bota de la Madre Iglesia los cuellos que haga falta. Es muy importante. Y no hable de ello con nadie.

Sor Elizabeth sabía que no había en todo el mundo nada parecido a los archivos secretos del Vaticano.

Cuarenta kilómetros de estanterías. Miles y miles de volúmenes demasiado pesados para que pudiera levantarlos una persona sola.

Sabía que los historiadores los apodaban «la Llave de San Pedro». Sin esa llave no existiría la significativa historia de la Edad Media.

En alguna parte de aquellos archivos se escondían las respuestas a preguntas que habrían dejado perplejos a eruditos de todas las épocas.

¿Había estrangulado el príncipe Orsini a su esposa Isabel en su cama de matrimonio, en el siglo XVI, o había contratado a alguien para que lo hiciera?

¿Quién era santa Catalina? ¿Se trataba en realidad de Lucrecia Borgia, con su larga cabellera rubia?

¿Qué secretos se ocultaban en los voluminosos 7.000 volúmenes de las indulgencias? ¿Cuál era el pago exigido para la absolución de un pecado? ¿Y por las necesarias exenciones de la ley eclesiástica? Dinero y bienes de todo tipo, sí; pero ¿y el sistema de servicios personales al papa y a sus príncipes?

¿Qué conspiración se escondía tras el robo de los manuscritos de Petrarca? ¿Se trataba de una improvisación de última hora debido a que habían desaparecido los sellos de oro?

¿Se encontraba en algún lugar de los archivos la respuesta a la pregunta que inquietaba a sor Elizabeth, una monja del siglo XX? ¿En qué estaba trabajando Val? ¿Y por qué había tenido que morir?

Quizá la respuesta aguardara en alguno de los casi cinco mil registros papales, que empezaban con las cartas de Inocencio III, en 1198, encuadernadas en volúmenes del tamaño de un atlas, y con la tinta ya dorada por el paso de los siglos...

Entre todos los *fondi* –llamaban *fondo* a cada colección de documentos, y nadie sabía siquiera cuántos *fondi* habría realmente allí–, existía uno titulado *Miscelánea*, que ocupaba él solo 15 estancias. Su contenido estaba sin catalogar, un pozo sin fondo.

Se había repetido innumerables veces, y con toda la razón del mundo, que sólo Dios sabía lo que se ocultaba en los archivos secretos.

Todas las actas del proceso a Galileo.

La correspondencia de Enrique VIII con Ana Bolena.

Las cartas privadas del papa Alejandro Borgia y de las mujeres que había amado: Lucrecia, Vannozza dei Cattanei y Julia Farnesio.

Los informes de la Santa Rota donde constaban los testimonios más íntimos relacionados con las anulaciones.

Los archivos de la Congregación de Ritos, las deliberaciones que conducían a la beatificación y a la canonización, y que incluían los informes del abogado del Diablo.

Las actas íntegras del proceso de la Monaca di Monza, que revelaba los más íntimos detalles de la vida de la monja de Monza y de las otras religiosas del convento.

El *fondo* concerniente a la nunciatura de Venecia, que se había incorporado a los archivos en 1835, después de la caída de la República de Venecia, y que contenía las historias de tres instituciones religiosas que habían sido rigurosamente suprimidas en el siglo XVII.

Saber qué tipo de material podía encontrar en los archivos formaba parte de los conocimientos de sor Elizabeth, e incluso más especialmente de los de Val. Pero ésta le había explicado a Elizabeth muchas historias acerca de la casi imposibilidad de hallar, mediante un plan establecido, lo que se quería en aquel revoltijo de libros, pergaminos y *buste,* una especie de carpeta para guardar documentos.

Elizabeth conocía la existencia de aquella pequeña estancia que conducía a la Sala del Meridiano, en la Torre de los Vientos. En aquella habitación había una librería que contenía nueve mil *buste*. Sin catalogar, sin estudiar, totalmente ignorados. Para inventariar aquellas 9.000 carpetas se necesitaría que dos eruditos trabajaran exclusivamente en su contenido durante cerca de dos siglos. Una sola librería.

El único índice significativo que se había realizado de los archivos secretos lo había inventariado hacía muchísimo tiempo el cardenal Garampi, y, si bien sumaba volúmenes, era incompleto, inexacto y frustrante. Además, el cardenal lo había realizado utilizando un código de su propia invención.

Elizabeth también estaba enterada del riesgo que corría quien se internara en ellos. Por eso valía la pena el esfuerzo de hurgar en los archivos secretos.

Conocía la regla de los cien años: los archivos relacionados con el siglo anterior estaban clausurados. Absolutamente cerrados.

Recordaba también lo que Curtis Lockhardt les había comentado acerca de la regla de los cien años:

–Sin esa regla, la mitad de los hombres que rigen los destinos del mundo se habrían visto obligados a suicidarse. Hay que dar gracias a Dios por la regla de los cien años. Nosotros, los católicos, sabemos cómo manejar estas cosas, alabado sea Dios.

Los archivos secretos del Vaticano estaban custodiados por un equipo de siete hombres, uno de los cuales, al que llamaban prefecto, supervisaba a los seis restantes.

Al cabo de media hora, Elizabeth iba a encontrarse con monseñor Petrella en el Patio del Belvedere, sede de los archivos secretos. Monseñor Petrella era el prefecto, y monseñor Sandanato lo más próximo a un amigo que Petrella tenía. Por eso aquél la había recomendado, a pesar de que ignoraba cuáles eran las razones que impulsaban a Elizabeth.

Al cabo de media hora, Elizabeth empezaría a buscar en los archivos secretos lo que tanto había fascinado a sor Val durante los últimos meses de su vida.

Cuando Elizabeth atravesó la plaza de San Pedro, el brillante sol de las primeras horas de la mañana proyectaba largas sombras sobre el empedrado. Pasó ante los muros Leoninos, entró en la Ciudad del Vaticano por la puerta de Santa Ana y cruzó resueltamente ante el edificio del *Osservatore Romano,* hacia el Patio del Belvedere, junto a la Biblioteca del Vaticano.

Llevaba todos los documentos en orden, incluida la carta del papa relacionada con su trabajo y la tarjeta de identificación con su fotografía. Pero lo que había acelerado todas las diligencias y le había allanado el camino era el énfasis que había puesto Sandanato en su relación con Curtis Lockhardt. También gracias a Lockhardt le habían otorgado ciertos privilegios para fisgonear en determinadas áreas, cuando eso era algo que estaba vedado. Pero Curtis Lockhardt había conseguido recaudar personalmente bastantes millones destinados a proporcionar tecnología de mantenimiento a los archivos secretos.

–Cualquier día entro allí y descubro que Petrella ha bautizado con mi nombre la sala de fotocopias –solía bromear.

Monseñor Sandanato la aguardaba en el interior, junto a la entrada, en una sala discordantemente moderna, con suelos de mármol claro y una mesa enorme, donde tuvo que firmar.

–Hace cosa de un mes que yo estuve aquí para echar un vistazo a las cartas de Miguel Ángel –le explicó Sandanato mientras se dirigían a la sala de recepción–. Petrella es un hombre orgulloso, pero se encontró con la horma de su zapato. Me dijo que en aquel momento no podía verlas y yo le pregunté el motivo. Al parecer el Santo Padre las había sacado hacía algún tiempo y Petrella temía importunarlo si le pedía que las devolviera. Como es lógico, a nadie más se le permite sacar nada de aquí. Ah, allí está. ¡Tonio, amigo mío!

La gran sala de recepción estaba repleta de mobiliario que Calixto había sacado de los aposentos papales. Encima de una mesa baja colgaba un tapiz, donde san Pedro navegaba sobre un mar tormentoso; no constituía una mala advertencia para quien estuviese a punto de sumergirse en los archivos secretos.

Monseñor Petrella parecía un elegante cortesano, propietario de algún ducado. Era alto y rubio, vestía una larga sotana negra y su rostro estaba muy bien conservado: altanero, de una inquietante tersura para un hombre que había cumplido los cincuenta. Le dio la bienvenida con una leve sonrisa y un firme apretón de manos. Después de presentarlos, Sandanato se excusó alegando que debía reunirse con el cardenal y Elizabeth se quedó a solas con Petrella.

–Como muy bien verá, hermana –dijo Petrella, con voz suave–, hay aquí algunos problemas de organización. La verdad es que nunca se ha realizado un catálogo serio del contenido de los archivos. Ahora ya existe demasiado material y además aumenta a gran velocidad. La vida me ha elegido para el papel de Sísifo y no me queda más remedio que desempeñarlo lo mejor posible. Confío en que esté usted preparada.

–Creo que ya conozco los *fondi* que más me interesan, pero es posible que requiera su ayuda. Me refiero a que pretendo finalizar algunas de las investigaciones en las que sor Valentine estaba trabajando.

–Ha sido una gran tragedia –suspiró–. Todo un misterio.

La atravesó con su mirada de chismoso, ávido por obtener alguna información sobre lo sucedido.

–¿Recuerda por casualidad dónde efectuaba la mayor parte de su labor? Eso podría serme de gran ayuda.

–Oh, sí. En los Borgia, creo. Los Borgia siempre han sido muy populares. En la nunciatura de Venecia. Pasó muchos días en la *Miscelánea*. Algunos de los *buste* de la Torre de los Vientos.

Efectuó un amplio ademán con ambas manos; como si dijera: «Hay tanto material...».

–Creo que necesito familiarizarme con este lugar. Ya sé que se trata de una tarea muy difícil, pero se lo debo a ella. Tengo que hallar algún material para unas notas a pie de página.

Petrella asintió.

–Bien, un enfoque realista, desprovisto de apasionamiento, es la clave para conservar la cordura. Todo esto es tierra desconocida. Venga conmigo y le enseñaré sólo una muestra del lugar donde se ha metido. De todos modos, usted ya había estado aquí, ¿no?

–Sólo de forma ocasional, cuando publiqué en la revista un artículo referente a los archivos. Podría decirse que vine como turista. En cambio hoy vengo en calidad de trabajadora.

Petrella sonrió, asintió y le indicó el camino.

Empezaron por la sala de estudio, con los enormes escritorios negros y los atriles destinados a los volúmenes demasiado pesados para sostenerlos, el gran reloj, el trono desde donde se suponía que el prefecto debía vigilar la sala. Por lo general estaba demasiado ocupado para permanecer allí.

–Sin embargo, lo que importa es la idea –se excusó Petrella.

A través de las ventanas, Elizabeth distinguió el patio con sus espléndidas adelfas rojas, los naranjos y algunos estudiantes que ya se tomaban un pequeño descanso para fumar un cigarrillo.

Continuaron por unos oscuros pasillos con pesados estantes metálicos a ambos lados, de dos pisos de altura, y en los que las luces estaban programadas para que se apagaran de forma automática cuando uno proseguía su camino, moviéndose continuamente dentro de una burbuja de luz, en medio de un oscuro mar. Vio la Sala de los Pergaminos, donde los antiguos documentos se habían vuelto morados a causa de un hongo que se había apoderado de ellos y que al final los destruiría. En la parte más antigua de los archivos descubrió las vitrinas de álamo blanco construidas por los grandes ebanistas del siglo XVII para Pablo V, que todavía llevaban el escudo de armas del papa Borghese. Dentro de aquellas vitrinas se guardaban los sellos papales.

Subieron por las escaleras angostas y oscuras que conducían a la parte superior de la Torre de los Vientos. Abajo, a lo lejos, los jardines del Vaticano se extendían como un mapa verde en miniatura. La Sala del Meridiano, situada en la parte más alta, estaba vacía. Dos de las paredes se hallaban cubiertas con frescos que representaban a los vientos como dioses con sus túnicas flotando al aire. La sala estaba diseñada para un observatorio astronómico.

–Uno no puede evitar pensar que quizá Galileo, cuya confesión firmada de puño y letra se guarda ahí abajo, obtuvo cierto consuelo de este hecho –comentó Petrella.

En el suelo había unos mosaicos cuyo diseño reproducía un zodíaco, orientado hacia los rayos del sol que penetraban por una estrecha abertura practicada en la pared de los frescos. En el techo colgaba una veleta, que se movía graciosamente.

–El calendario gregoriano se creó aquí –explicó Petrella–. En la torre no hay bombillas por una razón muy sencilla. Dado que nunca se ha visto aquí una luz artificial, la mera presencia del más leve parpadeo luminoso indicaría que había fuego, o la llegada de algún intruso. Inteligente, ¿eh? –Rió con suavidad.

Por la tarde, Elizabeth se instaló en una silla increíblemente incómoda frente a un macizo escritorio, en la sala de estudio, y envió a buscar los primeros materiales. Empezó con el *fondo* relativo a la nunciatura de Venecia.

Elizabeth aborrecía todo lo que interfería en su dedicación a los archivos, pero lo cierto era que debía atender su trabajo. Durante los tres días que siguieron, y aunque sólo pasaba tres horas al día en la sala de estudio, sor Bernadine tenía que suplir su ausencia en el despacho, con lo cual se retrasaba su investigación relativa a los seis nombres. Aun así, finalmente sor Bernadine obtuvo suficientes datos para proporcionarle un informe. Elizabeth, quien cada vez se sentía más absorbida debido a su investigación, que combinaba con el trabajo en el despacho, decidió que ambas podían permitirse un almuerzo en su *trattoria* favoria, próxima a las oficinas de la revista.

Aunque no había averiguado nada relacionado con Val, al menos empezaba a perderse por los archivos. Había descubierto algunos datos fascinantes en el *fondo* de la nunciatura de Venecia y unos fragmentos muy jugosos en el material de los Borgia, referencias a esto y aquello, sexo, violencia y traición: todo marcas de la casa en aquel entonces. Había leído anotaciones en el dorso de las cartas y descubierto pequeños dibujos obscenos en los márgenes de los documentos, garabatos que habían dejado allí los insolentes copistas que habían muerto hacía ya cuatrocientos o quinientos años. Pasaba aquellos días con la historia de la Iglesia y de la civilización entre sus manos y se sentía seducida por pasajes en los que le habría gustado entretenerse más tiempo, pero no podía permitírselo. Ahora, cuando se sentía estimulada por el entusiasmo que despertaban en ella los archivos, el pasado, tenía que hacer un gran esfuerzo para regresar al siglo XX e ir a almorzar.

Sor Bernadine había encontrado una mesa aislada en un rincón y la estaba esperando. Rápidamente pidieron el almuerzo y su ayudante abordó el caso que le había encomendado.

–Es un informe preliminar –aclaró–, al que seguirán unas detalladas biografías. Sin embargo, les he seguido la pista; tenía usted razón: éstas son las fechas de su muerte. Si lo que le interesa es un esquema común, al parecer aquí tenemos a unos católicos verdaderamente desdichados. Voy a darle un bosquejo cronológico.

»En primer lugar tenemos al padre Claude Gilbert. Un sacerdote rural francés. Setenta y tres años. Era un hombre a quien podríamos calificar de desaprovechado, una persona que pasó toda su vida en la iglesia de un pueblecito de Bretaña próximo a la costa. Acérrimo defensor de la lengua bretona. Se supone que era un hombre bueno e inofensivo. A los cincuenta años incluso escribió un par de libros en bretón, unos diarios de un cura rural, ya sabe.

–Debió de pasar en Francia los años de la guerra –comentó Elizabeth.

–Sí –asintió sor Bernadine–, imagino que tendría la edad adecuada. En fin, lo mataron en Bretaña, mientras paseaba por una carrera comarcal. Lo atropellaron durante una tempestad, y el conductor no se detuvo. Nunca lograron localizarlo. Un par de granjeros lo vieron todo y aseguraron que el chófer ni siquiera aflojó la marcha.

Elizabeth asintió mientras sumergía un trocito de pan en la sopa caliente que acababan de servirle.

–¿Y el siguiente?

–Sebastián Arroyo. Un industrial español retirado, aunque colaboraba en varios consejos de administración. Setenta y ocho años. Un famoso playboy antes de la guerra; le gustaba pilotar coches de carreras y era un importante coleccionista de obras de arte. Se convirtió en uno de los principales recaudadores de fondos para la Iglesia. Muy devoto y hacía muchas buenas obras. La misma esposa durante cerca de cuarenta años. Vivía en Madrid y en su yate. Lo mataron a tiros junto con su mujer en un oscuro callejón de Biarritz, mientras su yate permanecía amarrado en el puerto. Nadie vio lo sucedido, nadie oyó nada. Un trabajo muy profesional; la opinión general fue que habían sido terroristas vascos, aunque éstos nunca reivindicaron el acto.

»Hans Ludwig Mueller era un erudito alemán aficionado a la teología. Setenta y cuatro años. Encajaba en el molde del intelectual católico conservador. Combatió para el Reich durante la guerra; sin embargo, se vio implicado en una conspiración contra Hitler y sobrevivió a las torturas de la Gestapo. Los miembros de la Comisión para Crímenes de Guerra lo declararon limpio de culpa. Durante los últimos años de su vida se vio confinado a una silla de ruedas a causa de un ataque al corazón. Murió en el curso de una visita a su hermano en Baviera. Una noche en que todo el mundo había salido al teatro, al volver a casa vieron que aún seguía sentado en su silla de ruedas: alguien le había seccionado la garganta.

A estas alturas, Elizabeth ya había perdido todo interés por la comida y la removía en el plato sin probarla.

–Un asesinato perfecto y silencioso –comentó: un cuchillo

como el que habían clavado en la espalda de Ben Driskill–. Continúe.

–Pryce Badell-Fowler, un inglés católico, historiador, setenta y nueve años, viudo, había sufrido un par de ataques y vivía en el campo, cerca de Bath. Aún seguía trabajando, escribía, aunque no con la actividad de antes. Desarrollaba una obra de gran trascendencia cuando, aquella última noche, ocurrió una terrible desgracia en la granja. Acostumbraba a trabajar en un granero, que había transformado en una mezcla de biblioteca y despacho. Se desencadenó un incendio, prendió en todo el edificio y el anciano murió. Sin embargo, cuando encontraron el cadáver, convencidos de que la causa de su muerte era el humo, se llevaron una sorpresa: una bala le había agujereado la nuca. ¿Un asesinato perfecto? Así es.

Sor Bernadine se interrumpió para tomar un bocado de su almuerzo y un sorbo de vino tinto.

–De modo que el incendio no fue provocado para matarlo. –Sor Elizabeth se mordisqueó la uña del pulgar–. Por lo tanto, la finalidad del incendio era destruir algo.

–Ajá. –Sor Bernadine alzó la vista hacia ella–. No está nada mal, ¿cómo lo ha intuido? ¿Por las novelas policíacas?

–Tiene usted una mente retorcida. ¿Qué me dice del siguiente?

–Geoffrey Strachan. Tenía ochenta y un años y vivía en su castillo de Escocia. Carrera como funcionario de la administración civil y también católico. Sir Geoffrey. Nombrado caballero a los cincuenta, por su labor durante la guerra en el Servicio de Inteligencia Británico, MI-5 o MI-6, nunca consigo recordarlo. Siempre conducía su propio Bentley, con el que patrullaba por los linderos de sus propiedades. Al parecer, conocía a su asesino. La gente del pueblo asegura que un domingo por la mañana lo vieron conduciendo el coche con otro individuo a su lado, pero que cuando hallaron el Bentley detenido al borde de la carretera, él estaba reclinado sobre el volante...

–Con una bala en la nuca –concluyó Elizabeth.

–¡Lo ha acertado a la primera!

–No había nada que acertar, hermana –dijo Elizabeth.

Sor Bernadine suspiró y la miró desconcertada.

–Ah.

–¿Y qué me dice de Erich Kessler?

–No existe fecha. –Se encogió de hombros–. Puede que continúe con vida. Todavía sigo buscándolo.

–Hermana, tengo la impresión de que debe usted darse prisa.

Elizabeth tuvo problemas para dormirse esa noche. Permanecía tendida en la enorme cama, escuchando el sordo rumor y los ruidos estentóreos de la ciudad de Roma que ascendían desde la calle, mientras las impresiones del día revoloteaban por su mente a una velocidad de vértigo. Después de almorzar había regresado a los archivos secretos, pero sus pensamientos la devolvían continuamente a la lista de los muertos y al que presumiblemente aún vivía. Val había juntado las cinco muertes violentas y el esquema había resultado lo bastante convincente para permitirle predecir una sexta. Pero ¿quién era Kessler? ¿Por qué iba a ser el siguiente? ¿Qué lo relacionaba con los otros cinco? En realidad, ¿qué tenían aquellos cinco en común que los había llevado a la muerte? E, inevitablemente, ¿por qué habían añadido a Val, a Lockhardt y a Heffernan en la lista? Val se había enterado de los cinco ya muertos; Curtis Lockhardt conocía a Val; Heffernan estaba con Curtis. ¿Se debía a eso?

Incapaz de dormir, se puso una bata y salió al balcón que daba a la concurrida vía. Roma resplandecía a sus pies. La brisa era fría. Se ciñó la bata, consciente de la soledad de la que no podía desprenderse, del recuerdo de la pequeña en el avión, de todos los que conservaba de Val. ¡Oh, Dios, cómo la echaba de menos! ¿Qué pensaría Ben Driskill de aquella lista de nombres y de lo que éstos implicaban?, se preguntó mientras observaba las luces que formaban estelas abajo. Él era el único con quien podía comentar todo aquello y sin embargo se encontraba casi tan lejos como la misma Val. Una vez más, deseó no haberse mostrado tan estúpida con Ben. ¿Cómo podría borrar el mal que había hecho? ¿O quizá nunca se le presentara esa oportunidad? Se preguntaba si él sabría en lo que se había metido y si habría ido en pos del asesino de haber conocido la lista de Val acerca de los muertos...

Durante los siguientes días, bloqueó los problemas de su relación con Ben Driskill, la sensación de desolación y aislamiento en que la había sumergido la muerte de Val, e intentó mantener la mente ocupada. Volvió a escarbar en el *fondo* de la nunciatura de Venecia, intentando hallar algo que había visto antes, durante los dos primeros días en los archivos. Era como para perder la paciencia tener que revolver entre los papeles y documentos en busca de aquello, intentando recordar de qué se trataba. En un primer momento no le había parecido que tuviera ningún interés particular y su mirada se limitó a pasar por encima. Pero algo de lo que había visto había penetrado en su mente. ¡Maldita sea! Nada más terminar su almuerzo con sor Bernadine, había empezado a intuir la importancia de volver a encontrarlo. Sin embargo, se hallaba perdida entre aquel laberinto de documentos.

Harta ya, se dirigió a la curiosa máquina expendedora de refrescos y, después de sacar una Coca-Cola, salió al patio. En un rincón, dos sacerdotes estaban hablando sentados en un banco mientras fumaban un cigarrillo y dejaban que el cálido sol les bronceara los pálidos rostros. Ella vestía pantalones largos, de modo que no había forma de que la identificaran con una monja. La vieron, le sonrieron y ella los saludó con una inclinación de cabeza. Desde que iniciara su investigación, no había observado la presencia de ninguna otra mujer en los archivos secretos. Aquél era un mundo de hombres. Sin embargo, una de las víctimas asesinadas era una monja, una entre ocho. Se preguntó si aquellos dos sacerdotes de mediana edad, cómodamente instalados al otro lado del patio, podrían imaginar siquiera lo que le rondaba por la cabeza, lo que sucedía en el seno de su Iglesia.

De nuevo tras el rastro, buscando indicios de lo que Val estaba investigando, era consciente de que estaba a punto de perderlo por completo. Ya casi había decidido que a media tarde renunciaría.

Entonces lo recordó.

Había sonado la campana. La moneda había caído en la ranura. Eso la obligó a seguir.

Una simple palabra.

Assassini.

Mediante algún pequeño truco de su sistema nervioso, había registrado la palabra incluso sin ser consciente de ello, sin darse cuenta de que la había visto. Sin embargo, allí estaba. En algún lugar de su cerebro había tenido lugar la conexión.

Assassini.

La encontró escrita apresuradamente detrás de un menú. Un

menú muy extenso, sin duda para una cena organizada por algún personaje importante. Sin embargo, no había ninguna pista acerca de la identidad del anfitrión, nada que lo delatara. De hecho, aquello tal vez no era exactamente un menú oficial, quizá se trataba de una nota para el jefe de cocina. En cualquier caso, lo que había estado buscando se hallaba escrito en italiano detrás del menú. La palabra había saltado hacia ella hasta golpearla.

Elizabeth se apresuró a realizar una traducción.

> El cardenal S. ha solicitado permiso para contratar a Claudio Tricinio, de los *assassini* toscanos, para solucionar el asunto de la violación de Massaro sobre su propia hija Beatrice, amante del cardenal. Concedido.

De ese modo, sin duda Tricinio había clavado una daga en el cuerpo de Massaro, quien, al parecer, había cometido dos graves errores: había cometido incesto con su hija y había puesto los cuernos al cardenal, las dos cosas a la vez, según lo expuesto.

Era indudable que aquella nota escrita apresuradamente y medio borrosa no tenía nada que ver con el material que la acompañaba, ni tampoco el oscuro menú. En los papeles que había con ella no se hacía referencia alguna al cardenal S., ni a Massaro o a Tricinio. Sin embargo, ella la había visto y ahora se preguntaba: «¿La habría visto Val?».

Resultaba extraño cómo martilleaba la palabra en su memoria. *Assassini.*

Asesinos, miembros de una secta. Una palabra común en las realidades de la Edad Media y del Renacimiento. Cualquiera que tuviese suficiente poder y dinero podía contratarlos para que hiciesen lo que había que hacer: proteger al poder y al dinero. Un noble al que acosaran sus enemigos, un príncipe que tuviera algún rival, un hombre acaudalado con una esposa infiel o con una amante que le causara problemas, un hermano con una hermana que supiera demasiado... Las alusiones que aparecían en cartas y documentos de la época parecían interminables, pero no eran más que alusiones.

Por lo que se refería a la Iglesia, en fin, ésta se había especializado en el derramamiento de sangre. Había quienes decían que los *assassini* cometían los asesinatos del papa. Pero no era imprescindible que se cometieran por orden del papa. Un cardenal, o un sacerdote rico... Bastaba con pagar para que alguien muriera. Era algo habitual.

Incluso Elizabeth había interrogado acerca de los *assassini* a uno de sus profesores en Georgetown. El padre Davenant sonrió y meneó la cabeza, como si dijera: «¿Qué hará una muchacha bonita con tal información?». Elizabeth se había mordido la lengua y él había respondido:

–Por supuesto que existieron. Eran algo habitual cuando la vida era comparativamente pobre; eso explica la escasez de referencias acerca de esta secta. El crimen no era digno de estudio en aquel entonces, sino únicamente uno de los aspectos oscuros de la vida. Era algo malo, sin aureola. Mi abuelo, que llegó de Italia a comienzos de siglo, solía referirse a todos los delincuentes como *assassini*. Solía decirme que la Mafia había empezado con los primeros *assassini* contratados fuera de Sicilia. Además, también están las otras leyendas, por supuesto.

El padre Davenant había dado un repaso superficial a las leyendas, pero no tan superficial a Elizabeth. Ésta había insistido. ¿A qué leyendas se refería?

–Hermana, ¿somos o no historiadores? ¿De qué vamos a hablar aquí?

–Oiga, el historiador es usted. Yo sólo asisto a clase. Además, muchísimos acontecimientos empezaron como simples leyendas...

–Eso suena atractivo, pero no es exacto.

–Entonces ilústreme, padre.

–Son sólo viejas leyendas. Monasterios ocultos, el propio ejército del papa formado por *assassini*, ya puede imaginarse el tipo de basura que la gente se inventa. La Iglesia siempre ha sido un blanco muy atractivo.

–Pero supongo que esa basura podría comprobarse. Quiero decir que era cierta, o bien no lo era.

–Existía esa clase de gente. Pero, aparte de eso, ¿dónde propondría usted realizar la investigación?

–En los archivos secretos, por supuesto.

El padre Davenant se echó a reír.

–Es usted muy joven, hermana. No puede imaginar la confusión que existe en esos archivos. Sencillamente, no daría crédito. Allí tienen una forma muy especial para ocultar las cosas. Ya sabe cómo son los archiveros: no pueden desprenderse de nada. Así que cuando encuentran algo, ¿cómo diría?, algo delicado... como no pueden llevárselo para deshacerse del material, entonces lo ocultan. Descaradamente. Sin duda es diabólico.

El padre Davenant nunca se había preocupado de volver a hablar con ella acerca de los *assassini,* pero le había explicado cómo los archiveros ocultaban datos. Tenía toda la razón: era casi diabólico.

Podía haberse pasado un año buscando, lo mismo que podía abrir el siguiente pergamino o documento de los 17.000 que formaban el *fondo* y encontrar lo que le interesaba. Sin embargo, lo cierto era que había realizado algún trabajo de organización de manera que al día siguiente localizó los documentos relacionados con la supresión de monasterios ordenada por el papa y ejecutada por las oficinas del nuncio en Venecia. La lectura del destino que había corrido el monasterio de San Lorenzo le produjo escalofríos.

La supresión de aquel monasterio toscano a mediados del siglo xv estaba envuelta en una historia que habría podido servir de tema para alguno de los tapices de la época referentes al infierno y que desde entonces permanecían ocultos en colecciones privadas. En él se representaría la brujería, el incesto, la desacralización de la Iglesia, el asesinato, la tortura, la violación de todas las monjas de un convento, la adoración de ídolos paganos, tiranías de todos los tipos imaginables, traiciones, incendios provocados y también la política. De haber existido ese tapiz, habría sido rico en detalles, si no verdaderamente recargado de horrores.

En su centro aparecería un noble florentino, Vespasiano Ranaldi Sebastiano, que se había nombrado a sí mismo obispo de la Iglesia a cambio de un carro lleno de ducados. La familia del papa necesitaba dinero, así de sencillo. A nadie le preocupaba de dónde procedía ese dinero.

En calidad de obispo, Sebastiano se dedicó a escarnecer a la Iglesia, despojarla de su dignidad en todos los aspectos, de su misión, de su sacralidad. Como oficial en el ejército privado de Sigismondo Malatesta, asoló las tierras de la Iglesia, raptó monjas, cometió pillaje y saqueó los tesoros religiosos. Solía vestirse de obispo para regalar a sus seguidores con chanzas acerca de la improbable virginidad de la Virgen. En su castillo practicaba los más antiguos sistemas de brujería con artilugios de su propia invención. Transformó un convento cercano en su burdel privado, para sí y para la guardia que había contratado. Eran habituales los casos de tortura y degradación, pero las historias de tales desmanes no se le tenían en cuenta, ya que se consideraban como los delirios de un loco.

Sebastiano también proporcionó en su castillo un paraíso para los *assassini.* Cuando el número de éstos fue en aumento –pues los contrataba en otras regiones a considerable buen precio, hasta formar una especie de liga de la muerte–, decidió albergarlos en el monasterio de San Lorenzo, que se encontraba a sólo un día a caballo del castillo Sebastiani. La idea era lógica, ya que había reclutado a gran parte de sus *assassini* entre los monjes: al fin y al cabo, Sebastiano era un tipo encantador, muy hospitalario, sumamente educado, poseedor de un ingenio considerable y buen conversador, aparte de que era obispo. Sus opiniones acerca de la Iglesia no podían ser ignoradas ciegamente. Si bien pocos de sus escritos al respecto sobrevivieron a su propia destrucción, existían pruebas de que la nobleza toscana, curas, monjas y monjes consideraban que sus argumentos eran, aparte de razonados y persuasivos, totalmente heréticos.

Después de llegar a la conclusión de que la Iglesia necesitaba con urgencia una plantilla de asesinos de toda confianza, se apoderó del monasterio, asesinó a los que no quisieron acceder a sus planes y creó a sus propios *assassini* toscanos, leales al obispo duque Sebastiano y, no obstante, disponibles para quien quisiera contratarlos.

El papa conocía las actividades del obispo, pero no mostraba especiales deseos de apresarlo. Consideraba, sencillamente, que era más prudente dejar que él mismo se cavara su propia tumba: el destino haría que, tarde o temprano, uno de sus *assassini* lo matase. ¿Qué había hecho en realidad Sebastiano?, era la pregunta que circulaba en la corte. Se había apoderado de un viejo monasterio en ruinas, había asesinado a unos cuantos monjes analfabetos y violado a varias monjas de poca importancia. Había practicado un poco la brujería, pero eso era probablemente para añadir un poco de sabor a su vida sexual. También dirigía su propio ejército de mercenarios, así como a sus vigilantes *assassini.* Lo mejor era dejarlo en paz.

Sin embargo, un presuntuoso megalómano como Sebastiano no tenía más remedio que sobrepasar los límites de la permisividad papal. Sebastiano estaba resentido por una observación que había hecho el cardenal sobrino del papa de aquel entonces, un vividor de veintinueve años que residía en Florencia, y de la que se le informó ampliamente: al parecer el cardenal había hecho una proposición deshonesta a Celestina, la hermana de Sebastiano, proposición que ella había aceptado de buen grado.

Dado que era un maníaco altamente práctico, el duque pidió a cambio un tributo adecuado al grado de honor –a menudo desperdigado– que pudiera conservar su hermana en el instante de su capitulación. Sugirió que podía ser una estatua suya fundida en oro. El cardenal declinó tal ofrecimiento y el duque envió al hermano Scipione, su más experto y fiel asesino, para que le demostrara que hablaba en serio. Al cardenal lo asesinaron en su dormitorio, en realidad en su cama, que en aquellos momentos compartía con Celestina. Desgraciadamente, ésta también probó el sabor del afilado puñal del monje.

Ahora que la maldad de Sebastiano había herido a su propia familia, el papa no tuvo más remedio que tomar medidas severas. Primero nombró cardenal a otro sobrino, de veintiún años de edad. Segundo, organizó un ejército con sus propios mercenarios y los destinó al servicio de su sobrino cardenal. Éste, que estaba ansioso por vengar la muerte de su hermano, los envió a su vez al castillo Sebastiani. Pero antes atacaron el monasterio, donde pasaron a cuchillo a todos los *assassini* excepto a nueve. El duque, privado de sus más fieles amigos y defensores, intentó negociar, pero dio pruebas de que era tan incompetente en diplomacia como hábil en organizar orgías. A los habitantes del castillo, excepto al duque, los reunieron como a un rebaño y los quemaron vivos.

En cuanto al duque, en medio de una gran ceremonia le arrancaron los miembros y dejaron su torso y cabeza en un erial infestado de moscas para que muriese a solas.

El papa quedó complacido con el desenlace de la campaña, excepto por lo de los nueve *assassini* que se habían escapado. Se decía que habían huido a España, pero los rumores coincidían en que se habían refugiado en un monasterio de las montañas, abandonado hacía tiempo, y cuya localización exacta se desconocía. En cualquier caso, aquello eran sólo habladurías.

El papa dejó de preocuparse por ellos.

La historia de Sebastiano y de los *assassini* toscanos dejó a Elizabeth agotada y deprimida; sin embargo, no podía evitar hacerse preguntas.

¿Cuál era la diferencia entre lo que había ocurrido en el siglo XV y lo que estaba sucediendo ahora?

Esa noche regresó a pie al apartamento, pues los horrores de los *assassini* y de sus amos permanecían muy vivos en su mente. Tenía una horrible jaqueca y se fue a la cama muy temprano, agotada, confusa, torturada por el hecho de no tener a nadie con quien comentar aquello mientras tomaban unos bocadillos y unas tazas de café a medianoche.

¿Tenían algún objetivo aquellas investigaciones? La invadía la sensación de que había olvidado los motivos por los cuales había ido a escudriñar en los archivos secretos. Ya la habían advertido del poder que éstos ejercían, pero nadie la había avisado de los *assassini* que acechaban en la oscuridad de su dormitorio, del fantasma de Val, del dolor y la rabia que recordaba en el rostro de Ben Driskill. Por ahora era sólo una especie de letanía familiar. Pero pronto tendría que contárselo a alguien.

Pronto.

El padre Peaches O'Neale, de la iglesia de St. Mary en New Prudence, prosiguió su vida lo mejor que pudo después del asesinato de sor Val, la única mujer a quien había amado. Llevaba su habitual máscara sonriente a medida que transcurrían los días luminosos de principios de invierno. Se levantaba temprano, cuando todavía estaba oscuro. Al atardecer, cuando el viento gemía bajo el alero de la vieja casa parroquial y el fuego ardía lentamente en el hogar, echaba ocasionales cabezadas en su sillón, el cerebro embotado a causa del excelente whisky escocés y de la agria sonrisa de David Letterman a un estúpido perrito en la pantalla del televisor. El whisky era una forma de enfrentarse a la muerte de Val, pero estaba decidido a no abusar de él. Muchos curas párrocos se habían extraviado por aquellos caminos solitarios.

De modo que procuraba estar muy ocupado con los grupos de jóvenes de su iglesia. Colaboraba con la organización de ayuda a la mujer. Aceptaba todas las invitaciones que le hacían para salir a cenar y permanecía en contacto con el padre Dunn. Visitaba diariamente a Hugh Driskill en el hospital, donde observaba cómo la fortaleza del anciano luchaba por volver a instalarse, cómo la impresionante voluntad batallaba dentro de aquel cuerpo enorme y poco colaborador. No cabía duda de que Hugh Driskill mejoraba de forma lenta, pero progresiva. En cierto modo, Peaches tenía la impresión de que se había convertido en un sustituto del hijo, en un doble de Ben, que se había marchado Dios sabría dónde. Era consciente de que aquel hombre no quería eso, pero era mejor que nada, que ninguno. Además, en este sentido, Peaches era alguien con quien podía hablar también de Ben y de Val. Él veía que en la mente del anciano, profundamente inmerso en sus pensamientos, Val y Ben estaban presentes día y noche. Sin embargo, lo que pudiera pensar seguía constituyendo un misterio. Cualquier otro se habría sentido desvalido, pero no Hugh Driskill. Él no tenía experiencias basadas en la impotencia y se guardaba sus propios pensamientos mientras charlaba de intrascendencias con Peaches, recordando mejores tiempos.

Peaches, que también visitaba la tumba de Val en el pequeño cementerio, se lamentaba no sólo por ella, sino por lo que habría podido ser su vida. A veces pasaba al otro lado de la verja y permanecía un rato observando la tumba del padre Governeau, formulándose preguntas sobre su historia, pensando en cómo Edna Hanrahan y sus amigas se habían enamorado del apuesto y desdichado cura. Peaches luchaba con fuerza para sobrevivir a ese período de su existencia. Representaba una terrible prueba.

Sin embargo, nada lo mantenía tan ocupado como limpiar el sótano, el desván y una variedad de armarios que contenían toda la basura acumulada durante muchos años por sus predecesores en la iglesia de St. Mary. Aquellos hombres habían sido unas incurables ratitas de almacén.

Había cajas llenas de cartas que se remontaban a los años treinta. Informes diocesanos, estados financieros, docenas de álbumes repletos de recortes de periódicos, tanto pegados como sueltos; cajas muy pesadas llenas de libros, tomos religiosos, tratados de inspiración, novelas, libros de viajes. Los clásicos encuadernados en tela. Cajas todavía más pesadas, que contenían miles de revistas: *Life, Time, National Geographic, The Saturday Evening Post, Collier's, Harper's, The Atlantic, The Saturday Review,* etcétera. Palos de golf, raquetas de tenis, mazos y bolas de croquet, equipos de bádminton que incluían las raquetas y volantes apolillados. Montañas de documentos, libros de notas, blocs, lápices, plumas, sellos de la época en que la tarifa urgente costaba dos centavos.

Parecía increíble: Edna Hanrahan pasaba horas ayudándolo. Había ropa suficiente para organizar una subasta benéfica o para surtir a todo un grupo de actores aficionados. No podían tirar todo aquello, de modo que no quedaba otro remedio que organizar una rifa benéfica, y Edna se dedicó a la tarea con entusiasmo.

Una tarde, Peaches se sentó frente a la chimenea y al televisor, con una botella de Glenfiddich al lado, y empezó a trabajar de firme con una caja de álbumes de recortes de periódicos que se remontaban a finales de la Segunda Guerra Mundial. Sin embargo, debajo de los dos álbumes superiores apareció un sobre de papel marrón sellado con cinta aislante y atado con un cordel resistente. La tentación era irresistible. Lo abrió con un cuchillo de monte y sacó de su interior unas cuarenta y tantas hojas manuscritas, con la tinta ya descolorida sobre el quebradizo papel pautado.

Empezó a leer. Lo leyó dos veces íntegramente y en ese intervalo se levantó en dos ocasiones para pasear por la habitación. También consumió la mitad de la botella de Glenfiddich y se sentó a ver la televisión, en un intento por tranquilizarse. ¿Qué podía hacer?

Leyó detenidamente aquellos papeles una tercera vez.

¿Cuántas veces no habría oído de labios de Ben y de Val la historia de cómo Hugh Driskill había traído a casa, después de la guerra, al cura italiano Giacomo d'Ambrizzi, o de cómo éste se encerraba en el estudio de Hugh para realizar algún tipo de trabajo que a los chicos les estaba absolutamente prohibido interrumpir? Ahora, él, Peaches O'Neale, ¡Dios mío!, acababa de descubrir qué había estado haciendo D'Ambrizzi en aquel estudio.

Lo que sostenía entre sus manos temblorosas era el testamento de Giacomo d'Ambrizzi, el hombre que en cualquier momento podía convertirse en la cabeza de la Iglesia católica. Allí había permanecido durante todos aquellos años, seguro en su escondite, olvidado. ¿Olvidado? Volvió a leer la primera página, donde aparecía el título: *Los hechos en el caso de Simon Verginius.* A continuación volvió a la última página y observó la firma borrosa, la fecha.

Luego, ya bastante pasada la medianoche, descolgó el teléfono, dispuesto a dar al padre Artie Dunn una gran sorpresa.

El padre Dunn había permanecido varios días enclaustrado en el apartamento que poseía en uno de los rascacielos del centro de Manhattan y desde el cual se dominaba toda la ciudad, aislado de las consecuencias que se derivaban de los asesinatos. Prescindía de los ocasionales balidos que le lanzaba el cardenal arzobispo Klammer desde los alrededores de San Patricio y pasaba por alto las llamadas de su agente y las de su editor. Trabajaba en los asesinatos como si fuesen la trama de una de sus novelas; desarrollaba el tema hacia atrás y hacia delante, en un intento por captar la línea argumental bajo el punto de vista adecuado, para que resultara comprensible en su totalidad. Lógicamente, fracasaba, pero aquél no era un tiempo perdido. Había reflexionado acerca de Val, Lockhardt, sor Elizabeth, Ben, Hugh, Peaches, D'Ambrizzi, Sandanato y el papa, y había tomado algunas notas, había seguido la pista a una gran variedad de lagunas con la esperanza de que si se familiarizaba con ellas lograría entenderlas. Reflexionó sobre los viajes de Val. ¿En qué diablos estaría metida aquella muchacha? Bueno, fuera lo que fuese, la familia Driskill se veía involucrada allá donde mirase.

Asesinaban al padre Governeau y éste aparecía colgado de la rama de un manzano del huerto de los Driskill.

La Segunda Guerra Mundial, y ¿quién si no Hugh Driskill se apresuraba a enrolarse en la OSS de Wild Bill Donovan?

Después de finalizar la guerra, ¿quién se presentaría en Princeton, si no D'Ambrizzi, a quien Hugh Driskill acogería en su casa sin que nadie supiera el motivo? Artie Dunn quería averiguarlo. Dios, aquel hombre podía convertirse en papa en cualquier momento.

Sor Val había estado provocando problemas aquel último año, asustando hasta el pánico a alguien; y ese alguien al final la había matado para impedirle que siguiera desarrollando la investigación. Pero ¿de qué se trataba?

En cuanto a su hermano, Ben Driskill, sencillamente no había renunciado. Sus intenciones no eran deambular sin ton ni son y ponerse a reflexionar acerca de lo ocurrido hasta que aquello cobrara cierto sentido. Él era de los que se tiran de cabeza. Lo que había salido a la superficie no era el carácter de un abogado, sino el salto impetuoso del jugador de fútbol.

¡Menudo lío!

Finalmente, Dunn diseñó un esbozo que podría habérsele ocurrido a muchos otros. Después de examinar las notas y descubrir que eran demasiado complejas y confusas, decidió volver al principio, allá en el huerto, con el padre Governeau meciéndose al impulso del helado ventarrón.

El padre Dunn salió de Manhattan una mañana soleada y ventosa, y condujo hasta un convento, situado en un lugar apartado de la carretera que unía Princeton con Trenton. Era un edificio de piedra gris, antiguamente una mansión, rodeado de césped verde que se marchitaba con las heladas. Había desaparecido toda la nieve, pero la brisa de comienzos de invierno soplaba con fuerza. Dunn ya estaba acostumbrado a aquel extraño sosiego, intrínseco a las instalaciones religiosas; lo había visto miles de veces con anterioridad.

Aguardó en la zona de recepción mientras la anciana monja del mostrador iba en busca de sor Mary Angelina. Finalmente, ésta apareció con una sonrisa cálida y acogedora, pero no era una sonrisa que revelara ningún secreto. Sor Mary Angelina se le acercó, se estrecharon la mano y luego lo guió hacia la salita de estar, donde colgaban varias reproducciones de cuadros de tema religioso. La sala era austera y sombría, pero el hermoso rostro de la religiosa, resplandeciente y atento, la iluminó.

Sor Mary Angelina se había retirado en aquel convento cuando abandonó la enseñanza en la escuela primaria donde habían estudiado Ben, Val y Peaches, y al final la habían nombrado directora del mismo. Ella y Dunn se habían conocido en el funeral de Val.

–Así que, en aquel entonces, conocía usted a Hugh Driskill y a Mary, su esposa.

–Desde luego. Parece como si fuera ayer.

–Debía de conocer también a todos los católicos de la zona, por aquella misma época.

–Oh, sí. Así lo creo. Es normal, siendo una profesora, ¿no le parece?

–Por tanto, tuvo que conocer también al padre Vincent Governeau.

–Sí, lo conocí. Yo estaba allí cuando ocurrió todo. Era muy joven por aquel entonces.

–Me estaba preguntando, ¿qué recuerda usted acerca del padre Governeau?

Otra religiosa entró con una bandeja y un servicio de té, y la depositó frente al sofá donde permanecían sentados. Sor Mary Angelina se inclinó hacia ella para servir y su hábito crujió. El padre Dunn se puso leche y dos terrones, y la religiosa se volvió hacia él con una sonrisa angélicamente profesional: aquella que Ben Driskill había encontrado tan seductora en el pasado.

–¿Por eso ha venido usted a verme, padre Dunn?

–Sí, así es, hermana. Por el padre Governeau.

–Bueno, debo admitir que lo estaba esperando.

–No entiendo. ¿Cómo es posible?

–Bueno, a usted, o a alguien como usted.

–¿De verdad?

–Por experiencia sé que todos, la mayoría, debemos pagar las consecuencias de nuestros propios actos. ¿No opina usted lo mismo? Yo no soy de los que pagan cuando se les presenta la factura. Hablo metafóricamente, desde luego. Pero he aguardado casi medio siglo a que un hombre se me acercara y me preguntase por el padre Governeau.

–Así que yo soy ese hombre. ¿Por qué lo esperaba?

–Porque conozco la causa de que muriera como lo hizo. Una vez desaparecida ella, yo era la única...

–¿Ella?

–Mary Driskill. Ella también lo sabía.

–¿El motivo de que él se suicidara?

Sor Mary Angelina volvió a sonreír, radiante.

–Por favor, coja usted una galleta, padre Dunn. Siéntese cómodamente, tómese su té y yo le contaré toda la historia sobre el padre Governeau, que Dios lo tenga en su gloria.

4

Driskill

El Dodge de alquiler perdió la batalla después de recorrer 500 kilómetros en medio del calor, el polvo, el viento y la arena, algunos a lo largo de la costa del Mediterráneo y todos los demás hollando tierra adentro hacia aquel lugar llamado El Infierno. Me detuve en una amplia explanada al lado de la carretera, donde un par de surtidores de gasolina se alzaban cual vestigios de la Legión Perdida, olvidados pero aún en pie. Había una pareja de sabuesos del mismo color que la arena –uno de los cuales estaba lamiendo el agua de una bomba–, cuatro egipcios que, simplemente, parecían deambular por allí y un mecánico cuya opinión fue que la transmisión de mi coche estaba hecha una mierda. Llevaba una gorra de béisbol de los Yankees de Nueva York y un mono azul de la Ford. A sus espaldas se veía un edificio que parecía un espejismo, si no se esperaba gran cosa de los espejismos: una especie de hotel tostándose al sol como una enorme galleta. Dos plantas, persianas medio caídas y sin nombre.

Mientras el tipo de la gorra echaba un vistazo a qué era lo que provocaba aquellos ruidos y el humo, me acerqué a la fresca oscuridad del hotel. En el mostrador no había nadie y el vestíbulo aparecía vacío, a excepción de un par de antiguos sillones demasiado rellenos y unas mesitas de tres patas. Su aspecto era miserable, con una capa de arena en el suelo. Una escalera llevaba a un balcón y a unas cuantas habitaciones. Por una radio se oía una canción que yo no entendía. De una pared colgaba un letrero de hojalata anunciando Coca-Cola en árabe. Atardecía y mi coche estaba herido de muerte. Me encontraba en medio de alguna parte, en busca de un hombre que tal vez ni siquiera estaba allí donde me dirigía, si es que, contra todo pronóstico, conseguía llegar. Estaba hambriento, sediento, y la herida de la espalda me martirizaba. Quizá había llegado el momento de regresar a casa.

Me preguntaba qué harían Val o sor Elizabeth en mi lugar. Sor

Elizabeth –maldita ella y su falsa camaradería– sin duda estaría en el Hassler tomando un cóctel con algún nuncio metido en intrigas hasta el cuello. Yo también me sentía tostado por el sol y un poco irritable debido al calor y a la falta de comodidades. Hecho una piltrafa.

Los perros ladraban y los tipos que rodeaban el Dodge reían por alguna razón. En la puerta que había debajo de las escaleras apareció una mujer con un segundo mono de la Ford y me miró de arriba abajo. Me preguntó qué quería. Señalé el cartel de la Coca-Cola y le dije que deseaba una con mucho hielo y algo para comer. La mujer se marchó y al cabo de diez minutos volvió con dos hamburguesas y un vaso de Coca-Cola con hielo. Así fue como mi vida y mi cordura no se extinguieron, de modo que no hice el equipaje ni regresé a casa.

En efecto, el cambio de marchas estaba estropeado, y pasarían dos o tres días antes de que pudieran poner el vehículo en condiciones. Averigüé que sabían dónde se encontraba el antiguo monasterio al que llamaban El Infierno, aunque al parecer todos pensaban que pretender ir allí era un acto de locura. Sin embargo, yo estaba decidido. Un camionero llamado Abdul pasaría por allí a la mañana siguiente y sin duda a cambio de algún dinero se avendría a llevarme. Para pasar la noche, disponía de una habitación en el piso de arriba. Como no tenía energías para empezar a regatear con mis nuevos amigos y ellos tampoco parecían interesados en hablar de mi itinerario, me tomé otro par de refrescos y me fui a la cama.

El sueño tardó en venir. Hice todo cuanto pude por curarme la espalda, limpié la herida y me tendí boca abajo en la estrecha cama. Notaba los crujidos de la arena entre mi cuerpo y el colchón, y me cubrí con una manta cuando en el desierto empezó a refrescar. Aun así, no conseguía dormirme del todo.

Pensaba una y otra vez en lo que Gabrielle LeBecq me había contado acerca de su padre, en el botín de los nazis, en los hombres de la foto: un desesperado revoltijo de seres que habían vivido a lo largo de cuatro o cinco décadas. Todo aquello era demasiado complicado y no conseguía que encajara con el asesinato de mi hermana. Por ese motivo quería encontrar a LeBecq. Tenía la profunda sensación de que ahora era un hombre con los nervios de punta, que podría hacerlo estallar, presionarlo, y luego saltar sobre él y atraparlo, obligarle a que me pusiera al corriente. Alguien tenía que explicármelo todo. En algún lugar del trayecto había oído lo suficiente para querer averiguar por qué habían asesinado a mi hermana. Debía interrogar a LeBecq. De no haber huido al desierto, lo habría obligado a cantar de plano. Lo habría conseguido. Pero, dado que se había escapado, tenía que ir tras él.

La carretera había sido construida hacía cuarenta y dos años, durante la campaña en el norte de África, y desde entonces había permanecido bajo la inclemencia del sol y de los vientos. Todos aquellos años, con su dureza, se me clavaban como estacas en la herida. Mantenía las mandíbulas apretadas, dejaba las huellas de mis manos sobre el polvoriento y oxidado salpicadero, y rezaba para que estuviésemos a punto de llegar. Al batirse en retirada, las tropas italianas habían abandonado el camión de Abdul. Sabían muy bien lo que hacían entonces, y el tiempo no había contribuido a mejorar al viejo cacharro. Aquel trayecto me recordaba una ocasión en que vomité encima de mi tío, en las atracciones de una feria del condado. Pero era la única forma de poder llegar al monasterio de San Cristóbal, a menos que fuese andando. Tal como había dicho aquel hombre, yo podía ser estúpido, pero no loco. En la espalda notaba pegajosa la camisa. Confié en que no fuera sangre.

–¿Falta mucho? –grité por encima del ruido de chatarra, pero Abdul se limitó a encorvarse sobre el volante, gruñó y masticó su húmedo cigarro, apagado hacía ya mucho rato.

Entorné los ojos para mirar entre los insectos aplastados contra el resquebrajado parabrisas, pero la carretera se ocultaba tras el polvo y la arena barridos por el viento. A pesar de las gafas oscuras, sentía que mis ojos estaban cada vez más irritados por el sol, el viento y la arena. Cogí la cantimplora de la banqueta que había entre nuestros asientos, me quemé los dedos con el brillante aluminio y bebí un trago del agua abrasadora para evitar que mis labios se agrietaran. Llevaba siete horas atrapado en aquel camión y no estaba muy seguro de cuánto más podría sobrevivir.

Me preguntaba qué clase de hombre podía ir a un sitio como aquél por su propia voluntad.

Los aleros de delante oscilaban a cada viraje y saltaban en todos los baches, y cada vez los gastados neumáticos patinaban sobre la arena, de modo que había que acelerar y poner la primera. El camión estaba tan picado por la arena que el viento levantaba de las dunas, que parecía la herencia de una banda de gángsteres de Chicago. Si me acercaba hasta el monasterio y luego se deshacía en pedazos, ¿cómo lograría regresar? ¿Me vería obligado a permanecer allí una vez entrase, sin poder salir nunca más? ¿Y si el cura del cabello plateado me estuviese esperando con su cuchillo? En ese caso no debería preocuparme por el regreso.

Y entonces lo vi, como un Brigadoon horriblemente ladeado, cobrando forma tras la cortina de arena impulsada por el viento. Se alzaba plano, achaparrado, próximo al suelo, con su perfil dentado, del mismo color que las dunas del fondo, grisáceo y pardo desteñido. De repente volvió a desaparecer.

Cuando pareció que el camión se arrastraba por el suelo, Abdul señaló hacia delante, gruñó algo más y luego utilizó lo que le quedaba de los frenos. El metal chirrió contra metal, luego el camión dio un brinco y se detuvo de golpe. Con gran lentitud, solté el salpicadero, me limpié los ojos con un trapo grasiento que Abdul había recogido del suelo y volví a ponerme las gafas.

–La carretera termina aquí –indicó Abdul, y de la comisura de la boca se quitó una húmeda hoja de tabaco marrón–. Ahora tendrá que seguir andando, compañero. –Rió enigmáticamente y escupió a través de un agujero en el camión, allí donde debería estar la ventanilla–. Volveré mañana, pero no pienso esperar. Así que esté a punto, compañero. Usted me paga ahora el regreso. Abdul nació hace mucho tiempo, no es un novato. –De nuevo volvió a reír ante la muestra de su propio ingenio y le entregué un puñado de dinero.

–Abdul –le dije–, eres un tipo listo, compañero.

–¡No lo sabe usted bien!

Volvió a poner en marcha el camión, yo cogí la bolsa y me volví a mirar el difuso sendero. Cuando arrancó, las ruedas lanzaron más arena y polvo sobre mí, pero no por ello cambió mi aspecto. Había llegado al indiscutible trasero del mundo e iba vestido a tono para la ocasión.

El monasterio era unas ruinas custodiadas por un tanque.

El vehículo permanecía allí, la arena cubría sus llantas y el bulto formaba ángulo con la puerta principal que conducía al recinto. Exhibía los colores del Afrika Korps de Rommel, borrosos, con la pintura descascarillada y un largo cañón que dominaba una amplia trayectoria sobre la carretera, como si se hallara dispuesto a lanzar un último misil, un último hurra, como un antiguo veterano del paso de Kasserine que esperaba para saludar a Patton con un último y mortal disparo de cañón. Aquello parecía un sueño, una pesadilla, todavía impregnado con el hedor de la pólvora y de la sangre. Sin embargo, el cañón dominaba sobre el vacío, una desoladora extensión de arena y unas palmeras tristes y agotadas, azotadas por el viento. El enemigo se había marchado hacía muchos años. La historia y el tiempo los habían reclamado a todos y habían dejado aquel objeto abandonado, como el árbol de las últimas navidades en el jardín de casa.

Un perro cansado arrastró sus huesos más allá de las sombras del bajo muro que rodeaba las dependencias del monasterio. Se detuvo vacilante, me miró con expresión lastimera, como si lo hubiese decepcionado, y regresó a la sombra. Se sentó como una silla plegable y sacudió lentamente la cabeza contra las moscas que zumbaban a su alrededor. Éstas eran tan grandes como la uña de mi pulgar y pensé que el animal estaría disimulando con ellas. Por los zumbidos, parecía como si fuesen a devorarlo allí mismo, o quizá llevárselo como regalo a su pareja y a sus crías. Sin embargo, unas cuantas docenas se apartaron del animal para seguirme hasta el monasterio, presintiendo en mí la posibilidad de un juego más atractivo. Con las moscas saltando contra mi cabeza y el intenso calor que me invadía a oleadas, me sentí como si hubiese realizado una larga y vergonzosa carrera para refugiarme en el interior de una bombilla.

No había ni un alma a la vista. Una palmera se inclinaba sobre una charca de agua embarrada y arenosa donde otro perro lamía entre profundos jadeos. A través del continuo chirrido de la arena al chocar contra los muros del edificio principal y más allá del zumbido de las moscas, alcancé a oír algo más. Un suave murmullo, voces atrapadas por el viento y desperdigadas aquí y allá. Avancé en aquella dirección y llegué al muro posterior. Allí el sonido era más fuerte, una especie de cántico que se interrumpió en cuanto llegué a otra puerta deteriorada por el tiempo y que colgaba de una bisagra hecha con una cuerda. Al cruzar el umbral, me detuve bruscamente allí en la sombra y vi a los monjes.

Estaban enterrando a alguien.

Me quedé en la sombra y entorné los ojos para distinguir las siluetas distorsionadas por el vapor de las oleadas de calor. Intenté doblar el brazo por la espalda, procurando palpar la sangre –sabía que era una sensación puramente imaginaria, que sólo se trataba de sudor–, pero no logré llegar a tocármela. La sentía muy rígida, tensa, me dolía mucho y la notaba pegajosa. Así que me apoyé en el muro y dirigí mi atención a los monjes, en un intento de distinguirlos con claridad e individualmente. Estaba buscando a un monje alto, de cabello plateado y ojos como la boca del cañón de aquel tanque.

Por supuesto, no estaba allí. Todos parecían pequeños y demacrados, o barrigudos, o encogidos, o encorvados. A un lado, en un aparte, había uno con barba y rasgos toscos, como si fuera un personaje escapado del Antiguo Testamento dispuesto a combatir el fuego con el fuego. Tenía unos rasgos inquietantes y descubrí que era el único de todo el grupo que había advertido mi presencia. El invitado de honor estaba tendido en una caja de madera sellada, junto a un agujero abierto en la mullida tierra arenosa. El pequeño cementerio estaba salpicado de sencillas cruces de madera, clavadas formando ángulos irregulares, que hablaban del pasado y señalaban el fin de cada capítulo. Mientras observaba, el de la barba se acercó a la tumba y empezó su discurso. Me hallaba demasiado lejos para oír sus palabras, precisamente lo que yo quería.

Funerales. Los muertos desfilaban ante mí, espejismos provocados por el calor y por el dolor. Mi hermana, Lockhardt... Sentía cómo el sudor se evaporaba en mi cara, el viento lo secaba y dejaba una costra salada que se resquebrajaba continuamente. Yo también me resquebrajaba por todas partes, como algo muy nuevo, o muy viejo que saliera de su capullo, naciendo o emergiendo de una cripta.

Cuando el ataúd hubo bajado a la tumba y los monjes terminaron de enterrarlo, vi que se acercaban a mí. Se aproximaban lentamente, como extraterrestres en una película. Vestían ropas bastas, un par llevaban pantalones llenos de remiendos y otros unos tejanos tan descoloridos que parecían casi blancos. Sin edad, intensamente bronceados o de un grisáceo sombrío, barbudos, oliendo a sudor y arena, un tufo muy peculiar.

El de los rasgos duros, que había hablado al final, se detuvo al llegar a mi lado.

–Yo soy el abad aquí –anunció con una voz suave, que me sorprendió, pues no coincidía en absoluto con la dureza de su rostro.

Intenté decir algo, pero tenía la boca demasiado seca.

–Está usted sangrando –indicó mientras miraba detrás de mí.

Me volví: el muro donde me había apoyado estaba manchado de sangre. Quise lanzar un juramento, pero la lengua se me quedó pegada al paladar.

–Venga conmigo –indicó, y yo le seguí hasta las oscuras dependencias del monasterio de San Cristóbal, un santo que ya no lo era.

Un monje fuerte y corpulento, al que no había distinguido en el cementerio, me obligó a tenderme boca abajo sobre la mesa que había en el despacho del abad, una habitación tosca, pero fresca y en penumbra, gracias a la luz que penetraba por las estrechas ventanas abiertas en unos muros de un metro de espesor. Lo llamaban hermano Timothy y llevaba una barba de siete días. Tenía los ojos inyectados en sangre y la nariz colorada de toda una vida de borracho, pero el tacto de un ángel de la guarda. Me quitó la camisa y el vendaje rígido y pegajoso, me lavó la herida y comentó que las había visto peores.

–Pero ahora están muertos –añadió, riendo por lo bajo.

El abad se encontraba junto a la mesa, observando.

–El hermano Timothy tiene un gran sentido del humor –comentó–. Nos alegra la existencia.

Yo permanecía quieto sobre la mesa, deseando dormir un poco, mientras sentía que preparaban un nuevo vendaje y lo aplicaban en su sitio mediante anchas tiras de esparadrapo. El hermano Timothy comprobó el resultado de su obra, me ayudó a sentarme y luego procedió a guardar el instrumental en el maletín de médico, cuyo cuero estaba totalmente cuarteado. Se secó la nariz con la manga de su descolorida sotana. El abad se sentó en una silla de madera con respaldo alto y un grueso almohadón a rayas, y apoyó las palmas de las manos sobre la mesa.

–Traiga agua para nuestro huésped, hermano Timothy.

El fornido monje salió de la estancia y los ojos del abad se fijaron en mí como dos faros gemelos, llenos de curiosidad y cautela.

–Aquí nunca se llega por casualidad –dijo–, así que debo suponer que tiene usted algún motivo para visitarnos. Ha realizado un largo viaje, se le ve en la cara. Y ha sido víctima de un intento de asesinato, a juzgar por el aspecto de su espalda. Además, el hecho de que esté aquí prueba que es usted un hombre muy decidido. ¿Qué busca en el monasterio de San Cristóbal?

–A un hombre.

–No me sorprende. Sólo un cazador de hombres podría vencer todos los obstáculos a los que se ha enfrentado usted. ¿Qué clase de hombre? ¿Y por qué?

–Se llama Étienne LeBecq. Puede que usted lo conozca únicamente como el hombre que ha venido aquí en busca de refugio.

–Si es que lo conozco.

De mi bolsa saqué la foto y se la entregué. Su rostro no expresó absolutamente nada. Le señalé a Guy LeBecq, con la esperanza de que el parecido desencadenara algún mecanismo en la mente del abad. El hermano Timothy volvió a entrar con un jarro de agua y un frasco de aspirinas. Me tragué cuatro y con el agua fresca me enjuagué los dientes, para desprender la arena.

El abad estudiaba el rostro de la fotografía, que había alisado sobre la mesa. El único ruido que se oía era el crujido de la arena al golpear contra los muros exteriores y el extraño sonsonete procedente del desierto al soplar el viento sobre la arena. Se recostó en el asiento y me miró inquisitivo.

–Me pregunto quién es usted –dijo evasivamente.

Parecía tan inexorable como el paisaje de su entorno. No pude evitar la sensación de que, de pronto, se había convertido en el hombre más importante de mi vida. Sin su permiso, yo estaría indefenso en aquel lugar dejado de la mano de Dios. Toda la piel se le había tensado sobre una capa de huesos: parecía como si tiempo atrás el contorno de su rostro hubiese sido barrido por un chorro de arena. Aguardaba a que yo llenara los espacios en blanco, y así lo hice. Él me escuchó, cómo me llamaba, mi viaje a Egipto. Pero ¿cómo había sabido dónde acudir? No iba a permitir que lo pusiera contra la pared. Aquél era su monasterio y su actitud era la del que mandaba. Aunque es posible que, a fin de cuentas, la actitud de un abad siempre tuviera que ser así. Le hablé del asesinato de mi hermana y de que LeBecq era alguien a quien ella había visto poco antes de que la matasen. Le dije que no tenía ni una sola pista que seguir y que LeBecq quizá supiese algo.

–Respecto a ese hombre que usted dice que habló con ella antes de que la matasen –parecía tener acento belga, si es que reconozco ese acento; aunque puede que fuera francés–, ¿qué haría, si lo encontrase?

–Hablar con él. –Me encogí de hombros y advertí que sus ojos tranquilos y distantes me contemplaban casi con interés académico, como si nada fuera lo bastante importante como para atraer su atención–. ¿Puede usted ayudarme?

–Apenas conozco la respuesta a esta pregunta, señor Driskill. La ayuda no es algo con lo que nos relacionemos aquí. La caridad y la esperanza se han abandonado entre estas paredes. Permita que le explique quiénes somos nosotros, señor Driskill, para que pueda entender qué ha encontrado en San Cristóbal. –Tamborileó con los dedos, preparándose para una explicación que yo pretendía y que era mejor no interrumpir–. Nosotros somos una especie de legión extranjera de monjes, diecinueve de los cuales nunca abandonan, es decir, que nunca abandonarán este lugar, y unos pocos que vienen y van de vez en cuando. Aquí rezamos, a la espera de la muerte, menospreciados por Roma. A veces un hombre como Étienne LeBecq viene a refugiarse aquí, para purgar la maldad que siente en su interior. Todos los que estamos aquí nos hemos enfrentado a nuestra propia maldad, quizá como el hombre a quien busca. Muchos de nosotros estamos muriendo a causa de alguna enfermedad incurable, de un tipo u otro, enfermedad que hemos decidido no curar quizá por pura desconfianza en la condición humana. Soy el abad de los muertos, señor Driskill, y de los olvidados.

El monasterio había sido fundado en el siglo XII, o así lo registraba la historia, y, en opinión del abad, eso muy bien podía ser cierto. Fundado por los cistercienses, o más exactamente por un obispo radical que consideraba que la reacción cisterciense contra los dueños de Europa –los monjes de Cluny– no había ido lo bastante lejos. Mientras los monjes de Cluny eran cada vez más mundanos y veían cómo aumentaba su poder político y económico, los cistercienses anhelaban abandonar aquel mundo de privilegios. Un monje que había hecho votos de pobreza no debía intentar vivir en un mundo de ricos, así que los cistercienses se apartaron. Sin embargo, su propio credo –el trabajo– frustraba su necesidad de mantenerse en la pobreza. Gracias a su labor de labranza, muchos valles remotos y estériles florecieron. El problema era muy complicado. Trabajo y pobreza parecían incompatibles. En 1075, el hermano Robert y siete monjes del monasterio de St. Michel de Tonnere huyeron al bosque de Molesme. Pero en 1098 sus esfuerzos habían obtenido una especie de éxito tan mundano, que frustró sus esperanzas de crear un auténtico monasterio. Poco después, otro grupo realizó el peligroso viaje hasta África y se internó en el desierto del norte, donde no podía crecer ni cosecharse nada, ni podrían acumular riquezas ni poder. Allí construyeron un monasterio al que llamaron de San Bernardo. Con el tiempo, éste se convertiría en el de San Cristóbal, aunque el abad ignoraba las razones del cambio.

Allí, bajo aquel calor y en la absoluta pobreza, lejos de cualquier mundanalidad europea, se desarrolló el ascetismo de los monjes. El fanatismo, la abnegación y un celo casi sin precedentes por la abominación de la carne se convirtieron en la regla según la cual vivían. Aunque no vivieran mucho tiempo. Apenas alcanzaban la treintena. Con frecuencia se debilitaban con rapidez y morían alrededor de los veinticinco años. «Dejad vuestro cuerpo antes de entrar por esta puerta –se les exigía a los jóvenes–. Sólo las almas deben entrar aquí. La carne de nada sirve.» Además, nada de lo que fuese aceptado en el mundo era bien recibido entre aquellos muros. No se admitía el saber, ni el arte, ni la literatura, nada de lo que normalmente daba algún sentido a la vida del hombre. Tampoco el trabajo. Nada. La nada. En medio del desierto aguardaban el fin del mundo, convencidos de que sólo mediante su propia sublime bondad, la plegaria y el irreductible vacío, el mundo de los hombres quizá podría perdurar.

–Al final, y eso fue antes de que transcurriese medio siglo, señor Driskill, al final, todos desaparecieron. Muertos, con sus huesos blanqueándose al sol, sin nadie que lamentara su muerte, sin que ni siquiera se enteraran en Europa. Al fin y al cabo, no había quedado nadie para que transmitiera la noticia. Eso ocurrió generaciones antes de que alguien de Europa regresara aquí y hallase los restos de los documentos que habían sobrevivido.

Mediante un golpe seco, el abad mató una mosca. El hermano Timothy parecía dormitar en un rincón, sentado en un taburete. El abad había estado hablando mucho rato, como si no pudiese dejar escapar la ocasión de comunicarse con alguien que no pertenecía a su mundo. Después de las preguntas iniciales, parecía haber perdido toda curiosidad por mi vida. Estaba mucho más interesado en narrar su propia historia y mientras lo hacía la saboreaba, la revivía, evaluaba la locura que subyacía en ella.

–El monasterio se quedó vacío entonces y se conservó durante cientos de años gracias al calor y a la falta de humedad. Dese cuenta, señor Driskill, cientos de años sin una plegaria, sin un solo monje, purificado de toda presencia humana por el paso del tiempo y los propios elementos de Dios. –Sonrió levemente, se humedeció los labios y prosiguió: era un narrador atrapado en un mundo sin audiencia.

Por fin, el monasterio perdido –o del Infierno, como lo había bautizado la leyenda– cayó en poder del papado y se utilizó como un lugar remoto al cual enviar a los monjes o curas incómodos, con la relativa certeza de que morirían en el intento de llegar hasta allí. Algunos de ellos –los auténticos ermitaños que deseaban pasar la prueba suprema, que anhelaban la satisfacción de renunciar a todo– suplicaban que los destinaran a ese apartado lugar y hacían el viaje por su cuenta, inmersos sólo en la esperanza de llegar de algún modo. Iban a morir allí en una especie de último espasmo de orgullo, un rechazo total y despreciativo del mundo.

La oscuridad se filtraba por los estrechos ventanucos, junto con el frescor del anochecer en el desierto, que parecía aproximarse rodando por los páramos como una nube de niebla. El abad había dejado de hablar y yo no podía precisar cuánto tiempo hacía que permanecía en silencio. Me miraba como si esperase una reacción y parecía dispuesto a esperar eternamente.

–¿Por qué vino usted aquí? –pregunté.

Pensé que no me había oído, hasta que se inclinó hacia delante, apoyó los codos sobre la mesa y cruzó los dedos formando un cesto. Contemplaba sus manos como si quisiera cerciorarse de su firmeza, de que no temblaban. Aún mantenía el control.

–La única disciplina que impera aquí –dijo, casi en un suspiro– es la que nos imponemos a nosotros mismos. Tenemos a unos cuantos ermitaños que permanecen casi siempre en el desierto. La mayoría hablamos, pero hay algunos que no dicen nada. Pero lo cierto es que formamos una débil familia, con pocos lazos. Todos estamos aquí para escondernos de algo y no nos ilusionamos respecto a perfeccionar nuestra relación con Dios. No nos ilusionamos sobre los estados de gracia ni intentamos justificarnos. Sencillamente, nos hemos detenido justo al borde del último pecado que constituye el suicidio. ¿Por qué razón? Sospecho que, sobre todo, por el temor de lo que nos aguarda en el otro lado, o donde sea. Nos escondemos, nos escondemos en el miedo y la vergüenza porque en eso nos hemos convertido, en criaturas del miedo y la vergüenza.

Su tono carecía de cualquier emoción que pudieran suscitar las palabras que pronunciaba. La sensación de frío hacía que la piel se me encogiese y la espalda me castigara, y no tenía nada que ver con la bajada de la temperatura. Tenía la impresión de haber encontrado el equivalente geográfico del vacío que había descubierto, con sorpresa, en los ojos del cura del cabello plateado.

–Yo vine aquí porque me merecía este lugar –explicó con voz suave–. Me lo había ganado. Años atrás, en mi monasterio de Dordoña, descubrí el mal, sodomía y corrupción de todo tipo, de modo que con estas mismas manos empuñé la espada de Dios. Tuve una visión dentro de mi celda. Los había visto por el rabillo del ojo cuando estábamos en la sala capitular leyendo la Regla y denigraban aquel lugar. En plena noche me dirigí a sus celdas y, al hallarlos abrazados, con mis propias manos puse fin a su corrupción. Mi sotana estaba empapada de sangre. Hui a pie, aturdido, pero nadie me persiguió. Dos años después, llegué a este lugar. Años más tarde, inexplicablemente, Pío XII supo de mí. Enviaron algunas cartas, que se recibieron, y fui nombrado abad.

No dijo ni una sola palabra acerca de LeBecq hasta que hubimos concluido la frugal cena en el comedor. Me sentía demasiado cansado para insistir en el tema o incluso para darme cuenta de lo que sucedía a mi alrededor. Las aspirinas en el estómago vacío me habían proporcionado al menos una nebulosa perspectiva. Pero el dolor de la espalda había menguado y el agujero en el dique no se había abierto, gracias a la labor del hermano Timothy.

–Venga –dijo el abad–. El aire de la noche le irá bien. Luego acuéstese temprano, si es que no le importa dormir en el catre de un hombre muerto. –Poco faltó para que me guiñara un ojo.

–¿De qué se supone...?

Pero él ya se había levantado y se alejaba de la mesa. Le seguí.

Fuera hacía fresco. Paseamos en silencio bajo la luna psicodélica en un cielo negro. Parecía un agujero visto desde el interior de un gran cilindro metálico.

–En efecto, sé quién es Étienne LeBecq –dijo de pronto.

–Lo suponía.

–Durante muchos años, de vez en cuando venía a nosotros. Un hombre bastante retraído, pero con quien pude hablar en momentos de reflexión. De una fe muy firme, que me hacía sentir un ser débil. Solíamos hablar de la Iglesia y de cuál era su papel, de que cada uno de nosotros tenía una misión, por muy impensable que ésta pareciera. Nunca lo supo, pero fue un gran consuelo para mí en unos momentos en que yo cuestionaba mi propia fe; su confianza en la Iglesia me ayudó, señor Driskill. Pero, en lo más profundo de sí acarreaba un terrible secreto. ¿Cuál? Nunca me lo confesó. –Uno de los perros nos había seguido en plena noche y estaba escarbando en una hondonada entre dos dunas móviles–. Estuvo por aquí hace un par de meses, sólo una noche o dos, no recuerdo. El tiempo carece de sentido aquí. Vino y se fue, no hizo preguntas. A veces parecía como si pretendiera esconderse de su propia alma. En cuanto a darle información, no puedo serle de ayuda, señor Driskill. Si tiene algún pasado o algún futuro, no sé nada acerca de ellos. Aquí carecemos de bienes materiales, nada que podamos llamar nuestro. Es decir, nada a excepción de nuestro pasado particular. La mayoría de nosotros no tenemos más futuro que el que usted puede ver. Pero, por lo que se refiere a nuestro pasado, lo ocultamos celosamente. Si el pasado de un hombre hubiese sido feliz, ¿para qué iba a venir aquí? Y si ha sido desdichado o perverso, entonces nadie quiere hablar de ello.

El perro escarbaba cada vez con mayor ahínco y había agujereado la capa superior de la arena.

–Huele a muerte –comentó el abad. Se aproximó al perro y lo empujó suavemente con el pie. Entonces vio mi expresión de extrañeza–. Aquí encontramos el cadáver del más anciano de los nuestros. Yo había hablado muy poco con él, aunque era muy parlanchín, como una viejecita. De pronto, una mañana no se le vio por ningún lado. Pasaron varios días. Yo sabía que se acercaba su final y quise darle tiempo para que muriese tal como había elegido: solo en el desierto. La última vez que charlamos, me comentó algo acerca de unos campos verdes. Estoy seguro de que, mentalmente, es allí donde murió; en aquellos campos cubiertos de verdor. Entonces el perro lo encontró. Al parecer, había subido a esa duna y, después de acomodarse, se dejó ir. Fue su decisión y nosotros respetamos las decisiones de un hombre. El perro lo encontró, cubierto por la arena, con la mano apuntando hacia arriba, como si se tratara de una pequeña tumba. Lo hemos enterrado hoy, coincidiendo con su llegada. –Rascó al perro tras las orejas caídas y acarició su pellejo apolillado–. ¿Por qué murió como lo hizo? Dios así lo quiso, eso es lo único que sabemos. Fue un hombre afortunado, señor Driskill, porque tuvo una buena muerte.

Cuando llegamos a la celda donde dormiría yo –allí donde lo había hecho el difunto monje mientras escapaba de aquellos secretos que yacían en la oscuridad de su pasado–, el abad encendió una vela y las sombras oscilaron sobre las paredes del pequeño cubículo. Una cruz de madera sobre la estrecha cama, el penetrante olor de arena y noche, una manta plegada a los pies de la cama. El abad supervisó la austera habitación.

–Aunque no es lujosa, al menos es funcional, señor Driskill.

Cuando dio media vuelta, dispuesto a marchar, le interrumpí.

–Una pregunta más. Es sólo una cosa que se me acaba de ocurrir, acerca de otro hombre que hubiese venido aquí, y luego se hubiese marchado. Quizá de esos que vuelven de vez en cuando.

–Adelante.

–Ignoro cuál es su nombre y tampoco sé si es un cura, un monje, o siquiera un seglar como LeBecq. Pero usted lo recordará: alto, muy bien conservado, aunque sospecho que debe de rondar los setenta, gafas redondas y de montura dorada, cabello plateado que se peina hacia atrás a partir de una punta en la frente. Ojos muy raros, como sin fondo.

El abad permanecía de pie en el umbral y las sombras oscilaban sobre sus duras facciones. En él había algunas de las características que acababa de citar y debía de tener aquella misma edad, a pesar de que para él tampoco parecía contar el tiempo. Aguardé sin dejar de mirarlo, mientras una araña, que subía por la pared, se detenía como si quisiera escuchar.

–Sí –contestó por fin–, conozco a ese hombre. El hermano August. Pero no sé nada acerca de él. Si se trata del mismo hombre, vivió aquí hace ya algún tiempo, dos o tres años. Era impermeable al precio que se cobra este lugar. Hablaba muy poco, siempre ocupado en sus oraciones. Luego sucedió un hecho sorprendente: un día, el rufián que conduce el camión que nos trae los suministros trajo una carta para el hermano August. Eso constituye todo un acontecimiento, ¿comprende? Una carta de Roma. Después, al día siguiente, desapareció, se largó con ese rufián del camión. –El abad se encogió de hombros.

–Me pregunto si estaremos hablando del mismo hombre.

–Era un tipo muy extraño –prosiguió el abad–. ¿Que por qué lo digo? No era como todos los que estamos aquí. No se autocastigaba, sino que simplemente se preocupaba de sus propios asuntos, como si se preparara para algo. Era un hombre de una fuerza sorprendente, aunque con muy buenos modales. Muy educado. En ocasiones se internaba en el desierto durante varios días seguidos y luego regresaba sin dar explicaciones, en forma, como siempre. A veces daba la sensación de que era indestructible, sin la fragilidad de los humanos...

–Sí, el hermano August –murmuré–. Es el mismo hombre. No hay duda.

El abad tenía el don de hacerme hablar de forma artificial. No podía evitarlo. Me sentía como alguien que leyera al dictado. Las noticias acerca del hermano August me habían cogido desprevenido y necesitaba hacerme a la idea. Ahora ya sabía algo sobre aquel hombre y había surgido sin que yo lo sospechara.

–¿Cuánto hace que se fue?

–Algún tiempo –musitó el abad–. Hará dos años. Al menos ése es mi cálculo. –De nuevo se encogió de hombros ante la idea del tiempo y de su medición.

Permanecí despierto durante horas, pensando. Ahora ya sabía algo acerca de él. El misterio ya no era tan profundo ni tan oscuro. El hermano August. Dos años en aquel infierno y luego alguien en Roma lo había llamado para encargarle una misión. Dos años después, mi hermana, Lockhardt y Heffernan morían. Un viaje desde El Infierno hasta Nueva York y Princeton, que había durado dos años. Me sentía totalmente agotado, pero continuaba barajando los fragmentos de información y cuando retiraba la atención de aquel duro trabajo veía un destello en la hoja de un cuchillo, una pista, parte de una evidencia que hasta entonces no había advertido. Me sentía muy cansado y aturdido ante las ramificaciones de aquella historia, demasiado intrigado por la trama que formarían todos aquellos hilos. Me sentía cansado y excitado en extremo para poder dormir, pero también para orientarme en medio de aquella maraña de sucesos e implicaciones que se había acumulado a mi alrededor. Finalmente, caí en un sueño ligero, del que me desperté poco a poco, temblando bajo la delgada manta. Mi espalda se apoyaba incómoda en el bastidor de madera de la cama. Me acurruqué con cuidado, en un intento por encontrar la posición adecuada sin que se me aflojara el vendaje, negándome a abrir los ojos y admitir que me hallaba despierto. Primero pensé que había oído algo, un ruido de pasos que se arrastraban por el suelo de tierra prensada. ¿Qué clase de criaturas vagaban de noche por el desierto? Un espasmo nervioso cruzó por mi mente: si me veía obligado a levantarme, ¿dónde pondría yo el pie? Los pasos se interrumpieron, como si algo o alguien hubiera descubierto que yo había presentido su presencia. La oscuridad era casi completa en la celda. Una estrecha rendija en la pared dejaba entrar un rayo de luna, que resultó insuficiente cuando me decidí a abrir los ojos. Una cortina colgaba de la entrada, tras la cual se cernía la noche.

Entonces olí algo. A alguien.

El vello del cogote se me empezó a erizar.

En la celda, conmigo, había alguien más.

A medida que mis sentidos empezaban a ponerse en marcha lentamente, con excesiva lentitud, alguien procuraba no hacer ruido. El olor a hombre, a ropas impregnadas de sudor, se me iba acercando. La respiración se aceleraba. Estaba ya muy cerca. El débil rayo de luna quedó oscurecido por la silueta que se aproximaba. Podía ver perfectamente a mis espaldas, como en un recuerdo o en una pesadilla, el cuchillo que se abatía sobre mí.

–Tengo un arma apuntándole –gruñí y noté que la voz me temblaba.

Todo se detuvo: el ruido de pies al arrastrarse, el jadeo, todo menos el olor. Temía que algo sin nombre y sin rostro –aunque sabía que se trataba del cura– viniera para liquidarme: me había estado vigilando desde el principio y me había seguido hasta allí.

–Como me toque, cabrón, le mato.

Estaba fanfarroneando para salvar la vida. Todo parecía una broma de mal gusto.

–Soy el hermano Timothy. –La voz era suave y timbrada–. El que le ha vendado la espalda. No debe temer nada de mí. Por favor, deje el arma. Tengo una vela, ¿puedo encenderla? Debo hablar con usted.

Oí el ruido de una cerilla al rascar sobre la caja. La llama brilló a poco más de medio metro de la cama y la enorme silueta se hizo visible. El hermano Timothy sonrió y su doble papada se derramó como un merengue. Saqué la mano de debajo de la manta y lo apunté con el dedo.

–Bang, bang.

El hermano rió entre dientes, como si intentara demostrar que no había olvidado cómo hacerlo, y luego su sonrisa desapareció. La vela prendió y yo anhelé el calor de un auténtico fuego.

–¿Qué se le ofrece –pregunté–, ahora que ya me ha dado un susto de muerte?

–Tenía que verlo a solas. El abad no aprobaría mi intromisión, pero tengo que hacerlo. Lo que voy a decirle ni siquiera se lo he contado a él. Pero al oír cómo le explicaba lo de ese hombre al que usted llama LeBecq y ver la foto, comprendí que tenía que informarle de lo que yo había visto. –Jadeaba intensamente y, a pesar del frío, su rostro brillaba por el sudor. Se humedeció los labios, luego se acercó a la entrada, sacó la cabeza por un lado de la cortina y volvió a entrar–. Él está en todas partes –se disculpó–. Siempre ve cosas. Corren rumores acerca del abad, rumores referentes a poderes extrasensoriales. Tonterías, por supuesto, pero me pregunto quién será él –musitó como entre sueños y luego volvió a la realidad–. No podemos perder ni un momento.

Se secó la frente con su voluminosa manga y me miró con sus ojillos brillantes.

–Adelante –le apremié y tiré de la manta para tensarla.

–He visto a ese hombre, a LeBecq. Ahora está en el desierto y puede verlo si quiere. Lo conduciré hasta allí y usted mismo lo comprobará.

Seguí a la inmensa mole fuera del recinto del monasterio, después de pasar ante las celdas donde la mayoría de los monjes gruñían, roncaban y murmuraban en sueños. Parecía como si la luna hubiese cubierto con hielo todo el entorno, que tenía el aspecto de una pista que llevara a Fort Zinderneuf. El viento soplaba sin cesar, formando remolinos de arena que nos obligaban a entornar los ojos y avanzar encorvados. A la entrada del monasterio, el enorme Panzer se erguía como un fantasma, proyectando una sombra extraña con su largo hocico en forma de cañón.

Timothy marcaba un paso vivo, atento a la prensada arena. Yo no podía calcular la distancia, me bastaba con mantener la cabeza gacha y seguir a mi guía intentando fingir que la espalda no me molestaba. Pasamos ante unas palmeras torcidas, cruzamos entre unas dunas móviles, siempre a paso vivo. Al cabo de media hora, Timothy se detuvo y me cogió del brazo.

–Es ahí delante, en la explanada que se extiende detrás de la próxima elevación. Lo acompañaré hasta él.

De la siguiente cosa que fui consciente es que, después de subir a la cresta de la duna de arena, ante mí apareció la avioneta que había visto en la fotografía que LeBecq tenía en su despacho de la galería. Parecía helada y plateada a la luz de la luna, brillante debido al relente. No vi a LeBecq. ¿Qué hacía pernoctando en el desierto, cuando podía haberse quedado en el monasterio? Timothy había bajado con dificultad hasta detenerse junto a la avioneta y con una mano se apoyaba en el ala. Me hacía señas y gritaba algo, que el viento me impedía oír.

Mientras bajaba de la duna vi a LeBecq. Estaba sentado en el suelo, con la espalda apoyada en la rueda delantera, y prescindía de nuestra presencia. Permanecía allí dormido, en plena noche, y el viento barría cualquier ruido que nosotros pudiésemos hacer.

Cuando Timothy se situó ante LeBecq y lo señaló con un dedo, al tiempo que me hacía señas de que me apresurase, comprendí que algo andaba mal.

Al dar la vuelta por detrás de la cola, vi que la cabeza de LeBecq mostraba una inclinación anormal. En la sien había un agujero negro, un pequeño cráter hacia dentro, y en la arena, junto a su mano, una pequeña pistola del calibre 22. Tenía la boca abierta, formando un pequeño círculo por donde entraban y salían los pequeños insectos que suelen morar en la arena. Luego vi que el agujero de la sien parecía moverse, pero eran más insectos que hurgaban en la sangre. Empezaba a hincharse. El hecho de permanecer uno o dos días sentado al sol no podía ser nada bueno para un cadáver. El peluquín se le había ladeado a causa del impacto de la bala.

Me agaché, sopesé la pistola y me la guardé en el bolsillo de la chaqueta.

Timothy lo había descubierto a primera hora de la mañana, pero cuando regresó al monasterio se celebraba el otro funeral. Luego llegué yo y el resto del día había permanecido fuera de su alcance.

–Su amigo ha puesto fin a sus problemas –comentó el hermano Timothy–. Debían de pesarle mucho en su cabeza. Para un buen católico, eso que ha hecho es algo nefasto. Ahora debo llevármelo allá.

Se inclinó hacia LeBecq y se dispuso a tirar de las solapas de su chaqueta.

–Yo de usted iría con cuidado –le aconsejé–. Está bastante descompuesto. Es mejor que vuelva mañana con ayuda y lo meta en una bolsa o algo por el estilo, si no quiere que se le desparrame por ahí.

–Tiene usted razón. –Asintió con su enorme cabeza redonda–. Luego le daremos sepultura.

–¿Quién avisará a la hija?

–¿Tiene una hija? –El hermano Timothy alzó los ojos hacia la luna–. El abad sabrá qué hacer.

Regresamos al monasterio, esta vez a paso más lento que cuando íbamos en dirección contraria. Uno de los perros se había levantado y deambulaba por allí, husmeando el aire de la noche. Pareció alegrarse al vernos. Eso, en el orden en que yo percibía las cosas. Pero en mi mente seguía viendo el agujero en la cabeza de LeBecq, el cabello renegrido y chamuscado que había visto en mi hermana Val.

–Hermano Timothy.

–¿Sí, señor Driskill?

–Yo he matado a ese hombre.

–¿De veras?

–Tan cierto como si hubiese apretado el cañón de la pistola contra su sien. Yo era su pesadilla personal. Todas sus culpas habían vuelto para darle caza, y yo no podía evitarlo. Yo personificaba todos sus temores y todos sus pecados, en un solo paquete. Yo era el justo castigo que inesperadamente caía sobre él y que lo obligó a huir al desierto como un loco. Entonces se sentó ahí y contempló su destino frente a frente, y supo que había un solo medio para liberarse de todo.

–¿Tan malo era ese hombre?

–No, en absoluto.

–Ahora arderá para siempre en un abismo de fuego.

–¿De veras lo cree así, hermano Timothy?

–Eso es lo que me enseñaron.

–Pero ¿lo cree realmente?

–¿Y usted cree que lo mató?

–Sí, creo que lo maté.

–Bueno, pues yo creo que arderá para siempre en un abismo de fuego.

–¿Es cuestión de fe, entonces?

–Fe. Así es. Un hombre que se mata a sí mismo arderá para siempre.

Luego decidí seguir durmiendo, pero la noche parecía interminable. Reflexioné otra vez sobre todo lo sucedido, pero, al margen de cómo lo enfocara, siempre llegaba a la misma conclusión. De no ser por mí, el pobre desgraciado aún seguiría con vida. Quizá la culpa la tuviera mi conciencia de católico. Pensé en sor Elizabeth, en cómo había traicionado mi confianza, pero eso ahora ya no me parecía una falta tan grave. Al fin y al cabo, ella no había «matado» a nadie. Esa noche, mi último pensamiento fue para ella, y luego también lo fueron mis sueños. Quería contarle lo que había hecho.

Quería que me escuchara en confesión.

Mientras aguardaba la llegada de Abdul, descubrí la nube de polvo y luego oí los chirridos de su vehículo infernal incluso antes de que alcanzase a verlo realmente. El sol caía recto, abrasador, sin dejar sombra donde yo aguardaba con mi bolsa, con la mano haciendo visera a fin de protegerme los ojos. Las últimas veinticuatro horas parecían haber durado una eternidad. Me sentía como un leproso. Nadie había salido a despedirse, ni siquiera el hermano Timothy. Sabía que ése era su estilo, que no se trataba de nada personal, pero contribuía a que mi partida fuera en solitario. Dirigí una última mirada a aquel lugar olvidado de todos, que brillaba con luz trémula en medio del calor. Parecía como si cualquier día fuera a evaporarse y nadie fuera a lamentarlo, ni por él ni por aquella compañía de desterrados. Acto seguido subí al camión, donde Abdul –mi salvador– me aguardaba sonriente, con sus irregulares dientes del color de la arena y el húmedo cigarro colgando de la comisura de la boca.

Igual que un remolcador que zozobrara durante una tormenta en alta mar, partimos en medio de una nube de polvo y arena. Entonces le pregunté si se acordaba de un hombre al que había ido a recoger y le describí al hermano August. Abdul asintió, escupió y me anunció que si nada era gratis, mucho menos la información. Le di algo más de dinero, se lo metió en el bolsillo de la camisa, y me dijo que yo era un buen compañero. Llevaba una camisa de safari, sucia y vieja, y un sombrero de paja con lo que parecía el agujero de una bala en la parte superior. Se echó a reír como el rufián que era y se rascó un húmedo sobaco, con lo cual estuvo a punto de perder la dirección del camión.

Se acordaba del hombre de cabello plateado, pero se había limitado a llevarlo a una aldea junto al Mediterráneo, donde lo dejó. Desde entonces no había vuelto a verlo. Yo había pagado por nada, pero en realidad no me importaba. Sabía cuanto necesitaba saber respecto al hermano August: que recibía órdenes de Roma.

5

Después de abrirse paso a través de los horrores de la casa de Vespasiano Sebastiano y de la supresión del monasterio toscano donde residían los *assassini*, sor Elizabeth temía volver al *fondo* de la nunciatura de Venecia. Le resultaba claustrofóbico, opresivo con tanta maldad y derramamiento de sangre. Por ese motivo estudiaba cómo enfocar el problema de los archivos secretos. De pronto, entre sus documentos encontró la hoja que Val guardaba en su carpeta y en la que había escrito lo que parecía un simple código ininteligible. Lo cierto era que antes no le había prestado ninguna atención, pero ahora cambió de idea.

AS TV IV SO ARQ PBF.

Elizabeth anotó aquellas letras en otra hoja y las copió una y otra vez, procurando pensar como Val. ¿Qué había querido significar en ellas? Se durmió pensando en ello y se despertó barajándolas en la cabeza. No podía dejar de pensar en ellas. Era como el número de teléfono de la persona amada, que siempre se recuerda. Sonrió al acordarse de un novio que había tenido en el instituto, hacía mucho tiempo: muy bien podía haber sido un contemporáneo de aquellos príncipes del Renacimiento acerca de los que había estado leyendo. Un tiempo muy lejano, desaparecido ya. Historia pasada.

Empezó a descifrar el código mientras se dirigía a pie a la ciudad del Vaticano.

Suponiendo que AS quisiera decir archivos secretos, entonces pensó que ya tenía el significado de TV.

Se dirigió a monseñor Petrella, el prefecto, y le pidió que la acompañara a la Torre de los Vientos.

Cuando llegaron a la elegante sala con el mosaico del zodíaco, Petrella lanzó una mirada inquieta al contenido.

–Quiero que sepa que es algo poco habitual dejar que alguien curiosee entre los *buste* aquí guardados. En realidad, nunca se ha permitido. Sin embargo, sor Valentine fue una excepción, y por ser amiga del difunto señor Lockhardt... –Se encogió de hombros de manera muy explícita–. Él era muy amigo nuestro, aquí en los archivos. De modo que con usted haremos la misma excepción, hermana.

–No sabe cuánto se lo agradezco, monseñor. Val pasaba muchas horas aquí arriba, ¿verdad?

–Oh, sí. Al parecer había... déjeme que piense, ¿cómo solía decirlo ella? Ah, sí, decía que había descubierto un filón aquí.

–Entonces permita que yo también explote esa mina, si es que consigo encontrarla.

Monseñor Petrella asintió y sonrió débilmente.

A solas, inspeccionó la estancia, intentando descifrar el resto del código de Val. Quizá no tuviese nada que ver con la Torre de los Vientos, pero también podía ser que sí.

No logró encontrar un número romano que coincidiera con el IV y que fuera relevante. Eso la entretuvo durante un rato. ¿La cuarta librería? Pero ¿la cuarta a partir de dónde? Para localizar la cuarta primero habría que encontrar la primera.

Frustrada, pasó varias horas buscando infructuosamente entre las carpetas y eso la dejó sudorosa, llena de polvo y desanimada. Quizá estuviera siguiendo una pista del todo errónea. Se preguntó si Driskill encontraría más divertido husmear por Alejandría en pos de otro rastro que Val hubiese podido dejar. ¡Divertido! Se preguntó cómo estaría su herida y a continuación lo obligó a salir de sus pensamientos.

Pero Elizabeth siguió abriéndose paso a través de aquel material, buscando algo al azar, cualquier cosa. *Assassini.* Ése era su objetivo, tenía que serlo, ya que no disponía de nada más. *Assassini* y cinco hombres muertos en la lista de Val. Cinco muertos y uno todavía vivo. Erich Kessler. ¿Por qué pensaba Val que éste sería el siguiente en la lista?

Elizabeth continuó buscando al azar en las carpetas, dudando incluso del objetivo de su trabajo. Pasaba interminablemente hojas y más hojas de papel, con la esperanza de encontrar otra referencia a los *assassini.* En el fondo de su corazón sabía que aquélla era una tarea estúpida. Sin embargo, todavía no estaba preparada para abandonar. Podía muy bien borrar todo aquello de su mente, pero ¿qué importaba perder unos días más? El mundo no se detendría por ello.

Se levantó, se sacudió el polvo –tal como habría hecho Val antes que ella–, se acercó a la ventana y contempló la ciudad del Vaticano, repentinamente insegura de cuál era el día de la semana y de si había asistido a misa unas horas antes o había sido el día anterior. En un momento que la cogió desprevenida, se sorprendió al descubrir una cualidad que había compartido con Val: una habilidad especial para imbuirse en un trabajo y olvidarse del mundo que la rodeaba. Siempre había sido así, desde la infancia. El trabajo siempre había tenido prioridad sobre cualquier otra cosa en su vida. Val, en cambio, había sido capaz de abarcar más campos. Se había sumergido en una carrera incluso más absorbente que la de Elizabeth, pero también había encontrado la fórmula para incluir en su vida a Curtis Lockhardt. En cualquier caso, aquél era el estilo de Val, su vida. A través de la ventana, Elizabeth sintió la brisa en el rostro y la tibieza del sol. Ella no era Val y no podía vivir su vida como la había vivido su amiga. Sin embargo, tenía que enfrentarse a las limitaciones que ella misma se había impuesto, a lo que éstas le habían negado. De pronto, se le ocurrió otra forma de enfocar el código de Val.

Olvidarse de IV y pasar a SO. El único SO que le resultaba familiar era la abreviatura de sudoeste. Por otra parte, el tema de la sala de la torre era el zodíaco y la brújula. Localizó la orientación correcta y se volvió hacia el rincón del sudoeste. Allí, guardada entre dos estantes, había una arqueta forrada de cuero y atada con correas, que recordaba una elegante sombrerera del siglo XIX. ARQ. ¡Arqueta! ¡Val!

PBF.

Desabrochó las correas y, con cuidado, levantó la gruesa tapa de cuero.

Allí, primorosamente guardado en sus tapas de cartón, estaba el original mecanografiado de Pryce Badell-Fowler, escrito en 1934, *Poder eclesiástico y política.* Al parecer, había permanecido medio siglo sin catalogar, se había escurrido entre las redes de la regla de los cien años, lo habían metido en aquella arqueta poco visible y lo habían abandonado a merced del polvo hasta que en un lejano futuro lo encontrara algún erudito o algún ayudante que aún no había nacido.

Elizabeth se arrodilló junto a la arqueta, extrajo el manuscrito y se quedó mirando el nombre. Pryce Badell-Fowler. PBF. Asesinado en su restaurado granero cerca de Bath, hacía sólo seis meses. Uno de los cinco.

Sujetas con un clip a la página del título había dos hojas del papel de cartas del autor. Simplemente, su nombre grabado en la parte superior, y debajo: «Bath-Inglaterra».

La primera hoja databa del 4 de enero de 1931 y era una carta dirigida a Pío XI. En esencia se trataba de una carta bastante corriente, en la que agradecía a su santidad por autorizar su «acceso a materiales hasta ahora vírgenes para los estudiosos».

La otra, fechada el 28 de marzo de 1948 y dirigida al papa Pío XII, indicaba que el autor necesitaba tan sólo «un par de comprobaciones finales antes de completar, finalmente, mi segundo volumen. Como muy bien sabrá, he tenido que cotejar todo lo referente al tema del empleo de asesinos profesionales por parte de la Iglesia, con objeto de llevar adelante su política en el pasado. Comprendo sus reservas en hablar de tales asuntos por razones de su cargo, pero también le agradezco su franqueza en nuestras conversaciones menos protocolarias. No es necesario añadir que comprendo a la perfección las susceptibilidades que despierta la intención de investigar este asunto en el presente siglo, como en el caso del difunto Benito Mussolini. Sólo espero que usted, santidad, con su gran sabiduría, entienda igualmente mi necesidad de continuar con las investigaciones».

Las cartas eran como una ventana hacia el pasado. Hipnotizada por la presencia casi física del inglés en la sala, Elizabeth empezó a leer, a examinar, a pasar una página tras otra, esperanzada. Casi al final del manuscrito, encontró lo que buscaba.

> Poco se sabe –o está muy poco documentado– acerca de los *assassini*. Éstos transitaron por los oscuros capítulos de la sub-historia medieval y del Renacimiento como esos deformes perros salvajes que pululaban por las afueras de Roma y de los que se sabe que a veces se alimentaban opíparamente con la carne de los incautos, los débiles, los torpes o de esos cuya osadía era fruto de una creencia errónea en su propia invulnerabilidad.
>
> Algunos de estos canallas y asesinos a sueldo estaban comprometidos con los papas hasta la muerte. Según las pocas pruebas escritas que han sobrevivido, dados los decididos esfuerzos de la Iglesia por borrarlas de la historia, estos hombres eran asesinos a las órdenes del papa. Si bien todavía persisten los rumores de que tales

pruebas documentales se encuentran ocultas en las húmedas celdas de monasterios remotos, ninguna ha salido a la luz, que nadie recuerde.

Los *assassini* resurgieron repetidamente durante ese período en que la Iglesia, con sigilo casi obsesivo, creó y solidificó el poder de los Estados Pontificios. Durante los mandatos extraordinariamente corruptos y teñidos de sangre de los papas Sixto IV, Inocencio VIII y finalmente Alejandro VI, el padre de César Borgia, los *assassini* florecieron, torturando y asesinando a los enemigos políticos del papado, y no sólo en Roma, sino también por las ciudades-Estado de Italia a las que habían derrotado.

Realizaban su horrible misión utilizando medios como el veneno, la daga o la estrangulación. Entre sus numerosas víctimas, las que primero acuden a nuestra mente son las familias Colonna y Orsini, de Roma, quienes aspiraban a socavar la autoridad de la Iglesia a fin de acrecentar su propio poder e influencia. Los *assassini* diezmaron estas dos familias y al final se las obligó a huir antes de que su estirpe fuese aniquilada por completo: hombres, mujeres y niños...

Se ha argumentado que una organización secreta tan terrible y fanáticamente entregada nunca ha existido en la cultura de Occidente. Los *assassini* lo arriesgaban todo al servicio del papa. Pero no hay que confundirlos con los rufianes callejeros que en la actualidad deambulan incontrolados por Roma, ni con los asesinos a sueldo a los que contrataban todas las familias –incluso las menos adineradas– que necesitaban matar a alguien. Los *assassini* procedían de los más variados estratos de la sociedad: a menudo eran de alta cuna, a veces incluso duques y miembros del clero que desempeñaban su oficio con sorprendente y arrogante desparpajo, o clérigos fanáticos que consideraban su trabajo como el más importante servicio que se podía prestar a la Iglesia.

Se dice que uno de los principales *assassini* no fue otro que el hijo bastardo de Ludovico Sforza, duque de Milán. A medida que las distintas ciudades-Estado se alineaban con Roma y colaboraban financieramente, la lista de los que contribuían a la riqueza de los *assassini* aumentaba, siempre en absoluto anonimato. Muy a menudo, los *assassini* surgían de las filas de hijos ilegítimos o de los segundos o terceros herederos de las grandes familias; quienes con frecuencia los llamaban para que realizaran sus tareas específicas eran los miembros de la Iglesia. Su número fue creciendo a gran velocidad y los Estados Pontificios tenían que protegerse a toda costa.

No era sólo César Borgia quien recorría las calles de noche con sus guardias armados, en una especie de avidez de sangre, dispuestos a vengarse en nombre de la Iglesia, sino que otros como él siguieron su ejemplo.

Durante el reinado del papa Julio II, un papa bondadoso y conciliador, la presencia de los *assassini* empezó a decaer. Sufrieron una especie de eclipse y se escurrieron entre las grietas de la historia. Durante varios siglos se oyó hablar de ellos muy esporádicamente y sólo cuando las presiones amenazaban con desmembrar a la Iglesia.

Durante la Inquisición jesuita en la Italia central, los *assassini* resurgieron de nuevo, y durante algún tiempo la sola mención de la palabra provocaba terror y escalofríos entre los enemigos de la política papal.

Pero en cuanto la Inquisición fue suprimida, todos volvieron a eclipsarse. De nuevo se escurrieron, desaparecieron en el oscuro pozo de donde habían surgido, donde todavía permanecen, en medio de la oscuridad y del hedor, esperando.

No había nada más acerca de los *assassini,* sólo aquella breve referencia, de manera que Elizabeth supuso que el segundo volumen trataría de ellos. La evaluación de Badell-Fowler sin duda estaba abierta a las objeciones, pero ¿qué historiadores de la Iglesia no lo estaban? La historia de la Iglesia era un cúmulo de contradicciones por su propia naturaleza: en ella se mezclaban la pasión de los celos, la venganza y odios familiares que perduraban desde el más remoto pasado. Elizabeth había sufrido al imaginar a César Borgia deambulando por las calles ávido de sangre, ya que, según su punto de vista, era uno de los hombres más capaces y civilizados de su tiempo. Tenía la sensación de que Badell-Fowler se había sentido desgraciadamente atraído por la mala fama que aquél obtuvo en la prensa de Italia en aquel entonces. Mejor era considerar a César por lo que fue: un modelo para el príncipe de Maquiavelo.

Pero eso apenas tenía importancia.

Lo que la fascinaba era el rastro continuo de los *assassini.*

Tras la página final del manuscrito, Elizabeth encontró una hoja perteneciente a las notas de Badell-Fowler, escrita con tinta negra y trazos firmes y bien delineados. El significado era oscuro, pero el subtexto se encontraba allí.

1949.
¿Cuántos había allí? ¿Todos muertos? ¡NO!
Actividades en época de guerra.
¿Es Simon Verginius el líder?
El Plan de Pío...
¿Traicionado por...?

Elizabeth intentó permanecer tranquilamente sentada y procuró que los latidos del corazón se apaciguaran. No sabía qué significaba gran parte de todo aquello, o al menos no lo sabía con exactitud, pero sentía como si de algún modo estuviese entre ellos, entre los *assassini.* Val había leído aquello, así que, a partir de aquel instante, ambas lo compartían.

Lo importante ahora era seguir con vida. Había sufrido la atracción de una corriente subterránea donde se reclutaba a la clerecía para matar. Dunn podía muy bien haber dado en el blanco cuando esgrimió aquel jirón de tela perteneciente a una gabardina negra. El hombre que había matado a Val y que había surgido de la noche con la intención de asesinar a Ben podía ser un sacerdote y no un hombre disfrazado. Badell-Fowler así lo había creído, Val debía de haberlo averiguado y ahora Elizabeth casi sentía la presencia de ambos a su lado, instándola a seguir, ofreciéndole toda la ayuda que pudieran darle. La sensación de afinidad era real, algo casi sacralizado.

Copió la lista manuscrita de Badell-Fowler.

Permaneció sentada, inmóvil, escuchando el arrullo suave e insistente del sistema de ventilación, las antiguas corrientes de aire seco que hacían crujir las innumerables hojas de papel, el pulso de los archivos secretos.

Badell-Fowler había sido asesinado debido a sus conocimientos acerca de los *assassini.* La labor de toda una vida había quedado destruida por el fuego. Pero no, no habían muerto todos; ni en 1949, ni tampoco en el presente. En la actualidad había sucedido algo que había exigido que aquel anciano, después de sobrevivir durante tantos años, al final muriese asesinado.

Lentamente, una sonrisa reflexiva apareció en su rostro.

No tenía ni idea de lo que Ben Driskill habría conseguido, dondequiera que estuviese. Pero ella había rastreado a los *assassini,* a través de los siglos, hasta donde permanecían enterrados, y los había situado en el siglo XX, donde habían vuelto a sus actividades.

Ahora, maldita sea, podría hacer un paquete con todo aquello y regalárselo a Ben Driskill. Le probaría que ella no era lo que él había pensado, que no era una papista desleal, estúpida y obediente a las líneas del partido, que se tragaba la teología monjil y se preocupaba de la Iglesia, sólo de la Iglesia y nada más que de la Iglesia. Le haría entender que le interesaba encontrar al asesino de Val tanto como a él. También era su búsqueda, al margen de adónde ésta pudiese llevarla.

Si eso le proporcionaba una pequeña reacción, una pequeña sensación de triunfo, entonces muy bien. Podría vivir con aquello con tal de poder probar a Ben que se había equivocado respecto a ella.

Elizabeth necesitaba decírselo a alguien. ¿A quién mejor que al aliado de Val más próximo a la jerarquía de la Iglesia? Si Val hubiese seguido con vida y reunido los datos a su entera satisfacción, sin duda se habría dirigido al mismísimo san Jack.

Elizabeth llamó a Sandanato, le informó de que había realizado importantes progresos en la investigación de Val y que necesitaba exponérselos al cardenal D'Ambrizzi. Al cabo de una hora, monseñor la llamó a su despacho. Su eminencia había aliviado un poco sus obligaciones aquella tarde y se sentiría encantado si se reunía con él para cenar en su apartamento privado del Vaticano.

Elizabeth se pasó las horas que faltaban para la cita preparando la presentación que quería hacer. En un mundo de hombres, se hallaba en considerable desventaja: si no andaba con cuidado, podía estropear la presentación del caso antes de llegar a la mitad: bastaría con un poco de efusividad femenina, cualquier tipo de entusiasmo chapucero y expectante. Les encantaría deshacerse de ella, y no porque les desagradara o porque no creyeran en ella, sino porque eso era intrínseco en ellos, algo instintivo: ella era una mujer, una monja, y por lo tanto alguien intrascendente, después de todo. Esa actitud ni siquiera la molestaba; era algo sabido y tenía que convivir con ello. Así que cogió todos sus hallazgos, juntó toda aquella basura –como habría dicho Val– e impuso un orden analítico a su presentación.

D'Ambrizzi se mostró atento durante toda su exposición, observándola en silencio detrás de sus pesados y fruncidos párpados. Sandanato permaneció también en silencio y apenas probó bocado de la excelente comida que había preparado el chef favorito del cardenal. Siempre daba la sensación de que se mantenía a base de nervios y del humo de los cigarrillos. Cuando Elizabeth dio por finalizada su exposición y se llevó a los labios la taza de café, el cardenal cambió de posición su voluminoso corpachón y habló:

–Me parece recordar, hermana, que hace algún tiempo suscitó bastante controversia su Badell-Fowler. Fue después de la guerra. –Daba vueltas al coñac dentro de la copa e inhalaba su aroma, mientras Sandanato, que había encendido un puro, se restregaba con los nudillos un ojo fatigado–. Escribió algo acerca de los vínculos de la Iglesia con los servicios secretos de Mussolini. ¡Vaya misterio! Pero ¿qué se puede esperar de un inglés? ¿No se mostró también crítico respecto a los contactos de Pío XII con los alemanes? ¿Apoyo a los nazis, rumores acerca de robos de tesoros artísticos? Hubo quienes lo consideraron bastante escandaloso en aquel entonces y ganó mala fama en estos santos recintos. –Rió ahogadamente desde lo más profundo del pecho–. ¿Y luego? –Encogió sus pesados hombros–. Silencio. Esos molestos individuos tienen la habilidad de desaparecer. En cualquier caso, hoy en día eso ya es agua pasada. Nada se extingue mejor que un viejo escándalo.

Sor Elizabeth se inclinó resueltamente hacia él.

–Sin embargo, dejando a un lado lo que la gente pensó e hizo entonces, Badell-Fowler fue asesinado hace tan sólo unos meses, eminencia, y todo su trabajo, aquello que podía haberse convertido en su segundo libro, la obra acerca de los *assassini*, fue quemado y reducido a cenizas. Era un hombre viejo, pero ellos no pudieron esperar a que muriera. Tenían que matarlo sin demora. –Respiró hondo y buscó algún indicio de aquiescencia en su rostro; pero, al no encontrarlo, prosiguió–: Por otro lado, los viejos escándalos a veces se convierten en parte de la verdad aceptada. Nadie se atrevería ahora a negar que algunas de aquellas historias nada honorables eran absolutamente ciertas. La Iglesia estaba metida hasta el cuello en esos asuntos, durante la guerra...

–Querida –la interrumpió D'Ambrizzi con suavidad–, la Iglesia siempre ha estado a un paso del estiércol, como todo el mundo.

Pero siempre ha tenido sus grandes hombres buenos. Incluso a veces el bien y el mal han coexistido en un mismo hombre. –Se volvió hacia monseñor Sandanato–. No hay nada tan interesante como estos casos, ¿verdad, Pietro? Todos hemos conocido hombres así. La Iglesia ha sido siempre la suma de estos hombres y mujeres, por supuesto.

–De hecho, nadie sabe qué se perdió en el incendio –comentó Sandanato–. ¿Por qué iba a esperar tantas décadas, si tenía algo tan importante como lo que sugiere usted, hermana?

–No tengo ni idea; yo sólo trabajo con lo que sé. Sabemos que Badell-Fowler quería averiguar la historia completa de los *assassini,* sabemos que murió asesinado y sabemos que destruyeron el resultado de su trabajo. Creo que el objetivo era éste y no el hombre en sí. ¿No opinan lo mismo? ¿O piensan acaso que desvarío? –Negó enérgicamente con la cabeza–. No, no me lo estoy inventando. Toda esa gente, entre la cual se cuenta sor Val, ha sido claramente asesinada en menos de dos años. ¿Cómo es posible que no estén relacionados?

–A juzgar por las apariencias, parece bastante improbable. –El cardenal parecía satisfecho de poder continuar la discusión, pues no la había hecho callar–. Lo que le hace a uno tan escéptico es la idea de los *assassini.*

–Sin embargo, alguien debió de enterarse de que Badell-Fowler tenía un granero cargado de dinamita y que ésta podía estallar sobre ellos. ¿Es eso tan difícil? ¿Por qué otro motivo iban a matarlo y destruir las pruebas? Val era mucho más lista que yo. Si he llegado hasta aquí, ¿hasta dónde llegaría ella? A Val la mataron por la misma razón que a Badell-Fowler, poco más o menos. ¡Lo que daría por ver lo que ella averiguó! –Aquí frenó las riendas de su entusiasmo, pues temía echarlo todo a rodar–. Si él rastreó a los *assassini* hasta bien entrado este siglo y si descubrió nombres, los nombres de asesinos infiltrados en la Iglesia... –Se hundió en la silla minuciosamente esculpida–. Bueno, piensen en ello. Operaciones homicidas en el seno de la Iglesia, dirigidas desde dentro. Esto nos conduciría a la pregunta fundamental, ¿no creen? ¿Quién las dirige?

Elizabeth dejó la taza de café, alzó delicadamente la copa de coñac hasta sus labios y tomó un sorbo, sólo para obligarse a callar.

–Los pobres *assassini* –murmuró D'Ambrizzi, sacudiendo la enorme cabeza–. El viejo coco, el espantaniños de la historia de la Iglesia. La verdad, dudo de la existencia del segundo volumen de Badell-Fowler. Llevo mucho tiempo rondando por aquí y creo que habría oído hablar de ese libro. Yo también dispongo de mis informadores, ¿sabe? No, hermana, ésa es una vieja historia, y bastante dudosa.

Elizabeth no quería entrar en una discusión con el cardenal, pero se odiaría a sí misma si abandonaba.

–Pero ¿qué me dicen de ese tal Simon Verginius? ¿Quién era? ¿Cuándo existió? ¿Insinúan que Badell-Fowler era sólo un visionario?

–Un crédulo, hermana. Sólo un crédulo. Descubría lo que le interesaba. Es un fallo frecuente entre cierta clase de historiadores. O periodistas, para el caso. En cuanto a este Simon, deje que le explique. Yo estaba allí, ¿sabe? Simon era un mito útil, una especie de Robin Hood en la época nazi en París. Tenía decenas de identidades, se le atribuían cientos de hazañas, un héroe que servía para todo y que no era responsable ni de la décima parte de lo que se rumoreaba. No era un solo individuo, sino muchos hombres. Algunos valientes, otros tal vez criminales, todos anónimos. Hombres que hacían lo que a veces se comete en tiempos de guerra. Su Badell-Fowler encontró esas historias, y éstas lo engañaron. A muchos les ha sucedido lo mismo en el pasado. Créame, hermana. Yo estaba allí.

–Usted estaba allí, claro –repitió mansamente–. ¿Y los *assassini* son un mito?

–Tan antiguo, que apenas interesa.

El cardenal sonrió bondadoso.

Elizabeth se mordió el labio y juntó ambas manos sobre el regazo.

–Sin embargo, hay víctimas que han muerto asesinadas en el presente –puntualizó con voz suave, pensando que muy bien podía decir lo que opinaba, ya que probablemente no se le presentaría otra oportunidad–. No son seres mitológicos. Si, fíjense que digo «si», si existiese algo parecido a esa fantasía de los *assassini*, ¿no serían entonces esos crímenes un asunto de su incumbencia? –Se dio cuenta de que Sandanato apartaba la vista y examinaba la columna de humo de su puro–. ¿No cuadra eso con la idea de que el asesino de Nueva York y de Princeton sea un sacerdote y que la orden saliese desde dentro de la Iglesia?

–Sí, sí –ladró D'Ambrizzi, perdiendo momentáneamente la fachada de tranquila tolerancia–. Pero, si procediera del seno de la Iglesia, entonces tendría que ser de muy arriba, de alguien con mucha autoridad. No puedo dar crédito a una cosa así, hermana.

–Pero ¿no es posible que exista alguna especie de grupo desperdigado, que se inspire en los antiguos *assassini*? Alguien que quisiera implantar un reino de terror sólo necesitaría a unos hombres dispuestos a matar.

–¿Dónde, hermana? –inquirió Sandanato–. ¿Dónde podría encontrar uno a esa gente? ¿Por qué pedirles que mataran? ¿Y por qué desearían ellos hacerlo? A mí me parece una explicación demasiado fantasiosa.

–No hay nada fantasioso en el asesinato de ocho personas –insistió Elizabeth con obstinación–. Alguien tuvo que matarlas. Alguien vestido de sacerdote mató a varias de ellas, si no a todas.

–Admitamos que Badell-Fowler fue asesinado debido a sus investigaciones acerca de los *assassini* –intervino Sandanato, y sus ojos se fijaron en los de ella a través del humo, con lo cual Elizabeth sintió como si él la estuviese acariciando–. ¿Qué me dice entonces de los otros cuatro? No guardaban ninguna relación con los *assassini*. ¿Por qué los mataron? –Sandanato frunció las cejas y se pasó los dedos por los labios–. Está usted maquinando una conspiración y yo pregunto: ¿qué se pretende con ella? ¿Qué tiene que ver con Simon Verginius y los *assassini* hace cuarenta años? ¿Qué puede ser tan importante?

Elizabeth miró con disimulo al cardenal.

–¿Quién sabe? –contestó, pero decidió que debía arriesgarse–. Quizá la elección de un nuevo papa.

El silencio se abatió sobre la mesa, como una espesa niebla. ¡Maldición, esta vez había ido demasiado lejos! Era una notable falta de tacto haber hecho aquella observación cuando el propio D'Ambrizzi –quizá el principal candidato a la silla papal– la estaba mirando.

Por fin, el rostro del cardenal se distendió con su sonrisa característica.

–Igualita a Val –comentó–. Hermana, debo decir que es usted toda una pensadora. Un auténtico Maquiavelo. Lo digo como un cumplido, se lo aseguro. Ahora veo por qué sor Valentine apreciaba tanto su amistad.

Sandanato sirvió más café en las pequeñas tazas. La llama de las velas oscilaba ante la brisa que entraba por las ventanas abiertas. La conversación se desvió de la misión de Elizabeth y ésta comprendió que su oportunidad había pasado. No sabía muy bien qué conclusión sacar de la reacción de sus interlocutores: a todas luces, su escepticismo hacia las teorías de conspiración dentro de la Iglesia formaba parte de su enseñanza. Pero ¿hasta qué punto había aguijoneado su interés? Al cambiar el tema de conversación y ésta proseguir por senderos comunes, Elizabeth volvió a examinar su entorno, intentando centrar con claridad su atención en algo: una idea le cosquilleaba en el fondo de la mente. El apartamento del cardenal en el palacio Apostólico era sin lugar a dudas recargado, repleto de antigüedades de incalculable valor, con cuadros de algunos de los maestros italianos. El cardenal le explicó que el *tintoretto* que presidía el comedor se lo había regalado Pío XII, por sus servicios durante la guerra.

La tensión provocada por la exposición de Elizabeth acerca de los archivos secretos había menguado y el cardenal se internó en la historia, siguiendo mentalmente algunos de los temas que ella había expuesto. Dejó que su mente fluctuara sobre algunos de los aspectos más sangrientos de la historia de la Iglesia, ilustrados con gran cantidad de anécdotas. Mientras escuchaba, Elizabeth pensaba que tenía razón en lo referente a la dualidad de la Iglesia, siempre metida en el barro y con la mirada puesta en las estrellas. El rostro de Jano, la había calificado Val: el rostro de Jano de la Iglesia de Roma.

D'Ambrizzi hablaba de César Borgia y de los *assassini* que éste había contratado repetidas veces, hasta que logró que estrangularan al esposo de Lucrecia en su cama, a finales del verano de 1500. Tal como lo describía el cardenal, parecía que hubiese estado allí, como un amigo íntimo de los Borgia. El asesinato tenía motivaciones políticas, dirigido a liberar a su hermana de un matrimonio y poder consumar otro muchísimo más importante con Alfonso de Este, heredero del ducado de Ferrara. La alianza que sobrevino resultó tan fructífera, que César obsequió a su querida Lucrecia con una extraordinaria fiesta de despedida, la cual se celebró el 1 de noviembre de 1501.

–Menuda fiesta –comentó el cardenal, que mantenía los ojos cerrados, como si buscara entre sus recuerdos–. Cincuenta cortesanas desnudas danzando por allí, recogiendo con los dientes castañas esparcidas por el suelo, mientras los hombres las poseían allí mismo. Con todo, las cosas fueron bastante bien. Excepto lo del asesinato del marido, por supuesto. César logró apoderarse de las tierras de los Colonna, encerrar a los Orsini en prisión y, a través del matrimonio, emparentar con los De Este de Ferrara. –Abrió los ojos lentamente–. No era un hombre a quien se pudiera tomar a la ligera.

Sor Elizabeth pensaba en las cortesanas desnudas y en las castañas, cuando la última frase llamó su atención: «No era un hombre a quien se pudiera tomar a la ligera».

–El sacerdote que asesinó a Val e intentó matar a Ben Driskill –interrumpió al cardenal, olvidándose de los buenos modales–. El hombre de cabello plateado y con gafas.

D'Ambrizzi se volvió hacia ella con expresión benévola.

–¿Sí, hermana?

–Tiene la edad adecuada. Bien conservado, pero con la edad correcta. Es uno de ellos, siempre lo ha sido. Estoy segura, lo presiento. Toda esta conversación acerca de Badell-Fowler y los *assassini* durante la guerra... ¿No se dan cuenta? Todo encaja. Ese Simon Verginius de quien Badell-Fowler pensaba que era el líder es nuestro cura del cabello plateado. ¡Él es Simon Verginius! Y aún hay más. ¿Recuerdan lo del Plan de Pío en sus notas? Piensen en Pío. Menudo elemento estaba hecho, o podía ser, con aquellos alemanes de por medio, con los alemanes equivocados... Sin duda era Pío quien utilizaba a los *assassini* durante la Segunda Guerra Mundial, probablemente para ayudar a los nazis en eso a lo que usted se ha referido indirectamente, eminencia: ¡al saqueo de obras de arte! ¿No ven cómo encaja? Valdría la pena pensar en ello, ¿no les parece?

Elizabeth permaneció allí sentada, sonriéndoles. Había transgredido todos los límites que se había marcado, pero la verdad era que no se había detenido a pensar en ello; en cualquier caso, no durante un par de minutos. D'Ambrizzi y Sandanato se quedaron mirándola, luego se contemplaron mutuamente, sin saber qué decir.

¡Val se habría sentido condenadamente orgullosa de ella!

Calixto salió de un sueño inquieto bastante después de medianoche y permaneció tendido entre las húmedas sábanas, sudoroso, con un ligero dolor de cabeza. Sin embargo, gracias a Dios, el dolor no era tan fuerte como para no poder soportarlo. Observó la luna a través de la ventana, justo frente a él, y descubrió que la blancura y frialdad de su lejanía, de su falta total de participación, le hacía pensar en la muerte. En la actualidad le resultaba difícil no pensar en la muerte, aunque este concepto había sido un tema constante en su vida sacerdotal, incluso antes de que cayera enfermo. Hasta donde podía recordar, siempre le había acompañado algún funeral religioso. Formaba parte de su trabajo.

Treinta años antes, cuando era un brillante y ambicioso monseñor en la Secretaría de Estado del Vaticano, estuvo en el epicentro de la convulsión que sufrió la Iglesia al morir Pío XII. ¡Aquélla sí que fue una muerte colosal, cataclísmica! En el silencio de la noche, Calixto oyó su propia risa. ¡Dios mío, qué tiempos aquéllos!

Pío había sido el último de los papas a la antigua: arrogante, autocrático, despreciativo hacia lo que los demás consideraban simple modestia o el tacto necesario. Monseñor Salvatore di Mona lo había considerado una persona moralmente rígida, en cierto modo moralmente insolvente, y casi con seguridad bastante desquiciada. Despreciable, a la luz de su conducta durante la Segunda Guerra Mundial, que el joven Salvatore di Mona había pasado parcialmente en el París ocupado. Desquiciado en relación a las «visiones» que Pío decía haber tenido durante los últimos años.

Respecto a la muerte del viejo bastardo, monseñor Di Mona –gracias a su presencia cada vez mayor en la curia– había estado lo bastante cerca de los cómicos horrores que habían rodeado las disposiciones de su funeral como para no olvidarlo nunca. Fueron de tal magnitud, que llegaron a convencerlo de que uno nunca podrá saber cuándo tendrá que pagar por los pecados cometidos. En el caso de Pío, la factura llegó tarde, pocas horas después de que hubiese expirado.

Dentro del Vaticano se sabía perfectamente que Pío había vivido más allá de sus posibilidades gracias a los servicios de un gerontólogo suizo, el doctor Paul Niehans –¡Dios del cielo, un protestante!–, entre cuyos pacientes figuraban el rey Jorge V, Adenauer y Winston Churchill. Todos habían sido tratados con la terapia de células vivas aplicada por Niehans, la cual consistía en unas inyecciones de tejidos finamente pulverizados, que se obtenían de corderos a los que acababan de sacrificar. A comienzos del otoño de 1958, cuando Pío agonizaba en Castel Gandolfo, los jesuitas y Radio Vaticano habían logrado pasar milagrosamente por encima del habitual silencio de la curia y retransmitir en directo la lucha contra la muerte, e incluso las plegarias junto a la cama del moribundo. Monseñor Di Mona había escuchado la retransmisión desde su despacho aquella noche, pues todo el Vaticano había quedado paralizado. Él y tres amigos sacerdotes habían propuesto una apuesta sobre la hora de su muerte, que se produjo a las cuatro de la madrugada de aquella noche de octubre. Di Mona no ganó la apuesta, pero la desaparición de Pío ya constituyó una recompensa.

Luego se instaló el teatro del absurdo.

El cadáver del pontífice fue embalsamado en Castel Gandolfo por su médico personal –Galeazzi Lisi– y por un especialista, Oreste Nuzzi. El traslado del cadáver a Roma se efectuó en una carroza municipal, con cuatro ángeles dorados en las esquinas, guirnaldas de damasco blanco, que parecían más apropiadas para una boda, y una copia en madera de la triple corona papal, que habían clavado en el techo y que amenazaba con caer a cada sacudida en la carretera.

Monseñor Di Mona aguardaba en la basílica de San Juan de Letrán cuando llegó aquel curioso vehículo, que nunca había sido tan auténtico como en aquellos instantes: Di Mona y un amigo suyo, también preocupado, apenas sabían si reír o llorar. Luego, sorprendentemente, oyeron lo que parecía el disparo de una pistola. Su primer pensamiento fue gritar a los asesinos: «¡Ya es demasiado tarde, imbéciles! ¡Ya está muerto!». Pero, al parecer, no había sido un disparo. Algo andaba mal dentro de la carroza, en el interior del ataúd.

Los funerales en la basílica se despacharon rápidamente y la carroza atravesó veloz la ciudad, en dirección al Vaticano, donde se apresuraron a entrar el féretro en San Pedro. En calidad de representante del Secretariado, monseñor Di Mona llegó a tiempo para enterarse de lo ocurrido y, perplejo, se retiró con un significativo balanceo de cabeza. Debido a que el tiempo era excepcionalmente caluroso, al parecer el cadáver de Pío XII había empezado a descomponerse y creó una fuerte presión hasta reventar la tapa del ataúd. Debido a ello, Lisi y Nuzzi volvieron a poner manos a la obra y trabajaron toda la noche para tenerlo todo listo, pues a las siete de la mañana del día siguiente, el 12 de octubre, debía abrirse la capilla ardiente.

A medida que el día fue transcurriendo –un continuo desfile de gente, el crepitar de las velas y los restos de Pío envueltos en una casulla roja y una mitra dorada en la cabeza–, de nuevo todo empezó a fallar. Hacía mucho calor en el interior de la basílica de San Pedro. Demasiado calor. La palidez mortal del rostro de Pío empezó a volverse verde y todos empezaron a notar un olor nauseabundo. «El hombre auténtico ha salido finalmente a la superficie», pensó Di Mona. Por fin prevaleció el sentido común y el féretro fue clausurado, metido en un ataúd de plomo y por fin trasladado a una tumba en las cámaras subterráneas de San Pedro.

Las razones que se dieron para explicar aquel desgraciado incidente resultaron asombrosas y giraron en torno a las declaraciones de Lisi respecto a que él y Nuzzi habían utilizado para embalsamarlo unos métodos antiguos –sin inyecciones, cirugía ni extracción de vísceras– que habían resultado lo bastante buenos para los primitivos cristianos, y que, indudablemente, serían apropiados para aquel santo papa. Lisi siguió vendiendo a la prensa su historia acerca de la agonía papal y los cardenales que gobernaron la Iglesia durante el interinado le prohibieron que volviera a poner los pies en el Vaticano. La muerte de Pío fue una verdadera asquerosidad, en todos los aspectos.

Muy apropiada, en opinión de monseñor Di Mona entonces y de Calixto IV ahora. El paso del tiempo no había contribuido en absoluto a suavizar su opinión. Sonrió tanto por los recuerdos del joven atrapado en los ridículos acontecimientos de aquel lejano octubre, como por los de las amistades que había hecho con anterioridad, en París durante la guerra, al descubrir la clase de monstruo que era Pío en realidad.

París. La sola palabra ya lo transportaba al pasado, trayéndole recuerdos de sus antiguos amigos y de las causas por las que valía la pena morir, por las que valía la pena hacer cualquier cosa.

Calixto se frotó la nuca, masajeando aquel sordo latido, y con cuidado se levantó de la cama. Los efectos del último calmante se estaban disipando. El doctor Cassoni le había anunciado que en esencia era igual que la heroína, y Calixto le había pedido que lo dejara para más adelante, para los momentos más espeluznantes. Pero D'Ambrizzi estaba en lo cierto: Cassoni era un buen hombre.

Vestía una bata azul oscuro sobre un pijama color escarlata y zapatillas de terciopelo. Cogió otra pastilla de encima de la mesa y la engulló con un sorbo de agua tibia. Acto seguido encendió un cigarrillo. La brisa nocturna absorbía el humo tras las cortinas. Cuando pulsó un botón del casete, las notas de *Madame Butterfly* se esparcieron por toda la estancia. Pobre Butterfly, bajo los cerezos en flor, a la espera.

Cogió el bastón, salió a la salita de estar y, después de saludar con una inclinación de cabeza al enfermero que estaba allí sentado, leyendo bajo la débil luz de una lamparita de mesa, salió al pasillo. Los golpecitos del bastón al andar sonaban como un metrónomo. Desde que la crisis de los asesinatos había avivado las tensiones en el Vaticano y después de que impartiera órdenes a Indelicato y a D'Ambrizzi para que se pusieran en marcha, Calixto solía vagar por los pasillos de su dominio a primeras horas de la mañana, como si inspeccionara la calma y el silencio de la noche, los guardias, lo que él denominaba el cambio nocturno, a fin de tranquilizar su mente. Ojalá pudiera creer que de algún modo todo podría arreglarse.

Llamó suavemente a una puerta en penumbra, lo bastante fuerte para que el hombre que descansaba allí dentro pudiera oírlo sólo en caso de que estuviese despierto.

–Entre, santidad –contestó una voz ronca, como de animal.

Calixto entró indeciso.

–¿No le despierto, Giacomo?

–No, no. Me temo que últimamente me he convertido en un habitante de la noche, como un viejo tití. Entre, me alegro de que me haga compañía. Eso evitará que piense.

La relación nunca había sido muy fácil entre ellos. En el pasado, durante algún tiempo Giacomo había anhelado también alcanzar la Silla de San Pedro, aunque la verdad era que nunca habían hablado del tema. La mayoría de sus amigos cardenales consideraban que D'Ambrizzi era mucho más útil en el puesto donde estaba, entre el implacable mundo real. De modo que el dinero circuló y se untaron algunas manos. Decían que D'Ambrizzi era irreemplazable, mientras que el cardenal Di Mona podía sustituirse con facilidad. Ésa fue la «explicación oficial» en aquel entonces. En fin,

D'Ambrizzi interpretó todas aquellas insinuaciones y apoyó a Di Mona, al joven a quien conocía desde hacía mucho tiempo. Ironías del destino. Probablemente D'Ambrizzi viviría lo bastante para ver cómo la sortija de bronce pasaba de nuevo a otras manos.

–¿Es fuerte el dolor? –El rostro de D'Ambrizzi permanecía entre sombras, las cuales le conferían un aspecto siniestro.

–No mucho. Recé un poco antes de dormir. Luego, al cabo de un par de horas, me desperté y empecé a pensar en la muerte de Pío.

D'Ambrizzi sonrió.

–Una comedia de humor negro. Algún joven blasfemo podría escribir una obra muy divertida.

Calixto soltó una breve risa hueca.

–¿Qué opina usted de la oración? –preguntó mientras se sentaba cauteloso en un sillón acolchado.

–Tal como suele decir nuestro amigo Indelicato, no veo que pueda hacer ningún daño. Pero eso no es propio de usted, ¿verdad? ¿Qué le ha impulsado a rezar, Salvatore?

El sonido de su antiguo nombre complació a Calixto.

–Lo mismo que empuja a la mayoría de la gente a la oración: el miedo. Esos asesinatos. –Se encogió de hombros, impotente–. ¿Por dónde empezamos? ¿Cómo lograr que se detengan? ¿Por qué han muerto estas personas? Eso es lo esencial. –Se removió en su asiento, buscando una postura más cómoda. El calmante empezaba a surtir efecto. Al parecer, D'Ambrizzi no pensaba hacer ningún comentario–. Cuando lo conocí en París, durante la guerra, solía ser usted bastante insubordinado. No, por favor, escúcheme. Eso fue precisamente lo que me impresionó de usted, quizá porque sabía que la insubordinación no estaba a mi alcance. Oía los comentarios de la gente y sabía lo que decían de usted: que mantenía contactos con la Resistencia, que ayudaba a los judíos a escapar de Alemania, que los escondía de los nazis.

–Sólo con la ayuda del mariscal Goering –puntualizó D'Ambrizzi–. Su esposa, la actriz, tenía ascendencia judía.

–¡Pero si los ocultaba en la carbonera de nuestras iglesias!

–En raras ocasiones.

–Lo que deseo preguntarle, Giacomo, es si ha tenido miedo alguna vez, tanto que no concibiese nada peor. ¿O se impuso su fe sobre el miedo?

–En primer lugar, siempre hay algo que es todavía peor. Siempre. En cuanto a superar el miedo, nunca se me ocurrió recurrir a la fe. Estaba siempre demasiado ocupado imaginando cómo escapar. El miedo. Por supuesto, con la edad la memoria nos falla. ¿He tenido miedo alguna vez? Puede que fuera lo bastante joven y fuerte para convencerme de que era invencible, inmortal.

–Ésa es una apreciación sacrílega, cardenal.

–En efecto, pero es el menor de mis pecados. Piense en el viejo Pío y en sus inyecciones, haciendo todo lo posible por estafar a la muerte. Por supuesto que he experimentado el miedo. Había un oficial alemán que había conocido a Pío en Berlín, antes de la guerra. Era muy joven, sin influencias, pero yo tenía razones para acudir de vez en cuando a su despacho. Como había conocido a Pío, me repetía hasta la saciedad que él en persona había presentado al cardenal Pacelli a Hitler. «Y mire ahora, D'Ambrizzi», solía decirme, «Pacelli es papa y Hitler se acuerda de quién los presentó.» Eso le producía una gran satisfacción. Cada vez que me llamaba a su despacho, desde cuya ventana alcanzábamos a ver el Arco de Triunfo, me entraban ganas de vomitar. Antes de ir y después de marchar. Me daba miedo.

–¿Qué pensaba que podía hacerle?

–Se me había metido en la cabeza que algún día, sólo por divertirse, el joven Richter podía sacar la Luger de su enorme pistolera y dispararme, o apuntarme con ella y decir que había intentado matarlo. Sí, temía que Klaus Richter pudiera matarme. –El cardenal suspiró y luego carraspeó–. Por pura diversión. Ellos sospechaban que yo desarrollaba ciertas actividades, ¿sabe?, y podían verse obligados a ejecutar a un cura. Pero ésa no era una medida muy bien considerada en aquel entonces, cuando los sacerdotes representaban la cordura en un país ocupado. Más tarde se me ocurrió que el joven debía de ser un mentiroso redomado. Parecía demasiado joven para haber podido presentar a Pacelli a cualquiera. Tal vez sólo trataba de impresionarme. En cualquier caso, la verdad es que tuve miedo.

–Entonces comprenderá cómo me siento. Es como si todos estuviésemos en una horrible lista, en calidad de sospechosos de ciertas actividades. Me siento perdido, Giacomo. No sé por dónde empezar para hallar una salida a todo esto. Ocho asesinatos.

D'Ambrizzi asintió. Calixto se veía muy pequeño debajo de la larga bata, muy enfermo, tremendamente vulnerable. Parecía como si se fuera consumiendo a ojos vistas.

–Es lógico que sienta miedo. Es usted un ser humano.

–Temo por lo que ocurre en la Iglesia, desde luego, y también por mí. Tengo miedo a morir. No siempre, pero sí en ciertos momentos. ¿Es motivo de vergüenza, Giacomo? –Hizo una pausa en medio del silencio–. Sospecho que hubo una época en que usted deseaba este puesto.

–Eso no es del todo cierto –replicó D'Ambrizzi–. Debo admitir que los que me apoyaban se mostraron muy elocuentes. Once votos, éste fue el punto más alto al que llegué. Luego aumentaron las voces sobre mis «habilidades, de las que no se podía prescindir», y el apoyo que me daban empezó a descender. Pero eso no me importó, ¿sabe? No puedo quejarme de la vida.

–¿Por quién votó, Giacomo?

–Por usted, santidad.

–¿Por qué?

–Pensé que se lo merecía.

El papa rió en voz alta.

–Eso, amigo mío, es muy ambiguo.

–En eso tiene usted razón –dijo D'Ambrizzi, sonriendo.

–Respóndame honestamente –pidió Calixto, después de una pausa–. ¿Qué se propone ese Driskill? ¿Qué es capaz de hacer? ¿Está enterado de la existencia de las otras víctimas?

–No. Y cuanto menos sepa, más probable es que siga con vida, ¿no le parece?

–Por supuesto. No podemos permitirnos que gente de fuera ponga la Iglesia patas arriba. Si persiste en ello, habrá que pararle los pies.

–En efecto.

–Puede que después de un tiempo se canse y abandone.

–Eso espero. Aunque supuse que el ataque del que fue víctima apaciguaría su entusiasmo por el caso, sin embargo, me equivoqué, a la vista de los hechos.

–¿Dónde se encuentra ahora?

–En Egipto, por lo que sé.

–No se sabe con certeza dónde pueden atacar otra vez, ¿verdad?

–No.

–Siento como si la historia se hubiese detenido y todos pendiéramos de un hilo. ¿Qué pretenden, Giacomo? ¿Por qué esos ocho?

El cardenal D'Ambrizzi le respondió con un ademán de cabeza. Calixto se volvió hacia la ventana y contempló los jardines del Vaticano, iluminados por la luna.

–¿Teme usted a la muerte, Giacomo?

–En una ocasión conocí a una mujer joven que iba a morir y hablamos de lo que le aguardaba. Ella me consoló, santidad, y me dijo que debía creerla cuando aseguraba que, al llegar ese momento, se contemplaba la muerte como la última gran amiga. Nunca lo he olvidado.

–¡Esa mujer era una santa! Poseía una gran sapiencia. ¿Por qué no podré tenerla yo?

El papa se levantó con lentitud, sus pensamientos ya en otra parte, perdido en los recuerdos de otra época. El cardenal pasó un brazo por encima de los pequeños hombros de aquel hombre y lo guió hasta la ventana, donde ambos se quedaron contemplando la noche. No necesitaban hablar. A sus pies, en la serenidad de los jardines, un cura solitario pasaba por los caminitos, entraba y salía de las zonas sombrías, aparecía y luego, de repente, desaparecía, como un fantasma, como un asesino.

Después de que Calixto volviera a acostarse, su mente insomne regresó implacablemente al pasado, como si allí hubiera un imán demasiado potente para que su menguante fuerza lograra escapar de él. París, siempre París, demasiado para que pudiera resistirse. Durante muchos años había mantenido a raya aquel recuerdo, negándose a reconocer que todo aquello había ocurrido. Había logrado borrar eficazmente el pasado, pero ahora parecía haber perdido esa capacidad, de manera que la situación escapaba a su control y, al igual que una tinta invisible, aquellos días y aquella historia salían de nuevo a la superficie. Se preguntaba si los demás habrían conseguido olvidar. ¿Lo habría olvidado D'Ambrizzi? ¿Y el viejo obispo Torricelli, lo habría reprimido de su mente hasta que se le volviera a presentar en su lecho de muerte? ¿Y el hombre alto y austero de Roma, que había llamado a su puerta en París, el hombre con el sufrimiento y el castigo en su mirada: Indelicato, el inquisidor? ¿Lo recordaría todo ahora que se hallaba sólo a un paso de la Silla de San Pedro?

Se agitaba y daba vueltas en la cama intentando no recordar, pero, incapaz de luchar contra aquel impulso, se veía de nuevo en aquel pequeño patio en plena noche invernal, temblando agazapado junto a la negra reja de hierro forjado. Allí estaban tres de ellos: el hermano Leo, el sacerdote alto y rubio y Salvatore di Mona. Mientras permanecían allí vigilando, en el pequeño cementerio, entre las antiguas y torcidas lápidas, se cometía un asesinato. Habían contenido el aliento para evitar que los dientes les castañetearan, mientras contemplaban cómo un sacerdote mataba a otro que los había traicionado a todos. Lo había matado con sus propias manos, quebrándolo igual que si se tratara de un palillo, y los tres oyeron el crujido de sus huesos.

Monseñor Sandanato también pasaba una mala noche. Las palabras de sor Elizabeth durante la cena lo habían trastornado, aunque había procurado no exteriorizar sus sentimientos. ¿Qué creía ella que estaba haciendo? ¿Quién le había dicho, quién la había autorizado a completar el trabajo de sor Valentine, un trabajo que la había llevado a la muerte? ¿Qué pretendía hacer con los resultados de su investigación? De modo que había identificado a las ocho víctimas que la Iglesia había procurado mantener en secreto. Así que había desenterrado toda la basura de los viejos *assassini*. ¿A quién podía importarle aquello, en una época en que se manifestaban más o menos con asiduidad escándalos como los del Banco del Vaticano o algún posible cisma? Al parecer creía que relacionar a las ocho víctimas de asesinato con la idea de los *assassini* era como sumar dos y dos. ¿Y luego qué? A juzgar por cómo estaban las cosas, era lo mismo que pedir que la asesinaran, y eso era algo que él no quería en absoluto. La Iglesia no podía permitirse el lujo de perder a un elemento como Elizabeth. Y, por otro lado, estaban todos aquellos sentimientos que él albergaba hacia ella, sentimientos con los que se sentía cada vez más incómodo.

Además, estaba el problema de Ben Driskill.

Antes de marchar del despacho en el Vaticano para acudir a la cena en el apartamento del cardenal, había recibido una llamada del padre Dunn en Nueva York. Éste quería saber si tenían alguna noticia referente a los viajes de Driskill.

–No –respondió Sandanato, a punto casi de perder la paciencia–. Y debo decirle que me molesta tener que preocuparme por él.

Ya tenemos bastantes problemas sin que Ben Driskill deambule por Egipto irritando a los que puedan haber matado a su hermana. ¡Por lo visto quiere que lo maten a él también! Además, tiene una herida de dos palmos en la espalda, que le infligieron hace sólo dos semanas. ¿No le parece a usted que está loco, padre? ¿No comprende Driskill que esto es asunto de la Iglesia? ¿Por qué no deja que ésta se encargue de solucionarlo?

–¿Se refiere a cómo lo ha llevado la Iglesia hasta ahora? Ésta es una pregunta que yo no formularía en estos momentos, si estuviese en su lugar. –Dunn rió ahogadamente, lo cual incrementó el malestar de Sandanato–. Le diré una cosa. Los asuntos habituales de la Iglesia tienen sin cuidado a Ben Driskill. Es un tipo rico, malcriado, que hace lo que le da la gana, como siempre han hecho los de esa familia. Nuestra opinión no le interesa en absoluto y es muy obstinado. He hecho unas cuantas averiguaciones acerca de nuestro amigo Driskill y he obtenido un retrato de ese muchacho. ¿Quiere saber mi opinión? Creo que es capaz de matar a alguien con sus propias manos. Si está usted preocupado por Driskill, mi consejo es que empiece a preocuparse por los otros tipos.

–¿Quiere usted decir que se halla fuera de control, suelto por ahí, y que no podemos hacer nada al respecto?

–Diría que ha captado la esencia del mensaje, monseñor.

–Tanto si usted lo cree como si no, me temo que va a conseguir que lo maten –concluyó Sandanato con frialdad.

–Yo estoy tan preocupado como usted. Por eso le he llamado, para saber si han tenido noticias suyas.

–Bueno, ya le he dicho que no. ¿Dice usted que no hay forma de detenerlo?

Dunn rió con sequedad.

–No, por lo que he averiguado.

–¿Qué sugiere que hagamos, padre?

–Probemos a rezar, amigo mío.

A solas en su austero apartamento, a menos de diez minutos a pie de la puerta de Santa Ana, Sandanato estaba sentado ante un pequeño y desvencijado escritorio, junto a una ventana que daba a una tranquila callejuela situada dos pisos más abajo. Se sirvió tres dedos de Glenfiddich en un tarro de mermelada, lo hizo girar y contempló cómo bañaba el cristal. En una ocasión que había asistido a un seminario en Glasgow se había aficionado a los whiskies de malta. Los italianos no eran bebedores de whisky, pero un monseñor del Vaticano tenía acceso a muchas más cosas. El Glenfiddich era uno de los pocos privilegios que él se permitía. Dejó que el primer trago le quemara la garganta y el estómago, luego cerró los ojos y se los frotó suavemente con los nudillos. Las cosas andaban mal y la única respuesta racional era emborracharse. Estaba escuchando la espléndida grabación de *Rigoletto*. Callas, Di Stefano y Gobbi. La Callas se elevaba con el «Cara Nome» y él aguardaba, maravillado con aquella persona que era capaz de alcanzar las notas más altas y entusiastas.

Mantenía una lucha constante contra los ejércitos de la depresión, a los que se enfrentaba desde siempre. Estaba perdiendo. Mirara por donde mirase, la oscuridad parecía hacerle señas. Lo que estaba ocurriendo en el seno de la Iglesia le quemaba en el estómago como un hierro candente. Las sombras parecían a punto de cercarlo, a menos que, de alguna manera, la Iglesia lograra salvarse a tiempo. Había contemplado el miedo en los ojos del papa, la confusión, la incapacidad de mantenerse en pie. Pronto el papa sería otro.

Sandanato abrió los ojos y observó que una prostituta del barrio se acercaba furtiva a un hombre en la calle. La mujer lanzó una carcajada, un sonido estridente, como el de un cristal al romperse o el de un gato en celo. Luego cogió del brazo al cliente y se lo llevó hacia unas sábanas manchadas, con olor a sudor, a semen seco y a perfume barato. Sandanato se acordó de la prostituta a la que había visitado en una ocasión y de un trago engulló el whisky para alejar aquel recuerdo.

Vertió más licor en el tarro de borde grueso y contempló su propio reflejo en el cristal. Necesitaba un afeitado. La boca le sabía a cloaca y se sentía como si no hubiese digerido nada de lo que había comido en la cena. ¿Dónde se hallaría Driskill y qué estaría haciendo? Retiró de golpe la silla contra la pared, se levantó y empezó a pasear por la pequeña habitación. La soledad resultaba abrumadora. Debería haber pasado la noche en el Vaticano; sólo allí encontraba su verdadero hogar. Toda su vida estaba allí, en el seno de la Iglesia.

Sabía muy bien adónde le conducirían sus pensamientos, pero

su resistencia era miserable, una débil fuerza de voluntad. Debido a su soledad y a su frustración, siempre terminaba pensando en sor Elizabeth.

No estaba muy seguro de cuál era la causa, pero imaginaba que eso en realidad carecía de importancia.

Sin embargo, estaba convencido de que nunca había conocido a una mujer como aquélla. En su atractivo podía identificar la cualidad de su mente, su frescura y su candor, su fortaleza. Resultaba atractiva como ser humano, como representante de la Iglesia y a muchos otros niveles. Él aguardaba a solas, ansioso por estar con ella en alguna otra habitación, sin el dolor, el anhelo y la frustración que parecían adornar aquellas cuatro paredes, como restos del delirio de un loco.

Quería oír su voz, discutir con ella, rivalizar lanzándose agudezas. Sandanato percibía aquel extraño fenómeno: el verdadero encuentro de dos mentes. Sabía que ella opinaba lo mismo que él –que la Iglesia siempre debía ocupar el lugar de preferencia–, y que sentía el compromiso interno con la misma fuerza.

Sandanato sabía que sor Valentine había sido la amante de Lockhardt; el cardenal D'Ambrizzi no le había dejado dudas al respecto. Pero ¿y sor Elizabeth? Sandanato era consciente de que él mismo se comportaba irracionalmente, pero había llegado a volverse loco pensando cosas acerca de Ben Driskill y sor Elizabeth. No disponía de una sola prueba, todo estaba en su imaginación y él lo sabía. Pero los había visto juntos, los había observado. Por un instante se sintió feliz cuando Driskill le contó la discusión que ambos habían mantenido antes de separarse. Eso lo había tranquilizado momentáneamente. Pero entonces empezó a ver cómo se lo tomaba Driskill, lo mucho que aquello lo había herido y lo irritable que le ponía. Era la reacción de un hombre interesado y eso hacía que Sandanato se obsesionara con las miradas que se cruzaban entre ellos.

Parecía cosa del diablo la forma en que aquello lo atormentaba y crecía como un ser maligno en su interior. ¿Habría sucedido algo entre ellos dos? Driskill le había explicado cómo se habían conocido, lo mucho que ella y Val se apreciaban y se querían. ¿Acaso podía ella tomar sus votos tan a la ligera y hacer con Driskill lo que Val había hecho con Lockhardt?

¡Dios, cuánto se odiaba por pensarlo siquiera! Resultaba absurdo. Val había muerto asesinada, Elizabeth viajaba a Princeton y él imaginaba que, sin pensarlo dos veces, los dos se habían ido juntos a la cama. Una fantasía de adolescente o un miedo paroxístico a la soledad por parte de un hombre que era sacerdote y que se había enamorado locamente de una monja que apenas reparaba en él. La clásica situación, la conducta de un estúpido. Ya lo había visto otras veces en sacerdotes, a los que despreciaba profundamente.

Pero ella tenía la facultad de apaciguarlo. Sería tan sencillo... Sin embargo, él nunca se lo pediría. Ansiaba desesperadamente verla, saber que se mantenía fiel a todo lo que daba sentido a su vida. A la de él. Deseaba confiar en ella, unirse a ella. Necesitaba que lo ayudase a emerger de la cárcel de su oscura soledad.

Pero ¿se lo merecía ella?

La mera pregunta ya resultaba odiosa, pero no podía obviarla.

Finalmente, después de vaciar el tarro, ya no pudo reprimirse por más tiempo.

Descolgó el teléfono, marcó el número de ella y aguardó mientras éste sonaba, y sonaba, y sonaba.

De pie ante la ventana de su estudio, el padre Artie Dunn contemplaba el Carnegie Hall, la calle Cincuenta y siete y el límite sur de Central Park, adormecido bajo la niebla gris de la mañana. Los árboles del parque no tenían hojas, la superficie de los estanques era gris y de vez en cuando algún que otro pato –gris y marrón– levantaba el vuelo, o aterrizaba y flotaba hacia las cañas. Dunn suspiró, soltó los prismáticos y se sirvió otra taza de café del termo que tenía sobre el escritorio. Había dormitado sólo tres horas, y bostezaba ostentosamente. El escritorio y la mesita estaban cubiertos de hojas de papel con anotaciones suyas. Estructuraba el «Caso Driskill». La familia aparecía por todas partes. ¡Por todas partes! ¡Menudo lío!

En conjunto, aquel caso resultaba extraordinario, asombroso. Superaba cualquiera de las novelas que había escrito. Él nunca habría sido capaz de concebirla, eso era lo fundamental. Por ejemplo, estaba aquella historia gótica que sor Mary Angelina le había contado, aquella monja anciana, pequeña y de ojos grandes, a salvo en su convento, su último refugio. Le había contado la historia con tanta calma –más o menos tranquila, en cualquier caso–, que parecía haberla estado ensayando durante casi medio siglo. Después de escuchar su relato, él se limitó a darle las gracias porque, ¿qué otra cosa podía decirle? ¿Un poco de conversación para matar el rato, o la cotidiana relación de recuerdos familiares? Por ejemplo, Dunn no sabía si creerla o no. Parecía absolutamente cuerda, pero nunca se sabía. En toda su vida de experiencias no había conocido a muchas personas cuerdas que fueran capaces de mantener un secreto durante tanto tiempo y luego, al final, lo soltaran como si fuera un perrito que hubiesen ganado en una rifa. De modo que, al no saber qué pensar, se había despedido dándole las gracias y luego se había detenido en Princeton, a tomar una hamburguesa en la Nassau Inn, el sitio donde todo había empezado aquella asquerosa noche, hacía casi un mes. Había llegado a la conclusión de que, de algún modo, necesitaba que le confirmaran aquella historia, lo cual iba a resultar difícil, ya que hacía mucho que Mary Driskill había muerto, lo mismo que el padre Governeau; por otra parte, no se imaginaba a sí mismo entrando en la habitación de Hugh Driskill en el hospital, dispuesto a penetrar en el callejón del recuerdo a través de sor Mary Angelina.

¿Cómo iba a obtener una segunda opinión, entonces? Tenía que haber algún medio.

Cuando llegó a Nueva York había oscurecido y hacía frío, de modo que se sentó en su estudio, dispuesto a analizar la muerte del padre Governeau según el esquema que había estado elaborando. Aquello era un lío infernal y necesitaba separar la paja del grano. Sin embargo, no sabía por dónde empezar. Suspiró por el orden y el control que ejercía en sus libros.

Más tarde decidió irse a la cama; no bien había dormido un sueño ligero, despertó al cabo de tres horas, a las siete de la mañana, cuando el despertador conectó el programa *Today*. El corresponsal de la NBC en Roma informó sobre dos noticias del Vaticano: la continuación del escándalo de la banca, el cual estaba provocando una epidemia de suicidios, y, casi como una conclusión, el rumor de que el papa Calixto IV podía encontrarse enfermo, dado que sus apariciones públicas –que durante los últimos meses habían sido notoriamente escasas– se habían interrumpido por completo durante el último mes. La explicación oficial –una obstinada infección en el aparato respiratorio– parecía provocar un comentario malhumorado por parte del corresponsal de la NBC. Dunn gruñó medio dormido, pero no pudo reprimir una sonrisa. Disfrutaba ante la perspectiva de que la Iglesia tuviera que apresurar el paso alrededor de un campo minado y empezar a contender con la vida real. Resultaba sorprendente que hubiesen conseguido mantener la noticia tanto tiempo en secreto.

Después de prepararse café, había vuelto a revisar sus problemas con un nuevo surtido de células grises y había obtenido al menos una respuesta: necesitaba que alguien le confirmara la historia de sor Mary Argelina y el nombre se le ocurrió de repente.

Drew Summerhays. Si él no sabía la verdad de lo ocurrido, entonces nadie estaría informado. Él había sido mentor, consejero y amigo de Hugh Driskill.

Dunn buscó el número de teléfono de Bascomb, Lufkin y Summerhays, y habló con el secretario del gran hombre. No, él no iría al despacho ese día, pero al día siguiente, a las dos, podría recibirlo. Dunn confirmó su visita.

Después de efectuar la llamada, de pronto se dio cuenta de que, debido a sus preocupaciones del día anterior, no había prestado atención a los mensajes que tenía en el contestador automático. El único que le interesó esa mañana era el que le había dejado Peaches O'Neale de New Pru, hacía dos noches. A este mensaje lo habían seguido dos más durante el día, cuando Dunn se hallaba visitando el convento cerca de Trenton. Por la tercera llamada se llegaba a la conclusión de que Peaches estaba cada vez más impaciente, de modo que Dunn no se demoró ni un instante en llamarlo a la casa parroquial de St. Mary.

Decidieron que se encontrarían a la una en The Ginger Man, un restaurante situado frente al concurrido cruce de Lincoln Center, para almorzar.

El padre Dunn estaba sentado a una mesa tras los cristales de la terraza interior del café, paladeando un martini seco, cuando Peaches entró procedente de la fría lluvia que soplaba desde el Hudson. El agua golpeaba contra los cristales con la furia de una esposa que por fin se atreviera a rebelarse contra el imbécil de su marido. Peaches se acercó sacudiéndose el impermeable y sorbiendo por la roja nariz.

–Observo en ti cierta sensación de apremio, joven Peaches –comentó Dunn, reclinándose en la silla.

–Ah, yo diría que te quedas corto. Deberías atender más a menudo los mensajes del contestador automático. Estaba a punto de volverme loco.

Encargó un Rob Roy y abrió sobre el regazo el maletín negro, mojado por la lluvia. Su rostro ya no parecía tan juvenil como antes. Estaba resfriado y, desde que Dunn lo conocía, aparentaba por vez primera todos los años que tenía.

–Artie, agárrate fuerte –le advirtió–. Creo que aquí tengo algo, pero que me aspen si sé de qué se trata. Dado que procuras con tanto empeño dar la sensación de que eres un tipo listo, aquí tienes la oportunidad de demostrarlo. Echa un vistazo a esto.

Por encima de la mesa, le tendió al padre Dunn el sobre de papel marrón con los restos de la cinta aislante. Éste lo abrió con cuidado y extrajo el manuscrito.

Los hechos en el caso de Simon Verginius.

–Escrito, nada más y nada menos, que por el mismísimo Giacomo d'Ambrizzi. –Peaches O'Neale le sonrió–. A partir de estos instantes, esto se convierte oficialmente en tu problema. –Ahora mostraba un mejor semblante.

Once horas más tarde, los Giants de Nueva York y los Eagles de Filadelfia entraban en el último cuarto de hora, antes de medianoche, en un partido de fútbol que se desarrollaba sobre una húmeda ciénaga con el barro congelado. Agotado, Peaches se había desplomado ante el televisor en el estudio del padre Dunn. Quizá el infierno fuese un partido de fútbol interminable, pensó, que se jugara sobre un campo embarrado y donde fuera imposible averiguar a qué equipo se pertenecía, ni cuál era la puntuación, y que, para colmo, a todo el mundo eso le tuviera sin cuidado. Lanzó una mirada siniestra a los restos de una pizza y las latas vacías de Coca-Cola Light.

Dunn apartó la mirada del manuscrito, sonrió a Peaches y dio unos golpecitos sobre los papeles.

–Con esto se podría hacer una gran película.

–Desde luego. ¿Qué conclusión has sacado? Lo has leído tantas veces, que ya debes habértelo aprendido de memoria.

–En cierto modo, eso es lo que estaba haciendo. Quiero que mañana por la mañana vuelvas a guardar esto en tu pequeño maletín negro, que te lo lleves a New Pru y lo dejes donde lo has encontrado. Si esto empezara a divulgarse por ahí, en fin, adiós muy buenas, muchacho. –Con un dedo se golpeó la frente–. Todo cuanto necesito lo tengo aquí.

–Y bien, ¿quién era ese Simon Verginius? ¿Y el Archiduque? Y todos esos nombres en clave, ¿quiénes eran?

–Sinceramente, no lo sé. Pero, de un modo u otro, pienso averiguarlo. Es tan cierto como que existe el diablo que D'Ambrizzi estaba muy relacionado con ese Simon y con todos los demás.

Efectuó una reserva en primera clase para el vuelo que salía al día siguiente por la noche con destino a París.

Había un hombre a quien debía encontrar: Erich Kessler.

Sor Elizabeth trabajaba hasta muy tarde, aunque las labores de la revista no guardaban gran relación con lo que le rondaba por la cabeza. Los rumores acerca de la enfermedad del papa, que hasta entonces habían circulado privadamente en el gabinete de prensa, empezaban a extenderse, primero en los periódicos de Roma y luego en la televisión. Esto sólo podía indicar que la enfermedad, o enfermedades, no respondía al tratamiento. Las cosas debían andar bastante mal para que alguien de la propia curia hubiese dado vía libre al rumor: había llegado el momento de preparar al mundo para la muerte de Calixto IV, cuando ésta se produjera inevitablemente.

Examinaba una vez más sus notas acerca de D'Ambrizzi e Indelicato, en un intento por descubrir el indicio primordial que los señalaría como favoritos, cuando sor Bernadine entró acalorada y cerró la puerta a sus espaldas. Toda ella pareció desmoronarse. Se dejó caer en el sofá y soltó un suspiro prolongado. Acababa de sostener una decisiva batalla con el impresor y el grabador, y estaba agotada por la larga discusión.

–He logrado juntar la siguiente entrega de su curiosa lista de biografías.

Tendió la carpeta a Elizabeth por encima del escritorio y ésta empezó a hojear el material.

–¿Hay algo de especial interés? –preguntó mientras sus ojos repasaban el material en busca de algo, aunque no podía precisar qué.

–Todos tenían aproximadamente la misma edad.

–Eso ya lo sabemos.

–Todos eran católicos.

–También lo sabemos, hermana.

–Todos murieron asesinados.

–¡Vamos, hermana! ¡Dígame algo que yo no sepa!

–Y lo último –prosiguió sor Bernadine, sonriente–, todos estaban en París durante la guerra.

Los ojos de Elizabeth se abrieron como los de un personaje de dibujos animados y parpadeó varias veces al mirar a su ayudante.

–Ahhh... Bien, eso es algo que yo ignoraba, hermana. ¿Hay novedades acerca de Kessler?

Sor Bernadine negó con la cabeza.

–Habrá que llamarlo «el hombre misterioso».

El hermano Jean-Pierre había llegado a la aldea próxima a Hendaya, la frontera con España, durante el verano de 1945. Aquéllos eran unos días en que reinaba la confusión en Francia, tanto en las ciudades como en el campo, y él había aprovechado esta confusión, propia de la posguerra, para abandonar París y todo lo que allí había ocurrido. Viajó a pie a lo largo de la costa bretona, luego se encaminó a aquel apéndice rocoso de Francia, hasta el pueblo donde había vivido a partir de entonces. Debía considerarse afortunado, si tenía en cuenta lo que podía haberle ocurrido debido a la extrema actividad que había desarrollado durante la guerra. En el pueblecito español se había convertido en el hombre imprescindible del párroco de la vieja iglesia rural y solía ruborizarse cuando lo llamaban por su oficio: sacristán. Se encargaba de los toques de campana, limpiaba y hacía reparaciones, todas las tareas que lo habían convertido en alguien indispensable. Durante cerca de cuarenta años había pasado bastante inadvertido, lo cual no resultaba fácil, dado su aspecto.

Cuando abandonó París, ellos estaban buscándolo, guiados por el sacerdote que había llegado de Roma con objeto de llevar a cabo la investigación. Cuando Simon le advirtió que lo habían traicionado, que debería esconderse, Jean-Pierre sintió que su mundo se rompía en pedazos. Simon lo tranquilizó y le recordó el valor que había mostrado cuando los alemanes los habían cogido a los dos y se los habían llevado a un granero para interrogarlos. Jean-Pierre obedeció y al salir de París no permaneció quieto ni un momento. Su miedo parecía haberle vuelto invisible, como uno más de aquellos heridos que recorrían las carreteras comarcales de Francia.

Un par de semanas después de salir de París, al llegar a la cima de una colina rocosa y mirar abajo, divisó un pequeño arroyo y una aldea lo bastante grande para tener iglesia. Aguardó bajo una cubierta de matojos hasta que oscureció, vigilando a los campesinos que realizaban tranquilamente sus quehaceres. Cuando en las pequeñas casas se encendieron las luces y la iglesia se quedó desierta, aguardó todavía un rato, hasta que, en lo alto, la luna empezó a ocultarse y a salir furtivamente por entre las nubes. Por fin cruzó el arroyo, rodeó los edificios de las afueras de la aldea y se acercó por detrás a la iglesia. La puerta estaba cerrada con candado, pero con sus propias manos tiró poco a poco del encaje en las bisagras de las puertas y dejó el candado intacto.

Oyó que alguien roncaba allí dentro. El cura, un anciano alto y corpulento, con la cabeza cubierta de pelusa gris, se había quedado dormido en la mesa de la cocina. Pasó de puntillas ante la pequeña cocina y escudriñó el pasillo hasta dar con la puerta que buscaba. La encontró con facilidad. En el armario casi no había ropa. Pero sí, allí estaba la sotana.

Cinco minutos más tarde, con el bulto debajo del brazo, cruzó de nuevo el arroyo y desapareció en la oscuridad.

Ahora, casi cuarenta años después, todavía soñaba con la época de París; en los buenos y malos momentos. Recordaba cómo había finalizado todo: el asesinato del hermano Christos, el hecho de que los hubieran traicionado a todos y que Simon lo enviara lejos a fin de salvarlo. Recordaba y soñaba. Soñaba en el día en que volverían a llamarlo para servir otra vez. Pero esa llamada nunca había llegado y los años transcurrían mientras él permanecía en la pequeña iglesia de aquel pueblecito español. Aunque eso tampoco había estado mal. Simon le había dicho que todo se había terminado y eso le había complacido.

A veces soñaba en las semanas que había pasado con Simon durante el último invierno, ocultándose en aquel sótano donde reinaba un penetrante olor a carbonilla. Simon lo había salvado, lo había cuidado mientras se le curaba el ojo.

Todo había ocurrido por su culpa. Por descuidado. Ellos lo habían atrapado junto con la monja que hacía de correo para la Resistencia. Pudo mantenerlos a raya con la pistola mientras ella escapaba por la carretera con su bicicleta, pero luego habían caído sobre él y lo habían llevado con Simon al granero. Fue allí donde los alemanes empezaron a torturarlo. A los dos. Azotaron a Simon hasta que perdió el sentido, hasta que la espalda se le despellejó hecha jirones. Acto seguido centraron su atención en Jean-Pierre.

Se dedicaron a él durante dos días, atado y colgado de un gancho como una falda de ternera, hasta que finalmente lo dieron por muerto. Sí, cuando el interrogador de la Gestapo calentó el cuchillo en la llama y le rebanó el ojo repetidas veces, los que le sujetaban pensaron que había muerto y cortaron sus ataduras, abandonándolo sobre el heno ensangrentado, donde Simon yacía medio muerto.

Pero Jean-Pierre se incorporó, cogió la horca que colgaba de la pared y cuando los alemanes regresaron, se los cargó. Primero al cabo, luego al de la Gestapo. Los atravesó una y otra vez, mientras oía el ruido de las costillas al separarse y de la columna vertebral al quebrarse. Entonces despertó a Simon y juntos, apoyándose mutuamente, se alejaron hasta llegar a la pequeña iglesia donde tenían que reunirse con los demás. Allí se habían escondido los dos, debajo del suelo falso de la carbonera.

A veces todavía soñaba con aquellos tiempos.

Cuarenta años después, mientras barnizaba los bancos de madera en la iglesia, oyó que la puerta chirriaba al abrirse y vio que la luz del exterior se esparcía por el combado suelo de madera. Se incorporó, se volvió y vio al hombre cuya silueta se recortaba frente a la luz.

–Jean-Pierre.

Avanzó un paso hacia aquella figura y con una mano hizo pantalla para proteger su único ojo del resplandor.

Entonces reconoció al hombre alto, cuyo cabello era ahora plateado, de ojos serenos y descoloridos tras unas gafas redondas. Progresivamente, vio que el hombre sonreía.

–August.

El sacristán se le acercó y lo abrazó, recuperando el pasado, su propio pasado.

–Jean-Pierre, Simon te necesita.

Tercera parte

1

Driskill

Me sentía demasiado cansado para que me importase en qué avión me subía, siempre y cuando éste se dirigiera a París y yo fuera a bordo. Volver al mundo real después de lo que había encontrado en el desierto representaba algo más que un simple cambio geográfico. Mental, moral y filosóficamente, todo se había transformado. Como si de un infernal arte culinario se tratara, las cuchillas que había en mi cabeza habían alterado el ritmo y me hacían picadillo el cerebro mediante un nuevo sistema. Por supuesto, incluso con el cerebro hecho papilla, seguía dándole vueltas al asunto.

Era como si intentara marcar una y otra vez desde la línea de una yarda, y fracasara. Todos se abatían sobre mí y al final tenía la sensación de que nunca volvería a conseguirlo, que nunca podría hacer subir un tanto en el marcador. Había visto brevemente a Gabrielle LeBecq, le había explicado lo que al parecer le había ocurrido a su padre y ella había avisado a las autoridades. Sabía que yo tenía que marcharme y lo comprendía. No me gustaba dejarla sola para que se enfrentara con aquello, pero no me quedaba otro remedio. Ella me aseguró que seguiría con la galería, que tenía varios amigos que la ayudarían. No era de esas personas que necesitan que les den muchas explicaciones.

Había intentado entrevistarme con Klaus Richter, pero me dijeron que había salido para Europa en un viaje de negocios. Alegaron que su programa era tan variable que no había forma de telefonearlo, pero que si quería dejarle algún mensaje, él solía llamar casi a diario. Cualquier recado que yo pudiese dejar a Richter no sería de los que se dictan a una secretaria. De todos modos, no estaba muy seguro de qué mensaje tenía para él, como no fuera preguntarle por qué me había mentido y qué tenía que ver con los comportamientos equívocos de la Iglesia cuarenta años atrás. Sin duda sólo obtendría la respuesta que una pregunta tan ambigua se merecía. No debería olvidarme de que soy abogado. Nunca hay que preguntar una cosa, a menos que se conozca la respuesta. Lección primera.

Dormí profundamente la primera hora de vuelo, pero luego me desperté con la necesidad de ordenar mis pensamientos, sintiéndome un intelectual de pacotilla por no mantenerlo todo clasificado. Pero había tantos puntos por recordar y me habían ocurrido tantas cosas para las cuales la vida no me había preparado... Algo para lo que mi carrera de abogado me había entrenado era para garrapatear cientos de notas en las libretas que utilizaba la profesión. Un abogado debe saber que no puede retenerlo todo en la cabeza y aquello se había vuelto más complicado que cualquier caso que hubiese entrado por mi puerta y aterrizado sobre mi mesa. De modo que saqué mi bloc y empecé a trabajar. Tenía que decidir lo que iba a hacer en cuanto llegase a París.

Mi hermana había realizado el viaje de París a Alejandría para encontrar a Klaus Richter y puede que también a Étienne LeBecq. Respecto a eso no estaba muy seguro; es decir, en qué momento había descubierto a LeBecq, pero era indudable que había encontrado referencias a Richter en los documentos de Torricelli en París. Richter. Podía verlo ahora, sentado ante su escritorio y contemplando el reloj de arena del desierto Occidental para no olvidar nunca la derrota. Me había dicho que había conocido a Torricelli, que hacía de enlace entre la Iglesia y el ejército de ocupación, que se encargaba de asuntos cotidianos y de mantener la Iglesia libre de células de la Resistencia. Aseguraba que no había conocido a D'Ambrizzi, pero la foto demostraba que era un mentiroso. Además, naturalmente, se le había olvidado mencionar que había participado en el negocio del intercambio de obras de arte entre los nazis y la Iglesia, en el proceso del beneficio mutuo sobre lo robado, que había degenerado en un chantaje también mutuo: no hablaremos de ustedes, si ustedes no hablan de nosotros. Por lo visto, aquel oscuro negocio seguía funcionando: los nazis supervivientes patrocinaban determinadas operaciones en marcha mediante las ventas a la Iglesia de Roma. Eso parecía muy sencillo. Improbable, sí, pero sencillo. Puede que a estas alturas ya hubiese degenerado en un mero chantaje carente de los formalismos de la venta de obras de arte, pero eso parecía demasiado sencillo. No, no bastaban unos secretos de hacía cuarenta años; algo tenía que pasar en la actualidad. Quizá –sólo quizá– el motivo fuese la próxima elección del sucesor de Calixto IV. Quizá –sólo quizá– todo estuviese relacionado, a través de esos cuarenta años. Muy bien, don Sabelotodo. ¿Y ahora qué?

Luego estaban los hermanos LeBecq. Ya tenía a uno muerto, estrangulado, machacado, con la espalda rota en un cementerio de París durante la guerra. Luego, por poco tiempo, había tenido a un LeBecq vivo que me hablaba de un tal Simon, de quien temía que me hubiese enviado –a mí– desde Roma para matarlo. «Para matarnos a todos.» Bueno, todo aquello había llegado hasta mí de forma totalmente inesperada. ¿Simon qué? ¿Matar a quiénes? ¿A Richter y a Étienne LeBecq? Me hallaba perdido en un mar de confusión. ¿Qué me había dicho LeBecq? Que mi única protección era mi inocencia. Que me ocultara tras mi inocencia y quizá ellos me permitieran vivir.

Luego aquel Simon aparecía una vez más en la lista de nombres, o códigos cifrados, que Gabrielle había encontrado en el diario de su padre. Simon. Gregory. Paul. Christos. ¡Archiduque!

¿Averiguaría alguna vez quiénes eran estos hombres? ¿Y por qué había trazado aquel enigmático e irritante signo de exclamación? ¿Qué significaba junto al nombre de Archiduque? ¿Serían los nombres cifrados de los hombres que aparecían en la foto? ¿Y uno más?

En cuanto a la foto...

El obispo Torricelli vestido de paisano, Klaus Richter con su uniforme de la Wehrmacht y el cuello desabrochado, D'Ambrizzi, el padre Guy LeBecq y el hombre que había tomado la foto. ¿Qué diablos estaban haciendo? ¿Tendría alguna relación con la preocupación de Richter acerca de las operaciones de la Resistencia en el seno de la Iglesia? Sin duda la misión de Torricelli sería impedir que los alemanes llegaran a la conclusión de que la Iglesia daba refugio a los soldados de la Resistencia. Quizá se tratara de eso. ¿O estaría relacionado con el reparto de las obras de arte saqueadas? El padre y el hermano de Guy LeBecq estaban involucrados. Tal vez el cura también lo estuviera. Pero ¿qué hacía D'Ambrizzi entre aquellos personajes? ¿Quién había asesinado al padre LeBecq en el cementerio, y por qué?

Aquello me estaba volviendo loco. Todo.

Por otra parte estaban los resultados obtenidos en el monasterio.

Un hombre había muerto por mi culpa y nada podía hacer respecto a eso: no había absolución para mí.

Sin embargo, había encontrado un nombre para el cura de cabello plateado: August.

También sabía que recibía órdenes de Roma.

Una cosa era tener la sospecha de algo y otra muy distinta una realidad, algo que podía pronunciarse en voz alta. Sin duda, eso era un alivio.

August. Enviado de Roma. Para matar.

¿Quién era ese hombre?

Dios mío, ¿quién lo había enviado?

Horas más tarde desperté de un sueño extremadamente inquieto, empapado en sudor, con los ojos ardiendo, la garganta seca, el rostro grasiento debido al aire reciclado, habitual en los aviones. Acalorado, reciclado, asquerosamente sucio, junto con la deshidratación habitual y el no va más en cuanto a comida ínfima y bebidas que en realidad uno no desea, pero que ayudan a pasar el rato, etcétera. El resultado fue que esa noche tuve pesadillas, en especial la antigua pesadilla que durante toda mi vida había intentado reprimir, sólo que esa noche había adquirido un nuevo aspecto, el cual la había hecho todavía más horrorosa: la inclusión de un rostro recordado, un segundo rostro: el de Étienne LeBecq. En mi sueño todavía estaba apoyado contra la rueda delantera de su avioneta y los insectos entraban y salían del agujero de la bala y de su boca entreabierta. Estaba lleno de gases, como una muñeca hinchable a punto de estallar, pero eso no era lo que más me preocupaba. Era la inclinación de su cabeza, con el cabello pegajoso y el hecho de que, a pesar de que se encontraba obviamente muerto, me miraba con los ojos inyectados en sangre. Sin embargo, el problema era que en mis sueños se parecía, o me recordaba, o me traía nítidamente a la memoria el tema del sueño que yo intentaba por todos los medios reprimir.

Me recordaba a mi madre.

Fue una de esas noches en que las cosas ya no pueden ir peor: un terrible vuelo en avión, mi cerebro hecho papilla debido a los interrogantes y las dudas, pesadillas que me impulsaban a dimensiones desconocidas y una pistola en mi equipaje como medida de precaución. ¡Vaya mundo, el que cobijaba a una criatura así!

Cuando mi madre cayó por encima de la baranda de la galería, en nuestra vivienda en Park Avenue, oí el estruendo de su caída desde mi habitación. Era un piso de tres plantas –un tríplex, como lo llaman ahora–, veintipico habitaciones y con una baranda demasiado baja tallada. Todo el mundo decía siempre que era un peligro, que algún día alguien se caería de cabeza. Yo estaba en mi dormitorio, escuchando por la radio el partido de fútbol que jugaban los Giants de Nueva York, lo cual significaba que era domingo. Mi padre había salido a alguna parte, Val había ido a visitar a una amiga de la escuela, el servicio tenía el día libre y al parecer yo estaba solo en compañía de mi madre.

Oí el ruido, pero no fue un grito ni un chillido, sino el estruendo de cristales al romperse y de su cabeza al golpear contra el parquet del suelo del recibidor. ¿Un recibidor? En realidad era más un vestíbulo, algo sacado de un castillo de leyenda. Un par de cuadros enormes –uno de los cuales era un *sargent*–, algunos árboles sembrados en macetas gigantes, una alfombra persa de procedencia desconocida, una pareja de bustos anónimos y mi madre cayendo al vacío, a través del aire enrarecido, del polvo y de los restos del humo de miles de puros, cayendo como una roca envuelta en una de sus prendas transparentes, un camisón, una bata de gasa y una copa de martini junto con ella –no, todavía apretada en su mano–, Dios mío, pues no iba a desperdiciar una espléndida bebida por el simple hecho de que fuera a suicidarse. No, mientras aún tuviera fuerzas para sujetarla cuando se disponía a lanzarse al vacío y besar el suelo de parquet.

En fin, nosotros nunca admitimos que muriera por propia voluntad. La causa era un accidente, aquella condenada barandilla demasiado baja. Aquella ginebra. Aquel vermut. Un desgraciado e inesperado giro de los acontecimientos. Nadie pronunció la palabra suicidio. ¡No, por Dios! Una Driskill, no. Pero yo lo sabía, lo sabía.

Se estrelló en el parquet y durante la caída aún sujetaba la frágil copa de cristal, pues nunca se sabe cuándo puede apetecer un buen trago, el último. Entonces empecé a correr por el pasillo, bajé veloz las escaleras y la encontré con la copa rota, cuyo pie mellado le atravesaba la mano, fina y pálida, como una estaca: un pequeño guiño al catolicismo y a sus símbolos, crucificada por el pie de una copa de martini. Seguramente había oído el ruido de cristales al romperse, el crujido de su cráneo al quebrarse, la acumulación de ruidos mecánicos provocados por la muerte de mi madre, pues cuando llegué me la encontré con la espalda apoyada en una gran consola tallada, al estilo de Grinling Gibbons, que posteriormente Sotheby's subastaría por la elevada suma de cincuenta mil dólares, el dinero para pipas de un caballero árabe. Estaba increíblemente muerta, como si existiesen distintos grados de muerte; puede que así sea. El suelo estaba manchado de sangre, su mano parecía el coágulo de una hamburguesa, y de la boca, la nariz y el cráneo también brotaba sangre. Ésta le empapaba el cabello y su piel había adquirido un leve tinte azulado. Tenía abiertos los ojos –en cuyo blanco habían estallado algunas venitas–, y parecía mirarme desde un lugar remoto, más allá de aquel velo sanguinolento. Todo aquel horror le había caído encima –sí, caído, tal como suena– en cuestión de segundos. De alguna manera, mi madre había tenido suficiente control motriz, instinto, o lo que fuera, para chocar contra el suelo a × kilómetros por hora, juntar los restos de lo que había sido –ya muerta, mi pobre madre– y sentarse para que su hijo no la viera espatarrada, con una pierna por aquí y otra por allá, y el vestido levantado, muerta sin gracia.

Mami. Muerta. Allí estaba otra vez, en mis sueños, primero aquella escena fantasmal en algún pasillo, en Princeton o en Park Avenue. Eso era lo que yo había reprimido en realidad, justo desde el principio, consciente de que ahí residía la razón –más horrible de lo que yo podía creer o imaginar– de que se hubiese lanzado por la galería. Primero aquella escena fantasmal en algún pasillo, con los brazos tendidos como siempre, como si intentara decirme algo, su rostro borroso en las sombras o por alguna especie de niebla que había visto sólo en las películas, o en mis sueños, con el olor a colonia y a polvos envolviéndonos mientras me esforzaba en oírla. Pero fracasaba, como había fracasado toda mi vida, consciente de lo importante que era aquello para los dos y sin embargo no conseguía oír lo que me decía. Luego –¿años después?, ¿meses después?– ella saltaba por encima de la baranda de la galería, el estruendo, los ojos ensangrentados, el charco de ginebra y vermut, y todavía el olor de su cuerpo mezclándose con el de la sangre, del martini y de la muerte.

Mi madre y el pobre Étienne LeBecq –mi propia víctima personal en aquella historia– intercambiaban su sitio en mis sueños, pero yo no podía aislarlos. Todo se me aparecía confuso, implacable.

Sin embargo, de algunas cárceles no existe escapatoria, no siempre existe la libertad. Esta noche eso era cierto, siempre lo había sido.

Los Driskill lo sabían todo acerca de las cárceles de la mente.

Antes siempre me había hospedado en el George V, pero yo había sufrido un profundo cambio: al igual que mi hermana, había empezado a mirar por encima del hombro. De modo que cuando llegué a París hice caso omiso a mi residencia habitual y encontré un hotel pequeño y discreto en la Rive Gauche, en el bulevar Saint-Michel. Subí un tramo de escaleras junto al estanco y en el rellano me inscribí y obtuve la llave. A la derecha había una improvisada salita para tomar el desayuno y un pequeño y desvencijado ascensor. Mi habitación era larga, estrecha y limpia, y olía a muebles barnizados. Estaba en una esquina, de modo que uno de esos insuficientes balcones franceses daba al bulevar Saint-Michel y otro –situado en un cuarto de baño triangular– a la calle lateral, donde brillaban las luces rojas de la pizzería que había abajo. Era una noche fría y húmeda, con gran acompañamiento de truenos. El cielo nocturno se veía rosado por las luces. El tráfico avanzaba ruidoso a lo largo del bulevar, como si la población experimentara una comezón, una especie de nerviosismo a la espera de las lluvias de noviembre. Sabía que por la mañana habría desaparecido el fácil engaño de los efectos luminosos de la noche y París amanecería húmeda y gris, como tenía que ser, con todo su encanto y su antigüedad inalterables.

Las sábanas estaban demasiado almidonadas y las almohadas duras por el relleno de plumón. Yo estaba demasiado cansado para pensar. Me quedé dormido, con una novela de Wodehouse sobre el pecho. Quizá siempre conservara mi inocencia. Pude oír a Val, que se reía en la distancia, muy lejos de su malvado hermanito.

Me desperté tarde, al oír que llamaban a la puerta. Escuché la llave al girar en la cerradura y la chica que había llenado mi ficha cuando llegué entró sonriente, con una bandeja donde aparecía un cestito con cruasanes y brioches, mantequilla, un tarro de mermelada, cubiertos, café, leche y azúcar, todo cuanto necesitaba para alimentarme. Me senté en la cama y desayuné tranquilamente, mientras observaba cómo la lluvia golpeaba contra las vidrieras, que había dejado entornadas por la noche. El cielo mostraba un tono gris perla perfecto. Abrí luego la ventana del cuarto de baño, y sentí el aire fresco y tonificante en la espalda mientras me examinaba el rostro macilento, sin afeitar, con unos ojos que parecían empeñados en mostrar un aspecto de cansancio y agotamiento. Me quedé ante el lavabo, intentando componer aquel estropicio. Aún seguía tronando, unos golpes sordos que retumbaban por encima del repicar suave y monótono de la lluvia. Después de tomar una ducha templada, me cambié el vendaje de la espalda. A menos que se tratara de una creencia basada en el deseo, la herida parecía haber mejorado un poco. Por si acaso, me tomé un par de calmantes. De pie en el balcón del cuarto de baño, sentí la fría humedad en la cara y miré abajo, a la gente con impermeable que había salido a pasear al perro, a comprar el periódico de la mañana, o que permanecía de pie en la entrada de los cafés, fumando su sempiterno cigarrillo mientras contemplaba los coches que siseaban sobre el asfalto y cuyos faros se reflejaban en la superficie mojada por la lluvia. A mediodía ya estaría a punto para salir.

Sabía cuál iba a ser mi primer movimiento. Sabía por dónde empezar.

Habían pasado diez años desde la última vez que viera a Robbie Heywood –a quien todo el mundo apodaba el Vicario, según mi padre–, pero imaginaba que sería uno de esos viejos hijos de puta que se niegan a retirarse y a dejarse morir. En aquellos momentos rondaría la setentena, pero los hombres como él vivían eternamente. ¿Qué clase de individuo era el Vicario? Bueno, era un viejo ladino australiano, un periodista que desde los años treinta cubría la corresponsalía en Europa, con sede en París y Roma. Medio siglo –diría él–, pero ¿qué importa el tiempo para un cerdo?

Mi padre lo conocía desde hacía mucho, desde 1935, cuando estuvo trabajando para la Iglesia en Roma. Él fue quien me presentó al Vicario en París, durante el mismo viaje en que Val y yo conocimos a Torricelli. Por lo tanto, mi padre era el tema recurrente que Robbie Heywood y yo compartíamos en mis viajes posteriores a París, cuando pasaba a verlo para saludarlo y obtener de él una cena cara. Siempre hablábamos de mi padre y de la Iglesia, ya que ésta era también un tema habitual. Robbie Heywood siempre había encontrado muy divertidas mis aventuras entre los jesuitas. Probablemente, era la única persona capaz de reírse de todo aquello sin que yo deseara romperle las narices. Dado que él lo encontraba divertido, yo también lo veía así. Imagino que era una especie de excéntrico a quien sólo la Iglesia podía dar cobijo, un católico que nunca se apasionaba con los asuntos de la Iglesia, ni a favor ni en contra. Indiferente, divertido, con lo que él denominaba «una pizca de pura malicia», Robbie había informado ampliamente acerca de los asuntos de la Iglesia. Era lo que mi padre llamaba un guardián del Vaticano, un viejo experto en aquellos asuntos, y empecé a pensar en él durante mi vuelo a París.

Imagino que tendría que habérseme ocurrido antes, en cuanto empecé a pensar que Val realizaba muchos viajes a París para llevar a cabo su investigación. Nunca había oído que ella mencionara su nombre, a pesar de que él siempre preguntaba por mi hermana, aunque de eso hacía ya mucho tiempo. Dudaba incluso de que Val lo hubiese vuelto a ver después de conocerlo, cuando era pequeña. En primer lugar, él no era un hombre que cayera bien a las mujeres. Por otra parte, ella era una intelectual, mientras que Robbie era un traficante de chismes, un periodista compulsivo, extraído de un grupo de teatro de aficionados australiano que estuviese representando *Primera página*. De modo que no fue hasta que estuve medio dormido en la cabina presurizada y viajando en la urdimbre de su propio tiempo, cuando el Vicario me vino a la cabeza. Y allí se quedó, para que yo mismo me preguntara si Val habría ido a verlo.

Lógicamente, lo que me hizo pensar en ello fue el hecho de que Robbie Heywood era otro vínculo con el pasado.

Él había estado en París durante la guerra.

Lo llamé por teléfono, pero no obtuve respuesta. Casi estuve a punto de telefonear a Tabbycats, pero luego decidí dejarme caer por allí sin anunciar mi visita para sorprender al viejo. El paseo bajo la fría lluvia me aliviaría. Todavía no había logrado borrar las huellas del desierto que impregnaban mi mente, mis ojos e incluso mis huesos. Que se quedara el desierto quien lo quisiera, a mí que me dieran una ciudad lluviosa, repleta de gente, oliendo a gasolina y a petróleo, con húmedas calles.

El apartamento de Robbie se encontraba en uno de los viejos edificios mohosos y medio derruidos de la plaza de la Contrescarpe, donde Rabelais solía matar el rato casi quinientos años atrás. Al Vicario le encantaba aquella zona por su vieja resistencia, su antigüedad, su historia. En una ocasión me había enseñado el sitio donde unos operarios habían encontrado 3.351 monedas de oro de 22 quilates, en un pozo del 53 de la rue Mouffetard, un poco más abajo de la plaza, donde el banquero de Luis XV las había escondido hacía mucho tiempo. Robbie se había dirigido a las habitaciones que daban a la plaza y allí había recordado excitado el descubrimiento, como si hubiese ocurrido el día anterior. El Vicario tenía la facultad de hacer revivir el pasado y ahora yo ansiaba sonsacarle el tipo de historias que él prefería. Trabajos sucios, chantajes, asesinatos, todo en el seno de la Iglesia romana.

Salí de mi hotel, relajado por el entorno familiar; di un repaso a mis variados recuerdos y volví a la turbadora pregunta acerca de mi madre, a su muerte, a lo que la había impulsado a tirarse por la galería. Sin embargo, me daba cuenta de que París me liberaba de la tensión que había ido creciendo en mí. Por primera vez era capaz de pensar en las muertes de mi madre y de mi hermana sin que eso me enfureciera. Crucé el bulevar Saint-Germain en la plaza Maubert, de la que sabía –gracias de nuevo al Vicario– que tenía una vergonzosa historia como centro de ejecuciones públicas. En 1546, durante el reinado de Francisco I, apresaron al filósofo e impresor Étienne Dolet y allí mismo, en la plaza Maubert, lo quemaron vivo por hereje y utilizaron sus propios libros para encender la hoguera. Los últimos sonidos que Dolet escuchó fueron los gritos excitados de la chusma empapada en *gros rouge*. Robbie Heywood nunca pasaba por la plaza sin dedicar un breve saludo a la estatua de monsieur Dolet. «Los tiempos cambian –solía decir–, y París nunca permite que lo olvides.» Bajo la lluvia, el mercado al aire libre que había sustituido a la hoguera estaba atestado.

Seguí por la rue Monge hasta que giré a la derecha en Cardinal Lemoine, por donde seguí hasta la plaza de la Contrescarpe. Allí no hacía viento y las húmedas hojas se pegaban como huellas en la acera. La impresionante cúpula del Panteón emergía como una aparición, una peculiar nave espacial que despegaba, o aterrizaba, en medio de la niebla y de la lluvia. Contuve el aliento al contemplar las ventanas del apartamento de Robbie en el segundo piso.

Estaban cerradas y manchadas por los regueros de lluvia que goteaban regularmente de los aleros. Contrescarpe siempre tenía el aspecto de un viejo decorado, sacado de una película protagonizada por el duro Jean Gabin. Había un pequeño cercado con hierba y unos árboles en el centro, los cuales, húmedos, negros y deshojados, parecían ladearse. Los *clochards,* los vagabundos que habían pululado por aquel entorno durante siglos, seguían allí: un coro gris que discutía acerca de los asuntos del día. Parecía como si estuvieran aguardando mi regreso y no se hubiesen movido durante todos aquellos años. Permanecían apiñados bajo los árboles, enfundados en sus suéters y en sus gabardinas. Un par de paraguas brillaban como piedras lisas, húmedas y relucientes, mientras otros se cobijaban bajo un cobertizo improvisado con cajas de embalaje.

Tabbycats seguía allí: una especie de bar y café que daba a la plaza, con una ceja colgante en forma de toldo a rayas blancas y verdes, medio desteñido. La lona se combaba hacia atrás, con lo cual la lluvia formaba en ella unos grandes charcos. Aquel toldo no iba a durar otro verano. La pintura blanca parecía sucia y en algunos puntos se había hinchado hasta descascarillarse. Crucé la plaza bajo la atenta mirada de los *clochards,* curiosos ante aquel extraño que se inmiscuía, y entré en el desvencijado local que el Vicario utilizaba como oficina.

El inmenso gato atigrado que daba nombre al local estaba perezosamente enroscado, con ostentosa arrogancia, al final de la lustrosa barra. Tenía los ojos entornados y me miraba, mientras la cola oscilaba lentamente de un lado a otro, como el péndulo de un reloj de pared. Era el mismo gato que siempre había estado allí, o tal vez se trataba de otro idéntico, que lo había sustituido. Nunca parecía envejecer. Claude estaba detrás de la barra, charlando con un hombre calvo, cabeza en forma de bala y una enorme nariz que parecía tirarle de la frente, como la de un topo. Unas gafas con montura negra se sostenían bastante inestables sobre la ancha nariz. Vestía un traje negro, camisa blanca y corbata negra, y si bien el camarero seguía siendo Claude, el cabello y el bigote le habían encanecido. «Es una taberna que me sirve de oficina –me había explicado Robbie la primera vez que nos encontramos allí–. Claude, el camarero, es un australiano, no uno de esos jodidos franchutes, así que puedo fiarme de él. Es el cuchitril de un tipo honesto, señoría. Sólo que, en esta ciudad, un cuchitril es lo que indica su nombre.»

Claude se acercó a mí por detrás de la barra y el gato avanzó a su lado, hasta que se detuvo bruscamente y me lanzó un bufido.

–¡Mister Driskill! –exclamó Claude–. Ha pasado mucho tiempo, señor.

–Casi diez años –contesté–. Tiene usted buena memoria, pero el gato no parece reconocerme.

–Oh, usted no ha conocido antes a *Balzac*. Ahora sólo tendrá unos seis años. Menudo calentorro está hecho éste. Su único trabajo consiste en regar el plátano que hay junto a la entrada. –Así que era una nueva adquisición. Descollaba, con su figura imponente–. *Balzac* lo cuida por mí. Se mea en el árbol dos veces al día y eso hace que crezca muy bien. No tema.

Claude suspiró profundamente y yo le pedí una cerveza.

–¿No ha venido hoy por aquí el Vicario? Pensaba darle una sorpresa.

Otra vez había empezado a tronar y *Balzac* agachó la cabeza. Claude dejó el vaso de cerveza ante mí.

–Oh, querido –suspiró–. Mi querido amigo. –Miró hacia el final de la barra, al hombre con cara de topo, y le hizo señas–. Clive, acércate. Éste es Ben Driskill. Habrás oído hablar de él al Vicario.

El tipo se me acercó y me tendió la mano. Se la estreché. Cojeaba y llevaba bastón.

–Clive Paternoster, para servirle. Robbie se sintió muy afectado al leer la noticia acerca de la muerte de su hermana. Estoy seguro de que puede imaginárselo diciendo que eso fue una canallada. La había visto unas cuantas veces este verano, ¿sabe? Yo la conocí entonces. Ah, sí, nuestro viejo y querido Vicario.

–¿Dónde está ahora? –pregunté–. No me digan que sigue trabajando. –Sonreí, pero ellos no me devolvieron la sonrisa.

–Llega usted con tres días de retraso, amigo mío –contestó Clive Paternoster, mirándome con ojos entornados por encima de su enorme nariz–. El Vicario se fue para siempre el otro día. Ya no está entre nosotros, señor Driskill. Un hombre comparativamente joven. Setenta justos. Yo mismo tengo sesenta y tres. –Empujó las gafas para colocarlas en su sitio–. El Vicario está muerto, señor Driskill. Lo rajaron en su mejor momento.

–No saben cuánto me entristece oír eso –dije con voz ronca–. Era un gran compañero.

Sin embargo, en realidad estaba pensando: «¡Habló con Val! Pero ¿por qué? ¿De qué hablarían? ¿De algo importante?». Él había estado en París en los viejos tiempos.

–¿Y cómo fue? –inquirí–. ¿Qué le pasó?

–Oh, todo fue muy rápido –contestó Claude con amargura, mientras acariciaba al gato–. No duró mucho. –Miró con expresión dolorida a Paternoster.

–Ya se lo he dicho, lo rajaron en su mejor momento.

–No entiendo.

–Violencia callejera –aclaró Clive Paternoster, con voz suave–. Alguien le clavó una navaja. –Miró la hora en su reloj digital de color negro–. Si quiere, puede venir al funeral. Dentro de una hora vamos a enterrar al Vicario.

El Vicario recibió sepultura en un cementerio pequeño y antiguo, situado en un barrio gris de la ciudad, no lejos de un cruce ferroviario. El ataúd era muy sencillo, el cura no parecía muy interesado, y lo bajaron con una fría despedida. La tumba estaba oscura y llena de barro, el sendero de grava encharcado y de color marrón, y la hierba tan corta que adquiría el color de la grava. El duelo lo formábamos seis personas y nadie lloró ni se estrujó las manos por la pena. Había una doble hilera de cipreses delimitando el sendero que llevaba a su tumba, la exagerada simetría típica de París. Así fue como el Vicario hizo mutis y eso corroboró la idea generalizada de que lo que importan son los vivos, no los muertos.

Al salir del cementerio, Clive Paternoster encendió un Gauloise y metió las manos hasta el fondo de los bolsillos de su gabardina negra. Tenía los hombros encorvados y daba la sensación de que la nariz tiraba de él, como un hombre que trasladara por toda la ciudad un cacahuete gigante sobre el apéndice nasal. La lluvia le chorreaba por el ala del sombrero.

–Robbie y yo compartimos piso durante estos últimos cinco o seis años. La gente nos llamaba la extraña pareja, ¿sabe? Pero nos entendíamos bien. Dos viejos camaradas hasta el final. Le mentí antes. Yo ya estoy a punto de cumplir los setenta. Dos viejos compañeros que recordaban cómo era ser joven, llenos de cicatrices.

Resulta difícil creer que se ha ido. Entre los dos habíamos cubierto nuestra ración de guerras, asesinatos, escándalos, elecciones. Me quedé cojo de esta pierna gracias a un tirador mongol durante el fracaso de Corea. –Pronunció la palabra «fracaso» con marcado acento francés–. Pero puede decirse que lo que nos unió fue la Iglesia. Ésta se convirtió en nuestra obsesión. Un mecanismo interesante, la Iglesia. Sin duda un refugio perfecto para los granujas.

–Cuénteme cómo murió. Todo lo que sepa.

Me miró con curiosidad y luego, casi imperceptiblemente, se encogió de hombros. Era incapaz de resistirse a una buena historia.

–Alguien lo atracó, a unos cinco minutos de casa. Lo encontré en el descansillo, frente a nuestra puerta. Estaba tendido boca abajo, con una de sus horribles chaquetas chillonas. Toda a cuadros, ya sabe. Estaba caído, con la cara apoyada contra las barras del pasamanos. Ya se lo puede imaginar. Nada más abrir la puerta de abajo, oí aquel extraño sonido; como de un reloj con su monótono toc, toc. Un ruido que nunca había oído antes. Me quedé quieto en el oscuro hueco de la escalera y entonces sentí un olor que sí había percibido con anterioridad. En Argelia, en una celda donde torturaban a los compañeros. Algo muy habitual durante el fracaso –de nuevo aquella palabra– argelino. Olía a sangre. Avancé un paso y algo cayó en mi sombrero. Toc, toc, toc. Al sentirlo, me quité el sombrero y descubrí que estaba pegajoso. Entonces un goterón cayó sobre mi cabeza. Sangre, por supuesto. Sangre que caía del descansillo. Cuando llegué allí, el padre Robbie estaba muerto. Bueno, casi muerto... Balbuceaba acerca de los verdes campos, como el viejo Falstaff, ¿sabe? Algo referente al verano. Imagino que creía disfrutar de una soleada tarde veraniega.

Encendió otro cigarrillo con la colilla del primero y seguimos hablando. Avanzaba a buen paso, con la ayuda del bastón. Estábamos en alguna parte de Clichy.

–En fin, seguí la sangre, como un viejo rastreador indio. Robbie tenía una puñalada en el vientre y otra en el pecho. Parecía un milagro que hubiese podido andar más de cinco metros. El Vicario era un hombre fuerte. Así que seguí el rastro de la sangre. Era un día seco y no me resultó muy difícil. El reguero se detenía en la esquina de Mouffetard con la rue Ortolan, que es donde debió de ocurrir. Probablemente fue algún *clochard* de la plaza, que oyó que

Robbie iba a dar la vuelta a la esquina y lo atacó con un cuchillo de matarife.

–¿Le robaron?

–No, eso es lo curioso. Se me ocurre que tal vez fue algún tipo medio psicópata.

–Sí, supongo que sería alguien así.

No había nada más que decir. Puede que realmente lo hubiera matado un loco y su muerte no estuviera relacionada con mis problemas. Puede que la luna fuera un enorme queso y yo andara equivocado con mis sospechas.

Finalmente detuvimos un taxi y regresamos a la plaza de la Contrescarpe. Clive Paternoster me indicó la esquina donde habían apuñalado a Robbie. Seguimos el trayecto que debió de tomar él para llegar a casa, entramos, nos detuvimos en el hueco de la escalera y subimos al rellano donde finalmente se había desangrado hasta morir. La asistenta de Paternoster había limpiado las manchas de la alfombra, con lo cual había desaparecido la mayor parte de la sangre. Sin embargo, ahora resultaba mucho más evidente un rastro de puntitos descoloridos que hacían juego con la gastada alfombra.

Me hizo entrar en el piso y vi la madriguera que los dos huraños solterones habían transformado en su hogar, entre los recuerdos de dos existencias prolongadas. Había gran variedad de objetos. Una hélice de madera procedente de la batalla de Inglaterra, los remos cruzados de una regata en Henley, un bate de un partido en Lord, fotos del Vicario con el Führer, el Vicario con el papa Pío XII, Clive Paternoster con Pío y Torricelli, Jean-Paul Belmondo fumando un cigarrillo y Brigitte Bardot en el regazo de Paternoster en una cena de De Gaulle, Yves Montand y Simone Signoret con Paternoster, Hemingway y el Vicario cogidos de los hombros bajo el Arco de Triunfo. Vaya dos existencias. Una amplia etapa del pasado, parte de la historia de su tiempo. Pero ahora en retirada, estirándose, cada vez más reducidas. París, plaza de la Contrescarpe, Tabbycats, la esquina ensangrentada, las huellas descoloridas en la alfombra, el pisito rebosante de recuerdos que algún día acabarían en los puestos de venta callejera en un mercado de ocasión.

Los *clochards* habían encendido una hoguera y se apiñaban en torno a ella, sin hacer caso de la fría brisa del atardecer. Tenían dos enormes sartenes de hierro, con unos trapos enrollados alrededor del mango, las cuales crepitaban llenas de ajos, cebollas, pimientos y trozos de patatas. También tenían unas botellas de vino tinto barato y crujientes barras de pan. Parecía una especie de picnic de los *clochards*. El olor que de allí salía era fantástico y se mezclaba con los de la lluvia y del otoño a punto de transformarse en invierno. Mientras yo los observaba, uno de los vagabundos roció con vino el contenido de ambas sartenes y éstas sisearon a la vez que lanzaban una espesa nube de vapor.

Clive Paternoster y yo permanecíamos sentados ante una mesa junto a la ventana, mientras *Balzac* contemplaba el platanero. De cena teníamos *pot au feu,* después de un paté de grano grueso, aromatizado con ajo, pepinillos y un espléndido Margaux.

–Desde luego, el Vicario tenía sus defectos –comentaba Paternoster, mojando pan en la espesa salsa–, pero lo echo de menos. Nos interesaban las mismas cosas y podíamos conversar. Podíamos recordar. Cuando uno envejece, resulta agradable sentarse juntos una tarde lluviosa y recordar. El Vicario no era perfecto, pero tampoco era malo.

–¿Para qué vino a verlo mi hermana?

–Rumores referentes a la Segunda Guerra Mundial. Ella quería averiguar cosas acerca de Torricelli y...

Clive Paternoster se interrumpió y en sus arrugadas cuencas los ojos se entornaron para mirarme. Tenía unas cejas hirsutas, como setos que necesitaran una poda.

–¿Y qué? No se detenga.

–Su hermana estaba muy interesada en todo lo ocurrido durante ese período, en todo cuanto pudiésemos recordar. Yo también estaba presente, claro. Torricelli. ¡Menudo elemento! Dios, vaya tipo astuto y escurridizo ese viejo diablo. Sabía de qué iba la vida y cómo funcionaba el mundo. Era un ladino, aquel viejo pagano. Pero cómo no iba a serlo, ¿verdad? Un hombre dividido entre dos fuerzas y sin querer sentirse desplazado; los nazis por un lado y la Iglesia por el otro. Era como escapar del fuego y caer en las brasas. Sobre todo después de que D'Ambrizzi llegara de Roma. Ése sí era un tipo fantástico. –Balanceaba la cabeza al recordar aquellos tiempos–. Sacaba de quicio a Torricelli.

–¿Qué le contaron a mi hermana?

–Bueno, ella se entrevistó con el Vicario en otra ocasión en que yo no estaba presente. –Se encogió de hombros–. De modo que no puedo saberlo. Pero lo más importante es que él llamó a Philippe Bloody Tramonte por algo referente a los papeles.

–¿Qué papeles?

–Tramonte es el sobrino del viejo obispo. Una cosita babosa, un marica, si quiere que le diga la verdad. Pero sin duda un tipo muy importante. Es el encargado de la custodia de todos los documentos de Torricelli. Los llama el «Archivo». ¡En serio! Si le interesa averiguar qué andaba buscando su hermana, tiene que echar un vistazo a ese peculiar archivo. –Rió despectivamente–. Puedo telefonear a Tramonte por la mañana, si quiere, y concertar una cita.

Estábamos ante nuestra segunda taza de café cuando le formulé la pregunta que acudía con insistencia a mi cabeza.

–¿Sabe si el Vicario se entrevistó con otro visitante hace poco? ¿Un sacerdote, un tipo alto, aproximadamente de su misma edad? De aspecto distinguido, cabello plateado, en buena forma.

Paternoster arrugó la nariz de topo y abrió los ojos con asombro.

–Lo ha descrito usted muy bien. Le felicito. ¿Puedo preguntarle cómo lo ha sabido?

La sangre se me heló en las venas, pero el instinto de abogado que había en mí se había disparado. Acababa de encontrar otra relación.

–Ha sido un disparo al azar. Él fue una de las últimas personas que vio a mi hermana.

–Un portador de desgracias, pues.

–¿Qué quería del Vicario?

Paternoster se encogió de hombros.

–Sólo se dejó ver un día. Una mañana de la semana pasada, Robbie y yo estábamos parados ahí afuera. ¡Maldita sea, si fue un día antes de que lo mataran! El cura de cabello plateado apareció allí de pronto. Se presentó ante el Vicario y le dijo que él era, déjeme pensar, el padre August Horstmann, creo. Sí, August Horstmann. El Vicario lo miró fijamente y a continuación le dijo algo curioso: «¡Válgame Dios, August! ¡Durante cuarenta años he pensado que estabas muerto!». Entonces me lo presentó, yo me marché a mis asuntos, y los dos siguieron charlando como viejos camaradas.

–Como viejos camaradas –repetí.

–Aquella noche le pregunté acerca de ese individuo, pero el Vicario no me explicó gran cosa. Supuse que el padre Horstmann era alguien a quien conocía de la guerra.

–En París –concluí en voz alta–. Durante la guerra.

Al día siguiente el Vicario estaba muerto. De eso hacía cuatro días. Llegué a la conclusión de que Clive Paternoster era un tipo muy afortunado.

Además, August Horstmann había averiguado que yo acudiría a Robbie Heywood.

Después de otra de mis noches rutinariamente espantosas –pues no podía evitar sentir miedo–, fue un descanso contemplar la anémica luz grisácea al otro lado de la ventana que daba al bulevar Saint-Michel y descubrir a una pareja de palomas posadas en la barandilla del balcón, observándome. Me sentía cansado y la tensión provocada por el temor a que Horstmann me vigilara era como un estilete ardiente que de nuevo se me clavara en la espalda. Sin embargo, estar despierto y levantado era mejor que permanecer en la cama con mis pesadillas.

A media mañana, me detuve ante una combada puerta de madera y bisagras en forma de áncora, a sólo diez minutos a pie del hotel, y pulsé el timbre. Un largo muro se alejaba por ambos lados y bloqueaba toda visión del interior de la casa o del patio. Podía haber sido cualquiera de los miles de chalets parecidos que se ven por todo París. Después de aguardar cinco minutos, volví a llamar al timbre. Un viejo guardián, vestido con un traje que parecía del siglo XVII, acudió a abrir la puerta. Ésta necesitaba un buen engrase. El día era gris, neblinoso, y unas manchas de humedad impregnaban los muros estucados. Al oír el crujido de la grava mojada del patio bajo nuestros pies, me acordé del día anterior en el pequeño cementerio de Clichy. El guardián volvió a cerrar la puerta con el pestillo, escupió a través del bigote y me indicó la puerta de la fundación. Luego se alejó encorvado, con un rastrillo en la mano. Al volverme hacia la oscura entrada de la casa, vi a un hombre que llevaba una chaqueta de terciopelo granate, con algunas zonas brillantes y gastadas, esperándome.

Parecía como si Philippe Tramonte hubiese sido diseñado por

Aubrey Beardsley: delgado, pálido, alto, chaqueta de terciopelo, pantalones gris perla con una raya que parecía trazada a lápiz y mocasines negros con borlas. La encorvada nariz de Shylock, con el huesudo puente, daba fe de la herencia genética de su tío, el obispo. En el meñique llevaba un enorme anillo de oro con una amatista: parecía diseñado expresamente para que lo besaran. Su voz era chillona y aguda, su inglés tenía un fuerte acento, pero era correcto, y sus suspiros –enormes, expresivos, arrolladores– nos acompañaron hasta la sala de los archivos como si se tratara de una banda sonora compuesta por Maurice Jarre. Quería que yo entendiera que su papel de archivero era sumamente agotador. Le di la razón. Las cosas estaban mal en todas partes.

Me guió por un largo pasillo hasta lo que antes había sido una sala de lectura, ahora en declive. Las recargadas molduras estaban descascarilladas. El tamaño de la desgastada alfombra que había en el centro de la sala era como la Atlántida, pero infinitamente más vieja. Sobre la alfombra, centradas, se veían dos largas mesas, con sus correspondientes sillas y lámparas. En un extremo de la sala se alzaba un enorme caballete, debajo de un tapiz con el típico caballero abatiendo al típico dragón de la lengua de fuego, en el instante de raptar a una doncella rubia. A lo largo de la historia, hay algunas cosas que nunca cambian. El caballete estaba vacío, pero mi mente acudió veloz al cuadro de mi padre con la visión de Constantino, quien había cambiado definitivamente a la Iglesia y al mundo occidental. Mi padre había preferido siempre los grandes temas. No le interesaban los caballeros ni los dragones ni las doncellas rubias.

Tramonte me acompañó a una pared cubierta de librerías con puertas de cristal y me dijo que le habían informado de que me interesaba por los documentos que mi hermana consultaba. Sin duda, se sentía demasiado agobiado con sus propios problemas para expresar cualquier pesar por la muerte de Val. Me enseñó las cajas, todas idénticas, que llenaban los estantes. Llevaban las etiquetas de 1943, 1944 y 1945. Aquéllas eran. Suspiró y su estrecho tórax se estremeció convulsivamente. Me rogó que fuera con cuidado, que mantuviese el orden del material tal como lo encontrara y que al finalizar volviera a dejarlo donde estaba. Le contesté que era muy amable, y él asintió, aceptando el halago. Luego se fue y me dejó a solas. Llevé la primera caja de documentos a una de las mesas –larga, oscura y cuidadosamente barnizada–, saqué una de mis libretas de notas y me puse a trabajar.

Pasé dos días y medio buceando entre los documentos del viejo obispo. La mayoría estaban en francés y en italiano, unos pocos en alemán, algunos en latín y otros en inglés. Cuando al final tiré la toalla y me desplomé en la incómoda silla de respaldo recto, tenía una fuerte migraña y la mente entumecida. Había manipulado cientos de papeles y me preguntaba qué había conseguido, para qué me serviría todo aquello. Era el tercer día y la lluvia de noviembre seguía repiqueteando contra las altas vidrieras.

Había periódicos, memorandos, notas informales, tanto suyas como de otros, cartas que él había enviado y otras que había recibido. Era como juntar las piezas de un gran mosaico sin tener ni idea de cuál iba a ser su aspecto final. Seguía pensandó en Val, intentando descubrir qué andaba buscando ella. Pero ¿qué había descubierto? Empezaba a darme cuenta de que acaso nunca llegaría a averiguar qué llevaba mi hermana en mente. Algunos fragmentos variados, sí, pero nunca la idea global. Mis suposiciones respecto a su proceso mental eran mucho más confusas por el hecho de que yo la seguía hacia atrás, al revés de por donde ella había iniciado la investigación. Tenía mis dudas de que alguna vez alcanzara ese objetivo. Era como deambular por la selva, en busca de las fuentes del Nilo.

Lo que había leído hasta entonces era una continua batalla entre Torricelli y el sacerdote decidido a encumbrarse rápidamente, Giacomo d'Ambrizzi, respecto al tema de la ayuda de la Iglesia a la Resistencia. D'Ambrizzi había ofrecido ayuda y acomodo a los saboteadores de la Resistencia y eso sacaba de quicio a Torricelli, dado que éste era el encargado de evitar que la cuerda floja se tensara mientras pactaba con los representantes del ejército de ocupación alemán. Torricelli tenía que tratar con la Abwehr, con la Gestapo, con los ocasionales muchachos de los recados, con todo el mundo. Según el obispo, D'Ambrizzi se había vuelto un independiente, un exaltado, preocupado más por la moralidad de la situación que por la realidad. Era plenamente consciente de que D'Ambrizzi corría el riesgo de despertar la ira de los alemanes, la cual podía abatirse sobre la Iglesia en París y quizá también sobre la de toda Europa. Torricelli incluso había hecho partícipe de sus preocupaciones al papa Pío XII, y éste le había contestado que se asegurara de que ni D'Ambrizzi ni nadie de dentro de la Iglesia diera un paso para ayudar a la Resistencia. A medida que yo iba leyendo aquellos documentos, en mi mente no quedaba ninguna duda de que Pío XII había sido un elemento que tener muy en cuenta. Mi hermana debía de haberse quedado asombrada y aterrada ante una fuente de información tan extraordinaria.

Había referencias a Richter, a la familia LeBecq, al tema de las obras de arte y dónde podían haber ido a parar. Al parecer, Richter estaba involucrado en el robo de obras artísticas a los judíos para las colecciones privadas de Goering y también en la negociación de algunas entregas a la Iglesia. De modo que no cabían dudas acerca de cómo Val había decidido partir en busca de la facción que al final había aparecido en Alejandría. Torricelli también mencionaba a alguien a quien denominaba el «Colector», quien llegaba de Roma para examinar los tesoros artísticos a fin de decidir exactamente qué era lo que más le interesaba a la Iglesia. ¿Quién sería ese colector?, me preguntaba. Un interrogante más para añadir a mi larga lista.

Había, además, las inquietantes referencias a Simon.

Étienne LeBecq había temido que aquel Simon me enviara desde Roma con el fin de matarlo, y el miedo que había experimentado era tan intenso que al final lo había impulsado a huir y luego a suicidarse. Simon, uno de los nombres en clave. Allí aparecía de nuevo. Simon por aquí, Simon por allá. Durante 1943 y 1944. París había sido liberado en agosto de 1944 y con la marcha de los alemanes la vida había cambiado.

Yo tenía dificultades en traducir la mayor parte del material que hacía referencia a Simon. Además del problema de los distintos idiomas, la letra de Torricelli era infernal, como si la sola presencia de Simon en su mente ya lo enervara y lo obligara a escribir deprisa, como aturdido. Al parecer, en el invierno de 1944-1945, mientras se desarrollaba la batalla de las Ardenas, Torricelli se había sorprendido terriblemente al descubrir «una conspiración tan atroz, que no me queda más remedio que convocar al Archiduque a una reunión secreta. ¡Sólo él puede controlar a Simon! ¿Qué más puedo hacer? Es capaz de matarme, si me interpongo en su camino. Sólo me queda decírselo al Archiduque y rezar para que lo detenga. ¿Le hará caso Simon? No puedo seguir escribiendo acerca de esto. Sean cuales fueren mis convicciones políticas (¿acaso puedo seguir teniéndolas, en un mundo como éste?), no debo acceder a las pretensiones de Simon. Es un milagro que me haya enterado. ¿Qué dirá el Archiduque? ¿Y Simon, es bueno o es malo? ¿Y si el Archiduque estuviese detrás de todo esto y Simon fuera sólo un instrumento suyo? ¿Se volvería contra mí el Archiduque, si me opusiese a Simon? Sin embargo, no me queda más remedio, de lo contrario la sangre de nuestra víctima mancharía también mis manos».

Esa noche salí solo y cené en un pequeño restaurante italiano donde hacían una pizza muy buena, con un par de huevos fritos y anchoas flotando sobre una delgada capa de aceite de oliva, salsa de tomate, ajo y orégano. Intentaba concentrarme en la comida, ya que la única alternativa era encararme con el conflicto brutal entre conocimiento e información secreta. En mi carrera de abogado había tenido que enfrentarme inevitablemente a esa misma dicotomía. Alguien se presentaba en el despacho y soltaba una tonelada de datos sobre mi mesa: todo acerca de los hechos de ayer, y precedentes de hacía setenta años. Yo tenía que transformar todos aquellos conocimientos en información secreta, convertirme en mi propia agencia de espionaje. Había que barajar mentalmente todas las piezas de información hasta que se vislumbrara la interpretación que echara luz sobre todo el material. Había que pasar por el cedazo todo lo irrelevante, examinar la información durante días, semanas, meses, hasta que apareciera la imagen borrosa de un perfil, como la del Sudario de Turín, o aquella cara de Marte de la que últimamente todos hablaban. Sólo un indicio por donde empezar. Un indicio. Bueno, yo disponía de muchos indicios. Montañas de información a punto de perfilarse.

Así que había llegado el momento de tomar una pizza, beber mucha cerveza, pasear a lo largo de la verja de los jardines de Luxemburgo y dejar que la lluvia de noviembre me mojara. No tenía sentido pensar en lo que ya sabía. Había llegado el momento de dejar que aquello se fuera filtrando.

Más tarde, esa misma noche, mi ánimo cambió. Estaba convencido de que August Horstmann me estaba siguiendo, que buscaba el momento más conveniente para matarme. Yo seguía los pasos de Val y él la había asesinado. Había matado a Robbie Heywood en cuanto llegó a la conclusión de que yo seguiría el rastro de Val hasta el viejo periodista. De modo que también debía de rondar alrededor de mí para terminar conmigo.

Pero tal vez imaginara que con Robbie Heywood muerto, el caso se había terminado y que el rastro se desvanecería como la vida de mi hermana. Puede que yo estuviese a salvo, ya que él no contaba con que Clive Paternoster se hallara al corriente de tantas cosas.

¿Qué significado tenía que Horstmann y Heywood fuesen antiguos camaradas?

Llamé por teléfono a mi padre, al hospital de Princeton.

Su voz sonaba débil, pero clara. El balbuceo que había oído las otras veces había desaparecido. Quería saber dónde estaba yo, qué hacía, qué había averiguado. Le conté que estaba siguiendo los pasos de Val, que había visto a gente que aún quedaba del París de la guerra: a Richter, a LeBecq, al sobrino que era el último vestigio de Torricelli, a Clive Paternoster. Le dije que Robbie Heywood había muerto asesinado por el mismo hombre que había matado a Val, a Lockhardt y a Heffernan, alguien que se llamaba August Horstmann, un sacerdote a quien el Vicario había conocido en el pasado.

–Oh, a Robbie no –murmuró mi padre, apenado–. Al Vicario no. ¡Maldita sea!

–Oye, durante la ocupación alemana, tú entrabas y salías de París. ¿Oíste alguna vez estos nombres en clave?

Le hablé de Simon y del Archiduque. Resultaba fácil olvidar que mi padre podía constituir una magnífica fuente de información, ya que siempre se había mostrado muy reservado acerca de aquellos años en la OSS. Sin embargo, tal vez ahora recordara algo y se mostrara más comunicativo.

De momento, se limitó a soltar una risa aguda, que se transformó en tos.

–Hijo, lo que recuerdo sobre todo es mi temor de que algún alemán me disparara por la espalda. Temía cometer algún error que me obligara a tragar la cápsula de cianuro antes de soltar cuanto sabía. Pero te diré una cosa, sin duda Torricelli tenía razón respecto a la colaboración de D'Ambrizzi con la Resistencia. Eso ponía a Torricelli entre la espada y la pared. No es que fuese de mi incumbencia, pero yo había oído rumores. Así es como conocí a D'Ambrizzi, a través de mis contactos con la Resistencia. Lo único que yo hacía, Ben, era entrar y salir del país, por lo general lanzándome en paracaídas, a veces en barcos de pesca que recorrían la costa de Bretaña, a fin de realizar mi cometido, procurando sacar gente hacia Suiza...

–Recuerdo la película –lo interrumpí.

–¡La película! –De nuevo tosió–. Vuelve a casa, hijo. Por favor, Ben. Tu vida está en peligro, pase lo que pase.

–Tendré cuidado.

–Cuidado –repitió apagadamente–. ¿No te das cuenta de que no sirve de nada tener cuidado?

Otra vez empezó a toser y durante diez o quince segundos no obtuve respuesta. Luego la voz de la enfermera me informó de que mi padre se encontraba bien, que sólo tenía un leve principio de neumonía en uno de los pulmones, que no debía preocuparme, que todo estaba bajo control. La voz de mi padre había dejado de oírse a lo lejos. Pedí a la enfermera que le dijese a mi padre que pronto volvería a ponerme en contacto con él.

–Dijo usted que mi hermana quería averiguar cosas acerca de Torricelli y de algo más. ¿Qué era eso que le interesaba?

Yo estaba sentado en un mullido sillón entre la hélice de madera y una mesa repleta de fotos enmarcadas, bebiéndome el whisky de Clive Paternoster. Mi anfitrión se apoyaba en la repisa de la chimenea y fumaba una pipa venerable, con la que continuamente se restregaba la nariz.

–Oh, la verdad, muchacho, es que no tiene nada que ver con lo tuyo.

Sorbió por la nariz, tomó un trago de whisky y su prominente nuez osciló arriba y abajo.

–Le estoy hablando en serio. Tenía que ser importante. Usted se lo calló. Deje que juzgue yo mismo. Se trata de mi hermana.

–Es algo tan fantástico como los cuentos de hadas, los espíritus o los hombrecillos de sombrero verde y zapatos puntiagudos.

–¿A qué diablos se refiere?

Desde el sillón junto a la ventana, divisaba abajo el toldo descolorido y las luces del escaparate de Tabbycats. Allí era donde Horstmann se las había apañado para coincidir con su viejo amigo Heywood, quien lo había creído muerto durante aquellos cuarenta años.

–En fin, su hermana acudió al Vicario con muchas preguntas referentes a los años de la guerra, a Torricelli y a...

–¿Y qué más?

–¡Los *assassini*! Ahí lo tiene. ¿Ya está satisfecho? ¡El viejo Clive diciendo estupideces!

Chupó nervioso la pipa y el olor a madera se esparció por toda la habitación.

–¿*Assassini*? No entiendo. ¿Dónde está el problema? Es la palabra italiana para designar a los asesinos. ¿Qué tiene eso de extraño? He visto ese término en uno de los diarios de Torricelli.

Durante unos instantes, Paternoster se rascó su enorme nariz con la pipa, abrillantando la oscura cazoleta.

–¿Lo ha leído en sus documentos? Bueno, debo admitir que eso cambia las cosas. Al menos es una prueba que apoya la teoría del Vicario.

–Acláreme eso –pedí pacientemente.

Paternoster no era de esos viejos estúpidos a los que se puede atosigar. Se corría el peligro de perderse la gracia del chiste.

–¡Los *assassini*, hombre! ¿Quiere decir que es usted católico y profesa tal ignorancia acerca de los *assassini*? Me deja usted atónito. Su educación debe de haber sido tristemente descuidada.

Sacudió la cabeza con lentitud y se pasó la huesuda mano por el largo cabello gris, que clareaba en la coronilla de la alargada cabeza.

–Explíquese, pues.

–Para simplificar, hijo mío –sonrió, enseñando sus enormes dientes de conejo cubiertos de manchas–, los *assassini* eran los canallas que los papas utilizaban en el pasado para que mataran por ellos. Durante el Renacimiento, en época de los Borgia, cuando estaban tan de moda los anillos que contenían veneno, los *assassini* eran un instrumento para llevar a cabo la política papal. Sin embargo, lo más interesante de este asunto no está relacionado con el Renacimiento, como habrá podido imaginar. No, el bocado en el que su hermana hincó el diente era el rumor de que los *assassini* habían vuelto a salir a la luz. Aquí, en París, durante la guerra. Rumores. Yo nunca me lo creí del todo. En aquel entonces surgían rumores por todos lados. El Vicario, en cambio, estaba mucho más interesado en todas esas cosas. Era un auténtico aficionado a las intrigas. Estuvo en Viena cuando se filmaba la película *El tercer hombre* y nunca se cansaba de verla. No se perdía ni un reestreno. Le gustaba la intriga, creía en ella; veía una conspiración detrás de cada puerta. Por eso le encantaba cubrir las noticias de la Iglesia. ¡Nunca le aburrían! Solía decir que, en comparación, la Cancillería del Tercer Reich o el Soviet Supremo parecían un juego de niños. Aseguraba que en la Iglesia todo era intriga, conspiración, murmullos en portales oscuros, voces en estancias vacías y un complot detrás de cada postigo cerrado. En fin, consideraba que ese asunto de los *assassini* era demasiado interesante para dejar que se perdiera. En aquel entonces, el Vicario me decía que alguien había hecho revivir a los *assassini,* que éstos estaban operando de nuevo en París. Como si en aquellos años no hubiera suficiente revuelo en la ciudad. –Paternoster rió al recordarlo y acomodó la ceniza en la cazoleta de la pipa–. Decía que se encargaban del trabajo sucio de la Iglesia, pero que me ahorquen si sabía en qué consistía ese trabajo sucio. ¿A quiénes mataban? El Vicario no tenía la más mínima idea. O al menos, si lo sospechaba, no me lo dijo. Pero sabía que estaban actuando de nuevo y estaba totalmente convencido de conocer a algunos de ellos.

–¿En persona? –pregunté–. ¿Los conocía personalmente?

–Sí, los conocía. Esos *assassini* eran todos gente de hábito, por lo que tengo entendido. Así que cuando su hermana se interesó por ellos, entró directamente en el terreno del Vicario; le devolvió su antigua manía. Él me habló de la charla que ambos habían mantenido. No hay que culparlo por habérselo contado a ella, ¿sabe? No vio ningún mal en contarle ahora algo que había ocurrido hace cuarenta años, de manera que le habló también de otro amigo suyo, del hermano Leo.

–¿Quién era ese hermano Leo? Necesito un resumen.

–Bueno, nunca llegué a conocerlo, pero el Vicario me contó que era uno de ellos, de los *assassini.* –Volvió a sorber por la nariz y luego se sonó con un sucio pañuelo–. Ignoro si su pobre hermana fue en busca de ese hombre. No creo que consiguiera nada, aunque el Vicario pensó que podía tener algún interés para el libro de ella.

–¿Por qué no iba a conseguir nada? ¿Acaso ha muerto el hermano Leo?

–No, que yo sepa. Pero se encuentra en algún pequeño monasterio olvidado de la costa de Irlanda. Creo que se llamaba St. Sixtus. Me atrevo a decir que su hermana no habría sido bien recibida allí.

Me miró expectante y una vez más se frotó con el pañuelo la enorme y ancha nariz.

–Es extraño –comenté después de haber pensado en ello unos instantes–. ¿Qué daño podía hacerle a ella que el Vicario le hablara de esos *assassini* al cabo de cuarenta años? Ninguno. Pero le diré lo que sucedió. Creo que hizo que mi hermana pensara en la posibilidad de que los *assassini* rondaran todavía por aquí. He intentado descifrar qué descubrió ella para que tuvieran que matarla. Pero, sencillamente, soy incapaz de imaginármelo. ¿Cómo podía algo ocurrido hace cuarenta años decidir su destino ahora? Bueno, tal vez lo provocó el hecho de descubrir a una banda de *assassini,* o quizá a uno solo de ellos. Eso pudo bastar para matarla. ¡Ese maldito Horstmann! –Paternoster me miraba sin comprender nada–. Horstmann es uno de ellos, Clive. El Vicario lo conoció hace cuarenta años, lo mismo que al hermano Leo. Pero Horstmann todavía sigue en activo. Mató al Vicario. Vino a París en su busca, pues temía que yo averiguara lo que había descubierto mi hermana. De modo que después de matarla a ella y estar a punto de conseguirlo conmigo, asesinó al Vicario. Pero la fastidió, Clive. No pensó en usted.

Me levanté y le di una suave palmada en el hombro.

–Vaya –murmuró, intentando digerir toda aquella información.

–De alguna forma, mi hermana averiguó algo acerca de los *assassini* y a alguien le molestó el riesgo que esto suponía. De modo que ella tuvo que morir antes de que lograra contárselo a alguien. Por eso Horstmann intentó matarme.

–La verdad es que no le entiendo muy bien, amigo.

–Y lo más curioso es que Horstmann recibe órdenes de Roma.

–¿Y dice que él intentó matarlo? Ya me he perdido.

Seguí explicándole el caso mientras me bebía su whisky, aunque la mayor parte de lo que le dije al final resultó ser bastante erróneo. Sin embargo, esa noche parecía lo más lógico. Además, en parte yo tenía razón.

Antes de marcharme, Clive Paternoster bajó de la librería un atlas de las islas Británicas y sobre él, con una uña sucia y mellada, me indicó dónde estaba el monasterio de St. Sixtus.

2

El padre Dunn recibió una llamada personal de Drew Summerhays la mañana en que ambos habían concertado una cita.

–¿Me equivoco si sospecho que tiene usted en mente asuntos personales, o al menos no estrictamente profesionales? –inquirió Summerhays, con su voz chillona y aguda.

El padre Dunn rió entre dientes mientras, de pie ante la ventana, intentaba divisar los patos de Central Park sin la ayuda de los prismáticos.

–Digamos que no espero una factura con la tarifa habitual.

–Bien, pues digamos que se trata de algo personal y que puede mostrarse condescendiente con este anciano y pasar por mi casa. ¿Es eso posible, padre?

–Será un placer.

–Perfecto. Baje entonces por la Quinta hasta Washington Square. Yo vivo en los antiguos establos, al salir de la Quinta. –Sólo pronunciaba el número de la avenida–. Hasta las dos, pues.

Dunn bajó del taxi y cruzó la Quinta Avenida hacia el callejón adoquinado, donde se impedía el paso de los automóviles mediante unos postes de cemento. Un sol frío y brillante hacía resaltar el paisaje con duros relieves. La casita mostraba unos colores homogéneos en amarillo, blanco y verde aceituna, y parecía como si hubieran acabado de pintarla el día anterior. En las jardineras amarillas habían plantado pequeños arbolitos de hoja perenne, que sobresalían de la negra tierra como si fueran la copa de unos árboles enormes. Llamó con la aldaba, que era la reproducción en bronce de una de las gárgolas de Notre-Dame. Ésta parecía sonreír, como si se tratara de una gárgola de bienvenida.

El criado de Summerhays, Edgecombe, acudió a abrir la puerta e hizo pasar a Dunn a una salita con claraboya, muy alegre con las fundas a rayas blancas y amarillas de los sofás y los sillones. Había librerías, una pequeña chimenea funcional con una pila de troncos perfectamente amontonados y jarrones con flores recién cortadas; a través de las vidrieras del otro extremo de la sala se divisaba un jardincillo preparado para el invierno, bañado aún por la luz del sol. A través de unos altavoces ocultos se oía una de las *Gymnopédies* de Erik Satie y cada nota parecía caer como una piedra preciosa sobre el reflejo de un estanque en perfecta quietud. Dunn se preguntaba cómo era posible que alguien tuviera sobre las cosas un dominio tan completo, tan perfecto. Tal vez aquel entorno había ayudado a Summerhays a mantenerse vivo tanto tiempo. A Dunn le parecía que el hecho de morir dejando tras de sí un mundo como aquél conferiría a la muerte un dolor suplementario.

Estaba contemplando el jardín cuando oyó a su espalda la voz precisa y aguda.

–Hola padre, veo que ha sabido encontrar el camino.

Summerhays estaba allí de pie, erguido como una estatua, pulcro, recién afeitado y oliendo un poco a ron de laurel. Vestía un traje de espiga gris, camisa blanca almidonada, corbata roja y verde aceituna y zapatos de cordobán. Su aspecto era tan perfecto, que Dunn sonrió al tiempo que tomaba nota del personaje. Hallaría un hueco para él en su próximo libro.

Summerhays se sentó en uno de los sillones tapizados y Dunn, que se sentía extrañamente cohibido, se acomodó en un extremo del sofá. Detrás de Summerhays, sobre la blanca pared de ladrillo, colgaba un cuadro enorme de Jasper Johns. Unas banderas americanas recordaban, si uno reflexionaba sobre ello, que aquélla era la casa de un patriota.

Edgecombe trajo un servicio de café, lo depositó sobre la mesita de centro y desapareció.

–Padre, me alegro mucho de verle –dijo Summerhays–, pero debo admitir que siento gran curiosidad. Supongo que lo que de momento nos relaciona es la familia Driskill. ¿Me equivoco mucho?

–Ha dado directamente en el blanco. Yo tampoco quiero andarme por las ramas. ¿Puedo abordar el tema ahora mismo, sin tener que hacer un comentario de pasada sobre el cuadro de Jasper Johns?

Los ojos de Summerhays parpadearon.

–El señor Johns nunca lo sabrá.

–De acuerdo, pues. ¿Le importa si hablamos de su larga amistad con Hugh y Mary Driskill? ¿O tendrá que retroceder un largo camino?

–Más o menos hasta donde sea necesario –accedió Summerhays.

–No será fácil.

–El cura es usted. Tiene experiencia en discutir acerca de asuntos delicados, al igual que yo. Entre los dos hemos abordado los más duros temas de este siglo. Vayamos al grano, padre.

–Últimamente ha llegado a mis oídos una historia muy extraña, de esas que pueden ser ciertas, pero que necesitan comprobarse. Es una historia muy rebuscada, acerca de los vaivenes de la vida cotidiana.

–En nuestros oficios no existen historias rebuscadas –puntualizó Summerhays, con una fría sonrisa.

–Bueno, de eso no estoy del todo seguro. Ésta trata de un cura que murió hace cincuenta años, de una mujer que murió hace treinta y de uno de sus amigos más íntimos.

Summerhays sonrió con un deje resignado.

–No me sorprende en absoluto que haya salido a la superficie, aunque ha pasado mucho tiempo. –Se inclinó sobre la mesita y, con cuidado, sirvió dos tazas de café–. ¿Crema?

–Hoy lo tomaré solo. –Dunn se quemó la lengua con el fuerte brebaje negro–. Es curioso. Ella dijo lo mismo: que había esperado medio siglo a que alguien se le presentara con esa pregunta.

–¿Quién?

–Una monja anciana, amiga de la familia Driskill. Maestra de Ben y de Val. Era muy amiga de Mary Driskill, sor Mary Angelina.

–Ah, sí, claro. La conocí. Una mujer de sorprendente atractivo.

–Cuénteme, me gustaría saber qué aspecto tenía Mary Driskill.

–¿Mary? Era una mujer encantadora, alta, majestuosa, con una especie de dignidad natural. Cabello castaño claro, complexión armoniosa y gran sentido del humor, que podía atacarte furtivamente. No hacía amigos con facilidad. Ésa era Mary. Sólo tenía una auténtica debilidad: aquel suave aguardiente. Era tan digna, tan educada, tan contenida, que podría decirse que estaba un poco ausente. –Tomó un sorbo de café mientras sostenía el platito con la otra mano; luego depositó taza y plato sobre el ancho brazo de su sillón–. En muchos aspectos, Hugh y Mary hacían una buena pareja, aunque no desbordaban emoción.

–Sin embargo, ¿estaban enamorados?

–Bueno, el amor no siempre es esencial en este tipo de matrimonios. El suyo fue más una unión amistosa. Una gran fortuna, la de Driskill, que incorporó a otra algo más pequeña. Diría que su matrimonio fue bastante sólido.

–¿Como una absorción comercial, o una fusión?

–Cualquiera de estos dos términos se aproxima, padre. El experto en palabras es usted. Pero ¿por dónde íbamos? Sor Mary Angelina esperaba que alguien se presentase con una pregunta. ¿Acerca de qué?

–Referente a la muerte del padre Vincent Governeau.

–Ah, eso.

–Sor Mary Angelina era muy amiga de Mary Driskill. Una confidente, una especie de confesora. Alguien con quien podía hablar de sus intimidades.

–Me han contado que en la actualidad muchas mujeres prefieren los servicios de una mujer como ginecóloga. Supongo que el principio debe de ser el mismo.

–Mary Driskill acudió a sor Mary Angelina varios años después de la muerte del padre Governeau. Como usted recordará, a éste lo encontraron ahorcado de un árbol en el huerto, junto al estanque donde solían patinar.

–En efecto, lo recuerdo muy bien. Creo que, como abogado y consejero de Hugh, yo fui la primera persona a quien avisaron. –Le ofreció una sonrisa helada–. Una especie de co-conspirador extraprocesal.

–¿Le explicó alguien por qué se había suicidado el padre Governeau?

–Los mismos motivos de siempre –contestó Summerhays–. Depresión, crisis de fe, alcoholismo. Todas esas razones por las que de vez en cuando los curas pierden la chaveta.

–Entonces, ¿se creyó usted la historia del suicidio?

–¿Adónde quiere ir a parar, padre Dunn?

–¿Quedaron ustedes satisfechos con la conclusión de que se trató de un suicidio?

–Bueno, por lo visto, él se colgó de un árbol.

–¿Por qué tengo la sensación de que sabe usted muy bien que al padre Governeau lo mataron?

–Lo ignoro, padre. ¿Es por algo que he dicho?

–No. Sucede sólo que estaba usted demasiado involucrado en el asunto como para no saberlo. El padre Governeau murió asesinado y luego lo colgaron del árbol. Sin embargo, como Hugh Driskill era y es quien es, la verdad nunca salió a relucir. He hablado con el poli que investigó el caso. No hubo dudas de que se tratara de un asesinato. Cuando sor Valentine llegó a casa, el día en que la asesinaron, llamó al jefe de policía actual para preguntarle muchas cosas acerca del caso Governeau. Piense en ello, señor Summerhays. Ella había pasado meses en Europa realizando investigaciones y su mente debía de estar repleta con miles de datos. Sin embargo, corre de vuelta a su casa sólo horas antes de su propia muerte, ¡y telefonea al representante de la ley para hablar del padre Governeau! Sorprendente, ¿no? ¿Por qué motivo? Yo se lo diré. Le apuesto cualquier cosa a que sor Valentine tampoco creía que él se hubiese suicidado. Ahora ya sabe usted demasiado para seguir tragándose la vieja historia del suicidio.

–De momento, padre, admitamos que tiene usted razón en lo referente a la muerte del padre Governeau –dijo Summerhays sonriendo brevemente, todavía interesado–. De lo contrario, por el rumbo que está tomando esta conversación, me temo que nunca iremos al grano. Esto nos devuelve a sor Mary Angelina.

–Diez años después de la muerte del padre Governeau, al finalizar la guerra, cuando ella ya tiene dos hijos y un marido que aparece en la portada del *Time* y sirve de tema para una película, cuando la vida de Mary Driskill debería estar en su plenitud, todas las noches bebe para conciliar el sueño y probablemente está arrastrando una vieja crisis nerviosa. ¿Es así como la recuerda usted?

Summerhays asintió ligeramente con la cabeza.

–Hugh estaba muy preocupado por ella. Mary era muy frágil y trataba a los niños con brusquedad. Se produjo un largo desfile de niñeras, pues la pobre Mary hablaba con incoherencia a los niños, los asustaba. Era muy inestable entonces y, lógicamente, no tardó mucho en... –Hizo un gesto de encogimiento de hombros, casi imperceptible–. Murió.

–Apostaría a que se trató de un suicidio –aventuró Dunn.

–Perdería. Mary estaba borracha y se cayó. Fue el pobre Ben quien la encontró. Tendría unos catorce o quince años, creo. Fue un accidente, así que no podían negarse a enterrarla en tierra sagrada.

–¿Se refiere a la Iglesia?

–¿A quién, si no?

–Bien, volvamos a Mary Driskill. Al padecer aquella crisis nerviosa, aquella grave depresión, fue incapaz de acudir a la Iglesia, al menos a través de los cauces habituales. No podía ir sencillamente a un cura y confesarse, no con lo que tenía en la cabeza. Pero había una amiga a quien conocía lo suficiente para confiarle cualquier secreto, una mujer que pertenecía a la Iglesia: sor Mary Argelina. Concertó con ella una cita y se encontraron en la casa de Princeton. Los niños dormían, Hugh estaba fuera y Mary Driskill le confió a la religiosa lo que le había ocurrido al padre Governeau.

–Y ahora la hermana se lo ha contado a usted –concluyó Summerhays.

–Exacto. Lo que me interesa saber es si lo que ella me contó puede ser cierto. Usted es la única persona que conozco capaz de ratificar su historia. ¿Quiere que se la exponga?

–Intente irse sin contármela.

Summerhays parecía alguien ajeno a su propia sonrisa. En sus ojos, claros y fríos, había una expresión distante.

–Mary Driskill le contó que había conocido al padre Governeau antes de la guerra, cuando Hugh aún estaba en Roma, trabajando para la Iglesia. Governeau había acudido a la casa un par de veces para decir misa en la capilla. Era un hombre decente, serio, honesto, un religioso. Mary confiaba en él, pero éste se enamoró de aquella mujer joven y bonita que se sentía tan sola. Corría el año treinta y seis, o treinta y siete, tanto da. No soy muy bueno para memorizar fechas.

–Eso no cambia las cosas, padre. Prosiga.

–Resumiendo, se hicieron amantes. Como cabe esperar, a ambos los consumía el sentimiento de culpabilidad, pero también los dominaba la pasión sexual. El suyo era un amor desesperado: visitas a la casa de Princeton a medianoche, todo muy al estilo de John O'Hara: dos fieles católicos torturándose. Entonces llegó el momento en que Hugh Driskill debía regresar de Roma. ¿Qué iba a ser de Mary y el padre Governeau? Decidieron que había llegado la hora de poner fin a su relación; era lo único que podían hacer. De algún modo, tendrían que rehacer sus vidas. No iba a resultar fácil, pero era la única solución. En fin, no sólo no fue fácil, sino imposible, al menos para el padre Governeau. La telefoneaba, pero Mary no quería hablar con él. Le escribía notas, pero ella no las contestaba. Eso fue lo que empujó al sacerdote a ir demasiado lejos.

»Una noche en que Hugh había salido (por aquel entonces, Hugh siempre había salido a alguna parte), el padre Governeau se presentó en la casa y Mary intentó alejarlo diciéndole que todo había terminado. Hablaron, discutieron el tema a medida que transcurría la velada, hasta que al final el padre Governeau ya no pudo contenerse por más tiempo. Tumbó a Mary Driskill en el suelo, le desgarró las ropas y la violó. Había transcurrido mucho rato, demasiado. Aquella noche hacía mucho viento y nevaba, y la reunión de Hugh había finalizado antes de lo previsto a fin de que la gente pudiera irse. En fin, Hugh llegó a su casa y al entrar se encontró con que un hombre a quien conocía como sacerdote estaba violando a su propia mujer. Hugh se puso rojo de ira. Cogió lo que tenía más cerca, un oso de plata de Asprey, la casa londinense, y le abrió la cabeza al padre Governeau. Lo mató. Hugh y Mary, los dos juntos, urdieron lo del suicidio. Hugh lo colgó del árbol en el huerto y luego todos encubrieron lo sucedido. Pero lo más terrible de todo, lo que casi hizo enloquecer a Mary Driskill, no fue el hecho de que su marido hubiese matado innecesariamente al padre Governeau. No, lo que la torturaba era que lo hubiesen enterrado como a un suicida, rechazado por la Iglesia. Incapaz de soportarlo, acudió a sor Mary Argelina, quien lo ha mantenido en secreto durante todos estos años. –Dunn se terminó el café, que ya estaba frío–. Lo que ahora me interesa saber, señor Summerhays, es si en efecto ocurrió así.

Summerhays le miró largamente. Luego, por fin, suspiró y se removió en su sillón.

–No –contestó con voz pausada–, no ocurrió como lo ha contado. No, esa mujer está totalmente equivocada. Permita que Edgecombe nos traiga más café recién hecho y entonces le explicaré lo que sucedió en realidad.

Otra noche pasada en aquella habitación pequeña e impersonal, con una cama estrecha, el sencillo estante para los libros y las dos lámparas de bronce, una de las cuales tenía la bombilla fundida, estropeada desde hacía dos meses. Otra noche a solas en la habitación con olor a cura y a whisky. El pequeño frigorífico vibraba con fuerza en el rincón de la cocina. Espesas nubes del humo de los cigarrillos planeaban por el aire húmedo. Tenía la ventana abierta. Una lluvia monótona tamborileaba sobre el asfalto de la estrecha calle y el agua se deslizaba por ella hasta el Tíber, borboteando en las cunetas. La prostituta de siempre permanecía de pie bajo un portal de la esquina, observando indiferente lo que prometía ser una larga noche.

Monseñor Sandanato estaba de pie ante la ventana y contemplaba la noche sin verla. Había abandonado muy tarde el despacho del cardenal, mucho después de que D'Ambrizzi se retirara a sus aposentos. Había regresado a su apartamento en medio de la lluviosa noche, con la esperanza de dormir, pero temeroso de lo que pudiera ver en cuanto cerrara los ojos. De modo que, en vez de acostarse, había abierto la botella de Glenfiddich, se había llenado el vaso y se había aproximado a la ventana.

Había perdido la cuenta de las veces que había reconstruido la conversación mantenida la noche en que sor Elizabeth había acudido a cenar en el apartamento del cardenal D'Ambrizzi. Sin embargo, no podía evitar que ésta viniera de nuevo a su memoria. Su mente era muy variable, repleta de preguntas: le excitaba oír cómo ella se abría paso a través de aquella maraña de posibilidades y reconstruía una teoría. Una teoría acerca de los asesinatos que sor Valentine había descubierto, una teoría sobre la identidad del sacerdote de cabellos plateados, de quien ahora sor Elizabeth sospechaba que era «Simon». También estaba aquella teoría que explicaba el significado del «Plan de Pío» al cual se había referido Torricelli... un plan ideado por Pío para resucitar a los *assassini*, con objeto de que ayudaran a los nazis durante la ocupación de París.

Sin duda, todo aquello tenía sentido, o de lo contrario ella no lo habría analizado como lo había hecho. Pero cuando él le había preguntado el porqué, por qué se asesinaba a la gente ahora, por qué habían incluido en la lista a sor Val, y a los que sor Val había descubierto, entonces ella había perdido su convicción. «La elección del nuevo papa.» ¿Qué otra cosa podía valer tanto derramamiento de sangre?

Se volvió a servir un par de dedos de whisky, suspiró y se frotó los ojos, que ya tenía muy enrojecidos. ¿Adónde diablos conduciría aquello y dónde terminaría? Necesitaba salir al exterior. Por alguna razón especial, en la calle se sentía más seguro, entre los turistas, entre los hombres que perseguían a las jovencitas, entre el flujo continuo de sacerdotes murmurando entre sí. Pero ¿seguro contra qué? Contra las zonas oscuras de su mente, pensó.

Pero también empezaba a sentirse menos en casa entre las paredes del Vaticano, sobre todo desde que los problemas –los asesinatos, el miedo, la indecisión, el desamparo y la confusión– se cernían como tentáculos sobre el corazón de la Iglesia. Aborrecía cada vez más su apartamento, su olor a soledad, a pugnas y a lamentos. Huía de todos lados y anhelaba escapar, refugiarse en uno de aquellos antiguos y tranquilos monasterios donde sólo importaban las viejas formas, donde se sabía lo que sucedía y cuál era su significado.

Para expulsar aquella idea de su mente, sacudió la cabeza como si se tratara de un sonajero. Más tarde. Ya habría tiempo para todo.

La estridencia del teléfono al sonar lo devolvió a la realidad.

Sandanato se estremeció al identificar la voz.

Sor Elizabeth había estado trabajando hasta muy tarde cuando monseñor Sandanato la llamó. Le había dicho que bien, que podía ir a verla, pero le advirtió que no podría estar mucho rato. Estaba cansada, argumentó, y no garantizaba el tiempo que pudiera permanecer despierta.

Sin embargo, Sandanato necesitaba demasiado su compañía para mostrarse educado y reconocer que era demasiado tarde, que era mejor que ella se acostara. Ahora, sentado en el sofá, observándola, viendo cómo ella se acurrucaba en el sillón, cómo tomaba un vaso de vino, con todas sus notas y sus carpetas desplegadas sobre el cristal de la mesita de centro, prestó atención a las notas de *Rigoletto* que surgían de los grandes altavoces situados en las esquinas de la habitación. Las puertas de la terraza permanecían abiertas y se oía el golpeteo de la lluvia contra los muebles de jardín. Las cortinas se mecían bajo el impulso de la brisa. Sor Elizabeth vestía unos pantalones de pana y un grueso suéter de lana.

–¿De modo que está pasando una mala noche? –preguntó ella, con tono amable–. Bueno, yo ya sé lo que es eso. Últimamente he sufrido bastantes noches así. Además, usted tiene que soportar fuertes presiones. Deben de andar medio locos por allí. –Con la barbilla indicó hacia el Vaticano–. ¿Quién es el encargado de investigar los asesinatos? –interpeló, mostrando una pícara sonrisa.

–Imagine.

–¿D'Ambrizzi?

–Es uno de los fieles investigadores. Pero no, es Indelicato.

Elizabeth se golpeó la frente con la palma de la mano.

–¡Por supuesto! ¿En qué estaría yo pensando? ¡Ésta es una de sus especialidades!

–Existe un gran desánimo. Nadie sabe qué hacer, siquiera si puede hacerse algo. Ni tan sólo Indelicato. Pero, por supuesto, él es el hombre a quien han acudido. El problema estriba en que no hay consenso respecto a la importancia del caso. –Sandanato frunció las cejas–. Por cierto, no hay que hacer caso de lo que dice D'Ambrizzi; sabe que ocurre algo y que ha surgido desde dentro.

–Bueno, la pregunta más importante es: ¿qué efecto tendrá eso en la elección del nuevo papa?

–Va usted muy deprisa, hermana. Su santidad puede durar otro año más.

–O morir mañana. No me haga reír, amigo mío.

–¿Qué quiere que le diga? Hay un sentimiento generalizado de que éste ha sido un pontífice demasiado tolerante, que habría sido necesario un poco más de mano dura. Existe la sensación de que algo se está cociendo y se cree que la culpa es de la putrefacción liberal que se ha infiltrado en el seno de la Iglesia. Hay quienes argumentan que, sencillamente, todo está fuera de control y que es preciso restablecer el orden. –Se encogió de hombros–. Ya se lo puede imaginar.

–De modo que es un hecho aceptado que Val estaba en lo cierto respecto a que todos esos asesinatos forman parte de algún plan. Entonces, ¿por qué D'Ambrizzi no quiso admitirlo en mi presencia?

–Vamos, hermana. Él pertenece a otra generación y además usted es una monja. Si me oyera hablar de todo esto con usted, pensaría que estoy loco, si no algo peor. Usted es, es... –tartamudeó, indeciso.

–¿Qué tal una «zorra entrometida»?

Cogido por sorpresa, Sandanato le regaló con uno de sus escasos ataques de risa.

–Demasiado perspicaz, ésa es la definición. Excesivamente lista; por otra parte, tenga presente que él sabe que es usted una periodista.

–¿Y qué supone que voy a hacer? ¿Publicar teorías escandalosas y acusaciones en la revista? ¿O que voy a ir al *New York Times*? ¡Vamos, seamos serios!

–Está preocupado por usted. Es usted demasiado perspicaz e insistente, igual que sor Valentine. D'Ambrizzi no olvida lo que le pasó a ella.

–Pero ¿qué se supone que debía hacer Val? Descubrió que en el seno de la Iglesia se cometían todos esos asesinatos en masa, que se mataba a fieles católicos, que los *assassini* habían revivido durante la Segunda Guerra Mundial y que tal vez seguían actuando. ¿Qué se supone que debía hacer? ¿Olvidarse de todo? ¿Sólo porque podía resultar incómodo?

–Sor Val debería haber acudido a nosotros, al cardenal, y decirnos... Debería habernos puesto al corriente y nosotros habríamos tomado medidas. Se trata de un asunto de la Iglesia, hermana. Ahora ella seguiría con vida. –Había empezado con un tono de gran seguridad, pero el final fue casi un murmullo–. En cualquier caso, ésta es sólo una opinión: la de D'Ambrizzi.

–¿Y la suya?

–No lo sé.

–¡Oh, concédannos una oportunidad! Ese paternalismo es muy amable, muy protector, pero terriblemente pasado de moda. Las mujeres pensamos, escribimos, actuamos y decimos tacos; somos personas de carne y hueso. Val descubre que matan en serie a la gente y se supone que debe ir corriendo a decírselo a la profesora. ¡Sólo de pensarlo me entran náuseas!

–Bueno, hermana, ella tampoco acudió a la policía. ¿No es eso lo que habría hecho su «ciudadana responsable»? Pero sor Valentine no. Ella decidió que debía averiguar lo que estaba ocurriendo. ¿Por qué hizo eso? Porque era una monja, porque formaba parte de la Iglesia. No como la gente de fuera. En fin, no considero que haya tanta diferencia entre lo que hizo y lo que debería haber hecho: correr a decírselo a la profesora, tal como lo ha expresado usted. O se informa a la policía, con lo cual expone a la Iglesia a serios problemas con la investigación, o lo deja en manos de la Iglesia. Naturalmente, sor Valentine eligió esto último. Pero tendría que haber informado de ello a algún superior. A la superiora de la orden, ella habría sabido qué hacer. –Sandanato estaba sentado cada vez más al borde del asiento–. Creo que puedo entender su punto de vista, pero olvida usted lo más importante: la Iglesia no es el mundo. Éste cambia con mayor rapidez. Lo que ella hizo prueba que sabía muy bien cuál era la diferencia entre el mundo y la Iglesia. Pero, de haber seguido algo parecido a la escala de mandos, ahora seguiría con vida y trabajando.

Sandanato se levantó y se pasó los dedos por el cabello, húmedo a causa de la lluvia. La gabardina mojada descansaba sobre el respaldo de una silla. Sacudió nervioso la cabeza y levantó las manos en un gesto que indicaba su propia confusión y frustración, como si no confiara en sí mismo para hablar. Sencillamente, temía que si empezaba ya no podría detenerse y que sus temores y sus sueños se levantarían formando un torbellino cacofónico, en medio de alaridos y sollozos. Elizabeth era muy hábil en ir directa al meollo de las cosas, inesperadamente, incluso cuando no tenía ni la más mínima idea de lo que estaba haciendo. Él necesitaba tiempo para pensar, pero al parecer el plazo se había agotado. ¿Hasta dónde se atrevería a sincerarse con ella?

Elizabeth lo observaba mientras él paseaba nervioso.

–Oiga, mi intención no es fastidiarlos con todo esto. Usted tiene su trabajo, Val tenía el suyo y yo tengo el mío. Todo el mundo debe tomar sus propias decisiones y cargar con las consecuencias.

–Lo sé. –De espaldas a ella, Sandanato contemplaba la lluvia que caía sobre Via Veneto–. Es usted una amiga complaciente. Esta noche le he impuesto mi presencia y ha sido usted muy amable al soportarme. Ocurre, hermana, que yo cuento con muy pocos amigos. Tengo mi trabajo, a mis superiores, pero no estoy habituado a tratar con amigos. De modo que me he aprovechado de usted en esta ocasión.

–Usted y Ben Driskill parecían congeniar bastante bien –comentó Elizabeth–. ¿Ha tenido noticias de él? Me gustaría saber qué...

Sandanato negó con la cabeza.

–No, ni una palabra. Ya aparecerá en cualquier momento. –Con un gesto, borró la presencia de Driskill–. ¿No se da cuenta, hermana? Mis únicos amigos... No, no soy un hombre que los tenga. Yo trato con gente del Vaticano, un lugar donde impera la autoridad y donde las relaciones siguen las pautas prescritas. Además, para ser honesto conmigo mismo, yo soy un hombre solitario. Nosotros, los sacerdotes, independientemente de la imagen que demos al exterior, en el fondo somos unos seres solitarios. A ustedes, las religiosas, también debe de sucederles otro tanto.

–La verdad es que pienso que no. Muchos curas y monjas creen que su vida es auténticamente gremial. Con amigos hechos a medida, podría decirse.

–Quizá para algunos –concluyó Sandanato, con un breve encogimiento de hombros a la italiana.

–A mí los curas siempre me han parecido esencialmente gregarios, a excepción de los que son unos completos imbéciles, por supuesto.

Sandanato rió de nuevo ante el exabrupto.

–Debe usted conocer el viejo dicho de que somos gregarios en público porque estamos acostumbrados a dormir solos. –Había regresado al centro de la habitación y observaba los brillantes e inteligentes ojos verdes de Elizabeth, que le devolvían la mirada–. Como la mayoría de los viejos refranes, éste ha perdurado porque dice la verdad. Nosotros somos diferentes y no me considero preparado para enfrentarme a lo que siento últimamente. Así que ahora debo hacerme esta pregunta: ¿por qué he acudido a usted? Usted, hermana, no está obligada a compartir mis preocupaciones, y sin embargo he acudido a usted con ellas.

–¿Acaso doy la impresión de ser una aficionada a los folletines?

Elizabeth le sonrió. Se le veía siempre tan tenso, que necesitaba que alguien lo relajara de vez en cuando.

–He acudido a usted porque sabía que me escucharía.

Elizabeth asintió. Tenía los ojos muy abiertos y el rostro dispuesto a atender las necesidades de monseñor. La expresión de ella decidió a Sandanato, quien empezó a hablar sin preocuparse de la hora, sin importarle lo que ella pudiera pensar de él. Habló de la salud cada vez más precaria del papa, de su íntima relación con D'Ambrizzi y de la del cardenal con Calixto. Habló de los asesinatos, de la ciega determinación de Driskill a meterse en aquel asunto y de lo que eso podía ocasionarle. Sandanato era consciente de que, con su comportamiento, se dirigía hacia la rabia y la frustración, cuando de pronto sintió la mano de ella sobre el brazo y la miró como si hubiese olvidado que Elizabeth estaba presente en aquella habitación. Luego ella lo acompañó hasta el sofá, murmurándole breves palabras de consuelo.

–Está usted agotado –le decía–. Ha llegado el momento de que haga una pausa. Será mejor que descanse. Lo necesita.

Sandanato se sentó y ocultó el rostro entre las manos. No deseaba proseguir, ni revelar nada más. Nada, ni una palabra más. Ella pensaría que estaba loco, si seguía hablando. Elizabeth le ofreció una copa de brandy, que él bebió de un trago, agradecido.

–Perdóneme, por favor –le rogó–. Tiene usted razón. Estoy agotado y preocupado. Olvide cuanto le he dicho.

–Por supuesto. De hecho, no es asunto mío.

–Sin embargo, insensato de mí, yo la he obligado a que lo sea. Debe perdonarme.

–Créame, no tiene importancia.

–Los asesinatos. –Hizo una mueca cubriéndose con la mano–. Proceden del seno de la Iglesia. Es absurdo seguir fingiendo lo contrario.

¿Por qué no terminaba con aquello y se largaba? Pero al mirarla y oler su aroma a limpio –a champú, a polvos y a aceites de baño–, se sintió incapaz de irse. Sandanato se quedó allí sentado, en silencio, y escuchó cómo ella hablaba de sor Valentine, de lo amigas que eran a pesar de sus diferencias, de qué extraño resultaba que ella, Elizabeth, se hubiese encargado del trabajo de Val. Le habló también de cuánto lamentaba haberse separado de Ben Driskill enfadada. Al oír aquel nombre, Sandanato experimentó una terrible humillación, el temor de lo que ella pudiera sentir por Driskill, y tuvo que hacer un gran esfuerzo para no exteriorizar su miedo, su envidia, sus celos.

–Pero la Iglesia debe hacer todo lo necesario para protegerse a sí misma –le diría él más tarde–. ¿No lo cree así, hermana? ¿No es el supremo bien lo que importa? ¿No es la continuidad la clave de la historia de la Iglesia?

Elizabeth asintió pensativa antes de responder:

–La Iglesia representa el bien. Eso es un hecho indiscutible, por supuesto. Cualquier otra cosa, incluso nuestras vidas, carece de importancia; lo cual significa que a nosotros, los curas y las monjas, nos han embaucado. Por lo tanto, la Iglesia es el bien.

–De modo que si esos asesinatos provienen del seno de la Iglesia, y sin duda proceden de ahí, entonces existe la posibilidad de que la Iglesia se esté purgando a sí misma mediante estos asesinatos. Digo la posibilidad. ¿No opina lo mismo, hermana?

–Sólo en un sentido estrictamente lógico –replicó Elizabeth, con serenidad–. La Iglesia puede autorizar tales actos para protegerse a sí misma. Lógicamente. En abstracto. Pero usted está transformando este principio en una incongruencia.

–¿De veras? ¿Lo cree usted así?

–En la realidad, en nuestro mundo, eso sería totalmente monstruoso.

–Pero la Iglesia no es el mundo.

–De todos modos, ¿cómo podrían esos asesinatos, los de Val y Curtis Lockhardt, ser una forma de purgar la Iglesia? Debe reconocer que la idea es enfermiza. Monstruosa.

–Sí, sí, desde luego que es monstruosa. Pero yo me pregunto si los asesinatos proceden del seno de la Iglesia, autorizados por hombres que anteponen la institución a cualquier otra cosa. En fin, ¿quedarían en este aspecto justificados?

Tenía los ojos encendidos y percibía el sudor en la frente, la fiebre constante que lo mantenía en movimiento, a la búsqueda de una respuesta. Sor Elizabeth negó enérgicamente con la cabeza.

–No, eso es inadmisible. No puede defenderse el asesinato de sor Val. ¿Cómo puede imaginar siquiera semejante cosa?

–Hermana, admito que los interrogantes me asfixian, que me ahogan. Lo que quiero decir es que tal vez los asesinatos son una especie de castigo, uno que no podemos entender, pero que forman parte de un bien superior.

–¡Si no puedo entenderlo, entonces no lo admito!

–Usted sabe que eso no es válido. No para una religiosa.

–¡Sí lo es cuando se trata de un asesinato! –Elizabeth lo traspasó con la más dura de sus miradas–. Resulta evidente lo que oculta tras sus palabras, monseñor.

–¿De veras?

Sandanato le sonrió mientras se pasaba la mano por la frente.

–Se refiere a que estas cosas ya han ocurrido con anterioridad. La purga, el castigo de los disidentes, de los problemáticos. Todo es lícito para preservar a la Iglesia, claro. –Elizabeth no podía evitar el sarcasmo.

–Bueno, ése era el campo de sor Valentine, ¿no? La violencia como política. El tema la fascinaba.

–¿Lo comentó con usted?

Sandanato asintió.

–Eso no significa que lo aprobara –añadió Elizabeth–. Ni Val, ni yo intentaríamos justificar la violencia como política, un medio para disculpar un fin. Val era historiadora, no abogada. Y mucho menos un abogado del diablo.

–Usted sabe que lo era. Su vida era abogar por los demás.

–¡No hasta este punto!

–Sin embargo, todavía queda el dilema moral: el mal al servicio del bien.

La tensión había desaparecido. Estar junto a ella, hablar con ella, incluso discutir con ella, le hacía sentirse humano otra vez y extirpaba de su mente todo lo pernicioso.

–Considero que se trata de una contradicción moral impenetrable por completo. Además, no dispongo de otra cosa que del buen sentido para dilucidarla.

–Sin embargo, puede que algún día tenga que resolver esta contradicción. ¿No se da cuenta? Está usted siguiendo los pasos de sor Valentine, es su sombra, hace lo mismo que ella. ¿Qué ocurriría si tuviera que enfrentarse a ese dilema, hermana?

–¿A cuál?

–Si la Iglesia utilizara a un asesino para decirle: «Abandona tu trabajo, olvídate de lo que sor Valentine estaba haciendo y vive. Si persistes en ello, serás castigada por el bien de la Iglesia», se vería obligada a elegir.

–En primer lugar, ¿qué persigue usted asustándome?

–Que siga con vida.

–Y, en segundo lugar, yo intentaría evitar tal confrontación.

–Comprendo, hermana, y deseo sinceramente que disponga de tal posibilidad. Pero acaso no basten mis deseos y mis plegarias. El mal al servicio del bien, ¿se transforma en bien? Puede que todavía necesitemos del discernimiento del Mago.

Elizabeth soltó una carcajada.

–¡Debe usted referirse a D'Ambrizzi!

–Al Mago –repitió Sandanato–. Al hombre con el rostro de Jano, que mira tanto al futuro como al pasado. Puede que, a fin de cuentas, él tenga la respuesta, si bien la mayor parte de su vida es un misterio. –Al final, Sandanato decidió levantarse–. En fin, puede que los *assassini* de antaño consiguieran sus propósitos...

Ahora, con los nuevos tiempos, ¿quién sabe hasta dónde van a forzar nuestros problemas la actuación de la Iglesia? Ésta es la verdadera incógnita, hermana.

Sandanato se puso la gabardina, mientras ella se la sostenía, pero se detuvo cuando Elizabeth se colocó un dedo sobre los labios y le hizo señas de que escuchara la cinta de *Rigoletto*.

Acababa de empezar la escena más hermosa, el dúo entre Rigoletto y Sparafucile. La música era a la vez sombría y perversa, siniestra, enriquecida con el colorido del violonchelo y el contrabajo.

Sparafucile se presentaba a Rigoletto:

–«Uno que a cambio de una módica suma
le liberará del rival que tiene, sin duda.»

Sparafucile desenvaina la espada.

–«Éste es mi instrumento. ¿Le sirve?»

Sparafucile era uno de los *assassini*.

El dolor visitó al papa Calixto en medio de la oscuridad de la noche, como hacía a menudo. Éste se incorporó, se levantó de la cama y paseó por la estancia, mientras el sudor le cubría todo el rostro y los dientes le rechinaban, a la espera de que el dolor desapareciera. Tarde o temprano, habría una ocasión en que éste no cedería y el final llegaría con rapidez. Sin embargo –se preguntaba–, ¿podría aguardar a que el destino ejecutara su cruel sentencia?

Entonces el dolor empezó a menguar y Calixto relajó los músculos, lentamente, temoroso de que regresara, de que se estuviera burlando de él. Se detuvo ante el escritorio y cogió la espléndida daga florentina que le había regalado el cardenal Indelicato con motivo de su ascensión a la Silla de San Pedro. Tenía la costumbre de utilizarla como abrecartas y ahora que pasaba tanto tiempo en su alcoba, había ido a parar a su pequeño escritorio. La daga era una pieza muy valiosa, hecha en oro y acero, antiquísima. Observó cómo la hoja captaba el leve resplandor procedente de la lámpara de la mesa y contempló su propio reflejo, unos rasgos sobre la hoja del puñal. Se preguntó cuántos hombres habrían matado con él.

Cuando el dolor desapareció, se frotó los ojos, luego cogió la toalla que había doblada a los pies de la cama y se secó el sudor del rostro. Se tendió de espaldas sobre la cama, a aguardar a que el sueño acudiera de nuevo. Sabía que la espera podía ser muy larga. Entonces se sorprendió al descubrir que seguía sosteniendo la daga. Últimamente le ocurría muy a menudo, eso de no recordar haber realizado alguna actividad. ¿De dónde había traído aquel puñal? Lo más probable era que no lo hubiese sustituido en su escritorio. Lo miró y recordó a Indelicato diciéndole que había pertenecido a su familia desde hacía tiempo, siglos, y que representaba el valor y la carencia de piedad, cualidades ambas que necesitaría en el momento en que el cardenal Di Mona dejara de existir para dar paso al papa Calixto IV.

Últimamente, cada vez con mayor frecuencia, pensaba en el cardenal Indelicato, alguien que se sentiría como en casa tanto en el KGB como en la CIA, en la MI5 o –sonrió amargamente al recordarlo– en la Gestapo. El tráfico de secretos corría por las venas de aquel hombre, estaba en el núcleo de su naturaleza. Y ahora mantenía vigilado a su viejo enemigo D'Ambrizzi. ¿Sabía Giacomo que lo vigilaban?, se preguntó Calixto. Tenía que admitir que Indelicato obtenía una información excelente por parte de sus acólitos. Éste conocía a D'Ambrizzi desde hacía mucho tiempo; era el hombre ideal para encargarse de su vigilancia. Sin embargo, ¿quién quedaba para vigilar a Indelicato? Los pensamientos del papa vagaban sin rumbo fijo. A lo largo de todos aquellos años, D'Ambrizzi había sido siempre un adversario para Indelicato. Y menudo adversario.

Ambos eran muy distintos en apariencia: Indelicato mostraba una gran sangre fría y parecía un reptil con su mirada temblorosa y su rostro inexpresivo; D'Ambrizzi, en cambio, se mostraba sociable, cálido, lleno de vida... Pero ambos eran implacables cuando llegaba la ocasión, sin piedad, brutales, y se odiaban intensamente. Los dos estaban mucho más preparados que él para ser papas y sin embargo él había sido el elegido. Eso ratificaba, una vez más, lo que la gente decía sobre los inescrutables caminos del Señor.

Pero Calixto descubría un error en otro viejo dicho. Había averiguado que la vida no desfilaba en su totalidad ante los ojos de uno cuando se avecinaba la muerte. No. Todo cuanto pasaba ante sus ojos era la época de París, aquella noche en que, agachados tras las rejas de hierro, habían contemplado lo que ocurría en el pequeño cementerio. La noche en que permanecieron acurrucados en medio del frío, temblando, mientras observaban al cura alto y delgado, de rostro severo y triangular, con una única ceja, gruesa y sin partir: al padre LeBecq, el padre Guy LeBecq, hijo del famoso marchante de arte del Faubourg Saint-Honoré. El padre LeBecq los había traicionado. Ahora ellos eran los únicos supervivientes. Según todos los indicios, los demás habían muerto y el culpable era el padre LeBecq. LeBecq era el traidor entre ellos. Luego todo había recaído en el Plan de Pío, como lo habían bautizado en algunos círculos. Todo se apoyaba en el Plan de Pío, en el plan de Simon... Simon, al que nunca nadie veía, Simon, que los guiaba en su tarea, Simon Verginius, el líder que nunca los abandonaría...

A través de los ojos entornados veía la daga, que hacía girar lentamente en la mano. A veces, cuando el dolor era muy intenso, cuando sus ojos sólo veían una pantalla roja de dolor con un agujero negro girando alocadamente en su centro, en tales ocasiones se acordaba de la daga, de su punta afilada, aguda como un cambio dialéctico típicamente jesuítico, en cómo se parecía a una navaja. En tales ocasiones pensaba en lo fácil que sería poner fin a su dolor, como un carámbano penetrando en la garganta, en las muñecas o en el corazón, y por fin la paz. Un carámbano de hielo.

Había hielo en el cementerio aquella noche. Todo París se hallaba bajo una ola de frío polar. Los charcos del cementerio estaban congelados y en las lápidas había una capa de hielo. Aquel hombre con sotana, achaparrado, con la corpulencia de una bestia, aguardaba en el cementerio al padre LeBecq: un cura esperando a otro. Al otro lado de la verja, acurrucados, conteniendo la respiración, Sal di Mona, el hermano Leo, el rubio holandés. Luego los dos hombres en el cementerio, la confusa discusión entre las lápidas y de pronto el hombre achaparrado con sus brazos largos y poderosos saltaba sobre el alto, como un perro enorme, contrahecho. Lo agarraba, lo rodeaba con sus brazos y le exprimía la vida, dejándolo caer después como un pelele. Luego, el asesino, de pie allí sin moverse, con los pulmones lanzando nubes de vapor hacia la helada noche, la luz de una farola iluminándole el rostro. Un rostro que llegaría a conocer tan bien, que le rondaría muy de cerca el resto de su vida...

Al día siguiente, su santidad el papa Calixto IV se sintió lo bastante fuerte para convocar una reunión en su despacho. Era el mismo grupo de la vez anterior: D'Ambrizzi, Indelicato y Sandanato, con dos jóvenes ayudantes de Indelicato que aguardaban en la antesala. Estos dos últimos merecían la total confianza de Indelicato y trabajaban en ciertos aspectos de la investigación acerca de los asesinatos. En un rincón del despacho, cerca de la mesa escritorio, había una tienda de oxígeno plegable, con varios estantes que contenían un surtido de medicamentos varios. Ahora ya no valía la pena correr riesgos.

La pérdida de peso del papa ya empezaba a evidenciarse en su rostro, donde habían aparecido profundas arrugas de preocupación, las cuales le daban un aspecto parecido, en cierto modo, al triste semblante de un payaso. Su rostro, tan conocido por todo el mundo, cambiaba irrevocablemente, se desmoronaba. Para variar, llevaba las lentes de contacto y había una que le estaba causando problemas. No paraba de tirar de la pestaña, a fin de separarla del glóbulo del ojo, y hacía gestos de disculpa mientras lo intentaba. Cuando por fin renunció, se dejó caer contra el respaldo del sillón, frente al escritorio, y se distrajo jugueteando con la daga, descubriendo de pronto que se la había traído consigo.

–Bien –dijo–, pongámonos manos a la obra. Necesito un informe de la evolución.

No necesitaba definir la tarea: en la actualidad sólo le interesaba una cosa.

El cardenal D'Ambrizzi cogió una carpeta que le tendía Sandanato. La luz del sol, al penetrar por las ventanas, incrementaba la impresión de palidez y los oscuros surcos en las mejillas de monseñor, que parecía mucho más nervioso de lo habitual. Las manos del papa temblaban, a pesar de que sujetaba la daga, y no dejaron de hacerlo hasta que las apoyó sobre la mesa escritorio que tenía ante sí. Incluso D'Ambrizzi parecía viejo y cansado, como un hombre con demasiados secretos ocultos tras sus enormes ojos de rana. El desasosiego flotaba en la sala lo mismo que un gas nocivo.

–Hemos estado investigando las últimas semanas de sor Valentine, santidad –explicó D'Ambrizzi–. Adónde fue, qué estuvo haciendo. Hemos intentado determinar los hechos que condujeron a su asesinato. Hemos averiguado que Ben Driskill sigue su rastro hacia el pasado, a partir de su muerte. Hace una semana, día más, día menos, se encontraba en Alejandría, donde mantuvo una entrevista con nuestro viejo amigo Klaus Richter.

–¿Está de broma? –preguntó el papa con brusquedad–. ¿Nuestro Richter? ¿El de los viejos tiempos? ¿El que, según usted, le asustaba?

–El mismo, santidad. Y le juro que me asustaba de verdad.

–Esa franqueza es propia de ti, Giacomo –murmuró Indelicato.

–También se entrevistó con otro hombre –prosiguió D'Ambrizzi–, que luego se suicidó.

–¿Con quién?

–Con Étienne LeBecq, santidad. Un marchante de obras de arte.

Calixto abrió desmesuradamente los ojos al experimentar una descarga de adrenalina. El corazón le latía de forma irregular y le saltaba en el pecho mientras pensaba en LeBecq, el hermano del padre Guy, aquel cura que le perseguía en sueños. Ahora, cuarenta años después, ambos estaban muertos. Todos los pecados volvían para reclamar su parte. ¿Era eso? Habían estado profundamente involucrados en el Plan de Pío... ¿Los convertía eso a todos en pecadores, que al final eran convocados para expiar sus culpas?

–También disponemos de un informe de París –prosiguió D'Ambrizzi, removiendo entre unos papeles–. Algo referente a un periodista, un viejo camarada cuyo apellido es Heywood.

–Robbie Heywood –interrumpió Calixto, sin brusquedad–. Tiene que acordarse de él, Giacomo. Llevaba unas horribles chaquetas a cuadros, charlaba por los codos y bebía como una esponja en cuanto se le presentaba la ocasión. Dios mío, lo recuerdo perfectamente. ¿Cómo se ha visto metido en esto?

–Está muerto, santidad –anunció D'Ambrizzi–. Asesinado por un atracador. Lógicamente, las autoridades no han encontrado ninguna huella.

Calixto intentaba recordar la última vez que había visto a Heywood.

–Pero ¿qué tenía que ver con todo este embrollo?

–Sor Valentine se encontró con él en París mientras realizaba su investigación. Ahora él está muerto, así que debe de haber alguna relación.

–Deberías haber investigado más a fondo, Giacomo –intervino

Indelicato, y su voz sonó mecánica, desapasionada–. Enviaré a alguien a París para que averigüe más cosas.

–Le deseo mucha suerte –replicó D'Ambrizzi, dubitativo, y su voluminoso cuerpo se encogió de hombros–. Puede que sólo sea una coincidencia. Lo apuñalaron en una esquina. Esas cosas suelen pasar.

–Tonterías. –Indelicato frunció las cejas, malhumorado–. Están atacando a la Iglesia y Heywood es otra víctima. No cabe duda.

–Todo nos devuelve a París –murmuró Calixto, quien seguía dando vueltas a la daga entre las manos, lentamente–. ¿Dónde se encuentra nuestro buen amigo Driskill en estos momentos? ¿Se recupera su padre?

–Su padre está mejorando, pero es un proceso lento. En cuanto a Ben Driskill, al parecer lo hemos perdido. Voló rumbo a París, donde tenía por costumbre hospedarse en el George V, pero..., en fin, no está allí. Debe de estar en alguna parte de París, si es que no se ha ido ya. –Se volvió hacia el cardenal de rostro pálido y cadavérico, que permanecía sentado en silencio, con las piernas cruzadas–. Fredi, Fredi, estás demasiado callado. Me preocupa verte así.

Indelicato se reclinó en el asiento y juntó las puntas de los dedos ante su pecho.

–Me asombran tus fuentes de información. ¿Es el bueno de monseñor el responsable? –preguntó, señalando hacia Sandanato.

–Esta vez no. El pobre Pietro se halla saturado de trabajo, dadas las circunstancias. No, he soltado a mi ejército privado. Por favor, Fredi, no pongas esta cara de preocupación. Sólo estaba bromeando. He enviado a unos cuantos oteadores para que formulen algunas preguntas.

–¿Y el cura de cabello plateado? –inquirió Calixto–. ¿Quién es?

D'Ambrizzi negó con la cabeza.

–Tu red de espionaje sigue sorprendiéndome –comentó Indelicato–. Pero ¿dónde se encuentra Driskill?

–Es tu especialidad, vigilar a la gente –replicó D'Ambrizzi–. ¿No habrás estado perdiendo demasiado el tiempo vigilándome a mí, Fredi? –preguntó, riendo desde lo más profundo del pecho.

Indelicato sonrió sin perder la calma.

–Pues tendríamos que haberte vigilado más de cerca, por lo visto.

Sin hacer caso de su batalla dialéctica, Calixto los interrumpió:

–¿De modo que ahora tenemos nueve asesinatos y un suicidio?

–¿Quién sabe, santidad? –contestó Indelicato–. Nos encontramos en un reinado del terror. ¿Quién sabe cuántos más puede haber o cuántos más habrá?

De pronto, Calixto se levantó con el cuerpo rígido, en una especie de rictus convulsivo: tenía los dedos curvados, la boca cambiaba de forma en una horrible mueca, la saliva brotaba por los pálidos labios y, sin pronunciar una sola palabra, cayó de bruces sobre la mesa escritorio.

Jean-Pierre, el hombre a quien August Horstmann había encontrado en el pueblecito español trabajando de sacristán, vestía una larga sotana negra, algo gastada en los bajos, y el antiguo sombrero de ala ancha típico de los curas rurales. Llevaba el almuerzo envuelto en un papel de estraza, que había sido enrollado, arrugado y manchado de grasa muchas veces. Nadie le había prestado la más mínima atención en el tren. Es decir, nadie a excepción de la niñita rubia y con trenzas, que parecía hipnotizada por sus ojos: el blanco lechoso en una de las cuencas y el otro tan azul como los de ella. Jean-Pierre le sonrió, pero la niña siguió mirándolo sin dejar de chuparse el pulgar. Hubiera querido abandonar el tren antes de llegar a Roma. Sin embargo, eso le era imposible.

Cuando llegó a Roma, al mediodía, hacía mucho calor. Demasiado para aquella época del año. Estaba sudando bajo la ropa interior gruesa. Se había acostumbrado al frío y al viento de la zona rural del norte de España, con los montes y las cañadas, y a la tranquilidad de su trabajo.

Ahora, al salir de la estación terminal, inseguro entre los turistas, entre la gente que lo empujaba presurosa, se preguntó fugazmente si alguna vez volvería a ver la pequeña iglesia de pueblo. ¿Vería de nuevo la luna plateada desde la ventana de su habitacioncilla y olería el aire limpio y fresco que le traía débiles aromas del océano? ¿Volvería a oír el rugido del agua de las cañadas al pie del pequeño pueblo, a sentir la corriente entre sus pies?

Fue en busca de una cabina telefónica y marcó un número del Vaticano.

Después de haber contactado y de recibir instrucciones, todavía le quedaba tiempo para dar un largo paseo.

Incluso podría visitar los jardines del Vaticano. Hacía mucho tiempo que no los veía. Era poco más que un muchacho la última vez que había estado en Roma.

Sí, con la visita que le aguardaba, disponía de mucho tiempo para pasear por la ciudad.

De momento, quería olvidarse de su misión en Roma.

3

Driskill

Otro coche de alquiler, otra tarde de viento con lluvia, malhumoradas nubes cerniéndose amenazantes sobre las tortuosas cumbres de las montañas que trazaban la costa noroeste de Donegal. Las montañas parecían abatirse sobre mí y cerrarse a mis espaldas para encauzarme hacia la furia del Atlántico. Donegal era una de las zonas más desesperadamente hermosas y pobres de la infortunada Irlanda, y la costa un sitio creado expresamente por Dios para ocultarse: las abiertas bahías estaban formadas por un ahogamiento de los valles entre las cadenas de montañas, y una capa de rocas y oscuridad aparecía allí donde se mirara. Aquella tierra ya no podía alimentar a su población, que con el paso de cada década era cada vez más vieja y menos numerosa. Era una región cuya belleza natural cortaba el aliento pero también el centro de todo lo que andaba mal en aquel país: el núcleo de la contradicción, el puño amenazador ante el rostro del destino. Catolicismo en estado puro, naturalmente.

Sin embargo, el trayecto en coche había sido tranquilo ese día, sin alteraciones, y la espalda no me dolía apenas. Lo que me aguardaba era un misterio, pero yo me sentía impulsado por una potente combinación de miedo y de rabia inquebrantable. A mi cámara de los horrores ahora tenía que añadir al pobre Robbie Heywood, engañado y apuñalado por el padre August Horstmann, presumiblemente a las órdenes de alguien, o de algo, de Roma. Yo estaba preparado tanto para lo que me aguardara como para lo que fuera a conseguir.

Percibí el olor a musgo, profundamente metido en la tierra, a brezo y a madreselva. Habría dado cualquier cosa por olvidar momentáneamente los crímenes, los *assassini* y las intrigas de Roma. Era más agradable contemplar la carretera solitaria, los charcos humeando en las hondonadas, oler la tierra húmeda, hallar una especie de paz en la visión de las cabañas encaladas y en el débil resplandor anaranjado del sol tras las nubes azules y púrpuras cargadas de lluvia.

Pero yo iba más allá de todo esto: tenía la desagradable sensación de que aquel misterioso paisaje –que podía transformarse y pasar de unas suaves campiñas a unos amenazadores acantilados batidos por el océano con sólo girar la cabeza– me estaba engullendo y que nunca me soltaría.

Durante aquel viaje, el recuerdo de sor Elizabeth acudía a mis pensamientos una y otra vez.

¿Por qué? Carecía de sentido pensar en ella, desear que estuviera a mi lado para hablarme, pensar conmigo y asegurarme que yo estaba haciendo lo correcto. Debía recordarme continuamente que ella no significaba nada para mí. La última imagen que tenía de ella, la discusión en la silenciosa casa, no me contenía en absoluto. Sin embargo, me esforzaba en recordar la verdad esencial: que era uno de ellos, una monja, alguien en quien no se podía confiar. Todo en ella pasaba por el filtro de la Iglesia, ya fuera por sus reglas seculares o por su ridículo sortilegio. En cualquier caso, uno no podía ganar; con ellos, no.

«Piensa en Torricelli –me decía–, es un ejemplo de ello.» Pobre Torricelli, el eclesiástico por antonomasia, atrapado entre los nazis, los católicos, los miembros de la Resistencia, y sin una salida clara para el viejo obispo. Siempre tenía que ir de puntillas por la frontera, sin ser ni una cosa ni otra, ignorando o negándose a reconocer el bien y el mal. Y si alguien era incapaz de reconocer semejante cosa, entonces tenía un serio problema. ¿O no?

Sin embargo, sor Elizabeth habría entendido el dilema de aquel viejo obispo. Se trataba de una especie de amputación que todos padecían en el momento de entrar en la Iglesia. Ésta recortaba la moralidad de cada uno y la sustituía por la suya propia, por algo artificial, inventado y ordenado. Ya no quedaba espacio para la simplicidad, para el juicio sobre el bien y el mal. La nueva moralidad era la conveniencia y había que aceptarla.

Cada vez que pensaba en Elizabeth tenía la sensación de que la conocía desde siempre. Pero en aquel entonces, Horstmann no me había apuñalado ni yo me había enfrentado a la idea de que alguien intentaría asesinarme, aún no me había convertido en un cazador, no me había marchado a la guerra. Entonces no llevaba conmigo una arma. Era como si hiciese un siglo que conocía a Elizabeth. En este tiempo yo había estado a punto de morir. En Egipto había provocado la muerte de un hombrecito asustado, había encontrado un nombre para el cura de cabello plateado, había visitado un monasterio en el infierno, había descubierto un nuevo asesinato en París. Yo era un hombre distinto del que se había despedido de Elizabeth. En cambio, ella no habría cambiado. Todavía era una criatura de la Iglesia, de su propiedad, instruida por ella y que difundía las noticias oficiales. Ella quería creer que era mejor, más ecuánime, más parecida a mi hermana, pero se equivocaba. Creía saber muchas cosas, pero sólo contemplaba la versión de su grupo. Estaba atrapada en las redes de las que Val había conseguido escapar por milagro. En eso radicaba la diferencia.

Yo era consciente de todo ello, pero nada tenía importancia cuando recordaba que habíamos reído juntos, los asaltos al contenido de la nevera, cómo habíamos descifrado parte del terrible acertijo que Val había dejado tras de sí, el viaje por la costa para ver al viejo policía, el descubrimiento de que el padre Governeau había sido asesinado y que lo habían ocultado. Todo aquello había sido estupendo. Luego la máscara había caído y yo me había estrellado contra la verdadera Elizabeth.

Ella era una monja, la última cosa en el mundo con la que yo quería cargar. No podría ganar nunca; no en una batalla contra la Iglesia, con los votos de Elizabeth. No quería correr ese riesgo. Lo sabía todo acerca de las monjas. Desde siempre, desde el día en que hallé un pájaro muerto, empalado en la verja del colegio. Uno nunca podía saber en qué estarían pensando. Confiabas en ellas, contabas con ellas y de repente te salían con que no eran mujeres, que no eran humanas, sino sólo monjas. Sin embargo, sor Elizabeth me había despistado. Había sabido disimular las señales, adormecer los avisos que yo conocía de memoria, atenuar las diferencias entre ella y cualquier otra mujer. Luego yo le había permitido que me hiriese.

Herido. Éste era el segundo motivo –el peor– que hacía que la sola idea de pensar en Elizabeth resultara tan inconveniente. Yo quería a mi hermana y la Iglesia la había matado. Sabía que si me enamoraba de Elizabeth, de algún modo la Iglesia también la mataría. Moriría otro inocente. Estaba convencido de ello.

Por supuesto, Elizabeth me consideraría un loco por contemplarla siquiera en tales términos. Al fin y al cabo, ella había demostrado que era una monja: había traicionado mi confianza.

Estaba conduciendo en medio de un repentino chubasco y la lluvia salía disparada de entre la espesa niebla. Sentí la fría humedad procedente del océano y entonces divisé las primeras celdas bajas en forma de colmena, mil años de antigüedad, las ruinas de unos muros de piedra y la silueta gris, moteada de musgo, que se alzaba entre los acantilados.

El monasterio de St. Sixtus.

Había leído acerca de tales sitios, pero nunca había visto ninguno, ni siquiera parecido. Tenía la sensación de que la Tierra y el peso de los siglos se alejaban y de que yo iba a caer a plomo a través del tiempo hasta llegar al siglo VI, cuando san Finian había ordenado el tipo de ascetismo que tan bien casaba con la desolación del paisaje formado por los riscos y la costa que parecían alejarse frente a mí. St. Sixtus era un monasterio en forma de colmena, una creación nativa de aquella costa irlandesa, con sus furiosos rompientes llenos de espuma, el sordo golpeteo y el incesante estallido del océano. Las celdas, de piedras apiladas, se veían disminuidas tanto por el mar como por los acantilados, sin contar con las últimas incorporaciones al monasterio, que probablemente había sido edificado durante un período de mil años.

San Finian y sus seguidores habían prescrito una especie de prueba ascética casi inhumana para los monjes, los cuales esperaban sobrevivir durmiendo y comiendo lo mínimo, infligiéndose horrorosas flagelaciones y oyendo misas interminables. Para cultivar aquellos campos rocosos, los monjes tenían prohibido utilizar cualquier animal de labranza. En cambio, podían tirar del arado. El ascetismo presidía la orden, tanto si un monje elegía la vida de ermitaño como si hacía votos de eterno vagabundeo. Todo estaba impregnado de una especie de austeridad típicamente irlandesa. Nunca en el pasado, ni siquiera en la institución monástica tradicional, se había concebido nada para poner tan a prueba la auténtica abnegación.

San Columbano era uno de mis santos favoritos. Su libro de penitencias –la lista de castigos incluso para la más mínima excitación carnal– era de esos que hacen que uno se pregunte acerca de los santos en general y por los irlandeses en concreto. Las ideas referentes a sodomía y masturbación lo sumergían en arrebatos impregnados de sadismo. Una imagen me había sorprendido desde el primer día que lo había estudiado en el seminario. El monje desnudo, de pie, solo, con el agua hasta el cuello en medio de un turbulento mar como el que golpeaba contra aquella costa ulcerada que se extendía a mis pies, del alba al anochecer, del anochecer al alba, cantando salmos hasta que las cuerdas vocales se le rompían, hasta que la sangre se le helaba, hasta que sucumbía en la batalla y se hundía en el agua. ¿Para qué? ¿Qué pretendía? ¿Era algo tan sencillo como que todos estaban locos y que no tenían nada mejor que hacer con su demencia? Cuando a veces se descubría entre ellos a algún enemigo de la Iglesia, a un infiel, a un sodomita, lo crucificaban en la playa y clavaban la cruz cabeza abajo en la arena, a fin de que la marea lo arrastrara antes de que muriera desangrado o por asfixia. Un cuarto de siglo después de haber leído tales historias, me resultaba imposible olvidarlas al contemplar por vez primera aquel entorno agonizante.

Me desvié a un lado del camino estrecho y marcado con rodadas y al salir del coche sentí el aguijonazo del viento, la guadaña de las húmedas, saladas y corrosivas salpicaduras que llenaban la atmósfera. La costa irlandesa era el lugar perfecto para aquellos monjes de ojos enrojecidos y medio locos que nunca conseguían flagelarse a su entera satisfacción. En la bahía se alzaban unas protuberancias rocosas y estériles, y los desmenuzados acantilados de la orilla recibían el embate del mar como si se tratara de golpes de martillo. Los barrancos se alejaban del agua como nudosos canales, despeñaderos y promontorios salpicados de arbolitos enanos y medio tullidos que chorreaban humedad, y un desierto de espinos y enebros poblaba las hendiduras de las rocas. Había leído hacía tiempo que aquellos monjes consideraban lo inhabitado y lo inhabitable «como una invitación al dolor por el que suspiraban en su vida mundana».

Puede que se tratara de un atavismo profundamente enraizado en mi código genético, pero el hecho era que debía penetrar en las reliquias de aquel otro mundo, ver qué aspecto tenía todo aquello desde el punto de vista de un peregrino sorprendido por la noche y lanzado a aquella costa, cinco siglos antes, por los caprichos del destino y vientos indomables. A mis espaldas, el mar tronaba, se estremecía a lo largo de la playa rocosa, que yacía pálida y sola en medio de los tortuosos acantilados que parecían amenazarla, lo mismo que a mí, como un par de quijadas gigantescas. Unas cuevas, oscuras como ventanas, parecían observarme como impenetrables ojos negros. Los pobres desgraciados de antaño habían construido aquellos monasterios rodeados por un mar implacable y estériles marismas, como si en realidad pretendieran ocultarse no sólo del mundo, sino incluso de Dios, con la esperanza de pasar inadvertidos, de que se olvidaran de ellos, si es que no podían perdonarlos.

El único edificio de aquel monasterio desperdigado se había construido con piedras irregulares apiladas. Las partes más bajas estaban teñidas con el color verde oscuro del musgo húmedo, mientras que las superiores mostraban el sedoso color amarronado de los líquenes secos. Había una torre coronada por una cruz que destacaba contra las nubes bajas, sin otro ruido que el del frío viento y las olas que resonaban como una insoportable corriente de agua terriblemente amplificada, como un ataque de nervios que intentara apoderarse de mi alma.

Avancé entre las chozas que formaban las celdas, esquivando las piedras sueltas que se habían desprendido hacía siglos y rodado por su propia inercia. Me asomé al interior de una de aquellas oscuras celdas, pero no había el menor indicio de que allí viviera nadie; sólo olor a pájaros y a mar. ¿Cómo podían haber habitado sitios así y al mismo tiempo crear el arte ornamental que aún hoy contemplamos con ojos asombrados y la boca abierta? ¿Los libros y la labor de los orfebres que continuaban la antigua tradición germánica y celta? ¿Qué clase de genios eran aquella gente? Ignoraba la respuesta, ni siquiera alcanzaba a imaginármela, lo cual probablemente me hubiese ayudado a entender por qué las circunstancias me habían apartado de la fe en el pasado.

Por fin regresé al coche, respirando con dificultad debido al embate constante del viento. Conocía la causa de que nunca hubieran sido capaces de añadir nada más a la noble historia de la arquitectura monástica: se debía a que en ellos moraba el espíritu irlandés. Aquellos monjes desconfiaban de todo lo que perdurase, de cualquier cosa que pudiera presumir de belleza o de continuidad. Era preferible vagabundear o esconderse en una cueva y acabar desapareciendo, regresar al pasado, como los textos en latín que borraban de los pergaminos rascándolos, para poder escribir encima otros nuevos, los cuales a su vez se borrarían a su debido tiempo.

Seguí con el coche por el estrecho camino, arrastrando tras de mí el pasado, como un voluminoso cadáver.

Tenía que seguir mi camino. Aún quedaba mucho trabajo por hacer.

Encontré al hermano Leo en lo que se suponía que era un jardín, un cercado sembrado con verduras y algunas flores en lo alto de unos acantilados, justo en la parte externa de un muro de piedra que se había derrumbado siglos atrás. Estaba arrodillado sobre la tierra húmeda y oscura, y me miró mientras yo me acercaba al otro lado del cercado, inclinándome contra el empuje del viento. Me saludó con la mano, como si me hubiese reconocido, y luego reanudó su tarea, arrancando malas hierbas y plantando. Salté por encima de los restos del muro, resbalé sobre el húmedo musgo y de nuevo me quedé sin aliento. El monje volvió a mirarme, dijo algo que el viento me impidió oír y me sonrió. Su rostro de anciano era redondo, de aspecto marchito, con una expresión demente, aunque en el buen sentido de la palabra, diligente en su empeño por finalizar su trabajo. Vestía pantalones negros, húmedos y cubiertos de barro, y un suéter del mismo color de cuello vuelto, que llevaba alzado alrededor de un cuello esbelto y arrugado. Sus manos desnudas estaban enfangadas y una línea de barro le atravesaba la mejilla allí donde por lo visto se había rascado. Al fin terminó su labor, aplanó la tierra alrededor de unos tallos bastante raquíticos, que yo no logré identificar, y se incorporó para secarse las manos en un sucio trozo de toalla.

–Hermano Leo –lo saludé con mucha amabilidad–. Me llamo Driskill y he venido a verlo desde París. Robbie Heywood me facilitó su nombre.

Me miró con los ojos entornados, mostrando una de esas expresiones inocentes que siempre parecen sorprendidas. Como si hubiese pronunciado la palabra mágica, me apuntó con su sucio dedo.

–Robbie. ¿Cómo está Robbie?

Su acento no sonaba irlandés, aunque no logré identificarlo.

Probablemente era irlandés de nacimiento y había vivido siempre en cualquier otra parte. Le dije que Heywood había muerto y de momento no le conté más detalles. Escuchó la noticia mientras permanecía ocupado con un saco de fertilizante, lo ataba, recogía algunos desplantadores y una pala y asentía interminablemente. Yo no estaba muy seguro del caso que hacía a lo que le estaba contando.

–París –murmuró–. Viene usted de París. ¿De manera que Robbie ha muerto? Solían llamarlo el Vicario. ¿Lo envió él a verme? Debo admitir que estoy francamente sorprendido. Casi no puedo creerlo, después de tantos años. Aquí estamos bastante apartados. Sin embargo –pareció argumentar para sí–, ¿acaso no tengo la prueba ante mis ojos? Realmente sorprendido. ¡El Vicario! Me habría alegrado volver a verlo. –Abrió los ojos desmesuradamente, con expresión de inocencia, como si hubiese adivinado mi anterior pensamiento–. Oh, la alegría ya no está prohibida aquí. Es un consuelo, una bendición. Era un tipo ruidoso, turbulento, pero un buen compañero durante una época de oscuridad. Dios bendito. –Sacudió la cabeza y las hirsutas cejas se mecieron al impulso del viento–. Muerto. La vejez no perdona. Las sombras se cierran sobre nosotros, se hacen más profundas. –Me sonrió feliz.

–Sin embargo, él no vivió lo que el tiempo le hubiese permitido –le dije–. Robbie Heywood fue asesinado hace una semana en París...

–Pero ¿quién pudo hacer una cosa así?

–Un hombre que surgió del pasado, de hace cuarenta años, un hombre en quien Robbie confiaba. Alguien que lo siguió y no le concedió ninguna oportunidad. Hace menos de un mes, ese mismo hombre asesinó a mi hermana, una monja llamada sor Valentine. Robbie Heywood dijo que usted podría saber algo acerca del asesino: quién es, de dónde ha salido, por qué está matando de nuevo.

–¿Puedo preguntarle por qué asesinó ese hombre a su hermana? –inquirió con tono pausado.

–Porque estaba investigando con objeto de escribir un libro que al parecer exponía con cierto detalle lo ocurrido en París durante la guerra. Torricelli, los nazis, la Resistencia, algo a lo que llaman el «Plan de Pío» y un hombre, un fantasma llamado Simon.

–Pare ya, por favor. –Me sonrió con amabilidad, como si él estuviese por encima de las cuestiones terrenales, de la culpa, del pecado y de los asesinatos–. Parece usted muy bien informado acerca de cuestiones muy antiguas, muy secretas. Apenas sé qué pensar de usted, señor Driskill.

–He realizado un largo viaje para conocer su historia. Han muerto personas.

–Conozco muy bien el tema –murmuró enigmáticamente.

–Empezando por el padre LeBecq en un cementerio de París hace cuarenta años. Aunque no, por supuesto que esto no fue el principio. ¿Quién sabe cuándo empezó? Mi hermana, su viejo amigo Heywood son sólo las incorporaciones más recientes. Todo empezó hace muchísimo tiempo. Tengo algunos nombres cifrados en mi poder que quizá pueda usted identificar.

Tanto las palabras como las preguntas o las ideas brotaban de mí con excesiva rapidez y él parecía encerrarse en sí mismo. Era demasiado para que pudiera digerirlo. Lo vi en sus ojos, que se oscurecían por momentos a medida que yo hablaba. Me interrumpí con brusquedad a fin de que el oleaje se llevara las palabras.

Sus ojos se fijaron en el lejano mar, allí donde éste podía hacerte creer que estaba tranquilo y silencioso.

–Casi me da usted miedo, señor Driskill, si es que ése es su verdadero nombre. Sepa usted –me interrumpió, al ver que yo empezaba a protestar– que siempre he sabido que vendría alguien, que había cuentas pendientes. En efecto, en aquel entonces ocurrieron cosas allí, cosas que no podrán olvidarse mientras siga con vida alguno de nosotros, cualquiera de los que conocemos toda la historia o incluso parte de ella. Me temo que yo sé tanto como cualquiera de los otros. Demasiado sin duda para que me permitan vivir si alguien quiere encubrir o borrar el pasado. Cualquier día alguien se acordará de Leo, se preguntará si aún sigue con vida y a continuación tendrán que averiguarlo. –Con los brazos cruzados, alzó una mano y se sujetó la barbilla–. Hace bastante tiempo que soy consciente de esta posibilidad. Y ahora me pregunto: ¿es usted ese hombre? En ese caso, ¿cuál de los otros lo envía?

El hermano Leo bajó la vista hacia las aguas cada vez más agitadas que hervían al pie de los acantilados. Lo llamé, pero el viento y el estruendo de las olas apagó mi voz. Tendía la mano hacia él y le cogí del brazo con más fuerza de lo que pretendía. Se volvió hacia mí y la inocencia de su rostro brilló como la gracia divina.

–Necesito su ayuda –le dije.

Yo no era un experto vendedor. Había ido demasiado lejos para arriesgarme y el viento sorbía mi aliento y me debilitaba cada vez más. Aquel hombrecillo era una de las claves y yo la necesitaba para descubrir la verdad.

–Necesito oír, con sus propias palabras, toda la verdad...

–Lo que pretende usted oír es mi versión. –Habló con suavidad, como asombrado ante una revelación secreta, una que yo no podía entender; sin embargo, yo estaba dispuesto a escucharle, a prestar atención a cada una de sus palabras–. Ocurrió hace mucho tiempo. –Alzó la cabeza y me ofreció un asentimiento fatalista, lleno de filosofía–. Tendrá usted que convencerme. Puede que haya vivido los años más productivos de mi vida, pero no siento ningún deseo de morir antes de que llegue mi hora. ¿Me comprende? Le he dicho que me daba usted miedo. Si ha venido para matarme, si de veras lo envían ellos, si ha venido de Roma para asesinarme, entonces poco puedo hacer para detenerlo. Pero si, tal como dice, ha venido en busca de la verdad, entonces le contaré mi versión. Así que acompáñeme y vuelva a explicarme quién es usted. Intercambiemos nuestras historias, la suya a cambio de la mía. –De nuevo me sonrió. Decía que tenía miedo de mí, pero no era cierto: en su cuerpo no se apreciaba ni el más mínimo temor–. Si ellos lo han enviado, entonces quizá pueda convencerlo de que no soy más que un viejo inofensivo, de que no supongo ningún peligro para usted ni para sus amos. ¿Quién sabe?

–¿Ellos? –inquirí–. ¿Quiénes son ellos?

–Joven, quienquiera que sea usted, sabe perfectamente de quién se trata. Si no, ¿para qué iba a venir desde tan lejos? Venga, venga y demos un paseo por los acantilados. No disimulemos más. Le daré una oportunidad para que me mate.

Rió para sus adentros, como si la broma la hubiese hecho yo.

Le seguí los pasos.

Durante la Segunda Guerra Mundial, la Iglesia católica estaba tan preocupada –obsesionada incluso– por la supervivencia como cualquier otra institución europea. Había que planificar cómo llevar los asuntos y ejecutarlos con extremo cuidado, poniendo suma atención a la situación de la guerra, al equilibrio cambiante del poder, a la *realpolitik*. Un tema más complicado era la moral individual que entraba en conflicto con la menos exigente moralidad de la organización, tal como estaba decidido a probar el hermano Leo con su historia. El papel de la Iglesia había cobrado ambigüedad por el hecho de que en el siglo XX no disponía de un ejército propio, ni medios para forzar su política ni independencia de los intereses foráneos. En primer lugar, en todo momento había que tener en cuenta el curso que la guerra tomaba; en segundo lugar, había que prestar un poco de atención a los horrores que los nazis perpetraban abierta y sistemáticamente, ya que éstos eran muy difíciles de pasar por alto, por mucho que uno lo deseara; en tercer lugar, estaba el hecho de que, con todas sus inciertas consecuencias, la cabeza de la Iglesia era el papa Pío XII, cuyos lazos con Alemania eran muy fuertes, profundos y básicamente místicos.

Como ejemplo de esta confusión que dominaba la moral, los objetivos y sus efectos, se organizó una curiosa respuesta: un cuadro de activistas católicos en París –curas, monjes, algunos seglares–, reclutados por un sacerdote a quien conocían como «Simon Verginius», es decir: Simon, quien los había unido a todos mediante un juramento secreto y sagrado que perduraría toda la vida. Ellos nunca podrían revelar la existencia de su hermandad ni las identidades de los miembros a nadie que no perteneciera al grupo. Mientras el juramento siguiera intacto, estarían a salvo de que los descubriesen.

Sin embargo, durante los primeros tiempos ya surgieron problemas dentro de la misma organización, me aseguró el hermano Leo con un melancólico encogimiento de hombros.

–De momento sólo voy a plantear algunas preguntas, sin facilitar respuestas –me dijo–. En primer lugar, ¿de quién era la idea original de este grupo? Por supuesto, no de Simon. Las órdenes partían de alguien en Roma, o al menos éstas eran mis suposiciones, las de un joven atrapado en medio de los acontecimientos y deseoso de participar en ellos. Alguien, en alguna parte, guiaba la mano de Simon; existía una prueba interna. De pronto estalló el conflicto. Simon se había rebelado contra algunas de las órdenes y eso significaría nuestra destrucción.

Los objetivos del grupo eran proteger a la Iglesia de los infortunios de la contienda, enriquecerla gracias a los saqueos de la guerra y mantenerla fuerte por encima de la conflagración, de los estallidos de ambición y locura que en el fondo regían la guerra. En una nación, en una gran ciudad regida por los invasores nazis, las implicaciones de tales objetivos resultaban obvias, pero inevitablemente estaban reñidas con la moralidad de determinados individuos. El hermano Leo me lo dio a entender mientras proseguía con su historia.

Los hombres que formaban el grupo se conocían entre sí mediante nombres en clave. Leo aseguraba haberlos olvidado, ya que había intentado con todas sus fuerzas enterrarlos en el lejano pasado. Insistió en que no recordaba cuántos formaban el grupo y en este punto no parecía dispuesto a cambiar de opinión. Sí, había uno a quien llamaban Christos, admitió al recordar el nombre, y poco después comprendí por qué. En aquel entonces, dijo, ellos formaban un perfecto grupo católico: totalmente autoritario, nadie se atrevía a formular preguntas abiertamente, ni tan siquiera a pensarlas, como no fuera en lo más recóndito de la propia mente y cuando las defensas estaban bajas. Las órdenes se impartían y se llevaban a cabo. Las decisiones se dejaban para los demás. Esos hombres se consideraban a sí mismos como armas al servicio de la Iglesia. Era época de guerra y la Iglesia nunca había agachado la cabeza ante ejércitos laicos. Bueno, no muy a menudo. A lo largo de la historia, había creado sus propios ejércitos y enviado sus propios soldados a la batalla, a matar, cuando se les exigía. De modo que en París la Iglesia había creado un nuevo ejército que podía llamar propio, el cual haría cuanto fuese necesario. El hermano Leo no me miró al decirlo, pero yo lo comprendí: los habían convocado para matar y ellos habían matado.

–Era una época en que había que cumplir órdenes de todo tipo –explicó–. Cualesquiera que fueran. No, señor Driskill, no es necesario que lo diga. Estoy de acuerdo con usted. Cumplir órdenes era la más pobre de las excusas en aquellos tiempos. Un guardia del campo de concentración de Treblinka; un cura al acecho de su víctima en uno de los barrios periféricos de París. –Se encogió de hombros mientras observaba el mar con sus sombras cada vez más alargadas y el viento cada vez más helado–. No pretendo disculparme a mí ni a ninguno de los demás, pero quiero que sepa cómo era aquello, nada más. A veces la orden era matar a un hombre. Por el bien superior, desde luego. Siempre era en bien de la Iglesia y nosotros creíamos en ella, ¿no?

Pero con mayor frecuencia había algo más. Por lo general, se trataba de una cuestión de intercambio. Entonces andaban por la cuerda floja. Comerciaban con las lealtades, con las actuaciones del grupo, por el bien de la Iglesia. Comerciaban con los nazis, con la Wehrmacht, con las SS o con la Gestapo. A cambio, la Iglesia obtenía beneficios: una parte razonable de las obras de arte requisadas, que de este modo iban a parar a Roma. Los restos de lo que habían requisado a los judíos, y que, sencillamente, éstos nunca volverían a ver. Cuando era necesario, la pequeña banda de Simon, con Christos a menudo al frente de la misión, mantenía vigilada a la Resistencia. Al parecer no había otra elección que traicionar a sus amigos franceses para dar carnaza a los nazis, para mantener el frágil equilibrio entre trabajar aquí con la Resistencia y allí con los nazis, aunque siempre en favor de la Iglesia, que, como un artículo de fe, ellos consideraban que debía sobrevivir a los patriotas de la Resistencia, a los invasores nazis y a la guerra en sí.

Sin embargo, en ocasiones el intercambio no resultaba sencillo, no bastaba con el simple acto de traicionar por una parte a la Resistencia y por otra sabotear a los nazis. A veces éstos querían que muriera un hombre. ¿Por qué no mataban ellos mismos a quien los había molestado? El hermano Leo había reflexionado mucho acerca del asunto. ¿Se trataba de una prueba con objeto de comprobar la voluntad del grupo para trabajar con los ocupantes? ¿O sólo querían imponerse a su voluntad?

El hermano Leo recordó una ocasión en que emergieron las desavenencias entre Simon y Christos. El hermano Leo estaba convencido de que, tarde o temprano, surgirían problemas. La tapa saltó con el caso del cura de la Resistencia...

El padre Devereaux era un sacerdote que había contribuido mucho en bien de la Resistencia. Un oficial de las SS fue secuestrado y posteriormente hallado en el vertedero de una población cercana a París. Se ignoraba quién era el culpable, pero se sabía que el pueblo simpatizaba con la Resistencia, en parte gracias a la actitud del padre Devereaux.

Las SS exigieron una respuesta ejemplar: el cura tenía que morir y los católicos liderados por Simon recibieron el encargo de matarlo. Simon informó al grupo de que eso no era posible y que iba a contestar a las SS con una negativa. Sin embargo, Christos, el cura parisiense, alto y de aspecto fantasmagórico, argumentó que era mucho más importante conservar las buenas relaciones con los nazis que la vida de un cura alborotador. Aquello era la guerra, dijo, y en la guerra era natural que la gente muriese. Por el bien superior, el padre Devereaux debía morir, tal como habían ordenado las SS.

Christos discutió largamente la decisión. Una vida de vez en cuando carecía de importancia en comparación con la Iglesia, con la supervivencia del grupo.

–¿Se da cuenta, señor Driskill? –preguntó el hermano Leo con voz pausada, aprovechando un momento en que el embate del mar se tranquilizaba, y añadió, como si careciese de importancia–: Nosotros éramos la reencarnación de los *assassini* y habíamos vuelto para ayudar a la Iglesia.

Unos cuantos asesinatos no parecían tener mucha importancia. ¡Ni siquiera se trataba de asesinatos! Eran simples víctimas de la guerra. En realidad, Christos se consideraba un pragmático. Algunos de su banda lo tenían por un individuo brutal, despiadado. Pero él insistió y los demás obedecieron. Simon refrenó su mano y no los detuvo, pero no participó en lo que ocurrió en el pueblo la noche en que mataron a Devereaux. Christos había obligado a algunos a hacer su voluntad, observó el hermano Leo.

–Pero no a Simon, al pequeño Sal ni a mí, y tampoco al holandés. Nosotros recibíamos órdenes de Simon, así que nos quedamos con él en vez de seguir a Christos.

Sin embargo, hubo otras ocasiones, trabajos sucios con consecuencias mortales, y ellos habían cumplido las órdenes. Tanto Simon como el resto. No importaba quién fuera a ganar la guerra, la Iglesia tenía que estar preparada para aliarse con el ganador. Tenía que sobrevivir.

¿Estaban enterados en Roma?

¿Lo sabía el papa?

Preguntas que no podían concebirse ni formularse. Sin embargo, Simon había llegado a París procedente de Roma.

El hermano Leo hablaba pausadamente, con calma, acariciándose las mejillas rosadas y curtidas por el frío viento, o alisándose contra el cráneo la franja de cabello hirsuto y blanco, sólo para que el viento volviera a levantársela y él se la alisara de nuevo.

Entonces llegó la última noche, hacia el final del duro invierno de 1944.

Había llegado el momento de volver a matar a un hombre.

Sin embargo, los nazis no sabían nada al respecto, ni tampoco la Resistencia. Nadie, a excepción de los *assassini,* sabía que se debía matar a un hombre importante.

Por el bien de la Iglesia. Para salvarla.

Era una misión de Simon, la misión más complicada que habían intentado. Requeriría más planificación, más vehículos de transporte y más suministros, para lo cual confiaban en la Resistencia.

Dinamita. Dos ametralladoras. Granadas de mano.

Con un solo golpe de audacia, iban a cambiar el curso de la historia y salvar a la Iglesia.

Tenían que ocultarse en la cabaña de un cazador, situada en la falda de una colina desde donde se dominaba un tramo de la vía ferroviaria, la cual no podían ver desde abajo debido a las laderas pobladas de frondosos árboles. En el tren viajaría un hombre importante con destino a París, donde mantendría una entrevista secreta con el alto mando nazi. Se rumoreaba que el mariscal Goering figuraría entre los conferenciantes.

Su misión era hacer estallar la vía. Mas si aquella personalidad no fallecía en el descarrilamiento, entonces tenían que dispararle, y que alguien se atreviera a impedírselo.

Pero todo salió mal.

Los alemanes se enteraron y avisaron al hombre del tren. Alguien los había puesto al corriente, alguien de dentro del grupo.

–Aquel personaje ni siquiera viajaba en el tren –explicó el hermano Leo–. Alguien nos había traicionado. Fue un lío terrible; sólo unos pocos de los nuestros sobrevivieron. A algunos los mataron, los siguieron hasta París y los asesinaron acto seguido. Después vino un hombre, a quien llamábamos el Recaudador, para ver si lograba..., en fin –exclamó, meneando la cabeza mientras se pasaba la mano por la boca–, de eso hace mucho tiempo. Simon sabía que todo se había terminado, pero también sabía quién nos había traicionado. Todos estábamos tan asustados, que escapamos para salir con vida. Simon iba a cuidar de nosotros, aunque no sabíamos cómo. Creíamos en él, confiábamos en él. Sabíamos que cuidaría de nosotros. Y así lo hizo; nos dijo quién lo había hecho y luego fue en busca del traidor. Era Christos, ¿sabe? Había sido él. Era más nazi que otra cosa. El holandés, el pequeño Sal y yo seguimos a Simon aquella noche, queríamos estar a su lado por si nos necesitaba. Sabíamos que Christos llevaba una pistola.

La noche era fría y un viento cruel arrastraba helados copos de nieve. Era el mes de febrero de 1944, en un pequeño cementerio lleno de hierbajos, pegado a una iglesia medio derruida y en uno de los barrios más sombríos de París. Una persiana abierta golpeteaba en medio de la noche. El hielo, que parecía un cristal roto, cubría la superficie de las lápidas. Los hierbajos, blanquecinos e inclinados, brotaban de unos charcos helados. Y los ratones, muertos de hambre y de frío, huían presurosos bajo las pisadas.

Simon y Christos estaban de pie en la penumbra, entre las lápidas.

Leo, el holandés y el pequeño Sal permanecían agachados en las sombras, al otro lado de la verja. Leo tenía miedo de que la punta de la nariz se le helara. Sal no hacía otra cosa que rezar entre murmullos: su vida de sacerdote había dado algunos giros inesperados, llevándolo hasta aquel helado cementerio en medio de una noche solitaria, sólo con el miedo a su alrededor.

Christos dijo a Simon que él no había traicionado a nadie, que no entendía lo ocurrido, que sí, que debía de haber algún traidor, pero que no sabía quién era.

Simon le replicó que todo había terminado, que Christos no era más que un nazi, que siempre lo había sido y que esa noche todo iba a acabar.

«Tú asesinaste al cura Devereaux, de la Resistencia, y tú nos has delatado a tus amigos nazis.»

«Devereaux era un riesgo, una amenaza para todos nosotros. ¡Tenía que morir!»

La voz de Simon se perdió al contestarle, pero Christos se apartó de un salto. Entonces volvió a oírse la voz de Simon: «Tú mataste a un hombre decente, honesto». El viento volvió a llevarse sus voces y Leo se volvió hacia el holandés, quien negó con la cabeza y se colocó un dedo sobre los labios. Una débil luz amarillenta que había en el refectorio de la iglesia se había apagado. Un gato saltó de detrás de una lápida, chispas amarillas brotaron en sus ojos y un ratón murió.

«No –decía Simon–, no puede ser para el bien de la Iglesia. Dios no lo permitiría.»

«¿Y qué me dices de lo que planeabais para el hombre del tren? ¿Se supone que eso sí iba a permitirlo Dios?»

«Has colaborado con los nazis, que son unos ateos, y ahora dices que lo has hecho por nosotros, por el bien de la Iglesia. En fin, quizá sea así. –Simon hablaba lentamente, a unos centímetros del rostro de Christos, pero, aun así, Leo podía escuchar cada una de sus palabras–. Sin embargo, el asesinato del padre Devereaux, eso sí es traicionar a la Iglesia. Una traición a Dios, a todos nosotros. Y ahora has vuelto a traicionarnos. El tipo del tren merecía la muerte y en cambio hemos perdido a nuestros hombres por tu culpa. Pero ahora todo ha terminado, ésta va a ser la última noche.»

Del bolsillo de su gastado abrigo, que llevaba encima de la sotana, Christos había sacado una pistola. Leo se apartó de la verja y tropezó con el gato.

Si el gato no hubiese lanzado un maullido al saltar sobre otro ratón sentenciado y feliz de verse libre de sus garras –una confusión de ojos hambrientos y pelos sarnosos–, entonces quizá Christos hubiese podido disparar contra Simon, matarlo allí mismo y abandonar el cadáver para que se congelara, tieso como una tabla, con lo cual habría podido cambiar la suerte a su favor.

Pero el gato había maullado al saltar y eso hizo que Christos volviera la cabeza unos centímetros, la sorpresa le hizo perder la concentración en su propósito y Simon, con sorprendente agilidad para un hombre de constitución tan corpulenta, saltó sobre él decidido a exterminarlo.

Unos brazos poderosos rodearon a Christos y se cerraron sobre su espalda. Parecía como si ambos marcaran sin gracia los pasos de una danza ritual entre las lápidas, entre los gatos y los ratones. Daba la sensación de que llevaban mucho tiempo abrazados, con los rostros a punto de rozarse, brillantes a causa del sudor, fatigados por la pasión de la muerte, la vieja pasión. Finalmente se oyó un chirrido, un crujido, un gruñido al expulsar el aire; el ruido de un hombre al deshincharse.

Christos murió.

El asesino apenas jadeaba.

Arrastró el cadáver hasta la verja y lo empujó con el pie para meterlo entre una lápida y unos arbustos empapados y oscuros. Con una patada retiró los pies del sendero y se alejó tranquilamente, para ser engullido por la noche oscura, fría y barrida por el viento.

Con la muerte de Christos también murieron los *assassini*, al menos por lo que Leo sabía. Durante el verano, París fue liberado. El fin de la guerra ya era inevitable, si bien a los aliados todavía les aguardaban días aciagos hasta el final. Con todo, para la pequeña banda de asesinos todo había terminado.

Leo estiró los brazos hacia la última luminosidad solar del día, como si hiciera gimnasia. La cubierta de nubes azules y moradas se oscurecía en el horizonte y se cerraba sobre los últimos rayos.

–Después de aquella noche en que mató a Christos, nunca volví a hablar con Simon. Nunca volví a verlo.

El hermano Leo avanzaba entre los mojones de las sepulturas, arrodillándose aquí y allá para enderezar un parterre de flores o cortar las que estaban mustias –y que él denominaba capullos secos–, o arrancar los recalcitrantes hierbajos. El sol se estaba poniendo y el viento se hacía más pertinaz, con lo cual la temperatura bajaba más todavía. Sentí un estremecimiento, pero no a causa del frío. Simon aparecía cada vez más nítido en mi mente, como si cobrara vida. Ahora también sabía quién era Christos, el cura nazi. Sin embargo, siempre pensaría en él bajo otro nombre, muriendo en plena noche.

–¿Qué hicieron después? Me refiero a cuando Christos hubo muerto y Simon desapareció. Aunque debo advertirle que no estoy totalmente a oscuras. Por ejemplo, sé que Christos era el padre LeBecq, hijo de un marchante de objetos artísticos. Pero Simon..., ¿quién era Simon?

El hermano Leo hizo caso omiso a mi pregunta y se limitó a proseguir. Él tenía su propia agenda.

–Después de aquella noche, yo volví a mi trabajo habitual en París, y eso significó el final de todo, al menos durante algún tiempo. Es decir, hasta que el Recaudador vino de Roma.

–Ah, sí, el Recaudador. ¿Y cuál era su verdadero nombre cuando estaba entre los suyos?

–No sea tan impaciente, señor Driskill. Por aquí disponemos de mucho tiempo. De lo otro tenemos poco, pero tiempo...

–No me culpe por sentir curiosidad –le dije–. ¿Quién era el holandés que ha mencionado? ¿Y el pequeño Sal, el cura cuya existencia era tan diferente de lo que había esperado? ¿Qué fue de ellos?

–Imagino que todos volvieron a sus antiguas identidades, a la vida que todos nosotros llevábamos durante el día. Es decir, al menos por algún tiempo.

–Ya sé, ya sé. Hasta que llegó el Recaudador desde Roma.

–Exacto. Vino a interrogarnos a todos. –Para levantarse, se apoyó con una mano en una de las viejas lápidas, en cuya base había unas flores secas, que antaño habían sido amarillas–. Simon es el único gran hombre que yo he conocido. ¿Entiende lo que le quiero decir? No conocía más lealtad que la que debía a Dios y a la Iglesia. Ahora puedo mirar atrás y decir que se hicieron cosas que no deberían haberse hecho, pero eran tiempos difíciles para todos, una carrera contra la muerte. Sin embargo, Simon no era como los demás hombres. Incluso los propios santos cometen equivocaciones, ¿no?

–Una forma muy indulgente de expresarlo –repliqué.

–Simon también las cometió. Pero era un gran hombre. Sencillamente, su valor era ilimitado.

–Sin embargo, ¿quién diablos era Simon?

–Por favor, señor Driskill.

–Usted lo conocía. Quiero decir que lo conocía de verdad.

–Digamos que lo observaba. Pasamos algunas noches escondiéndonos en los pajares. Hablaba conmigo. Discutíamos acerca de la importancia de lo que estábamos haciendo: si era correcto, si realmente era por el bien de la Iglesia. Él analizaba cada uno de los aspectos del tema y yo lo escuchaba. Era un hombre mucho más inteligente que yo. Había sido un gran estudioso del pasado, de eso que llamamos historia. Fue Simon Verginius quien me habló del concordato de los Borgia.

El padre Leo me había llevado hasta la salida del cementerio y bajábamos paseando lentamente hacia los acantilados.

–¿Qué? –grité contra la repentina explosión del océano sobre las rocas.

El monje se apoyó contra un árbol retorcido, metió las manos en los bolsillos de los pantalones, que llevaba cubiertos de barro, y habló de nuevo, como si aquello careciera de importancia, lo mismo que una vieja anécdota de la época de la guerra. El mar se tomó un respiro.

–Simon explicó que ese concordato era un acuerdo entre el papa Alejandro Borgia con la sociedad secreta de hombres que hacían, ¿cómo lo llamaba Simon? Ah, sí, que hacían el «trabajo sucio». Es decir, que mataban para él. Simon afirmaba que éramos los descendientes de aquellos hombres, quinientos años después, que formábamos parte de la historia de la Iglesia. Me contó que él había visto y tocado personalmente el concordato.

Leo se interrumpió y miró hacia abajo, a la espuma que se enrollaba sobre sí misma. Su cara era un modelo de serenidad, un símbolo de su conciliación con el pasado.

–¿Lo describió? ¿Existe todavía?

El monje sonrió, tolerante con mi impaciencia.

–Muchas cosas desaparecieron durante la guerra y en los días que siguieron. Pero Simon estaba obsesionado por el destino del concordato, del pergamino donde estaba redactado. Decía que contenía los nombres de los fieles hombres que habían servido al papa Alejandro y que también contenía los apellidos de las líneas sucesorias de aquellos hombres, anotadas a lo largo de los siglos desde que Alejandro lo redactó. Yo no estaba muy seguro; todo parecía demasiado fantástico. Sin embargo, la historia de la Iglesia está repleta de documentos secretos, ¿no? Aquello me parecía típicamente católico. Simon temía que pudiera caer en manos de los nazis durante la guerra y que lo utilizaran indefinidamente a fin de crear una sociedad que actuara al margen de la Iglesia.

–¿Quiere usted decir que entonces lo tenía consigo?

Leo asintió.

–¿Y cómo llegó a su poder un documento tan sorprendente?

–Nunca me lo dijo.

–Puede que le mintiera, que le estuviese tomando el pelo.

–¿Simon? ¿Mentir? ¡Nunca!

–Pero ¿cómo puede estar usted tan seguro?

Leo me miró por el rabillo del ojo, disimuladamente, desde la distancia que otorga una edad avanzada.

–Lo sé. Yo lo conocía. Por eso estoy tan seguro.

–Cuénteme todo lo que sepa. Puede que el destino de la Iglesia esté en sus manos.

Una lista con los nombres de los *assassini*.

–Lo dudo, señor Driskill. Eso es pura cháchara jesuítica.

No iba a impresionarle con mi investigación, ni con todo lo que había tenido que aguantar. Él lo había pasado mucho peor que yo y ahora la lucha con la vida estaba a punto de concluir, de modo que no podría intimidarlo, impresionarlo, engatusarlo ni obligarlo a ir más allá de lo que él hubiese decidido. Lo tenía pensado desde hacía mucho tiempo.

–En el pasado yo fui jesuita –le aclaré.

Leo rió incontenible.

–¡Driskill! –exclamó–. ¡Menuda pieza está usted hecho! ¿Es usted, por casualidad, un hombre honesto?

–Más o menos –contesté.

En mi mundo, nadie hacía preguntas así. ¿Qué se supone que debía responderle?

–En fin –suspiró–. Volviendo al tema, cuando Simon abandonó el cementerio, en su mente ya estaba el concordato de los Borgia. Era parte de la historia, pero también una especie de licencia, una carta de privilegios, ¿no lo cree usted así? Su propia historia le daba validez, ¿no? Cuando los *assassini* eran necesarios, cuando podían servir a la Iglesia, entonces resucitaban. –Leo me miraba con los ojos muy abiertos–. Yo no querría tener la responsabilidad de decidir cuándo, ¿y usted, señor Driskill?

–Cuénteme qué fue del concordato.

–Oh, lo envió al norte para ponerlo a salvo. De hecho –su rostro aparecía colorado, casi feliz, como el de Santa Claus en el patio de la escuela–, ¡yo fui el encargado de llevármelo! Él confiaba en mí, ¿sabe? –Me enseñó los dientes, pequeños y blancos, y en cierto modo feroces–. Nos encargamos otro compañero y yo, el holandés que estaba con nosotros detrás del cementerio aquella última noche. Él vino a verme con una carta y un paquete. La carta era de Simon y en ella me decía que cogiera el paquete, que contenía el concordato, y que junto con el holandés lo llevara al norte. ¡Oh, debo decirle que fue toda una aventura! Partimos como pescadores bretones y cruzamos el canal rumbo a Inglaterra. De capa y espada. Pero lo conseguimos. Dios quiso que concluyéramos la misión de Simon. –Miró hacia el oscuro mar, reviviendo aquel momento de triunfo–. De modo que impedimos que cayera en poder de los nazis –prosiguió y se volvió de nuevo hacia mí–. Está aquí, ¿sabe? Lo trajimos a St. Sixtus. Como muchos otros monasterios irlandeses, éste siempre ha sido depositario de documentos eclesiásticos. Desde la Edad Media. Es una tradición. Aquí las cosas se conservan durante siglos, es un lugar seguro y apartado de todo.

–¿Dice usted que se encuentra aquí? ¿Aquí mismo?

La sangre latía en mi cabeza. Una lista de los *assassini*.

–Sí, claro. El archivero, el hermano Padraic..., un hombre anciano, a punto de dejarnos, me temo. Él lo tiene, lo esconde aquí, en algún lugar de los archivos de St. Sixtus. A lo largo de estos cuarenta años, Padraic y yo nos hemos hecho muy amigos. Ahora ha llegado el momento de que ambos liberemos nuestras conciencias de este peso. No era ésta nuestra intención, pero, ahora que ha venido usted, quizá sea la aclaración de Dios a nuestras últimas dudas acerca de lo que entonces hicimos en su nombre. No tardaremos en morir, pero tal vez usted sea la respuesta a nuestras oraciones. Nosotros no somos más que dos sencillos ancianos. –De nuevo suspiró, pero sin un ápice de tristeza por sí mismo–. Yo sugiero hacerle a usted depositario del concordato. Quiero decir que a mí me corresponde entregarlo, ¿no? –Abrió ambas manos y se encogió de hombros–. El hombre que viajó conmigo al norte, el holandés, desapareció hace mucho tiempo. Se ha perdido. ¿Y Simon? En fin...

Volvió a encogerse de hombros.

–¿Simon todavía vive? ¿Lo sabe?

–Oh, claro. Simon todavía vive, y también el pequeño Sal. –Una leve sonrisa dilató sus pequeños rasgos–. Son todos muy importantes ahora –concluyó enigmáticamente.

–¿Por qué no me lo dice? ¡Por el amor de Dios! –Mi voz temblaba por la frustración, aparte de que sentía un horrible frío–. ¿Quién era Simon? ¿Quién diablos es?

–Si no se lo entrego a usted, probablemente se perderá para siempre. Padraic y yo vamos a morir y el concordato permanecerá aquí, en nuestras cámaras de seguridad, tal vez durante uno o dos siglos. Pero si se lo doy a usted, dígame, ¿me haría a mí y a la Iglesia un favor?

–¿Qué favor?

–Yo le entregaré el concordato de los Borgia si usted se lo lleva y lo entrega a alguien de mi parte. ¿Puede usted hacerlo?

–¿Entregarlo dónde? ¿A quién?

–¿Pregunta a quién? A Simon, por supuesto. Le perteneció en el pasado. Déselo a Simon de mi parte.

–Deberá usted decirme dónde.

–Por supuesto. A quién y dónde.

–Me desconcierta usted, hermano Leo.

–¿De veras?

–Todos ustedes eran asesinos.

–Creía haber explicado las circunstancias. La guerra y toda aquella locura.

–Pero ahora han vuelto a empezar.

–Yo no, como puede usted comprobar. Los otros, cualesquiera que puedan quedar, deberán responder de sí mismos.

–¿Va a decirme quién es Simon?

–Sí. A su debido tiempo. –Me miró largamente a los ojos–. Alguien todavía está matando –murmuró–. Matando en nombre de la Iglesia. Ah, señor Driskill, estoy preocupado por mis pecados. –Hizo una pausa, que pareció interminable–. Todavía matan en nombre de la Iglesia. Pero ¿a Robbie Heywood? ¿A su hermana? –De nuevo se volvió hacia mí y su rostro pareció repentinamente cansado, repleto de preocupación–. Dios mío, estoy demasiado aislado.

Tenía que conservar la calma. No podía correr el riesgo de asustar al anciano. A pesar de ello, por dentro me deshacía de pura excitación. Tan cerca del fin, tan próximo a obtener algunas respuestas. Simon estaba vivo e iba a obtener su verdadero nombre. Sabría quién era, pero todo tenía que hacerse al estilo del hermano Leo.

Por eso me veía empapado hasta los huesos, bajando por el tosco acantilado gracias a una serie de huecos naturales donde asentar los pies. Había estado ya en dos monasterios antes de verme sometido a esta prueba y la verdad era que deseaba algo mejor. Lisas extensiones de césped, parterres con alheñas, un surtidor en el centro de un patio, donde los pájaros acuden a beber, el suave tañido de una campana: ésa era mi imagen de los monasterios. Paz y tiempo para reflexionar en silencio. Nada más.

Habíamos bajado la mitad del acantilado cuando las oscuras nubes abandonaron rápidamente su posición sobre el océano y nos dejaron sentir toda su fuerza, soltándonosla de pleno, empapándonos. Leo se volvió hacia mí con el rostro chorreando agua y me gritó algo referente a «un cambio del tiempo al que ya estamos acostumbrados aquí»; yo agaché la cabeza y lo seguí. Bajamos y continuamos bajando a través de arbustos y rocas afiladas, trozos desprendidos del acantilado, hasta llegar a una franja de arena batida, invisible desde arriba. En realidad era una pequeña caleta, protegida por unos enormes peñascos que surgían dentro del agua, a unos cincuenta metros de distancia, con un oleaje que cubría la arena y se deslizaba suavemente entre las rocas al pie del acantilado. Leo volvió a hacerme señas y atravesamos por la arena, encharcada y dura como cemento, hasta llegar a un sendero en medio de rocas resbaladizas y traicioneras.

–La cueva –dijo, señalándola.

Nos resguardamos en la entrada. Leo sacó una pequeña pipa del bolsillo posterior, junto con una bolsita de hule cuarteada, con unas cuantas hebras de tabaco en una esquina. Llenó la pequeña cazoleta, la encendió, dio una chupada y se frotó las manos. Mientras el aguacero golpeaba con furia a un metro de distancia, me explicó que los acantilados estaban llenos de cuevas similares y que todas formaban parte del monasterio: refugios para los ermitaños que consideraban demasiado lujosas las celdas de piedra. Algunas de las cuevas, como la que nos cobijaba ahora, se comunicaban con las entrañas mismas del monasterio. Al parecer, no me había llevado a aquella cueva por casualidad.

Me explicó que conducía a una de las cámaras ocultas donde se almacenaban los documentos secretos en cofres especiales. Era el territorio del archivero, del hermano Padraic.

–¿Podría encontrar de nuevo este sitio? –me preguntó, restregando la cazoleta de la pipa entre sus frías manos–. ¿Podría bajar de nuevo por este acantilado al amanecer? Puede ser peligroso.

Le contesté que creía poder hacerlo.

–Bien. Vaya con cuidado. Al amanecer, entonces. El mundo está a nuestra disposición, así que el hermano Padraic y yo nos encontraremos con usted aquí mismo. Le entregaremos el maldito concordato, algunas instrucciones referentes a lo que tiene que hacer con él y asunto concluido. Confío en usted, señor Driskill. Confío en el buen Dios, que lo ha enviado hasta mí. Luego, después de todos estos años, habré terminado con este asunto. Me podré liberar de los recuerdos. –Dio una chupada a la pipa mientras observaba la lluvia, que caía con fuerza en la entrada de la cueva–. Todos tenemos nuestros pecados, ¿no? Unos más graves que otros.

Lo único que podemos hacer es confesarnos, arrepentirnos y rezar para obtener el perdón. Nosotros nos cobramos vidas en el nombre de la Iglesia.

Ahora que había empezado, ya no podía dejar de hablar de todo aquello. Me pregunté si se lo habría contado a alguien más en cuanto llegó a St. Sixtus. Podía habérselo dicho a Padraic, supuse. Pero lo más probable era que lo hubiese guardado para sí hasta que empezó a contármelo a mí, a un extraño por el cual había apostado, para bien o para mal.

–¿Se trata de un pecado, o de dos? –prosiguió–. Nosotros asesinamos y culpamos de ello a la Iglesia. Diría que son dos. Permita que le exponga una cosa, señor Driskill. A menudo se ha dicho que a partir de la primera comunión, lo que hacemos es consumir a la Iglesia. Pero eso es falso, amigo mío. Es la Iglesia la que nos consume a nosotros. Parece un acertijo, ¿verdad?

Había parado de llover, pero las nubes de tormenta aún permanecían en lo alto, llevando la noche sobre el monasterio y su inhóspita orilla. Leo me condujo de nuevo por la franja de arena, en la misma dirección por donde habíamos venido. Se disculpó por el aspecto clandestino de mi visita, pero consideraba mucho más conveniente que nadie me viera. Cuantas menos preguntas hubiese, más fácil sería marchar. Le indiqué que ya me habían visto varios monjes en el edificio principal, al preguntar por su paradero, pero le restó importancia encogiéndose de hombros.

–Les contaré una mentira –resolvió alegremente–. Les diré que era usted un primo de América, y que ya se ha ido.

Los pecados pequeños carecían de importancia.

Me dijo que podía pasar la noche en una de aquellas celdas y que me traería pan, queso, vino y una manta. Cuando se fue en busca de aquellos artículos básicos, retiré del recodo del camino el coche de alquiler y lo aparqué detrás de una pantalla formada por rocas, muros derruidos y altos hierbajos. Cualquiera que llegase, sobre todo en medio de la oscuridad, tendría que hacer un gran esfuerzo para verlo. Aguardé la vuelta del hermano Leo, de pie junto a la celda, arropado con mi impermeable, como un vigilante costero procedente de otra guerra menos clandestina.

Leo no tardó en regresar con las provisiones y también trajo un par de velas. Nos acurrucamos en el centro de la cabaña de piedra e intenté no pensar en la penetrante humedad ni en las resbaladizas paredes. Descorchó la botella de vino casero, que yo me bebí acompañándolo con trozos de pan y queso blanco ácido. Leo dio un último repaso a los planes para la mañana, y cuando se disponía a marchar, yo pronuncié el nombre.

–August Horstmann.

Leo estaba agachado, a punto de salir por la baja abertura que formaba la entrada de la celda, con la mano en alto, para apoyarse en el arco del boquete.

–¿Qué ha dicho usted? –preguntó, irguiéndose como un tronco, de espaldas a mí.

–August Horstmann. ¿Era el hombre a quien ustedes llamaban el holandés?

Se volvió despacio, con la boca enfurruñada, y me miró contrariado.

–No me gusta que se burlen de mí, señor Driskill. Yo creía que usted era sincero conmigo, no que me estaba tirando de la lengua y se burlaba a mis espaldas.

–¿A qué se refiere?

–Usted está enterado de todo y ha dejado que yo hablara por los codos, como un viejo borrachín.

–Tonterías. Ha sido sólo una mera suposición.

No le dije que el holandés había matado al viejo Vicario, a Heywood.

–Horstmann es el hombre que me acompañó al norte. El holandés. Nosotros trajimos el concordato aquí, a St. Sixtus. Desapareció como una sombra al llegar la noche y yo me quedé. Era un hombre valiente, el holandés. No conocía el miedo.

Me sentía agotado y el frío y la humedad no contribuían a mejorar mi espalda. La notaba húmeda y pegajosa, como si el vendaje estuviese adherido a la piel con pegamento húmedo y endurecido. De modo que, entre palpitaciones y pinchazos, me resultaba difícil conciliar el sueño. No paraba de dar vueltas bajo las mantas que me había puesto sobre la trinchera, pero no encontraba una postura que resultara cómoda. La vela oscilaba al impulso de las corrientes de aire y el humo negro se alejaba en espirales. Sin embargo, probablemente tampoco habría podido dormir aunque hubiese estado en mi cama y en casa.

Las conexiones se multiplicaban entre sí. Horstmann y Leo. Ambos habían sacado de París el concordato de los Borgia y lo habían traído a la costa del norte de Irlanda. De eso hacía cuarenta años. Simon Verginius se lo había entregado para que lo pusiesen a salvo y no cayera en poder de los nazis. París. *Assassini*. Simon. Concordato. Horstmann. LeBecq en el cementerio, su hermano apoyado en la rueda delantera de un avión en pleno desierto egipcio, cuarenta años después, ambas muertes en cierto modo relacionadas. Mi hermana Val; Richter, Torricelli, D'Ambrizzi y LeBecq fotografiados por una cámara hacía muchos años. El Recaudador. El pequeño Sal, el holandés y Leo agachados en el frío. El padre Governeau en la mente de mi hermana el día en que ésta murió.

Leo. Carecía de sentido decirle que su antiguo camarada en aquella peligrosa huida de los nazis todavía andaba suelto por la Tierra, igual que un espíritu diabólico.

Pero yo no podía evitar que Horstmann invadiera mis pensamientos y que al final se instalara en mi mente como otro ejército de ocupación. Tenía la sensación de que ya no me encontraba solo en la vieja celda de los monjes. Horstmann estaba a mi lado. Había llegado a París, anticipándose a mi llegada, y había matado a Heywood para impedir que yo averiguase la información referente a los *assassini*. Pero había fracasado. Había intentado asesinarme en Princeton y también había fracasado. Yo sabía que seguiría intentando matarme, hasta que uno de los dos muriera. En medio de la desolación nocturna, con la lluvia filtrándose por las rendijas de las piedras, me pregunté si tendría alguna posibilidad frente a él o si seguiría intentando matarme a través del tiempo, sin parar, eternamente, como si estuviésemos atrapados en los recintos internos del infierno.

Bostezaba, sentía escalofríos y me acurrucaba todavía más bajo las mantas. Pero me sentía seguro en aquella colmena. Parecía imposible que él supiera dónde me encontraba. Aun así, él había estado allí cuarenta años atrás, allí mismo, en St. Sixtus.

Tenía que refrenarme, impedir que el temor a Horstmann se apoderase de mí y me obligara a salir. Pero él era un asesino implacable, despiadado, dispuesto a matar para proteger sus secretos, los de Simon; yo podía sentirlo, escuchar su respiración y sus pasos detrás de mí.

¿Sería yo capaz de cambiar la situación?, me preguntaba. ¿Podría convertirme en cazador y perseguirlo hasta atraparlo? ¿Cómo podría yo cazar a alguien invisible? ¿Podría acosarlo, acorralarlo y matarlo, en nombre de Val, de Lockhardt, de Heywood y de monseñor Heffernan? ¿Por mi propia seguridad? ¿Me atrevería yo a matar a una persona? Si era capaz, sabía ya quién sería la víctima.

Él era terriblemente poderoso en su locura y estaba muy por encima de mis facultades de comprensión, como los grandes misterios de la Iglesia. Me sentía como un hombre acosado por una bestia mítica, que podía hacerse invisible a voluntad y luego reaparecer en medio de una explosión de azufre, dejando que la entreviera sólo para mantenerme interesado en la caza y desapareciendo luego una vez más, mientras yo me lanzaba de cabeza a mi propia condena. Tenía la impresión de que no me quedaban más alternativas. Debía continuar presionando hasta que todo terminara.

Las reacciones que Leo provocaba en mí eran ambiguas. Me preocupaba. Sin duda, era una especie de hombre honesto, y sin embargo me repelía su historia con los *assassini* en París, la pragmática traición a la Resistencia a fin de mantener las buenas relaciones con los nazis. Sin embargo, imaginaba que aquél era un microcosmos razonablemente fidedigno de la actitud general de la Iglesia en aquella época. ¡Pío XII ni siquiera había excomulgado a Hitler! Por otra parte estaba la opinión que Leo tenía de Simon: lo consideraba un santo. No obstante, aquel Simon que se había apoderado del concordato, vete a saber con qué medios, como mínimo era un asesino, y quizá algo peor. Pero todo debía de ser tan terriblemente complicado que ¿quién diablos era yo para juzgarlo? Yo mismo quería atrapar a un hombre y luego matarlo.

¿Qué habría sido de Simon después de la guerra?

¿Quién era él? ¿Seguía siendo quien impartía las órdenes a Horstmann?

Cuando por fin concilié el sueño, estaba pensando en Val y me preguntaba qué habrían hecho ella y sor Elizabeth con toda aquella información.

La primera vez que me desperté, me asaltó una sensación extraña, como de un tictac en mi subconsciente. Estaba pensando en Val, muerta en la capilla, en cómo mi padre me había hablado aquella noche, muy tarde, al enfrentarse con su dolor, y en el ruido de su cuerpo al caer al pie de las escaleras a la mañana siguiente. El tiempo se confundía por completo y cuando volví a despertar estaba helado, sudaba copiosamente y tenía un nudo en el estómago. Sacudí la cabeza en un intento por desembarazarme de aquellas pesadillas. Veía a Elizabeth en el umbral de la casa, cuando se presentó sin previo aviso y pensé que era mi hermana, Val.

Más tarde vi el destello de la navaja a la luz de la luna, sentí el pinchazo y el hielo contra mi rostro, y a Sandanato llamándome desde muy lejos.

¡Jesús, qué pesadillas!

Ya no pude volver a dormirme y el alba no tardó en llegar.

Cuando salí de la celda, un viento frío azotaba la niebla, que casi podía palparse y que me golpeaba en la cara como un guante húmedo. Resultaba imposible ver más allá de medio metro. No tardé en mojarme de nuevo por completo mientras tropezaba por el terreno irregular, en mi avance por el acantilado. Me sentía como un estúpido atrapado en el terrible lodazal de Conan Doyle, con un perro ladrando tras de mí, y donde un paso en falso garantizaba el paso a la eternidad. Yo no era Sherlock Holmes y el perro de los Baskerville no me estaba persiguiendo, pero mis pensamientos durante aquella noche interminable me habían dejado fatigado y nervioso, de modo que intenté controlar mis temores y tener a mano mi ingenio.

Avancé despacio a lo largo de los acantilados y, dondequiera que mirase, sólo veía espesa niebla. Ningún monasterio, ningún abismo perpendicular a mi izquierda, ni olas chocando contra las rocas. Nada. De modo que seguí avanzando lentamente, mientras los versos de Eliot acudían a mi mente.

> Vi el temblor momentáneo de mi instante de grandeza,
> y al eterno Lacayo sosteniéndome el abrigo, riendo con disimulo,
> y, resumiendo, tuve miedo.

Llegué al muro en ruinas del cementerio, registré mi memoria en busca de la configuración del terreno y tanteé para encontrar los huecos que me ayudarían a bajar por el acantilado, hasta que di con ellos. Me sentía como si llevara horas intentándolo, empapado y frío, confundido debido a la niebla. Resumiendo, tuve miedo.

Me agarré a las matas de enebro, a los trozos de repisa cuarteada y a las extrañas raíces que sobresalían, recé para que nada se soltara y proseguí mi camino paso a paso, bajando por la ladera del acantilado. La niebla actuaba como amortiguador, apagando el estallido de las olas. Pero también me cegaba, me desorientaba, además de potenciar algunos de mis otros sentidos: la reverberación de las olas se transmitía a través de las placas rocosas y hacía que mis piernas temblaran convulsivamente, como si el acantilado estuviese a punto de saltar por los aires.

El pánico me obligó a detenerme en algún punto entre la parte superior del acantilado y la playa de abajo. Pensé que iba a perder pie y a caer de cabeza en aquel olvido grisáceo. Colgado de aquella pared rocosa, aguardé hasta que hubo pasado lo peor. Luego tanteé con el pie hasta el siguiente peldaño y resbalé. Con la mano derecha me agarré con fuerza al confuso gancho de una raíz, pero ésta empezó a desprenderse poco a poco de la grieta donde había hecho presa. Pude oír mi propio grito mientras caía, retorciéndome en el aire como un gato, desollándome las manos en busca de la salvación, pero sin hallar ninguna.

Caí a gatas, con la cabeza gacha, como un perro al que azotaran, ahogándome en mi propio terror. Como máximo, había resbalado y caído de unos dos metros de altura antes de aterrizar en la arena. Debido a la niebla envolvente, casi había llegado abajo sin darme cuenta. Permanecí sentado mientras intentaba recobrar el aliento, apoyé la espalda contra las húmedas rocas y me sequé la cara, mojada por el sudor y la condensación de la humedad. No podía ver absolutamente nada y me sentía como si fuese a vomitar, mareado de puro horror.

Nunca sabré cómo habría reaccionado de no haber podido atravesar la niebla. Probablemente me habría quedado allí sentado, catatónico, un cuerpo abandonado donde antes había habitado un hombre. Pero, inesperadamente, el viento surgió del mar como un torbellino, trayendo consigo ráfagas de lluvia, y abrió algunos boquetes en la niebla. Entonces pude echar un vistazo a la playa que se alejaba hacia mi derecha y supe dónde me encontraba.

Me levanté. Las rodillas me ardían a causa de la caída, las palmas de las manos estaban llenas de sangre en algunos puntos y la lluvia me golpeaba en la cara cuando me dirigí hacia la hendidura en las rocas, donde encontraría a Leo y al hermano Padraic. Los maldeciría por haber hecho que aquella misión resultara casi imposible. La adrenalina acrecentaba mi excitación. Si en aquel momento me hubiese encontrado con el ángel negro de mis pesadillas, a pesar de su navaja resplandeciente lo habría descuartizado miembro por miembro o habría fallecido en el intento, aunque sospecho que lo más probable habría sido esto último.

La marea se estaba retirando y vi a las gaviotas planear como fantasmas mientras entraban y salían de los bancos de niebla. Llegué a la entrada de la cueva y me detuve en el rellano interior, allí donde Leo se había fumado la pipa y me había explicado que era la Iglesia la que nos consumía, y no al revés. Pero Leo no estaba allí ahora, lo cual me resultaba del todo incomprensible. Había tardado una eternidad en llegar a la cueva: él y Padraic ya deberían haber llegado desde el interior del monasterio. ¿No era eso lo que él había dado a entender, que algunas de las cuevas se internaban hasta llegar a los sótanos del edificio principal? Tendrían que haber estado esperándome.

Era absurdo permanecer allí de pie, esperando. Penetré en la oscuridad de la cueva, consciente de que sólo podría avanzar hasta donde me permitiera la penumbra. Sin embargo, no tuve que andar muy lejos.

Un hombre me estaba esperando en uno de los rellanos. Parecía como si dormitara.

Pero tenía los ojos abiertos, hundidos en unas cuencas oscuras como nueces. Vi el blanco de sus ojos como dos lunas opacas y comprendí que de nuevo había ocurrido. Me detuve en seco, igual que un hombre que ya sabe que le llega la muerte y que sólo espera el impacto. Aguardé a oír los pasos detrás de mí, la figura flotando en la oscuridad, como en una pesadilla, empuñando la navaja. Un final para todo.

Mas no apareció nadie. Me volví hacia atrás, buscando la silueta de un hombre en la luminosa entrada de la cueva. Allí no había nadie. Nadie entró.

Avancé un poco y observé al anciano con sotana. La sangre de su garganta todavía estaba pegajosa y formaba una cinta escarlata. Lo percibí en las yemas de los dedos. El hermano Padraic.

Apoyé la espalda en el resbaladizo muro y me tragué la acritud del miedo, concentrándome en el dolor que sentía en las rodillas, en las manos y en la espalda. Intenté pensar, pero el mecanismo no se puso en funcionamiento. Me sentía incapaz de reflexionar. Deseaba con todas mis fuerzas salir corriendo de la cueva, pero ¿qué me aguardaba allí fuera?

Chapoteé por el húmedo suelo y volví a detenerme en medio de aquella burbuja gris, entornando los ojos para orientarme.

¿Dónde estaba el hermano Leo?

¿Y el concordato?

Tenía que volver al monasterio. No actuaba de forma muy razonable. Con paso inseguro salí a la playa y deambulé en medio de la niebla impulsada por el viento, consciente de que no podría escalar el acantilado, de que tendría que regresar por la playa.

De pronto, los gigantescos peñascos se materializaron entre la niebla y vi algo, a alguien, de pie en medio del agua, entre los peñascos y yo. La niebla se retiraba velozmente y me acerqué a la orilla, aguzando la vista, intentando divisar de nuevo aquella figura. Algo andaba mal.

Chapoteé dentro del agua y de nuevo lo vi.

Una cruz, hundida en el rompiente de las olas, clavada como una estaca. Parecía hacerme señas entre la niebla y la lluvia, lo mismo que Acab ligado a la ballena.

No podía divisarla con claridad en medio del torbellino de la niebla. La lluvia empañaba mi visión y me fustigaba el rostro impulsada por el viento. A lo lejos, en algún punto más allá de la niebla y de la lluvia, el sol resplandecía, blanqueando el vapor que me rodeaba.

Entonces la distinguí con claridad.

A unos tres metros de donde yo estaba, mientras el agua helada me succionaba los zapatos y me mojaba los pies y los tobillos.

Una tosca cruz, clavada al revés en la arena, ladeada a medida que el mar iba y venía.

Una cruz invertida: la más antigua advertencia del cristianismo.

Clavado en la cruz, con una mano que colgaba suelta y que avanzaba o retrocedía bajo el empuje de las olas, estaba el cadáver del hermano Leo, anegado, hinchado ya, como de goma, con una palidez azulada.

No tenía sentido poner buena cara ante lo ocurrido.

Estaba aterrorizado. Realmente aterrorizado. No intentaba analizar lo sucedido, no confiaba en mi razón y mi inteligencia para luchar a brazo partido con aquella situación. Sencillamente, habría perdido. No pensé en la pistola que llevaba en el bolsillo ni en salir a la caza de aquel hijo de puta. No acudiría al monasterio para informar de las fechorías de un loco. No haría nada para lo cual mi vida y mi experiencia no me hubiesen preparado. Corrí.

Creía haber actuado con bastante acierto desde que descubrí el cadáver de mi hermana Val a mis pies. Pero ante aquella grotesca crucifixión del hermano Leo, que me corroía el cerebro, medio corrí y medio trastabillé a lo largo de la playa, dando brincos y cayendo, como una caricatura del terror. De alguna forma conseguí llegar hasta la celda, recogí mis cosas, las metí en el automóvil, con el guardabarros rasqué el borde dentado de un mojón, conseguí sacar el vehículo del húmedo terreno y retrocedí hasta el estrecho camino. No estaba pensando, sólo actuaba en medio de una ciega escapada, acelerando como si algo intentara apoderarse de mí, algo que yo no podría eludir, fuera donde fuese. Era como si resucitaran los peores miedos de la más tierna infancia y, durante algún tiempo, fui de nuevo aquel niño que escapaba de los monstruos de la oscuridad, mientras una vieja cancioncilla, que había leído en algún libro cuyo título no recordaba, resonaba una y otra vez en mi mente.

> ... que por un camino solitario
> con miedo y espanto pasea,
> y al dar media vuelta camina
> sin volver ya más la cabeza;
> porque sabe que un terrible demonio
> le sigue los pasos de cerca.

Conduje sin parar durante dos horas, antes de que me tranquilizara lo suficiente para detenerme en la cuneta y terminar el pan y el queso que me habían sobrado la noche anterior. La temperatura era algo más elevada a medida que avanzaba tierra adentro, pero la suave lluvia caía sin cesar. No presté atención a la campiña, ni tampoco al pueblecito donde finalmente me detuve para tomar café. Luego encargué más café, huevos, salchichas, tomate asado y tostadas. El hambre se me había disparado, como si el hecho de comer me protegiera de aquel ser que me perseguía. Por fin me senté en un banco, aprovechando la inesperada aparición del sol, y me entretuve contemplando a unos chiquillos que daban patadas a un balón alrededor de un pequeño parque sembrado de césped, y a las madres que empujaban los cochecitos de sus abrigados bebés. Entonces mi corazón empezó a aquietarse y yo recuperé poco a poco la facultad de pensar.

Tenía que haber sido Horstmann, el fantasma portador de la muerte. Hacía cuarenta años que él había traído el concordato al norte y ahora había regresado, dejando tras de sí una carnicería. Sin duda, había venido siguiéndome, al comprender que yo encontraría al hermano Leo. Robbie Heywood tal vez le había contado muchas cosas, antes de que él lo matase. Luego habría esperado, vigilándome, siguiéndome. Y había asesinado a Leo, que pensaba contarme demasiadas cosas...

Pero ¿por qué no me había matado a mí?

Horstmann me había estado vigilando y, después de cometer sus asesinatos, se había desvanecido en la niebla. El balón rodó hasta mis pies, y de una patada lo devolví a una chiquilla con coletas, quien me dio las gracias soplando por el boquete donde antes tenía los dos dientes delanteros.

Horstmann se había apoderado del concordato, así que ya podía olvidarme de aquello, a menos que yo averiguase a quién pensaba entregárselo luego.

Sin embargo, ¿por qué no se había limitado a esperar en la cueva y matarme a mí también? ¿Por qué no había finalizado el trabajo que había empezado? Le habría resultado muy fácil en esta ocasión. No obstante, me había dejado con vida. ¿Tal vez obedecía a que ahora ya tenía el concordato en su poder? ¿Hasta qué punto era importante? ¿Habrían añadido en él los nombres de los *assassini* de Simon? ¿O iba más allá de todo eso? ¿Seguirían añadiendo nombres incluso en el presente?

No. Era una locura.

¿Acaso yo ya no les preocupaba? Ahora que él había asesinado a los dos ancianos que poseían la respuesta al enigma de los *assassini,* ahora que ya se había apoderado del concordato, ¿era yo un simple complemento, un débil apéndice inservible?

Entonces, ¿por qué no me había liquidado?

¿Era posible que alguien me estuviera protegiendo? ¿Acaso alguien había ordenado a Horstmann que no me matase? Pero

¿quién podía ser esa persona? Había sólo un hombre que antes diera órdenes a Horstmann: Simon Verginius. De eso hacía mucho tiempo.

Sin embargo, Horstmann había intentado matarme en una ocasión. ¿Qué se lo había impedido ahora? Aunque yo sólo fuera un simple cabo suelto, ¿por qué no me inmovilizaba de una vez por todas? ¿Por qué no matar a tres seres en medio de la niebla, cuando ya había matado a dos?

Puede que fuera simple cuestión de suerte, que al llegar con retraso yo hubiese evitado otra cita con aquella navaja. Puede que él saliera en mi busca entre la niebla, que ambos pasáramos el uno cerca del otro sin vernos, y que gracias a eso yo siguiera con vida.

Dios, todo eso no conducía a ninguna parte.

Entonces empecé de nuevo a pensar en sor Elizabeth. Deseaba contarle todo lo que me había ocurrido, anhelaba ver su cara y sus ojos verdes, quería –que Dios me amparase– abrazarla con fuerza entre mis brazos.

Eran unos pensamientos idiotas. Debía de estar medio conmocionado.

Permanecí un rato sentado en el banco del parque. Al otro lado del césped pardusco, donde jugaban los chiquillos con chaquetas acolchadas, se veía la estación del ferrocarril: un pequeño edificio de ladrillo, un miserable apeadero para viajeros solitarios, sucio por el paso del tiempo. Vi que un tren se detenía, aguardaba un par de minutos y luego se alejaba arrastrándose.

De la estación salió un hombre, que avanzó hacia donde yo me encontraba. Pasó entre los chiquillos y se dirigió hacia mí. Hacia mí. Al llegar a mi lado se detuvo y dejó su bolsa en el suelo.

–Me han dicho que el autobús para St. Sixtus pasa por aquí. –Se volvió a mirar hacia la carretera–. Debo admitir que tiene usted peor aspecto de lo que yo había imaginado. –Se volvió un poco y me miró de soslayo–. Su sastre tendría que verlo ahora: es una deshonra para la idea que se tiene de los privilegiados.

–¡Padre Dunn! –exclamé.

4

Iba sentado en uno de los vagones de primera clase, con la bolsa de mano llena de ropa mojada, y contemplaba cómo el destello de sol que había seguido a la tormenta de lluvia proyectaba sombras que resaltaban la textura del paisaje. El tren llevaba escasos pasajeros. Otros dos curas que comían bocadillos haciendo crujir las bolsas de papel de estraza y luego sacaban brillo a unas manzanas frotándolas contra la negra tela de sus trajes.

Horstmann los observó durante un rato, mientras pasaba lentamente las cuentas del rosario, que el propio Pío le había bendecido durante una audiencia antes de la guerra. Luego lo guardó, se quitó las gafas y, después de pellizcarse el puente de la nariz, donde se observaba un pliegue rojizo, cerró sus fríos ojos. Había sido una larga noche, hablando con el hermano Leo, recordando los viejos tiempos: aquella noche en que, con un fuerte viento, habían cruzado el canal de la Mancha en un bote, acurrucados el uno junto al otro, temiendo por su vida y rezando en voz alta contra el aullante ventarrón.

El hermano Leo se había mostrado comprensiblemente aturdido cuando su viejo camarada, desaparecido hacía tanto tiempo, se había presentado en su habitación, en plena noche y sin avisar. A su aturdimiento había seguido, en rápida sucesión, la duda y el miedo. Pero Horstmann había calmado sus temores al decirle que lo enviaban de los archivos secretos para que llevara finalmente a Roma el concordato de los Borgia, a fin de devolverlo al lugar al que pertenecía. Sí, le enviaba Simon en persona, ya que, después de tantos años, el documento estaría a salvo. Horstmann le había explicado un cuento que podía ser cierto y que el hermano Leo deseaba creer. Horstmann le contó que un periodista de Nueva York iba tras las huellas del concordato, que había dado con la historia de la hermandad secreta y que ahora se trataba de una batalla entre la Iglesia y el *New York Times,* el cual había amenazado con revelarlo todo bajo el peor de los aspectos y crear un gran escándalo, con lo cual perjudicaría en gran manera a la Iglesia. A continuación le había proporcionado una descripción del periodista: la de Ben Driskill.

El hermano Leo habría desconfiado instintivamente de aquella historia, pero su temor ante la fantasmagórica materialización de Horstmann le había incitado a creer que era cierta. Sin embargo, Horstmann, con un sentimiento parecido a la pena, había descubierto la duda en los ojos de aquel viejecito. Viejecito. Cronológicamente, los dos tenían casi la misma edad, pero para vivir hacía falta algo más que tiempo.

Aquella mañana, en la cueva, había ocurrido algo lamentable.

Las dudas del hermano Leo habían reaparecido, había intuido algo en su viejo camarada y eso había sido su perdición. En cambio, el hermano Padraic no parecía haberse dado cuenta siquiera de que se estaba muriendo: había juntado las manos y balbuceado algo, como si creyera que Horstmann era el ángel de la muerte que flota a la deriva como un astronauta separado de su sistema de sujeción. Leo había sido un problema. Había intentado escapar, llamando a gritos a Driskill, y Horstmann lo había liquidado rápidamente, casi con rabia, algo que no era habitual en él. A continuación había realizado el ritual. Había una vieja cruz abandonada, procedente de algún servicio llevado a cabo en la playa en el pasado, quizá alguna otra crucifixión. La madera estaba húmeda y carcomida. Al encontrarla apoyada en las paredes de la cueva, como si las apuntalara, le sorprendió como si se tratara de un aviso. Simon habría entendido muy bien aquel gesto. Él lo había realizado una vez en Francia, con un sacerdote que los había delatado.

El hermano Leo no era mejor que aquel otro, que los había traicionado al final, que los había empujado a la ruina y que los había desperdigado a todos como cenizas al viento. Leo conocía el secreto del concordato y sin embargo pretendía entregárselo a un extraño. Antaño, Simon no les había dejado dudas respecto a la sagrada necesidad de que conservaran el secreto. Sin embargo, Leo se lo había facilitado a Driskill.

Incomprensible.

La muerte no bastaba.

El ritual –tan antiguo, tan brutal, tan condenatorio para la eternidad– se había hecho imprescindible y Dios le había dado la fuerza necesaria para realizarlo.

La niebla se había tragado a Driskill y Horstmann no estaba dispuesto a esperarlo.

Driskill.

Horstmann había empezado a pensar en él como en un cancerbero del infierno. Driskill era obra del diablo. En esta ocasión, la niebla lo había salvado, de lo contrario habría ocupado sin dudar el sitio de Leo en la cruz.

¿Por qué no había muerto?

Aquella noche en Princeton, Horstmann lo había matado y lo había dejado tirado sobre el hielo. Sin embargo, no había muerto. Era como si algún otro hado lo protegiera.

Pero ¿cómo era posible eso? ¿Dónde estaría ahora? ¿Qué habría hecho después de encontrar al hermano Leo entre la niebla, desangrado y azul a causa del frío?

¿Habría sentido miedo?

No. No creía que Driskill sintiera miedo. Driskill era un tipo implacable, un ateo, y no experimentaba el miedo. No temía a la muerte, a pesar de que era un pecador empedernido. Por fuerza debería tener miedo a la muerte, al castigo por sus pecados, a lo que le aguardaba en la oscuridad final, pero no, no tenía miedo.

Era incomprensible.

¿Dónde estaría Driskill ahora? ¿Le estaría siguiendo? ¿Quién perseguía a quién?, se preguntaba. El pensamiento lo dejó perplejo. Pero Dios estaba de su lado.

Horstmann volvió a acomodarse las gafas y se dijo que no había ningún motivo de preocupación. No había un solo hombre que poseyera tanta prudencia como él. Ni uno solo.

De modo que cerró los ojos y sujetó con fuerza el maletín de piel en su regazo. El concordato de los Borgia estaba finalmente a salvo. Para él era como un ser vivo, una especie de corazón separado del cuerpo, que latía con la sangre y la entrega que por fin purificaría a la Iglesia. Recordó aquella noche en París, cuando Simon se lo había entregado a él y a Leo y les había confiado su misión –una misión que había convertido a Leo en un virtual ermitaño y a él en un ser errante–, cuando les dijo que aguardaran el momento en que de nuevo se los convocaría para salvar a la Iglesia.

El carrete de la cinta magnetofónica giró despacio y las voces se extendieron por la habitación. Algo metálicas y con insuficiencia de tonos graves, aunque en este caso la calidad de la reproducción carecía de importancia.

«Hace una semana, día más, día menos, se encontraba en Alejandría, donde mantuvo una entrevista con nuestro viejo amigo Klaus Richter.»

«¿Bromea usted? ¿Richter? ¿Nuestro Richter? ¿El de los viejos tiempos? ¿El que, según usted, le asustaba?»

«El mismo, santidad. Y le juro que me asustaba de verdad.»

«Esa franqueza es propia de ti, Giacomo.»

Las cortinas estaban corridas, impidiendo la entrada de la luz grisácea de la nublada mañana. De lo contrario, más allá del jardín bordeado de pinos se habría podido ver la niebla ocre que planeaba sobre Roma, como una tapadera. A juzgar por los ruidos, un jardinero debía de estar recortando los setos con algo similar a una sierra mecánica. El chirriante plañido atravesaba las pesadas cortinas que cubrían las ventanas, cuyas vidrieras permanecían abiertas. Sonaba como si una monstruosa avispa se preparara para saltar sobre su víctima.

«Se entrevistó con otro hombre, que luego se suicidó.»

«¿Con quién?»

«Con Étienne LeBecq, santidad. Un marchante de obras de arte.»

Hubo una larga pausa.

«También disponemos de un informe de París acerca de un periodista, un viejo camarada cuyo apellido es Heywood...»

«Robbie Heywood. Tiene que acordarse de él, Giacomo. Llevaba unas horribles chaquetas a cuadros, charlaba por los codos y bebía como una esponja en cuanto se le presentaba la ocasión. Dios mío, lo recuerdo perfectamente. ¿Cómo se ha visto metido en esto?»

«Está muerto, santidad. Asesinado por un atracador. Como cabía esperar, las autoridades no han encontrado huellas.»

–¡Antonio! ¡Esto es obra de un genio malvado! ¡Qué increíblemente clandestino suena todo esto! ¿Cómo has conseguido estas cintas?

En la biblioteca de la villa donde vivía el cardenal Antonio Poletti –un hermano del cual era diplomático con destino en Zurich, y otro estaba en Londres, en el negocio de la realización y producción de películas de mal gusto para un mercado reducido, aunque exigente–, cinco hombres permanecían sentados ante unas tazas de desayuno con café, pastas y frutas a su disposición. También tenían un gravísimo problema sobre sus espaldas.

Poletti tenía cuarenta y nueve años y era un hombre menudo, calvo, con unos brazos y piernas sorprendentemente peludos, ahora al descubierto, ya que vestía el atuendo para jugar a tenis. Los otros cuatro eran el cardenal Guglielmo Ottaviani, de sesenta años, ampliamente conocido por adoptar la más exagerada de las «posturas exigentes» en todo el colegio cardenalicio, pero cuya real irascibilidad lo convertía en un elemento poderoso y persuasivo; el cardenal Gianfranco Vezza, uno de los más viejos entre los viejos estadistas de la Iglesia, un hombre que mantenía con sumo cuidado su reputación de blando a fin de poder soltar con mayor facilidad las garras de acero de sus cepos sobre los incautos; el cardenal Carlo Garibaldi, un personaje regordete y «solicitado» entre los cardenales, un político nato que había aprendido cuanto sabía a la sombra del cardenal D'Ambrizzi, y el cardenal Federico Antonelli. Todos permanecían sentados en sillones o en sofás tapizados de piel color granate, rodeados por paredes totalmente cubiertas de libros, algunos de los cuales estaban escritos por el propio cardenal Poletti. La pregunta de Garibaldi quedó sin respuesta mientras la cinta seguía girando.

«Pero ¿qué tenía que ver con todo este embrollo?»

«Sor Valentine se encontró con él en París mientras realizaba su investigación. Ahora él está muerto, así que debe de haber alguna relación.»

«Deberías haber investigado más a fondo, Giacomo. Enviaré a alguien a París para que averigüe más cosas.»

«Le deseo mucha suerte. Puede que sólo sea una coincidencia. Lo apuñalaron en una esquina. Esas cosas suelen pasar.»

«Tonterías. Están atacando a la Iglesia y Heywood es otra víctima. No cabe duda.»

El cardenal Poletti se inclinó sobre la mesita y pulsó el botón para detener la grabadora. Lentamente, miró a todos de uno en uno.

–Ahí está la clave del asunto –señaló–. ¿Lo habéis oído? «Están atacando a la Iglesia.» Eso es lo que quería que oyerais decir a Indelicato. Él ve las cosas tal como son, como un ataque. –Frunció la frente mientras se tomaba el café, que a estas alturas ya estaba frío–. Es mejor que tracemos nuestros planes ahora, en vez de intentar abarcarlo todo en el último momento, cuando los extranjeros nos salgan ya por las orejas. Polacos, brasileños y ¡norteamericanos! Como les demos mucha cuerda a esta gente nos colgarán a todos, y también a la Iglesia. Todos vosotros sabéis que estoy en lo cierto.

El cardenal Garibaldi volvió a hablar casi sin mover sus rollizos labios, como un ventrílocuo en busca de un muñeco provisional.

–¿Y dices que estas voces...? Calixto, D'Ambrizzi e Indelicato, ¿no? Bueno, en todo esto se aprecia la mano de un genio malévolo, Antonio. ¿Cómo has conseguido estas cintas? ¿Dónde se celebró esta entrevista?

–En el despacho de su santidad.

–¡Realmente extraordinario! ¡Colocar un micrófono oculto en su despacho! No hace falta que pongas esa cara. Estoy al día en cuanto a la terminología del momento.

–Debe de ser la influencia de ese hermano tuyo –murmuró el cardenal Vezza, acariciándose los pinchos blancos de la barbilla: últimamente se olvidaba con frecuencia de afeitarse.

–Ah, pero ¿cuál de los dos hermanos? –inquirió Ottaviani, adoptando una de sus actitudes habituales, la de la sonrisa como un corte de guadaña–. Ésta es la cuestión. ¿El diplomático o el pornógrafo?

Rió por lo bajo, disfrutando con la turbación de Poletti.

Éste lo traspasó con la mirada.

–Cada día que pasa, te pareces más a una vieja cotilla.

Se levantó de un salto sobre la punta de sus zapatillas Reebook, arqueó sus piernas simiescas y cogió su raqueta de tenis americana. Practicó varios enérgicos golpes de revés, probablemente después de haber dibujado en las imaginarias pelotas el rostro de Ottaviani.

–Siempre tan desagradable –murmuró.

El cardenal Vezza, que era un hombre corpulento y de movimientos lentos, forcejeó para adelantarse en su sillón. Como de costumbre, tenía dificultades para ajustar su audífono.

–Me refería al diplomático, por supuesto. ¿No se instala algún que otro micrófono oculto en las embajadas? Por tanto, él debería estar enterado de estos asuntos.

Garibaldi repitió su anterior pregunta:

–¿Y bien? ¿Cómo las has conseguido?

–Tengo un primo segundo que trabaja en el personal médico del Vaticano. Él se encargó de colocar un aparato que se activa con la voz en el carrito del oxígeno para su santidad. –Poletti se encogió de hombros ostentosamente, como dando a entender que tales milagros formaban parte de su vida cotidiana–. Es de toda confianza.

–¡Ningún hombre es de toda confianza! –exclamó Vezza, inesperadamente, y rió con acritud.

Entonces empezó a toser, con una tos seca que no había podido con él en sus setenta años de fumador empedernido. Sostenía el cigarrillo entre los dedos amarillentos, de uñas rotas y cuarteadas, y solía fumarlo hasta la boquilla.

Antonelli, un hombre rubio y alto, de poco más de cincuenta años, si bien parecía diez años más joven, carraspeó: una señal para que los demás dejaran aquella discusión infantil. Él era un abogado, una autoridad apaciguadora en el Colegio Cardenalicio, a pesar de su juventud.

–Imagino que habrá algo más en la cinta. ¿Podemos oírlo?

Poletti lanzó su raqueta en el primer sillón que encontró, pasó al otro lado de la mesa y pulsó otro botón. Las voces grabadas prosiguieron su conversación y los cardenales callaron para escuchar.

«¿Y el cura de cabello plateado? ¿Quién es?»

«Tu red de espionaje sigue sorprendiéndome. Pero ¿dónde se encuentra Driskill?»

«Es tu especialidad, vigilar a la gente. ¿No habrás estado perdiendo demasiado el tiempo vigilándome a mí, Fredi?»

«Pues tendríamos que haberte vigilado más de cerca, por lo visto.»

«¿De modo que ahora tenemos nueve asesinatos y un suicidio?»

«¿Quién sabe, santidad? Nos encontramos en un reinado del terror. ¿Quién sabe cuántos más puede haber o cuántos más habrá?»

Entonces se produjo un silencio, el sonido apagado de algo al caer y una confusión de voces.

Poletti apagó la grabadora.

–¿Qué diablos era todo ese alboroto?

Vezza alzó la mirada, intrigado.

–Su santidad cayó desmayado –explicó Poletti.

–¿Y cómo sigue la salud del papa? –inquirió Ottaviani, cuyas fuentes eran del todo fidedignas; su intención era poner a prueba a Poletti y éste lo sabía.

–Se está muriendo lentamente –anunció Poletti, exhibiendo una gélida sonrisa.

–Eso ya lo sé.

–Está descansando, ¿qué más puedo decir? No estamos aquí para preocuparnos por la salud de ese hombre. ¡Eso ya lo hemos dejado atrás! Ya es demasiado tarde para preocuparnos por Calixto, en caso de que ese detalle haya escapado a vuestra atención. Estamos aquí para hablar del próximo papa.

Ottaviani, un hombre pequeño y delgado, con la espalda ligeramente encorvada, que le daba la apariencia de una caricatura de Daumier y que Poletti consideraba la marca de Caín, le increpó:

–Imagino que estarás buscando comprometer a la gente para que apoye a tu candidato.

Ottaviani sonrió aviesamente, una expresión que parecía acorde con su deformidad.

Poletti estudió al grupo y cerró con fuerza los labios para no hablar demasiado, evitando así soltarle a Ottaviani su profundo convencimiento de que era un lisiado insoportable y que se merecía que lo arrastraran contra una pared en alguna parte y lo fusilaran allí mismo. Poletti descubrió su propia imagen reflejada en un espejo veteado de oro. Era lamentablemente cierto que con su pequeña cabeza, la extensión de su labio superior, la corta barbilla y el exceso de vello parecía una especie de aparición: un tenista simiesco que era uno de los príncipes de la Iglesia. Apartó los ojos del espejo. Un hombre no podía digerir tantas verdades desagradables en una sola mañana.

–Nos están atacando –prosiguió Poletti, asiendo la raqueta de tenis y utilizándola para subrayar sus palabras–. Estamos en un reinado del terror. Éste es el ambiente que nos rodea mientras nos enfrentamos a la elección de un nuevo papa. Es mejor que no perdamos nunca de vista este esquema cuando consideremos al hombre a quien vamos a dar nuestro apoyo.

–Parece como si estuvieses hablando de política –comentó Vezza, con un ligero tono de tristeza. Había dejado de gritar y ahora apenas se le oía.

–Mi querido Gianfranco –intervino Garibaldi con tono paciente–, se trata de política. ¿Qué otra cosa podría ser? ¿La gracia del Espíritu Santo?

–Lo cierto es que en el fondo todo es política –convino Antonelli, con voz queda.

–Bien dicho –admitió Poletti–. No hay nada malo en la política. Es tan antigua como el mundo.

–Mi querido amigo –se dirigió Ottaviani a Poletti, juntando ante sí las yemas de los dedos–, ¿está en lo cierto esa vieja cotilla –señaló con la cabeza a Garibaldi– cuando dice que vas a aceptar el papel de jefe de campaña para determinado hombre y que esperas que nos unamos a ti para apoyarlo?

La permanente sonrisa de aflicción apenas permitió que su rostro profundamente arrugado, un mapa del dolor y de su determinación a vencerlo, lo exteriorizara.

–La verdad es que tengo un nombre que querría exponer a vuestra consideración.

–Bien, adelante –exclamó Vezza, quien disfrutaba dando la sensación de que tenía poca paciencia y que se aburría con facilidad, actitud que tendía a incitar a los demás para que le proporcionaran nuevos estímulos–. Suéltalo ya.

–Ya habéis oído las cintas –dijo Poletti–. Había una voz repleta de autoridad, una voz decidida, una voz que reconocía la gravedad de la crisis a que nos enfrentamos.

–¡Pero si ya es el papa!

–¡No, maldita sea! ¡No es él! Vezza, mi querido amigo, hay ocasiones en que me preocupas seriamente.

–Él ha dicho que estamos en un reinado del terror, Tonio.

–Ha sido Indelicato –exclamó Poletti, luchando por controlarse–. Era Indelicato quien decía que nos están atacando.

–¿Estás seguro? –insistió Vezza–. Parecía como si...

De nuevo había empezado a manipular el audífono.

–Debes creerme, Gianfranco. ¡Ha sido Indelicato! –imploró Poletti.

–Te diré que habría sido mucho más adecuada una cinta de vídeo que eso que has hecho instalar en el carrito del oxígeno

–refunfuñó Vezza–. Me refiero a esas voces sin rostro; pueden pertenecer a cualquiera, ¿no? ¿Crees que se podría instalar una cámara de vídeo? Entonces sí tendríamos algo...

–Ya lo tenemos ahora. Lo último que esperaba aquí era encontrarme con pequeños subterfugios.

–Lo siento, Tonio –exclamó Vezza, con tono alegre–. No quería parecer un desagradecido.

–En fin, por lo visto te importan muy poco mis esfuerzos; la verdad, me has sorprendido.

–Nos has facilitado una valiosa información, Tonio, y todos estamos en deuda contigo –intervino Antonelli, conciliador–. De eso no cabe ninguna duda. Ahora bien, ¿debo suponer que tu sugerencia es que apoyemos al cardenal Indelicato?

–Me has entendido a la perfección –asintió Poletti, con alivio–. Agradezco tu gentileza, Federico. Indelicato es el hombre adecuado para estos tiempos.

–¿Insinúas acaso que sólo hay un aspecto que valga la pena considerar? –preguntó Ottaviani, con voz suave–. ¿El hecho de que padezcamos una especie de asedio? ¿Eso es todo lo que importa? ¿Es eso lo que pretendes que creamos? Sólo intento penetrar en los recovecos de su cerebro, eminencia.

Poletti nunca estaba muy seguro de si Ottaviani le tomaba el pelo.

–Eso es lo que intento decir.

–¿Indelicato? –preguntó Vezza–. ¿No sería como seleccionar al jefe del KGB para el cargo de primer ministro?

–¿Ves algún problema en eso? –preguntó Poletti, mirándolo con cautela–. Me parece la respuesta adecuada a la situación. Estamos en guerra.

–Si estamos en guerra –observó Garibaldi, siempre seguro de sí mismo–, ¿no deberíamos elegir a un general? ¿Alguien como san Jack, por ejemplo?

–Por favor –suplicó Poletti–, ¿no podríamos dejar para más adelante la canonización y llamarlo sencillamente D'Ambrizzi?

–D'Ambrizzi, entonces –intervino Ottaviani, quien esbozó una mueca de dolor y se acomodó en los almohadones–. A mí me parece que ese hombre se merece toda nuestra consideración. Es un hombre de ideas avanzadas...

–Un liberal –cortó Poletti–. Llamémoslo por su nombre. ¿Te

atrae la idea de ganar adeptos mediante la distribución de condones?

–¿De qué? –inquirió Vezza, alzando de golpe la cabeza.

–Condones, fundas, gomas –intervino Garibaldi, sonriendo levemente.

–Dios del cielo –murmuró Vezza–. ¿Qué tiene eso que ver?

–Si D'Ambrizzi fuese papa, tendríamos que repartirlos a la salida de la iglesia después de la misa, estaríamos hasta las orejas de mujeres curas y de sacerdotes maricas.

–Bueno, en mis tiempos había muchos curas mariquitas. Pero ¿crees que D'Ambrizzi favorecería todo esto? –Vezza hizo una mueca de incredulidad–. Me refiero a que he oído decir cosas a Giacomo que me hacen dudar.

Antonelli volvió a interrumpirlo, con gran deferencia, pero dando a entender que tenía la última palabra respecto al tema:

–Si se me permite decirlo, el cardenal Poletti sólo estaba utilizando una pequeña hipérbole. Únicamente señalaba una tendencia en el cardenal D'Ambrizzi que, en caso de llegar a sus lógicas conclusiones, podría conducir a las idioteces que él acaba de describir. ¿Estoy en lo cierto, Tonio?

–Por completo. Has captado a la perfección mi intención.

–Quizá convendría que realizáramos un sondeo –intervino Antonelli–, a la luz de lo que hemos oído en estas cintas y de lo que ha dicho Tonio. Por supuesto, siempre en un sentido preliminar, ¿qué opinamos respecto a la posibilidad de que Indelicato pueda ser nuestro hombre?

–Tal vez sea el hombre idóneo para un duro trabajo –dijo Garibaldi, asintiendo con diplomacia–. No le asusta adoptar decisiones drásticas, ni crearse algún enemigo. La de historias que podría contaros.

–Las que todos podríamos contar –replicó Vezza, soñoliento–. No creo que tenga un gran sentido del humor...

–¿Y tú qué sabes? –intervino Poletti, mirando torvamente al anciano envuelto en humo.

–A pesar de todo, se tomaría seriamente su trabajo. Podría convivir con él, mejor que con muchos de los sinvergüenzas o idiotas que hoy en día llevan el bonete rojo.

–¿Y tú, Ottaviani? –preguntó Antonelli–. ¿Qué opinas?

–¿Qué me decís de un africano? –preguntó traviesamente–.

¿O quizá uno de los japoneses? ¿O un norteamericano, puestos a ello?

–¡Oh, por el amor de Dios! –exclamó Poletti, sin advertir la sonrisa que se extendía en el rostro de Ottaviani–. ¡No digas estupideces!

–Sólo quería comprobar si Vezza es capaz de captar un toque de humor clerical.

Ottaviani sonrió fugazmente al anciano.

–¿Qué? –inquirió Vezza.

–En general –prosiguió Ottaviani–, creo que el cardenal Manfredi Indelicato es un hombre con una gran sangre fría, una máquina, humana sólo de forma muy indirecta, una especie de verdugo.

–No seas tan tímido –intervino Antonelli–. ¿Qué piensas en realidad?

–Que nunca le daría la espalda. Se habría sentido a sus anchas como gran inquisidor. En resumen, sería el hombre perfecto para la Silla de San Pedro.

Poletti giró la cabeza con brusquedad para mirar a Ottaviani.

–¿Quieres decir que apoyarías su candidatura?

–¿Yo? ¿He dicho yo eso? No, no creo. Apoyaría su asesinato, pero no su encumbramiento. No, me siento más inclinado a dar mi apoyo a D'Ambrizzi, un hombre corrompido y mundano, cautivo de su propio pragmatismo, que sin duda ofrecería una imagen mucho más entrañable. Algo parecido a un artista de cine. ¿Cómo es posible que alguien realmente cínico no encuentre eso atractivo?

La reunión preliminar del Grupo de los Cinco no tardó en llegar a su fin. Al final Ottaviani y Garibaldi se fueron con sus chóferes, y Antonelli los despidió con la mano detrás de su Lamborghini Miura, radiante, con el traje negro de los clérigos. En cuanto a Vezza, apoyado en su bastón, se alejó por la galería cubierta de azulejos, escuchando cómo Poletti pasaba de un tema a otro. Durante la mayor parte de la reunión, Vezza había mantenido al mínimo el volumen de su audífono, pues, por el historial y la personalidad de cada uno, sabía de antemano lo que iban a decir. Era un hombre de setenta y cuatro años y con una memoria muy dilatada que ya lo había oído casi todo. Tampoco le interesaba escuchar gran parte de lo que él mismo decía, ya que también lo había oído con anterioridad. Indelicato, D'Ambrizzi. En realidad no le importaba en absoluto quién marcara el camino, pues consideraba que el grupo al cual había pertenecido con fidelidad durante cuarenta años –la curia– siempre había sabido salir adelante. Siempre lo había conseguido, a la vista de los hechos. En una situación crítica, nunca había visto que el papa se sometiera a los profesionales del Vaticano. Aquella reunión durante la cual había echado alguna cabezadita, era tan sólo una entrevista encubierta de la curia, y él ya había asistido a muchas reuniones de ese tipo, observando el caldero donde burbujeaban gran parte de los deseos de la clerecía. Aquella última adquiría un peso añadido gracias a la asistencia de Antonelli. Si el nombre que finalmente destacara fuese el de Indelicato, entonces aquél tendría excelentes probabilidades. Vezza, sencillamente, no sentía gran interés. Hacía tres meses que le habían notificado que los riñones no le funcionaban y, tal como iban las cosas, incluso Calixto podía durar más que él. El nombre del siguiente papa ocupaba un lugar muy secundario en su lista de preocupaciones, aunque una pregunta acudía a su mente con insistencia.

Vezza y Poletti se detuvieron al borde de la calzada, expuestos a la fría brisa que soplaba en la cumbre de la colina, y aguardando la llegada del Mercedes negro que debía devolverlos a su residencia. Vezza subió el volumen del audífono.

–Explícame una cosa acerca de esa cinta tuya, joven Tonio –le pidió–. Alguien ha hablado de nueve asesinatos. ¿He oído bien?

–Era su santidad.

–Bueno, yo soy un hombre muy viejo y con problemas de oído, así que es posible que me haya perdido algo en algún momento. De modo que, en bien de la claridad, ¿por qué no damos un repaso a los asesinatos? Están Andy Heffernan y nuestro viejo amigo Lockhardt en Nueva York, sor Valentine en Princeton y el periodista Heywood en París. Está el suicidio de ese tal LeBecq en Egipto, aunque debo decir que su nombre no significa nada para mí. Cuatro asesinatos y un suicidio. En fin, ayúdame si me olvido de alguno, pero en mi cuenta me salen cinco escasos. ¿Cómo lo ves tú? ¿Quiénes son los otros cinco?

Poletti vio que el morro del Mercedes negro avanzaba tras los altos setos que señalaban la entrada a la calzada. Vezza tenía una forma muy especial de plantear las preguntas más irritantes y oportunas.

–Vamos, vamos –le urgió el anciano–. Ayuda a un viejo colega. ¿Quiénes son los otros cinco?

–No lo sé, eminencia –contestó Poletti por fin–. En pocas palabras, no lo sé.

En las zonas más superficiales de su mente, Calixto percibió el tictac del reloj de pared en el extremo opuesto del dormitorio, pero esto no formaba parte de la realidad. En algún lugar de las fronteras del subconsciente sabía que estaba acostado en su cama y que eran las dos de la madrugada; su vigilia nocturna estaba marcada por aquel reloj en forma de horrible dios, regalo de un cardenal africano y tallado por una tribu primitiva, obsesionada lógicamente por la dualidad sexual. Pero él escuchó sus campanadas y sintió la proximidad de la noche. Últimamente parecía estar más vivo por la noche, más en su terreno en plena oscuridad. Con el 90% de su mente que estaba dormido suspiró y oyó claramente el sonido de la nieve al golpear contra el tejado y las paredes, mientras el viento la arrastraba montaña abajo hacia el desfiladero, entre los abetos de ramas caídas por el peso de la nieve acumulada.

Él, Sal di Mona, permanecía de pie en el umbral de la cabaña del cazador, con una gruesa bufanda alrededor del cuello que le cubría la parte inferior de la cara. En aquella montaña el viento nunca parecía amainar. Al mirar hacia abajo, al desfiladero iluminado por la luna, pensó que se le congelarían los glóbulos de los ojos. Todo color había desaparecido de su entorno. La nieve era blanca, todo lo demás aparecía negro como el carbón: los árboles, las rocas que sobresalían, las huellas que descendían punteando la ladera de la montaña hasta la cinta oscura de la vía del tren, que él y Simon habían inspeccionado una hora antes. El arroyo corría junto a las vías, ondulándose como un fragmento de cinta en una corona funeraria.

Al volver al interior de la cabaña, los otros seis estaban dormitando con un suave aleteo de párpados, o estaban leyendo a la luz de una vela. Uno rezaba el rosario en silencio. Simon se levantó de la silla rústica, se guardó el libro en el bolsillo del chaquetón y encendió un cigarrillo. Miró a Sal di Mona directamente a los ojos y le sonrió.

–Una fría y larga noche –comentó al pasar por su lado y salir al exterior.

Allí de pie, sólido como una roca, contempló el boquete abierto entre dos vertientes de las montañas y el humo de su cigarrillo retrocedió al interior de la cabaña formando espirales.

El olor a madera y a humedad de aquella única estancia se había visto transformado con su llegada. Ahora olía a grasa de las ametralladoras, al calor dulzón de los cuerpos y a fuego, que había quedado reducido a un montón de rescoldos. Hacía calor y frío al mismo tiempo. Nada era normal, nada era real. El plan que antes les había parecido tan heroico ya no los seducía: había desaparecido toda heroicidad. Ahora eran un grupo de hombres asustados, que lo arriesgaban todo por matar a otro hombre que viajaría en el tren que pasaba por el desfiladero a primera hora de la mañana. No había nada heroico en aquello. Sólo temor, recelos, un nudo en el estómago, temblor en las rodillas, la sensación de que las tripas se iban a soltar.

Sal di Mona nunca había matado a un hombre. Tampoco iba a matar al hombre del tren. No se le había entregado ni una pistola. Su misión era lanzar las granadas, obligar a que el tren se detuviese en la vía dañada. Los otros –dos de los otros, el holandés y otro hombre, dirigidos por Simon– serían los encargados de utilizar las armas. Oyó fuera el crujido de pisadas sobre la nieve cuando Simon dio la vuelta a la cabaña y luego se dirigió a una roca que sobresalía, echando una clara inspección al tramo de la vía. Aún faltaban más de dos horas para que pudieran divisar la columna de humo procedente de la locomotora, pero Simon, al igual que Sal di Mona, no podía dormir, ni siquiera era capaz de permanecer sentado e inactivo.

Una hora más tarde, todos estaban dormitando. A excepción de Simon, que fumaba un cigarrillo mientras se apoyaba en la larga pared, y del pequeño Sal, que miraba su misal a la luz de una vela, aunque no veía absolutamente nada.

De pronto, Simon se agachó, cruzó veloz la habitación, y con el pulgar y el índice apagó la llama de la vela.

–Hay alguien fuera –susurró–. Alguien que se está acercando.

Tiró del brazo de Sal y lo arrastró hasta la puerta baja que se abría en la parte posterior de la cabaña, donde el techo se inclinaba hacia abajo y casi rozaba la vertiente de la colina. El holandés también se hallaba despierto y los tres se arrastraron al exterior, avanzando entre los aleros, a la sombra de una pila de madera.

En el silencio de la noche, les llegó el ruido de soldados. El tintineo del metal al chocar con la madera de las culatas de los fusiles y el frío cañón de las pistolas, el crujido de las botas sobre la nieve, los suspiros en voz baja. Los soldados estaban en alguna parte entre los árboles. Una docena de ellos aparecieron poco a poco al avanzar para aproximarse a la cabaña por delante. No parecían tener prisa.

–Alemanes –susurró Simon.

Sal di Mona vio que la luna se reflejaba en los redondos lentes de las gafas de un soldado.

–Pero ¿cómo...?

–¿Y usted qué cree, padre? Nos han traicionado.

Simon se agachó de nuevo para arrastrarse al interior y avisar a los demás, pero, sin que las vieran, las sombras habían avanzado en torno a la parte delantera de la cabaña. Sal di Mona se esforzaba por entender lo que estaba ocurriendo, pero todo iba demasiado rápido. Él tenía dos granadas en los bolsillos de su chaquetón. El holandés empuñaba la ametralladora.

El holandés señaló hacia la colina, en dirección al tupido grupo de árboles, empujó a Sal en el hombro y le susurró algo. Los soldados habían avanzado unos veinte metros por la nieve bañada por la luna y escucharon más ruidos de tintineos metálicos, claramente audibles en el silencio reinante. Entonces percibieron el ruido de algo que chocaba contra la puerta de la cabaña. Gritos en alemán.

El estallido de un tiroteo, unos ruidos sordos, pop-pop-pop, y conteniendo el aliento salieron a toda prisa hacia el refugio que les proporcionarían los árboles.

Todo, absolutamente todo, iba mal.

Sal di Mona pensó por milésima vez que él no estaba hecho para aquella maldita guerra.

Oyó una explosión, luego otra, gritos y alaridos de confusión y de dolor.

La corpulenta figura de Simon apareció por la parte trasera de la cabaña, gateando por la nieve. A continuación se detuvo, se volvió de cara a la cabaña, su brazo trazó un arco por el aire, algo chocó contra el techo y luego desapareció en la parte delantera. Entonces explotó, más alaridos, y Simon corrió colina arriba.

Estaba jadeando cuando llegó junto a ellos.

–En estos momentos, todos están muertos o agonizan –dijo respirando por la boca–. Algunos alemanes también.

Cogió las granadas que llevaba Sal, tiró de la espoleta y las lanzó colina abajo.

–Vámonos. Hay que ponerse en marcha.

Las granadas estallaron e hicieron saltar la parte trasera de la cabaña.

Nadie los siguió, pero oyeron a los soldados alemanes que andaban por allí cerca, llamándose unos a otros.

Al amanecer llegaron a la carretera, donde aguardaron nerviosos a que el viejo y destartalado camión los recogiera. Éste llegó con puntualidad.

Cuatro hombres habían muerto, ellos seguían con vida y todo había terminado.

Aún percibía el olor de las explosiones, incapaz de borrarlas de su mente.

Al día siguiente, de regreso en París, se enteraron de que el hombre importante a quien pretendían matar ni siquiera iba en el tren.

Cuando se despertó en el dormitorio papal, estaba empapado de sudor y aterido de frío, pero aún sentía el olor de las granadas al estallar, todavía veía la luz de la luna al reflejarse en las gafas de un soldado alemán y a Simon arrastrándose colina arriba, hacia donde aguardaban ellos, después de haber lanzado la granada sobre el techo.

–¿Giacomo? ¿Es usted? ¿Qué está haciendo aquí? ¿Cuánto hace que ha llegado?

Un gris amanecer se concentraba como una tormenta sobre la Ciudad del Vaticano, pero eso eran restos del sueño, de sus recuerdos. Se había desatado una tormenta por la mañana, después de aquella noche en las montañas, y las carreteras se habían vuelto resbaladizas con la lluvia que casi parecía nieve. Ahora, sin embargo, era simplemente otra mañana cuatro décadas más tarde, una mañana más en la agonía del papa Calixto.

–No podía dormir –contestó D'Ambrizzi–. Necesito dormir sólo tres o cuatro horas por la noche. A veces incluso menos. Vine hará una hora, más o menos. He estado pensando en muchas cosas, santidad. Es necesario que hablemos.

D'Ambrizzi se sentó en un sillón junto a la ventana. Llevaba una bata de seda a rayas y apoyaba los pies, calzados con zapatillas, en el estante inferior del carrito donde se guardaba el variado equipo médico que requería ahora la salud del papa.

–¿Qué tal se encuentra?

Calixto se incorporó en la cama, deslizó despacio las piernas por un lateral y allí se quedó sentado, respirando profundamente. Su rostro brillaba debido al sudor y el pijama, frío y pegajoso, se le adhería a la espalda. D'Ambrizzi vio que se esforzaba por esconder su dolor. El suyo era un proceso agónico.

–¿Que cómo me encuentro? ¿Yo? –Calixto tosió, medio riendo: sabía que D'Ambrizzi se refería a su indecoroso desmayo, a su voz desfallecida, o a lo que fuera que le había sucedido en su despacho, días atrás–. Satisfecho de que no fuese un ataque al corazón, aunque me condenen si entiendo por qué me aferro a la vida, como si existiera para mí algún provechoso futuro. Es probable que lo provocara alguno de mis medicamentos. Es todo tan agotador, Giacomo...

–Ajá, a veces el remedio es peor que la enfermedad.

–Ojalá hubiese un remedio, amigo mío. Eso es lo que lo convierte todo en una burla a mi costa. Últimamente no hago muchas preguntas acerca del estado de mi salud. ¿A quién le importa? ¿Comprende? ¿A quién le importa, en nombre de Dios? ¿Quién necesita saberlo, aparte de los fieles creyentes, el pueblo, los que creen en el vudú o en lo que sea como se llame? Eso ya carece de importancia. –Sonrió irónicamente–. En cualquier caso, no es importante para los ojos de Dios, ni para sus planes.

–Oh, ¿piensa acaso que Dios tiene un plan? No, yo no lo creo. –D'Ambrizzi negó con su enorme cabeza–. No, debe de estar improvisando. Nadie, ni siquiera Dios, dondequiera que Él esté, es capaz de idear un plan tan asqueroso. –Encendió otro cigarrillo negro, de los que tenían una franja dorada alrededor–. Sin embargo, es precisamente de eso de lo que he venido a charlar con usted.

–¿De los planes de Dios, o de la cuestión de su identidad sexual, si es que la tiene?

–Por muy divertido que esto pudiera resultar –contestó D'Ambrizzi–, lo que ronda por mi cabeza no tiene nada que ver con el sexo. Está directamente relacionado con la utilidad de que continúe usted sobre la Tierra, santidad, al margen de lo prolongado o breve que sea el tiempo que le queda. Tenemos que hablar.

Calixto se levantó, negándose a utilizar el bastón, y se acercó lentamente a la ventana. Se sentía estúpidamente satisfecho de seguir con vida, pensó. Agradecido por ese pequeño don, por muy espléndido que pudiera ser el mundo que le esperaba. Satisfecho, incluso a pesar de sus pesadillas, de su pasado, de cada uno de sus recuerdos: todos se veían perseguidos por la muerte, asaltados por ella. Todas las víctimas, los muertos de antaño, y todos los que morían ahora, los nueve. ¿Cuántos más habría? ¿Quién era el más adecuado para poner fin a todo aquello? ¿Quién era el más adecuado para hallar un significado, cristalizarlo y luego romper el cristal? Todas las noches pensaba y soñaba con los muertos, y cada mañana se levantaba, oraba, se esforzaba a lo largo de la misa y atendía –cada vez con mayor patetismo, de eso era del todo consciente– los asuntos que podía. El mundo se iba acostumbrando a la idea de que él pronto moriría. En fin, ¿por qué no? Él era Calixto IV, pero, a medida que luchaba cuerpo a cuerpo con la muerte, cada día que pasaba parecía regresar de un mundo de fantasía, para volver de nuevo a la realidad de Salvatore di Mona.

–Así que desea que hablemos –comentó Calixto–. A veces me he dado cuenta de que yo estaba sentado en alguna parte, hablando en efecto con el cardenal D'Ambrizzi, uno de los grandes hombres de la Iglesia, uno de los grandes líderes de nuestro tiempo, san Jack, y me he quedado francamente asombrado. ¿Qué asuntos tenía yo para ocupar el tiempo de ese gran hombre, para distraerlo de sus apremiantes deberes? No se ría, Giacomo. Lo digo muy en serio. Usted es D'Ambrizzi y yo...

–Usted es el jefe –concluyó D'Ambrizzi–. Sí, santidad, necesito hablar con usted.

–¿Se le ha ocurrido pensar, Giacomo, que vivimos una época llena de peligros y de cinismo?

D'Ambrizzi se echó a reír.

–No más que otras, santidad. Todas las épocas han estado llenas de peligros y de cinismo. Y siempre fueron mejores.

–Ah, puede que tenga usted razón. De todos modos, preferiría hablar con usted en sus aposentos, si no le importa. Puede que aquí hayan instalado micrófonos ocultos. Sin embargo, ¡seguro que ellos no se atreverían a ponérselos a usted! –exclamó riendo.

–¿Ellos?

–Adivine. –Calixto cogió la bata que estaba a los pies de la cama, se la puso y por fin, de mala gana, cogió el bastón–. Ande, vayamos a sus aposentos.

D'Ambrizzi estaba a punto de seguirlo a través de la puerta de la antecámara cuando Calixto lo detuvo.

–Giacomo, creo que no podemos arriesgarnos a dejar ahí el trasto ese del oxígeno. –Se lo señaló con un movimiento de cabeza–. ¿Le importaría empujarlo? Es una lata, pero me temo que no queda otro remedio. Me matarían si no lo llevase conmigo.

Con el cardenal D'Ambrizzi empujando el carrito, los dos colosos de la Iglesia –el uno viejo y el otro viejo y moribundo, ataviados con sus elegantes batas– iniciaron una extraña procesión a lo largo de los pasillos del Vaticano, pasando ante tapices y cuadros de valor incalculable, ante funcionarios y personal de guardia durante toda la noche, o que acababa de llegar con el alba.

En cuanto la puerta se hubo cerrado a sus espaldas, D'Ambrizzi se detuvo ante la pesada y recargada mesa de comedor con las patas en forma de fieros leones sentados sobre sus colas, que sostenían la gran superficie de madera pulimentada como un espejo. Le apartó una silla –el papa prefería una de espalda recta y con brazos–, y muy despacio, con un continuo temblor, Calixto se sentó apoyándose en la fiable sujeción que le proporcionaban sus manos.

Los indicios de una acuosa luz solar se filtraban en la habitación y formaban claroscuros sobre la alfombra de Aubusson o la lustrosa superficie de la mesa. Los cuadros, entre los cuales figuraba un *tintoretto*, añadían cierto lujo a la estancia, ausente de los aposentos papales, que Calixto se había esforzado en desmantelar.

–Giacomo, aquí me tiene, o lo que queda de mí, lleno de curiosidad. ¿Qué le preocupa? No suele usted mostrar excesiva inquietud por los asuntos de la Iglesia.

–No estoy muy seguro de que eso sea un cumplido.

–Ni por asuntos de otra especie, por lo que he podido ver. Pero ahora lo advierto en su rostro. ¿De qué se trata? ¿Tiene algo que ver con los asesinatos? ¿Es eso?

Calixto experimentó un destello de esperanza. No quería morir sin ver que todo aquello se terminaba. Pero ¿cuánto le quedaba? Sentía un horrible temor a que su mente perdiera agudeza y empezara a delirar, a vagar entre los recuerdos y la realidad.

–Antes de que empiece, santidad...

–Por favor, Giacomo, acabe con eso de santidad. Ambos sabemos perfectamente quiénes somos, un par de veteranos con las cicatrices de la batalla. –Tendió la mano hacia D'Ambrizzi y dio unos golpecitos en la manga del cardenal–. Ahora, adelante. Hable usted.

–Voy a hablar de un asunto acerca del cual ha tenido usted tiempo de reflexionar, un asunto que puede servir para coronar su obra en la Tierra. Así que disculpe, si lo que tengo que decirle parece que al principio carece de sentido. Más tarde volveremos a eso. Pero también es importante que sepa cómo he llegado al actual estado de ánimo. Perdóneme, Salvatore, pero debe tener presente que es a usted, al papa, a quien yo me dirijo. Recuerde lo que es usted y todo el peso, la grandeza y el poder del cargo que usted ostenta.

Calixto se reclinó en la silla, empezó a relajarse y se olvidó del dolor que se había convertido en su constante compañero. Hacía muchísimo tiempo que conocía a D'Ambrizzi y sabía para qué había acudido a verlo. Juntos iban a retroceder, como si un maestro del hipnotismo los obligara, en la historia de su Iglesia; D'Ambrizzi sería el guía. Si bien Calixto no estaba muy seguro de que fuera un viaje agradable, sí sabía que al menos resultaría instructivo, aunque no tenía ni idea de hasta dónde le llevaría, ni lo que podía inducirle a hacer.

–Hace tiempo que conoce usted mi cariño por la ciudad de Aviñón –empezó D'Ambrizzi–. Quiero hablarle de Aviñón, pero no de esa ciudad encantadora que ambos conocemos. En cambio, quiero que retroceda conmigo al siglo catorce, al traslado de la sede del papa a Aviñón. Nuestro mundo estaba hecho jirones entonces y familias en guerra nos sitiaban. Inmediatamente después de su elección en 1303, Benedicto XI abandonó Roma, literalmente escapó para salvar la vida, anduvo errante algún tiempo y murió en la primavera siguiente en Perugia: no de muerte natural, permita que se lo recuerde. Envenenado. Con un plato de higos, si hay que hacer caso a sus biógrafos. En comparación, en aquellos tiempos la vida dentro de la Iglesia no valía mucho. Riquezas, poder, control: se arriesgaban demasiadas cosas. El siguiente cónclave se celebró al cabo de un año. En 1305, Clemente V fue elegido en Lyon, pero no se atrevió a ir a una Roma destrozada por la guerra. En cambio, se instaló en Aviñón, atraído allí por el mundo secular, dado que la Iglesia había optado por la lucha secular.

»De modo que el papado pasó a Francia y se convirtió en un instrumento de la política francesa, más secular que nunca. La Iglesia se convirtió en una entidad política. Espiritualmente, había perdido su rumbo. Roma era la sede de Pedro y los papas eran sus sucesores, pero ahora la Iglesia había dado media vuelta y abandonado Roma. La Ciudad Santa cayó en decadencia. Asesinos, contrabandistas, secuestradores y ladrones la habían expoliado, saqueado. Las iglesias fueron desacralizadas y se llevaron los mármoles y las esculturas. En 1350, cincuenta mil personas, peregrinos, llegaban a diario de todos los rincones para rezar ante la tumba de san Pedro, y se encontraban con que las vacas pastaban en la hierba que crecía en el ábside y que los suelos estaban cubiertos de estiércol.

»Juan XXII, Benedicto XII, Clemente VI. ¡Clemente compró Aviñón por ochenta mil florines de oro! Edificó el palacio para los papas y los cardenales lo llenaron con obras de arte, al trasladar allí sus ostentosas villas y lo que habían acumulado con sus enormes fortunas personales. Todos eran príncipes seculares. Cuando Urbano V murió, su tesoro personal contenía doscientos mil florines de oro. La Iglesia ya no era la de san Pedro, se había erosionado por dentro. Estaba podrida por el ansia de riquezas, la permisividad, la decadencia y el poder seglar. ¡Había triunfado el materialismo! La Iglesia vivía como si ya no existiese la eternidad, el juicio final ni la salvación, nada a excepción del eterno vacío y la oscuridad infinita.

El cardenal había bajado la voz hasta convertirla en un murmullo y entonces se interrumpió, apoyando la barbilla sobre el pecho. Calixto temía hablar y romper el hechizo. No sospechaba adónde iría a parar con aquello, pero la existencia de la Iglesia en Aviñón parecía dar vueltas a su alrededor. Vio que el cardenal se movía, que alcanzaba una jarra y unos vasos que descansaban sobre una bandeja. Con cuidado, sirvió un vaso de agua y lo entregó a Calixto, quien se humedeció los labios. La medicación tendía a secarle la boca.

–Petrarca –prosiguió el cardenal D'Ambrizzi, continuando con gran entusiasmo su relato– dijo que Aviñón era la fortaleza de la aflicción, la morada de la ira, el sumidero del vicio, la cloaca del mundo de entonces, la escuela de los errores, el templo de la herejía, la Babilonia pérfida y pecadora, la forja de la mentira, el infierno de la corrupción.

–La cautividad de Babilonia –murmuró Calixto.

D'Ambrizzi asintió, tenía los labios secos y los ojos saltones como los de una rana.

–Petrarca dijo que Aviñón era la morada del vino, de las mujeres y la música, que los curas allí traveseaban como si la gloria no consistiera en Cristo, sino en comer opíparamente y en la disipación. Santa Catalina de Siena comentó que en Aviñón la habían asaltado los hedores del infierno.

–No es que no aprecie esta lección de historia, Giacomo, pero me pregunto por qué me cuenta todo esto ahora.

–Porque es posible que quede poco tiempo, santidad –dijo D'Ambrizzi con voz ronca–. No me refiero únicamente a su salud. La cautividad de Babilonia vuelve a ser una realidad. Usted, el papa, está presidiendo una Iglesia que se dirige hacia la cautividad. ¡Una Iglesia que se dirige de forma voluntaria y ansiosa hacia el sumidero del vicio! –D'Ambrizzi vio que los ojos del papa pestañeaban lentamente: la somnolencia había desaparecido y ahora brillaban desde su lecho de pergamino arrugado y moribundo–. Ahora le toca a usted conducir de nuevo a la Iglesia a un lugar seguro, al servicio de los hombres y de Dios. –D'Ambrizzi sonrió y mostró unos dientes amarillentos–. Mientras aún le quede tiempo, Salvatore.

–No comprendo.

–Deje que se lo explique.

El papa se tragó una tableta para la hipertensión. Sin ser consciente de su gesto, sacó la daga florentina del bolsillo y empezó a darle vueltas lentamente entre las manos. Éstas estaban llenas de arrugas, apergaminadas, y temblaban ligeramente, pero su rostro aparecía encendido. Cuando D'Ambrizzi le ofreció la posibilidad de descansar un rato, el moribundo rechazó la sugerencia con un gesto y la ira encendió su voz.

–No, no, no. Estoy perfectamente capacitado para continuar. Ya dispondré de mucho tiempo para descansar cuando haya terminado con usted, Giacomo.

–De acuerdo. Pasemos pues ahora a unas cuantas duras verdades –prosiguió D'Ambrizzi con voz grave, subrayando las palabras, como si pretendiera incrustarlas en la mente de Calixto–. Nuestra Iglesia vuelve a estar cautiva, esclava del mundo secular, del mundo de los hombres, cuya herencia son los más bajos deseos humanos, la carne. ¿Comprende lo que le quiero decir? ¿De verdad lo comprende? Somos cautivos de los dictadores de derechas, de los movimientos izquierdistas de liberación, de la CIA, de la Mafia, del KGB, de la policía secreta de Bulgaria, de Propaganda Due, del Opus Dei y de los bancos de todo el mundo, de innumerables servicios secretos extranjeros, de todos los intereses egoístas de la curia, de innumerables inversiones en propiedades inmobiliarias e industrias armamentísticas. En suma, ¡somos prisioneros de nuestras propias ansias de poder, poder, poder! Cuando me preguntan qué quiere la Iglesia, me acuerdo de un tiempo en que la respuesta requería gran complejidad, discernimiento y un concepto del bien y del mal. Ahora, sin embargo, conozco ya la respuesta antes de que me formulen la pregunta: ¡más! ¡Queremos más, siempre más!

El papa experimentó un aleteo dentro del pecho y se volvió hacia el aparato del oxígeno. Desde su desmayo, lo acompañaba a todas partes. Puede que ahora resultara útil. Sin embargo, aquel débil y desesperado latido contra las paredes del pecho se fue apagando. Una falsa alarma. Con el pañuelo se secó una burbuja de saliva de la comisura de la boca antes de hablar:

–Pero, Giacomo. Usted, más que ningún otro hombre de su tiempo, ha conducido a la Iglesia hacia ese mundo secular, al mundo de la realidad, donde debemos efectuar nuestras propias elecciones, donde hay que competir para sobrevivir. Ha sido usted, usted, quien ha diseñado la mayor parte de los medios para que subiéramos a los escenarios del mundo, tanto en Occidente como en el bloque comunista o en el Tercer Mundo. Usted, Giacomo, más que ningún otro, ha guiado el destino financiero de la Iglesia hacia cotas sin precedentes. Ha sido usted quien ha discutido con las grandes potencias los asuntos más delicados. Eso es indiscutible. ¿Qué debo pensar de todo eso que me está diciendo ahora?

Una débil sonrisa asomó a los resecos labios de Calixto. Su rostro ya no tenía color, se volvía cada vez más transparente y ponía al descubierto el cráneo debajo de la piel.

–Digamos que es la sabiduría de un anciano ganada con penas y trabajos, Salvatore, el producto de pasar gran parte de mi existencia haciendo eso que acaba de mencionar. Todavía tiene usted la posibilidad de beneficiarse de lo que yo he aprendido al final de mi carrera. Todavía hay tiempo. Por lo tanto, debe usted escuchar y enterarse de lo que sucede. Hemos recibido una señal, Salvatore, la primera de mi vida, una señal de advertencia, una guía. ¡Pero hemos hecho caso omiso de su significado!

Su puño cayó como un estallido sobre la brillante superficie de la mesa. Calixto observaba con insistente curiosidad, fascinado por la actuación de D'Ambrizzi.

–Los asesinatos –susurró D'Ambrizzi–. Le ruego que piense en ellos. Los asesinatos. Una señal como la cruz que se le apareció a Constantino en el sol poniente de la tarde. A usted se le presenta la gran oportunidad de moldear a la Iglesia para el bien de los sucesores de Pedro. Usted puede devolver la Iglesia a su propósito, a su auténtica misión; sólo tiene que reconocer la señal, la verdad de los asesinatos, la verdad que se oculta tras ellos. No son asesinatos sagrados, Salvatore. No son asesinatos de la Iglesia, no son lo que parecen ni lo que habíamos sospechado. Hemos sido unos estúpidos, ciegos a lo que estaba ante nuestros ojos, arropados en el manto de nuestra propia presunción. Estos asesinatos que hemos permitido que nos aterraran no constituyen un desafío de dentro de la Iglesia. ¡Al margen de quien esté detrás de ellos, son parte del mundo que hemos creado para nosotros!

»Eran inevitables porque se los hemos facilitado a nuestros enemigos. Son crímenes seculares porque nos hemos transformado en un engranaje más de la maquinaria secular. Esos asesinatos son sin duda el precio que el mundo nos exige a cambio. Nos hemos visto comprometidos en maquinaciones financieras sin escrúpulos, en delitos, en política, en una inagotable acumulación de riquezas. ¡Ahora debemos pagar el precio!

»Oh, puede que algunos murmuren el nombre de los *assassini*, pero si les hacemos caso, nos engañaremos a nosotros mismos. Hemos estado ciegos, los *assassini* no son más que un símbolo, un instrumento que hemos creado para nuestro propio castigo. Pero usted, santidad, puede convertirse en los ojos abiertos de la Iglesia, puede detener todo esto. Sólo usted.

–Pero ¿cómo, Giacomo? ¿En qué consiste eso que me pide?

Calixto, un hombre nada místico, se preguntaba si estaría en presencia de alguna especie de mensajero divino que hubiese enloquecido o ante un profeta. ¿Era Dios quien le estaba hablando? ¿Acaso aquel anciano, que en el pasado había sido su mentor, estaba de algún modo poseído por la inspiración divina? Calixto no tenía tiempo para los milagros, ya fuesen divinos o de otro tipo. Toda su orientación era la de los burócratas y, ¿cómo se suponía que debían enfrentarse los burócratas a una situación de este tipo? Sin embargo, él había sido alumno del cardenal durante muchos años. La fuerte personalidad de D'Ambrizzi estaba influyendo en él, la esencia de aquel hombre se filtraba lentamente en el ardiente caparazón del anciano.

–Basta con que recuerde quién es.

–Pero ¿quién soy yo, Giacomo?

–Usted es Calixto. Acuérdese del primer Calixto y su misión se le aparecerá con claridad.

–Yo no sé...

La inmensa mano se cerró bruscamente sobre el brazo de Calixto, como un torniquete.

–Hágame caso, Calixto. ¡Sea enérgico!

Sor Elizabeth se recostó en el respaldo del sillón, se separó del escritorio y apoyó los pies sobre el papel secante. Las oficinas de la revista estaban vacías y a oscuras. Eran las diez y diez y se había olvidado de cenar, sentía como si el café hubiese abierto finalmente en su estómago un agujero que llegara hasta China. Parecía que el tiempo se le escurriera entre las manos. Descubrió que con los dedos sostenía un bolígrafo barato, cuya tinta se había agotado. Lo lanzó a la papelera, falló y oyó que golpeaba contra el rincón. Perfecto. La verdad era que no había forma de cogerle el tranquillo al lanzamiento de tres puntos.

–¿Quién diablos es Erich Kessler? ¿Por qué aparece su nombre en la lista de Val?

Pronunció suavemente las palabras, dejándolas caer en el silencio con un leve impulso, como si confiara en que flotaran sobre las aguas turbulentas hasta los pies de un oráculo. Lo había intentado todo, excepto consultar la tabla de Ouija o a un adivino. Si el nombre de Erich Kessler tenía que aparecer en alguna parte que no fuera la lista de Val, entonces no le quedaba más remedio que aceptar que tal individuo no existía. Pero Val acostumbraba ser muy precisa, muy concreta. Aquel nombre significaba que ese hombre existía y que de algún modo estaba relacionado con los demás. El hecho de que a su nombre no le siguiese ninguna fecha significaba casi con toda seguridad que aún estaba con vida, ya que las fechas que seguían a los otros hombres eran las de su muerte. Pero ¿dónde diablos estaba?

Se había extinguido. Tiempo muerto. ¿Qué podía hacer?

Se despertó a medianoche, todavía con los pies sobre el secante del escritorio.

–Esto es una locura –exclamó.

Se marchó a su apartamento en Via Veneto, pero no logró conciliar el sueño. Antes de que pudiera darse cuenta, había llegado la hora de su carrera matutina y luego dio inicio a la jornada, consciente de que tenía que realizar la llamada telefónica.

–Eminencia, soy sor Elizabeth. Lamento mucho interrumpirle.

–No sea tonta, querida. ¿En qué puedo servirle, hermana?

–Necesito verlo, eminencia. Serán sólo cinco minutos.

–Ya. Bueno, esta tarde. A las cuatro en casa.

Siempre llamaba «su casa» al Vaticano. San Jack.

D'Ambrizzi la estaba esperando a solas en su despacho. Vestía el traje de gala. Al ver que ella abría desmesuradamente los ojos, una amplia sonrisa asomó bajo su nariz de banana.

–Una representación para los turistas –explicó–. Me temo que soy una especie de sustituto del Santo Padre. Siéntese, hermana. ¿Qué la preocupa?

D'Ambrizzi abrió una pitillera labrada, hurgó en su interior con los gruesos dedos, muy poco adecuados para la búsqueda, y finalmente consiguió extraer uno de sus negros cigarrillos. Lo depositó sobre el enorme anaquel que formaba el labio inferior y encendió una cerilla con la uña del pulgar.

–Se trata de los asesinatos –dijo–, de los nombres que aparecen en la lista de Val. Los de los hombres que averiguamos que habían sido asesinados.

–Discúlpeme, hermana, pero ya hemos mantenido esta conversación. A menos que tenga algo que añadir a lo que ya dijo...

D'Ambrizzi se encogió de hombros ostentosamente, aumentando la amplitud de sus galas.

–Por favor, eminencia. Piense en Val. Piense en cómo entregó su vida e intente ponerse en su lugar. Estaba sin duda muy cerca de algo tan importante, que ellos tuvieron que asesinarla. Piense en Val.

–Mi querida jovencita, no necesita usted instruirme en cuáles deben ser mis sentimientos acerca de sor Valentine. He estado próximo a la familia Driskill desde antes de la guerra, desde que conocí a Hugh Driskill. Él estaba en Roma, trabajando para la Iglesia, y solíamos ir juntos a los conciertos. Yo le instruí en la música clásica. Lo recuerdo como si fuese ayer, hermana. Beethoven. *Trío número siete en si bemol mayor. Opus 97*. Era una de las piezas favoritas de Hugh. Fue el primer tema sobre el cual Hugh y yo discutimos. Pero eso no viene ahora al caso; la cuestión es que aprecio a esa familia, a todos ellos. Sin embargo, debo admitir que son unos cabezotas. Hugh y sus misiones en la OSS, sus saltos en paracaídas y Dios sabe qué más. Valentine y sus manías de hurgar por ahí, que la condujeron a la muerte. Y Ben, sea lo que fuere lo que cree estar haciendo. Tengo interés en encontrar al hombre que la mató, de modo que llevo a cabo mi propia investigación, a mi manera. Francamente, hermana, me gustaría poder seguir con ella sin tener que preocuparme por si la matan a usted o a Ben Driskill. ¿Me ha entendido, hermana? ¿Me explico con claridad? Quiero que abandone este asunto. No es de su incumbencia, ni tiene derecho a seguir con él. En absoluto. Míreme, sor Elizabeth, y dígame si me ha entendido.

–Le he entendido –contestó Elizabeth con voz suave.

–Ah, me parece haber intuido un «pero» en su tono, hermana. ¿Es así, hermana?

–Con todos mis respetos, eminencia, no comprendo por qué no puedo finalizar el trabajo que Val había empezado. No sólo siento que tengo derecho a terminarlo, sino incluso la obligación. No puedo evitar este sentimiento, eminencia.

–La comprendo, hermana; tuve alguna experiencia en mi juventud. Lo que no entiendo son sus acciones. Deje esto en manos de los demás.

–Pero, eminencia. Los demás ¡son los que están matando a la gente! Esos de que usted habla están dentro de la Iglesia.

–Eso son suposiciones, hermana. Olvídelo. Es un asunto que concierne a la Iglesia, de modo que déjeselo a la Iglesia.

–¿Cómo puede decir eso?

D'Ambrizzi le sonrió mientras encendía otro cigarrillo.

–Porque llevo el bonete rojo, imagino. Probablemente ésa es la mejor razón, por lo que a usted se refiere. –Miró su reloj de pulsera–. La verdad es que debo irme, hermana –dijo mientras se incorporaba, y dio la impresión de que su recargada indumentaria lo aplastaría con su peso.

–Erich Kessler –soltó Elizabeth–. ¿Quién es Erich Kessler?

D'Ambrizzi la miró fijamente, sin contestar.

–Es el último nombre que aparece en la lista de Val. El único que no lleva la fecha de su muerte. Sin embargo, parece como si tal persona no existiera. ¿Quién es ese hombre? ¿Se trata de la próxima víctima?

D'Ambrizzi no dejaba de observarla tras sus ojos entornados de caimán.

–No tengo ni idea, sor Elizabeth. Nada. Ahora, por favor, ¡olvídese de todo! ¡Completamente!

Su tono era bajo, algo más intenso que un susurro, pero había puesto en su sitio los signos de exclamación.

–Si Erich Kessler ha sido elegido para ser la siguiente víctima, entonces debe saber por qué mataron a los demás. Eso significa que Erich Kessler dispone de todas las respuestas. –Elizabeth sintió que las manos le temblaban y en cierto modo estaba al borde de las lágrimas–. Me iré a París. Val estaba allí, investigaba allí.

–Adiós, hermana.

D'Ambrizzi le abrió la puerta.

Monseñor Sandanato estaba sentado frente a su escritorio en la antesala y levantó la cabeza.

–Hermana –la saludó.

Pero Elizabeth pasó ante él y apresuró el paso cuando llegó al pasillo. Al diablo con todos. ¡Al diablo con cada uno de ellos!

El cardenal D'Ambrizzi se dirigió a monseñor Sandanato:

–Pietro, ¿has tenido suerte en la búsqueda de Kessler?

–No, eminencia, todavía no. No es un hombre fácil de localizar, por lo visto.

–Bueno, sigue intentándolo, Pietro.

Esa noche, sor Elizabeth asistió a una cena a la que la habían invitado hacía ya tiempo, para reunirse con algunas compañeras religiosas de la orden. La cena se celebró en la gran sala comedor del convento, sin la vajilla de porcelana de Wedgwood ni la cubertería de plata antigua. El ambiente era de camaradería, exactamente el que necesitaban sus nervios agotados. La luz de las velas se reflejaba en la cristalería, y las conversaciones se desarrollaban en voz baja, tranquilamente, salpicadas por educadas risas. Aquélla no era una vida en la que Elizabeth tuviera mucha experiencia, ni por la que suspirase a menudo, pero que cuando se veía inmersa en ella, atrapada por su espíritu y su ritmo, la disfrutaba y recordaba que había sido una de las primeras razones que la habían impulsado a hacerse monja. Era la gloria después del barullo de voces que el resto del mundo insistía en ofrecerle, tanto si quería como si no.

La velada fue una maravilla de relajación, de tranquila amabilidad, afable aunque con agudezas salpicadas de ironía y sarcasmo. Aquellas mujeres no resultaban cómodas para la Iglesia: de hecho, estaban entre las críticas más exigentes. Por esta circunstancia se habían reunido allí con sus elegantes hábitos negros tradicionales –para algunas, ésa era la única vez al mes en que se lo ponían–; era la oportunidad de cambiar impresiones. Para Elizabeth, la velada y la compañía eran una prueba de que había un mundo al margen del Vaticano, de las sombras susurrantes de los *assassini* y de las muertes. Una prueba de que había un mundo de orden, moderación e inteligencia, sin las intolerables presiones que operaban y destrozaban a los hombres que vivían en el palacio Apostólico. Sentada entre las hermanas, escuchando las conversaciones que fluctuaban libremente de un lado a otro de la mesa, el relato de experiencias y sentimientos que podía identificar con facilidad, encontraba un oasis de paz, completamente alejado de las calamidades, del derramamiento de sangre y del miedo.

Sentada en la salita, con las pinturas antiguas en sus marcos dorados y el aroma de café, recordó a Val, con cuánta frecuencia se sentaban allí con sus compañeras para tomar café después de cenar. Pobre Val. ¿Qué habría hecho ella si D'Ambrizzi le hubiese dado órdenes tan perentorias? No era una pregunta fácil de responder. ¿Cuál habría sido el consejo de Ben Driskill? Elizabeth se mordió el labio, notó un sabor salado y se obligó a sonreír. Ben le habría sugerido que lo mandase al infierno. Pero, en lo más profundo de su mente, ella contaba a los muertos. Finalmente la velada llegó a su término y ella se despidió. La serenidad de aquellas horas no tardó en difuminarse, tan imprecisa como una olvidada fotografía de la infancia.

Cuando llegó al rascacielos de Via Veneto, todavía luchaba por revivir aquella sensación de calma, pero fracasaba miserablemente. Aún sentía el pinchazo de su enfrentamiento con D'Ambrizzi. Nunca había experimentado nada parecido con anterioridad: la pura rabia, la ausencia total de diplomacia en el estilo del cardenal.

De algún modo, se dijo, aquello había funcionado. De algún modo, había podido atisbar lo que se escondía tras ello.

¡Dios, qué tonterías! Atisbar lo que se escondía. ¡Ya no había ni la más mínima esperanza!

Elizabeth se desnudó, se preparó un baño caliente, se sumergió en él y contempló cómo el vapor se condensaba en las baldosas de las paredes. Se dio un masaje con las burbujas, se reclinó y gozó con la esencia de baño y el olor a limpio.

Había dejado entornada la puerta del baño y a través del espejo del pasillo veía el reflejo de la brisa nocturna al ondear las cortinas de la puerta corredera que conducía a la terraza. Con los ojos entornados distinguía la pesada mesa metálica y el mantel que aleteaba. Días atrás iba a recibir la visita de una amiga y lo había preparado todo; sin embargo, en el último momento habían tenido que aplazarlo. Ahora contemplaba la cristalería y el candelabro, macizo y plateado, con su tubo de cristal para evitar que el viento apagara la llama. La terraza aparecía iluminada por las luces procedentes de la calle, por el reflejo de todas las luces de la presurosa ciudad, que titilaban como un puñado de piedras preciosas que hubiesen lanzado contra las cortinas, y allí colgaran.

Sus músculos cansados se relajaban bajo el agua. Sentía cómo el calor absorbía la tensión de su cuerpo, mordisqueándole en las zonas rígidas. Sentía como si se escurriera y se alegró, suspirando por fluctuar a la deriva hasta quedarse dormida.

Entonces, desde las fronteras del sueño, creyó ver que algo se movía en el reflejo del espejo, como una nube que cruzara ante la luz de la luna o la sombra de un pájaro en un día soleado, algo deslizándose por el apartamento en sombras, un aleteo.

Algo.

Cuando volvió a mirar, allí estaban las cortinas, ondulándose en la noche, el resplandor apagado del candelabro sobre la mesa. Fijó la vista en el espejo y aguardó.

¿Un murciélago? La aterrorizaban los murciélagos. ¿Se habría equivocado uno al entrar por la terraza, y al descubrir que estaba atrapado golpeaba contra las paredes?

La sombra había aparecido de nuevo fugazmente en el espejo, casi demasiado rápida para poderla ver. Una imagen similar a un recuerdo huidizo, que parecía esconderse, imposible de identificar.

Algo.

Notó que el vello de la nuca se le erizaba, que se le ponía la piel de gallina. Despacio, sin apartar los ojos del espejo, salió del agua; desnuda y chorreando tanteó en busca de su albornoz. Salió de la bañera y con la prenda se cubrió el cuerpo, que no paraba de tiritar. Las rodillas le temblaban y los pezones estaban erectos debido al frío. El corazón le aleteaba como un murciélago.

Por un momento, Elizabeth pensó en fortificarse dentro del baño. Pero no, sería como meterse en un callejón sin salida. Lo mismo podía decirse del dormitorio que había al otro lado del pasillo. Un chiquillo podría traspasar sin dificultad la endeble puerta. Además, algo le decía que no se trataba de un murciélago, y que tampoco era un chiquillo.

Había una sola puerta de salida en el apartamento. Ojalá tuviese un teléfono en el baño.

Dios mío, estaba fantaseando. Todo era cuestión de nervios, las preocupaciones, los *assassini,* las confesiones que había escuchado allí mismo a monseñor Sandanato, el miedo que sentía por Ben Driskill, los recuerdos de Val, el enfrentamiento con D'Ambrizzi. Todo eran nervios.

¿Encender las luces? No, los interruptores estaban en la sala de estar. Pero ¿quería las luces encendidas? ¿O no?

Imaginaciones. ¿Sombras? ¿Muerte?

Avanzó por el pasillo hacia la sala de estar. No sabía qué podía hacer para defenderse, pero no quería verse atrapada en la parte trasera del apartamento. La cocina con los cuchillos estaba al otro lado de la oscuridad.

La sala de estar permanecía en una especie de zoo de sombras, vislumbres del mobiliario, lámparas, macetas con plantas, como intrusos que se ocultaran. Nada se movía. Sólo se oía la brisa en la terraza y los apagados ruidos de la calle, pero las sombras eran profundas y oscuras.

Entró en la sala y se quedó quieta, escuchando.

Quizá el espejo la había traicionado. Las cortinas seguían meciéndose con suavidad. Inesperadamente, la brisa era fría, helada.

En la habitación no había nadie, con toda seguridad.

Elizabeth se volvió hacia la terraza. La puerta seguía abierta, nada había cambiado. Todo era producto de su imaginación, el miedo que moraba en el subconsciente.

Avanzó hacia la terraza, deslizó la puerta para abrirla del todo y los ruidos de la calle aumentaron de intensidad. Elizabeth respiró hondo, un suspiro de alivio. Salió a la terraza. El tráfico era muy denso allí abajo. Gentes que iban y venían. La realidad. Nadie se deslizaba furtivamente por el piso y la realidad la constituía un millón de turistas que trasnochaban hasta muy tarde, divirtiéndose. Entonces se volvió para regresar al interior.

Allí estaba él, de pie en el umbral.

Un hombre alto, inmóvil, vigilándola a una distancia de dos metros y medio.

Vestía una sotana negra, como las miles de sotanas que se veían todos los días en la ciudad de Roma. Permanecía en silencio, como si esperara a que ella hablase. Entonces su boca se movió, pero de ella no salió ningún sonido.

¿Por qué le concedía aquel tiempo? ¿Por qué no había terminado con ella en la sala, cuando le daba la espalda en la terraza o cuando estaba indefensa en la bañera? Ahora podía verlo con claridad.

Él había avanzado un paso hacia la luz y Elizabeth distinguió la blancura de un horrible ojo. Gritó.

Instintivamente, ambos se movieron al unísono.

El hombre se acercó a ella y Elizabeth se deslizó hacia un lateral de la mesa para agarrar el pesado candelabro con el tubo de cristal.

La mano del hombre penetró entre los pliegues del suave albornoz. Entonces ella se apartó de un tirón, se liberó de la presa y sintió que la bata se le abría. El ojo permanecía fijo en ella, sin verla. Un ojo ciego.

Confuso, sorprendido ante el grito agonizante de ella, distraído ante la repentina visión de la desnudez de Elizabeth, el hombre –aquel cura– interrumpió el asalto sobre ella, abortó la embestida que la habría inmovilizado contra la barandilla.

En aquel instante, Elizabeth se preparó para recibirlo y cuando él se le acercó de nuevo, ella introdujo entre sus largos brazos el candelabro con su tubo de cristal, hacia el ojo blanco. Sintió que el cristal se rompía mientras el metal plateado trituraba el hueso.

El hombre soltó un grito apagado y Elizabeth se apuntaló contra la mesa mientras atacaba de nuevo con su arma, utilizando toda la fuerza de su cuerpo para arremeter. El hombre levantó las manos. La blancura de su ojo había desaparecido por completo y su rostro era una máscara de la que chorreaba sangre. Tanteó intentando cogerla y Elizabeth lo empujó. Él retrocedió tambaleándose, chocó contra la barandilla, y se volvió hacia ella. Entonces Elizabeth vio que su rostro estaba rojo, como un mar de rubíes salpicado de cristales, como diamantes falsos; advirtió que su atacante tenía la boca abierta, aunque de su interior no brotaba sonido alguno.

Elizabeth retrocedió para alejarse de él, mientras contemplaba su agonía.

El hombre volvió a erguirse, de cara a ella.

Tenía los brazos extendidos, como si suplicara.

Entonces, muy despacio, cayó hacia atrás, por encima de la barandilla.

Elizabeth observó cómo se alejaba con los brazos abiertos, la sotana hinchada por el viento, flotando, pero en el fondo lo único que veía era aquel horrible ojo único, que parecía una llamarada roja y resplandeciente.

Cuarta parte

I

Driskill

El padre Dunn me puso a salvo, como si me hubiese encontrado colgando de las uñas en uno de aquellos acantilados medio deshechos y me hubiese echado una mano.

El hecho de ver que se acercaba por el otro extremo del parque donde los chiquillos jugaban alegremente bajo la mirada vigilante de sus chismosas madres, como un representante del mundo real de la cordura, me animó de forma inmediata, me obligó a salir de la depresiva espiral de mis sentimientos respecto a lo que yo acababa de provocar.

Me sentía resquebrajado como un huevo al que acabaran de lanzar sobre el mármol de la cocina. Había lanzado la piedra y huido, y no había forma de enmendarlo. Yo mismo había conducido a Horstmann hasta el pobre hermano Leo y el archivero hermano Padraic, quienes habían pagado con su vida mi torpeza. Yo era tan responsable de su muerte como de la de Étienne LeBecq, pero, por alguna razón, había logrado escapar de las consecuencias de mis locuras. Una vida de aventuras, sí, pero todos los demás morían.

La experiencia de St. Sixtus había provocado una humillante transformación, había hecho que me sintiera como un animal asustado, corriendo y debatiéndose en medio de un laberinto salpicado de sangre, inseguro del papel que supuestamente debía interpretar: el del cazador o el de la presa. Cazador o víctima, al final ambos estaban destinados a morir, ya que siempre aparecía otro cazador. Mi estado de ánimo daba bandazos, como si estuviese borracho, entre uno y otro. Y, en cualquier caso, había perdido mi pistola, Dios mío. Mi pistola, con lo útil que podría haberme sido.

Si Artie Dunn no hubiese aparecido cuando lo hizo, imagino que yo me habría balanceado sobre los bordes inestables de un ataque de nervios durante bastante tiempo. Puede incluso que me hubiese hundido. Pero no en algo tan sencillo como la autocompasión. Me hubiese ahogado en la ansiedad, atragantado con mi propio miedo. Ninguna de mis pesadillas, ni la de mi madre con la mano tendida hacia mí y diciéndome algo, ni la del recuerdo de Val con su cabello chamuscado y empapado en sangre, podía compararse con aquella mañana en la playa. Mientras yo viviese, vería a Leo clavado en aquella cruz improvisada, cabeza abajo, mecido por el oleaje, que daba a su cuerpo una textura azulada y correosa.

Pero Artie Dunn había aparecido inesperadamente, justo en los confines de la tierra de los gnomos y, como solía decirse en épocas menos introspectivas, me obligó a salir de mi ensimismamiento.

Con mi coche de alquiler regresamos a Dublín, a fin de tomar luego un avión que nos llevaría de regreso a París, y estuvimos charlando durante todo el rato. Parecía un programa de radio que yo solía escuchar a escondidas: «¿Es usted capaz de superar eso?». Todo lo que escuchaba, me abría los ojos. Tenía la sensación de que me encontraba completamente solo desde el momento en que había salido de Princeton, como un astronauta al que hubiesen abandonado en la cara oculta de la Luna. Mientras escuchaba a Dunn, me di cuenta de que el resto del mundo había seguido adelante sin contar conmigo.

Lo que me interesaba saber era qué estaba haciendo Artie Dunn en las costas borrascosas de Irlanda.

Bueno, había viajado a París en busca de Robbie Heywood, noticia que me dejó sin habla. Al parecer, Dunn había conocido allí a Heywood a finales de la guerra, cuando lo destinaron a París como capellán castrense. Al enterarse de que Heywood había muerto, se encontró charlando con Paternoster, tal como me había ocurrido a mí. Éste empezó preguntándose quién aparecía a continuación, siguiendo el rastro de un Driskill u otro, y luego le mencionó mi llegada a París, lo cual cogió a Dunn por sorpresa. Cuando éste supo que yo me había marchado a Irlanda y los motivos que me habían impulsado a ello, aplazó la misión que lo había traído a París y salió en mi busca. ¿Por qué? Porque Paternoster le había mencionado que yo había averiguado que el asesino de Robbie era Horstmann y mi interés por los *assassini*. Dunn supuso que yo podía estar en peligro, dado que Horstmann seguía suelto. Le felicité por sus magníficas conclusiones y antes que nada le pregunté por qué había viajado a Europa, por qué había venido en busca de Robbie Heywood.

–Tenía que encontrar a Erich Kessler –explicó Dunn–. Pensaba en ello y siempre volvía a Kessler. Probablemente sea él, más que ningún otro, el que posee las respuestas. En cuanto terminé de leer el testamento de D'Ambrizzi, repleto de esos nombres en clave, supe que debía encontrar a Kessler, suponiendo que aún siguiera con vida.

Nos encontrábamos en la carretera de regreso a Dublín y un chubasco había empezado inesperadamente, debido a lo cual los limpiaparabrisas marcaban un ritmo desacompasado sobre el cristal. En la radio daban un concierto de canciones en gaélico, que para mí tenían más sentido que lo que me estaba diciendo el padre Dunn. ¿Quién era Erich Kessler?

–Robbie Heywood era el primer eslabón en la búsqueda de Kessler –me decía–. Siempre parecía saberlo todo, cuando estaba relacionado con los católicos.

–¿Era católico ese Kessler? –pregunté.

–No. –Levantó la mirada, sorprendido–. No, que yo sepa.

–Nada de todo esto tiene el menor sentido para mí.

–Pues maldita sea si yo lo entiendo –replicó–, pero seguiré trabajando en ello. Tarde o temprano lo resolveremos.

Me sonrió tranquilizador, pero sus insípidos ojos grises, incrustados como piedras preciosas en su cara sonrosada de querubín, parecían tan remotos e insensibles como siempre.

–El testamento de D'Ambrizzi y ese Kessler. ¿De qué está usted hablando? Ahora sólo falta que me diga que lo sabe todo acerca del concordato de los Borgia.

–Ni idea –exclamó–. Aún nos quedan muchos espacios en blanco para rellenar, Ben. –Se embozó en su gruesa gabardina Burberry a rayas y se bajó el sombrero de fieltro verde oliva sobre las tupidas cejas grises: parecía como si éstas fueran producto del maquillaje, una especie de disfraz infantil–. ¿No puede usted poner en marcha la calefacción de este cacharro? –Se estremeció mientras daba palmaditas con las manos enguantadas–. ¿Por qué no me cuenta su historia desde que salió de Princeton? Eso hará el trayecto más corto y evitará que se duerma. Parece usted un hombre que llevara semanas sin dormir.

De modo que empecé a hablar y le conté la reunión con Klaus

Richter y la foto de la pared que era idéntica a la que Val me había dejado en el viejo bombo de juguete: Richter, LeBecq, D'Ambrizzi y Torricelli. Le hablé de la historia de Gabrielle LeBecq respecto a la participación de su padre y de Richter en el contrabando de obras de arte, y del chantaje mutuo que los nazis y la Iglesia se habían hecho a lo largo del tiempo. En este punto, él me interrumpió con una pregunta llena de agudeza:

–¿Quién es ahora el contacto con el Vaticano?

–No lo sé.

Lo que sí sabía era que él me había formulado la pregunta sin cuestionar la veracidad del asunto.

Le hablé de mi viaje al monasterio en el desierto y de la conversación que había mantenido con el abad, de cómo éste había identificado a Horstmann y me había proporcionado un nombre, de la estancia de Horstmann en el Infierno y de las órdenes que éste había recibido de Roma, lo cual relacionaba a Horstmann y a Roma con el asesinato de mi hermana. También le expliqué que había visto al padre de Gabrielle, el hermano de Guy LeBecq, en el desierto, después de que se suicidara; y cómo había perseguido hasta la muerte a aquel pobre desgraciado, aterrorizado de que Roma me hubiese enviado para matarlo. También le referí que Gabrielle y yo habíamos leído el diario de su padre y que habíamos visto su miedo transcrito con sangre y lágrimas, los nombres codificados. Todo.

«¿Qué será de nosotros? ¿Dónde terminará todo eso? ¡En el infierno!»

Los nombres en clave: «Simon, Gregory, Paul, Christos, ¡Archiduque!».

Los hombres de la foto. Richter y D'Ambrizzi seguían con vida. ¿Bastaba aquella foto para abortar las aspiraciones de D'Ambrizzi a la carrera papal? ¿Qué estaban haciendo en realidad aquellos cuatro hombres? ¿Quién había tomado la fotografía?

Dunn escuchaba con atención mientras yo proseguía con la historia, mi viaje a París para encontrarme con el asesinato de Heywood, el descubrimiento en los papeles de Torricelli de las referencias a Simon, a los *assassini* y a la «horrible conspiración», significara lo que significase. Le hablé de cómo Paternoster había ido más lejos y me había informado acerca del hermano Leo, de que Leo era uno de ellos. Le conté que había seguido de cerca las huellas de Val, que había averiguado las mismas cosas.

–Lo cual lo puso en situación de que le cortaran el cuello como a una fruta madura –puntualizó, irritado–. Ha sido una suerte que lo haya encontrado. Necesita usted un protector, hijo mío.

–Era esa mañana cuando lo necesitaba.

–Yo ya soy demasiado viejo para estos trotes. Comprobará que soy un hombre mucho más ingenioso que intrépido. Estaré a su lado cuando me necesite realmente y nadie más pueda ayudarlo. Cuente con ello –aseguró, y me guiñó un ojo–. Todo esto resulta muy confuso. Es una lástima que el hermano Leo no viviera para decirle dónde se encuentra ahora Simon. Nos habría sido de gran ayuda y también podría habernos conducido hasta el Archiduque. Sin embargo –añadió en tono reflexivo–, puede que todos estén muertos a estas alturas. –Dunn carraspeó, como si le rondara un catarro–. ¿Se le ha ocurrido pensar que en este asunto hay alguien que está mintiendo, Ben? Éste es el problema. Sencillamente, no sabemos quién es. Hay alguien que sí lo sabe todo acerca de Simon y los demás, pero nos está mintiendo.

–Aquí se equivoca, padre –le dije–. Todos ellos son católicos y todos mienten. Aunque sin duda hay uno que miente acerca de su pequeña parcela, miente por su propio interés. Son católicos, eso es todo.

–Pero yo también lo soy –replicó.

–Eso es algo que nunca olvido, Artie.

–Es usted un impertinente.

–Conozco a los católicos, y no soy ningún ingenuo. Yo mismo fui católico en el pasado.

–Todavía lo es, querido muchacho. En el fondo, usted sigue perteneciendo a la congregación. Es uno de los nuestros, siempre lo será. –Me dio unos golpecitos cariñosos en el brazo–. Sólo sufre una pequeña crisis de fe, nada que sea motivo de preocupación.

–Veinticinco años de crisis de fe –exclamé con un bufido.

El padre Dunn rió hasta que empezó a estornudar. De nuevo tuvo que hacer uso de su pañuelo.

–No debe impacientarse. Siempre hay tiempo para salvarse, ya lo verá. Ahora, antes de que yo ponga punto final a esta historia, ¿ha mencionado usted a los Borgia?

Le conté lo que el hermano Leo me había referido acerca del peculiar documento que, en efecto, era una especie de registro de los *assassini*. Nombres, lugares, el rastro sangriento a lo largo de varios siglos de la historia de la Iglesia. Cuando hube finalizado, Dunn asintió.

–Me da la impresión de que es algo así como un efecto teatral. Probablemente una falsificación del siglo diecinueve a fin de convencer a alguien para que cometiese un hecho atroz. –Estábamos a punto de llegar al aeropuerto, la lluvia había cesado y los aviones parecían pasar de largo, bajos por encima de nosotros–. Sin embargo, coincide con lo que yo sé.

–¿Está usted enterado de la existencia de ese concordato?

–Había referencias a él en el testamento de D'Ambrizzi. Al menos así lo denomino yo, su «testamento». ¿Suena rimbombante?

–¿En qué consiste ese testamento?

–Es lo que D'Ambrizzi estaba escribiendo en el estudio mientras usted y Val deseaban que saliera para jugar. –Me indicó el quiosco de alquiler de automóviles, donde yo podía dejar el mío–. Subamos antes al avión, donde tomaremos un trago, y se lo contaré.

–Pero ¿cómo diablos sabe lo que dice en él?

–Tranquilícese, Ben. –Me dirigió una mirada impaciente–. Lo he leído.

–¿Que usted lo ha leído?

Me quedé allí sentado, mirándolo.

Resultaba difícil hallar la forma de contender con Artie Dunn.

D'Ambrizzi, encerrado en el estudio durante el verano y el otoño de 1945, con Val y yo haciéndole muecas tras los cristales de la ventana en un intento para que saliese a jugar, se había permitido –por razones que sólo él conocía– una especie de voyeurismo reflexivo de primera clase. Tal vez quisiera limpiar su conciencia de cosas que hubiese preferido pasar por alto, pero que no podía olvidar. Fueran cuales fuesen sus motivos, obviamente se había visto impulsado a poner por escrito la historia de lo que había visto en París durante la guerra. Había estado operando en la inconcreta frontera entre la Iglesia, los nazis y la Resistencia: allí no había posibilidad de elección ni de escape. Agregado al personal del obispo Torricelli, había observado cuanto sucedía y no sabía qué hacer al respecto, de modo que lo puso todo por escrito en casa de su amigo norteamericano –¿qué diablos estaba haciendo él en Princeton, con Hugh Driskill como amigo y salvador?– y a continuación desapareció. De pronto, una mañana ya no lo vimos por allí, y Val y yo nos preguntamos adónde se habría marchado. La vieja historia de quién era ese hombre enmascarado. Sin embargo, ahora me enteraba de que había tenido tiempo suficiente para entregar el manuscrito al viejo párroco de la iglesia de New Prudence a fin de que lo guardara, y allí había permanecido oculto durante cuarenta años. Se había tomado la considerable molestia de escribirlo, luego lo había escondido y probablemente se había olvidado de su existencia. ¿Qué sentido tenía semejante acto? ¿Podría alguna vez averiguarlo? Yo estaba poniendo cosas al descubierto continuamente, pero éstas nunca me proporcionaban respuestas. Ahora disponía de otro dato –la historia de D'Ambrizzi y su solitario testamento–, pero éste sólo provocaba un alud de nuevas preguntas.

Monseñor D'Ambrizzi había ascendido ya un buen tramo en el escalafón del Vaticano cuando el papa Pío XII lo envió a trabajar a París, bajo las órdenes del obispo Torricelli, como enlace entre éste y Roma. Con la ocupación alemana, su nivel de responsabilidad aumentó considerablemente. La misión de mantener una paz razonable entre las fuerzas de Torricelli y los nazis en París representó una dura prueba para las habilidades diplomáticas de D'Ambrizzi. Trabajó con ahínco para conseguirlo y luego, un día, descubrió que su trabajo se había vuelto mucho más difícil.

De Roma había llegado un cura con una misión que le había encargado el Santo Padre. Iba a ser un ayudante personal para D'Ambrizzi, pero, de hecho, su misión constituía el secreto más impenetrable al que éste se hubiese enfrentado nunca: si se enteró fue sólo porque Torricelli estaba tan confuso y aterrorizado por la historia del nuevo cura, que hizo partícipe de todos sus secretos a D'Ambrizzi.

El nuevo cura, a quien D'Ambrizzi se refería en su informe sólo con el nombre clave de Simon, había traído un documento del Vaticano para establecer la validez de lo que iba a realizar. El documento iba acompañado de una carta, donde se explicaba que era el registro histórico secreto de los *assassini* de la Iglesia: los fieles criminales de la Iglesia, aquellos que los papas habían utilizado durante siglos, remontándose al Renacimiento e incluso antes. El documento se conocía por el nombre que había adquirido cuando uno de los grandes linajes de Italia había producido un papa y reiterado su compromiso con un grupo de asesinos reclutados tanto dentro como fuera de la Iglesia: el concordato de los Borgia. De hecho, se trataba de una licencia que entregaban los papas a quienes asesinaban por el bien de la Iglesia, obedeciendo órdenes del Sumo Pontífice. En él aparecía la lista de nombres de los antiguos *assassini,* los nombres de los monasterios donde éstos podían refugiarse en tiempos de crisis: crisis en las que sin duda desempeñaban con frecuencia el papel de instigadores. Se había puesto al día en fechas tan recientes como 1920 y 1930, cuando la Iglesia estaba muy ocupada con su alianza con Mussolini y trabajaba como una de las más importantes centrales de espionaje de todo el mundo, espiando y acumulando información para los fascistas italianos.

La carta que acompañaba al documento y que llevaba el sello papal instruía a Torricelli para que reorganizara a los *assassini* y los utilizara como medio para mantener unas buenas relaciones con los nazis y con la Resistencia. También se pretendía que los *assassini* constituyeran un elemento útil en la acumulación de cierto botín para la Iglesia –riquezas de todo tipo: objetos de arte, cuadros, etcétera–, a cambio de prestar algunos servicios a las fuerzas de ocupación.

D'Ambrizzi escribió que había observado la nerviosa docilidad de Torricelli mientras Simon realizaba la misión que se les había encomendado a ambos, cómo éste reclutaba a los *assassini* y cómo se sentía cada vez más a disgusto: aborrecía todo lo que los nazis simbolizaban, todo lo que le exigían hacer. D'Ambrizzi advertía que Simon era cada vez más consciente de las simpatías del papa hacia la causa nazi, su hostilidad hacia los judíos y otras víctimas de los nazis, y de su negativa a condenar –con la fuerza moral que su posición le confería– la tiranía satánica que asolaba a la humanidad. De forma progresiva, Simon se hizo cargo él solo del control de los *assassini,* mientras Torricelli, aliviado, apartaba la mirada. Finalmente, Simon cortó el vínculo entre los *assassini* y Torricelli, con lo cual lo cortó también entre los *assassini* y el propio Pío XII, entre los *assassini* y la Iglesia, en todas sus formas. Los curas, monjes y laicos, que acataban sus órdenes en bien de la Iglesia, se habían transformado en el ejército personal de Simon, para que éste lo utilizara a su conveniencia.

Entonces Simon los convirtió en un poderoso grupo antinazi, que sólo muy de tarde en tarde llevaba a cabo alguno de los encargos de los nazis, fuera cual fuese. En vez de cumplir sus objetivos originales, los *assassini* empezaron a matar a simpatizantes e informadores de los nazis dentro del clero, y a ocultar en las iglesias y en los monasterios a los judíos y a los agentes de la Resistencia.

Cuando los nazis acudieron a Torricelli con la orden inconfundible –respaldada por su típica melosidad amenazadora– de matar a un sacerdote que perjudicaba en gran medida al ejército de ocupación, Simon y Torricelli chocaron abiertamente. A Torricelli no le quedó más remedio que admitir que Simon estaba actuando y conspirando contra él y contra las órdenes de la Iglesia.

Más o menos por la misma época, de algún modo Torricelli averiguó que Simon urdía el asesinato de una importante personalidad. Simon comprendió que sólo había una forma de que Torricelli hubiese podido descubrir su plan: entre los *assassini* tenía que haber un traidor. Uno de los que integraban su grupo de confianza los había traicionado.

Simon intentó llevar a término el plan. No le quedaba más remedio, ya que la fecha era idónea y el atentado no podía posponerse. Aquel hombre acudiría a París en un tren especial que cruzaba los Alpes. Todo estaba a punto. Pero al parecer los alemanes habían sido alertados y también estaban preparados. La historia de D'Ambrizzi acerca del desastroso intento de asesinato era poco detallada. Algunos de los hombres de Simon murieron y los otros escaparon a París, donde Simon se dispuso a averiguar quién los había traicionado.

Torricelli, desesperado, le convenció de que él no había intervenido en algo tan horrible, al margen de que se hubiese negado a aprobar aquel plan. Por fin Simon averiguó quién era aquel individuo –LeBecq, el cura del cementerio helado, de quien Leo me había hablado– y lo mató. Por esa época Simon disolvió a los *assassini*, ya que –según D'Ambrizzi– se rumoreaba que desde Roma habían enviado a un investigador tras él. Por lo que D'Ambrizzi sabía, el acto final de Simon como líder de los *assassini* había consistido en mandar a dos de sus hombres al norte de Irlanda, al monasterio de St. Sixtus, con el concordato de los Borgia.

Cuando el padre Dunn llegó a este punto de la historia que D'Ambrizzi había reflejado en su extraordinario informe, nos encontrábamos en la cabina de primera clase a bordo de un 727, tomándonos unos coñacs después de cenar. Sin embargo, dos preguntas me acosaban sin cesar en medio de un tumulto de acontecimientos que, a juzgar por las apariencias, parecían confirmar cuanto me había contado el hermano Leo.

¿Quién viajaba en aquel tren? ¿Quién había salvado la vida gracias a la traición de Christos, el padre Guy LeBecq, según el nombre con que yo lo conocía?

En segundo lugar, me preguntaba por qué D'Ambrizzi había confiado a los papeles aquella historia. De haberse tratado de otro hombre, yo también habría sentido curiosidad por cómo había llegado a averiguar tantas cosas acerca de los *assassini*. Pero con D'Ambrizzi no venía al caso. Él era un hombre muy comprometido, muy vigilante, y estaba allí en el centro de aquel asunto, de modo que yo comprendía muy bien que supiese tantas cosas. Pero ¿cuál era su intención al escribir todo aquello y luego dejarlo allí olvidado?

Me había sorprendido sobremanera la existencia del testamento de D'Ambrizzi, pero debía reconocer que no añadía gran cosa a lo que el hermano Leo me había contado, ni a lo que sabía por boca de Gabrielle LeBecq. No pretendía restar importancia a las revelaciones del padre Dunn, pero yo estaba en lo cierto. La única novedad que su historia aportaba realmente era el hecho de que D'Ambrizzi había podido observar cómo se realizaba el Plan de Pío: poner en acción a los *assassini*.

Dunn escuchó mis dudas, luego se volvió hacia mí y me lanzó una de sus profundas miradas por debajo de las cejas.

–Oiga, jovencito, ¿he dicho acaso que hubiese terminado?

D'Ambrizzi vigilaba y aguardaba mientras se desarrollaba el drama de la lucha de los nazis y el Vaticano contra los renegados *assassini*. La primavera dio paso al verano de 1944, y en agosto París fue liberado por los aliados. Los ocupantes alemanes tuvieron que abandonar la ciudad, aunque la guerra en sí aún tardaría en concluir. La vida en París era un caos. Había escasez de artículos de primera necesidad y una virulenta amargura se extendía como una epidemia entre la población. Los que habían colaborado con el enemigo ocupante vivían aterrorizados por las represalias de los grupos de vigilantes entregados a la venganza. El crimen se había instalado en los barrios de París y no desaparecería hasta que no hubiese finalizado su labor. En medio de ese ambiente, el hombre enviado por el Vaticano seguía con sus investigaciones acerca del asesinato del padre Guy LeBecq, la desobediencia del ejército de asesinos liderados por Simon y el intento de asesinato del hombre del tren. Es decir, cómo los *assassini* habían traicionado la misión que el Santo Padre les había confiado.

El investigador del Vaticano, que había llegado de incógnito y que sólo informaba al obispo Torricelli (quien, se supone, debía contárselo a D'Ambrizzi), era un monseñor enérgico, tenaz y desapasionado, al cual se conocía, según había escrito D'Ambrizzi, como el Recaudador, probablemente por su mentalidad policíaca y sus esfuerzos por recoger pruebas. En opinión de D'Ambrizzi, el Recaudador no era muy diferente de los mismos *assassini,* excepto en que éste representaba la contrariedad del Santo Padre ante la negativa de los *assassini* a cumplir las órdenes de los nazis. El desdén y el desprecio con que D'Ambrizzi se refería al Recaudador eran evidentes, como mínimo en su informe. Al menos eso es lo que Dunn, que había leído aquellos papeles, me dio a entender.

Durante meses, el Recaudador interrogó a todos los que habían conocido al padre LeBecq, y formulaba sus preguntas abiertamente, a la luz del día, tal cual. De noche, en secreto, escarbaba en el oscuro mundo de las gentes que estaban enteradas o podían tener alguna pista acerca de la existencia de los *assassini* y de su plan para asesinar al hombre del tren.

Simon resultó un hueso duro de roer; se negó a admitir cualquier conocimiento respecto al plan y logró escabullirse de la parte de la investigación que trataba de las órdenes del Vaticano para colaborar con los nazis durante la ocupación. El Recaudador seguía presionando y D'Ambrizzi veía que intentaba poner la soga alrededor del cuello de Simon. El Santo Padre no estaba dispuesto a ceder, no iba a llamar al Recaudador y cancelar el asunto, como si se tratara de algo irremediable.

El propio D'Ambrizzi tampoco se libró del interés del Recaudador, dado que sabía muchas cosas acerca de los *assassini* gracias a su relación de trabajo con Torricelli. Más de una docena de veces fue convocado para las sesiones que a veces duraban hasta seis horas, donde repasaban hasta la saciedad los detalles de aquellos años de guerra en París. A finales de la primavera de 1945, D'Ambrizzi empezó a darse cuenta de que desde el Vaticano –el propio Santo Padre– se ejercían fuertes presiones sobre el Recaudador para que encontrara al asesino de LeBecq y a quien había planeado el asesinato del hombre del tren. Si no quedaba otro remedio, había que encontrar un chivo expiatorio, alguien a quien incriminar. Luego llegaría el viaje de regreso a Roma, hacia sólo Dios sabe qué destino.

Simon simplemente desapareció. Como por arte de magia, en una nube de humo, con el conjuro de un hechicero. D'Ambrizzi nunca volvió a verlo.

Contrariado, el Recaudador empezó a lanzar severas y profundas miradas al mismo obispo Torricelli. A fin de cuentas, éste había sido elegido por el Santo Padre para que se encargara de los *assassini* cuando Simon llegó de Roma. D'Ambrizzi sabía que el obispo era un viejo taimado y un veterano en el mundo clerical: astuto y suspicaz, con una habilidad casi sobrenatural para esconderse en su caparazón y salir sano y salvo de cualquier conflicto. De modo que no estaría excesivamente preocupado respecto a cómo salvarse o a quién debía hacer pagar el pato.

D'Ambrizzi se dio cuenta de que cuando Torricelli empezó a mirar a su alrededor en busca de una víctima a quien cargarle el mochuelo, y así satisfacer las quejas insistentes que al Recaudador le llegaban de Roma, tendía a mirar a su fiel ayudante: al mismo D'Ambrizzi. ¿Quién había sido su confidente, a quién le había revelado muchos de sus temores respecto a la utilización de los *assassini* contraviniendo los deseos del Vaticano? D'Ambrizzi sería la víctima ideal.

De modo que éste realizó sus propias gestiones, antes de que Torricelli lo entregara al Recaudador.

El mismo día en que recibió la citación para que regresara a Roma, a fin de que «le asignaran un nuevo destino», acudió por la tarde a un agente del servicio de espionaje americano. Aquella citación, comentaba en su manuscrito, era como si lo llamaran de Moscú. Un hombre listo sabía muy bien que no debía realizar aquel viaje de regreso. El norteamericano era un viejo amigo que había estado entrando y saliendo de París durante la ocupación alemana: un hombre en quien podía confiar y que tenía múltiples contactos. Con su ayuda –D'Ambrizzi explicaba detalladamente esta parte de la historia– logró esconderse y escapar de las garras del Recaudador. Al igual que Simon, él también desapareció, dejando al Recaudador husmeando en el aire, como un perro de caza, momentáneamente confuso, pero no del todo dispuesto a lanzar la toalla.

El amigo norteamericano de D'Ambrizzi logró sacarlo de la Europa de posguerra apropiándose de la identidad de un sacerdote muerto, y se lo llevó a Princeton, en Nueva Jersey.

Por supuesto, su amigo americano no era otro que Hugh Driskill.

En Princeton, monseñor D'Ambrizzi había escrito su historia.

Cuando el padre Dunn hubo finalizado el relato sobre D'Ambrizzi, yo me quedé reflexionando, intentando determinar si añadía algo a lo que yo ya sabía, aparte de ser una nota complementaria a la historia principal. Ésta se movía y se retorcía en mi mano como si se tratara de un fantástico ser vivo, como si todavía intentara despistar y fragmentarse para conservar su misterio.

Pero no cabía duda de que el cardenal D'Ambrizzi tenía en su poder grandes respuestas. ¿Cómo lograr que él consintiese escarbar en el pasado –sobre todo considerando que la Iglesia había utilizado a un grupo de asesinos para que ayudasen a los nazis– y lo expusiera con nombres distintos a los cifrados que habían usado? Era una pregunta diabólica.

Sin embargo, me sorprendía que hubiese llegado hasta nosotros, a través de dos fuentes independientes –posiblemente tres, si se contaba la de Gabrielle como una información de segunda mano–, aquella historia acerca de París; una historia que sin duda a la Iglesia le habría gustado mantener en secreto. Val también lo había averiguado todo.

¿Acaso había algo más? ¿Era aquello suficiente para matarla?

¿Dónde estaba aquella gente?

¿El Recaudador?

¿El hombre del tren?

¿Qué había sido realmente de Simon?

¿Por qué no había referencia alguna a la figura más enigmática de todas, el Archiduque? Era lo bastante importante como para que Étienne LeBecq hubiese trazado aquel punto de admiración después del nombre, lo bastante importante para que Torricelli acudiera a él en el instante de su gran crisis.

Había muy pocas cosas que D'Ambrizzi hubiese olvidado anotar, y sin embargo no decía nada de la figura más enigmática.

El Archiduque.

De pronto, París surgió luminosa allá abajo y nosotros nos deslizamos rápidamente hacia ella.

A la mañana siguiente fuimos a la terraza de un café que daba a Notre-Dame y nos sentamos en unas sillas de junquillo frente a una mesa con el tablero de cristal, mientras un toldo de la casa Cinzano se ondulaba sobre nuestras cabezas. Era una mañana luminosa, azul y cálida para mediados de noviembre, pero el día parecía hacer equilibrios al límite del peligro, como si fuera un reflejo de nuestra propia situación. Unas nubes altas y blancas se hacinaban y plegaban sobre sí mismas, elevándose como una cordillera de montañas detrás de la gran catedral. El resplandor del sol destacaba los rostros de las gárgolas, que sonreían hacia abajo, al resto del mundo.

Desayunamos unas tortillas jugosas y sabrosas con mantequilla, finas hierbas y queso. El café con leche era dulce y agradable, y yo me recliné en el respaldo para contemplar la paz del entorno mientras el padre Dunn gruñía de vez en cuando detrás del *Herald Tribune* matutino. Me complacía en aquella quietud, en aquel momento de tregua. No podía creer que la mañana anterior, hacía poco más de veinticuatro horas, yo estuviese sin aliento y aterrorizado ante la figura muerta del hermano Leo, crucificado en medio del oleaje y haciéndome señas con el brazo suelto, y que echara a correr como alma que lleva el diablo, ya fuera ése real o imaginario. Ante aquel pensamiento, que había prevalecido durante la noche como una bestia surgiendo del estiércol, mi corazón parecía helarse, atascadas las válvulas, negándose a latir.

Por fin el padre Dunn bajó el periódico y lo dobló meticulosamente, a continuación se sonó la nariz.

–Mi resfriado ha empeorado y me duele la garganta. ¿Ha dormido usted bien?

–Mejor que la noche anterior. Será un milagro si no atrapo una neumonía.

–Chupe una de éstas.

Me tendió una cajita con pastillas de frambuesa y me metí una en la boca. No era precisamente el acompañamiento ideal para el café con leche.

–¿Y bien? ¿Quién es Erich Kessler?

La mañana había transcurrido mientras permanecíamos allí sentados en silencio. La brisa vivificante, procedente del Sena, se había vuelto más fría y penetrante durante la última hora.

Dunn me observó por encima de su taza de café.

–¿Por qué es tan importante? –insistí.

–Ah, Erich Kessler. Siempre fue un hombre de secretos. Los conocía, los conservaba, y él mismo era un secreto. Fue un pequeño genio del servicio de espionaje alemán durante la Segunda Guerra Mundial.

Yo no esperaba oír nada parecido a aquello, pero ¿qué esperaba en realidad? ¿Dónde encajaba Kessler en aquel rompecabezas?

–¿Un nazi?

–Oh, no tengo ni idea. Sin duda era leal a sí mismo, antes que nada y siempre. Pero era el joven prodigio de lo que se conocía, allí donde se reunían los agentes secretos, como la Organización Gehlen. Él era el protegido personal del general Reinhard Gehlen, el maestro de espías. –Se quedó mirándome, permitiendo que yo digiriese la información–. Gehlen sirvió a Hitler, a la OSS, a la CIA y a la República Federal de Alemania, por este orden. Un tipo muy listo, escurridizo y oportunista. Kessler aprendió muy bien la lección.

Dunn hizo señas al camarero para que trajera más café y luego se calentó las manos con la taza.

–¿Qué fue de él?

–Bueno, sobrevivió; de eso no hay duda. Al igual que Gehlen, el joven Kessler intuyó cómo iba a terminar la guerra. Lo vio todo reflejado en los mapas desplegados ante sí, en los planos de las fábricas enemigas, en la evaluación de los recursos humanos, en la producción de petróleo. Lo intuyó ya en 1942, cuando en Pearl Harbor los norteamericanos todavía andaban «buscando a tientas las zapatillas». A partir de entonces comprendió que la guerra no era más que una forma de autocomplacencia para Hitler, un monumento a la psicopatología. Bueno, Erich estaba decidido a una cosa, a que el impresionante final de Hitler no lo arrastrara a él también; de manera que se aseguró la supervivencia. Se sirvió de todos sus años de experiencia en los servicios de espionaje para capear el final que se acercaba.

»Trabajando con astucia y extrema discreción, consiguió contactar con las redes de espionaje de los aliados en Francia y Suiza, y en vez de tomar partido por los ingleses o los franceses (los cuales no se enfrentaban a aquella guerra con excesiva elegancia y podían mostrarse algo duros con un tipo como él), se decidió por los norteamericanos. A través de un amigo de la infancia, buscó a un agente de la OSS, a uno de los vaqueros de Wild Bill Donovan, como Gehlen solía llamarlos. El agente de la OSS reconoció la legitimidad de la oferta de Kessler, quien se convirtió en su agente de información.

»A partir de 1943 y a través de los norteamericanos, Kessler facilitó a los aliados información acerca de la capacidad y logros del espionaje alemán. Cuando la guerra se dirigía inexorablemente a su fin, aún más importante fue su experta información acerca de los rusos, que se mostraban muy poco comunicativos en el trato con sus aliados. El contacto americano de Kessler supo ya en 1943 que el auténtico enemigo iban a ser los malditos comunistas ateos y que el mundo de la posguerra requeriría un gigantesco servicio de espionaje sobre el Este. Así pasó Kessler gran parte de la guerra, preparándose para el futuro, tal como había hecho Gehler, quien se convertiría en un destacado experto en temas soviéticos en el mundo de la posguerra y trabajaría con orgullo para la CIA.

»Una vez finalizada la guerra, Kessler se convirtió en un agente americano, astutamente camuflado, que se movía con facilidad por toda Europa. Lo que lo diferenció de los otros agentes alemanes que fueron absorbidos y puestos a trabajar en la retaguardia por los ganadores fue su experiencia en un área bastante extraña: la Iglesia católica. Era ampliamente sabido que conocía las actividades de la Iglesia durante la guerra más que nadie en el mundo. Sus archivos respecto a la Iglesia, que en algunos ambientes se denominaban el Códice Kessler, probablemente porque sonaba como algo de película, fueron la causa de buena parte de las trifulcas entre el Vaticano y los norteamericanos. Kessler los puso a salvo en las cámaras acorazadas de un banco suizo, después de reducirlos a un microfilm, que pasó furtivamente a Suiza entre el muestrario de un viajante de ropa interior femenina. Allí permanecieron durante varios años, hasta que por fin los puso a la venta. Indudablemente, el mejor postor fue la Iglesia, que "precisaba" tenerlos en su poder, mientras que los norteamericanos sólo los "querían".

»Poco después de que la Iglesia consiguiera aquellos archivos, el Maserati de Kessler sufrió un accidente en la Grand Corniche, entre Niza y Mónaco. Sólo un milagro le salvó la vida. ¿Quién había intentado matarlo? ¿El Vaticano, que simplemente quería asegurarse el permanente silencio de Kessler? ¿O la CIA, que tan bien había sabido utilizarlo y que ahora se sentía traicionada por el hecho de que hubiera vendido aquella información al Vaticano? Kessler nunca pudo saberlo a ciencia cierta, pero lamentó profundamente que, por alguna razón inexplicable, no se le hubiese ocurrido sacar una copia del códice, para su propia seguridad. Reflexionando más tarde sobre eso, se habría dado una buena patada en el trasero, pero lo irónico del caso consistía en que eso ya no era posible.

»El "accidente" de automóvil lo había dejado inválido, ligado a una silla de ruedas para el resto de su vida. Pasó más de un año en un hospital en Francia. Luego se fue a Brasil e intentó pasar inadvertido en Río. Más tarde se marchó a Buenos Aires, donde residían tantos antiguos nazis ocultándose de los cazadores de recompensas, por así decirlo, que no podía evitar deprimirse cada vez más con tanta cháchara acerca del Cuarto Reich y el resurgimiento de los Caballeros Teutónicos. Desde allí se trasladó a Brisbane, en Australia, pero se sentía como un visitante en la Luna. A continuación pasó algún tiempo en Japón.

»Sin embargo, lo que hacía era protegerse a sí mismo. Cada vez que cambiaba de residencia, parecía como si se internara más profundamente en la niebla del pasado, transformándose en una leyenda, en un recuerdo lleno de colorido, perdiendo su definición a medida que el tiempo lo envolvía como la capa de un prestidigitador. Pero aún había gente que preferiría ver cómo lo acorralaban y le disparaban un tiro. Incluso esta gente había perdido finalmente su pista, aunque se decía que estaban decididos a seguir buscándolo. Tal vez pensaron que esas historias acerca de su determinación a encontrarlo y silenciarlo bastarían para mantenerlo escondido en su agujero indefinidamente.

»Lo conocí en París, después de la guerra –dijo Dunn, quien se pusó otra pastilla de frambuesa sobre la lengua.

Llevaba la bufanda apretada alrededor del cuello y se envolvía en la gabardina cruzada de Burberry. Las nubes estaban a punto de oscurecer el sol matutino. De repente, Notre-Dame cobró un aspecto sombrío que en absoluto ayudaba a elevar el espíritu.

–Resultaba difícil no coincidir, si te movías por ahí –prosiguió Dunn–. Él tenía el don de la ubicuidad. Lo conocí, tomamos un par de copas y me dejó intrigado. Tenía una visión muy interesante de la guerra, aunque había que reunir todas las piezas para obtener algo parecido a una foto. Le cogió afecto a este cura irreverente, de hecho un estúpido jovencito, y yo lo sorprendí como alguien que no podía tomarse muy en serio la postura del Vaticano. No me importaba admitirlo. De modo que se podría decir que yo le resultaba divertido, y no pretendo ponerme medallas si digo que me aprovechaba de sus conocimientos. Erich estaba en su ambiente y a mí me había cogido en pañales en los asuntos de la Iglesia. En cualquier caso, al final le perdí la pista. Sin embargo, él era de esos tipos difíciles de olvidar. Seguía en mis pensamientos, así que con el paso del tiempo fui sabiendo de él por referencias. A fin de cuentas, él tenía un interés especial para los católicos. Lo último que supe de él fue que alguien me dijo que había regresado a Europa. Luego leí lo del manuscrito de D'Ambrizzi, todo este asunto de los *assassini*, un tema por el que la Iglesia estaría dispuesta a matar si eso impedía que saliera a la luz pública, y empecé a atar cabos. Val, Lockhardt y Heffernan muertos, y un cura es el asesino, al menos por lo que podemos intuir. No hacía falta ser un genio para efectuar todas estas conexiones, pero lo que me despistó fue la extraordinaria relación entre dos épocas distintas separadas por cuarenta años. La persona con quien necesitaba hablar de aquellos tiempos era Erich Kessler: él lo sabía casi todo y no era un sacerdote, ni siquiera católico, de manera que no tenía ningún motivo para querer mantenerlo en secreto. De hecho, tenía una buena razón para querer devolverle la jugada a la Iglesia, si pensaba que era ésta la que lo había mutilado al intentar matarlo.

–Pero ¿cómo diablos voy a encontrarle?

–Bueno, hasta mí llegaron rumores de que había regresado a Europa y de que su salud estaba bastante deteriorada. ¿Es eso cierto? ¿O se trataba tan sólo de una especie de campaña de desinformación? Debo admitir que eso sería muy propio de él. Bueno, pensé que el Vicario, Robbie Heywood, probablemente supiera más que nadie acerca del paradero de Kessler, así que vine hasta París y me encontré con una terrible sorpresa: el cura asesino se había cargado al Vicario y usted había estado aquí antes que yo. Habría podido usted dejarme sin sentido con un simple bufido. Todo iba de mal en peor. No existía lugar seguro contra el asesino. Pero Dios, con su infinita sabiduría, había salvado al viejo Clive Paternoster, que sabía muchas más cosas que Robbie. De modo que puse a Clive tras la pista de Kessler, mientras yo iba a buscarlo a usted. Amigo mío, nunca en mi vida me había asustado tanto. Estaba convencido de que sólo encontraría su cuerpo ensangrentado en Irlanda.

La lluvia había empezado a caer. El maravilloso día había sido tan sólo una ilusión; no había cumplido su promesa. La realidad se había abatido sobre París como una funda sobre la jaula del loro, envolviendo la ciudad, oprimiéndola.

Paseamos a lo largo del Sena y nos detuvimos en los tenderetes que había al aire libre para hojear libros ilustrados, viejos grabados con dobleces en los bordes y reproducciones. La lluvia golpeaba contra las hojas anaranjadas y pardas, y abría pequeños agujeros en la superficie del río.

Estábamos esperando.

Nos detuvimos en un sitio desconocido para comer patatas fritas, que condujeron a unos *croque-monsieur* y a unas cervezas Fischer. En el laberinto de callejuelas detrás de la gran librería Gilbert Jeune, donde compraban los estudiantes de la Sorbona, nos detuvimos a mirar el escaparate de una juguetería. Allí, en exposición, había algo que parecía un Smith & Wesson Special de la policía. El padre Dunn mostró cierto conocimiento acerca de lo que podía ser. Recuerdo haber pensado que parecía muy real, en absoluto un juguete. A través del cristal del escaparate, uno casi podía oler el aceite de linaza, o lo que utilizaran para engrasar las armas.

Dunn señaló la pistola de juguete.

–Es increíble, ¿no? Cualquier tipo podría atracar un banco con una de ésas.

–Me imagino que sí. Dillinger se escapó de la prisión de Greencastle, en Indiana, con una pistola que había tallado y luego teñido con betún. La gente se cree cualquier cosa.

–Sí, supongo que es así.

–Por supuesto que lo es. De lo contrario, usted no tendría trabajo, padre. La Iglesia es una prueba de ello.

–Es usted un descreído, Ben.

–Y usted se parece a mi padre, de modo que le diré lo que siempre le digo a él: «Hay que serlo para saberlo».

–Me comentó usted que había perdido su pistola, allá en el norte.

Asentí con la cabeza.

–Y éste es un caso lleno de falsedades.

–Lo sé. La gente está mintiendo. Todo el mundo miente. Lo único que sé con certeza es que Horstmann no es Simon. Supuse que lo sería.

–Falsedades. Un hombre necesita tener una pistola en caso de apuro.

El nuestro no era más que un juego de absurdos, jugábamos para pasar el rato.

–¿Sabe una cosa, Ben? Creo que deberíamos comprar un arma. ¿A usted qué le parece?

–Odio tener que depender de un arma de ésas –dije, señalando con la barbilla la pistola del escaparate.

–A mí me parece un arma perfecta. Así no se hará daño con ella.

–Perfecta mientras no tenga que hacer daño a otro con ella.

–Dios mío, del disparo de un arma nunca saldrá nada perfecto.

–Tonterías. Hay un antiguo refrán, padre, que dice: «Nunca saques tu arma, a menos que intentes disparar con ella. Nunca dispares, a menos que trates de meter a alguien en su tumba».

–Acaba de inventárselo, Driskill.

–Es un refrán muy conocido. Se lo aseguro.

–Pues suena como si fuera de Billy el Niño.

–Sí. Ahora que lo menciona, es probable que sea de Billy el Niño. Sí, estoy seguro.

–De Bill Bonny.

–Exacto. De William Bonny.

–Pero ése era un presuntuoso y murió muy joven.

–Habría muerto mucho antes, padre, de haber llevado una pistola sin balas.

–Aun así, Ben –concluyó Dunn, mientras abría la puerta de la juguetería.

En la tienda, se dirigió a la joven dependienta con un francés bastante aceptable.

–Querríamos un par de ésas –le dijo, señalando con la mano hacia el escaparate.

–¿Se refiere a los revólveres?

Dunn asintió.

–Queremos dos.

–¿Desean también las cajas de fulminantes?

–Oh, en realidad no queremos disparar a nadie con ella. ¿Verdad, Driskill?

–Por supuesto que no.

–Muy bien –asintió la muchacha–. Sólo las armas. Sin munición –añadió sonriente.

Cuando salimos de la tienda, la lluvia caía más espesa. Dunn me tendió una de las armas de juguete.

–Llévela en el bolsillo, por si acaso. –Me guiñó un ojo y me guardé el arma en el bolsillo del impermeable–. ¿Y bien? ¿No se siente mejor así?

–No se burle usted de mí –murmuré.

Dunn se guardó la suya en el bolsillo de la gabardina y apretó la culata. Una sonrisa infantil apareció en su cara rubicunda. Estaba fumando su pipa y la llevaba cabeza abajo para que la lluvia no entrara en la cazoleta.

–El padre armado. Eso me gusta. Puede que en el fondo yo sea material de leyenda.

–Es un juguete de plástico.

–Bueno, se trata de la ilusión y de la realidad. Nosotros sólo estamos difuminando la línea divisoria. –Echó un vistazo a su reloj–. Son las cuatro. Ha llegado el momento de ir a ver a Clive.

El taxi gruñó malhumorado al subir la cuesta de la plaza de la Contrescarpe. La lluvia había formado charcos en el suelo, y los vagabundos tenían el fuego encendido, igual que días atrás. Las luces de Tabbycats brillaban acogedoras a través de los cristales del escaparate, como reflejos de bronce recién pulido.

Clive Paternoster estaba instalado en la mesa junto a la ventana. Las gafas se mantenían en precario equilibrio sobre su nariz de topo, que él se limpiaba sonoramente. Estábamos en la estación de los resfriados. Su viejo y sucio impermeable colgaba de un perchero junto a la ventana y él se incorporó a medias en su silla para darnos la bienvenida.

Todos pedimos coñac y ellos dos fumaron su pipa hasta que llenaron la pequeña zona junto a la ventana con la neblina aromática del humo.

–¿Así que lo encontró en Irlanda? –preguntó Paternoster a Dunn.

–Lo traje de nuevo a la vida –explicó Dunn.

–Y dígame, ¿pudo ver al hermano Leo? ¿Se encuentra bien?

–Oh, sí, lo encontré. –Hice una pausa, de pronto desprevenido para responder a su pregunta, sin duda lógica–. Está bien –contesté por fin–. Muy bien.

Las razones de mi mentira residían en una recién adquirida necesidad de proteger a Paternoster. No quería seguir empujándolo hacia el interior del círculo.

–¿Y bien? –intervino el padre Dunn–. ¿Ha conseguido tener suerte al final?

–Reconozco que a veces parece cosa de magia. –Paternoster miró orgulloso a su alrededor, primero a Dunn, luego a mí, y viceversa–. Puede que todavía no haya perdido mi vieja habilidad. El Vicario estaría contento conmigo. He vuelto a poner en marcha la antigua red como si fuera la máquina del millón. No, no teman. Soy el hombre más discreto del mundo. Les expliqué un cuento y luego junté todos los detalles. Sí, padre. Resumiendo, sé dónde se encuentra Erich Kessler.

–Buen trabajo, amigo mío. Se merece un premio. –Los ojos irlandeses de Dunn estaban sonriendo–. Y ahora, ¿qué ha averiguado?

–Sé dónde se encuentra y sé en quién se ha convertido.

Erich Kessler había adoptado el nombre de Ambrose Calder.

Vivía en las afueras de Aviñón.

Estaba dispuesto a recibirnos porque se acordaba de Artie Dunn.

Había dado instrucciones concretas sobre lo que teníamos que hacer.

Ambrose Calder no quería correr riesgos.

En Nueva York, al padre Dunn se le había ocurrido la idea de que quizá Curtis Lockhardt conservara un piso o una casa en París, y que podía habérselo cedido a Val mientras ella había estado trabajando en Europa. Ignoro por qué no se me había ocurrido pensar en ello. Daba por sentado que se hospedaría en alguna de las residencias de la orden en París. Por fortuna, Dunn había contactado con el despacho de Lockhardt en Nueva York, explicó la situación de la manera más persuasiva posible, y allí fueron tan amables que lo dispusieron todo para que Dunn recogiera una llave en una determinada dirección en París. Ésta, nada sorprendente conociendo el buen gusto de Lockhardt, era tan distinguida y elegante como a la que ahora se dirigían: justo al lado del Faubourg Saint-Honoré y a un tiro de piedra del palacio del Elíseo, donde vivía el presidente francés, de la embajada de Estados Unidos y del casi incomparable Bristol. Hacía tiempo, mi padre había tenido una discusión con la gerencia del Bristol y trasladó nuestra residencia al George V. Yo siempre había conservado en mi corazón cierto cariño por el Bristol, un hotel que podía permitirse el lujo de perder a un cliente como mi padre y seguir funcionando con toda tranquilidad.

No sabíamos si Val había utilizado alguna vez aquel piso, pero, con la llave ya en nuestro poder, subimos a un taxi y, a través de la lluviosa penumbra, nos dirigimos al otro lado del río. El vehículo se detuvo no muy lejos del cruce con la rue La Boétie y recordé un curioso fragmento del pasado: el obispo Torricelli nos había llevado a Val y a mí al número 19 de la rue La Boétie para que conociésemos los cruasanes. Llegamos a la conclusión de que eran lo más delicioso que habíamos probado nunca, cremosos, con mermelada de frutas en gran cantidad. Los comíamos un día sí y otro también. Asimismo degustamos nuestras primeras tazas de café con leche servidas en su punto, con el color apropiado, y el obispo había asomado entre nosotros su nariz de judío para decirnos que allí, tiempo atrás, un famoso escritor, que entonces tendría trece años, había comido los cruasanes del número 19 con la misma avidez que nosotros. Yo había seguido la historia, dando por sentado que se trataba de un escritor francés de quien nunca había oído hablar. Había sido entre 1856 y 1857 cuando el muchacho desarrolló su afición por los cruasanes, y al final resultó que no era un francés, sino un norteamericano al que prometí leer en el futuro. Cumplí mi promesa. Henry James. Número 19 de la rue La Boétie. Cruasanes.

Todo regresó a mí como un destello al salir del taxi, levantarme el cuello para protegerme del viento y de la lluvia, y distinguir el nombre de la calle. Me acordé de aquel día de verano, del obispo, de los cruasanes, del café y de mi pequeña hermana Val con su vestido rosa y un lazo verde pálido en la espalda, y su sombrerito rosa con un lazo a juego; habían pasado treinta años, ella estaba muerta y yo seguía sus últimos pasos. En el número 19 probablemente seguían vendiendo sus cruasanes perfectos y yo había renunciado a Henry James cuando me atasqué en mitad de *La copa dorada*. Echaba de menos a mi hermana y eso era lo único que importaba. No habría ya más cruasanes sin Val.

Se trataba de un edificio tranquilo y gris, que rezumaba dignidad y riqueza. La reja de hierro de la entrada debería haber custodiado como mínimo una corona principesca o secretos de valor incalculable. El edificio parecía inmune a los cambios, a la muerte y a los impuestos. Aunque, por supuesto, ahora Lockhardt había muerto y también Val, quien tal vez hubiese utilizado aquella vivienda.

Había un mostrador para el conserje y Dunn se dirigió allí brevemente después de cruzar la puerta principal. Regresó murmurando en voz baja y subimos al último piso en la oscilante caja colgada de un cable. El eje central de la escalera se ensortijaba en torno al ascensor y a través del enrejado del suelo divisábamos los cables de abajo.

–El ático –avisó Dunn.

Salí del ascensor. Había flores sobre una mesa solitaria, mullida moqueta gris, un espejo enorme. Todo muy armónico. El apartamento de Lockhardt era uno de los dos que había en la planta.

Inexplicablemente, la puerta de su apartamento estaba abierta unos veinte centímetros. Dunn me miró y se encogió de hombros, mientras se colocaba el índice sobre los labios. Abrí la puerta del todo y entré en el piso.

Se notaba una fría brisa en el pasillo y se percibía el ruido y el olor de la lluvia. En alguna parte había una ventana abierta. Una débil luminosidad grisácea salía de una puerta al otro lado de la sala de estar. Ésta era amplia y elegante, con su araña de cristal, la chimenea rococó, espejos de marco dorado, algunos cuadros con bosquejos de dibujos y el mobiliario cubierto con fundas. En medio de la estancia me detuve y presté atención.

Alguien estaba llorando, con unos sollozos profundos, ahogados. Era un sonido persistente, increíblemente triste, adecuado al latido sordo y pertinaz que producía la lluvia al caer sobre el tejado y chorrear por los aleros. A través de la niebla del exterior, a través de la oscuridad, alcanzaba a distinguir únicamente las borrosas luces de la torre Eiffel.

Luego me quedé de pie en el umbral, atisbando al interior del pequeño estudio donde las ventanas estaban abiertas. Una débil luz estaba encendida en un rincón y las cortinas se mecían al impulso del viento. Alguien estaba detrás del escritorio, la cabeza entre las manos, sorbiendo suavemente por la nariz, sin percibir mi presencia.

Debí de hacer algún ruido, porque su cabeza se alzó para mirarme. No fue un movimiento rápido, asustado, sino lento, como si en realidad nada le importara.

Por un instante pensé que estaba sufriendo una extraña alucinación, ante la inesperada visión de aquel rostro.

Era el de sor Elizabeth.

¿Cómo puedo explicar el conflicto de emociones que me dominaron en el instante de reconocerla? A menudo había pensado en ella desde que la viera por última vez, juntando recuerdos de ella a veces y otras deseando que éstos no acudieran. Ahora Elizabeth aparecía en el momento más inesperado y la descarga emocional que me había provocado en Princeton se repitió en cuestión de segundos, con lo que la alegría, el afecto y el cariño se abrieron como arenas movedizas para sumergirme en las duras realidades de nuestra separación.

Elizabeth llevaba el hábito que facilitaba la orden, y el cabello, largo y castaño, sujeto hacia atrás con prendedores, lo cual destacaba su ancha frente, sus gruesas y rectas cejas, los enormes ojos que yo ya sabía que eran verdes. Su gabardina aparecía tirada en una esquina de la mesa escritorio, que por lo demás se hallaba totalmente vacía. El rostro de Elizabeth estaba surcado por las lágrimas.

Fácilmente podría haber relajado los puños, acercarme a ella, ceñirla entre mis brazos y abrazarla, al margen de quién o qué fuera ella. ¿Qué era ella?, ésa era la espada que colgaba sobre mí. Se la veía tan desesperadamente hermosa, tan triste, pero entonces su rostro recuperó los rasgos habituales y se frotó los ojos con los nudillos, como una niña. Al verme, me sonrió, y la felicidad que apareció en su cara se hizo palpable, intensa debido al impacto emocional. Yo deseaba acercarme a ella, pero supe que si lo hacía, estaría total e irremediablemente perdido. Para mí, ella estaba tan muerta como Val. Toda mi vida, todo cuanto en ella había aprendido, me lo aseguraba.

Yo seguía mirándola sin pronunciar palabra, cuando Artie Dunn entró y se hizo cargo de la situación.

–¡Por el amor de Dios! ¿Y ahora qué?

El padre Dunn era de esos curas que suelen conocer un perfecto restaurante acogedor y no muy lejos, como el de la rue Saint-Philippe-du-Roule, a algo más de una manzana de distancia. Estaba en penumbra y fulguraba débilmente, y una chimenea proyectaba irregulares sombras por todas partes. El olor a ajo y a salsas aromatizadas con vino te asaltaba nada más entrar. Las barritas de pan parecían recién hechas, mientras que el vino de la casa era vigoroso y lleno de carácter. Eso me espabiló, circuló por mi cerebro en un tiempo récord y me hizo olvidar la sorpresa y el malestar que había experimentado al encontrarme con sor Elizabeth.

Ella dijo que no había comido en todo el día, y por su aspecto se hubiese dicho que llevaba una semana sin dormir. Sus mejillas habían perdido el saludable tono rosado y tenía los ojos hundidos, ribeteados de rojo. Ninguno de los dos habíamos hablado gran cosa en los instantes que siguieron a nuestro encuentro, de modo que Dunn llevaba el peso de la conversación. Sin embargo, eso era algo que no parecía preocuparle. Él nos arrastró, nos hizo sentar, pidió la comida, dio su aprobación al vino y estableció el plan de lo que sería una larga charla aquella noche. Sugirió a Elizabeth que nos contara qué la había traído a París, y eso hizo ella, aunque la historia salió a empellones, interrumpida de vez en cuando por la cena: sopa de cebolla gratinada, champiñones aromatizados con ajo, paté con pistachos, mantequilla sin sal y estofado de buey, que era la especialidad de la casa, aparte de dos botellas y media de vino. La cena habría resultado memorable si su historia no hubiese sido inolvidable.

Mientras la explicaba, yo tuve que esforzarme por poner todos los datos en su justo lugar, intentando encajarlos en lo que yo ya había averiguado. Era como intentar mantener el delicado equilibrio de un caleidoscopio para evitar que se moviese y surgiera un nuevo dibujo. Pero éste no hacía más que transformarse, con lo cual yo tenía que cambiar mis propios esquemas. Ella volvía a ser la antigua Elizabeth, comiendo como un mozo de mudanzas, recuperando fuerzas, y yo tenía que hacer grandes esfuerzos para que mi corazón no saltara hacia ella. Esa noche en París volvía a ser la misma de la que me había enamorado en Princeton y yo me veía obligado a refrenar mis sentimientos. No podía dejar que ella descubriese el más leve indicio de mis sentimientos, de lo contrario, estaría a merced de aquella monja. Porque detrás de aquella fachada estaba la Iglesia.

Su historia adoptó en mi mente cierta forma cronológica. Empezó con el hallazgo de los nombres de las cinco víctimas asesinadas que Val había anotado en uno de los folios de su carpeta. Claude Gilbert, Sebastián Arroyo, Hans Ludwig Mueller, Pryce Badell-Fowler y Geoffrey Strachan. Todos muertos, todos relacionados con París, ya fuera durante la guerra o después, todos vinculados de un modo u otro con la Iglesia. Por alguna razón, todos ellos importantes para Val.

Elizabeth había seguido los pasos de Val y, cómo ésta, había descubierto la existencia de los *assassini*. Luego les había seguido la pista a lo largo de varios siglos, hasta la ascensión de Mussolini al poder en 1920. Había establecido una relación perfecta entre la Segunda Guerra Mundial y los asesinatos de las cinco víctimas. Cualquiera habría podido encontrar lagunas en aquella teoría, pero todas conducían a unos asesinatos, unos documentos y unas circunstancias que pedían claramente que se las relacionara. Todo adquiría sentido, a excepción de un solo punto: ¿qué había motivado aquellos asesinatos, tantos años después de los sucesos acaecidos durante la guerra?

Elizabeth asintió cuando formulé la pregunta y dijo que D'Ambrizzi y Sandanato le habían planteado esta misma objeción.

–¿Y qué les respondiste?

–¿No te parece evidente? ¿Qué ocurre ahora en el seno de la Iglesia por lo que valga la pena matar? ¿Cuál puede ser el gran premio? La elección del sucesor de Calixto.

–Pero ¿qué tenían que ver esas cinco víctimas con la elección de un nuevo papa?

Dunn le sonrió afable.

–Mire, yo no he dicho que tenga las respuestas –replicó Elizabeth, impaciente–. He planteado algunas preguntas que necesitan una respuesta. No se consigue nada si no se hacen las preguntas adecuadas, solía decir Val hasta la saciedad. Todo reside en las preguntas, decía. Volviendo a la lista de Val, había en ella un sexto nombre. Sin embargo, parece como si ese hombre no existiera. No hemos podido encontrar nada acerca de él. Por otra parte, detrás de su nombre no aparecía ninguna fecha. ¿Creía Val que había muerto? ¿Pensaba acaso que iba a ser la próxima víctima? Erich Kessler, ése era el nombre.

–¿Estás bromeando? –exclamé de forma espontánea y luego me volví hacia Dunn–. ¿Cómo es posible, en nombre de Dios, que Val conociera su existencia?

–Lo importante es que lo averiguó –dijo Dunn, quien apartó la copa de vino y nos miró–. ¿Se da cuenta de por qué ellos querrían matarlo a él también? Diablos, Ben, lo más probable es que él esté al corriente de todo.

–Aguarde un momento. ¡Usted sabe quién es él! –Elizabeth había recuperado de nuevo su talante y nos lanzó una mirada llena de impaciencia–. ¿Y bien? ¿Quién es?

De esta manera transcurrió la velada; nuestras historias se entrelazaban y se perdían hasta que Dunn intervenía y lo ordenaba todo de nuevo. Pero la articulada estructura que crecía ante nosotros valía todo el esfuerzo, las interrupciones y los saltos de imaginación, hacia atrás y hacia delante, continuamente.

Indiqué a Elizabeth que convenía conocer su historia con detalle, antes de que yo empezara con la mía, y ella prosiguió a regañadientes. Sin embargo, era la misma mujer que yo había visto en la cocina de Princeton, en mitad de la noche: animada y resuelta, con la excitación del descubrimiento. Puede parecer ridículo, pero, a pesar de estar metidos en aquella pesadilla, disfrutábamos de la situación.

Había acudido con sus descubrimientos a D'Ambrizzi y a su fiel ministro en la sombra, Sandanato, y se lo había contado todo, porque el cardenal era el hombre de la Iglesia a quien Val más había respetado y querido, y le conocía desde hacía mucho tiempo, desde que era una niña. Pero ellos se habían negado a hacerle caso –aquí la ira brotó de sus ojos verdes de gata–, se habían negado a admitir que la idea de los *assassini* fuera algo más que un antiguo bulo anticatólico. Ella insistió, no una sola vez, sino dos, pero D'Ambrizzi perdió la paciencia. Furiosa, decidió que viajaría a París. Se había acordado del apartamento que Val solía utilizar en aquella ciudad. Pero, de repente, todo había cambiado. Unas noches antes, D'Ambrizzi se había visto obligado a tomarla en serio.

–¿Y qué es eso tan importante que ocurrió hace varias noches? –pregunté.

Pero Dunn la interrumpió. Quería saber más cosas acerca de lo que D'Ambrizzi había dicho de aquella bestia mítica que eran los *assassini*.

Elizabeth explicó que él le había dicho que todo era una fábula basada en un leve indicio de verdad sobre algo ocurrido siglos atrás, y que Badell-Fowler era un lunático a quien no se podía tomar en serio. No aceptó lo expuesto. Los cinco hombres asesinados, la destrucción de las investigaciones efectuadas por Badell-Fowler, todo eran simples sucesos, en los cuales no veía nada particularmente sospechoso. Nada parecía estar relacionado ni había oscuras implicaciones. Nada de *assassini*. Tampoco había oído hablar nunca de un hombre llamado Erich Kessler.

Dunn suspiró, apartó un poco el plato del estofado y se limpió suavemente las comisuras de la boca con la servilleta.

–No sabe cuánto lamento oír eso. Lo lamento profundamente. Ha dicho usted que luego la tomó en serio, ¿no?

Elizabeth asintió.

–Así es. Pero, aunque no lo hubiese hecho, a Val sí la tomó en serio. Él sabía que yo había estado trabajando siguiendo el plan de Val.

–¿No podría ser que intentase evitar que te mataran a ti también? –pregunté.

Elizabeth se encogió de hombros.

–No lo sé. Puede que en parte fuera así. Pero yo lo conozco. Pienso que me habría dicho la verdad y luego habría intentado convencerme para que me mantuviera al margen. Sencillamente, él no me mentiría; me respeta a mí y a mi trabajo, a lo que soy.

–No quiero que se ofenda, hermana –intervino el padre Dunn–, pero se equivoca usted. D'Ambrizzi es un cardenal y aquí estamos hablando de la Iglesia de Roma. –Sonrió con amabilidad y su cara se arrugó en su expresión más bonachona–. Lo digo como sacerdote y como estudioso de la Iglesia. Es posible que D'Ambrizzi la aprecie a usted. De eso estoy seguro. ¿Por qué no? Pero él no la respeta a usted ni a su trabajo. Usted es una mujer, mala cosa. Usted es una monja, todavía peor. Y usted es una periodista, cargada de preguntas y de principios, de patrones con los cuales le gusta medir a la gente. Hay mucha gente a quien no le gusta que la midan. Entonces es cuando las luces rojas empiezan a encenderse. Además, el hecho de ser estadounidense lo empeora todo, porque los norteamericanos no atendemos a razones. Él le ha mentido por simple precaución, le ha mentido después de reflexionar. Créame, es usted una enemiga de los hombres como D'Ambrizzi. Y crea usted que aprecio a ese viejo bastardo.

Elizabeth no se echó atrás, sino que lo miró directamente a los ojos.

–Entiendo lo que usted quiere decir. De veras. Pero ¿por qué iba él a mentirme?

–Ya lo ha hecho.

–Deme una prueba.

–¿Ha encontrado en alguna parte el nombre de Simon? ¿De Simon Verginius?

–Sí. En la nota de Badell-Fowler.

–D'Ambrizzi sabe muchas cosas acerca de los *assassini*. Conoció personalmente y muy de cerca a Simon Verginius en París, quien estaba involucrado con los *assassini*. Simon Verginius era el nombre en clave del sacerdote enviado por el papa Pío XII...

–El Plan de Pío –musitó Elizabeth.

–Enviado por Pío XII al obispo Torricelli en París, a fin de que formara el grupo de *assassini* que debía trabajar con los nazis, evitar la colaboración de la Iglesia con la Resistencia y organizar el reparto de las valiosas obras de arte que pertenecían a los judíos franceses. Pero Simon se negó a asesinar gente para la Gestapo y las SS, y...

–¿Cómo sabe usted todo eso?

La voz de Elizabeth no brotó tan firme ahora.

–Porque D'Ambrizzi lo anotó todo, allá en Princeton, cuando finalizó la guerra. Lo escribió y lo guardó, y ahora yo lo he leído. Es toda una historia. No sabemos por qué lo escribió, pero no cabe duda de su autenticidad. Él lo escribió y yo lo he leído, hermana. Por eso lo sé.

Elizabeth se mordió el labio al llegar a la mitad de la historia de aquella noche, pero luego prosiguió, sin apresuramientos; sin pasar por alto los detalles nos contó todo lo referente a aquel hombre, al sacerdote con sotana, al cura del ojo blanco que se había transformado en un rubí líquido cuando ella le clavó el candelabro con el tubo de cristal. Explicó que él había intentado matarla, cómo había forcejeado con él y cómo éste había saltado por encima de la barandilla de la terraza, en su apartamento de la Via Veneto. Elizabeth se había mordido el labio en ese preciso momento, nada más. Sin lágrimas, sin desbordamientos emotivos. Ni siquiera un poco de auténtica rabia. Sólo la narración de los hechos.

Cuando se interrumpió, por vez primera me miró fijamente a los ojos.

–Lo único que pensé fue: «¿Por qué no pudo ocurrir así con Val?» –me dijo–. ¿Por qué no fue ella quien sobrevivió? ¿Por qué no intuyó ella el peligro y luchó con aquel hombre en la capilla?

–Porque aquel hombre no era el mismo que te atacó a ti –contesté–. Si Horstmann hubiese entrado en tu habitación, tú también estarías muerta. Créeme. –Tragué saliva para librarme de la sequedad de mi boca–. No puedes imaginar lo afortunada que has sido.

–¿Horstmann? –preguntó.

–Por pura casualidad, monseñor Sandanato estaba abajo, en la calle.

–Sería más exacto decir que el enfermo de amor estaba vigilando –puntualicé.

–Preferiría que no hablaras así. Eso es demasiado serio para hacer bromas.

–No estoy bromeando –repliqué–. Pero ¡al infierno con todo! La verdad es que carece de importancia. Vamos, adelante. Continúa.

–No discutáis, muchachos –sermoneó el padre Dunn.

–Sandanato estaba allí abajo cuando ocurrió. Se hallaba agotado por lo que estaba ocurriendo y todo daba vueltas en su mente:

los asesinatos, la enfermedad del papa, los encuentros de D'Ambrizzi con éste a cualquier hora del día o de la noche, todo tipo de maniobras para obtener la ventaja entre los *papabili*. Tenía muy mal aspecto y a veces pienso que está a punto de desmoronarse. Aquella noche paseaba sin rumbo fijo y al descubrir que estaba cerca de mi piso se le ocurrió subir para ver si me apetecía charlar un rato. Él suele confiarme algunos de sus pensamientos acerca de la Iglesia; mantenemos largas discusiones como las que Val y yo solíamos tener hasta altas horas de la noche.

–Ya. Me acuerdo de eso. La vida espiritual –comenté.

Elizabeth no hizo caso de mi provocación.

–En cualquier caso, oyó un grito. No sabía qué ocurría, pero una mujer a su lado estaba gritando mientras señalaba hacia arriba, en la oscuridad. Un sacerdote, el que había intentado matarme, caía en medio de la noche. Chocó contra el capó de un coche que había allí aparcado, rebotó en el centro de la calle y... –Elizabeth se estremeció–. Un par de coches pasaron velozmente sobre él. No dejó gran cosa tras de sí. No se le pudo identificar. Tal vez ni siquiera era sacerdote. Sandanato subió a mi apartamento; estaba frenético.

Meneé, incrédulo, mi cabeza.

–Me pregunto cómo supo que el cura había caído de tu terraza particular.

–No creo que lo supiera –contestó Elizabeth–. Él sólo quería asegurarse de que yo estaba bien.

–No hay forma de escapar de ellos –dije–. Hasta ahora creía que sólo había una persona, Horstmann; Horstmann, que los cogía y los mataba antes de que yo pudiera llegar hasta ellos. Pero ahora sabemos que no sólo me vigilan a mí, sino a nosotros dos.

–No me deje al margen, joven –exclamó Dunn–. Yo también estoy metido en esto. Puede que ellos también me vigilen a mí.

Vació otra botella de vino, sacudiendo las últimas gotas en su vaso. Entonces hizo señas al camarero para que sirviera café y coñac.

–¿De modo que hay más gente entre ellos? –medité–. ¿Quién les da las órdenes? ¿Quién les indica que deben matar? ¿Quién les dice que sor Elizabeth sabe demasiado y que debe morir? ¿Quién se beneficia de tu muerte? ¿Qué tiene eso que ver con el sucesor de Calixto?

Elizabeth quiso que le refiriéramos cuanto sabíamos acerca de aquel hombre misterioso, Erich Kessler, y Dunn se lo contó; le dijo que nos habíamos enterado de que ahora residía en Aviñón y que estábamos a punto de viajar hasta allí. De nuevo la relación con los nazis.

–Pero uno de los nazis buenos, querida –replicó Dunn.

–Nazis buenos, nazis malos. –Elizabeth negó con la cabeza, mientras cerraba los ojos–. Creía que todo eso había terminado hace mil años –murmuró, y sus hombros se hundieron.

Cuando el silencio se instaló entre nosotros, vimos que el restaurante estaba casi vacío. Los camareros formaban un grupo vigilante y bostezaban. El fuego de la chimenea se había convertido en un débil resplandor y ya era casi medianoche.

Resultó que sor Elizabeth se hospedaba en el Bristol, al final de la calle. Sin duda el hotel más caro de París. Ella sonrió con expresión lejana, como si guardara un secreto. Cuando nos hallábamos a media manzana del fantástico hotel situado en el Faubourg Saint-Honoré, una limusina negra y brillante se detuvo en la entrada. La lluvia formaba burbujas sobre la encerada carrocería.

–Alto –nos avisó Elizabeth, haciendo señas para que nos detuviésemos.

Del oscuro interior del coche salieron dos hombres, mientras el chófer sostenía la puerta y el portero los cubría con un enorme paraguas negro. El primero en salir llevaba una gabardina negra y un sombrero también negro, con el ala caída. Entonces se volvió y ofreció la mano al otro hombre, que era achaparrado, llevaba sotana y zapatos de suela gruesa. La luz le dio en la cara e iluminó su nariz de banana, su papada. Al salir, lanzó con fuerza un cigarrillo negro al agua de lluvia que bajaba junto al bordillo de la acera.

El cardenal D'Ambrizzi y monseñor Sandanato.

Cogí a Elizabeth del brazo y la obligué a mirarme.

–¿Qué diablos ocurre aquí?

–Les dije que tenía intención de venir a París para ver si conseguía averiguar algo más acerca de lo que estaba haciendo Val antes de que la mataran. D'Ambrizzi, que estaba preocupado, me sugirió que los acompañara, ya que iban a reunirse aquí con los economistas y ministros de Finanzas del Mercado Común. Después del intento de asesinato contra mí, insistió en que debía salir de Roma mientras ellos trataban de identificar al hombre muerto y todo lo demás, de modo que acepté su oferta. Todos nosotros nos hospedamos en el Bristol.

–Por el amor de Dios, Elizabeth, ten cuidado con lo que les dices. El viejo san Jack no es precisamente el amigo que creíamos.

–Sólo sabemos que quizá me mintió acerca de los *assassini* para protegerme. Sencillamente, para alejarme de las pistas y obligarme a renunciar. Fuiste tú quien sugirió esta explicación, Ben. Luego usted –se volvió hacia Dunn– me habló de ese testamento que él había dejado en Princeton. A mí me parece que era sólo el intento de un hombre por expiar su culpa. ¿Qué se supone que debía hacer con lo que sabía? ¿Correr al papa llorando? ¡Según él, todo aquel maldito embrollo había empezado con el papa! Así que, mira por dónde, me mintió; quería que lo abandonara todo. Yo lo habría hecho de haber podido, si hacerlo tuviese algún sentido. Pero había ido ya demasiado lejos con Val y, sencillamente, no podía abandonar. Además, un miserable cabrón había intentado matarme.

Se detuvo de forma brusca e interrumpió aquel torrente de palabras.

D'Ambrizzi y Sandanato habían entrado en el hotel.

Dunn había ido en busca de un taxi y nos había dejado solos un momento.

–Tengo una pregunta para ti –dije–. La última vez que hablamos, decidiste que ya tenías bastante, que había llegado el momento de cortar con aquella payasada y volver a la realidad. Tu realidad consistía en que en el seno de la Iglesia no podía ocurrir nada de lo que yo sugería, que no podía venir de alguien próximo a la cumbre. No fue una discusión agradable, hermana. Ahora me pregunto: ¿todavía sientes lo mismo? ¿Crees que la Iglesia aún es tan pura, que es ajena a todo esto?

Elizabeth miraba a su alrededor mientras yo hablaba, como si pudiera haber alguien en la noche que la ayudase a escapar.

–¡No lo sé! ¿Qué quieres que haga? No puedo ponerme en contra de la Iglesia con la misma facilidad que lo haces tú. Se trata de mi vida. Seguro que lo entiendes. –No parecía muy esperanzada–. Las pruebas indican que tú tienes razón, pero trata de comprender lo difícil que me resulta aceptarlo. Todavía estamos buscando a los hombres que han cometido esas barbaridades. Tal vez proceden del seno de la Iglesia, pero eso no significa que deba condenar a toda la Iglesia, ¿no? Ben. –Su mano flotó en busca de mi brazo, pero se retiró rápidamente–. Créeme, no quiero discutir contigo. Los dos hemos perdido a Val. Ahora tengo que reflexionar a mi manera acerca de todo lo que has dicho esta noche. Pero, por favor, no te enfades conmigo, dame un poco de tiempo.

El taxi se detuvo junto al bordillo. Dunn había subido y mantenía la puerta abierta para mí. Di media vuelta, dispuesto a marcharme.

–Ben –me llamó Elizabeth, como si acabara de saber cuál era mi nombre y le gustara pronunciarlo.

–¿Sí?

–No consigo olvidar al padre Governeau. ¿Has sabido algo más al respecto? ¿Qué le ocurrió? ¿Por qué estaba en la mente de Val el día que la asesinaron? ¿Es posible que esté relacionado con toda esa otra historia? ¿Qué perseguía Val?

–No lo sé –contesté–. No tengo ni idea.

–¿Y tu padre, cómo está?

–Él... Lo ignoro. Se está recuperando. Lo conozco, se pondrá bien. Es demasiado duro de pelar para que se lo carguen.

Subí al taxi. El padre Dunn cerraba su paraguas.

Sor Elizabeth se quedó mirando mientras nosotros nos alejábamos.

–¿Qué le estaba diciendo? –preguntó el sacerdote.

–Quería saber si había averiguado algo respecto al padre Governeau. ¿Qué podía decirle? Al paso que vamos, es posible que nunca descubramos nada sobre él. Val intentó jugar esa carta, pero ¿qué importa eso ahora en realidad?

El padre Dunn permaneció sentado en silencio, observando la brisa y la niebla a través de la ventanilla. La noche de París.

–La garganta me está matando –dijo finalmente.

Mi madre apareció de nuevo en mis sueños, tan borrosa como siempre. Tendía sus brazos hacia mí, hablaba con voz suave y yo me esforzaba por oírla. Parecía que si yo lograba atender con un poco más de intensidad, concentrarme algo más, conseguiría captar sus palabras. No se trataba sólo de un sueño, de eso estaba convencido. Recordaba un hecho que había sucedido en realidad. ¿Por qué no lograba ver la solución, algo que me obligara a recordar? ¿Por qué?

Me desperté sudado, tembloroso, con la espalda rígida y dolorida. Me había puesto un nuevo vendaje aquella mañana y ahora estaba húmedo por el sudor. Hacía frío en la habitación y la ventana estaba abierta. Me levanté y me coloqué un nuevo vendaje. La cicatriz mejoraba ostensiblemente, producía picazón y al parecer ya no supuraba.

Lo que supe a continuación fue que el teléfono sonaba y que la lluvia golpeaba contra las ventanas.

Contesté al teléfono, preguntándome qué tendría Dunn en la cabeza que no podía esperar.

Pero era sor Elizabeth, que estaba abajo, en recepción. Me anunció que iba a venir con nosotros a Aviñón en busca de Erich Kessler, alias Ambrose Calder. Según Elizabeth, ella tenía cierta prioridad, puesto que lo buscaba desde mucho antes que yo. No estaba dispuesta a aceptar una negativa por respuesta.

2

DRISKILL

Aviñón reposaba en medio de los oblicuos rayos de sol, bajo una capa de nubes aborregadas. En aquella tarde de noviembre, el olor a limpio de la lluvia flotaba en la perfecta claridad del día. La capital del departamento de Vaucluse se halla situada en lo alto de la margen oriental del Ródano. En cierto modo, la ciudad en sí parece poco interesante, dominada por la fortaleza de ocho torres construida sobre una enorme roca que se yergue unos sesenta metros por encima de la ciudad. Se trata del palacio de los Papas, que data de la cautividad de Babilonia, sentado en cuclillas como un gran tirano adormecido, exponiéndose al sol por encima de sus vasallos, como un monstruo legendario que vigilara a su fiel y atemorizado pueblo. Bajo el resplandor del sol poniente, adquiría un pálido color arenoso.

Hacía muchos años, yo había visitado la ciudad como turista. Ahora mi mente estaba ocupada por pensamientos tales como la compleja naturaleza de D'Ambrizzi, la simplicidad de la de Horstmann y la ambigüedad de mis propios sentimientos respecto a sor Elizabeth. Pero al contemplar de nuevo la ciudad, recordé lo que había aprendido respecto a ella la primera vez. Resultaba difícil imaginar un sitio tan agradable convertido en el sumidero de depravación y corrupción que había descrito Petrarca, aunque, como cabe suponer, los romanos aborrecían la sola idea de los papas franceses. Aun así, tenía que haber sido uno de los centros más animados de la época. Los italianos acostumbraban a señalar que las plagas que de vez en cuando arrasaban la ciudad, durante la época de cautividad, representaban la venganza de un dios airado. Cuando no se trataba de una plaga, eran los *routiers*, los ejércitos privados de mercenarios procedentes de las llanuras de Nimes, que entraban alborotando, exigiendo oro –del que la ciudad estaba repleta– y bendiciones papales –que se encontraban incluso con mayor abundancia– a cambio de renunciar al saqueo y largarse a cualquier otra parte.

Cuando llegamos, por todas partes reinaba un aire festivo y las gentes se arremolinaban en las calles. Las murallas construidas por los papas todavía rodeaban la ciudad: torreones, puertas y muros con garitas. La otra atracción turística más famosa era el puente de Saint Bénézet, inacabado, que emergía del Ródano y se detenía bruscamente en el punto donde habían interrumpido su construcción en 1680. El río había resultado demasiado impetuoso, de modo que el puente de cuatro arcos finalizaba en medio de la corriente, sin conducir a ninguna otra parte como no fuera a la historia que se narraba en la canción infantil, que cantaban todos los niños de Francia.

Todo cuanto yo había almacenado acerca del viejo Aviñón acudía ahora a mí. Incluso recordaba que John Stuart Mill había escrito su obra *Sobre la libertad* mientras vivía en Aviñón y que había pedido que lo enterraran en el cementerio de Saint-Véran. Pero yo ya no era un turista, aunque por mi cabeza había pasado la idea de que podía acabar en aquel mismo cementerio, si Horstmann todavía me seguía los pasos.

Yo volvía allí en una situación muy distinta a la de un turista, pero ignoraba en calidad de qué regresaba.

¿De cazador armado con una pistola de juguete?

¿De víctima ya sin fuerzas, a la espera del final?

Puede que ni siquiera precisara una definición.

Los tres nos instalamos en un extraño hotel para viajantes y el padre Dunn efectuó unas llamadas a Ambrose Calder, o a su representante, para anunciarle que habíamos llegado y que esperábamos instrucciones. Se acercó a nosotros en el vestíbulo, donde le estábamos esperando, y nos dijo que había acordado que él, y sólo él, iría a ver al hombre que en el pasado había sido Erich Kessler. El plan de Dunn consistía en tranquilizarlo primero y luego indicarnos dónde podríamos reunirnos con ellos.

–Él tiene la palabra –dijo Dunn–. Lo único que yo puedo hacer es obedecer.

–¿Dónde está? –inquirió Elizabeth.

–Sólo me ha dicho que no se encuentra lejos de la ciudad. Un coche vendrá a recogerme. Vosotros podéis entreteneros paseando por la ciudad. Luego venís aquí para recoger los mensajes que yo os haya dejado. –Dunn vio la expresión preocupada en el rostro de Elizabeth–. Todo irá de perlas. Nuestro hombre es un tipo legal. –Me dirigió una de sus muecas sinuosas–. Espero.

–A menos que sea el Archiduque –murmuró Elizabeth, aunque Dunn no la oyó.

Sor Elizabeth y yo formábamos una pareja inquieta. Unidos por Dunn y las circunstancias, me sentía como si deambulara por territorio enemigo. Era consciente de lo mal que me comportaba, de lo frío y distante que le había parecido a ella, pero no podía evitarlo. Estaba en juego mi propia supervivencia. Yo la temía, tenía miedo de su poder para herirme y de mis sentimientos hacia ella. Apenas podía hablarle, pero tampoco era capaz de dejar de mirarla. Vestía una falda de espiga gris, con pliegues que ondulaban a partir de las caderas, un grueso suéter azul con trenzas, botas de cuero y un chaquetón deportivo. Sabía que de alguna forma deberíamos haber impedido que viniese con nosotros, pero ella no era fácil de convencer. Para ello habría que matarla, como a Val.

Irritados y sin aliento de tanto chocar con la multitud, llegamos a una concurrida plaza bajo los enormes muros de la fortaleza que constituía el palacio. El sol había desaparecido de nuestra vista y hacía frío. Los muros del palacio se elevaban como acantilados y las sombras se habían abatido sobre la plaza. Las tiras de bombillas de distintos colores, típicas del carnaval, se habían encendido, y los empujones de la multitud eran cada vez más insistentes, pegajosos y opresivos. La amenaza parecía flotar sobre aquellas risas, formando eco en su propia inocencia.

A un lado de la plaza se había erigido un escenario. Se estaba representando una obra al estilo de la *commedia dell'arte,* obscena y canalla, en la que *il dottore* y los demás personajes gritaban y daban brincos de manera improvisada ante la apiñada audiencia. Las risas saltaban y se extendían espontáneas, orgánicas, terrenas, pero yo sólo veía las máscaras de los actores, que los desfiguraban y les conferían un aspecto sobrenatural, depredador. En las esquinas del escenario quemaban unas antorchas, y las sombras se deslizaban y saltaban como asesinos al acecho, procedentes de otra obra y reuniéndose al amparo de la noche. Todos mis pensamientos tendían a ser oscuros, peligrosos y siniestros. No veía nada que me hiciese reír.

Sor Elizabeth divisó una mesita vacía en la terraza de un café, bajo unas guirnaldas de bombillas azules, rojas y amarillas que colgaban entre los árboles húmedos y deshojados, como fantasmas del verano. Nos sentamos, logramos llamar la atención del camarero y aguardamos en silencio mientras él se deslizaba entre el laberinto de mesas atestadas de gente. Conseguimos que nos sirviera unos grandes tazones de café y con ellos nos calentamos las manos mientras observábamos la representación.

–Se te ve muy deprimido, Ben. ¿Tan mal están las cosas? ¿O lograremos terminar el trabajo? ¿No nos hallamos ya muy cerca de las respuestas?

Tomó un sorbo del café, con la espuma de la leche nadando por encima. Supe que le quedaría un pequeño bigote de espuma en el labio superior y también que se lo limpiaría cuidadosamente con la lengua. Había formulado sus preguntas sin mala intención y ya no me miraba, sino que inspeccionaba a la multitud que permanecía en las sombras, con la cabeza vuelta hacia los chillidos y posturas desvergonzadas de la representación teatral.

–No lo sé. ¿Deprimido? ¡Por Dios! Estoy cansado y tengo miedo. Miedo de que me maten y miedo de lo que pueda averiguar. Lo pasé mal allá en Irlanda, lo pasé realmente mal. –Estaba yendo demasiado lejos, descuidaba mi guardia–. Pero ahora es absurdo volver a aquello. Debe de haber algo que no funciona dentro de mí.

–Has tenido que pasar por muchas pruebas.

–No es sólo eso. Tú también has estado a punto de que te asesinen y un hombre ha muerto, pero no estás deprimida ni asustada. Debe de haber algo que no funciona en mi interior. No puedo librarme de la visión del hermano Leo, hinchado y azul, con aquel brazo haciéndome señas. Cuanto más pienso que me acerco al final, al auténtico núcleo de la oscuridad donde se hallan todas las respuestas, por supuesto, me estoy refiriendo a Roma, más miedo siento. No sé, quizá no tema ya que me maten, puede que no se trate de eso, pero estoy mortalmente asustado de lo que pueda descubrir. Val lo descubrió, sé que lo averiguó todo.

Sacudí la cabeza y tomé un sorbo de café caliente. Una excusa como cualquier otra para interrumpir mi confesión. ¿Qué diablos me estaba pasando?

–Estás agotado, mental y físicamente. Todo ha recaído sobre ti. Necesitas descansar.

–Él se encuentra aquí, ¿sabes? Está aquí. Lo sabes, ¿verdad?

Elizabeth me miró desconcertada.

–¿Quién?

–Horstmann. Sé que se encuentra aquí.

–No digas eso, por favor.

–Pero es cierto. Eso es lo que hay. De alguna forma, él se entera de todo, tienes que reconocerlo. Alguien en tu preciosa Iglesia lo está protegiendo. No es una simple cuestión de suerte. Alguien le informa. Ahora se encuentra por aquí. ¡En este preciso momento! ¡Aquí!

Elizabeth observó mi estallido y luego buscó mi mano por encima de la mesa. Al sentir su tacto, me aparté de ella.

–Dime, ¿quién se esconde detrás de todo esto, Ben?

–No lo sé. El papa, por Dios. ¿Cómo voy a saberlo? D'Ambrizzi es un mentiroso, puede que sea él.

Elizabeth negó con la cabeza.

–Hermana, tu opinión no me vale. Perdona, pero eres un elemento leal a ellos, formas parte de su bando.

Estaba dando palos de ciego y lo sabía. Hablaba por hablar. Ignoraba qué diablos me estaba ocurriendo y en ningún momento había tenido la más mínima idea al respecto.

Permanecimos sentados de cara a la representación, encerrados en nuestros propios compartimentos de aire comprimido, incapaces de coincidir, de conectar, de comunicarnos.

–¿Por qué me odias? ¿Qué te he hecho yo, aparte de querer a tu hermana y de remover cielo y tierra para descubrir por qué la asesinaron y quién lo hizo? No hago más que preguntarme qué he hecho yo para irritarte de tal manera.

Me había cogido por sorpresa y le contesté con la típica respuesta de los cobardes.

–Pero ¿de qué estás hablando? En este momento tengo asuntos mucho más importantes que odiarte, hermana.

–Puede que yo sólo sea una monja, como dice Dunn, pero no carezco de cierta intuición femenina sobre...

–Vale, vale. Ahórrame los detalles sobre tu intuición femenina.

–¿Qué sucede, Ben? ¿No te acuerdas de cómo funcionaba todo cuando estábamos en el mismo equipo, allá en Princeton?

–Por supuesto que me acuerdo. ¿Y a ti, qué te sucede? ¡Fuiste tú quien abandonó el equipo! Recuerdo nuestra última conversación.

–Y yo. Pero también recuerdo los buenos momentos.

–Te traté como a un ser humano, como a una mujer. Ése fue mi error. Supongo que debo pedirte disculpas.

–¿Por qué? ¡Yo soy un ser humano y también una mujer!

–Tú sólo eres una monja. Nada más. Eso es lo único que a ti te importa, así que dejémoslo como está.

–¿Por qué? ¿Por qué debemos dejarlo? ¿Por qué no lo aclaramos de una vez? Tu hermana era una monja, ¿no lo recuerdas? ¿Dejó de ser una persona? ¿Cuál es tu problema aquí? ¿La odiabas? ¿Fue ella quien provocó esa mirada de repugnancia en tus ojos? Eres demasiado transparente.

–Val era mi hermana y estás pisando terreno resbaladizo. Vamos a dejarlo.

Elizabeth suspiró, sin dejar de mirarme. Sus ojos eran dos ardientes gemas verdes y su boca mostraba una expresión resuelta, con una tirantez indomable.

–Quiero discutirlo, quiero aclarar esto ahora mismo para que podamos llegar al fondo del problema como Ben y como Elizabeth, unos amigos, dos personas que se aprecian mutuamente. –Se mordisqueaba el labio inferior con los incisivos, mientras me miraba con ojos muy abiertos, suplicante–. Sean cuales sean nuestros sentimientos.

–De acuerdo –accedí–. El problema es tu Iglesia, el hecho de que seas una monja y que la Iglesia, al margen de lo perversa que pueda llegar a ser, es lo único que en el fondo te interesa. –Yo no deseaba mantener esta conversación. Carecía de sentido. Yo sólo deseaba que ella se alejara, que se apartara de mi vida, que se borrara de mi mente–. Así de sencillo. Sin embargo, yo no consigo entenderlo. Hace mucho que me aprendí la lección, pero la olvidé, tú hiciste que la olvidara, todas vosotras. La Iglesia es como una enfermedad que se mete dentro de uno, con razón o sin ella. ¿Cómo puedes servirla? ¿Cómo puedes entregarte a ella en cuerpo y alma? No es noble ni desinteresada; tiene un hambre insaciable y se alimenta de tu propia vida, te consume como un gran vampiro institucional, te chupa la vida. A su espalda sólo deja los caparazones vacíos de hombres y mujeres, después de exigirles todo, sin ceder nunca. ¿Cómo puedes entregarle tu vida a la maldita Iglesia, cuando por ahí tienes la vida real, un sitio donde puedes ser la persona que te dicten tus instintos? Yo he visto a esa persona y tú la estás matando en el nombre de la Iglesia.

No sé cómo pudo permanecer impasible durante mi invectiva. Por lo que intuyo, logró aguantar precisamente porque era una monja, otra de las pequeñas bromas que Dios me jugaba. Puede que su Iglesia le hubiese dado la fuerza necesaria para soportarme tal como me comportaba en aquellos momentos. Elizabeth tuvo el buen sentido de esperar con paciencia a que aquel hombrecillo nos trajera nuevas tazas de café y bocadillos. Quizá pensó que si esperaba el tiempo suficiente, yo me sentiría un estúpido y posiblemente le pediría disculpas. En tal caso, yo le hubiese podido advertir que era inútil, que nunca habría tiempo suficiente, aunque aguardáramos al toque de trompeta del arcángel san Gabriel.

–Yo no decidí ser monja, como es lógico. Sencillamente ocurrió. Pero no, eso suena como si se tratara de una simple casualidad. En absoluto. Por el contrario, fue casi inevitable, dadas las circunstancias de mi vida y de mi peculiar personalidad. Cuando llegó el momento, realicé examen de conciencia y tomé la decisión de consagrarme a la Iglesia. Te ahorraré algunos de los más jugosos detalles y te haré un resumen variado.

»Yo crecí en la era de Eisenhower, ésa es la palabra clave para mí, ¿me sigues? Mis padres eran católicos practicantes, gente acomodada, con un Buick Roadmaster y una vieja ranchera Ford Woodie. Mi padre era médico y mi madre dedicaba a la Iglesia todo su tiempo libre. Mis abuelos, mis primos, mis amigos y, en fin, todos aquellos a quienes yo conocía, todos eran católicos. Mi hermano, Francis Terhune Cochrane..., por cierto, ése es mi apellido, Cochrane. Mi hermano decía que iba a ser sacerdote. Todos los chicos lo decían, por supuesto. Y todas las chicas pasábamos por la etapa de querer ser monjas, aunque esto solía ser pasajero, desde luego.

»Cuando yo tenía diez años, John Kennedy, un católico, fue elegido presidente. ¡Dios, qué alegría! Nosotros vivíamos en Kenilworth, cerca de Chicago, y el alcalde Daley había ganado, o robado, como se decía, las elecciones para Kennedy, lo cual facilitaba aún más las cosas. Era como si hubiésemos ganado nuestra propia batalla por los derechos civiles. Un católico en la Casa Blanca. Tú y tu familia sentiríais lo mismo, aunque tu padre tenía hilo directo con la Casa Blanca, imagino, y el mío sólo seguía siendo un médico. ¡Pero ya sabes qué nuevo mundo tan fantástico era aquél! Sin embargo, de la noche a la mañana, todo pareció desmoronarse. Todo cambió. Yo tenía trece años cuando mataron a Kennedy. Los Beatles hicieron su aparición y pusieron la música patas arriba. Unos cambios bastante asombrosos para una chiquilla de trece años. Los Rolling Stones, rebelión y hierba, gente tomando ácido, *Hair,* Vietnam, un muchacho que te acariciaba entre las piernas y sentías que estabas mojada, y... ¡Dios mío, la culpa de los católicos! ¡Y no hablemos de la confusión durante la misa, Dios! Sobre todo cuando te gustaba lo que el muchacho te estaba haciendo y también hacerle cosas a él. Luego vino Bobby Kennedy mirando asombrado a los focos mientras la sangre brotaba de su cabeza, Martin Luther King en la galería del motel, el estado de Kentucky, Woodstock, Bob Dylan, la carga de la policía en Chicago en Mayo del sesenta y ocho, y yo me partí el labio durante la estampida...

»Puede que yo fuese una estúpida, o demasiado sensible, o sólo una adolescente en el momento adecuado, o tal vez en el momento equivocado. Pero lo esencial es que miré hacia atrás en mi vida y me sorprendí al ver que me apetecía la seguridad, la lealtad. Perdona si te parezco una ingenua, pero me di cuenta de que me gustaba hacer lo que llaman buenas obras. Me gustaba la Iglesia. Yo era una cría cargada de culpa y decepcionada con mis patéticos primeros escarceos sexuales, confundida con relación a la droga, a los cabellos largos y a la actitud de que-se-joda-el-mundo que yo veía a mi alrededor. Cuando ahora miro hacia atrás, lo que veo es a una chiquilla que contemplaba los sesenta, mientras todo su entorno basado en los cincuenta saltaba en pedazos sin que al parecer le importara a nadie. Sencillamente, no encajaba en todo aquello. La rebelión nunca me había atraído gran cosa. Sin embargo, trabajar para cambiar las cosas era algo muy distinto. De modo que realicé algunos tímidos intentos para integrarme en el movimiento que luchaba en favor de los derechos civiles, aunque Kenilworth no era precisamente el lugar ideal para semejante labor. Ya ves que la rebelión no estaba hecha para mí, y en cambio sí para Val; la llevaba en la sangre.

»Comprendí que lo que me atraía era la seguridad de los primeros diez años de mi vida, mientras que todo lo ocurrido a partir del sesenta y tres me asustaba. Oh, entonces no me hubiese atrevido a admitirlo, pero nada de aquello encajaba en mis creencias acerca de la bondad de mis padres y la de la Iglesia, acerca de la justicia que se suponía debía regirlo todo. Muchas de mis amistades se apartaron de la Iglesia, se hundieron en la cultura de la droga y decidieron mandarlo todo al diablo, aunque después culpaban de ello a sus padres. Yo no. Aquello no estaba hecho para mí.

»Yo veía un mundo que parecía a punto de saltar hecho pedazos. Todos los valores en los que me había educado parecían caer en una especie de descrédito y los cauces por los que una viajaba se iban cerrando. Entonces mi hermano Francis, el idealista de la familia que se había ido a la guerra decidido a servir a su país, murió en la ofensiva del Tet y yo pasé una época muy difícil intentando asimilarlo. Una vez más, cualquier otra muchacha habría podido alegar que una muerte tan inútil probaba la inexistencia de Dios y habría dado la espalda a la Iglesia. Pero yo no. Yo necesitaba enfrentarme a ello y explicármelo a mí misma. No podía ni quería limitarme a gritar, a chillar, o a culpar a quien estuviese más cerca, o a Lyndon Johnson. No quería aceptar que la muerte de Francis fuera la prueba de una existencia absurda, sin significado. La vida tiene un sentido, existe el bien y el mal, y un castigo al final para quienes se lo merecen. Dios daba un significado a la vida y yo acudía a la Iglesia en busca de las respuestas que necesitaba. Sencillamente, ésta parecía simbolizar todas las alternativas disponibles. En cuanto a su intemporalidad, eso era algo que me cautivaba de tal modo, que todo lo demás me parecía trivial. ¿Que eso me hacía parecer una alucinada de Jesús? Confío en que no, porque no lo soy. Pero podía tomarme en serio a la Iglesia, mientras que al rock duro y a los tejanos desteñidos, no. Yo estaba en contra de la guerra de Vietnam y a favor del sentido de la responsabilidad, de la voluntad de aceptar las consecuencias de los propios actos. Oh, Dios, yo escuchaba aquella música, compraba aquellos discos, vestía aquellas ropas y llevaba el colgante con el símbolo de la paz, pero todo aquello me parecía pasajero. ¿Entiendes lo que quiero decir? En cambio, la Iglesia llevaba allí muchísimo tiempo. Ella sí era importante.

»Conocí a un par de curas decentes y a una vieja monja extraordinaria, una mujer ya anciana con una mente tan curiosa y brillante que me asustaba. Dios, era una admiradora de Elvis y parecía realmente feliz. Su vida estaba llena de sentido, disfrutaba con su manera de vivir. Era maestra y secretaria de la escuela. No temía participar en la política y siempre sabía por dónde iba a salir el Vaticano. Era sencillamente fantástica y me sirvió de inspiración. Me hizo comprender que si todo lo demás funcionaba, entonces quizá yo podría seguir adelante sin los placeres de la vida sexual y sin enloquecer. ¿Te das cuenta? Yo no iba a ser perfecta, pero sí lo bastante buena.

»En fin, se comprende, o no se comprende. El convento fue también una maravilla, no lo niego. ¿Que dicen que las monjas y los curas sólo buscan un lugar para esconderse? Bueno, ¿y por qué no? Todo el mundo busca un refugio, Ben. Todo el mundo. La mayoría lo encontramos. Yo lo hallé en el convento durante una temporada, con lo cual mis padres sin duda se enorgullecieron. Ya conoces esa mezcla de orgullo y de dolor que se advierte en los rostros de los padres católicos cuando una hija elige la Iglesia en vez de a un marido, unos hijos y una hipoteca. Pero ellos estaban orgullosos de mí. Orgullosos, intrigados e inseguros. "Oh, Virgen Santísima, nuestra pequeña. ¿Significa eso que nuestra pequeña Liz nunca conocerá lo que es el matrimonio?" O frases por el estilo. Dios, qué divertido resulta cuando miro hacia atrás.

»Yo quería servir a Dios, a la humanidad y tener una existencia con la que pudiese disfrutar.

»Parecía que la Iglesia se encaminaba hacia una nueva definición de la mujer y del papel de ésta en su seno, que avanzaba hacia una interpretación más liberal de los conflictos.

»Bueno, no se puede tener todo, ¿verdad, Ben?

»Tú lo sabes muy bien, ¿eh, Ben?

–La verdad es que parecéis extraterrestres. Criaturas de Júpiter o de su entorno. Vuestro aspecto es como el nuestro y os movéis en el mundo de la realidad, parecéis de los nuestros; pero todo es pura ilusión, una mentira, y la mantenéis en vuestro propio interés. Sois como un gas inodoro e incoloro que embota el cerebro y nos adormece a todos los demás. Es una ilusión porque, cuando la vida se os aproxima, dais un salto hacia atrás y volvéis a colocaros los siete velos, os escondéis tras vuestra santurronería y la utilizáis para justificar cualquier cosa, cualquier tipo de traición. «Yo soy monja. ¿Has olvidado que soy monja?», decís. «La Iglesia es mi salvadora y que me condene si decido pensar por mí misma», eso es lo que decís. «Soy una monja, estoy hecha de la materia más pura y más fina, y sé dónde me aprieta el zapato», decís. «Y, mira por dónde, no tengo que aguantar a los hombres. ¡Menudo alivio!» Hermana, lo que tú tienes es miedo. Eres una mentirosa, un fraude, una embaucadora...

–¿Y Val? ¿También era una mentirosa, un fraude y una embaucadora?

–No, no lo era. Ella estaba metida hasta el cuello en la vida, nadaba en ella, tomaba sus propias decisiones y arriesgaba en ello la vida.

–Y si yo hubiese muerto, si aquel tipo hubiese logrado tirarme desde la terraza, ¿me habría hecho eso tan maravillosa como a Val? ¿Es ése el problema? ¿Me odias porque no he muerto? Qué increíblemente mezquino...

–Yo no te odio.

–De verdad, tienes algunos problemas, Ben. A mí me parece que me odias porque odias a la Iglesia, y odias a la Iglesia porque te odias a ti mismo, y te odias a ti mismo porque piensas que has fallado a la Iglesia, que has fallado a tu padre, fallado y fallado. Eres un estúpido, Ben. Mucho más estúpido que yo. ¡Tú no has fallado a la Iglesia! Sencillamente, su organización no estaba hecha para ti. Pero tú has permitido que eso te enloqueciese y ahora me culpas a mí. ¿Por qué? Val era una monja, y yo su mejor amiga. Nuestros estilos eran distintos, pero estábamos en el mismo bando. ¿Qué te sucede? ¿Por qué no me otorgas un voto de confianza? Ya he admitido que estaba equivocada, así que olvida nuestra última conversación en Princeton, ¡por el amor de Dios! Val, yo misma, ¿qué diferencia hay? ¿Qué es tan importante? ¡Madura ya, en el mundo no todo es blanco o negro!

–Te quiero, Elizabeth, ahí está lo malo. He visto lo suficiente para enamorarme de ti. Estás en lo cierto, hermana. Estoy loco. Y, sencillamente, no te lo mereces. Recordarás lo que te dije en otra ocasión, acerca de ti y Sandanato. Ahí está el influjo del amor. En cierto modo, estáis hechos el uno para el otro, ¿verdad?

Elizabeth se levantó furiosa, derribando la silla, y me miró. Tenía los labios tensos, pálidos.

–¡Perfecto! ¡Te has equivocado y has decidido seguir toda tu vida con esa equivocación! Conmigo sí que te has equivocado, al comportarte como un maldito estúpido. Bienvenido al club. Puedes pudrirte y morir con tus errores y tu odio, ¡pero continuarás equivocándote! Te has equivocado con la Iglesia, te has equivocado conmigo, y lo más triste de todo es que te equivocas contigo mismo.

Entonces dio media vuelta y se alejó de mí, adentrándose ciegamente entre la multitud que aplaudía con fuerza a los comediantes. Todavía alcancé a divisar su nuca cuando se detuvo bruscamente y chilló, en un intento por apartar la vista de alguien o de algo. Yo me quedé allí, sin saber cómo reaccionar. La multitud se había cerrado entre nosotros dos.

Entonces Arlequín, el personaje de los comediantes, dio un salto delante de ella, adoptó una postura grotesca, empezó a mover la pelvis y sonrió lascivamente bajo su máscara. Elizabeth apartó de nuevo la vista e intentó soslayarlo mientras él seguía provocándola. Por fin, al comprender que a ella no le interesaba seguir el juego, le soltó un gruñido obsceno en pleno rostro. La gente se echó a reír, burlándose de ella, y Elizabeth se internó en la oscuridad para desaparecer rápidamente.

Las cosas se desarrollaron entonces con gran rapidez, acelerándose a mi alrededor, pero yo seguí allí sentado, como una estatua, preguntándome si lo que ella había dicho de mí era cierto. Por lo que a mí se refería, ella era un asunto zanjado y olvidado. Quizá necesitara hacerme un examen a fondo, pero la introspección psicológica podía llevarnos muy lejos. Ya me preocuparía más tarde por lo que pasaba en el interior de mi cabeza, si es que llegaba a sobrevivir. Tal como ella había dado a entender, disponía del resto de mi vida para tensar mi propia cadena.

Los actores estaban retrocediendo hacia el escenario, donde habían montado un vistoso carromato pintado, de esos que los comediantes utilizaban siglos atrás. Algunos de los focos que iluminaban a la gente disminuyeron de intensidad y el griterío entre turistas, estudiantes, chiquillos, ciudadanos y borrachos fue apagándose. Miré por encima de aquella marea de sombreritos, gorras, manos aplaudiendo y destellos de cámaras fotográficas. Los focos iluminaban con suavidad el carromato y en alguna parte empezó la música. El siguiente espectáculo estaba a punto de comenzar.

Me levanté y me alejé de la mesita, sorteando a la multitud –aunque más atento a mi monólogo interior– mientras intentaba encontrar a Elizabeth. ¡Qué estupidez, haber dado rienda suelta a mis sentimientos! «Te quiero.» ¡Como un estúpido jovenzuelo! ¡Y qué galante me había mostrado! Allí estaba ella, confiando en mí de forma inesperada, contándome cómo había llegado a hacerse monja, y yo decidía que era el momento de aprovecharme de su vulnerabilidad para ir a la carga, asaltar sus defensas y conseguir un par de puntos. Ella tenía razón. Yo estaba loco. Tenía que encontrarla, pedirle disculpas y olvidarme de ella. «Renuncia, Ben. Por el amor de Dios. ¡Es una monja!»

Éstas eran mis reflexiones mientras daba la vuelta por detrás de la gente y advertía sus chillidos, la cháchara de los actores y la húmeda brisa procedente del Ródano, que silbaba entre los árboles deshojados. En alguna otra parte, por encima de mí, en el palacio, se desarrollaba otra representación, y los débiles estallidos de risas llegaban hasta nosotros. ¿Dónde diablos se había metido Elizabeth?

Al principio no me di cuenta de lo que estaba viendo, quizá porque se trataba de algo completamente inesperado. Iba buscando a Elizabeth, pero... ¡a quien vi al otro lado de la multitud fue a Drew Summerhays!

Aquello carecía de sentido. ¿Qué podía estar haciendo él en Aviñón? Summerhays siempre pasaba el invierno entre la elegante casa en la parte baja de la Quinta Avenida –con sus gatos, su grupo de amigos católicos, sus surtidores y sus bandejas con bebidas cuidadosamente elaboradas– y el chalet en las Bahamas, que a lo largo del tiempo se había ganado una referencia en los libros de historia, ya que muchos presidentes solían acercarse con sus yates a hacer una visita a Summerhays.

Pero allí estaba, tieso como un palo, en Aviñón.

Volvió su aristocrática cabeza para hablar con otro hombre, bajito, que llevaba uno de esos sombreritos tiroleses de fieltro verde con una plumita en un costado. Eso era todo cuanto de él podía ver. Eso y que llevaba subido el cuello de la trinchera.

Drew Summerhays.

Consideré las posibilidades de que aquello fuera una simple coincidencia, pero las probabilidades eran ridículas. Sencillamente, Summerhays no podía estar en Aviñón al mismo tiempo que Dunn, Erich Kessler y yo. No podía ser una mera coincidencia. Entonces, ¿qué explicación tenía?

Empecé a abrirme paso entre el gentío, ansioso por echar un vistazo más de cerca. Pero ¿qué bien podía acarrearme aquello? ¿Y por qué razón no deseaba acercarme, hablar con él, unirme a él? Ni idea. Puede que, a fin de cuentas, yo abrigara la esperanza de que no se tratara de Summerhays, de que me hubiese confundido, de que la realidad no fuera todavía más complicada.

Todo el mundo reía y aplaudía, y yo intentaba abrirme paso entre la gente, pisándola y recibiendo a cambio miradas asesinas. Había llegado a unos seis metros de Summerhays y de su compañero, y no cabía ninguna duda. Summerhays vestía un gabán gris marengo, con cuello de terciopelo. No estaba riendo ni aplaudía. Su aspecto era inexpresivo, frío, tranquilo, como si en lo más profundo de su ser se hallara la esencia de la muerte, del eterno descanso. Parecía como si la edad no contara para él, y se hubiese convertido en algo más que un simple mortal. El tipo del sombrero inspeccionaba lenta y meticulosamente a la multitud, como si buscara algo o a alguien, quizá algunas ramitas rotas o las huellas de unos mocasines. Impulsivamente, sin querer racionalizar mi impulso, decidí hablar con él. Diablos, se trataba de Summerhays, mi fiel maestro.

Logré arrastrarme unos tres metros en medio de aquella multitud comprimida, acercándome por detrás, cuando me detuve en seco, contuve la respiración y sentí que mi determinación se deshinchaba hasta desaparecer por completo. Las preguntas me acosaron de nuevo. ¿Qué diablos estaba haciendo él allí? ¿Por qué debía confiar en Drew Summerhays? ¿Por qué iba a confiar nunca más en alguien? Parecía como si las sorpresas jamás fueran a terminar. Tenía la sensación de estar en medio de un túnel, viendo cómo la corriente se precipitaba sobre mí y me cubría de espuma, las ratas de la cloaca a un paso de distancia, chillando, mientras yo no podía hacer ni un solo movimiento.

El hombre bajito sacudía su sombrero atrás y adelante, como si se estuviera abanicando. El metrónomo de lana se movía aproximadamente a la altura de los hombros de Summerhays. Yo no podía apartar la vista de la pluma aplastada contra el oscuro paño verde. Luego el hombrecillo se volvió y le vi la cara. Llevaba gafas y bigote, y su tez era aceitunada. Una de sus mejillas parecía haberse utilizado durante mucho tiempo como diana para lanzar los dardos. Pero su cuello era peor, la horrible huella irregular de una cicatriz, el tejido arrugado entre la barbilla y el nudo de la corbata. Quizá la diana de la mejilla hubiera sido sólo un precalentamiento para el corte de la garganta. Dios mío, Drew. Aquel tipo allí de pie, charlando amigablemente con uno de los príncipes laicos de la Iglesia...

Mientras los observaba desde el fondo de mi pesadilla personal en el túnel, de nuevo sentí algo de lo que me había conmocionado con tanta fuerza en aquella playa de Irlanda. Una especie de temor enlatado y congelado que me hubiesen inyectado en la sangre. Algo mucho más potente que el miedo. El brazo de aquel anciano haciéndome señas. El aleteo de aquella pluma en el ridículo sombrero. No alcanzaba a entender qué significaba, no lograba ver de dónde venía ni adónde podía conducir aquello, sólo sabía que yo no quería acercarme.

Me había entretenido demasiado.

Summerhays se giró. Vi que se volvía hacia donde yo estaba. Me descubrió.

Nuestros ojos se paralizaron al reconocernos. Vi que el sombrerito se detenía en el aire, la mano de Summerhays sobre el brazo del otro, y sus ojos todavía fijos en mí. Pareció transcurrir una eternidad. De nuevo me habían cogido por sorpresa al descubrir aquella mano en el brazo, el asentimiento con la cabeza, mientras me esforzaba en comprender. Pero no podía. Algo estaba pasando, pero yo no sabía el qué. ¿Había pronunciado Summerhays mi nombre? No lo había discernido. Sin embargo, comprendí que debía escapar.

Volví a la vida y me lancé en medio de aquella densa multitud a la que había empujado cuando iba en dirección contraria. Alguien me lanzó un insulto, me empujó airado con una mano que sostenía una botella de vino y me salpicó en la manga. A pesar de todo, yo había logrado abrirme paso y me acercaba ya a la oscuridad que se extendía más allá de las luces de colores.

Tenía que huir. Lancé una mirada hacia atrás por encima del hombro, y vi que proseguía la agitación. El hombre del sombrerito me perseguía.

Noté el bulto en el bolsillo de mi trinchera. La pistola.

Era de plástico. Un juguete.

Tenía que escapar.

Sin aliento, con el corazón desbocado, me detuve en una calle estrecha, luego me metí por un callejón, arrimándome contra la desmenuzada pared. Incluso las calles laterales se veían obstruidas por el flujo de turistas charlatanes y actores disfrazados con los atuendos más variados, como refugiados de todas las épocas en un decorado olvidado en los estudios de Hollywood. Me apoyé contra la pared para recuperar el aliento y, al levantar la cabeza, me encontré con los ojos resplandecientes de un hombre que me miraba fijamente. Un rostro encapuchado a un palmo del mío. Noté un fuerte olor a rancio cuando lanzó un gruñido y, como si se tratara de la Muerte, acercó una mano hacia mí. Sus dedos me rozaron la cara; yo salté hacia atrás, me golpeé en la cabeza y le lancé una imprecación.

Él volvió a gruñir, blandiendo su mano ante mí: un mendigo vestido de monje. No, todavía no era la Muerte. Le aparté la mano y lo empujé hacia atrás. Debí de asustarlo, ya que se detuvo un momento donde estaba, balanceándose sobre los talones, y luego vaciló, el rostro cubierto aún por la capucha.

–Apártate de mi camino.

El hombre se volvió a mirar hacia atrás, al fondo de la calle. No iba solo. Había algunas siluetas más de encapuchados, como el coro de una fantasía alucinante. Todos nos quedamos quietos y entonces comprendí que quizá eran auténticos monjes, los *pénitents noirs* que, según se decía, todavía mantenían dos capillas en la ciudad. Los había visto años atrás, figuras que caminaban encorvadas y descalzas por las calles de Aviñón, descendientes de los penitentes negros del siglo XIV, hombres laicos, flagelantes, entre los cuales se habían contado algunos reyes de Francia. Ahora se habían detenido y me miraban, ya fueran actores, monjes o ladrones, a la espera.

Pasé veloz ante el que me había abordado y me encaminé hacia los demás, que me bloqueaban el paso. Dije algo con tono airado y ellos, de mala gana, se apartaron a un lado en absoluto silencio. Entonces bajé la mirada y descubrí que llevaba una pistola en la mano, perfectamente visible en la penumbra. Todos retrocedieron, sin apartar los ojos de mí ni del arma. Después de pasar ante ellos, volví a guardarme en el bolsillo aquel estúpido juguete.

De nuevo en la calle, empujé con los hombros para pasar entre la gente, entre los grupos de comediantes callejeros, buscando al hombrecillo. Un malabarista con antorchas atrajo mi atención, mientras las llamas atravesaban la oscuridad. ¿Qué habría sido de Elizabeth? ¿Qué estaba ocurriendo?

El hombre del sombrero tirolés se hallaba cerca del malabarista y su rostro quedó iluminado de pronto por el fuego de las antorchas que cortaban el aire. Se estiraba para atisbar entre la humeante oscuridad y sus ojos se volvieron hacia donde yo me hallaba.

Estaba convencido de que me había descubierto en el instante en que me escapaba, saltando en medio de unas mesas que había sobre la acera, y a las cuales la gente se sentaba para tomarse un vaso de vino o café, a cubierto del frío. Pasé ante un tenderete de flores y luego ante otro grupo de comediantes, cuyas máscaras narigudas se volvían hacia mí como malévolos pájaros dispuestos a picarme, a chuparme la sangre. Al volverme hacia atrás, por encima de los mirones agrupados alrededor de un Arlequín que recitaba su papel, vi que los penitentes negros habían interceptado a mi perseguidor. Mientras él intentaba desembarazarse de ellos, yo me escabullí por otra esquina, corrí por una estrecha callejuela y me volví a mirar hacia atrás mientras me deslizaba sobre los adoquines, intentando perderme de vista.

Necesitaba reflexionar. Tenía que descansar en alguna parte. Además, debía encontrar a Elizabeth.

Summerhays. Mira por dónde.

¿Qué lo habría traído hasta Aviñón? ¿Qué sabía él? ¿Qué relación tendría con aquel hombrecito? ¿Conocería Summerhays la existencia de Ambrose Calder? ¿Sabría que alguien había intentado matar a Elizabeth? ¿Conocería la existencia de Horstmann?

Drew Summerhays siempre parecía saberlo todo.

Al menos eso era lo que mi padre decía siempre.

Desde el portal donde me ocultaba, sentí que la tierra se estremecía y oí un estruendo impresionante. Un enorme entramado de cometas y estrellas fugaces caían desde el cielo, azules, blancas y rosadas, lanzando un brillo cambiante de cegadoras luces. Efectué un movimiento de retroceso y volví a golpearme la cabeza, esta vez contra un dintel bajo y macizo. Sentí otra sacudida seguida por una detonación y la respuesta de la gente asustada en todas las calles.

Eran simplemente los estallidos iniciales de una interminable salva de fuegos artificiales que caían desde lo alto del palacio. El espectáculo de luz y sonido que antes había visto anunciado en carteles y en programas de mano. Parecía como si los cielos se retorcieran y se inmovilizaran en una continua confusión de explosiones doradas, verdes, plateadas, rojas y anaranjadas.

Ignoraba dónde estaría ahora el hombrecillo, pero le temía como si se tratara de otro perro furioso que me persiguiera sin cesar a lo largo de las callejuelas estrechas y desconocidas. Asomándome desde mi oscuro rincón, vi a otro grupo de penitentes negros reunidos ante una pequeña iglesia emparedada entre cafés y tiendecitas, al otro extremo de una plazoleta con una fuente de surtidor en el centro. Unos chiquillos vestidos con levita miraban con la boca abierta, lo mismo que los monjes encapuchados, hacia la atronadora y sorprendente cacofonía que se había desatado por encima de sus cabezas.

La plazoleta estaba abarrotada. Todo el mundo en Aviñón había salido a la calle aquella noche, para presenciar alguna de las innumerables representaciones y el castillo de fuegos artificiales, para sumergirse en las imágenes y los olores del festival. Las explosiones batían la noche como un impresionante fuego de mortero.

No lograba descubrir al hombrecillo, ni la punta de su sombrero ni tampoco la pluma. Entonces empecé a buscar a sor Elizabeth, a preguntarme dónde se habría metido. Estaba luchando contra el miedo que me había dominado en Irlanda, contra la visión del brazo del hermano Leo haciéndome señas.

Me decidí a cruzar la plazoleta y me dirigí hacia la pequeña iglesia. De momento parecía tristemente menospreciada, a oscuras, incapaz de competir con los actores enmascarados o con la atronadora artillería que disparaban desde el palacio.

Me deslicé subrepticiamente entre los absortos mirones y, avanzando de sombra en sombra, subí los escasos peldaños hasta la pesada puerta de madera con enormes bisagras de hierro. La empujé sólo lo imprescindible para escurrirme en el interior y me detuve, sudoroso y jadeante, en medio de la oscuridad, apoyándome en la puerta cerrada a mis espaldas. La iglesia parecía más grande desde dentro que desde fuera, resultaba sofocante y fría a la vez, seca y húmeda, con olor a la cera de las velas, a humo y a incienso. No se advertía ni el más leve movimiento en el aire. Las velas ardían sin oscilar, invariables, levemente, mientras las reverberaciones de los fuegos artificiales parecían lamer las piedras de las paredes, como en una ligera caricia. Avancé pegado a la pared, bajando por un lateral hasta el altar. Las columnas parecían veteadas, sólidas, gruesas. Al fin me senté en una silla de madera, una de los centenares que se alineaban en hileras sobre el liso suelo también de piedra, y respiré hondo. Maldita sea. Nunca estaba seguro de si yo era el cazador o la presa. En todo caso, esta noche la respuesta era fácil.

Frustrado, empapado en sudor, las ideas me habían abandonado. Me sentía como si mi alma hubiese renunciado a luchar y se estuviera evaporando. El arma de juguete que llevaba en el bolsillo golpeó contra la silla de al lado y sonó como si una columna se hubiese derrumbado. Todo se había desbordado y yo me veía incapaz de entender lo que ocurría. ¿Quién perseguía a quién? ¿Quién estaba ganando? Más valía que no formulara esa pregunta.

No sabía qué pensar de Summerhays, pero el hombrecito de la garganta rajada por una guadaña bastaba para que yo desconfiara lo suficiente del anciano –maestro o no– como para pensar en un mundo secreto, en una banda de perversos nigromantes que estuvieran conspirando. Como si a Summerhays lo sirviera una especie de curia de sus propios seguidores, como si se tratara de un papa doméstico. ¿Qué se proponía Summerhays? Siempre estaba tramando algo, ¿por qué no ahora? Un papa se estaba muriendo y el juego se había puesto en marcha.

Tenía la sensación de estar contemplando cómo se tensaban los hilos de una historia tan antigua como el tiempo, como una especie de red que me atrapara y estrangulara hasta quitarme la vida. Como un alambre que me penetrara en la garganta.

¿Era un ruido lo que había oído a mis espaldas?

Algo blando, furtivo, casi amortiguado por las explosiones de fuera.

Dios, ¿estaría imaginando cosas?

¿Me habría descubierto él incluso entre la aglomeración arrebatada y enloquecida de la plazoleta? ¿Estaría ahora allí, conmigo?

¿Por qué sabía yo que el hombrecillo llevaba una navaja? ¿Era por el estropicio que le habían provocado en la garganta?

La puerta de la entrada principal de la iglesia se estaba cerrando. Casi percibí la entrada de aire desde la plazoleta, como un suspiro.

Había alguien conmigo dentro de la iglesia.

Luego volvió la completa quietud. Tanteé en busca de la pistola de juguete. Menuda tontería. Entonces se me enganchó en el bolsillo, resbaló entre mis dedos y golpeó contra el suelo de piedra como una pieza de la cubertería de plata. Pareció como si el maldito ruido resonara durante siglos. La recogí y aguardé; el sudor me goteaba por la nariz. Sin embargo, yo estaba helado.

Nada.

Me levanté de la silla y retrocedí hasta la más profunda oscuridad, detrás de una de las columnas. El vello de la nuca se me erizaba, se ponía rígido, bailando alegremente. De alguna forma, el jodido cabrón me había seguido hasta la iglesia a través de las oscuras callejuelas y de la palpitante multitud.

Perfecto.

Fuera quien fuese, era condenadamente hábil en pasar inadvertido. Todo cuanto advertía yo era mi propia respiración y el estruendo de las explosiones sobre mi cabeza. Los fuegos artificiales estaban en su momento álgido, podía ver su resplandor a través de las vidrieras emplomadas de las ventanas. Parecía como si un ángel fantasmagórico bajara hasta la Tierra, en medio de los estallidos de un bombardeo aéreo.

Luego percibí un ruido suave, confuso, uno o dos pasos, pero podían haberse producido en cualquier parte, al otro lado de las hileras de sillas, o tratarse de un murmullo detrás de mí. El sonido podía haberse deslizado por las paredes y saltado entre las columnas, como la pelota de unos críos que corriera suelta por la calle. En algún lugar de la iglesia él se había movido, en silencio, con cuidado, buscándome.

–¿Señor Driskill?

De nuevo me quedé quieto, empuñando mi pistola, pegado a la columna. ¿De dónde había surgido la voz? Bastaba con que yo revelara mi posición y sería hombre muerto.

–Sea razonable, señor Driskill. Tenemos que hablar.

Avanzaba sobre zapatos con la suela de goma, sin hacer ruido, como la niebla que se escurría en la noche. Retrocedí a lo largo del pasillo lateral, tanteando con la mano en busca de la pared a mis espaldas. Cuando di con ella, dejé escapar un leve suspiro. A mi izquierda había una suave mancha gris, donde, a través de un par de cristales rotos de las vidrieras, se filtraba parte del cielo nocturno, con sus fluctuantes explosiones y sus luces que estallaban en mil colores. Si lograba atravesar aquella amplia zona grisácea, podría continuar a lo largo de la pared e intentar alcanzar una puerta, una salida trasera por la cual escapar de la trampa en la que yo mismo me había metido.

Necesitaba una salida hacia la noche. En todo caso, ¿cómo había podido seguirme? Estaba convencido de que le había despistado y, sin embargo, allí estaba.

¿Quién era él? ¿Qué relación tenía con Summerhays?

Las preguntas estallaban en mi cabeza como los cohetes en el cielo nocturno. Me sentía como un pobre infeliz que hubiese caído en un nido de víboras.

Percibí un movimiento, una ondulación de átomos y moléculas invisible, silenciosa, pero entonces decidí mandarlo todo al diablo y me arriesgué; contuve la respiración, sujeté con fuerza la pistola en el bolsillo, me pegué a la pared y, mirando hacia atrás, avancé los dos pasos a través de la débil franja de luz.

La mano surgió desde la oscuridad, sujetándome el brazo como un torniquete. Noté la suave respiración junto al oído.

–Señor Driskill, es mejor que vaya con cuidado. Hay un afilado cuchillo apuntándole justo aquí.

Sentí que la punta atravesaba la chaqueta y la camisa, y luego cómo me mordía el costado. Lentamente, tiró de mi brazo para que sacara la mano del bolsillo de la trinchera.

–Deme esa pistola, señor Driskill.

–Oiga, es...

–Chisss. –Me arrebató el arma de entre los dedos–. Oh, señor Driskill. Pero si es un juguete. –Me la devolvió–. Vaya con cuidado –me advirtió con voz queda.

Me empujó sin brusquedad hacia la zona de luz grisácea y yo me volví con cuidado para verlo, para ver su cicatriz y su ridículo sombrero.

Pero me había equivocado. No era el hombre que yo esperaba.

La punta del cuchillo volvió a azuzarme.

–Váyase a casa, señor Driskill. Váyase y yo rezaré por usted. Váyase allí donde pueda ser útil. Yo no le deseo ningún mal. Ni a usted ni a la religiosa. Sólo quiero que se vaya lejos.

Me miró fijamente con sus ojos sin fondo y la débil luz se reflejó sobre sus lentes planos.

Horstmann.

Repentinamente desapareció.

De nuevo estaba yo solo en la iglesia.

3

Driskill

Me detuve al final de un camino embarrado, resbaladizo y con algunos baches, y presté atención a los perros que ladraban a la Luna, cuyo perfil se asomaba entre las inquietas nubes. Había aparcado el Citroën alquilado a un lado del camino húmedo y fangoso, tal como me había indicado Dunn, cuya llamada telefónica había recibido poco después de regresar al hotel.

–Pero ¿cómo diablos voy a saber si se trata del mismo camino embarrado? –pregunté, esforzándome por controlar mi malhumor: las últimas dos horas habían sido muy difíciles.

–¿Se encuentra usted bien? Parece un poco nervioso.

–No me creería, si se lo dijese.

–Bueno, pues tranquilícese y pongámonos de acuerdo. ¿Está sor Elizabeth con usted?

–No exactamente. Y ahora, dígame otra vez de qué camino embarrado se trata.

–Usted aparque el coche, salga fuera y contenga la respiración –me indicó–. Oirá unos perros. Si no los oye, entonces es que se ha equivocado. Póngase las botas, joven.

Ahora podía oír los perros, de modo que me volví hacia el absurdo coche donde Elizabeth permanecía sentada en silencio, mirando hacia la baja niebla que se levantaba de los campos húmedos. Habíamos intercambiado muy pocas palabras desde que la había encontrado en el vestíbulo del hotel. No había nada que decir. Le debía una disculpa, pero eso me resultaba imposible. Sabía que yo estaba en lo cierto respecto a ella, a la Iglesia y a sus prioridades, y en cómo éstas me hacían pedazos. No podía doblegarme ante el hecho de que ella fuese también un ser humano que había confiado en mí, que se había sincerado conmigo. Ésa no era la cuestión.

Yo deseaba contarle todo lo que me había sucedido con Summerhays y con el hombre que tenía una cicatriz en la garganta. Hablarle de Horstmann esperándome, y de Horstmann cogiéndome del brazo.

Horstmann...

Cuando me di cuenta de que él había desaparecido, ya era demasiado tarde para encontrarlo. No había rastro de él entre la gente de la plazoleta donde se encontraba la iglesia. Ni rastro de Summerhays o de su compañero.

Muy bien podía haber sido todo un sueño. Tenía la sensación de que existía esa remota posibilidad, aunque, desde luego, no se trataba de un sueño. Me sentía como Basil Fawlty pasando un mal día, con la esperanza de que todo fuese una pesadilla, y golpeando con la cabeza contra la máquina de escribir, para llegar a la conclusión de que no, de que era real. Sí, sí, todo era real. Era Summerhays, y era Horstmann, y yo deseaba poder decírselo a Elizabeth, pero me sentía incapaz de hacerlo.

Podía entender lo ocurrido en las últimas dos horas, lo que no alcanzaba a comprender era lo que no había ocurrido.

Yo aún seguía con vida.

Él me había dejado solo en la iglesia.

Pero yo aún seguía con vida. No lograba encontrar una explicación coherente. El escenario estaba plagado de cadáveres. ¿Por qué no el mío?

¿Qué habría dicho Elizabeth al respecto? Yo deseaba contárselo, pero no era el momento oportuno.

De modo que seguí en medio del fango, sin botas, por supuesto, observando un centenar de metros de una carretera en muy malas condiciones y un vago perfil que se perdía entre la noche y la niebla. Estábamos a treinta y un kilómetros de Aviñón y de nuevo empezaba a llover. Me estaba hundiendo en el barro, pero había soportado cosas mucho peores a fin de poder charlar con Erich Kessler.

Por teléfono, Dunn me había dado más instrucciones, entre las cuales estaba el hecho de que Kessler insistía en que lo llamáramos por su nuevo nombre: Ambrose Calder. Al parecer se hallaba en buena forma y había estado más activo en los últimos tiempos de lo que Dunn había creído. Durante años había dirigido una red clandestina con sus propios agentes, como una especie de inspectores de Hacienda que llevaran paralelamente otras contabilidades, y a quienes pagaba mediante cuentas secretas que había creado durante los años que había colaborado con la CIA. Enviaba a sus agentes a los rincones más oscuros y herméticos de Europa como si fueran sondas o sensores electrónicos. En cierto modo, había dado a entender a quienes lo contrataban, a sus perseguidores y a sus supuestos enemigos, que poseía algo. Ellos no sabían exactamente qué, y eso era precisamente lo más amenazador, lo que los mantenía a raya. De vez en cuando, algún emisario secreto iba a visitarlo –desde Langley hasta el Vaticano, por ejemplo–, y le echaba una reprimenda. Pero él sabía tan bien como los demás que estaba perfectamente a salvo. Ellos le sermoneaban, pero acudían a él en busca de información; su existencia se mantenía en estricto secreto basándose en el hecho de que era necesario «saber» y en que era demasiado peligroso para matarlo. Ambrose Calder era capaz de devolver el golpe y destruir a cualquiera desde la tumba. Yo me preguntaba: «¿Habrá intuido ya Elizabeth cuál es la tercera identidad de Kessler? ¿El Archiduque?».

Nadie sabía con seguridad qué había dejado como reserva en las cajas de seguridad de Zurich, pero tampoco nadie quería correr el riesgo de matarlo y luego averiguarlo. Por lo tanto, él se había convertido en uno de los hombres más seguros del mundo. Una muerte tranquila y en paz en su dormitorio, con un perro a sus pies, y los demás aullando a la Luna, estaba más o menos garantizada por varias de las agencias de espionaje más importantes del planeta.

Sólo un renegado querría matarlo y arriesgarse a que se descubriera todo. Entonces, ¿qué hacía él en la lista de Val?

Me acerqué al coche y di unos golpecitos en el parabrisas.

–Salgamos –dije–. Éste es el sitio.

Ambrose Calder era un hombre enjuto, con el rostro, el cuello y las manos nervudos y correosos; una fuerte mandíbula, una barba canosa de dos días y cejas que parecían cepillos de betún a punto de echar a volar. Era el rostro de un hombre que pasaba mucho tiempo al aire libre, debido a los perros y al cuidado que les dispensaba, enrojecido por una red de venitas que parecían haber estallado al expandirse por unos pómulos altos y puntiagudos. Uno de los perros de la casa lo observaba para ver si debía gruñir y ladrar ante la intrusión de todos aquellos desconocidos. Aparte de los ladridos, que en el exterior habían menguado hasta convertirse en algún que otro aullido ocasional, uno nunca sabía qué pensar de aquellos perros guardianes. Calder estaba bebiendo licor de ciruelas como si fuese agua, como si pretendiera ahogar alguna íntima aflicción.

–¿Así que acuden a mí para averiguar si yo sé quién está matando a sus católicos? –preguntó.

–Queremos saber mucho más que todo eso –replicó Elizabeth.

–Ya, ya –contestó él, haciéndole un gesto con la mano, como si alejara un invisible mosquito–. A ustedes les interesa saber por qué, y quién es Simon. El padre Dunn ya me lo ha explicado. Pero mi respuesta es: ¡Vaya unos curiosos que están ustedes hechos! ¡Y presuntuosos! ¿Por qué tendría yo que contarles nada acerca de todo esto? ¿Dónde traen las empulgueras y los electrodos? De acuerdo, les voy a contar todo lo que pueda por una razón muy sencilla: de no hacerlo yo, no habría forma de que ustedes lo averiguaran. A mi edad ya me he convertido en un sentimental y me compadezco de unos críos que juegan a ser mayores. ¿Comprenden? Voy a ayudarlos porque siempre es preferible una lucha leal. ¡Les aseguro que siento curiosidad por saber cuánta devastación pueden ustedes crear! La Iglesia y su presunción siempre me ha divertido. Así que voy a introducirlos, mis pobres gatitos, en la guarida del león. ¿Les apetece convertirse en su almuerzo? ¿O prefieren convertirse en palomas que revolotean, confunden e incluso asustan a esos leones de garras sangrientas? Perdonen, se trata de una broma privada. Pero, antes de que me den las gracias, aguarden y vean en qué les beneficia eso.

Tendió una mano y su criado depositó entre sus dedos un puro casi tan grande como un bate de béisbol. Calder encendió una cerilla con la uña del pulgar, ribeteada de negro, y contempló cómo prendía la llama. Encendió el cigarro y el humo se hinchó hasta formar una espesa nube.

–Las respuestas de este tipo nunca son claras ni sencillas –nos advirtió–. Oh, a veces unas lo son más que otras, como cuando hay que tratar con el viejo y querido Moscú. Allí siempre terminan operando a la antigua usanza, a pesar de que intentan remediarlo. Es a los ingleses a quienes hay que vigilar. Son unos demonios muy listos y astutos en este lado del continente. Ocupan el segundo lugar entre los mejores mentirosos del mundo. Acuéstate, *Foster* –ordenó al perro–. Es un buen animal; le puse ese nombre por Dulles, aunque el perro es muy leal. Pero ni siquiera los británicos, por muy descarriados que sean y por mucho que agraden a Dios gracias a ese asqueroso sentido del humor, podrían igualarse a la Iglesia, al Vaticano. Ahí es donde hallarán realmente a los mentirosos y a los conspiradores profesionales. Todo su mundo es un castillo de naipes y bastaría un soplo de razón para mandarlos al reino del futuro. Sin embargo, si se mantienen es por pura fuerza de voluntad, denle a eso la imagen y el peso que quieran. Es todo un gran espejismo, que hace que los grandes imperios seculares parezcan pequeños y desvalidos en comparación. Siempre los he admirado por lo marranos que son. Todos los que estamos metidos en el negocio de la ilusión, nos vemos destinados a convertirnos en unos cerdos al final, al menos en nuestra profesión. De hecho, somos nosotros quienes hemos convertido en un insulto a estos nobles animales.

Su sonrisa era muy amplia, muy delgada y notablemente falta de humor.

–Han realizado ustedes una extraordinaria labor de investigación. Los documentos de Torricelli, confiados a ese imbécil de sobrino suyo. Deberían pasarlo a cuchillo: es una ofensa para el buen gusto. El viejo Paternoster, todo un tipo. El hermano Leo. Y usted, hermana, su investigación en los archivos secretos, realmente un milagro. ¡Dios mío, con lo que aborrecen allí a las mujeres! Además de las indiscretas memorias de D'Ambrizzi, que el padre Dunn ha leído. Es toda una prueba, lo reconozco, de que están ustedes destinados a seguir presionando. Tengan por seguro que esa labor que han llevado a cabo les ha facilitado la entrevista de esta noche. El padre Dunn ha sido el más eficaz de los abogados. Brindo por ustedes. Por los tres.

–Oiga, si estamos aquí es por mi hermana –repliqué–. ¿Lo entiende? La Iglesia no representa nada para mí. La Iglesia asesinó a mi hermana. Ella era una de sus siervas más entregadas y la Iglesia la mató. Yo voy en busca del hijo de puta que apretó el gatillo. Sin embargo, la muerte de mi hermana se ha ido perdiendo en esta ciénaga inmunda. Al levantar la piedra de la Iglesia he visto que debajo había un hervidero, todo palpitaba, todo estaba podrido, y yo estoy metido en esta inmundicia. D'Ambrizzi, Torricelli, los nazis, usted ya lo ha dicho. Estoy metido en ello hasta las orejas, pero lo que a mí me interesa es el hombre que asesinó a mi hermana. Se llama Horstmann y yo, yo...

Levanté las manos ante mí y me incorporé. El perro decidió que, a pesar de mi nerviosismo, yo era básicamente inofensivo. Se aproximó y me colocó en la mano su hocico húmedo y frío.

–¿Qué tal, *Foster*? –murmuré.

Ambrose Calder me había escuchado, observándome a través de las nubes de humo. Llevaba una chaqueta de esmoquin y estaba confinado en una silla de ruedas pasada de moda, de las que tenían el respaldo de rejilla de mimbre y paneles laterales. La empujaba un joven también vestido de esmoquin, cuyo aspecto recordaba al de un inspector de la seguridad del Estado. En cuanto Calder hubo encendido el puro, el empleado se retiró a un lado silenciosamente.

–Lo comprendo, señor Driskill. En su lugar, sospecho que yo también sentiría lo mismo. Pero la realidad es que, al ir en busca del asesino de su hermana, ha tenido usted que sufrir las consecuencias. Ha levantado usted la piedra y ahora está metido en la mierda hasta las rodillas. O al menos eso piensa usted. Es como el genio de la botella. En cuanto se sale de allí, ya no es posible volverse atrás. Pero cuando haya logrado abrirse paso en todo este embrollo, si es que lo consigue, entonces quizá satisfaga usted su objetivo inicial. ¿Quién sabe? –Tomó un trago de su vaso de licor de ciruelas–. Ahora ya no puede usted volverse atrás. Su vida está en peligro, señor Driskill. Pero ya imagino que usted sabe todo esto. El truco consiste en no tropezar con la piedra.

–Por eso estoy aquí –dije.

Calder se echó a reír, luego se volvió hacia Dunn y empezó a hablar de los tiempos de la Segunda Guerra Mundial, espontáneamente, como si de momento se hubiese olvidado de Elizabeth y de mí.

La casa era inmensa, con algunas partes en ruinas, como una acumulación de insensateces, antigua, rodeada de pinos. Me resultaba difícil imaginar cómo sería de día. La calefacción central no caldeaba los extremos de la estancia, pero en la aristocrática chimenea había una potente hoguera que calentaba el frío helado de mis huesos. También había una arqueta con puros Davidoff, una polvorienta botella de coñac añejo, copas de cristal con un grueso pie y enormes ceniceros de cristal tallado. Calder cortó el extremo de uno de los cigarros, empujó un cenicero hacia mí y dijo:

–Tenga. Ya lo he hecho todo por usted excepto fumármelo. Vayamos ahora a nuestro amigo Simon Verginius.

El concierto de violonchelo de Kabalevsky brotó románticamente de unos inmensos altavoces y nosotros fuimos al grano.

Elizabeth explicó primero cómo había descubierto la carpeta de Val con los cinco nombres, las cinco víctimas de asesinato. Calder escuchaba atentamente, con la mandíbula cerrada en torno al puro. Volvió a llenar de licor de ciruelas su copa y se lamió los labios.

–Claude Gilbert, Sebastián Arroyo, Hans Ludwig Mueller, Pryce Badell-Fowler y Geoffrey Strachan –recitó ella–. Todos asesinados durante estos dos últimos años. Todos católicos comprometidos, preocupados. Hombres de cierta posición. Todos pasaron algún tiempo en París durante o después de la guerra. Sin embargo, ¿qué relación los unía? Qué otra cosa, quiero decir. ¿Por qué había que matarlos? Y ¿por qué ahora?

–En primer lugar, se trata de una lista de cuatro, junto con una carta suelta que no casa con las demás. Al menos no del mismo modo en que están relacionados unos con otros. Es de suponer que a Badell-Fowler le asesinaran por su trabajo, por su estudio sobre los *assassini,* tal como usted ha descubierto. Pongámoslo aparte. Él sabía lo de los *assassini,* y por eso tenía que morir. –El tono de Calder se había vuelto más preciso y formal, menos jocoso: ahora estaba en su propio terreno y conocía hasta el último recoveco–. En cuanto a los otros cuatro, me temo que ha cogido usted la sartén por el mango equivocado, por lo que a ellos se refiere. Sí, están relacionados, pero por algo muy distinto de lo que usted imagina. Católicos, sí, pero con una diferencia fundamental. Arroyo, el empresario madrileño propietario de un yate y hombre importante en el seno de la Iglesia; sin embargo, ¿sabía usted que era una persona muy próxima al generalísimo Francisco Franco? Oh, sí, eran muy amigos esos dos. Y Arroyo era también un consejero del generalísimo en muchas materias.

»Mueller, el alemán. Un intelectual. Sirvió al Reich, en la Abwehr, durante la guerra. Lo conocí bastante bien. Pero era uno de los que se asustaron, un hombre de partido. Durante algún tiempo se rumoreó que lo habían cogido en una conspiración contra Hitler. Sin embargo, escapó de morir colgado de un gancho, sobrevivió a la guerra y reanudó su carrera como herr Doktor Professor.

Católico, sí, por supuesto. Sufrió un ataque de apoplejía que lo dejó malparado. Lo más interesante de esa conspiración contra Hitler es que Mueller era un incorporado. ¿No les suena familiar el término? ¿No? Veamos cómo, sí, un infiltrado, un infiltrado de la Gestapo entre los auténticos conspiradores. Él era un voluntario que iba a su aire, un hombre de la Abwehr en una operación de la Gestapo. Lógicamente, hizo fracasar la conspiración. Ése era su trabajo y obtuvo una medalla por eso. Yo fui su oficial de investigación en una época posterior y estaba al corriente de la operación. Es cierto que pasó algún tiempo en París durante la ocupación.

»Veamos. El padre Gilbert, el cura bretón. Poco faltó para que sus leales feligreses lo lincharan poco después del Día D. Su problema consistía en que no era un luchador, sino más bien un amante de la buena vida, de modo que pensó que lo mejor era ponerse de parte de los que mandaban. En cuanto los húngaros hicieron las maletas y se largaron, algunos de los camaradas bretones de Gilbert echaron una ojeada a las actividades de éste durante la guerra. Lo acusaron de colaborador, y, al señalarlo, solían esgrimir algunos garfios y hachas de carnicero. Se libró por los pelos de que un grupo de granjeros lo emplumaran. Estuvo un año recuperándose en Roma y luego lo destinaron a un distrito algo más seguro, donde se dedicó a escribir pequeños libros de falsas memorias, llenos de sermones. Diarios de un cura rural. La mayor parte del dinero que ganaba con ellos iba a parar a sus protectores, la Legión Cóndor, *Die Spinne,* gente así. Antiguos nazis.

»Y Geoffrey Strachan, el de la MI5. Sir Geoffrey. Cargado de honores, se retiró relativamente joven al castillo que la familia poseía en Escocia y no se ha sabido gran cosa de él durante estos últimos treinta años de su vida. ¿Por qué ese repentino alejamiento?, se preguntaban algunos. Bueno, había un pequeño problema que era preciso barrer bajo la alfombra. Strachan estaba en Berlín antes de la guerra y regresó para asesorar al primer ministro Chamberlain, acompañándolo a Munich. El problema consistió sencillamente en que Strachan era un agente del Tercer Reich, muy amigo de Doenitz y de Canaris. Solía ir a cazar jabalíes en compañía de Goering. Los ingleses descubrieron la verdad en el 41, y lo utilizaron en beneficio propio, de modo que lo mantuvieron en secreto y al final le premiaron liberándole del más mínimo escándalo. Por supuesto, en aquel entonces las denuncias de un investigador no tenían la misma fuerza que ahora. En los años cincuenta, lo que más preocupaba eran los espías rojos, de modo que un antiguo nazi les parecía sin duda algo pintoresco, ¿comprenden?

La ceniza de su puro tendría unos cinco centímetros de longitud, y él la observó con afecto, como si lamentara tener que desprenderse de ella. Con sumo cuidado, la hizo rodar por una de las muescas del pesado cenicero y observó cómo caía.

–Y bien, ¿empiezan ustedes ahora a comprender? –preguntó–. Procuren hacerse una idea de lo complicado que era ese mundo. Estos hombres no eran simples benefactores católicos de cierto relieve, sino que formaban parte de un mundo mucho más amplio, un mundo cuyos fines, métodos y motivos estaban en conflicto. Sí, estos hombres eran católicos y viajaban continuamente a París durante los años cuarenta. ¿Conocían la existencia de los *assassini*? Es posible. Algunos sí, de eso estoy convencido. Pero no es éste el motivo de que coincidieran en la mente de... alguien. De una persona que quería silenciarlos para siempre.

»La clave, amigos míos, reside en que todos ellos eran nazis. Por eso los mataron. Católicos que trabajaban para los nazis. Lo sé. Estaba en una posición ideal para saberlo, ¿entienden? Por supuesto que sí. A través de la hija de LeBecq y de los documentos de Torricelli, han averiguado ustedes la conexión que en aquellos tiempos mantenían la Iglesia y el Tercer Reich. Simplemente, quiero que lo añadan a su almacén de información. Estos cuatro hombres estaban al corriente de tal conexión, conocían lo que la señorita LeBecq describió como un chantaje mutuo. Por lo tanto, tenían que morir.

Mirara donde mirara, en cualquier momento que lo hiciera, todo estaba cambiando. No había forma de acostumbrarme a una situación, tal como ésta aparentaba ser. Las víctimas de la lista de Val habían dejado de ser unos mártires, unos inocentes sacrificados, para convertirse en unos malditos cínicos que habían vivido de prestado durante demasiado tiempo. Se los estaba borrando del mapa, pero había otro hombre que estaba haciendo desaparecer su pasado, reescribiendo su propia historia personal.

–No sugerirá que Curtis Lockhardt era una especie de nazi, ¿verdad? –intervino de nuevo Elizabeth.

–Por supuesto que no, hermana. Sin duda, era una oveja bastante descarriada y un tahúr. Un hombre que odiaba respaldar a un perdedor, aunque a veces se veía obligado a hacerlo. Sin embargo, a estas alturas yo creía que había quedado ya perfectamente claro el motivo por el cual asesinaron a Lockhardt. –Metió un dedo bajo el blanco cuello almidonado y lo aflojó. El fuego irradiaba mucho calor–. Él estaba muy unido a sor Valentine y ella debía morir a causa de sus investigaciones; de modo que él también tenía que morir por si sor Valentine le había contado algo. Sin duda lo atacaron a usted por el mismo motivo, Driskill, por miedo a que ella le hubiese ido con el cuento. Y, por lo que se refiere a usted, sor Elizabeth, la condenaron a dar el gran salto porque había averiguado demasiadas cosas y no parecía que fuese a recobrar el sentido común.

Su rostro estaba colorado, más por el licor que por la temperatura, pero se le veía disfrutar mucho. De vez en cuando hacía un guiño al padre Dunn, quien le contestaba con una paciente sonrisa.

–Me intriga la lista de Val –dije–. ¿Por qué el sexto nombre era el de usted? Me refiero a su antiguo nombre. Usted es el único que no comparte el elemento fundamental. Me refiero a que usted sigue con vida.

Fuera, los perros empezaron a ladrar. El viento había hecho su aparición.

Calder guió la silla de ruedas hasta la ventana, apartó la cortina y miró hacia la oscuridad.

–Algo los ha puesto nerviosos –comentó.

Yo no lograba quitarme de la cabeza aquel pensamiento.

«Alguien está haciendo desaparecer su pasado. A la gente la borran del mapa. Se reescribe el pasado. Alguien.

»Alguien que quiere ser papa.»

El criado de Calder vino para atizar el fuego, agrupar las brasas y traer un chal para que su señor se lo echara sobre los hombros.

–Mi circulación ya no es lo que era –murmuró nuestro anfitrión y luego se volvió hacia su criado–. Ve a echar una ojeada a los perros. Que *Karl* dé una ronda por la finca, por los contornos. El registro habitual.

–¿Puede usted explicar la cuestión de Simon Verginius –pregunté–, del Plan de Pío, de la identidad del personaje que viajaba en el fatídico tren...?

–Y del perro que ladró en plena noche, ¿verdad? Empieza usted a parecerse a Sherlock Holmes, señor Driskill.

–¿Y de la identidad de alguien llamado el Archiduque?

–Me siento como un camarero tomando nota. Vamos, vamos. –Levantó su enjuta mano y la sacudió en el aire para atajar mis disculpas–. ¿Para qué estamos aquí, si no para charlar de los viejos tiempos? ¿Qué queda en realidad, si no los viejos tiempos? Aquello sí que era vida, se lo aseguro. ¿Por dónde quieren ustedes empezar? Les diré todo lo que sepa... ¿De acuerdo, padre?

Se volvió hacia Dunn, quien asintió.

–Todo empezó con Simon Verginius –apunté.

–¿Y termina con él, quizá? De acuerdo. La información de Ambrose Calder, antiguo miembro del Tercer Reich, continúa. –De repente, su mano golpeó con fuerza sobre la mesa; fue como si una herradura se hubiese posado sobre ella–. *Achtung!* –Por vez primera exteriorizó su acento alemán, que anteriormente no había aparecido en ningún momento. Sólo un leve tono europeo, de tierra de nadie, inidentificable–. Nosotrrros tenerrr medios parrra que un hombrrre hable. –Soltó una risotada–. En las antiguas películas americanas solían aparecer alemanes que hablaban así. Yo era uno de estos alemanes. –Suspiró–. De eso hace mucho tiempo. En fin, volvamos a Simon Verginius.

Dunn cogió uno de los puros Davidoff, incapaz de seguir resistiendo la tentación. Elizabeth permanecía sentada junto al fuego; mantenía las piernas cruzadas y se sujetaba las rodillas con las manos. Sus ojos, verdes e intensos, no se apartaban ni un ápice del extraordinario rostro de Calder. Ella parecía concentrar toda aquella sorprendente energía, semejante a un láser.

–Por supuesto, ustedes saben que Simon llegó a París con una misión del papa Pío XII: formar un grupo de *assassini*. Eso era algo mucho más fácil de lo que puedan imaginar en aquellos días que en tiempos de paz y de tranquilidad. Las indicaciones del Plan de Pío probablemente hacían referencia a las intenciones del Santo Padre de utilizar a los *assassini* para que ejecutaran de forma encubierta la política de la Iglesia. Simon Verginius actuaba a través del obispo Torricelli, hacía sus contactos con las fuerzas de ocupación y también colaboraba con los maquis, con la Resistencia. De todo eso me enteré mientras trabajaba para los servicios secretos. Del lado alemán, claro. Pío cubría sus apuestas y quería que la Iglesia obtuviera su parte en el botín, en especial por lo que respecta a obras de arte, aunque también al oro y, ¿por qué no?, a las joyas. Pero lo más importante eran las obras de arte. La idea de Goering y Pío luchando por un *tiépolo* siempre me ha parecido en cierto modo divertida. Todos codiciosos. Habrían preferido partirlo por la mitad, antes que cedérselo al oponente.

»Más tarde, Simon tuvo sus desavenencias con los nazis. Eso ya lo saben ustedes, y yo también. Francamente, creo que nunca pretendió cumplir la orden. No casaba con su personalidad, viajar a París y empezar a hacer el trabajo sucio de los alemanes. Pío cometió un error. Ese viejo hijo de puta no cometió muchos, pero las consecuencias de éste aún perduran. Sencillamente, eligió al hombre equivocado.

–No tanto –replicó Elizabeth.

–No, no tanto –repitió Calder–. Los saqueos, los asesinatos, los lazos entre la Iglesia y los nazis, todo eso constituyó una base perfecta para el chantaje mutuo. Ambos se han mantenido mutuamente honestos, o deshonestos, si así lo prefiere, en las polvorientas antesalas del tiempo, y así seguirán mientras alguno de los jugadores permanezca con vida y en su sitio. Bueno, algunos todavía siguen en su sitio y Simon los conoce a todos.

–¿Así que, definitivamente, Simon sigue con vida? –El padre Dunn carraspeó para demostrar que seguía despierto e interesado.

Calder volvió a sonreír.

–Simon conocía a todo el mundo en aquella época, ¿no? Torricelli, LeBecq, Richter, el hermano Leo, August Horstmann y a bastantes más. Simon los conocía a todos, pero sólo unos pocos muy seleccionados conocían la personalidad del legendario Simon, el Simon que, según D'Ambrizzi, era muchos hombres a la vez.

Metí la mano en el bolsillo interior de mi chaqueta y saqué un sobre, que deposité sobre la mesa. Eso atrajo la atención de Calder.

–¡Ha traído una muleta! –exclamó–. Le felicito, señor Driskill. En el pasado actué en grupos de teatro de aficionados. Hace mucho tiempo, en la época del servicio militar. Siempre he dicho que un actor sólo es tan bueno como las muletas que utiliza en el escenario. ¿Hay algo en este sobre?

Lo abrí y saqué la vieja fotografía con la que yo había empezado. La alisé sobre la mesa y la empujé hacia Calder. Sus ojos siguieron el trozo de papel con las esquinas dobladas, el cual procedía de otra época, de otro mundo.

–Mi hermana sabía que se hallaba en un grave peligro –le dije–, y ésta es la única pista que me dejó.

–¿Nada más?

–Eso es todo.

–Pues tenía mucha fe en usted, señor Driskill.

–Me conocía bien. Sabía que yo la quería y que nunca me doy por vencido. Sabía que la foto me pondría en marcha.

–Y usted ha hecho el resto –comentó mientras cogía la foto.

–Torricelli, Richter, LeBecq y D'Ambrizzi –le dije, como si recitara una letanía–. Desde entonces no he hecho más que preguntarme quién fue el que sacó esta foto. Fue Simon, ¿verdad?

Las cejas de Calder, espesas e hirsutas, se levantaron, y sus ojos se fijaron en los míos. Luego empezó a reír, una risa potente, llena por fin de buen humor. Seguramente sabía algo gracioso que yo ignoraba. Me volví hacia el padre Dunn, quien se encogió de hombros.

–No, no –replicó Calder, ya más tranquilo: tenía húmedos los ojos–. No, señor Driskill. Lo único que puedo decirle con toda certeza es que Simon Verginius no sacó la foto.

–¿Qué diablos hay de divertido en eso?

Calder balanceó la cabeza.

–D'Ambrizzi contó la historia de Simon en aquellos papeles que dejó en América, ¿verdad? Sí, pero en ellos evitó identificar a Simon. Por otra parte, Horstmann mató al hermano Leo antes de que pudiera decirle quién era Simon. Eso induce a pensar que a Simon le interesa seguir en el anonimato. –Calder sonrió abiertamente, como si estuviese a punto de echarse a reír otra vez–. ¿De verdad no sabe quién es Simon?

–¿Quiere terminar de una vez con todos esos acertijos? –le pedí–. ¿Quién es?

–¡D'Ambrizzi, por supuesto! Simon es nuestro querido san Jack. ¡El viejo y astuto cabrón! ¿No se da cuenta? D'Ambrizzi quiere ser papa, pero él es Simon, un asesino, y ha colaborado con los nazis. Nada de eso debe salir a la luz pública, así que se ve obligado a matar de nuevo. ¿Qué mejor instrumento que un hombre ya acostumbrado a matar por él? –Calder suspiró, y el mimbre de su asiento crujió bajo su peso–. Un relaciones públicas de pesadilla, señor Driskill; usted ya me entiende. –Y de nuevo se echó a reír–. Y usted, hermana, me dice que la investigación del Vaticano no parece dar resultado alguno. Bueno, ¿por qué iba a darlo? ¡Menuda broma! D'Ambrizzi afirma que los *assassini* son solamente una leyenda y que Simon Verginius es un mito. ¡Vaya si lo es! Simon, o llamémoslo D'Ambrizzi, se está investigando a sí mismo; su trabajo consiste en borrar las huellas de sus pasos. El papa está agonizando, de modo que no es capaz de supervisar la investigación. Así que D'Ambrizzi se hace cargo de ella personalmente. Cuando consiga sus objetivos, entonces se detendrán los asesinatos. Y el dormilón, Horstmann, podrá volver a hibernar. Piensen en ello: ¿cuándo se iniciaron los asesinatos de la lista de sor Valentine? ¡Cuando D'Ambrizzi se enteró de la enfermedad del papa! Mi interpretación es muy sencilla: el último siempre es peor que el anterior. Permítanme que les dé un consejo: si conocen alguna plegaria eficaz, les aconsejo que recen por ustedes mismos. Quizá así consigan sobrevivir a todo esto.

–¿Y el Archiduque? –pregunté.

Mi mente se tambaleaba de un lado a otro, como la de un borracho en Nochevieja; pero yo quería seguir recto hacia casa.

–Oh, sí, el Archiduque. Bueno, aquí me ha cogido usted. Tengo buenas razones para conocerlo, pero sólo a distancia. Únicamente bajo el nombre de Archiduque. Nunca lo he visto y sólo hablé con él en una ocasión, en una iglesia bombardeada en las afueras de Berlín. Ignoro cómo llegó allí o cómo salió. Necesitaba verme para pasarme en persona una información. Tenía cierta propensión a lo dramático. Me aguardaba en el interior de un confesonario. Yo me acerqué, pero no logré verlo. Estaba lloviendo y hacía frío, el techo de la iglesia se había derrumbado con el bombardeo, reinaba un horrible olor a madera quemada y luego humedecida, que lo impregnaba todo. El Archiduque. ¿Cuál era su relación con Torricelli? ¿Por qué había un signo de exclamación detrás de su nombre? ¿Qué tenía que ver con LeBecq y con los demás? No tengo ni idea. ¿El Archiduque? ¡Quién sabe! En el fondo era uno de los agentes más secretos, mucho más que yo. Era de esos hombres cuya existencia transcurre en su mayor parte en la clandestinidad.

Como Drew Summerhays. Como el propio Kessler, tal como Dunn me lo había descrito en París.

Habíamos tardado mucho, pero por fin todo iba adquiriendo coherencia.

–Una última cosa –intervino el padre Dunn–. No puedo dejar de pensar en ello. Es posible que no signifique nada, pero me irrita ignorarlo. ¿Quién era el tipo del tren a quien Simon había decidido matar? He leído el relato de D'Ambrizzi referente a la historia de Simon y ahora usted afirma que los dos son una misma persona. Bueno, puede que sí y puede que no.

–Los dos son el mismo hombre –afirmó Calder con voz queda.

–Pero ¿quién era el jefazo del tren?

Calder levantó los hombros con ostentación.

–Supongo que era una alta personalidad del Reich, Goering o Himmler, o alguien por el estilo. Quizá un importante colaboracionista. Pero no, en realidad yo apostaría por un jefe nazi. De todos modos, debo aclarar que no era asunto mío. A fin de cuentas, ¿qué importancia puede tener eso ahora?

–El hermano LeBecq debió de pensar que era lo bastante importante, puesto que decidió traicionarlos –repliqué–. ¿Sabe dónde tenía el Archiduque su cuartel general?

–En Londres y luego en París.

Entonces intervino sor Elizabeth:

–¿Y ese hombre que el Vaticano envió a París para encontrar a Simon, o para probar que éste se había negado a cumplir las órdenes del Vaticano? Ese a quien conocemos como el Recaudador. ¿Conoce usted su identidad? ¿No era un personaje importante, alguien que debía conocer gran parte de la verdad y que disfrutaba plenamente de la confianza de Pío?

–Tenía que serlo, sí –aceptó Calder–. Pero por esa época mi vida ya se había hecho muy compleja por sí sola. La Organización Gehlen se estaba desmoronando, la guerra daba los últimos estertores y yo intentaba seguir con vida, pues concertar una rendición segura con los americanos era un asunto muy delicado. Yo pretendía contactar con el Archiduque, tanto real como figuradamente. Tenía que conseguir su compromiso. Deseaba entregarme y a ser posible de una sola pieza. Pero él no dejaba de moverse de un lado a otro: Londres, París, Suiza. Me hacía sudar sangre. Así que no prestaba mucha atención a lo que algunos católicos renegados estaban haciendo en París. No tengo ni idea de quién era el Recaudador. El Vaticano disponía de algunos investigadores que seguramente sabían lo que ellos estaban haciendo. Imagino que sería alguno de aquellos tipos duros. Es probable que ya esté muerto, pensándolo bien. Puede que a estas alturas incluso el Archiduque haya muerto. Lo único que sabemos seguro es que Simon sigue con vida. –Alzó la vista, como si de pronto lo asaltara un nuevo pensamiento–. Si el Archiduque está vivo, entonces es posible que esté detrás del plan de Simon para convertirse en papa, es posible que aún esté tirando de algunos hilos. O, mirándolo desde otro ángulo, puesto que el Archiduque conoce la verdad acerca de Simon, su identidad, es posible que sea el siguiente en morir. O puede que esté preparado, esperándolo.

Al parecer, tal posibilidad le resultaba divertida.

Con los tres en el coche y en completo silencio, conduje de regreso a Aviñón. Eran las cuatro de la madrugada cuando llegamos al hotel. Las calles estaban vacías, pero los barrenderos recogían los restos de la orgía celebrada la noche anterior. Sor Elizabeth apenas había pronunciado una palabra. Parecía aletargada, como si sobre ella se hubiesen acumulado más descubrimientos negativos de los que podía soportar. La revelación acerca de D'Ambrizzi le había producido un fuerte impacto. Ahora, en el silencio de su soledad, tendría que reinventar su mundo, su Iglesia.

El padre Dunn me preguntó si quería acompañarlo a tomar una última copa antes de acostarse. Se sacó una petaca del bolsillo interior de la chaqueta y con la cabeza me indicó un rincón del vestíbulo. La lamparita que había sobre la mesa lanzaba un suave resplandor ambarino; en el exterior, en la esquina, se veía una farola que se mecía bajo el empuje del viento. Tomó un trago directamente de la petaca y luego me la tendió. Sentí que el licor me quemaba la garganta y caía en mi estómago como una carga de profundidad. Inmediatamente, noté que se me despejaba la cabeza.

Le conté que había visto a Summerhays entre la multitud y su rostro mostró las adecuadas expresiones de sorpresa.

–¿Conoce bien a Summerhays, Ben?

–Bastante. Me ha parecido ver una chispa en su ojo de águila.

–Solamente estaba pensando. Es como una versión de Lockhardt en viejo, ¿verdad? –Luego, al descuido, como si apenas hubiera pensado en ello, añadió–: Me pregunto qué estuvo haciendo durante la guerra.

–¿En cuál? ¿En la de la Independencia, o en la guerra contra España?

–Sí, amigo mío, ya sé que es muy viejo. –Su rostro rubicundo era una máscara de resignada paciencia–. Puede que su ingenio haga maravillas con las monjas reprimidas, pero no con los clérigos viejos y sofisticados.

–¿Por qué no buscamos a un clérigo viejo y sofisticado y se lo preguntamos, Artie? Últimamente no se me presentan muchas oportunidades para reír.

–Oh, cuánto lo siento. Cualquier día de éstos habrá que ponerle remedio a eso. No, yo pensaba en la guerra contra Hitler.

–Entonces ahora piensa lo mismo que yo. Sí, si la memoria no me falla, Drew Summerhays era..., no sé, pero de una forma muy distinta a los cauces habituales, era uno de los Caballeros Templarios de Wild Bill Donovan. Ya sabes, un católico, un hombre de Yale, con unas condiciones innatas para ingresar en la OSS, aunque más como estratega que como agente. Pero no estoy muy seguro al respecto. Su vida está repleta de secretos y soy consciente de que sólo conozco una mínima parte de ellos. Sin embargo, estuvo en Londres durante la guerra. Mi padre lo ha mencionado en distintas ocasiones. Él infiltraba agentes de la OSS en la Europa ocupada, en Alemania. Era el jefe de mi padre, eso lo sé con certeza. –Guardé silencio, a la espera de que se hiciese a la idea–. Conoció a Pío, así que es probable que conociera también al obispo Torricelli. Debe de haber estado metido en el asunto desde la época de los Borgia. Artie, juraría que todavía sigue metido en este juego y que usted sabe a la perfección que su nombre en clave era...

–El Archiduque –concluyó el padre Dunn.

–Es el único candidato –asentí–. A menos que Kessler nos haya mentido para que no le sigamos la pista. En tal caso, Kessler sería el Archiduque, sentado en su silla de ruedas en el centro de la telaraña, tejiendo sin parar.

–Entonces, ¿qué diablos estaba haciendo Summerhays anoche en Aviñón?

–Bueno, ésta es la parte más difícil de desentrañar, ¿no? Summerhays es quien mejor encaja. Sin embargo, todavía no he terminado de contarle la historia de mi noche en la ciudad.

–No para usted de sorprenderme –exclamó el padre Dunn.

–Sor Elizabeth y yo tuvimos una discusión anoche, una discrepancia de opiniones.

–He detectado cierta frialdad en este frente.

–Lo importante es que yo me encontraba allí solo, en medio de la multitud, cuando divisé a Summerhays y a su hombre. Al ver que ellos me habían descubierto, comprendí de repente que debía largarme con viento fresco, que había algo extraño en aquel encuentro. Todo ocurrió de manera muy confusa, no supe si huía de aquel extraño hombrecito con la garganta cercenada por una sierra eléctrica y la pluma en el sombrero, o si lo perseguía. En cualquier caso, quien me encontró fue otro hombre, como si supiera dónde estaba yo, como si en ningún instante me hubiese perdido de vista. En serio. Me estaba esperando.

–Bueno, dele ya un nombre, Ben.

–¡Horstmann! Era Horstmann. Aquí, en Aviñón. ¡Ni más ni menos que en Aviñón!

–¿Quiere decir que sospecha que estaba con Summerhays?

–¿Y quién diablos puede saberlo? ¿Quién es capaz de entender nada de todo esto?

–¡Virgen Santísima! ¿Qué ocurrió? ¿Cómo logró escapar?

–Me ordenó que volviera a casa. No me mató, sino que casi me suplicó que volviese a casa. Intente averiguar dónde encaja eso.

–Digamos que el Archiduque es Summerhays y que Simon es D'Ambrizzi –musitó Dunn–. Ambos tienen profundas razones para apreciar y respetar a su padre, a su familia, a usted. Si están detrás de todo esto, entonces Horstmann tiene que trabajar para ellos. Eso podría explicar esa advertencia. Quieren que usted se aparte del caso...

–En ese caso, entonces fueron ellos quienes asesinaron a mi hermana.

Dunn asintió con movimientos lentos.

–Es posible que ordenaran su muerte. De ser así, la mataron para protegerse. Ésta podría ser la causa principal de que usted se haya salvado, que quisieran expiar su culpa. Su padre le salva el pellejo a D'Ambrizzi al terminar la guerra y se lo lleva a América cuando el proceso está en marcha. Por otro lado, Summerhays era el jefe de su padre en la escalada al poder. Dios sabrá qué clase de misiones realizaría su padre para Summerhays durante la guerra, así que éste también está en deuda con él. De modo que si ellos se vieron obligados a matar a su hermana, a la hija de su camarada... ¡Dios mío! ¿Imagina usted la tortura que deben de estar pasando? No querrán verse obligados a tener que asesinar también al hijo de Hugh Driskill.

Hacía veinticinco años que yo no rezaba, pero en aquel extraño momento una plegaria brotó de mis labios.

–Que Dios me dé fuerzas y los mataré a todos.

Por la mañana abandonamos Aviñón.

Tres asustados peregrinos camino de Roma.

Quinta parte

I

Los cardenales estaban jugando a la petanca sobre el césped de la villa de Poletti. Ottaviani acababa de lanzar la pesada bola con líneas cruzadas, que corrió veloz sobre la verde hierba y, con infalible precisión, desplazó la bola de Vezza para detenerse luego junto a la resplandeciente bolita que servía de boliche. Vezza avanzó pesadamente hacia una tumbona de madera y se sentó con movimientos lentos, como un viejo edificio que aún se estuviera asentando. Tosió y luego se limpió la saliva que le había quedado en los labios, resecos y cuarteados.

–¿Qué se ha hecho de la antigua costumbre de dejar ganar al más anciano? ¿Adónde ha ido a parar la cortesía? –Con un profundo suspiro, se reclinó en la silla. Metió los dedos en los holgados pantalones de franela, y sacó un paquete de cigarrillos y un modesto encendedor no recargable–. Ya me he cansado de este juego. ¿Sabes? He oído que estas cosas pueden matarte.

–Los cigarrillos no son precisamente una garantía para la salud –replicó Poletti, mirándolo de reojo.

–No me refería a los cigarrillos, tonto. Eso ya lo sé. Era a esos encendedores tan endebles. Se dice que pueden explotar y envolverte en una nube de fuego. –Encendió el cigarrillo–. Dios me ha protegido en esta ocasión. –Con la barbilla señaló a Ottaviani–. Guglielmo hace trampas. Siempre las hace. ¿Por qué no aprenderé de una vez? –A Vezza los calcetines se le habían resbalado sobre los tobillos y se le veían las pantorrillas delgadas y sin pelos, que parecían inapropiadas para soportar un cuerpo tan pesado como el suyo–. Cree que tiene derecho a hacer trampas debido a sus problemas de espalda. No tiene sentido del honor.

Antonelli, que había formado pareja con Ottaviani, se sentó sobre el césped. El sol brillaba con fuerza tras una nube de contaminación.

–Gianfranco –le dijo a Vezza–, es imposible hacer trampas en la petanca. Nadie puede hacerlas. En ese aspecto, es un juego completamente abstracto, totalmente distinto a la vida.

–Me tiene sin cuidado lo que él diga –intervino Ottaviani–. Es un mal perdedor, siempre lo ha sido. Tiene mucha experiencia en ese aspecto y no creo que a estas alturas vaya a recobrar la decencia.

–Yo sólo pierdo en los juegos, amigo mío. En cambio, siempre gano en el mundo real. –La sonrisa de Vezza mostró unos dientes desiguales, amarillentos como el caramelo.

–¡El mundo real! –se burló Poletti–. ¡Tú no has visto el mundo real desde el inicio de los tiempos! Mira, el mundo real te es tan desconocido como...

–Hablando del mundo real, ¿qué ha sido del asunto de la monja asesinada? –interrumpió el cardenal Garibaldi, y sus redondos ojos brillaron atentos en su redonda cara.

–No la asesinaron –murmuró Antonelli–. Fue el hombre vestido de cura quien murió.

–Ah, veo que no nos hemos entendido. Yo me refería a la que asesinaron en Estados Unidos. Aunque todo forma parte de lo mismo, ¿no? Bueno, ¿qué hay de la monja a la que casi asesinaron? ¿Se sabe algo nuevo?

El cardenal Poletti daba pataditas a las bolas para dirigirlas hasta la bolsa con que las habían traído al jardín.

–Nada. Todavía no se ha podido identificar al cura, si es que lo era. Al parecer, era tuerto.

–¡No me sorprende, después del trompazo! –exclamó Vezza.

–No, no –intervino Poletti, con un suspiro de cansancio–. Era tuerto antes de dar el salto. Aunque quedó muy desfigurado después de la caída.

–No, en eso te equivocas –puntualizó Vezza, meneando su viejo y retorcido índice–. No quedó desfigurado por la caída, sino por el aterrizaje y por el camión o el autobús que luego le pasó por encima.

–La única cuestión que a mí me interesa es por qué intentó matar a la monja, a sor Elizabeth. –Antonelli suspiró bajo el oscilante sombrero que dejaba sus ojos en la sombra–. Todos sabemos que era la amiga más querida de sor Valentine, lo cual me hace suponer que eso la mantiene vinculada a Driskill y a los suyos. Pero ¿por qué matarla? Por otra parte, los norteamericanos desempeñan un importante papel en todo esto, lo cual nunca puede traer nada bueno.

–Oh, no son tan mala gente –intervino Garibaldi, diplomáticamente–, en cuanto se los conoce.

–¡Por Dios, hombre! –exclamó Ottaviani, y la comisura de la boca se le torció a causa del dolor que apenas lo abandonaba–. ¡Eres un ingenuo! ¿Cómo es posible que hayas llegado al puesto que ahora ostentas? Los americanos son los peores de todos, como toros sueltos en una tienda de porcelana, no les importa la tradición ni las reglas del juego. En resumidas cuentas, ¡me gustan! Lo confunden todo. Además, piensan que somos unos malditos conspiradores, arteros y descarriados, a los que ellos miman. ¡Hace más de veinte años que no he visto a un cardenal realmente artero y descarriado! Somos todos unos chiquillos, comparados con nuestros antecesores. Los americanos resultan encantadores, con esa falta de conocimiento de sí mismos que los caracteriza. Ni siquiera se dan cuenta de hasta qué punto son ellos los cerdos depravados e insensibles. Sí, me gustan.

–Entonces te alegrará saber que Drew Summerhays se encuentra aquí. Ni más ni menos que en Roma –intervino Garibaldi.

–¡Dios del cielo! –exclamó Poletti–. ¡Puede que el Santo Padre haya muerto y que Summerhays se haya enterado antes que nosotros!

Su rostro dio a entender que hablaba sólo medio en broma.

–¿Qué husmeará por aquí? –preguntó Vezza, resoplando.

–Es un buitre profesional –explicó Poletti.

Estaba arrodillado sobre el césped, guardando las bolas en la bolsa. El sol era muy intenso para finales de noviembre.

–Y supongo que nosotros no, ¿verdad? –Ottaviani esbozó una leve sonrisa.

Poletti fingió que no lo había oído.

–Un papa se está muriendo, así que Summerhays no puede andar muy lejos. Por fuerza tiene que estar aquí, para obligar a alguien a que muestre sus cartas y para apoyar a su hombre. Por cierto, ¿quién será ese hombre?

Ottaviani se encogió de hombros, respondiendo por todos.

–No tardaremos en averiguarlo.

–Indelicato me ha pedido que realice un recuento del personal –dijo Poletti–. Del grupo de apoyo. Gente con la que pueda contar para los votos y para convencer a los demás.

Estudió las caras de los otros. El sol le daba en los ojos e hizo visera con la mano, como un oteador indio.

–Bueno –murmuró Vezza–, antes de comprometernos, valdría la pena escuchar lo que Summerhays tiene que decir...

Ottaviani sonrió con expresión fiera.

–La codicia sólo desaparece cuando muere el hombre. Nunca merma con la vejez. Como prueba, ahí tenemos a nuestro viejo, viejísimo amigo Vezza. De momento me abstengo.

–Tengo entendido que Fangio respalda a los extranjeros –dijo Garibaldi, quien, como una rolliza esponja, parecía absorber gran cantidad de noticias sorprendentes–. Les ha prometido acceso, ya sean marxistas, africanos, japoneses, esquimales, isleños de las Trobiand, metodistas o asesinos con una hacha. Por supuesto, D'Ambrizzi se muestra indiferente. Nunca suelta prenda. Dice que, en realidad, todavía no lo ha pensado, pero lo cierto es que sabe muchas cosas y que puede convocar a un buen número de personas que le deben algún favor. Entre el chantaje y la gratitud, puede que la Silla de San Pedro sea para él. Si Summerhays lo respalda, entonces ya sabemos que el dinero estará a su disposición, en caso de que lo necesite.

–¿Quién trabaja para él en el extranjero? ¿Sabemos con certeza que se trata de Summerhays?

Antonelli cruzó las piernas, inspeccionó sus mocasines, se sacudió una manchita de hierba y suspiró.

–Con Lockhardt muerto, supongo que ahora tendrá a los otros americanos. Summerhays, Driskill...

–Driskill es un hombre enfermo –dijo Poletti– y Summerhays es más viejo que Matusalén. Es posible que no logren reunir las fuerzas con que contaron en el pasado.

–El dinero siempre tiene mucha fuerza –comentó Vezza.

–Pero ya os he dicho que Driskill no se encuentra bien –insistió Poletti–. Su hija ha sido asesinada y su hijo está al borde de la locura. Indelicato sigue siendo nuestra elección más segura. Él sabrá cómo enfrentarse a la crisis que nos acecha.

–Driskill puede haber apoyado a Summerhays sin necesidad de moverse de casa –dijo Ottaviani–. Necesitamos conocer cuál es la postura de Summerhays.

–¡Ese hombre es tan quebradizo como una hoja! –exclamó Poletti–. ¿Podemos averiguar realmente lo que se propone?

–Bueno, no creo que lleve un anuncio luminoso en la cabeza –observó Ottaviani con acritud–. Detrás de mí quienes apoyen a D'Ambrizzi, por ahí los que deseen lo último en indulgencias: sigan recto para reclamar el dinero de los sobornos. Es bastante más sutil que todo esto. Por cierto, Summerhays ha estado en París.

–Y D'Ambrizzi acaba de llegar de París.

–Por eso mismo. Os aseguro que están conspirando. –Poletti desvió la mirada hacia la nube de contaminación que se abatía sobre Roma–. ¿A quién debemos apoyar ahora, a D'Ambrizzi o a Indelicato? Cada uno de nosotros representa gran cantidad de votos.

–Yo no quiero comprometerme –dijo Vezza, sacudiendo la cabeza–. No mientras Summerhays esté involucrado.

–¿Existe algún otro candidato a la vista que esté limpio?

–Pero ¿de qué diablos estás hablando? Desde el momento en que entras en la competición ya estás manchado. No seas ingenuo.

–Bien, pues: ¿son lo bastante sucios para acabar malparados en las votaciones?

–Bueno, la verdad es que no hay nadie tan sucio...

–¿Y cómo está el Santo Padre?

–Hundiéndose –dijo Poletti–. Pero aguanta.

–¿Piensa intervenir en esto?

–¡Quién sabe!

–Indelicato ha elegido el momento oportuno para organizar una fiesta.

–Puede que contribuya a distender el ambiente.

–Tonterías. Lo que hará es poner más leña al fuego. Pero a él la tensión le sirve de alimento. Nunca se desmoronará.

–Pues, si confía en que D'Ambrizzi se desmorone, le aguarda una larga y dolorosa espera.

–Lo principal es que alguien tendrá que empezar a buscar el apoyo de la gente.

–No, lo principal es si Indelicato o D'Ambrizzi van a verse obligados a abandonar o a dar su apoyo a alguien más, o si vamos a ver cómo un desconocido se entromete para ganar. No será nada nuevo para nosotros y ya sabemos lo que hay que hacer.

–¿Empezar a buscar el apoyo de la gente? Pero ¿de qué estáis hablando? Indelicato se apoya ya en nosotros. ¡En mí! –Poletti se levantó–. Tengo otra cinta para que la escuchéis. La segunda conversación entre D'Ambrizzi y el Santo Padre...

–Me siento incómodo, con eso de las cintas.

–Ya sabemos que eres todo un caballero, Garibaldi. Si eso te hace sentir incómodo, quédate aquí y ensaya con la petanca, así no te ensuciarás los oídos.

–Dios mío, yo sólo he dicho «incómodo». ¡No es necesario que saltéis todos sobre mí! Tranquilos. –Garibaldi encogió los hombros, estrechos y redondeados–. Vamos allá. Es nuestro deber escuchar estas cintas, por muy desagradable que resulte.

–Qué comprensivo eres, amigo mío.

En la penumbra de la biblioteca, los cardenales ocuparon los sitios de costumbre alrededor de la mesa baja. El café ya estaba servido y todos aguardaron mientras Poletti colocaba desmañadamente la cinta con sus dedos cortos y peludos. Acto seguido pulsó el botón y la voz del cardenal D'Ambrizzi empezó a oírse en la sala.

«Usted es Calixto. Acuérdese del primer Calixto y su misión se le aparecerá con claridad...»

«Yo no sé...»

«Hágame caso, Calixto, ¡sea enérgico!»

«Pero ¿cómo, Giacomo?»

«Aquel Calixto, inmerso en un mundo en que innumerables desafíos a la Iglesia se extendían como cizaña, desde la diosa gata del Nilo hasta las hadas marinas de los celtas, aquel Calixto forjó el auténtico significado de la Iglesia. El Imperio romano se estaba desmoronando y el caos surgía en todas partes. Sin embargo, Calixto comprendió que la labor de la Iglesia residía en la salvación, como había especificado Jesucristo. En la salvación de todos los pecadores. De todos. Incluso nosotros cuando pecáramos. Ha llegado el momento de arrepentirnos y de salvarnos, decía el primer Calixto, mientras Hipólito lo insultaba y lo llamaba proxeneta porque predicaba la absolución para las prostitutas y las adúlteras que se arrepintieran. Hipólito, el primero que se proclamó antipapa. A pesar de ello, Calixto tenía razón: la salvación lo era todo. Cuando lo asesinaron en plena calle, Ponciano prosiguió...»

«¿Qué pretende decir con eso?»

«Haga que la labor de esta Iglesia sea la salvación. Arránquela del mundo secular, retírela de la política, de la acumulación de riquezas, del ejercicio del poder secular y de las presiones. ¡Ejerza su autoridad moral! Ofrezca la salvación, no las riquezas y el poder terrenales. Cuidemos de las almas. Así cesarán las matanzas con las que el mundo secular se mantiene en el poder y esta Iglesia... ¡esta Iglesia, se salvará!»

«Dígame cómo, Giacomo.»

Cuando la cinta finalizó y la voz del cardenal D'Ambrizzi se difuminó en un débil suspiro hasta desaparecer, la sala permaneció en silencio. Una leve brisa impulsaba los pesados cortinajes.

–¿Cuál de los dos está más loco? –inquirió Vezza por fin–. Ésa es al parecer la cuestión, ¿no opináis lo mismo?

Examinó el control de su viejo audífono y le dio unos golpecitos con la uña.

–Con D'Ambrizzi nunca se está seguro –dijo Antonelli con voz queda–. Piense lo que piense, y no creo ni por un momento que lo haya revelado, de lo que sí podéis estar seguros es de que no está loco. Todavía falta por ver qué intenta infiltrar en el Santo Padre, pero recordad una cosa: nadie es mejor que san Jack manipulando mentes y corazones. Calixto se convertirá en un instrumento de san Jack, pero ¿para qué trabajo lo va a utilizar? Todavía constituye un misterio.

–Podemos hablar con franqueza dentro de estas paredes –indicó Poletti.

–¿Quién nos asegura que D'Ambrizzi o Indelicato no han instalado también algún micrófono oculto aquí?

La pregunta de Garibaldi interrumpió bruscamente los pensamientos de Poletti. Garibaldi sonrió y la punta de la lengua trazó una línea allí donde sus regordetes labios se juntaban, haciendo presión.

–Ahora le has asustado –advirtió Antonelli–. No pasa nada, Poletti. Continúa.

–Iba a decir que esta conversación que acabamos de escuchar incluye las mismas locuras que oíamos en la época de Juan XXIII. Iba a revolucionarlo todo. Pretendía despojar a la Iglesia de su poder terrenal, de sus riquezas. No necesito recordaros las medidas que nos vimos obligados a tomar. Una tarea poco agradable. Gracias a Dios, en aquel entonces yo no era cardenal.

–Un hombre muy afortunado –murmuró Vezza–. Asesinato, ¿es eso lo...?

–Pero sí lo era durante el papado de Juan Pablo I –añadió Poletti–. Pobre loco mal aconsejado.

–Viejas historias, viejas historias –gruñó Vezza desde lo más profundo de sus mandíbulas–. ¿Qué sugieres? El asesinato, supongo. Sangre, sangre, siempre pidiendo sangre. –Parecía como si estuviese hablando para sí–. Sin embargo, Calixto está agonizando. ¿Para qué recurrir al asesinato cuando basta con contar las horas, cuando el tiempo lo hará por ti?

El silencio se instaló durante un largo rato entre todos los presentes, cada uno examinando su propia moralidad, su propia agenda. Sus ojos se negaron resueltamente a encontrarse con los de los demás.

Por fin, la voz fría y cortante de Ottaviani rompió el silencio, como una barra de hierro contra una placa de cristal:

–Me parece bien por lo que se refiere a Calixto –dijo–, pero san Jack todavía goza de perfecta salud.

Peaches O'Neale llegó a casa de los Driskill con la decreciente luz grisácea del atardecer. Hugh Driskill lo había llamado a la casa parroquial. La voz del gran hombre era débil, pero más potente de lo que Peaches había esperado. Le dijo que llevaba cuarenta y ocho horas en casa y que su mirada ya empezaba a parecerse a la de un chiflado. Añadió que necesitaba compañía y que quería que Peaches pasara a verlo cuando pudiera salir. También tenía algo concreto que comentarle, pero se lo diría cuando le viese.

Margaret Korder, secretaria personal de Hugh y una útil protección frente a todo el mundo, le abrió la puerta. Detrás de ella, una voluminosa enfermera vestida de blanco almidonado se debatía entre vigilar la puerta o atisbar al fondo del gran salón. Parecía como si tirara de una invisible correa que le impidiera entrar en aquella habitación.

–Oh, padre –le recibió Margaret Korder con voz queda–, me temo que él no se está portando muy bien. Me parece que necesita un poco de compañía masculina, pero todos sus conocidos están tan ocupados con el trabajo que, en fin, ya sabe. Creo que usted es justo lo que necesita. Alguien con quien hablar, en vez de alguien con quien comerse el mundo. Ya me entiende. No permite que esta pobre enfermera entre en la sala. Tal como lo oye. Está muy lejos de estar en buena forma, pero, aun así, es capaz de armar tanto escándalo como media docena de hombres que yo conozco. –Él la ayudaba a ponerse el abrigo de visón, que muy bien podía permitirse con el sueldo que ganaba–. Todavía sigo en la Nassau Inn. Prácticamente a todas horas, de hecho.

–Es usted una joya –le dijo Peaches, sonriente.

–Es una vocación, padre. Mi vida es mi trabajo. Sin embargo, esta noche me siento tan agotada, que no creo que llegue ni a bisutería.

–Ah, señora Korder. Seguro que conoce usted secretos muy importantes. Me sorprende que nunca hayan intentado secuestrarla.

–¡Padre!

–Era una broma, sólo una broma. ¿Me hará pasar un mal rato?

–No discuta con él. –Suspiró–. Una copa, un puro, eso no podemos impedírselo. Cuando lo intentamos, se pone morado y nos mira como si fuese a explotar, lo cual es mucho peor que el alcohol o el tabaco. Si necesita usted a la enfermera Wardle, estará disponible por aquí, en el vestíbulo, o en la cocina. En cuanto a mí, ya sabe dónde encontrarme. Estaré acurrucada en la cama, con una copa y un buen libro. ¿Ha leído alguna de las novelas del padre Dunn?

–Claro. Es amigo mío.

–Me encantan. ¡Qué mente más retorcida! ¿Cómo puede un sacerdote saber tanto sobre el sexo?

Peaches se sonrojó, como si tuviera dieciséis años.

–Posee una inmensa y extraordinaria imaginación. ¿Qué otra cosa podría ser?

–Bueno, supongo que tiene usted razón.

Hugh Driskill tenía el rostro ojeroso y las arrugas de los ojos se habían hecho más profundas. Cuando Peaches se acercó al sofá, el anciano dejó a un lado uno de los álbumes de fotografías, encuadernado en cuero de color verde oscuro. Como una exhalación, Peaches divisó el rostro de Val, una foto en color tomada en la pista de tenis: tenía las piernas esbeltas y bronceadas, y la falda levantada por una ráfaga de viento dejaba entrever las braguitas de color blanco. Estaba sonriendo, entornando los ojos contra el sol y haciéndose sombra con una mano. Veinte, no, diablos, de aquello hacía ya veinticinco años. Le resultaba indescriptiblemente doloroso pensar que ella estaba muerta.

–Siéntate, padre, y prepárate una copa. Ahí tienes todo lo necesario. –En la mesita de centro estaba la botella de Laphroaig, un jarro con agua y la cubitera de plata para el hielo–. Vamos, Peaches, llena los vasos. Pienso tenerte conmigo durante un buen rato, así podrás oír mis quejas acerca de cómo han cambiado aquí las cosas últimamente. El mío llénalo hasta el borde, que estoy seco. –El anciano observó cómo Peaches se servía una copa para él y luego llenaba hasta el borde el otro vaso, grueso y achatado–. Los médicos, las enfermeras, esta increíble criatura que ahora vive aquí, todos me tratan como si tuviese un pie en la tumba. Y yo digo: si me estoy muriendo, ¿qué importa el día que eso ocurra? Margaret es una especialista en salvar vidas. Pero, como ya habrás notado, las cosas no van muy bien. La verdad es que apenas vale la pena seguir viviendo. Pero hay unas cuantas cosas que debo hacer antes de irme para siempre. Dios mío, hay que ver cómo pasa el tiempo, Peaches. Supongo que será el lamento de todo moribundo. En fin, qué remedio. Mi hija ha muerto y no puedo evitar pensar que la Iglesia está de algún modo implicada. Mi hijo se ha largado Dios sabe dónde y, aparte de incordiar a la Iglesia, se está comportando como un estúpido. Yo tengo amigos en Roma, ¿sabes? Todavía me llegan algunas noticias, de vez en cuando. Ah, desde luego que sí.

Quizá su discurso fuera ligeramente confuso, aunque Peaches no podía asegurarlo. Con anterioridad, nunca había oído a Hugh Driskill liberando el flujo de su conciencia. Siempre había sido un hombre de pocas palabras que solía hablar de forma bastante impersonal. El anciano llevaba una bata color granate con un cordoncillo azul y las iniciales en el bolsillo del pecho. Los cubitos de su vaso tintinearon cuando señaló hacia el extremo de la sala cerca del vestíbulo, donde la enfermera Wardle seguía en sus trece.

–Ella me tiene miedo, sabe quién soy yo. Pobre infeliz. Me he mostrado desconsiderado, diciéndole que lo que ella necesitaba era una máquina de afeitar. No sé qué me pasa.

–Bueno –dijo Peaches–, siempre puede utilizar una de esas de usar y tirar.

Hugh Driskill se echó a reír; un sonido débil, hueco.

–Peaches, no te ofendas, pero no creo que la intención de Dios fuera exactamente que tomaras los hábitos.

–Ha habido otras personas que de vez en cuando han llegado a esta misma conclusión.

–Eres demasiado inocente y eso no es bueno para un cura. Pero eres un tipo estupendo, de veras. Mi hija te quería. Eras un buen muchacho. Dime una cosa, ¿tú querías a Val, Peaches?

–Sí.

–Bien, eso concuerda. Ella me dijo que la querías y que eras un hombre en quien se podía confiar...

–¿Cuándo le dijo todo eso, señor?

–¿Señor? Vamos, Peaches. Fue la última vez que hablamos. Poco antes de su muerte.

–¿En serio?

Hugh Driskill estaba mirando a la muchacha de la fotografía, con los ojos entornados al sol. Luego fue pasando las páginas lentamente y Peaches vio desfilar, del revés, gran parte de la historia de la familia.

–Aquí estás tú, de pie junto al árbol de Navidad, con Val. Fueron días felices. No es posible adivinar el futuro, ¿verdad, padre?

–Afortunadamente –contestó Peaches–. De lo contrario, habría arruinado esos días felices del pasado.

–Mira, aquí está mi esposa. Y ahí está con el cardenal Spellman. No tardó mucho en morir. Era una mujer desdichada, mi Mary. Claro que tú la conociste, ¿verdad?

–Bueno, lo cierto es que no, señor. Yo era demasiado joven. Vine aquí más tarde.

–Claro, ¿en qué estaría yo pensando? Bueno, no te perdiste gran cosa, a decir verdad. Mary era una especie de criatura esquiva; sin duda alguna. Nunca fue muy buena con los críos. No sé, lo cierto es que me resulta difícil recordarla con exactitud. ¿Es eso malo? Bueno, mi memoria no está muy en forma últimamente. La verdad no siempre resulta una visita agradable. Por ejemplo, me han dicho que el Santo Padre está a punto de dejarnos.

–Usted estará más enterado de eso que yo. Tiene allí sus contactos: el cardenal D'Ambrizzi.

–Sí, imagino que es así, a pesar de mi patético estado. El viejo Jack me ha llamado un par de veces. Bueno, Peaches, también me veo obligado a reconocer una terrible verdad. Te he traído aquí para apretarte un poco los tornillos, muchacho. Mírame un poco como si yo fuera la Inquisición. –Le sonrió aviesamente–. Te acordarás de uno de tus antecesores, aquí en New Pru, del padre John Traherne, ¿lo recuerdas?

–El padre Traherne. Claro. Por supuesto.

–Bueno, yo llegué a conocerlo bastante bien. En sus últimos años resultó ser un tipo de lo más curioso, el padre John. Permíteme que te cuente una historia acerca de él, Peaches. Esta noche harás el papel de mi hijo, el que nunca tendré, el hijo que debería haber sido sacerdote, no el que se dedicó al fútbol y a la abogacía en vez de... En fin, no quiero hablar mal de él ante un viejo amigo suyo.

Le tendió el vaso para que volviera a llenarlo.

Peaches estaba desconcertado por el giro que tomaban las cosas. Desde donde estaba sentado alcanzaba a ver el patio delantero, que se hallaba iluminado. Veía su viejo coche abollado, cubriéndose con la nieve que había empezado a caer desde su llegada. El informe meteorológico había anunciado que la primera gran nevada del invierno se acercaba desde Ohio y más allá del Medio Oeste. Estaba nevando copiosamente, pero no hacía viento y el paisaje se parecía al de una pacífica tarjeta de Navidad. Llenó el vaso de Hugh Driskill con Laphroaig, agua y hielo.

–De tarde en tarde, el padre Traherne cogía conmigo alguna buena borrachera. Era un verdadero alcohólico. Sabía que era yo quien pagaba su salario en New Pru y él era un irlandés. Así que, como es lógico, estaba resentido conmigo; siempre pretendía destacar, ser más importante que yo, deseaba demostrarme que no me necesitaba. Ya conoces a esa clase de gente, hombrecitos insatisfechos con su propia existencia. Bebía por los codos y no era de extrañar. Tú no bebes mucho, ¿verdad, Peaches?

–No, señor. Nunca he sido muy bebedor.

–Recuerdo una ocasión en que Traherne vino a verme, achispado, lleno del coraje irlandés, y me dijo que monseñor D'Ambrizzi, tal como lo llamábamos entonces, había ido a verle un día a New Pru. Eso fue cuando D'Ambrizzi estaba de visita aquí con nosotros, después de la guerra europea. En fin, Traherne se dio el gustazo de decirme cómo él y D'Ambrizzi compartían un gran secreto. Algo que yo no sabía y ellos sí. Era un pobre infeliz, Traherne.

El puño de Hugh Driskill se tensó alrededor del vaso mientras tomaba un sorbo. Había perdido peso y no se le notaba sólo en la cara, donde la piel había adquirido un tono ligeramente translúcido, sino también en las manos. Ahora sus venas parecían raíces nudosas y la piel cenicienta se hundía en torno a ellas.

–En fin, no pudo mantener la boca cerrada. Ya conoces el tipo de hombre que era. Resulta difícil decir si fue culpa del whisky o del orgullo. En cualquier caso, me contó la gran amistad que le unía con D'Ambrizzi y que éste le había visitado en New Pru para darle unos papeles, unos documentos muy importantes, para que los guardara en lugar seguro. Traherne dijo que debía guardarlos hasta que llegara el momento en que él los necesitara, y que D'Ambrizzi le había pedido que nunca permitiese a nadie, absolutamente a nadie, echar un vistazo a aquellas páginas. Pero el viejo Traherne, eso ocurrió muchos años después, cuando D'Ambrizzi ya era un cardenal que prácticamente gobernaba en la Iglesia, el viejo Traherne cogió un cabreo en alguna parte, se emborrachó y vino a verme para hacerse el gallito.

Se echó a reír, mientras sacudía la cabeza.

La enfermera había ya desistido y se había marchado a la cocina. La nieve caía copiosamente y Peaches hubiera deseado estar en algún otro lugar. Cualquiera le hubiese servido.

–¿Puedes creerlo, Peaches? Aquel viejo estúpido había guardado su secreto durante todos aquellos años, ¿y qué hace? Coge una borrachera y, para demostrarme lo importante que es, me suelta todo lo del manuscrito. No paraba de incitarme, repitiendo lo importante que debía de ser, y si no me gustaría echarle una ojeada, el estúpido borracho. Le dije que D'Ambrizzi había escrito todo aquello en mi propia casa y que, de haber querido que yo lo leyera, podría haberme pedido que le echara un vistazo entonces. Del modo en que habían ido las cosas, yo no tenía intención de leerlo, como me sugería el padre Traherne. Así se lo dije. –Driskill tomó un trago de whisky y se ciñó la bata, como si un escalofrío le recorriese el cuerpo. El rostro se le veía pálido, los ojos despiertos, veloces, inquietos–. Sin embargo, ahora las cosas han cambiado. Mi hija ha sido asesinada y también el hombre a quien ella seguramente amaba. Alguien, quizá el hombre que los asesinó, ha querido matar también a mi hijo. Es posible que la Iglesia se vea involucrada en algo increíblemente demencial. ¿Cómo diablos voy a saberlo? Pero el papa se está muriendo y el propio D'Ambrizzi está muy próximo a la Silla de San Pedro. Todo parecía confundirse en mi cabeza, mientras permanecía en aquella condenada cama del hospital. Sin embargo, lo más curioso de todo, Peaches, era que seguía pensando en la temporada que D'Ambrizzi pasó con nosotros, en cómo trabajaba en el estudio y escribía sin parar. Entonces me acordé de Traherne y de que D'Ambrizzi le había entregado aquellos documentos para que los guardara, y que nunca había venido a buscarlos ni había enviado instrucciones. Peaches, ¿estás escuchando lo que te digo?

Peaches se había acercado a la ventana, desde donde observaba cómo caía la nieve, cómo se arrastraba suavemente para formar pequeños montoncitos y crear las suaves sombras de la medianoche. Había metido las manos en los bolsillos de los holgados pantalones de pana, pero, con todo, no podía evitar mantener los puños apretados. Deseaba no haber averiguado nunca la existencia de aquellos malditos papeles.

–Por supuesto que le escucho, señor. Pero...

–Pero nada, como suele decirse. Ven aquí, Peaches, no puedo verte donde estás. –Observó que Peaches se apartaba de la ventana y se le acercaba, hasta quedarse de pie ante él–. Ahora, dime, muchacho. ¿Te habló Traherne alguna vez de estos papeles? ¿O el padre Kilgallen, tu inmediato predecesor? ¿Te cogió alguna vez por su cuenta y te dijo: «Escucha, hijito, hay un pequeño secreto del que tengo que hablarte»?

–Rotundamente no, señor.

Peaches sintió que se sonrojaba, un acaloramiento por toda la cara, como una sombra que la traspasara.

–Bueno, tal vez encontraste los papeles tú solo. ¿Es así como sucedió? Diste con ellos, te preguntaste qué sería aquello, les echaste una ojeada. ¿Es eso? No es un delito, ¿sabes? Hace cuarenta años que los escribió.

–De verdad, señor Driskill, no sé de qué...

–Padre, padre. –Hugh Driskill sonreía débilmente, como si la emoción le provocara algún dolor–. No posees la primera cualidad que un cura necesita. Eres incapaz de mentir. Nunca podrás. Eres un hombre honrado. Conoces la existencia de estos documentos, ¿verdad, Peaches?

–Señor Driskill, fue una casualidad, se lo juro.

–Lo entiendo, hijo. Créeme, lo comprendo. Ahora tengo otras preguntas para ti. Así que tranquilízate. ¿Te encuentras bien, Peaches?

–No lo sé, señor, se lo aseguro.

Peaches se preguntaba dónde estaría el padre Dunn, qué consejo le habría dado.

Media hora después, Peaches viajaba en su viejo y destartalado coche hacia New Prudence, deseando haber puesto las cadenas en los neumáticos. Había recibido el encargo de ir en busca del manuscrito de D'Ambrizzi y traérselo. Esa misma noche. Al diablo con la nieve. Hugh Driskill tenía una característica especial: no había forma de discutir con él.

La primera noche después de regresar a Roma, sor Elizabeth se dirigió a su piso de Via Veneto tras hacer una rápida visita a la sede de la orden en la escalinata de la plaza de España. Driskill y Dunn habían intentado que se uniera a ellos para ir a cenar al Hassler, también en lo alto de la escalinata de la plaza de España, pero ella alegó que estaba cansada y que deseaba informar de su vuelta en el despacho de la orden. Los dos vieron cómo se alejaba y Elizabeth sintió sus miradas en la espalda al marchar. También rechazó la sugerencia de Driskill de que él y Dunn la acompañaran al piso para echar una ojeada, sólo como precaución contra algún posible ataque. Tampoco precisaba nada de aquello. Ya se había librado de un hombre, así que podía liquidar a otro en caso necesario. Procuró que su tono fuera firme y despreocupado, consciente de que su actitud era casi ridícula. Sin embargo, tenía que actuar así. No deseaba la compañía de ninguno de los dos.

Pero en el momento en que se quedó en el pasillo, frente a la puerta de entrada, el corazón aceleró sus latidos, y al entrar en el piso encendió todas las luces, apresuradamente. Brillantes luces y ninguna sombra, eso era lo primordial. Cuando se dirigió al cuarto de baño, comprendió que un baño para relajarse era algo impensable. Nada de estirarse en la bañera, ni adormecerse con el vapor elevándose a su alrededor. Nada de perder el control. En cambio, tomó una ducha con la cortina descorrida y la puerta del cuarto de baño abierta, a fin de poder ver el pasillo en toda su extensión. Fue una ducha muy corta. Después de ponerse una bata, se sirvió un vaso de vino, hirvió un poco de pasta, hizo un poco de salsa y se sentó en el sofá tras poner en el tocadiscos un disco de una banda sonora de Ennio Morricone. Sin embargo, nada lograba distraer sus pensamientos, nada podía evitar que su mente siguiera reconstruyendo, una y otra vez, la escena con Ben y lo que la había seguido.

Se había sentido mareada a causa de la rabia y la frustración cuando dio media vuelta y se alejó de él, derribando la silla al efectuar aquel gesto dramático, inútil, de huida. Iba casi ciega por las lágrimas de la humillación, además de la rabia y de la furiosa e irresistible decepción que le había provocado aquel hombre con su odio absurdo e impenetrable hacia la Iglesia, hacia sus servidores y, al parecer, hacia ella en particular: lo había comprobado con sus propios ojos, con sus propios oídos. Su odio era totalmente visceral, implacable, irracional. Ya se le estaba agotando la reserva de calificativos despectivos. ¿Cómo había podido herirla de aquella forma, cuando más vulnerable era ella y mientras le hablaba de su vida con total confianza? ¿Qué objetivo perseguía? ¿Simplemente herirla?

Pero, si Ben Driskill lo había hecho sólo por crueldad, entonces sin duda era un cerdo y un estúpido.

Y ella sabía que no era ése el caso.

La herida y la aflicción que él sentía, aunque las ocultara en lo más profundo, tenían que ser enormes. Más grandes que el daño que había causado al ego de ella, que la bota que le había aplicado en su propio orgullo. En cualquier caso, la pregunta era: ¿podía ella ayudarle en algo?

Eso parecía bastante improbable.

Sin embargo, él había dicho... Dios, ¿lo había oído bien? Él le había dicho que la amaba.

A partir de ahí, ¿cómo podía actuar ella?

Hiciera lo que hiciese, siempre empeoraría las cosas. Elizabeth pensaba que había ofrecido realmente su sinceridad, su confianza, convencida de que él la aceptaría, que la aceptaría con los ojos cerrados. Pero, hiciera lo que hiciese, siempre empeoraba las cosas.

¡Tonterías! No siempre. Sólo en lo referente a aquel condenado Driskill.

Durante la entrevista con Kessler, Ben estaba pálido, tembloroso, a punto de derrumbarse. Dunn, en cambio, había mostrado su máscara indescifrable. ¿De qué lado estaba en realidad?, se preguntaba Elizabeth.

Ambrose Calder. Menuda pieza estaba hecho. Un primo hermano del doctor Strangelove. ¿Hasta qué punto Ben y Dunn habían dado crédito a su perorata?

Era absurdo pensar que D'Ambrizzi era Simon Verginius.

Pero, volviendo al apartado número 1: ¿quién estaba detrás de los *assassini*? Sencillamente, no podía ser D'Ambrizzi, porque de lo que estaban hablando ahora –si no en el pasado– era del mal en su estado más puro. Y ella creía conocer bien a D'Ambrizzi. No podía ser tan malvado.

Entonces, ¿de quién podía tratarse?

¿De la curia? ¿Una intriga dentro de la curia? Quizá alguien, un solo hombre con un enorme poder. ¿Indelicato? ¿Ottaviani o Fangio? ¿Alguien a quien no conocía en absoluto? ¿Alguien totalmente ajeno a la estructura oficial de la Iglesia quizá, uno de los príncipes laicos, algún desviado equivalente a Lockhardt? ¿El Archiduque? ¿El Recaudador? ¿Quiénes eran esos dos?

¿Podría ser el mismo papa?, se preguntó medio dormida.

Quizá se tratara de una mano desconocida, alguien que nunca se había mostrado en público, una especie de infección, una plaga, un símbolo. Puede que consiguiera su objetivo, o que prosiguiera su curso y los asesinatos se interrumpiesen mientras el misterio se desvanecía poco a poco. Pasarían algunas generaciones, hasta que llegara el momento de que los *assassini* resurgieran de nuevo para mantener a la Iglesia al servicio de las necesidades de sus amos secretos.

Ahora permanecía sentada frente a su plato y a su vaso vacíos, mirando fijamente hacia la terraza, donde aquel hombre había intentado matarla. De nuevo lo vio, vio su ojo blanquecino, sintió en su mano el candelabro con el tubo de cristal, el impacto al golpear aquella cara. ¿Cómo podían borrarse los recuerdos?

Lo había echado todo a perder sin remedio.

La gente no comprendía lo importantes que eran para una religiosa las amistades que hacía fuera de la Iglesia, no podía saber lo mucho que significaban aquellas cosas, lo que implicaban aquellos contactos, y en algunos casos las esperanzas que podían representar.

Pero el hecho era que con su incertidumbre, su ensimismamiento y sus temores lo había echado todo a perder con Ben Driskill, allá en Princeton. Ella se había escudado en la Iglesia, se había escondido de un mundo que no estaba segura de poder controlar.

Sin embargo, aquel mundo la había encontrado, se había apoderado de ella y la había despojado de su certeza. Admiraba a Ben, le gustaba y se sentía atraída hacia él, y si había confiado en él no era por algo que hubiese hecho, sino debido a sus propias dificultades en entregarse, de sus propias dudas y temores respecto al rumbo que ella misma había elegido en la vida. Ahora le hacía pagar a él sus propios errores, le hacía pagar mientras ella se complacía en una orgía de dudas y corría a esconderse bajo las faldas de la orden.

En cierto modo, la orden le había pedido muy poco y ella le había entregado únicamente lo imprescindible. A diferencia de sor Val, que se había dedicado mucho más, que había enriquecido y caracterizado a la orden con su decisión y entrega para mejorarla. En aquellos instantes se sentía indigna de sor Val.

¿Cómo podría explicar nunca su tortuosa lógica a Ben, que sólo veía su frialdad y la humillación que ella le había infligido en Princeton? Elizabeth sabía que él tenía razón: con su hermana recién asesinada, ella le había tendido la mano, y cuando él se acercó a cogerla, se la había negado. Puede que estuvieran en paz, después de lo de Aviñón.

Ahora, de nuevo en Roma, lo único que ella quería era dormir. Quizá todo se habría solucionado cuando despertara.

El sueño, sin embargo, se mostró huidizo.

–¿Le importaría explicarme qué ocurrió con la hermana?

–Eminencia, él nunca tuvo intención de matarla. Lo dejé muy claro, yo sólo intentaba que...

–¡Pues no se lo dijo con la suficiente claridad! Ahora todo esto es un caos, ¡y va a peor!

–Horstmann dijo que podíamos confiar en ese hombre...

–¡Hacía treinta años que Horstmann no lo veía! Horstmann es un viejo y un fanático. Ha debido enloquecer durante estos años. O puede que ya fuera un demente desde el comienzo. En cualquier caso, no es a la monja a quien hay que matar, sino a Driskill.

–Pero, eminencia, ¿es eso sensato? ¿Ahora que se encuentra aquí, en Roma?

–No presuma diciéndome lo que es sensato o no. Permita que le recuerde que es usted quien permitió que Driskill se nos escapara.

–Ahora lo necesitamos y él nos necesita a nosotros. Debemos prestarle atención. Perdone, pero eso es algo que...

–Horstmann debería haberlo liquidado en París, o en St. Sixtus. El tiempo se nos echa encima. El Santo Padre puede morir en cualquier momento y debemos asegurarnos el resultado antes de que...

–¿Existe todavía alguna posibilidad de que dé a conocer cuáles son sus deseos?

–Sin duda, eso sería un arma de doble filo. Si yo obtengo su bendición, ya es algo. Pero si quien la obtiene es algún otro, entonces ya no podría ser peor. Sería preferible que muriera. ¿Qué podemos hacer ahora? ¿Qué sabe usted de Horstmann?

–¿Eminencia?

–Puede que lo necesitemos una vez más –dijo, encogiéndose de hombros.

–¿Para qué? Puede ser peligroso ahora, más peligroso que nunca. Todo el mundo está en Roma. ¿En quién ha pensado usted?

–A usted no le gustará, pero sería la solución ideal.

A continuación le dio el nombre.

–Horstmann nunca lo haría, eminencia.

–Hará lo que se le ordene. Hace tiempo que lo programamos para eso, y se encargó un experto. No es un hombre; es un instrumento.

–Perdone, eminencia, pero es sólo un hombre.

–No sea cobarde ahora. Estamos a punto de conseguirlo. Recuerde, hay que salvar a la Iglesia.

El papa Calixto ya no prestaba atención a las cuestiones del día o de la noche, de la oscuridad o de la luz. La oscuridad –la oscuridad personal– se propagaba, se hacía más cerrada con cada respiración, con cada latido. También percibía que los sentidos le iban abandonando. La vida había sido demasiado corta, aunque quizá había durado lo suficiente. Se preguntaba qué vendría a continuación. Estaba muy cansado y enormemente frustrado.

Cada vez con mayor frecuencia, vivía en el pasado. Su mente oscilaba, entrando y saliendo de las sombras, recordando, viendo una vez más a los viejos camaradas. A Horstmann, al pequeño Leo, a LeBecq agonizando en el cementerio, la noche de espera en la montaña cubierta por la nieve y aguardando la llegada del tren, a Simon.

Todos parecían concentrarse alrededor de su lecho, asintiendo en silencio, para presentarle sus respetos. Tanto los vivos como los muertos habían acudido para ayudarlo en la partida.

Ahora ya era demasiado tarde para transformarse en un nuevo Calixto. Demasiado tarde para seguir el plan de D'Ambrizzi. Cuando le dijo al cardenal que ya no había tiempo, la cabeza grande y pesada se había inclinado en señal de asentimiento.

–Aguante un poco más –le pidió D'Ambrizzi.

Calixto estaba dormitando, murmuraba en sueños, cuando su secretario le tocó suavemente el hombro.

–Sí, sí –dijo, y se notó la boca seca al articular torpemente las palabras–. ¿Qué sucede? ¿Más pastillas?

–No, santidad. Traigo esto para usted.

Calixto vio que le tendía un sobre blanco.

–¿De quién?

No lo sé, santidad. Lo entregaron abajo. Un mensajero.

–Está bien. Encienda la lámpara. –Con la cabeza le indicó la mesita de noche–. Gracias. Ya llamaré al timbre si le necesito. Muchas gracias.

A solas, buscó en el bolsillo de la bata y encontró la daga florentina al pincharse en un dedo con la afilada punta. Sacó la daga del bolsillo y vio la gota de sangre en la yema del dedo. Se lo llevó a la boca, probó el sabor y luego volvió su atención al sobre. Metió la punta de la daga bajo la pestaña y lo abrió.

En su interior había una sola hoja de papel, doblada por la mitad. La desplegó y vio la línea escrita a mano. Reconoció la letra incluso antes de poder leer las palabras. Muy despacio, mientras leía, una leve sonrisa apareció en su cara.

Todavía es uno de los nuestros. No lo olvide.

SIMON V.

2

DRISKILL

Reinaba una extraña calma, como si el mundo estuviese aguardando una segunda embestida. Por supuesto, el mundo no sabía nada de lo que estaba sucediendo, pero tenía la sensación de estar en el ojo del huracán. Todos estábamos esperando a que el momento pasara y que regresara la atmósfera tensa. Mientras el cardenal D'Ambrizzi permaneciese en la alcoba con el papa, la sensación era que la calma persistiría. Yo me preguntaba si realmente estaría agonizando aquel pobre anciano, el cabeza de una Iglesia que daba todos los indicios de estar a punto de desmoronarse, o si se trataría de otro cuento que yo me había creído y que me deparaba una sorpresa final. Nada resultaba predecible. Durante años y años, yo había llevado una vida rutinaria, con los asuntos que pasaban por mi escritorio, los rostros de mis clientes y sus inevitables preocupaciones, el incesante intercambio de pullas entre mi padre y yo, mis noches sudorosas cuando soñaba con los jesuitas y la pierna me quemaba a consecuencia del pequeño problema que había tenido con el cilicio, o la mujer que de vez en cuando me encontraba en alguna función benéfica y con la que sostenía una aventura corta y moderadamente satisfactoria. Pero ahora, ahora ya nada era predecible. Me sentía incapaz de prever absolutamente nada. Nunca en mi vida me había sentido tan ingenuo y confuso: los cadáveres me llegaban hasta las rodillas, yo iba armado con una pistola de juguete y lo único que se me ocurría hacer –mejor dicho, lo único que podía hacer– era pensar en una monja.

Al final, mi resolución de mantenerme alejado de ella y de pensar sólo en mis asuntos se vino por los suelos. Imagino que eso era inevitable. Sencillamente, no podía dejar las cosas tal como habían quedado cuando abandonamos Aviñón. ¿Cómo iba a permitirlo? Había dicho a aquella mujer que la amaba. ¿En qué estaría yo pensando cuando solté aquello? Bueno, sin duda pensaba que me había enamorado de ella. Eso era evidente. Por primera vez en mi vida. De una monja. Ahora, de repente, me olvidaba de todos los temores que me habían mantenido a salvo de ella hasta el momento; ahora había visto la luz. Ésa era la única explicación posible. Lo cierto es que cuando dos personas se ven impulsadas la una hacia la otra por las circunstancias, tanto si se trata de una monja como si no lo es, la mente de ninguna de las dos funciona en el feliz aislamiento de la ignorancia. La realidad consistía en que Elizabeth era una mujer de carne y hueso.

Dominado por un deseo oculto de pedirle disculpas, la llamé y le sugerí un paseo por los jardines de Villa Borghese.

–Necesito hablar contigo antes de que todo esto siga adelante –le dije–. Vayamos a dar un paseo y te pido que escuches con atención lo que he de decirte. Te debo una disculpa, pero hay algo más.

–De acuerdo –contestó ella, aunque advertí la duda en el tono de su voz.

En los jardines de Villa Borghese me sentía seguro –si es que eso era posible–, al aire libre, con los turistas, que nunca habían oído hablar de las andanzas de los *assassini* y que reían mientras consultaban las guías, con las mujeres que empujaban los cochecitos de bebé. La villa había sido construida en el siglo XVII para un cardenal de la familia Borghese, y el parque se extendía a lo lejos, formando una inmensa extensión verde con una topografía de ondulantes pendientes, pequeños estanques, villas, suaves paisajes y arroyos. La gran explanada de la plaza de Siena resplandecía alegremente bajo los rayos del sol. Había pinos por todas partes.

Paseábamos por el césped, siguiendo la orilla de uno de los estanques. Los chiquillos reían felices y ella no pudo evitar sonreír al verlos. Chiquillos. Al mirar a aquellos alegres italianos con sus trajes entallados, el abrigo sobre los hombros y gafas de sol, me sentí más que nunca como un boxeador con la nariz rota que no había ganado una pelea desde hacía mucho tiempo. Me había visto la cara en el espejo. Grandes ojeras, la cara desmejorada por el agotamiento, como si mis problemas duraran desde siempre y sólo ahora mostraran los destrozos en toda su extensión. Qué tipo tan fantástico.

–Bien, ¿qué era eso tan importante que debía escuchar con atención?

–Escucha, hermana, y lo entenderás. –Intenté sonreír, pero ella miró más allá de la lisa superficie del estanque–. Mientras pasaba por todas aquellas calamidades en Irlanda, averigüé unas cuantas cosas que debo contarte, porque nos afectan a ambos. No me ha sido nada fácil decidirme a contártelo.

–Entonces quizá no debieras hacerlo –replicó Elizabeth–. Piénsatelo dos veces, Ben.

–Ya lo he pensado un millón de veces y eso no me facilita las cosas. De modo que..., en primer lugar, allí arriba perdí la sangre fría. Vi cómo me sucedía y no resultó nada agradable, era como si viese a un pobre infeliz perdiendo el control de sus nervios. Sólo que se trataba de mí, del viejo Ben Driskill, que acababa de perder las agallas. De un modo u otro, yo había recibido mis batacazos, puedes creerme. Sin embargo, lo que me sucedió en St. Sixtus era algo muy distinto. –Deseaba confiar en Elizabeth tal como ella había confiado en mí, contarle algo que en público suele esconderse, algo que me convertiría en un ser vulnerable. Quería poner en ella mi fe, demostrarle que podía confiar en ella: ésta era mi forma de pedirle disculpas–. Estaba perdido entre la niebla y el océano hacía temblar la tierra cuando encontré a aquel pequeño anciano en la cueva, con el cuello cortado. Y tuve miedo de salir, a pesar de que al final lo hice. Tenía que salir de allí y al mismo tiempo temía que él me estuviese esperando; que en el exterior, entre la niebla, yo no pudiera verlo. Era Horstmann. Temía que él me hubiese visto y yo a él no. Entonces supe que iba a matarme. Supe que me había vencido. Sin embargo, a pesar de que era consciente de que iba a morir, me decidí a salir. Todavía no me había desmoronado interiormente. Podía enfrentarme a cualquier cosa que me estuviera esperando.

»Luego deambulé y tropecé en medio de la niebla, y vi al hermano Leo atado a aquella cruz, cabeza abajo, todo azul y rosado por la sangre, con el brazo haciéndome señas, oscilando. Vi lo que Horstmann era capaz de hacer y comprendí que me había vencido, que no podría detenerlo y que yo iba a ser el siguiente. No sentía sólo miedo, Elizabeth, sino algo mucho peor. Me sentía vacío, no podía siquiera pensar en combatirlo. –Por un instante, la miré fijamente: quería que me comprendiera, que me absolviera del indescriptible pecado del terror–. Me sentía como si me hubiese convertido en uno solo con él, yo era el asesino y la víctima, dos firmas en un mismo contrato. Él quería matar, yo quería morir.

»Y escapé, hui. Como un crío con el coco pisándole los talones. Pero él estaba dentro de mí, éramos un mismo ser. Corrí mucho rato y no me detuve hasta que llegué a mi coche, pero el corazón siguió corriendo hasta que me hube alejado kilómetros y kilómetros. ¿Te das cuenta? Ignoraba que existiera esta clase de pánico.

Yo seguía paseando, con las manos en los bolsillos, la mirada fija en el suelo, como si estuviera a solas con mi propia cobardía. Hasta entonces lo había estado.

–Lo comprendo –comentó Elizabeth–. No debes culparte. La tuya fue la única reacción que podía dictar la sensatez.

Estuvo a punto de acariciarme, pero retrocedió antes de que el impulso se adueñara de ella.

–No sólo tenía miedo –añadí–, sino que había perdido la esperanza y la voluntad de sobrevivir. Ignoraba si podría volver a encontrarlas. No sabía dónde buscar, ni si volvería a servir para algo. Ese miedo aún permanece dentro de mí, no puedo librarme de él.

–Te recuperarás; está en tu naturaleza –replicó Elizabeth–. Te pondrás bien. Eres imbatible, como tu padre.

Las palabras habían salido de su boca antes de que pudiera atajarlas. Me conocía lo suficiente para compararme con mi padre.

–Ésa es la segunda cosa que comprendí: soy como mi padre. Ya ves, él me ha hecho así, me ha creado, me ha formado. No con amor, ni mostrándome un ejemplo y animándome, sino a base de desprecio. Despreciaba la debilidad que veía en mí, y por eso me convirtió en un hijo de puta, duro e implacable. Sencillamente, no puedo evitar ser así. Soy el digno hijo de mi padre. Todo eso lo descubrí en Irlanda. Sentía asco de mí mismo, pero sabía lo que quería. Sé lo que quiero. Sé lo que debo hacer y lo haré. Pero dentro de mí ya no queda nada, y sólo hay un medio de llenar el vacío.

–¿Lo ves? –me interrumpió–. Ya empiezas a recuperarte. Eres consciente de lo que haces y sabes cómo debes actuar para volver a ser el de antes.

Elizabeth intentó sonreír, pero no lo consiguió. Intuía el problema que se avecinaba. Yo no me había citado con ella sólo para pedirle disculpas por la brusquedad de mi comportamiento en Aviñón, en busca de un inocente regreso a nuestra amistad. Elizabeth comprendió que yo aún no había terminado de complicarle la existencia. Iba a comportarme de forma inoportuna y la monja identificaba todas las señales de peligro.

–Tú sabes que...

–Sí, lo sé –la interrumpí–. Ése es el problema. Hay un solo lugar en el mundo donde yo querría estar.

–Por favor, Ben. –Retrocedió unos pasos, como si pudiera escapar del alcance de mi voz, borrarla–. Por favor, no.

–Contigo –dije–. Querría estar a tu lado. Querría no morir y estar contigo. Este deseo es más fuerte que el de matar a Horstmann. Es a ti, Elizabeth, a quien quiero, y que me aspen si sé qué hacer al respecto. Entre nosotros todo ha ido mal, pero me acordaba de... Sé que puedo llegar a ti, que podría conseguir que todo se solucionara. Pero te tengo miedo y no hago más que empeorar las cosas. Todo cuanto hago o digo está mal. El culpable es ese pasado del que no consigo escapar, el de los católicos.

Elizabeth giró en redondo y se dispuso a marchar.

–¡Maldita sea! –exclamé ante su retirada; tenía la sensación de estar hablando un idioma desconocido–. Te quiero, Elizabeth.

Ella se volvió un instante. Pensé que iba a echarse a llorar. Su rostro estaba pálido, pero sin lágrimas. También ella parecía vacía.

La seguí, tendí la mano hacia ella y le rocé el brazo. Pero ella se apartó con brusquedad. No quería mirarme. Un cura solitario pasó frente a nosotros, nos miró directamente, saludó con una inclinación de cabeza y siguió su paseo. Sus robustos zapatos negros iban dando pataditas a los bajos de la sotana.

–Me sorprendes, hermana –dije–. Creía que a estas alturas ya te habías dado cuenta.

Lentamente, liberé el aire que estaba conteniendo.

Un muchachito se detuvo ante nosotros, sosteniendo con ambas manos la caja de un mando a distancia. Dando vueltas lentamente por el estanque, había un gran yate en miniatura que intentaba atrapar el viento con sus lánguidas velas blancas. De pronto, Elizabeth pareció interesarse por las velas que se hinchaban.

Entonces me senté en la rampa, cogí a Elizabeth de la mano y tiré de ella para que se sentara a mi lado. Sabía que ya no podía decir nada más, que ya había hablado demasiado; había mantenido el dominio de la situación hasta hacía unos instantes, pero ahora ya no. Aguardé en silencio. Elizabeth mantenía la mirada fija en el blanco velamen.

–Lo he dicho en serio –añadí finalmente–. Carece de sentido pasarlo por alto. Es inexplicable, pero me he enamorado de ti. He perdido los nervios, mi voluntad, y al final me he visto tal como soy: como el hijo de mi padre. Pero también te he encontrado a ti. Ha sido como encontrar la esperanza, un tesoro.

–Cállate ya –pidió con voz queda, ahogada–. No está bien, no deberías decir estas cosas. Yo no soy mujer para ti, ¿no te das cuenta? Y tú tampoco eres para mí. Ningún hombre puede serlo. Sigo siendo una religiosa. –Estaba llorando y tuvo que secarse una lágrima–. Estoy sufriendo mucho.

No pudo continuar.

–Escucha.

–¡No, no quiero escucharte! –La rabia brotó de ella como una llamarada–. Si de verdad te importo algo, tal como dices, debes terminar con todo esto. No vuelvas a hablarme así nunca más. Debes recordar quién soy y qué soy. ¡Debes respetarme!

Sus ojos miraron desafiantes a los míos, las lágrimas se habían secado en sus mejillas. Yo sólo la había poseído en aquel breve instante. Un instante en el que por fin había surgido la auténtica Elizabeth. Pero ahora volvía a replegarse, como un fantasma. Me había equivocado de nuevo, la había obligado a retroceder en el preciso instante en que llegaba hasta ella. Sus ojos parecían turbados, pero su rostro estaba pálido por la tensión, los labios le temblaban. No lo pensé ni un instante. La cogí por los hombros, tiré de ella hacia mí y la besé. Sentí su boca suave, salada por las lágrimas. Aquello la cogió desprevenida. Advertí que su resolución la abandonaba y que empezaba a temblar entre mis brazos, como si la rabia y el desafío fueran sólo palabras y aquello fuera algo completamente distinto. Le besé la boca, las mejillas, percibí su suavidad, olí su pelo. Elizabeth.

Lenta, suavemente, me empujó, sus manos entre los dos, allí donde yo había sentido sus senos contra mi pecho. Le sonreí esperanzado y observé con incredulidad cómo negaba con la cabeza. No, no, no. Lo leí en su rostro. Miedo. Tenía miedo de mí. Podía haberse tratado de una monja o de una bruja frente al inquisidor, consciente de que iban a quemarla viva, de que las llamas crepitaban y de que el final se hallaba ya cerca.

Estaba terriblemente pálida y no dejaba de mirarme. Entonces vi que el rechazo se reflejaba en su rostro y sentí que todo se emponzoñaba dentro de mí: «Tenía que haberlo imaginado, no puedo confiar en ti». Podía verlo en sus ojos, en la firmeza de su mandíbula. «Eres una de ellos. Si confié en ti, la culpa es sólo mía.» Sus ojos me miraron, me traspasaron, como si yo me hubiese transformado en parte de una mutua e interminable pesadilla de amor imposible, absurdo. «¡Eres lo que eres, no una mujer!»

–Yo no quería decirlo –murmuró–. Tú me has obligado.

No podía pensar en ninguna respuesta.

–Ben. –Apenas podía oír su voz–. Por favor, no me mires así.

Me incorporé.

–¿Vienes, hermana? –Le tendí mi mano.

Elizabeth negó con la cabeza. Me marché, me alejé entre los grupos de turistas y de religiosos. Había curas por todas partes. Se había difundido el rumor de que el papa estaba agonizando. Roma empezaba a llenarse de gente.

La velas habían cogido por fin el impulso del viento y el muchachito dejó que la naturaleza se hiciera cargo de la situación. Su padre le observaba orgulloso a cierta distancia.

–¡Muy bien, Tony! ¡Muy bien, muchachote! –lo animó en inglés.

Cuando me volví, Elizabeth estaba contemplando el estanque. Sus hombros se movían con fuertes sacudidas. Un cura se inclinó hacia ella, ofreciéndole su ayuda.

Cuando la hube dejado a mis espaldas, me alejé ciegamente, sin importarme un pimiento dónde me dirigía o qué iba a hacer. Debía recuperar el control e intentar averiguar qué había fallado en el idílico marco de los jardines de Villa Borghese. También tenía que recordar para qué había viajado a Roma.

La razón me dijo que no tenía por qué dirigir mi rabia contra Elizabeth: ella era lo que era. Mantenía cerrado, protegido y vacío el espacio donde moran el cariño y el deseo. Yo me había equivocado por completo, me había comportado como un imbécil. Pero eso era algo que ya se estaba convirtiendo en un hábito.

Lo más curioso de todo era que, al haberme despojado ella de todas mis esperanzas, las emociones habían desencadenado de nuevo mi flujo de adrenalina. Otra vez estaba en el punto donde me encontraba antes de que ella se presentara en París. Una vez más, no tenía nada que perder. Curiosamente, en cuanto empecé a reconocer mis sentimientos hacia ella, también había empezado a perder el rumbo. Me había rendido al miedo porque de repente yo tenía todos los motivos del mundo para seguir con vida: amaba a alguien, absurda e inesperadamente, pero así era. Al apuñalarme como un Horstmann imaginario, Elizabeth había cortado los hilos que me sujetaban a la vida, a ella. Puesto que ya no seguía viviendo dentro de mí, yo volvía a ser libre. Quizá, en el fondo, ella me había salvado. De nuevo quería encontrar a Horstmann, nada más.

Cuando mi furia se hubo apaciguado, al comprender que estaba solo y que necesitaba hablar con alguien, sólo se me ocurrió un sitio donde ir.

Encontré al padre Dunn en la habitación de su hostal, que había preferido a la elegancia del Hassler, donde yo me hospedaba. Decía que el hotel formaba parte del Vaticano.

–¿No ve usted la bruma de la superchería infiltrándose por debajo de la puerta? No, Ben, el Hassler no está hecho para mí. Al menos en esta ocasión.

Permanecía sentado ante una mesa sencilla junto a la ventana de su dormitorio, que daba a una calle estrecha. Estaba fumando un cigarro, mientras observaba un paquete grande que había sobre la mesa, envuelto con un plástico.

–Lo vi venir –comentó a través de una nube de humo–. Supuse que vendría a verme.

Con la barbilla señalé el paquete.

–¿Ha comprado en las rebajas un trozo de la auténtica cruz?

–No exactamente.

Abrió el paquete, desplegó el plástico que lo envolvía y luego una tela grasienta, que olía a aceite para metales.

Sobre la mesa apareció un Colt 45 automático, de los que utilizaba el ejército. Un instrumento sombrío, opresivo en aquella pequeña habitación. No era ningún juguete.

–¿Qué clase de sacerdote es usted?

Me noté la boca seca cuando cogí el arma y la sopesé en la mano. Nadie resultaba ser lo que yo creía.

–Uno que intenta atraparlos antes de que ellos me atrapen a mí. Ya se lo dije en otra ocasión. Por ahí están matando a la gente. A Horstmann no le impresionó su pistola. Probablemente la mía tampoco le habría impresionado.

Acto seguido rió en tono bajo y envolvió de nuevo el arma, la dejó caer en la bolsa que tenía abierta, se quedó mirándola y luego la empujó bajo la cama.

–Salgamos a dar un paseo –dijo–. Necesitamos caminar. La verdad es que no me gusta ser portador de malas noticias, pero su aspecto es el de alguien que acaba de sufrir un accidente de automóvil. Quizá sería conveniente que me lo contara, muchacho. Cuando mi vida está en peligro, no me gusta permanecer en la ignorancia. Cuéntemelo.

Dunn conocía la misteriosa geografía del Trastevere tan bien como los Misterios de Dolor. Casi dio un suspiro de alivio cuando cruzamos el puente y penetramos en el barrio, como si aquellos recodos secretos fueran en cierto modo semejantes a los suyos. Dunn conocía tan bien aquella zona, que me describía edificios que ya no existían.

–Ésta es la plaza de Santa Apolonia. Y allí, al otro lado de la plaza, se alzaba el convento de Santa Apolonia. Ahora ya no está, por supuesto, pero antiguamente fue un hogar para mujeres arrepentidas. En agosto de 1520, acudió al convento la hija de un panadero, una muchacha que se llamaba Margarita. Ahora todo el mundo la conoce. Era la amante de Rafael, la muchacha que aparece en su cuadro más grande, la *Fornarina;* es decir, la hija del panadero. También fue su modelo para la Madonna de la Capilla Sixtina. Y para *La velata* que hay en la Pitti. Observe esos cuadros. Senos pequeños y firmes, pezones como capullos. Acudió a las monjas del convento cuando murió Rafael. Incluso en su última obra, *La transfiguración,* que se exhibe en las galerías del Vaticano, aparece ella. Y él pintaba aquí mismo, en esta misma plaza.

Dunn prosiguió el paseo, señalando ahora una cosa y luego otra, y entramos en la Via della Lungaretta. Era un espléndido psicólogo y me apaciguaba, limitándose a charlar mientras yo intentaba reducir mis sentimientos a una dimensión más manejable.

Nos detuvimos a tomar un vaso de Orvietto muy frío en un café de la plaza de Santa María. El sonido de la fuente en la plaza al salpicar, los chiquillos que jugaban por allí, el vino: todo me devolvía a la vida.

–Ya que es tan aficionado a las historias –le dije–, ¿por qué no me cuenta una sobre su arma?

–Oh, supongo que es una especie de amuleto, un recuerdo de mis tiempos en el ejército. Después de la guerra me quedé a estudiar en Roma y se la dejé a un amigo que tengo aquí. Ayer fui a visitarlo, para hablar de los viejos tiempos. Pensó que deseaba echar un vistazo al viejo trabuco. Así descubrí que había seguido cuidando mi talismán. –Se encogió de hombros–. No le dé mucha importancia, Ben.

Hizo señas al camarero para que nos sirviese más vino. Se había levantado una leve brisa, que recorrió toda la plaza. La risa de las muchachas que pasaban era como una cascada de monedas que se lanzaran al agua de la fuente.

–¿Me va a explicar ahora por qué acudió a mí como si acabara de atropellarlo un camión? ¿Cuál es el problema?

Experimentaba una sensación extraña en mis conversaciones con Dunn. Quizá consistiera en que nunca nada parecía sorprenderlo y en que se daba cuenta de cuándo yo necesitaba hablar. De modo que le conté lo sucedido entre Elizabeth y yo, toda la historia, empezando por aquella noche nevada en Gramercy Park, cuando mi hermana aún vivía. También cómo prosiguió luego, cuando ella se presentó en Princeton y me ayudó a superar la muerte de Val. Le referí lo espontánea, animada y brillante que había sido al descubrir por sí sola la relación de los *assassini*, proporcionando una identidad a nuestro enemigo, que hasta entonces sólo era una sombra fugaz con el cabello plateado y una navaja en la mano. Ella había descifrado el dibujo del antiguo tapiz, había hallado el rastro que conducía a Badell-Fowler y a nuestro siglo. Le conté cómo ella había seguido insistiendo cuando todo parecía un callejón sin salida; y cómo había dado con la solución. Le hablé de todo esto a Dunn. Le dije que me había enamorado de ella y lo que había ocurrido en los jardines de Villa Borghese.

Él me escuchó con atención, bebiendo vino mientras la brisa refrescaba cada vez más el ambiente, acarreando olor a lluvia, y el agua de la fuente salpicaba a los chiquillos.

–Anímese –me dijo–. Ella es una mujer. Lord Byron dijo la más sabia sentencia acerca de las mujeres: «En los asuntos de mujeres existe una marea que, cuando se junta con el flujo de las aguas, conduce sólo Dios sabe dónde». Creo que con eso está dicho todo.

–Pero, más allá de todas esas apariencias pasadas de moda, en el fondo ella es una monja y yo un idiota.

–Tonterías. Estupideces. Nuestra sor Elizabeth es una mujer moderna. Ocurre que ha elegido una carrera que tiene algunas exigencias poco comunes. Quítese de la cabeza cualquier otro pensamiento. Ésa no es la Iglesia de su infancia, ni siquiera la de su época con los jesuitas. Todo ha cambiado. Ya casi no hay modo de reconocerla.

–La vocación es la vocación –proseguí, obstinado.

–Mi querido amigo –suspiró Dunn, condescendiente–, aquí nos estamos refiriendo a una mujer intelectualmente refinada, no a la hija de unos campesinos analfabetos, a una palurda sin instrucción que vio a Cristo sentado en la rama de un árbol y decidió consagrarle la vida como si fuera su novia. Ella tiene un gran número de dudas, quizá no acerca de su religiosidad, sino de su comportamiento en la vida, de su capacidad para tomar decisiones. –Dunn me observó con una sonrisa reflexiva, llena de tolerancia–. Ella es una mujer extremadamente moderna, lo cual significa que está algo confusa, que es ambivalente y un poco incordiante. Eso sería beneficioso si se tratara de una ejecutiva, una profesora o un ama de casa; pero ocurre que es una religiosa, y eso cambia las cosas. No mucho, en realidad. Ella no sufre la aflicción de la llamada divina. Dios mío, su orden no está interesada por esa clase de mujeres. Éstas se van a los claustros. La orden está especializada en activistas, en mujeres de élite, de éxito, así es. Pero yo no debería decirle esto, Driskill. Usted es un tipo listo.

Dunn encendió un puro, lo cual le llevó algún tiempo, y yo intenté encajar todo lo que él me había dicho con la Elizabeth que conocía.

–En fin, la orden sabe que no puede retener a todas las mujeres que consigue atraer. El juego debe desarrollarse con reglas nuevas. Sor Elizabeth está experimentando todos los cambios de su tiempo. Se interroga acerca del amor, los hombres, los hijos, su compromiso personal, sus votos, el miedo que siente hacia su propia debilidad y su vulnerabilidad, la idea de fracasar tanto ante sí misma como ante los ojos de la Iglesia. Dios mío, Ben, también usted tuvo que pasar gran parte de todo esto. Piense en el pasado, camarada, y reconozca que no es nada fácil ser mujer en estos tiempos. Es usted un tipo de razonable inteligencia, de modo que tendría que ser capaz de hacerse una idea al respecto.

Dio una chupada a su puro y me observó como un profesor que aguardara la respuesta de su alumno.

–¿Puedo preguntarle qué le hizo ser tan experto en cuestiones de mujeres? Es como si una monja le explicara a la gente todo lo referente al control de natalidad, el matrimonio o el aborto. Sólo que quizá no tendría ni la más remota idea de qué estaba hablando.

–¿Quiere que le cuente otra historia? Trata de los curas y las mujeres. Tenemos que limpiar algunas telarañas de esa mente suya, mi querido amigo. –Formó un perfecto anillo de humo y metió el puro en el agujero–. Es mejor que tome usted otro trago de vino.

Me contó una historia extraordinariamente conmovedora acerca de una historia de amor que había vivido en París con una mujer casada, al finalizar la guerra. Los dos se habían amado, y ella tuvo una hija, que significó mucho para él. Todo había terminado muy mal. Las dos mujeres murieron trágicamente, a consecuencia de lo cual el padre Dunn pasó una época muy dura. Todo eso había ocurrido hacía mucho tiempo y él me contó la historia con tono tranquilo, mientras la fuente seguía borboteando, el vino se terminaba y el puro se consumía.

–Los sacerdotes no somos perfectos, ni mucho menos –concluyó–. Somos sólo hombres y luchamos con las mismas tentaciones. Las ansias de poder, la soledad, la botella, las mujeres, el deseo en todas sus formas. Salvatore di Mona solucionó todos los problemas económicos de su familia cuando fue nombrado cardenal y no digamos cuando se convirtió en el papa Calixto. Tal vez no resulte sorprendente la cantidad de gente que está dispuesta a ayudar a un cardenal, a cualquier cardenal. La lista de alcohólicos, adúlteros y traidores no difiere gran cosa en los distintos grupos de hombres sometidos a fuertes presiones. Entre los dos podríamos reunir una considerable cantidad de nombres. –Se encogió de hombros–. D'Ambrizzi es sólo uno.

–¿D'Ambrizzi?

–No me diga que se sorprendió de lo que Kessler nos contó. Todo concuerda. D'Ambrizzi es el más mundano de los hombres. Un auténtico «príncipe» de la Iglesia con un poder más allá de lo imaginable, se lo aseguro. Es como Lockhardt, o el padre de usted, o Summerhays, sólo que opera desde el otro lado de la valla. Todos son ramas de un mismo árbol. Lo que a D'Ambrizzi le entusiasma realmente es la intriga, mover todas las piezas sobre el tablero.

–D'Ambrizzi –murmuré casi para mí.

Era muy posible que hubiese ordenado el asesinato de mi hermana, que hubiese enviado a su antigua arma de cabello plateado para que la matase, para que asesinara a Lockhardt y a Heffernan, para que liquidara al hermano Padraic y al pobre hermano Leo. Mientras tanto, yo me defendía con una pistola de juguete.

Abandonamos el café. Una fina neblina flotaba en el aire, y los olores a frutas, a flores y a la comida de los restaurantes resultaban abrumadores, como los de un exótico bazar.

Me señaló la iglesia de Santa María y me explicó que era la más antigua de Roma, ya que en los viejos días del imperio el Trastevere era el centro de la comunidad judía. Se necesitaba un lugar de encuentro para los seguidores de Cristo, y otro papa Calixto, el primero de ese nombre, la había hecho edificar. Dimos la vuelta a la esquina y lo seguí hasta la diminuta plaza de San Calixto, que conectaba con la de Santa María por el palacio de San Calixto, el cual, según me explicó Dunn, era propiedad del Vaticano.

–¿Eligió el Santo Padre su nombre inspirándose en ese Calixto?

–Si lo hizo, fue una elección poco afortunada. –El padre Dunn me precedió hasta el otro lado de la plaza, donde nos detuvimos ante el palacio–. Ahí donde ahora se levanta el palacio estaba la casa donde encarcelaron y torturaron al infortunado Calixto y finalmente lo lanzaron por la ventana, a un pozo que había en el patio. Eso ocurrió hace mucho tiempo, en realidad en el año 222.

En un puente, nos detuvimos a contemplar el Tíber. La niebla acababa de transformarse en una suave llovizna, que formaba hoyuelos sobre la superficie del río. Dunn me estaba hablando de D'Ambrizzi y Simon.

–La verdad era que se encontraba en su elemento durante la guerra. Ese hombre fue concebido para ser utilizado en tiempo de crisis, creado por una empresa que se proponía hacer negocio; para durar. Aunque no me lo imagino ahora como a Simon. Supongo que eso era lo que se pretendía, me refiero a que no resultara demasiado evidente. No sé, Ben.

Estaba absorto en las negras aguas del Tíber, que fluían bajo la lluvia. Se escuchó un trueno a lo lejos, sobre la Toscana. Empezamos a andar. No nos quedaba otra cosa que hacer más que esperar a que D'Ambrizzi y Calixto finalizaran su entrevista. Nada, excepto esperar y preguntarnos qué haríamos cuando terminara la espera.

–Venga –me dijo Dunn–. Hay otra cosa que quiero que vea.

Diez minutos más tarde nos detuvimos en una calle, al otro lado de la cual se alzaba un edificio destartalado, en parte un almacén y en parte una tienda de comestibles, que se comunicaba con un restaurante. Había oscurecido y el aire procedente del río era fresco.

–La Iglesia es la propietaria de este edificio. De toda la manzana, en realidad. No es un mal restaurante. El dueño había sido cura en Nápoles. Venga.

Lo seguí por un callejón y dimos la vuelta por la parte trasera del edificio. Frente a una puerta metálica, que permanecía abierta un par de centímetros, había un solo coche aparcado. Su aspecto daba pena; había dejado atrás su mejor época y no lo disimulaba.

–Venga –repitió Dunn–. No sea tímido.

Empujó la puerta y penetró en un pasillo estrecho y pobremente iluminado, que olía a salsa de espaguetis, mejillones, ajo y orégano. Oí ruidos en la habitación que había al final del pasillo. Alguien estaba lanzando dardos a una diana de corcho. Era un sonido inconfundible. Los dos nos detuvimos en el umbral.

–Vamos, entre –me indicó el padre Dunn.

Allí dentro había un hombre, que extraía los dardos de la diana. Se volvió hacia nosotros, la mano erizada con las puntas resplandecientes.

Hacía mucho que no lo veía, desde que mi hermana y yo aguardábamos impacientes a que saliera a jugar con nosotros. Vestía un traje de espiga gris oscuro, camisa blanca, corbata negra y un cuello almidonado que se le clavaba en las mandíbulas.

Al verme, su rostro se iluminó con una amplia sonrisa. Se acercó a mí y me observó fijamente. Luego me cogió de los hombros y me abrazó.

–Ha transcurrido mucho tiempo, Benjamin. Erais sólo unos chiquillos. –Me sacudió como si yo fuese una muñeca gigante; aún tenía mucha fuerza–. Benjamin.

Se separó un poco para inspeccionarme de nuevo y yo miré fijamente a los ojos del cardenal Giacomo D'Ambrizzi.

¿Por qué Artie Dunn me había puesto en manos de mi enemigo?

3

Sor Elizabeth estaba sentada frente a su escritorio, en las oficinas ya vacías. Mantenía los ojos cerrados, las manos unidas frente a sí sobre un montón de papeles. Había acudido directamente al despacho desde los jardines de Villa Borghese, y sor Bernadine, rápida y eficiente, la había puesto al corriente de la situación del material que ya estaba a punto para la imprenta. Cuando hubo concluido su informe, sor Bernadine apoyó la espalda en un archivador, empujó con la cadera uno de los cajones y le dijo:

–Oiga, ya sé que no es asunto mío, pero ¿se encuentra usted bien? Se le ven los ojos cansados. ¿Ha estado llorando?

Sor Elizabeth echó la cabeza hacia atrás y rió quedamente.

–Oh, no creo que se note más que lo habitual –dijo, pero al ver el gesto de preocupación en el rostro de su ayudante añadió–: No, de verdad que estoy bien. Pero tiene usted razón, me siento cansada.

–Serán los restos del susto que le dio aquel loco que se metió en su apartamento.

–Es probable.

–Necesita usted unas vacaciones.

–No se preocupe. No será nada.

Ahora permanecía a solas en la penumbra de las desiertas oficinas, con el transistor en marcha, escuchando música pop con el volumen bajo. De mala gana, abrió los ojos a la verde luminosidad de la pantalla del ordenador. Había abierto el archivo de la comparación entre D'Ambrizzi e Indelicato que había redactado semanas atrás, y estudió la historia de sus vidas resumida en unas cuantas líneas, su trayectoria en su carrera hacia el Vaticano. Le interesaban los años de la guerra. Al parecer, ahora no cabía la menor duda de que D'Ambrizzi había estado maquinando algo en París. ¡Cómo le habría gustado echar un vistazo a las páginas de aquel manuscrito que había dejado en New Prudence! Sin embargo, en aquellos instantes sentía mayor curiosidad por lo que había estado haciendo Indelicato, trabajando en Roma, cerca del papa.

En su mente permanecía la imagen de los dos hombres como dos ejércitos, concentrando a sus partidarios, arrasando inexorablemente todo a su paso rumbo a un objetivo. Una carrera hacia la Silla de San Pedro, que había durado toda la vida. D'Ambrizzi e Indelicato, el campesino y el aristócrata, juntos a lo largo de los años, paso a paso, enemigos y hermanos en la Iglesia.

Tanteó en la oscuridad, buscando un paquete medio vacío de cigarrillos ya secos, que desde hacía seis meses guardaba en el escritorio. Por algún motivo indescifrable, fumaba sólo dos cigarrillos al mes, como media. Y ahora había llegado el momento de fumar. Las manos le temblaban, pero cuando halló el paquete, descubrió que estaba vacío. Permanecía olvidado entre clips, gomas elásticas, bolígrafos, hebras de tabaco secas. Sor Bernadine le había ganado la mano. «Dios mío, por favor, te ruego que me prestes un poco de atención. He pasado por unos momentos muy malos, ¿verdad? De modo que necesito fumar, sólo un cigarrillo. ¿Es pedir demasiado? ¿Sabes lo que dicen de Ti? Puede que sea verdad.» Cerró bruscamente el cajón y se observó las manos. No podía apartar la mirada de ellas.

Unas manos secas, huesudas, apergaminadas, manos frías, de venas azules: las manos de una vieja monja.

Estaba sollozando.

Recordaba las manos de Val, siempre fuertes, bronceadas, flexibles. Val ya no envejecería, nunca sería una vieja seca y estéril, doliéndose por la vida, los hijos y el amor que nunca habría conocido.

Elizabeth se contemplaba las manos a través de las lágrimas.

El teléfono estaba sonando.

Se secó los ojos con un pañuelo de papel y sacudió la cabeza en un intento por reprimir las lágrimas, así como las aguas profundas de su espíritu.

Respondió y al otro lado de la línea escuchó una voz conocida, que en parte había esperado oír. La de monseñor Sandanato.

–Escuche, hermana. Quédese donde está. No salga de su despacho con nadie. Espéreme. ¿Entiende lo que le digo? Está usted en peligro. Tenemos que hablar. Ahora mismo salgo de mi oficina.

Sandanato llegó en menos de un cuarto de hora. Jadeaba y tenía el rostro húmedo y brillante debido a la transpiración. Su cutis verde oliva había empalidecido. Se sentó en el borde del escritorio y sus enfebrecidos ojos estudiaron el rostro de Elizabeth.

–¿Dónde se ha metido usted? –preguntó–. Estaba en París y de repente desapareció. Eso es una temeridad. Me ha tenido muy preocupado.

–Lo siento. Me encontré con Ben Driskill y el padre Dunn en París.

–Oh, Dios mío –suspiró para sí–. Prosiga.

–Me fui con ellos a Aviñón.

–Pero ¿por qué?

–Y ¿por qué no? –Elizabeth no intentó ocultar su exasperación–. ¡No es asunto suyo, para que me someta al tercer grado! Recuerde que son dos de los nuestros. Puede que usted y el cardenal no se tomen la teoría de los *assassini* tan en serio como yo, pero ellos han encontrado a un hombre capaz de esclarecer todo lo que ocurre.

–¿Qué hombre? ¿Acaso se refiere...? –Desde el otro extremo del escritorio, Sandanato le cogió la mano–. Perdóneme, hermana. Me estoy comportando como un loco. Pero debe decirme la verdad, ahora. Nos hallamos casi al final de esta terrible situación. Vamos a purgar la Iglesia, hermana, y vamos a hacerlo ahora. Pero debe contarme todo lo sucedido en Aviñón. Por favor.

Le apretó la mano, animándola.

Elizabeth sintió que se le escapaba un suspiro, como si expulsara una espantosa carga, y le contó la historia del viaje para entrevistarse con Calder, el antiguo Kessler. Cuando llegó a la afirmación de que Simon Verginius era en realidad D'Ambrizzi, miró a Sandanato, a la espera de su estallido, de su negación.

Pero eso no ocurrió. Los hombros de Sandanato se hundieron. Entonces se levantó, empezó a pasear por el despacho, con las manos en los bolsillos, y asintió con la cabeza.

–Hermana, usted y Driskill deben apartarse de todo esto inmediatamente. Hágame caso. Ustedes no están metidos en esto, no es de su incumbencia; son sólo gente de paso y no quiero que los atropelle ningún camión. ¿Comprende lo que le digo?

–No. En estos momentos casi no entiendo nada. Ni a usted, ni a Driskill, ni a ninguno de los demás. Pero no puedo creer que el cardenal D'Ambrizzi sea culpable de...

–Prométame que se mantendrá al margen de todo esto. ¡Por favor!

–Ni lo sueñe. ¿Qué le hace estar tan seguro de repente? ¿Por qué no ha protestado ante las afirmaciones de Kessler?

–De acuerdo –exclamó, gesticulando exageradamente para tranquilizarse, controlándose mediante el ejercicio de una férrea voluntad–. Si no he estallado es porque la historia de Kessler tal vez sea verdad. Es posible que D'Ambrizzi haya sido Simon. Sí.

–Pero ¿qué está diciendo? ¿Es Simon ahora? Eso es lo que importa. Pietro, usted aprecia a ese hombre. Está más cerca de él que nadie en el mundo.

–Aquí no estamos hablando de relaciones personales, hermana. Tenemos que ir mucho más allá de todo eso. Nos estamos refiriendo al futuro de la Iglesia. Estamos hablando del hombre que puede llegar a ser papa. Ahora estamos a punto de dar una respuesta definitiva a todo esto. A los asesinatos que sor Valentine descubrió, a su propia muerte, al ataque que usted padeció.

–¿Estamos? ¿A quién se refiere?

–¡Al cardenal Indelicato y a mí! Sí, créame. Su eminencia y yo hemos trabajado juntos para llegar a la verdad.

–¿Usted e Indelicato? ¡Dios mío, pero si ellos dos son enemigos acérrimos! Se odian mutuamente. ¿Qué ha ocurrido? ¿Desde cuándo colaboran usted e Indelicato?

Elizabeth sentía que la cabeza le daba vueltas. Una de las certezas que tenía acerca de la Iglesia era la unión que existía entre Sandanato y D'Ambrizzi, su maestro. ¿Qué había sucedido?

–Desde... Desde el momento en que comprendí que D'Ambrizzi conducía a la Iglesia por el mal camino. Cuando me di cuenta de que no hacía nada para llevar a cabo los deseos del Santo Padre acerca de la cuestión de los asesinatos de sor Valentine y de los demás. En realidad, D'Ambrizzi ha estado oscureciendo la verdad, confundiéndolo todo. Porque él, y sólo él, está detrás de todo lo que sucede. Indelicato y yo vimos lo que le estaba haciendo a Calixto, cómo lo aislaba, cómo le dictaba lo que tenía que decir, cómo lo dirigía, dado que Calixto ya no tenía fuerzas para actuar por sí solo. Nosotros descubrimos las intenciones de D'Ambrizzi y nos quedamos horrorizados.

Sandanato la miró fijamente, y su rostro parecía una máscara agonizante.

–Pero ¿desde cuándo? ¿Cuánto hace de esto?

–Eso carece de importancia, hermana. Lo importante es que comprenda que esto no me ha resultado fácil. Él ha sido como un padre para mí, pero la Iglesia tiene prioridad. Usted y yo estamos de acuerdo en eso. Siempre he sabido que, tarde o temprano, tendría que decirle la verdad. Por eso intentaba hablar con usted respecto a la necesidad de limpiar la Iglesia y de que el bien podía resurgir del mal. Ahora ha llegado el momento de ventilar todo este asunto, hermana.

La suave luz destacaba el rostro de Sandanato en la oscuridad, las mejillas y los ojos hundidos y oscuros. El espíritu de la agonía, del martirio, la voluntad de morir por su Iglesia, correcta o equivocadamente. Se arrastraba hacia el desmoronamiento.

Elizabeth se esforzaba por asimilar todo lo que Sandanato le estaba diciendo. Sin reflexionar sobre ello, intentaba reinventar su mundo. Desde hacía mucho tiempo, D'Ambrizzi era el único pilar seguro de la Iglesia, la infalible antorcha de la racionalidad, del sentido común, de la decencia: el hombre que lo tenía todo en perspectiva. San Jack, el hombre que debería haber sido papa.

–Así que Kessler estaba en lo cierto –murmuró Elizabeth con voz queda–. ¿Es eso lo que intenta decirme? ¿Que es cierto todo lo que asegura Ben?

–No tengo ni idea de lo que Driskill pueda decir, pero quiero que se aparte usted de él y del padre Dunn. Driskill es muy capaz de cuidar de sí mismo.

–Creí haberle oído decir que tanto él como yo teníamos que apartarnos de esto.

–¡Me tiene sin cuidado lo que le ocurra a Driskill, hermana! Es usted a la que yo...

–¿Cree que no puedo cuidar de mí misma? ¿Es eso?

Sandanato prescindió de su repentino arrebato de malhumor.

–Tiene usted que pensar en lo que está sucediendo. Carece de sentido que estemos discutiendo. Usted supone una terrible amenaza para el plan de D'Ambrizzi y él se librará de usted sin pensárselo dos veces como continúe persiguiéndolo. Quizá aún cree en él, pero lo que ha estado usted haciendo, lo que ha averiguado estas últimas semanas, ¡puede destruirlo!

–Eso es algo difícil de creer.

–Piense pues en lo que me habrá costado a mí.

–Si está usted en lo cierto, ¿cuáles son sus intenciones? ¿Qué está pasando?

Sandanato sacó un cigarrillo del bolsillo de su chaqueta, lo encendió y el humo osciló hacia la lamparita que había sobre el escritorio. A Elizabeth ya no le apetecía fumar. Sandanato tosió y con los dedos se sacudió de la lengua una hebra de tabaco.

–D'Ambrizzi está dispuesto a apoderarse de toda la Iglesia, empezando por el mismo núcleo –dijo Sandanato, forzando los ojos para mirarla–. Dispone de un poder centralizado, posee una sólida estructura de apoyo entre los cardenales y en la prensa, tiene el respaldo del dinero de los norteamericanos, mantiene un pie sólidamente apoyado en el mundo material y en la política, y el otro en el Vaticano. La prensa lo adora, hermana. Yo lo quería, como usted y como Val, pero el hombre a quien nosotros queríamos y en quien confiábamos nos ha utilizado para sus propios fines. Él es el único a quien el Santo Padre hace caso. Dispone de un poder absoluto sobre Calixto, sobre su mente, sobre quien tiene acceso a él. Lo está disponiendo todo para que el Santo Padre hable con los cardenales necesarios a fin de que apoyen a D'Ambrizzi como su sucesor. El cardenal D'Ambrizzi quiere ser papa, por eso lo ha preparado todo con el propósito de enterrar para siempre su pasado. ¡Hay que detenerlo!

–¿Y usted e Indelicato pueden lograrlo? –preguntó Elizabeth.

–Si alguien puede, somos nosotros.

–Entonces usted y Driskill son aliados –murmuró Elizabeth, intentando comprender.

–No, no. ¿No se da cuenta? ¡Dunn ejerce un control total sobre Driskill! Lo ha ejercido desde el principio. Dunn es un hombre muy sutil, un manipulador.

–¿Qué hay de malo en eso? Dunn es...

–¿Qué hay de malo? Elizabeth, ¡Dunn es uno de los hombres de D'Ambrizzi! ¿No lo comprende? Es por eso por lo que Dunn ha estado metido en ello desde el primer día en Princeton. Estaba con Driskill aquella noche y fue el primero en encontrar a Driskill en la capilla de la familia con el cadáver de su hermana. Ben Driskill nunca tuvo la oportunidad de reaccionar ante el asesinato de Val sin tener a Dunn a su lado, guiándolo, consolándolo. –Tosió de nuevo por culpa del humo y pasó junto a ella en dirección a la ventana para mirar a la calle–. Dunn debía saber que sor Val iba a morir. Ella estaba demasiado cerca de averiguar la verdad sobre D'Ambrizzi. Lo había relacionado con los nazis en el pasado y sabía que él necesitaba limpiar ese pasado. D'Ambrizzi quería que Dunn se quedara para ver cuáles eran las intenciones de Driskill y para asegurarse de que el trabajo se hacía a conciencia.

–Sin embargo, intentaron matar a Ben mientras ustedes dos estaban patinando.

–Ben convenció a Dunn de que iba a investigar el pasado de Val, de que intentaría reconstruir lo que la había llevado a la muerte.

Las palabras iban surgiendo de su boca, una atrocidad detrás de otra, como bombas de relojería colocadas mucho antes y que ahora estallaban en lo más profundo de su alma. La Iglesia iba a saltar en mil pedazos. Dunn era un canalla, D'Ambrizzi era un canalla, el Santo Padre era un prisionero de D'Ambrizzi. Todo para que D'Ambrizzi pudiera ser elegido papa. Toda una escalada, desde los *assassini* hasta el papado. Cuarenta años.

Sandanato quería que fuese con él; la llevaría a la sede de la orden, donde se quedaría hasta que todo hubiese acabado. Sin embargo, ella se negó. Sandanato insistió. La rabia y la frustración que Elizabeth estaba experimentando surgieron de nuevo a flote y ella lo castigó con sus palabras. Todo aquello era una locura, era imposible estar informado de todo lo que sucedía. Él intentaba explicárselo de forma racional, con calma. Había sido D'Ambrizzi, había sido él quien concibiera aquel brillante y descarriado plan. El papa estaba irremediablemente enfermo. La Iglesia necesitaba sumergirse más en la corriente del mundo secular y D'Ambrizzi era el experto, el maestro. En calidad de papa, pensaba en la Iglesia del futuro como una potencia mundial. Pero aún vivían algunos hombres y una mujer –al final serían dos– que sabían demasiado acerca de su pasado, de su relación con los nazis y con los *assassini.* De modo que había empezado a eliminar los obstáculos. No resultaba difícil entenderlo si se miraba bajo aquel punto de vista, el correcto.

Elizabeth despidió a Sandanato y éste se marchó de mala gana, advirtiéndola de que se mantuviese alejada de Driskill, de Dunn y de D'Ambrizzi hasta que todo hubiese acabado.

Driskill. Cuando se hallaba a solas, apenas podía pensar en articular su nombre. En toda su vida, nada había finalizado de manera tan triste, tan desesperada. Se sentía angustiada, con todas las posibilidades abortadas por lo que se refería a Driskill. Sin esperanza.

Una hora más tarde abandonó el despacho y se vio asaltada por el frío viento de finales de noviembre. La calle estaba oscura y tranquila, ya que las oficinas habían cerrado. Salió con paso brusco del edificio, pero, en cuanto llegó a la esquina, un brillante Mercedes negro se detuvo a su lado.

Del asiento contiguo al conductor bajó un sacerdote con una gabardina negra, bajo la cual asomaba la franja blanca del alzacuello.

–¿Sor Elizabeth?

–Sí.

–El Santo Padre ha enviado este coche a recogerla. Por favor.

El sacerdote mantuvo abierta la portezuela.

–¿El Santo Padre?

–Por favor, hermana. Nos queda muy poco tiempo.

Él la sujetó por el codo y la ayudó a colocarse en el asiento posterior. No había nadie más allí dentro. El vehículo arrancó.

–El Vaticano está en dirección contraria. ¿Puede usted explicarme qué sucede, padre?

El cura se volvió hacia ella y asintió con solemnidad.

–Lo siento, hermana, pero antes tenemos que hacer otra parada.

–¿Dónde?

–En el Trastevere, hermana –contestó él, y el coche aceleró en medio de calles estrechas y vacías, en dirección al Tíber.

El chófer hizo sonar el claxon y una estampida de gatos saltó frenética ante la luz de los faros, en busca de un lugar seguro.

4

DRISKILL

Aún seguía intentando imaginar por qué me habían llevado allí, cuando hicieron entrar a sor Elizabeth en aquella habitación amplia y toscamente acabada. La estancia era fría, estaba llena de polvo y se hallaba prácticamente vacía, aparte de Dunn, D'Ambrizzi y yo. También había un escritorio y unas cuantas sillas colocadas desordenadamente alrededor de una mesa larga y rayada. Nadie había dicho gran cosa, y desde luego nada esperanzador.

Elizabeth venía acompañada por un sacerdote, quien la hizo pasar y luego se fue, cerrando la puerta a sus espaldas. Ella llevaba la trinchera ceñida por la cintura y un bolso colgando del hombro. Nos miró a todos con temor y empezó a decir algo, pero se interrumpió bruscamente en cuanto reconoció a D'Ambrizzi. Éste avanzó sonriente por el suelo de cemento, salió a su encuentro y le señaló la mesa. Ella dudó un momento, pero él era irresistible.

–Por favor, siéntese –le pidió.

Parecía otra persona con el traje gris. Se diría que todo en él había cambiado. Su postura –que normalmente consistía en un suave balanceo sobre los tacones, con las manos juntas formando un óvulo sobre su ancha cintura– tenía cierta indecisión, como si no supiera qué hacer exactamente con los pies y las manos. Le daba un aspecto de inocencia e inseguridad que desarmaba a cualquiera. Por el rostro del padre Dunn pasó una fugaz sonrisa cuando nuestras miradas se cruzaron. «Maldito hijo de puta», pensé.

–Amigos míos –dijo D'Ambrizzi–, me siento profundamente abatido por haberlos traído hasta aquí de forma tan brusca, sin previo aviso, sin ninguna explicación. Pero nos queda poquísimo tiempo y pronto van a conocer mis motivos. No preciso recordarles que estos tiempos son poco corrientes y que como mínimo precisan de medidas poco habituales. Por favor, les pido que acepten mis más sinceras disculpas.

En cuanto todos nos hubimos sentado en torno a la mesa, él cruzó la estancia y separó la silla del escritorio, arrastrándola por el duro cemento. Parecía poco acostumbrado a moverse sin su secretario. A Sandanato no se le veía por ninguna parte.

–Además, deben perdonarme si acaparo esta reunión. Tengo muchas cosas que explicarles y procuraré anticiparme a sus preguntas. Como comprenderán, por desgracia mi tiempo es muy limitado y debo cubrir una larga etapa.

De manera estudiada, consultó su reloj de pulsera, como un actor con un utensilio con el cual no estuviese familiarizado. Sin duda, era Sandanato quien controlaba sus horarios. Apoyó la espalda contra el respaldo de la silla y bajó la mirada hacia el desnudo tablero del escritorio.

–Muy bien, empecemos.

»El padre Dunn es un gran amigo mío, mucho más de lo que puedan ustedes imaginar. Él me ha tenido al corriente de tus actividades, Benjamin. Egipto, París, Irlanda, Aviñón. Me contó lo del manuscrito que se encontró en New Prudence. Sé que piensas que August Horstmann es el asesino. Y, por supuesto, me contó la historia de Erich Kessler acerca de que yo soy ese Simon Verginius que ha desempeñado tan importante papel en el desarrollo de esta historia. Sí, creo que me ha informado bastante bien.

»Ahora bien, debo admitir que te mereces ciertas explicaciones. ¿Que por qué digo "te mereces"? Bueno, Benjamin, mereces conocer la verdad porque tu hermana está muerta. Y usted, hermana, porque estuvo a punto de que la asesinaran. Los dos se merecen la verdad por la determinación que han mostrado, una determinación "imprudente", que raya en la locura. Y todo para descubrir la verdad de unos acontecimientos profundamente enterrados entre los escombros y el polvo del tiempo. Para ser sincero, nunca hubiera creído que tal labor detectivesca pudiera desarrollarse en tales circunstancias. Pero ustedes han perseverado. –Balanceó la cabeza con falsa aflicción; la nariz de banana le colgaba sobre la barbilla, como la de Punch–. Han hecho que este misterio me resulte mucho más difícil de solucionar, me han dificultado mucho más terminar con todos estos asesinatos y, como suele repetir mi fiel Sandanato, "salvar a la Iglesia".

D'Ambrizzi hizo una pausa, como si buscara una respuesta que nos satisficiera a todos, pero luego renunció a encontrarla. Respiró roncamente, con movimientos estudiados, y hundió toda su mole en la estilizada silla.

–Sí, yo era Simon Verginius –dijo desde lo más profundo de su cavernoso pecho–. Es a mí a quien el papa Pío envió a París para trabajar con Torricelli en la organización de un grupo de guerrilleros que protegieran los intereses de la Iglesia: complacer a los nazis, ganarse su confianza y su apoyo, y obtener para la Iglesia una parte de lo requisado. Debo decir que no era una tarea fácil, ya que había hombres, como Goering y Goebbels, que lo querían todo para sí. En cualquier caso, me veo obligado a reconocer que era una tarea perversa, indigna, pero también hay que comprender el peso y la fuerza que tenía una orden personal del papa. La misión tenía que ser lo más secreta posible. Así me lo dijo: me confiaba una misión crucial para la supervivencia de la Iglesia. No pueden ustedes imaginar la fuerza que tenía la personalidad de aquel hombre, su temperamento, como un rayo láser. De modo que eligió a un hombre capaz de llevar a cabo sus instrucciones. ¡Cómo me duele reconocerlo! Pero yo era de natural pragmático y un estudiante de historia. Para aquel que desee perdurar un poco, la historia es la morada de los pragmáticos, la residencia de la Iglesia secular. Bueno, yo también era un hombre secularizado. Dirán que eso no cuadra con un sacerdote. Bueno, puede que sí, o puede que no. Pero yo era el hombre a quien se eligió para hacer aquel trabajo. Y yo estaba dispuesto a hacer cualquier cosa en beneficio de la Iglesia.

»En fin, disculpen si me salto algunas cosas. Intentaré centrarme en los sucesos más importantes.

»Sí, yo maté al padre LeBecq en aquel cementerio. Apenas recuerdo su rostro, ha transcurrido mucho tiempo. Pero era un auténtico cerdo. Matarlo fue un acto de guerra, la ejecución en el campo de batalla de un traidor, un hombre que nos había vendido a los nazis. –Alzó la cabeza con brusquedad y sus ojos de párpados caídos, como los de un cocodrilo, todavía miraban inquisitivos–. ¿Esperaban oír a un cura haciendo acto de contrición? Entonces me temo que han esperado en vano. Como habrán averiguado al reunir todos los datos obtenidos de fuentes diversas, yo, como Simon, nunca me sentí satisfecho ayudando a los nazis, en ningún aspecto. Aquélla era mi misión y durante algún tiempo le dediqué todos mis esfuerzos. Pero no tardé en empezar a colaborar con la

Resistencia y sólo mantuve las relaciones imprescindibles con los nazis para evitar que posaran su claveteada bota sobre el pescuezo de la Iglesia. Sin embargo, estaba muy preocupado por Torricelli, pobre camarada. Él quería vivir y dejar vivir, sobrevivir, ignorar la realidad. Todo cuanto yo hacía y decía parecía asustarlo. Se hallaba atrapado entre los nazis, la Iglesia que yo representaba y varios espías norteamericanos que podían entrar y salir de París como si se tratara de un virus peligroso.

Comprobó la hora en su reloj y luego juntó las manos sobre el escritorio. Sus dedos estaban hinchados, como los tobillos de una mujer excesivamente obesa.

–Sí, hubo un intento de asesinato contra una gran personalidad, contra un hombre muy importante. Iba a viajar en tren hasta París, sí. El padre LeBecq estaba al corriente porque había participado en el plan, pero lo desaprobó. Sin embargo, no le correspondía a él tomar la decisión. Cuando fuimos traicionados y muchos de los nuestros murieron en las montañas, no dudé ni un instante de que era LeBecq quien había avisado a los nazis. De modo que lo ejecuté. A mi manera. –Con un gesto exagerado, hizo crujir sus protuberantes nudillos–. Es cierto que Pío envió de Roma a un hombre para que investigara, para que recogiera las pruebas necesarias a fin de procesarme, si es que era yo efectivamente quien había matado a LeBecq y urdido el asesinato del hombre del tren; aquel que había fracasado en el cumplimiento del Plan de Pío respecto a los alemanes. El hombre enviado por el Vaticano sabía que esta última acusación era cierta. Pío ya estaba harto de mí, los nazis no hacían más que irle con quejas sobre mi poca disposición a complacer sus deseos. En efecto, ese hombre enviado por Roma era conocido en algunos ámbitos como el Recaudador. Él había venido a recoger información, pruebas y Dios sabe qué otras cosas. Pero aquella labor le resultaba difícil, pues yo había desarticulado a los *assassini* o a los pocos que quedábamos con vida y, en todo caso, nadie conocía su verdadera identidad. Nadie a excepción de ellos mismos y de mí, que era el único que los conocía a todos. Bueno, y también otro agente, cuyo nombre en clave era el Archiduque. También es cierto que existía un documento procedente de la época de los Borgia, una lista de los nombres que lo abandonaron y arriesgaron todo al servicio de la Iglesia, hombres que mataron en nombre de los papas, de la Iglesia. Mandé ese documento al norte de Irlanda con dos de mis subordinados: el hermano Leo y el mejor de mis hombres, el más generoso, aquel en quien yo más confiaba: August Horstmann.

»Cuando hubieron partido para Irlanda, ya no supe nada más de ellos. Yo tenía mis propios problemas en París con el Recaudador y cuando éste se me tiró encima, lo presentí, ya que los pelos de las orejas se me erizaron. Entonces comprendí que estaba tramando una acusación en regla, la cual sin duda dejaría satisfecho a Pío, quien habría hecho cualquier cosa para castigarme. Cualquier cosa. Entonces, *in extremis,* acudí a tu padre, Benjamin, a mi viejo compañero de armas, uno de aquellos agentes de la OSS que en aquella época recorrían Europa como fantasmas, haciendo todo el bien que podían, obteniendo información para los aliados con los medios que más a mano tenían. Hugh Driskill utilizó toda su considerable influencia para sacarme de París, con el Recaudador, frustrado y furioso, pisándome los talones. Hugh Driskill me llevó a Princeton, mientras él y su amigo Drew Summerhays empezaban a negociar con Pío para que me dejara regresar a Roma, para que autorizara mi retorno sano y salvo.

D'Ambrizzi encendió otro de sus cigarrillos negros con la faja dorada y miró fatigosamente a través de los párpados entornados, que parecían parpadear a cámara lenta. Nos estaba ofreciendo una extraordinaria representación.

–Ahora pasemos al manuscrito, a lo que estaba redactando mientras tú y la pequeña Val queríais que saliera a jugar a la pelota con vosotros, o a trabajar en el jardín contigo y con tu madre. ¿Por qué lo anoté todo? Necesitaba contar con algo más que lo que tu padre y Summerhays pudieran negociar con Pío, dado que éste tenía un motivo muy personal para odiarme, para temerme. Precisaba de una auténtica póliza de seguros si deseaba seguir en la Iglesia y proteger mi vida. De modo que estaba escribiendo mi seguro de vida. Una vez lo dejé en manos del sacerdote del pueblo, supe que ya estaba a salvo. Me llevé una copia a fin de enseñársela a Pío y poderle decir que en caso de que yo muriera, el mundo se deleitaría con la historia de los *assassini* y con su determinación a colaborar con los nazis en el saqueo de las obras de arte en Europa. Si en el manuscrito utilicé los nombres en clave fue porque tenía que protegerme contra la posibilidad de que el viejo párroco de New Prudente lo leyera y se enterara de demasiadas cosas. A pesar de todo, los nombres en clave no invalidarían los detalles de la historia. Todos estaban allí y eran la prueba interna. Podían comprobarse porque había sucedido.

»En cuanto finalicé el manuscrito y tu padre y Summerhays hubieron preparado el camino para mi vuelta, puedes estar seguro de que tuvo que ser un trago muy amargo para Pío. En fin, regresé a Roma y levanté mi porra sobre todos ellos; luego seguí mi camino, mi carrera, sano y salvo. Ahora bien –nos miró directamente a los ojos–, esto forma parte del pasado, ¿verdad?

Yo había escuchado desde el principio, intentando llegar a una conclusión. Cuando D'Ambrizzi hizo una pausa para coger fuerzas, yo aproveché la ocasión para intervenir. Aquella habitación estaba mal ventilada y ahora habían encendido la calefacción, de modo que hacía mucho calor allí dentro. Se oían los ruidos de la cocina del restaurante, que se hallaba situada encima de nosotros. Mi voz sonó afectada, forzadamente aguda.

–Lo que pudo usted hacer en el pasado no es asunto mío y lo que sea capaz de hacer la Iglesia ya no constituye una sorpresa para mí. Lo del pontífice simpatizante de los nazis encaja bastante bien. Si ahora nos cuenta la verdad, mucho mejor para usted. ¿Que mató al cabrón de LeBecq? Bueno, eso ya es agua pasada. No tiene nada que ver conmigo. Si yo estoy aquí es porque alguien asesinó a mi hermana.

–Si estás aquí, Benjamin, es porque te he hecho venir. Pero sigue, hijo. Cuando te miro, veo al muchachito que eras entonces: impaciente, ansioso por jugar. Aquel muchachito todavía está en ti. No has cambiado. Tú quieres arreglarlo todo.

–Yo sólo quiero averiguar quién mató a mi hermana, quién está detrás de su muerte. Horstmann sólo apretó el gatillo. Su camarada Horstmann, el mejor de sus hombres. Él me clavó el cuchillo en la espalda, pero ¿quién lo envió? Usted parece ser el candidato número uno y para mí sólo es un viejo gordo que está ansioso por ser papa. No es usted un gran hombre. El hecho de que sea un cardenal me tiene sin cuidado. ¡Y no es usted ningún santo, aunque sea san Jack!

D'Ambrizzi sonreía y asentía con suavidad, como si me estuviera concediendo el perdón. Dunn se entretenía estudiando un rincón del techo. Sor Elizabeth parecía hipnotizada y se miraba las manos, que mantenía en su regazo. Esperando. Inmóvil.

–Comprendo que debo de parecerte muy sospechoso –contestó D'Ambrizzi–. Pero recuerda una cosa: yo te traje aquí para hablar contigo, para explicarte lo que estoy haciendo ahora y lo que hice en el pasado. Si yo fuera el hombre que tú crees, podría haberme limitado a dejar que te matasen. Si ya he ordenado que mataran a tanta gente, ¿por qué no a unos cuantos más?

–Se me ocurren cientos de razones –exclamé.

–Sólo una es la que importa. No estoy matando a nadie, Benjamin. Yo fui Simon, pero no he activado a Horstmann al cabo de cuarenta años. Tampoco lo he visto, ni he hablado con él, ni he tenido noticias suyas desde que lo vi por última vez en París y le entregué el concordato de los Borgia que Pío me había confiado. –Me miraba a través del humo que fluctuaba ante él, entornando los ojos como Jean Gabin en una de sus viejas películas–. Eso nos lleva a la siguiente pregunta, ¿no? La pregunta que debemos contestar es: ¿quién lo ha llamado de nuevo para que haga su trabajo?

D'Ambrizzi se apoyó en el respaldo y la silla rechinó. Luego se cruzó de brazos y siguió mirándome a través de sus ojos medio entornados.

–¿Quién? –pregunté–. ¿A quién estamos buscando? Bien, en primer lugar tiene que ser alguien que supiera cómo localizarlo. Segundo, debe ser alguien que supiera que había sido un asesino al servicio de la Iglesia. Y tercero, será una persona de quien Horstmann esté dispuesto a recibir órdenes. Y es muy probable que Horstmann sólo reciba órdenes de Simon. De modo que tengo la impresión de que es Simon Verginius quien está reactivando la red de sus antiguos camaradas.

–Eso parece –replicó D'Ambrizzi–. Tú eres un abogado y como tal ya estás preparando una acusación de las tuyas. Pero ¿no es eso lo que pretenden, señoría? ¿Hacer que Simon parezca el hombre en cuestión? Eres dueño de pensar lo que te dé la gana, Benjamin; siempre has demostrado tener una mente independiente. Pero permíteme por un instante que utilice otro enfoque. –Se inclinó hacia delante, con los codos sobre la mesa–. Alguien está guiando a Horstmann, dándole instrucciones. Ese hombre desconocido es el auténtico asesino. En eso estamos de acuerdo.

–Por lo que a mí respecta y para ser exactos, Horstmann no está libre de responsabilidades. Él fue quien apoyó el arma sobre la cabeza de mi hermana.

D'Ambrizzi asintió, pero continuó con su discurso:

–¿Por qué se ha matado a esa gente? Estoy dispuesto a coincidir con Herr Kessler en este punto: para suprimir a los que conocen la verdad acerca de lo sucedido en París durante la guerra, a cualquiera que conozca la verdad respecto a la Iglesia, los nazis, los *assassini* y la participación de nuestro asesino. Las personas que representan un peligro para este hombre deben morir. Ahora bien, ¿quién sería el más perjudicado si toda esta historia saliera a la luz?

–Alguien que estaba matando gente en París –contesté–. Y eso nos conduce otra vez a Simon Verginius. Alguien que tiene mucho que perder en la actualidad, alguien que desea hacer un alto en el papado antes de alcanzar la canonización. Usted encaja a la perfección en este retrato, san Jack.

–Sin embargo, ¿es el viejo san Jack el único sospechoso? –inquirió D'Ambrizzi, sin alzar la voz–. ¿Y si existiese otro motivo detrás de tanta devastación? Piensa en la elección de un nuevo papa. En este caso tratamos con un electorado muy reducido: el Colegio Cardenalicio. El papa moribundo es un hombre de gran influencia personal. Hay muchas formas para influir en el electorado. El dinero es una, desde luego. Promesas de poder, acceso a los favores del papa. Pero también está quizá la más antigua de todas: el miedo. Deja que te diga qué es lo que más temen la curia, el Vaticano y los poderes de la Iglesia, el anatema final: la destrucción del orden. Dale otro nombre, si quieres. El caos. No existe nada peor. Todos reaccionarán ante el caos, te lo aseguro, y eso que son hombres poderosos. Lo sofocarán, lo aplastarán y, no te quepa la menor duda, saldrán victoriosos. Todos acudirán a un hombre con mano de hierro, ¿me comprendes? Si es preciso, la Iglesia soportará un retroceso hacia la oscuridad, hacia la represión de los disidentes, un retorno incluso a una nueva Inquisición. Ellos serán felices proporcionándola. Hay quienes piensan que, en efecto, hace mucho tiempo, demasiado, que se viene retrasando esta nueva Inquisición. El papa que se está muriendo aborrece el caos tanto como cualquier hombre vivo. También él puede mirar hacia ese hombre poderoso, ese bruto, esa trituradora. De modo que debemos formularnos esta pregunta: ¿quién saldría más beneficiado del miedo, el caos y el desorden? La respuesta, por supuesto, es ésta: aquel que lo está creando. Él es la respuesta a todas nuestras preguntas.

Finalmente intervino sor Elizabeth, su voz repleta de frustración.

–¿Por qué está jugando con nosotros? ¿Cómo vamos a averiguar de quién se trata? ¿Hasta cuándo va a continuar esa locura? ¿Y si es usted? ¿Si es usted ese hombre que va a beneficiarse? Es usted quien tiene acceso al papa. Dios mío, hace que todo esto parezca cosa de la Mafia, el KGB o la CIA. ¡Pero se trata de la Iglesia! ¡La Iglesia es mucho mejor que todo eso!

D'Ambrizzi escuchaba y mantenía los ojos cerrados, asintiendo lentamente con su enorme cabeza, al parecer de acuerdo con ella. Con un ruido carraspeante, se aclaró la garganta.

–La triste verdad es que cuando los intereses son lo bastante elevados y cuando existe una lucha para detentar el control y el poder, hay menos diferencias de las que podría usted imaginar entre esos organismos que ha mencionado y la Iglesia. Así nos lo enseña la historia. Su amiga sor Valentine lo entendió como nadie. Comprendió muy bien la cara de la Iglesia que no se dedica a las buenas obras. Pero también entendió que los objetivos de la Iglesia, al margen de lo que ésta signifique para todos nosotros, eran muy distintos a los de esos organismos que usted acaba de nombrar.

»Respecto a cuánto va a durar todo esto, no mucho, se lo puedo asegurar. Nos encontramos ya casi al final.

»Además, no estoy jugando con ustedes. Le aseguro que sé quién se esconde detrás de todo esto. Pero, si se lo dijera, ¿me creerían? Puede que todavía no. Pero pronto, muy pronto...

»Sin embargo, primero debe celebrarse la gran fiesta del cardenal Indelicato. Al final, su sentido de la oportunidad se ha mostrado realmente audaz. Les aconsejo que no se la pierdan.

–¿Una fiesta? –pregunté, reaccionando algo tarde–. ¿De qué está usted hablando?

–Pero ¿cómo, Ben? Las fiestas de Indelicato son ya una leyenda. No alcanzo a comprender qué está celebrando en esta ocasión, pero será una velada memorable, te lo aseguro. Estoy convencido de que querrá verlos allí. –Sus pesados párpados se cerraron sobre sus ojos de reptil–. Créanme, no deben perdérsela. Además, les tengo reservada una sorpresa, pero sólo en la fiesta. –Retiró la silla hacia atrás–. Ahora mi chófer los acompañará. Yo debo regresar a mis asuntos.

–Una pregunta –le interrumpí–. Es acerca de algo que usted ha dicho. ¿Por qué Pío le odiaba tanto?

Sor Elizabeth también se había levantado:

–¿Y quién era el hombre del tren? ¿En qué consistía el Plan de Pío? ¿En su determinación a volver a poner en circulación a los *assassini*?

D'Ambrizzi se detuvo y luego se volvió, achaparrado, ancho y sólido a pesar de los años. Su mirada se centró en sor Elizabeth y la sorpresa se reflejó en sus grandes rasgos.

–Pero ¿no se dan cuenta de que una cosa está relacionada con la otra? No me importa admitir que Pío tenía sus buenos motivos para mirarme con recelo. Deben saber que era el papa quien se supone que iba en aquel tren.

–¿Y usted iba a matarlo?

Había conmoción e incredulidad en la voz de Elizabeth.

–Sí, nuestra intención era asesinar al papa. Sorprendente, ¿verdad? Sin embargo, deje que le diga que ésta es una gran tradición. Más tarde nuestro plan se conocería como el Plan de Pío, el plan para asesinar a Pío. Resulta fácil, ¿verdad?, cuando se conocen las respuestas. Montones de explicaciones pueden tener sentido, pero sólo una es la correcta. Recuérdelo a medida que nos acerquemos al final.

–Aguarde un momento. –Sor Elizabeth fruncía el ceño, como si fuera incapaz de aceptar del todo aquella declaración–. ¿Usted intentó asesinar al papa Pío?

–Eso es exactamente lo que se merecía, hermana.

–De modo que el padre LeBecq dio el soplo, avisó al Vaticano, Pío anuló el viaje y luego usted mató a LeBecq.

–Ya se lo he dicho, yo lo maté. Yo creía que él era el culpable de la muerte de mis compañeros. Sin embargo, hay un problema en todo esto. Algún tiempo después, un amigo mío me informó de que no era LeBecq quien había informado al Vaticano. De modo que yo había matado al hombre equivocado. Aun así, la suya no fue una gran pérdida.

–¡Dios mío! –exclamó sor Elizabeth, asombrada.

D'Ambrizzi se acercó a ella y le cogió la mano, impidiéndole que se alejara.

–Pobre hermana, pobre muchacha. Está pasándolo muy mal con todo este asunto. No sabe cuánto lo lamento. Sin embargo, lo único que puedo hacer es terminar de una vez por todas con esta pesadilla.

–¿Quién intentó matarme?

Se esforzaba por no llorar.

–Pronto, muy pronto terminará todo. Comprendo su preocupación ante el atentado de que fue objeto. Tiene usted razón, es una especie de locura. Un cura que intenta matar al papa, que mata a otro cura con sus propias manos. Y, sin embargo, este cura es también el anciano que tiene ante usted, un hombre a quien conoce desde hace mucho y en quien confiaba. Debe sentirse confundida. ¿Qué conclusión sacar? Bueno, yo hace mucho que dejé de preocuparme por la moralidad de todo esto. Hice lo que necesitaba hacer, lo que consideraba correcto. No es una conducta ejemplar, si uno desea ser un buen sacerdote. Pero a mí nunca me ha preocupado gran cosa ser un buen sacerdote. Prefiero ser un buen hombre. –Echó un vistazo a su reloj–. Mañana por la noche, a esta misma hora, en la villa de Indelicato, empezará el último acto. Por el momento, buenas noches. –Se detuvo antes de cruzar el umbral y se volvió a mirar hacia atrás–. Vayan con cuidado.

Esa noche, a solas en mi habitación en el Hassler, reflexioné acerca de la versión de D'Ambrizzi. El padre Dunn se había marchado a sus asuntos sin pronunciar ni una palabra respecto a las implicaciones de su relación con D'Ambrizzi. Por otra parte, tampoco me imaginaba haciendo otra tentativa con sor Elizabeth. ¿Hasta dónde podía llegar el grado de estupidez de un hombre? ¿Por qué no intentar el récord olímpico?

De modo que permanecía sentado, reflexionando sobre D'Ambrizzi en las montañas, cuando esperaba el tren donde viajaría el papa. La audacia de su plan resultaba sorprendente. ¿Qué habría sucedido, de haber tenido éxito? ¿Habría encontrado la Iglesia a un gran hombre, a un gran líder que hubiese contribuido a desenmascarar a los nazis? ¿Habría sido diferente la evolución moral de la Iglesia? ¿Habría salido de la guerra preparada para dar ejemplo? Si la Iglesia hubiese sido distinta, ¿habría sido yo también un hombre distinto? ¿Podría haber sido yo sacerdote en esa Iglesia que –puesto que Pío había conservado la vida– nunca había existido?

Mi vida no se había desarrollado como yo había previsto y no concebía un tiempo en que yo no tuviera que pagar un precio u otro. Había perdido a la Iglesia y con ella el cariño de mi padre, y en algún lugar del camino había empezado a odiar a ambos. ¿Qué habría ocurrido si D'Ambrizzi y su pequeño grupo hubiesen matado a Pío? ¿Conservaría yo aún a la Iglesia y a mi padre?

Llegué a la conclusión de que aquélla era una respuesta que no llegaría nunca a averiguar.

Sin embargo, me preguntaba quién habría traicionado la conspiración para asesinar a Pío.

Mi espalda ya estaba casi curada. La herida estaba fruncida y cicatrizada. Los dolores ocasionales eran más que nada unas sordas palpitaciones cuando se presentaban, no la punzada abrasadora de antes. Llené la bañera con agua caliente, que empañó el espejo, y abrí una botella de whisky escocés que el padre Dunn había encontrado en una tienda que proveía a los británicos sedientos. Su sabor era casi dulzón y al mismo tiempo tenía un regusto a tierra y a turba ahumada. Nunca había saboreado nada tan exquisito. La marca era Edradour, y Dunn me había explicado que procedía de la destilería más pequeña de Escocia. Ignoraba si Dunn estaba interesado en alguna otra materia, pero, por lo que se refería a cuestiones de alcohol, el hombre sabía lo que se hacía. Entré en la bañera y fui vertiendo Edradour en el vaso con hielo, hasta que sólo quedó media botella. Bajo los efectos de la fuerte bebida, algunas de mis preocupaciones se fueron difuminando.

Me sentía muy cansado y probablemente ya no importaba gran cosa que nada fuese lo que parecía en un principio. Era como si Roma y los falsos altruismos de aquella ciudad, sus intrigas, me engulleran por completo, y nadie fuera a notar mi ausencia. Se trataba de una sensación extraña, desconcertante, pero también tranquilizadora. Puede que simplemente me tuviera sin cuidado. Yo no iba a representar una pérdida grave. Bueno, en Roma las cosas se hacían de forma muy distinta. Y cuando uno está en Roma, se supone que debe hacer lo que hacen los romanos. Pero ¿quién podía haber imaginado que esto funcionaba así?

D'Ambrizzi.

¿Hasta qué punto era aquello verdad? ¿Era la verdad, en el sentido general que se atribuye a ésta? ¿Recordaba siquiera alguien lo que era la verdad? Yo permanecía tumbado en el agua, acalorado, y mi mente deambulaba por la ilusión.

Me sentía como si estuviera muriendo en una playa, con una bella muchacha llorando a la sombra de unos cocoteros, y allí estaba el coronel, su sombra cerniéndose sobre mí, el sol brillando detrás de su cabeza con el picudo gorro de oficial, deslumbrándome. El coronel, con su estúpido rostro, las gafas y la pistola.

En mi mente resonaba una canción de Donald Fagen, parecida al jazz, melancólica, pero yo sabía perfectamente que estaba en la bañera, con el vapor, el whisky, el hielo derritiéndose en el cubo del Hassler, y el miedo a lo que podía ocurrir al día siguiente transformándose en un nudo en el estómago. Sin embargo, también me hallaba tendido en la arena, sangrando, y la lancha a motor que yo había alquilado al hombre cadavérico, con zapatos de dos colores, nunca se había presentado en la playa a recogerme, y la chica me había traicionado, el coronel también me había traicionado y yo sabía que iba a morir. Estaba enterado de la conspiración, había leído la novela, creo que sólo me quedaba la mirada de despedida. Mi mente estaba desvariando, yo farfullaba en voz baja la canción, como si una extraña fiebre fuera a consumirme, a no ser que los tragos que me había tomado me...

¡Por Dios! ¡D'Ambrizzi había intentado matar al papa!

Y había conseguido matar a LeBecq, el hombre equivocado. ¡Y eso, simplemente, le tenía sin cuidado!

¿Cómo podían ocurrir tales cosas?

Debía tratarse de la guerra, sin duda. Estaban en guerra y eso lo transformaba todo. Ya no se aplicaban las reglas.

Por fin, me dirigí tambaleante hacia la cama y me acosté tiritando, pensando en la oscura, cálida y torneada suavidad de Gabrielle LeBecq, consciente de que nunca volvería a verla, deseando que me ciñera con sus piernas y me guiara a su interior, donde por fin estaría a salvo. Quería estar seguro y no me parecía que eso fuera pedir demasiado.

Me pregunté si la fiesta del cardenal Indelicato sería un lugar seguro. Parecía poco probable. Nuestras invitaciones nos estaban esperando en el Hassler. Indelicato solicitaba el placer de nuestra compañía en su villa.

La noche del día siguiente.

Una vez más, mi madre me aguardaba en mis sueños.

Era el mismo sueño de siempre.

Sin embargo, en esta ocasión se me acercaba más, como si una extraña sensación de urgencia la empujara hacia mí. Seguía vestida con el tenue camisón, o una bata, y era la misma escena con la que me había familiarizado a lo largo de los años. El sueño, el recuerdo de ella tendiéndome los brazos, su pelo desgreñado, las sortijas que brillaban en sus largos dedos de uñas afiladas. Pero esta vez se me aparecía con mayor nitidez, como si se hubieran descorrido unos visillos entre los dos.

Era como si yo experimentara una leve turbación, como si la viera en un momento de intimidad y no debiera haber estado presente en absoluto. Sin embargo ella sabía que yo estaba allí, me tendía las manos para hablar conmigo y yo olía su perfume, uno de esos con aromas a gardenia que se huelen en la infancia y que ya nunca se olvidan; pero al mismo tiempo su aliento olía a ginebra, a martini. Todo esto ocurría por vez primera, era algo nuevo en mi sueño. Ella salía de su dormitorio, la luz brillaba amarillenta a sus espaldas, era de noche. Me daba cuenta de que yo llevaba mi bata de cuadros roja sobre el pijama, tendría diez o doce años y por primera vez oía su voz con gran claridad.

En el sueño nunca la había oído hablar, pronunciar palabras, auténticas palabras, sin embargo, era consciente de que se trataba de un recuerdo, de que estaba recordando algo que había sucedido pero que había olvidado, reprimido. Las palabras llegaban de lejos, de muy lejos, mi madre me llamaba, repetía mi nombre. «Ben, Ben, escúchame, por favor.» La voz de mi madre me suplicaba. «Escúchame.» Yo retrocedía, me apartaba de su lado, no la veía como era normalmente, no tan perfecta, ni transparente ni bondadosa. Aquella mujer había estado llorando y bebiendo, y tenía la voz ronca, como si sollozara, con un pañuelo estrujado en la mano, suplicando. Quería que yo me acercara, pero en ella había algo que me asustaba, quizá era ésa la diferencia que advertía en ella. Su voz se alzaba desgarrada, rota. «Ben, no huyas de mí, por favor, querido, escúchame.»

Luego yo me aproximaba, tan grande era su apremio. Sentía su mano al cerrarse sobre la mía, fuerte, como la garra de un pájaro, y veía el pájaro empalado en la punta de la verja de hierro hacía mucho, mucho tiempo; veía los asustados ojos de mi madre, que me observaban fijamente, pero todo se mezclaba en mi sueño: el pájaro, la valla, la voz desgarrada de mi madre, su mano como una garra, un conjunto de huesos sobre los míos. De pronto el pájaro cobraba vida, se agitaba sobre la verja, moribundo, retorciéndose, golpeando con las alas, aleteando sin cesar, dando pataditas, y entonces se transformaba en otra figura. ¿Por qué? ¿Por qué? Porque se trataba de un sueño, supongo. El pájaro era ahora un hombre, con los pies balanceándose en el aire. Era negro, completamente negro, como el pájaro moribundo, y también estaba agonizando; la imagen de aquel hombre, negro sobre blanco. Entonces intuí quién era. Muriéndose. Ya muerto, balanceándose al impulso del viento.

El padre Governeau.

Fuera, en el huerto, una imagen que nunca había visto.

Pero yo la veía entonces, en mi sueño. ¿Por qué? No tenía ni idea. Se trataba de un sueño, ¡maldita sea! De un sueño y de algo más, sin lugar a dudas.

Entonces oí mi propia voz. «El cura en el huerto.»

Yo nunca había dicho aquello con anterioridad, no a mi madre. Era una situación imposible, pero allí estaba yo, soltándoselo a mi madre en pleno rostro, y las lágrimas parecían salir disparadas de sus ojos, como si éstos estuviesen demasiado maduros y estallaran, derramando sobre las mejillas toda su pena, como si su rostro se derritiera, como si yo estuviera perdiendo a mi madre, allí en el pasillo, y oyera su voz.

«Tú, tú, has sido tú. Tú lo has hecho. Has sido tú desde el principio. Tú y sólo tú. Yo no podía hacer nada. Era demasiado tarde. El pobre cura...»

Entonces dio media vuelta, entró en el dormitorio y cerró la puerta.

Me quedé de pie en el pasillo frío como el hielo, oscuro. Estaba temblando. Me desperté en mi cama de Roma, empapado en sudor, temblando, agotado, lleno de temor y espanto. Durante más de treinta años había sufrido aquella pesadilla y durante todo ese tiempo me había esforzado en oír las palabras de mi madre, en verla con mayor nitidez y en comprender el significado de ese sueño.

Ahora por fin lo había logrado.

Sin embargo, deseé no haberlo conseguido nunca.

Tenía la impresión de que mi madre me estaba culpando por lo que le había ocurrido al padre Governeau.

Todo parecía mezclarse. El padre Governeau, Val y todo lo demás. ¿Por qué Val había mostrado en el último momento tanto interés por el padre Governeau?

¿Por qué me culpaban a mí?

Los golpes en mi puerta empezaron poco después de las tres de la madrugada, y yo permanecí allí tumbado, con problemas para decidir si aquello ocurría en mi sueño o no. Cuando finalmente me dirigí a la puerta y la abrí, sor Elizabeth estaba a punto de iniciar otra tanda de golpes. Le pregunté si sabía qué hora era.

–¿Y eso qué importa? ¿Qué hora es?

–Las tres de la madrugada pasadas.

–Eres un tipo fuerte. Podrás soportarlo. Anda, déjame pasar.

Llevaba la trinchera mojada y su pelo brillaba con las gotas de lluvia. Por debajo asomaba un suéter negro con el cuello vuelto, pantalones y zapatos con la suela de goma. Pasó ante mí y entró en la habitación. Se comportaba como si tuviera prisa, pero yo sabía que se trataba tan sólo de su naturaleza hiperactiva. Al final lo había digerido todo.

–¿Qué has venido a hacer aquí? ¿Ocurre algo?

–Ya no aguanto más tantas discusiones y esta incertidumbre. Entre nosotros, quiero decir. Tenemos que hablar antes de que todo eso estalle. Es mi mundo, Ben, y todo se me viene encima. No, no me interrumpas. No hacemos más que pelearnos y luego nos sentimos peor que antes. Así que deja que te explique lo que bulle en mi cabeza y no pronuncies ni una palabra a menos que te haga una pregunta directa. –Asentí con la cabeza–. Me preocupa que me quiten la vida antes de haberla podido disfrutar. Pienso que Val iba a abandonar la orden para casarse con Lockhardt. Sé lo que sentía por él y creo que he sentido lo mismo hacia ti. Eso es algo que me preocupa. También mi fe en la Iglesia se ha hecho pedazos. ¿Qué puede suceder si la Iglesia se halla metida en todo esto? ¿Qué le ha ocurrido a la Iglesia?

–Voy a tomarlo como una pregunta directa y la respuesta es que se trata de la misma Iglesia de siempre, sólo que ahora ves la parte que te negabas a aceptar. No es ni mejor ni peor que antes.

–Pues yo ya no sé qué pensar. De repente, mi Iglesia es un misterio. No sé si hay alguien en ella en quien se pueda confiar. D'Ambrizzi tiene más caras que una galería de retratos y yo necesito a alguien en quien creer. Así que me preguntaba si tú...

–Oye, yo...

–Eso no era una pregunta. Mira, normalmente soy una persona muy organizada, con mi horario, mi agenda y una mente metódica. Puedes pensar que es todo una mentira, pero no lo es. Hace mucho que soy monja y admito que he desarrollado ciertos estilos de pensamiento: acerca de mi vida, de mí, de mis sentimientos o de mi fe. No quiero aburrirte con todo esto, pero tienes que entender que la forma en que he aprendido a pensar y a creer es algo muy fuerte. Ahora tropiezo contigo y resulta que eres una especie de ex jesuita medio loco, cuyas razones son más complicadas y sus defensas están más deterioradas que las de cualquiera que yo haya conocido en mi vida. Pero eso no significa que no me gustes o que no te aprecie, incluso a pesar de que te empeñes en tratarme como a una absoluta basura siempre que se te presenta la ocasión. En fin, en cuanto te miro me digo que tengo ante mí un caso digno de estudio, pero que probablemente podrías tener arreglo. En estos momentos, sólo te pido una respuesta a una pregunta. Luego, lo único que tienes que hacer es permanecer ahí sentado y esperar, procurando no comportarte como un estúpido animal lleno de resentimiento hacia la Iglesia que, Dios lo sabe, es una institución imperfecta.

–¿Esperar a qué?

–A averiguar qué voy a hacer a continuación, supongo.

–¿Cuál es esa pregunta, hermana?

–¿Hablabas en serio cuando me lo dijiste?

–Te dije un montón de cosas. Algunas eran en serio.

–Sabes perfectamente a qué...

–Mira, si has venido aquí en busca de otra discusión, soy justo el tipo que...

–¡Dijiste que me amabas! Ahora quiero que me...

–Es cierto que te lo dije. Ahora quieres saber si estaba mal de la cabeza, ¿no? Bien, pues yo también me he formulado esta misma pregunta. ¿Vale la pena? ¿Qué sentido tendría sacrificarme de nuevo por la Iglesia? ¿Quién necesita esa absurda creencia en este ridículo sortilegio, tanto si es auténtico como si no?

–Nadie ha dicho que necesite a una lumbrera, Ben.

–Y yo nunca he sugerido que tú, o cualquier otra persona, pueda necesitarme.

–Quiero saber qué querías decir cuando me aseguraste que me amabas.

–¿Nunca te lo había dicho nadie? Me refiero a un hombre.

–Sí. Pero existe el amor en un descapotable cuando se tienen diecisiete años y luego está el amor verdadero. ¿A cuál de estos dos te referías?

–Bueno, la verdad es que hace mucho tiempo que dejé atrás los diecisiete años. Te amo, hermana, y me refiero al amor verdadero. Lo siento, lamento provocarte todo este lío, pero te amo de verdad. Y ahora, si tienes otra pregunta que hacerme, te agradecería que no sea «¿por qué?». No tengo ni idea. El amor, el verdadero, simplemente se presenta, hermana. Puede que sea un indicio de que estoy loco, o puede que constituya una prueba de que a fin de cuentas puedo encontrar a alguien a quien amar, ¡y justo en el momento en que parece lo más imposible! ¿Qué quieres de mí? ¡Estamos en mitad de la noche!

–No hay más preguntas. Tengo que pensarlo y puede que eso me lleve algún tiempo. Si cambias de opinión, házmelo saber.

Antes de que pudiera darme cuenta de lo que estaba sucediendo, ella ya se había marchado. Me quedé allí de pie, en pijama, observando cómo se iba.

¿Por qué me había dejado enredar?

Era sencillamente increíble, nada más.

Una monja.

5

Driskill

Debía de haber más de mil velas titilando en el vestíbulo, en el gran salón y a lo largo de los numerosos pasillos de Villa Indelicato, edificada en el siglo XVI y desde entonces residencia de aquella familia aristocrática. Cardenales, estadistas, científicos, banqueros, bribones, poetas, amantes, generales, ladrones, de todo había engendrado la sangre de los Indelicato a medida que los siglos iban desfilando. La villa había contemplado la última remesa, la producción de los tres últimos siglos. Estaba primorosamente conservada, con una servidumbre fija compuesta por 30 personas, y ahora en poder del cardenal Manfredi Indelicato, que tenía grandes posibilidades de convertirse en el primer papa de la familia Indelicato, en opinión de los romanos menos afortunados.

Todo aparecía dispuesto de forma absolutamente impecable. Aleteaban las llamas de los candelabros sobre los suelos de mármol color melocotón, las notas de Vivaldi surgían de los instrumentos de la orquesta de cámara, los hilos de oro que se entrelazaban en los tapices, el aroma de los pinos penetraba por los portales abiertos, la multitud formada por clérigos con todas sus galas, mujeres con elegantes vestidos de alta costura y exhibiendo kilómetros de cremosa pechuga, hombres de cabello cano que podían permitirse tales mujeres, artistas de cine, ministros, el rumor de las conversaciones que se mezclaban con la música, la gran sensación del drama inherente a la certeza de que el papa podía estar agonizando en una cámara aislada en el Vaticano, y la tensión a menudo sensual cuando una multitud acicalada e influyente se exhibía.

Sor Elizabeth, el padre Dunn y yo llegamos en la limusina que atentamente nos había proporcionado el cardenal D'Ambrizzi. Subimos el largo y elegante tramo de escaleras, y pronto nos vimos inmersos en el flujo de la celebración. Elizabeth fue reclamada de inmediato por conocidos suyos y unos sacerdotes amigos de Dunn lo acapararon, de modo que me dediqué a deambular solo. Champán, comida primorosamente elaborada y dispuesta sobre largas mesas o en las bandejas que paseaban los camareros vestidos de gala. La luz de los candelabros, sólo ligeramente potenciada por la luz eléctrica, derramaba una ensoñadora tonalidad rosada.

La villa era una residencia, pero en noches como aquélla se convertía en un espectáculo. Sin embargo, también era un museo particular. En las paredes, de unos doce metros de alto, colgaban tapices y cuadros pertenecientes a los grandes maestros, todos sin duda de un valor incalculable. A lo largo de los siglos, la familia Indelicato había engendrado a muchos decididos coleccionistas, cuyos frutos estaban a la vista: Rafael, Caravaggio, Reni, Rubens, Van Dyke, Baciccio, Murillo, Rembrandt, el Bosco, Hals, etcétera. Parecía casi irreal, tantas obras de arte, tanta riqueza concentrada en una sola vivienda particular. Paseé lentamente entre la concurrencia, visitando una galería tras otra, tomando champán y olvidándome a veces de cuáles eran los motivos que me habían llevado hasta allí.

Ninguno de nosotros sabía qué esperar. En primer lugar, ¿por qué nos habían invitado? Dunn, que por cierto no había dado ninguna explicación respecto a la repentina revelación de su amistad con D'Ambrizzi, creía que estábamos allí porque Calixto había ordenado a Indelicato que buscara, junto con D'Ambrizzi, al asesino de Val. Dado que nosotros también estábamos buscando lo mismo, Indelicato probablemente quería vernos. ¿Por qué D'Ambrizzi había insistido tanto para que asistiésemos a la fiesta? Esa pregunta no provocó más que un encogimiento de hombros en el padre Dunn. Sin embargo, era evidente que D'Ambrizzi estaba actuando según su propio plan: había dicho que todo terminaría al concluir aquella velada. Algo iba a ocurrir, pero nosotros no sabíamos qué, ni cuándo, ni a quién. Cada vez que tomaba un sorbo de champán, éste se me detenía a medio camino del estómago y parecía aferrarse allí.

Sor Elizabeth estaba preciosa con su vestido de terciopelo verde, el escote cuadrado, una gargantilla con un camafeo que, según ella, le había regalado Val y el cabello sujeto con una cinta negra. Me había sonreído cuando nos encontramos en el Hassler, una sonrisa que nunca le había visto antes. Era como si ningún antagonismo se interpusiera ya entre nosotros, como si el ambiente se hubiese purificado. Nuestros ojos se encontraron y aceptó mi mano para ayudarla a subir a la limusina. Habíamos concertado una tregua en la conversación que mantuvimos en mitad de la noche en mi habitación. Ahora yo también me sentía tranquilo. Por fin, los dos estábamos de acuerdo, al margen de lo que estuvieran maquinando nuestras mentes, de las resoluciones que pudiéramos esperar.

Nos hallábamos en lo alto de una amplia escalinata y desde allí nos dedicábamos a observar a la multitud que entraba sin cesar.

–¿Cuál de las historias te parece más creíble? –me preguntó Elizabeth, volviéndose hacia mí.

Me había hablado de su conversación con Sandanato, de la convicción de éste de que era el propio D'Ambrizzi quien se ocultaba detrás de todo lo sucedido. Según Sandanato, D'Ambrizzi ansiaba el control de la Iglesia y la destruiría con su reacción contra todo lo que él mismo había potenciado.

–D'Ambrizzi es el bueno de la película, o el malo –añadió–. La cuestión es cómo conseguiremos averiguarlo.

–No lo sé. En el fondo, todos son malos. Está bien. Todo en él encaja en el malo; sólo tenemos su palabra respecto a que se trata del bueno.

–También tenemos el testimonio del padre Dunn –puntualizó Elizabeth.

–Vaya certeza. ¿Tiene algún valor? La verdad es que no tengo ni idea.

–Pero ¿qué te dice el corazón?

–Que todavía deseo pasar algún rato a solas con el señor Horstmann. Luego ya me ocuparé de quién lo envió a cometer los asesinatos. Lo más factible es que sea Simon, el auténtico. Es decir, D'Ambrizzi.

–Pero está Val. Él nunca habría ordenado el asesinato de Val.

–¿Qué me dices de tu asesinato? ¿Y del mío? ¿Pudo haber ordenado esos dos?

Elizabeth desvió la mirada y no contestó.

Un sacerdote de mediana edad, de rostro pulcro y severo, se nos acercó por las escaleras que conducían al piso superior.

–Sor Elizabeth –la saludó–. Señor Driskill. Su eminencia el cardenal Indelicato desea verlos. ¿Quieren seguirme, por favor?

Lo seguimos escaleras arriba, a lo largo de un rellano y luego por un pasillo en el que de vez en cuando había algunas sillas de brocado verde y dorado, decenas de cuadros enmarcados y mesitas verdes y doradas con jarrones llenos de flores frescas. Se detuvo ante una habitación y nos indicó que entráramos. La estancia era larga y estrecha, con altos ventanales, pesados cortinajes que llegaban hasta el suelo, una alfombra que tendría mil años de antigüedad, un elegante escritorio y un enorme cuadro de Masaccio que ocupaba toda una pared. No tenía ni idea de que se pudieran encontrar tales obras en casas privadas, aunque fuera en villas tan espléndidas como aquélla.

La habitación estaba vacía.

–Un momento –murmuró el sacerdote, y desapareció tras una puerta llena de molduras que había detrás del escritorio.

Yo asentí. Me había fijado en un pequeño cuadro que colgaba junto a la ventana, encima de un humidificador ultrasónico que hacía todo lo posible por evitar que todo aquello se desmenuzara hasta convertirse en polvo. En el cuadro, una espectral figura ataviada con una túnica parecía flotar a media distancia, con un largo brazo extendido, señalando a quien la mirase o al pintor. Un examen más detallado del rostro de la figura revelaba que se trataba de una calavera, pálida y borrosa. Había árboles deshojados en el fondo desolado, pájaros negros que volaban por un débil cielo rojizo, como si el fuego del infierno ardiera más allá del horizonte. El cuadro me impresionó, ya que la figura de la túnica podía ser muy bien una representación del sueño acerca de mi madre, tendiéndome la mano, como si fuera a pronunciar aquellas incomprensibles palabras. Percibí el susurro de una pesada indumentaria y me volví a tiempo para ver al cardenal Indelicato, que entraba radiante en la habitación.

Su rostro era alargado y cetrino, y llevaba el negro cabello pegado con laca sobre el cráneo, el cual era también alargado y enjuto. Estrechó la mano a sor Elizabeth y luego se me acercó para repetir el gesto. Le faltó muy poco para dar un golpe de tacones. Alrededor del cuello llevaba una gruesa cadena de plata de la que colgaba una pesada cruz también de plata, tachonada con lo que parecían esmeraldas y rubíes. Se dio cuenta de que me llamaba la atención.

–No forma parte de mi indumentaria habitual, señor Driskill. Es una herencia de mis antepasados que casa perfectamente con este pomposo atuendo. Dicen que sirve para detener a los escurridizos vampiros. La llevo sólo en ocasiones ostentosas y me temo que ésta lo es. La Iglesia se interesa profundamente por un medio de comunicación tan moderno como es la televisión. Vamos a dar a conocer el preestreno de un programa de televisión norteamericano en el que se revelará «cómo funciona realmente el Vaticano». Muy americano, ¿verdad? La historia secreta. Veo que a los norteamericanos les fascina todo lo que se considera historias secretas. Y se creen casi todo cuanto se les dice, si me permite la afirmación. Pero deben disculparme, estoy divagando. Quería darle personalmente mi pésame por lo ocurrido a su hermana. No éramos amigos íntimos, pero su fama la dio a conocer a todo el mundo dentro de la Iglesia, e incluso más allá. En cuanto a usted, mi querida sor Elizabeth, debió de ser una horrible experiencia. –Indelicato sacudió la estilizada cabeza, levantó una mano delgada, de largos dedos, e hizo un gesto muy elocuente–. Pero ya casi estamos finalizando nuestra investigación. Puedo asegurarles que ya no habrá más asesinatos. La Iglesia ha vuelto al camino de la salvación.

Mostró una sonrisa tan apretada que habría podido escurrirse por un millón de grietas.

–Es un consuelo –dije–. Al parecer corre el rumor de que estamos a punto de conseguir nuestro objetivo, lo cual sin duda hará saltar de alegría a mi hermana. También a Robbie Heywood, al hermano Leo y a los que han muerto a manos del señor Horstmann.

–Sí, sí, comprendo cómo se siente.

Se desentendió de mi belicoso estallido y se volvió hacia sor Elizabeth, quien lo observaba tras un velo de tranquila objetividad. Parecía como si estuviera examinando un curioso ejemplar de *Cardinalus romanus,* buscando quizá algún indicio de pánico, algo que revelara la culpabilidad o la inocencia, la verdad o la falsedad de la versión de Sandanato.

–Sin embargo –prosiguió el cardenal–, deben tener presente que éste es un asunto interno de la Iglesia. No se trata únicamente de que se maneje mejor desde dentro de la Iglesia, sino que «sólo» podrá solucionarse en su seno. Horstmann y su maestro no tardarán en ser descubiertos y tratados como sólo la Iglesia es capaz de hacer. Hasta entonces, debo pedirles a ambos que se abstengan de seguir interfiriendo en este asunto. El Santo Padre ha tenido que intervenir finalmente, así que ustedes dos deben apartarse, al margen de cuáles sean sus sentimientos personales. ¿Puedo contar con su promesa?

–Puede usted contar con lo que le dé la maldita gana –exclamé enfadado.

–Así sólo conseguirá ponerlo más difícil. Es usted tal como me habían advertido. Sin embargo, no es más que una especie de agente libre; nada de lo que haga podrá influir en los resultados. Gracias por haber venido. –Sonrió de nuevo, con expresión distante, deshumanizada–. Por favor, disfruten de la velada y no se pierdan la proyección de la película. Puede que en el fondo aprendan algo de cómo funciona en realidad el Vaticano. Creo que lo muestran como un lugar apaciguadoramente tranquilo y alegre.

Nos despidió con una inclinación de cabeza.

–¿De modo que dice usted que es D'Ambrizzi? –pregunté, siguiendo en mi sitio mientras él trataba de conducirnos hacia la salida–. Por lo visto usted cree que podrá probarlo. Pero yo me pregunto: ¿a satisfacción de quién? Desde luego, no a la de la policía romana, ni a la de la de Princeton. Usted quiere mantenerlo dentro de la Iglesia, pero el papa se está muriendo y puede que ni siquiera sepa de qué está usted hablando. Muy bien, pues, ¿a quién piensa acudir con la acusación?

El cardenal Indelicato se encogió de hombros, una elevación casi imperceptible.

–Disfruten de la velada. Ahora deben excusarme.

Pasó por mi lado, se detuvo en el umbral y luego se volvió para mirarme fijamente a los ojos. Ante mi sorpresa, no dijo nada, simplemente se fue.

Los *papabili* habían acudido todos en masa. Se los veía por todas partes. Había también otros rostros conocidos, hombres que no participaban en la competición para el papado. De pie en una de las galerías, los veía desplazándose entre la concurrencia allí abajo.

Estaba presente el cardenal Klammer, recién llegado de Nueva York; el cardenal Poletti, un consejero de la curia; el cardenal Fangio, de quien se decía que era un inocente en un nido de víboras, mientras que otros aseguraban que llevaba el manto de la inocencia como un disfraz tan perfecto que casi parecía creíble. También estaban el cardenal Vezza, el cardenal Garibaldi, el jorobado Ottaviani y el cardenal Antonelli, con su cabello largo y totalmente rubio. Había otros cuyos nombres ignoraba, pero a quienes conocía de vista: un holandés que caminaba apoyándose en dos muletas y arrastrando los pies, un alemán con el cabello cortado al cepillo, lo cual constituía su distintivo, un negro que debía de medir más de dos metros; todos rostros familiares para quienes miraban la televisión o leían los periódicos. También divisé a Drew Summerhays y a su lado al hombrecito que lo acompañaba en Aviñón, el de la garganta destrozada. Bajo una arcada, con las sombras oscilando sobre su rostro, se hallaba una sorpresa, el rostro de alguien a quien yo conocía pero a quien no esperaba encontrar allí: Klaus Richter, con un traje oscuro, tomando champán en compañía de un sacerdote. Todos estaban aún en su sitio: los nazis, las obras de arte, la Iglesia. Richter. El antiguo nazi jugador de golf, uno de los que aparecían en la fotografía que Val había robado de su oficina. Me preguntaba si estaría en Roma para el lucrativo negocio de siempre, el chantaje. No podía tratarse de otra cosa.

El padre Dunn se me acercó por detrás y me susurró algo. En el instante en que me volvía hacia él, me pareció ver por el rabillo del ojo una cabeza delgada y con el cabello plateado, el reflejo de un candelabro en sus gafas redondas, un hombre abriéndose paso entre la gente que pululaba por allí abajo. Volví veloz la cabeza, pero el hombre había desaparecido. Dunn siguió la trayectoria de mi mirada.

–¿Ocurre algo?

–Debo de tener alucinaciones –dije–. Me ha parecido ver a Horstmann.

–¿Y por qué iba a ser una alucinación? –Sonrió perversamente–. ¿Va a decirme que aún posee la facultad de sorprenderse? En este caso, el sorprendido sería yo.

–Nunca aprenderé.

–Por supuesto que sí. Me parece usted bastante animado, teniendo en cuenta las circunstancias. Deje que adivine. ¿Ha concertado una tregua con sor Elizabeth?

Asentí.

–Tenga presente una cosa –me dijo–, ella nunca le facilitará las cosas. Aunque lo intente, no le resultará sencillo.

Asentí mientras me preguntaba si habría visto realmente a Horstmann. Tal vez estuviera aguardando nuevas instrucciones de Simon. Que yo supiera, llevaba una semana sin matar a nadie.

–Mire –me indicó Dunn, al tiempo que señalaba la agitación que se producía en un extremo del vestíbulo.

El cardenal Indelicato estaba dando la bienvenida al cardenal D'Ambrizzi. Alto, delgado y afable uno; bajito, rechoncho y sonriente el otro. Daban la sensación de que se trataba de dos grandes amigos. Los demás cardenales se les acercaron, como si fueran dos potentes imanes, lo cual sin duda era cierto.

–Menuda pantomima –exclamó Dunn–. Esta noche Indelicato anuncia su candidatura para que todos los iniciados estén presentes. Con su código secreto está diciendo: ¡Voy a ser papa! Y todo el mundo aquí, o casi, pretende asegurarse de elegir el bando correcto. Tiene que estar disfrutando.

Una hora más tarde, poco a poco se hizo pasar a la gente al salón de recepciones, donde se efectuaría la presentación del programa televisivo a la selecta audiencia. El cardenal Indelicato iba a pronunciar unas palabras. Fue presentado por el famoso locutor de la televisión norteamericana que iba a ejercer de narrador y aceptó los aplausos en cuanto se encendieron los focos, dejándose arrastrar por la ola de aquel momento decisivo. Sin duda, no podía permitirse a menudo aquel tipo de excesos.

D'Ambrizzi había logrado escabullirse y vino a reunirse con nosotros detrás de un grupo de maceteros con palmeras.

–Eminencia –lo saludó Dunn.

El cardenal venía en compañía de sor Elizabeth.

–Ella –la señaló con la barbilla– sigue opinando que yo no soy Jack el Destripador. Confío en convencerte a ti también a lo largo de la velada. En cuanto a mi querido amigo Indelicato, cree a pies juntillas que esta noche va a poner fin a la carrera del viejo san Jack. –D'Ambrizzi se encogió de hombros–. ¿Y qué, si es así? ¿Representaría una gran tragedia? Bueno, es posible que lo fuera para la Iglesia.

–¿Y qué desea usted para la Iglesia? –pregunté.

–¿Qué quiero? Diría que lo que no deseo es que caiga en poder de los del Puño de Hierro. Así es como yo los llamo. La vieja guardia, los ultraconservadores. No quiero que Indelicato se apodere de ella y la convierta en una especie de reserva para aristócratas. Es demasiado tarde para volver a eso. Ésa es la verdad.

–Pues Indelicato parece estar muy seguro esta noche –comenté.

–¿Y por qué no? Me tiene bajo su bota, ¿no? Horstmann era la creación de Simon, todo el mundo está de acuerdo en eso. Yo era Simon. Intenté matar al papa, dirigí a una banda de asesinos y ahora se supone que he vuelto a reactivar a Horstmann. Todo encaja en la larga y oscura historia de la Iglesia, e Indelicato cree que puede probarlo. ¿Cómo impedir que me haga chantaje en relación con este asunto? Haría falta la mano de Dios, si se me permite la expresión. Y debo añadir que creo en Dios. –Sonrió por debajo de su ancha y ganchuda nariz, mientras jugueteaba con un crucifijo de marfil que llevaba colgado sobre el pecho–. Es bien sabido que Dios ayuda a quienes se ayudan a sí mismos. En fin, ¿tienen ustedes algún interés en ver ese programa de televisión? –Todos dijimos que no–. Yo tampoco. Así que vengan conmigo, en silencio. Quiero enseñarles una cosa.

Nos guió por un pasillo desierto y luego por un tramo de escaleras que en una esquina giraban hacia un oscuro sótano abovedado, iluminado sólo por espaciadas luces en el techo. Pulsó un interruptor que había en la pared y las monstruosas sombras se transformaron en botelleros. En aquellas hileras que se perdían a lo lejos había miles de botellas de vino.

–He oído decir que es la bodega más selecta de Roma –comentó Dunn.

D'Ambrizzi se encogió de hombros.

–No soy muy experto en vinos. Mientras sea fuerte y tenga el color de la sangre, ya me basta. Soy un campesino. –El cardenal se internó entre los botelleros–. No vamos a entretenernos aquí. Hay una cosa que quiero que vean.

–¿Cómo está tan seguro de que nadie va a impedírnoslo? –preguntó Elizabeth, mirando por encima del hombro, como si esperara que el cuerpo especial de la Guardia Suiza apareciera en cualquier momento–. ¿No se encuentra esto en zona prohibida?

–Hermana, hace más de cincuenta años que conozco a Manfredi Indelicato. No hay nada que no sepamos el uno del otro. Siempre tiene a sus espías vigilándome, pero piensa que soy una especie de toro en una tienda de porcelanas. Respecto a mí, cree lo que está dispuesto a creer. En cualquier caso, nunca imaginaría que yo tengo también a mis espías entre su personal, en la gente de la casa. De vez en cuando, utiliza algo de lo que le han contado sus espías. Eso lo traiciona, aparte de que me indica la identidad del espía. Yo, en cambio, nunca he utilizado nada de lo que he averiguado acerca de él. Me limito a anotarlo, por si lo necesitara en el futuro. –Sonrió como los cocodrilos–. Hago uso de la información sólo de forma indirecta, ¿comprenden? Yo soy el sutil, no Manfredi. –Sonrió modosamente–. Está dispuesto a liquidarme esta noche. Si se ve obligado, lo hará, o al menos eso es lo que él cree. Pero ¿les parezco yo preocupado? Por favor, hermana, tranquilícese. Estamos del todo seguros aquí. Ya he venido antes. Lo que voy a enseñarles, ya lo he visto en varias ocasiones, sólo para convencerme de que era real. Vengan, síganme.

El polvo que cubría las botellas, el olor a madera de los botelleros, la frialdad de la bodega. Mientras yo inhalaba todo aquello me preguntaba qué hacíamos allí. Cuando D'Ambrizzi llegó a la última estantería, que se apoyaba contra la pared, levantó la mano y empujó con suavidad a un lado el botellero. Oí un suave chirrido apagado y la estantería, así como la pared, se deslizaron sobre invisibles goznes para facilitar el acceso a otra estancia. D'Ambrizzi nos indicó que lo siguiésemos.

–Manfredi es un tipo arrogante. Otro hombre con una sala secreta debajo de su villa habría hecho instalar un sistema de alarma; una serie de cámaras de televisión, ya que estamos en la era de la tecnología. Aunque la gente que efectuara las instalaciones también podría hablar y entonces aún sería peor. Manfredi está tan convencido de su inviolabilidad, es tan deliciosamente egocéntrico, que se considera inexpugnable. Supone que nadie puede conocer la existencia de esta cripta, ni saber qué oculta en ella. Pero se equivoca. Giacomo D'Ambrizzi lo sabe.

La sala estaba por debajo del nivel del suelo y, en contraste con la enorme bodega, se veía limpia, sin adornos de gran antigüedad. Había dos grandes humidificadores, un sistema de aire acondicionado, termómetros y extintores automáticos para casos de incendio. Todo estaba metido en cajas de embalaje, de todas las formas y de todos los tamaños. La sala tendría la extensión de dos pistas de tenis.

–Aquí, amigos míos, está el botín de la Segunda Guerra Mundial. Todo se encuentra en los sótanos de Manfredi Indelicato. Vengan, echen un vistazo a estas cajas. Acérquense. –Nos mostró dos tramos de escaleras que se abrían en el suelo de cemento, entre las cajas–. ¡Miren! ¡Miren!

Las cajas estaban marcadas en negro con águilas y esvásticas del Tercer Reich. En algunas se veían nombres anotados con tinta negra menos intensa: Ingres, Manet, Giotto, Picasso, Goya, Bonnard, Degas, Rafael, Leonardo, Rubens, David. La lista era interminable. En muchas de las cajas, con letras rojas, aparecía la palabra «Vaticano».

–Aquí está todo muy seguro –explicó D'Ambrizzi–. Ha cuidado mucho el entorno. Manfredi es un gran aficionado al arte; le viene de familia. Pero toda esta mercancía tendrá que permanecer escondida durante mucho tiempo, ya que existe un historial bastante detallado acerca de la procedencia de la mayoría de las piezas. Es posible que todavía tengan que permanecer ocultas durante otro siglo. Si Fredi se convierte en papa, sin duda cuidará de que todo esto vaya a parar a la Iglesia.

–¿Y si es usted quien se convierte en papa? –pregunté.

–Apenas he pensado en esa posibilidad. Pero no sería de los que actúan por su cuenta. Supongo que ya pensaría en algo. Puede que Indelicato intentara conservarlo en su propia familia. –Suspiró–. Lo cierto es que este tesoro es una especie de albatros, ¿no les parece?, ya que se supone que nadie puede ser su propietario. Pensé que les gustaría verlo, comprobar lo que Indelicato maquinaba en aquel entonces. Si observan con atención estas cajas, verán que algunas llevan los distintivos de Goering, Himmler o Goebbels, o del mismísimo Hitler. Pero Indelicato se lo apropiaba. A veces con mi ayuda, debo reconocerlo.

–Pero ¿por qué Indelicato? –preguntó Elizabeth–. Él estaba en Roma durante la guerra. No tenía nada que ver con los *assassini* en París. Era usted quien procuraba que la Iglesia recibiera su parte del botín.

–Bueno, debo reconocer que yo carecía de valor para hacer semejante cosa. Fredi, en cambio, estaba junto a Pío cuando se concibió el retorno de los *assassini*. No fue Pío solamente quien me encomendó la desagradable tarea de ir a París para hacer el trabajo sucio. Pío acudió a Indelicato en busca de consejo y éste vio en ello la oportunidad de librarse de mí. Incluso entonces ya éramos auténticos rivales. Él no se figuraba que yo pudiera sobrevivir a la misión de París; suponía que al final los nazis se hartarían de mi carácter belicoso y me liquidarían sin más. Sí, Indelicato controlaba muy de cerca mi trabajo.

–¿Se enteró él de que usted pretendía matar a Pío?

–Oh, desde luego. Fue Indelicato a quien avisaron de la conspiración. Y fue Indelicato quien después cimentó su relación con Pío gracias a haberle «salvado la vida». Pío nunca lo olvidó.

–Pero ¿quién avisó a Indelicato? ¿Quién los traicionó?

–Alguien en quien yo confiaba, alguien que estaba al corriente de todo. Durante mucho tiempo lo ignoré. Al principio, por supuesto, estaba convencido de que había sido LeBecq. Ahora ya sé que no fue él.

–¿Quién lo hizo?

D'Ambrizzi negó con la cabeza, sin responder a la pregunta.

–¿Cómo llegó Indelicato a hacerse con todo el botín? –preguntó Elizabeth.

–Pío era un hombre agradecido cuando le interesaba. Lo dejó a Indelicato para que lo custodiara, en recompensa por los servicios prestados, por salvarle el pescuezo. Por lo que sé, Indelicato podría haberle hecho chantaje. –Sonrió ante esta idea.

–Yo diría que fue una decisión acertada –comentó Dunn–. La familia Indelicato siempre ha hecho gala de sus colecciones. Llevan generaciones recogiendo obras de...

Entonces se me encendió la bombilla: más vale tarde que nunca.

–El Recaudador –murmuré.

D'Ambrizzi asintió.

–Sí, fue a Indelicato a quien Pío envió a buscarme a París. Es decir, para que recabara información y poder acusarme de diversos tipos de desobediencia, de la muerte de LeBecq, del plan para matar al mismo Pío. Pero nosotros nos mantuvimos firmes, con la boca cerrada ante sus sondeos. Al final comprendí que perseguía mi muerte, a fin de librarse para siempre de mi presencia. Sí, fue Pío quien le puso el nombre de Recaudador. Era una pequeña broma, un juego de palabras, puesto que había enviado a Fredi para recogerme. En resumen, tan pronto como finalizó la guerra, Indelicato se encargó de los contactos del Vaticano con los nazis por lo que respecta a eso que ustedes llaman el «chantaje mutuo». Fredi era una especie de araña de reloj tejiendo su tela de sangre, miedo e intolerancia, la cual pasaba de los nazis a los objetos artísticos y la Iglesia. Aquellos tiempos son la verdadera clave de su ascenso, el de la figura seria y ascética, el Rey de la Curia. Indelicato ha sido siempre un hombre muy activo. Sospecho que uno de los dos tendrá que morir, a fin de que el otro subsista.

–¡Tonterías, Giacomo! Tus múltiples desengaños y tu sentido del melodrama te han cegado. –Era su eminencia el cardenal Indelicato, de pie en el umbral, detrás de nosotros–. ¿Qué puedo temer yo de ti? ¿O tú de mí? ¿A qué viene eso de tener que morir? ¿No ha habido ya suficientes asesinatos?

Sus oscuros ojos, tan similares a los de Sandanato, oscilaron de un rostro a otro, y sus labios esbozaron una media sonrisa. En aquel momento me recordó a Sandanato, a alguien que se encontraba a sólo un paso del martirologio y del fanatismo. La historia de Elizabeth respecto a que Sandanato se había pasado al campo de Indelicato después de toda una vida de lealtad a D'Ambrizzi empezaba a cobrar sentido, aunque sólo fuera debido a la expresión que aparecía en el rostro de Indelicato. Nunca dos hombres habían sido tan distintos como aquellos dos cardenales. Excepto quizá en sus ambiciones y en su crueldad. D'Ambrizzi se volvió hacia nosotros con una sonrisa de condescendencia.

–Les debo a mis amigos una disculpa. Sabía que me estarías vigilando, Fredi, y quería atraerte hasta aquí. Mis amigos nunca habrían venido si yo se lo hubiese pedido y necesitaba probarles una cosa. De modo que se imponía una visita a la cámara del tesoro.

–Pues me temo que han obtenido ustedes una impresión errónea. Éstos son regalos que distintos Estados han ido entregando a la Iglesia, tanto durante la guerra como después. Yo tengo este sitio alquilado a la Iglesia para que lo utilice como almacén. Todo consta por escrito y es de la más absoluta legalidad.

D'Ambrizzi se echó a reír.

–¿Por qué me cuentas todo esto, Fredi? ¡Yo soy el hombre a quien los alemanes autorizaron a robarlo! A veces eres un tipo divertido, incluso en contra de tu voluntad.

–Como siempre, amigo mío, eres demasiado amable. Pero debes comprender que nuestra rivalidad, como tú la llamas, está a punto de finalizar. Los dos somos unos ancianos, Giacomo. Debemos huir del pasado. Seguramente viviríamos en paz lo que nos resta de vida.

–¿Lo crees así, Fredi? ¿De verdad?

–Por supuesto. La larga guerra ha finalizado. Ahora ya tengo tus memorias, el relato que escribiste y dejaste en Estados Unidos hace muchos años; o al menos no tardaré en tenerlo en mi poder. Pienso destruirlas y así tus garras perderán su fuerza. Cualquier cosa que pretendas desenterrar de la tragedia del pasado, será pura cháchara sin sentido.

–Y, cuarenta años después de que ocurrieran los hechos, ¡tendremos a otro papa nazi! –D'Ambrizzi no pudo reprimir la risa–. ¡Menuda broma! ¿Quién te ha proporcionado mis memorias, como tú las llamas?

Indelicato lo miró fijamente, pero dejó la pregunta en el aire.

–¿Te das cuenta de que eres un prisionero del pasado? Hoy en día, la palabra «nazi» carece de significado.

–Puede que ésta sea una de las cosas que funcionan mal en este mundo. Para mí siempre significará algo, te lo aseguro.

–Estás anclado en el pasado. Para ti siempre estamos en guerra, siempre hay que matar a alguien. Bien, Simon, por fin han terminado tus asesinatos. Ahora será mejor que contemples cuál será el destino de tu alma inmortal. Hay mucha sangre en tus manos. Has logrado asesinar a buena parte del pasado. ¡Pero conmigo no lo has conseguido, Giacomo!

–Imagino que todo esto está destinado a ellos –dijo D'Ambrizzi, quien se volvió ligeramente hacia nosotros–. Bueno, puede que los convenzas. Pero yo debo decir que eres tú, Fredi, tú eres ese pasado. Mientras tú sigas con vida, el mal de aquellos días seguirá viviendo. Tú eres el espíritu diabólico que contamina la Iglesia. Eres el mal en su estado más puro.

–¡Oh, mi pobre Giacomo! Estás bañado en sangre hasta el cuello, eres el hombre que intentó asesinar al papa, ¿y tú te atreves a decir que soy el mal? Amigo mío, ahora que aún estás a tiempo deberías ir en busca de tu confesor, si es que todavía lo tienes.

Ambos se miraron mutuamente. Las sonrisas habían desaparecido. Eran como dos figuras prehistóricas casi a punto de extinción, dispuestas a resolver sus diferencias. Después de lo que habían pasado y de lo que habían hecho, su extinción no provocaría muchas lágrimas.

Me volví hacia Indelicato y rompí el silencio.

–¿Quién le avisó del plan para asesinar a Pío?

–Se lo voy a decir.

–¡No! –le interrumpió D'Ambrizzi–. ¡Ahora eso no tendría ningún sentido!

–El Archiduque. Fue el hombre a quien llamábamos el Archiduque. Él sabía muy bien dónde residía el auténtico futuro para la Iglesia. Lo sabía entonces y lo sabe ahora.

El cardenal Indelicato condujo de nuevo a nuestro reducido y extraño grupo al bullicio de la fiesta. Caminaba junto a D'Ambrizzi, los dos cogidos del brazo. El padre Dunn, Elizabeth y yo los seguíamos y los observábamos: en apariencia eran dos viejos amigos empeñados en un ceremonioso ritual. Puede que eso fuese todo, un ritual, una gavota que habían estado bailando durante medio siglo. Puede que sus emociones no estuvieran implicadas, tal vez éstas se habían extinguido hacía mucho tiempo, y que lo único que les quedara fuera simple conspiración. Fuera cual fuese la verdad, yo quería averiguar cómo terminaba la danza.

La proyección del programa televisivo acababa de concluir cuando llegamos al amplio vestíbulo que había frente a la entrada del salón de recepciones. Los aplausos todavía sonaban cuando un criado abrió las puertas y la multitud empezó a concentrarse a nuestro alrededor. El presentador norteamericano buscó con la mirada entre la gente hasta que divisó al cardenal Indelicato, y los dos hombres se quedaron de pie, hablando, mientras nosotros nos apartábamos. Los destellos de los flashes se sucedían y todo el mundo comentaba la brillantez del espectáculo. Indelicato prodigaba su breve sonrisa, inclinaba la cabeza con humildad, mientras acariciaba el crucifijo de piedras preciosas.

–Vayámonos de aquí enseguida –dije, volviéndome al padre Dunn–. Ya no soporto esto por más tiempo. Se suponía que todo iba a terminar esta noche. El gran estallido de luz, la verdad. Pero ¿qué hemos conseguido? Los canallas deciden que todo se quede en casa. ¿Qué quería decir Indelicato con eso de que ya tenía en sus manos las memorias de D'Ambrizzi? Usted me comentó que Peaches había encontrado aquellos malditos papeles.

Antes de que Dunn lograra responder, sentí la mano de D'Ambrizzi en el hombro.

–No te vayas todavía. La velada no ha hecho más que empezar.

Monseñor Sandanato acababa de aparecer entre la multitud y

empujaba para abrirse paso hasta el individuo que atraía los destellos de todos los flashes.

D'Ambrizzi volvió a arrastrarme hasta Indelicato.

–¿Lo ves?

Sandanato jadeaba, con el rostro resplandeciente y demacrado.

–Disculpe, eminencia. Por favor...

Indelicato se volvió despacio, con porte solemne, y su breve sonrisa se extinguió.

–¿Sí, monseñor?

–Vengo de ver al Santo Padre, eminencia. Él me ha enviado. Quiere que vaya usted a verlo.

De haberse tensado un poco más, Sandanato habría estallado justo delante de nosotros.

Indelicato asintió y se alejó de quienes acudían a presentarle sus respetos y de la gente de la televisión.

–Eminencia –lo llamó el presentador–, ¿significa eso que es usted el elegido del pontífice?

Indelicato lo miró sorprendido.

–El Santo Padre no tiene voto –susurró y pasó rápidamente por su lado, en dirección a D'Ambrizzi–. ¿Lo has oído, Giacomo? ¿Por qué no me concedes tu apoyo?

–Será mejor que te des prisa, Fredi. No sea cosa que cambie de opinión.

–¿Te parece eso divertido?

–Adiós, Fredi.

Sandanato evitó la mirada de D'Ambrizzi y tiró de la manga a Indelicato cuando éste pasó ante él.

–¿Desea que lo acompañe, eminencia?

Con movimientos lentos, como si le pasara una consigna secreta, Indelicato negó con la cabeza.

–No es necesario, monseñor.

El rumor se había extendido casi al instante entre los invitados, como una especie de descarga eléctrica. El tono de las conversaciones se había elevado con el estremecimiento que aparece cuando se está en el centro de un acontecimiento, de un momento histórico. ¿Estaba a punto de finalizar el papado de Calixto? ¿Haría públicas sus preferencias acerca de su sucesor en los últimos instantes de su vida? ¿Qué peso podría tener su última voluntad? ¿Qué traería el mañana?

La pesada mano de D'Ambrizzi se abatió sobre los hombros de Sandanato.

–Lo has hecho estupendamente, Pietro. Me figuré que Calixto podía necesitar un mensajero esta noche. Bien, así ha sido. Ahora tienes que unirte a nuestro pequeño grupo para ir a cenar, y no aceptaré una negativa por respuesta.

6

De pie cerca de la doble puerta por la cual había entrado en el comedor privado, sor Elizabeth reflexionaba acerca de lo que el cardenal D'Ambrizzi aún les tenía reservado. La sala era pequeña y cómoda, acogedora con la luz de dos pequeñas arañas de cristal. Los camareros pertenecían al personal del Hassler y el hecho de haber elegido aquel hotel casi parecía una concesión a Driskill y a ella misma. Él se encontraba a sólo unos pisos de su habitación y ella se quedaría al otro lado de la plaza, en el cuartel general de la orden. Por alguna extraña razón –que a Elizabeth le parecía bastante siniestra–, D'Ambrizzi le había hecho prometer que se quedaría allí aquella noche, en vez de regresar a su piso de Via Veneto.

Ahora el cardenal hablaba con un hombre que tenía una nariz de topo, de un tamaño tal que por un instante pareció como si toda la sala girase en torno a ella. Driskill escuchaba a Drew Summerhays, a quien Elizabeth había conocido en el funeral de Val. El rostro de Driskill aparecía distante, inexpresivo, aunque se advertía una mirada de abatimiento en sus ojos. ¿Perdidos, cansados, o tal vez desconcertados casi hasta el agotamiento? Pensó que sólo ella lo conocía tan a fondo.

D'Ambrizzi, como maestro de ceremonias, estaba soberbio. Había controlado y organizado la puesta en escena de toda la velada. De todo su tiempo desde que habían regresado a Roma, para ser exactos. Pero su llegada a la fiesta y el descenso a los infiernos de Indelicato la desconcertaban. A Elizabeth todavía le resultaba difícil aceptar la existencia de aquella sala repleta de tesoros nazis. A lo largo de cuarenta años, el valor del dólar había subido, ¿cuánto? ¿Diez, cien, puede que mil veces? En cualquier caso, aquella colección tenía sin duda un valor incalculable.

Ahora Drew Summerhays estaba junto a un mueble bar, con una copa de jerez en la mano, y a su lado había un hombrecillo achaparrado que permanecía en silencio. Por lo visto alguien le había pasado por el cuello un pelador de patatas o un afilado escalpelo en algún momento del pasado. Un hombre de cabello cano y anchos y encorvados hombros hablaba con monseñor Sandanato. Cuando se lo presentaron a Elizabeth, ésta se fijó en sus ojos enormes y en las bolsas moradas que se le formaban debajo: era el doctor Cassoni. Luego, al pasear por la sala, Elizabeth conoció también al hombre de la nariz de topo: un viejo periodista de París, cuyo apellido era Paternoster. «Padre nuestro.» Clive Paternoster.

Se preguntaba si el Archiduque estaría presente en aquellos instantes. No sería de extrañar que D'Ambrizzi pretendiera exhibir al Archiduque, al traidor, en el centro de la pista de aquel pequeño circo. D'Ambrizzi, el funámbulo que desafiaba a la muerte y saltaba sin red.

El padre Dunn deambulaba entre los invitados, una palabra por aquí, una sonrisa por allá. Finalmente lo divisó con una copa de jerez en la mano, junto a D'Ambrizzi. La charla no se centraba en un tema determinado y Elizabeth se reunió con ellos. Como siempre, era la única mujer. Hacían bromas acerca del programa televisivo y la aventura de Indelicato en el ámbito de la autopromoción. Se especulaba respecto a la salud del Santo Padre, como era probable que ocurriera en todas las cenas romanas aquella noche. Había comentarios sobre el circo que se pondría en marcha cuando al final muriese Calixto y los cardenales empezaran a llegar de todos los rincones del mundo para elegir a un sucesor. El padre Dunn no pudo reprimir una observación acerca de las aspiraciones del cardenal arzobispo Klammer a convertirse en el primer papa norteamericano.

La cena transcurrió sin cambios, superficial y apacible, aunque el suspense iba en aumento a medida que los invitados empezaban a preguntarse por qué habían sido elegidos para compartir la prodigalidad del cardenal. Inevitablemente, surgió el tema de la repentina marcha de Indelicato al Vaticano y un tenso silencio se abatió sobre los comensales. Pero D'Ambrizzi sonrió abiertamente y dijo que no había ningún motivo para que lo miraran todos con tanta intensidad, que no tenía ni idea de lo que podía pasar por la mente del papa aquella noche. Dejó que una risita ahogada brotara de lo más hondo de su pecho y la conversación volvió a la normalidad. Elizabeth se desplazó hasta la silla contigua a la de Ben, quien le sonrió agradecido. Sin embargo, en los ojos de él seguía aquella mirada distraída. Luego casi no le habló y al final ella le preguntó si se encontraba bien.

–Sí, claro –contestó–. No, por supuesto que no. Bueno, no sé, ¿es así como terminará todo? ¿A eso hemos llegado? ¿A nada? –Hablaba en voz baja, sin tensión; nadie más podía oírlo. Su rostro seguía en blanco, inexpresivo–. Es posible que no se cometan más asesinatos, pero ¿se supone que eso debe dejarnos satisfechos? ¿Y Val? ¿Y lo que te pasó a ti, o a mí? Es un milagro que sigamos con vida, tanto tú como yo. Y ahora simplemente todo acaba, se interrumpe. ¿Es éste el final de la historia?

Elizabeth asintió, consciente de lo que él sentía.

–Nos tienen controlados. ¿Qué más podemos hacer?

Driskill se encogió de hombros.

–No lo sé. Quiero averiguar quién dio las órdenes a Horstmann, pero de repente todos se convierten en compañeros de copas. Puede que yo no sea lo bastante sofisticado, pero todavía quiero averiguar quién diablos decidió lanzarte por la terraza de tu apartamento, quién proporcionó a Horstmann la lista de las víctimas, quién es el cabrón que... Quiero matar a Simon, sea quien fuere, y luego encontrar a Horstmann y matarlo a él también. Ya sé que parezco un estúpido, pero es preciso guardar cierto resentimiento. –Elizabeth nunca había visto a nadie con una amargura tan profunda–. Yo soy un hombre a quien siempre le ha tocado recibir. Lo era como jugador de fútbol, lo soy como abogado y lo mismo ahora. No me parece justo. Todo el mundo intenta matarnos, pero no podemos devolverles la pelota. Bien, maldita sea. Pues yo quiero mi oportunidad. –De pronto le sonrió–. Me lo merezco.

Elizabeth posó una mano sobre las de él y eso le pareció absolutamente normal. Todo era distinto ahora que ella se había desembarazado de su rabia y había ido a verlo a su habitación en el hotel, atajando sus estúpidas actitudes, su exagerado sentido de la rectitud y su orgullo. Ahora ya podía cogerle la mano y apretársela sin sentir que debía lanzarse a una terrible interpretación repleta de fatuas presunciones de que conocía a la Iglesia mejor que nadie. Eso lo creía allá en Princeton, pero ahora, en Roma, ya no sabía en qué creer.

D'Ambrizzi estaba reclamando la atención, haciendo restallar su látigo para que todos volvieran a entrar en sus jaulas y conservaran sus modales. La cena había finalizado y Elizabeth no tenía ni la más mínima idea de lo que había comido. Al otro lado de la mesa, Sandanato intentaba tranquilizarse, apoyando las manos sobre el tablero. Sus ojos parecían incapaces de permanecer quietos. Le brillaba la frente por las gotas de sudor y se limpiaba las profundas cuencas de los ojos con el revés de la mano. Su mirada pasó por encima de ella, en dirección al cardenal. D'Ambrizzi. El ídolo caído de Sandanato.

–Les agradezco que hayan aceptado mi invitación. –D'Ambrizzi se había levantado y hablaba con voz tranquila, al parecer de excelente humor–. Seguramente se preguntarán por qué me asaltó el repentino deseo de convertirme en su anfitrión esta noche. Bueno, hay una explicación. Usted, sor Elizabeth, era la mejor amiga de sor Valentine. Ben Driskill, ella era tu querida hermana. Por ese motivo, sor Valentine ha sido la carta que les ha permitido entrar. El padre Dunn, mi viejo amigo, confidente y fiel aliado durante muchos años; en épocas de crisis siempre me dirigía a él en busca de ayuda y consejo. Esta serie de asesinatos que empezaron hace año y medio ha provocado una crisis en la mente de este viejo campesino. Drew Summerhays, hace cincuenta años que te conozco, que colaboro contigo, conspirando y contraconspirando contigo y contra ti, tanto en época de guerra como de paz: eres un hombre muy valioso en una crisis. Clive Paternoster, usted ha sabido tantas cosas desde hace mucho tiempo, junto con Robbie Heywood, que habría sido una injusticia privarle del capítulo final. Sólo desearía que Robbie hubiese podido estar con nosotros esta noche: se habría divertido de lo lindo con todo este melodrama. Mi amigo y médico personal, el doctor Cassoni. Usted es también el médico del Santo Padre y en ningún momento se ha negado a mantenerme informado acerca del estado de su salud. Y la salud del pontífice ha sido el centro de todo este embrollo. Sólo cuando cayó enfermo se desencadenaron los asesinatos.

»Y tú, Pietro, monseñor Sandanato, mi fiel ayudante de campo en tantas batallas, a menudo has sido mi gran fortaleza. Nadie como tú cree con tanta convicción en la necesidad de salvar a la Iglesia de sus enemigos. Así que esta noche merecías estar aquí.

Sonrió a toda la mesa, incluyéndolos a todos en su sonrisa.

–Se ha olvidado de uno –señaló Ben Driskill–. Aquel señor bajito. Ya nos hemos visto antes; me persiguió por las calles de Aviñón. Pero no nos han presentado.

–Drew –le invitó D'Ambrizzi.

–Marco Victor –explicó Summerhays–. Él es mi guardaespaldas, por no utilizar un término demasiado sofisticado. Viaja conmigo. Ben, me habría gustado que no hubieses huido de mí aquella noche en Aviñón. Sabes que nunca debes temer nada de mí. Te lo aseguro.

–Claro –replicó Driskill–. Ahora somos camaradas.

Sor Elizabeth sabía lo que Ben estaba pensando: «Summerhays es el Archiduque, el implacable hijo de puta. Despierta, san Jack, éste es el hombre, el traidor».

–Ahora que ya hemos dado un repaso a todos –continuó D'Ambrizzi–, empezaré la historia que cada uno de nosotros tiene motivos para conocer, o derecho a hacerlo. Pero sean pacientes, amigos míos, porque es una historia digna de los Borgia; se trata de una historia como las que la Iglesia ha superado en otras ocasiones y que en esta ocasión también superará.

Era el segundo discurso que Elizabeth le oía pronunciar en un corto espacio de tiempo. Ella era una mujer impaciente, pero no recordaba haber deseado tanto en su vida escuchar algo como aquello.

–Ahí lo tienes –le susurró a Driskill.

–Eso espero –murmuró él–. Ya estoy harto de tanta propaganda anticipada.

–Esta noche todos nos sentimos preocupados por la salud del Santo Padre. –La habitual sonrisa que podía coger a cualquiera con la guardia baja desapareció en cuanto D'Ambrizzi empezó a hablar–. La siguiente etapa en la historia de la Iglesia no tardará en empezar. Se elegirá a un nuevo papa para que dé forma y sirva de guía al futuro, tanto al nuestro como al de todo el mundo. Pero antes, nuestro amado Calixto ha de morir. Los dos somos viejos amigos, Salvatore di Mona y yo, y ahora parece que él, el más joven, me precederá en la muerte. Me enteré de su enfermedad incluso antes que él. El doctor Cassoni identificó el tumor y detectó el grave empeoramiento de su dolencia cardíaca. Él acudió a mí por cuestión de simple humanidad para preguntarme mi opinión acerca de lo que debía hacer, cómo darle la noticia al Santo Padre. Calixto es un hombre muy valiente y con una gran perspectiva de las cosas. Le dijimos la verdad. De eso hace dos años. Calixto y yo estuvimos muchas veces hasta altas horas de la madrugada estudiando la situación, hablando de los viejos tiempos y también del futuro. De las cosas que teníamos que hacer, de las cosas que esperábamos hacer y de todo aquello que ahora nunca haremos.

»La mayoría de los que se encuentran en esta habitación saben cosas referentes a mi participación en la guerra, de aquellos días en que yo llevaba a cabo una misión especial del papa en París. Actué tal como un mundo en guerra parece exigir, tomé decisiones que en otro momento me habrían parecido horribles, imposibles siquiera de considerar, totalmente ajenas a mí. Sin embargo, en aquella época lo hice. Salvatore di Mona conocía mi pasado. Estaba conmigo en aquellos tiempos, mucho antes de que nadie soñara con la posibilidad de que el pequeño Sal se convirtiese en papa.

»Poco después de que yo me enterara de su enfermedad, hubo un hecho que me llamó la atención. Los hombres que sabían cuál era mi misión en París estaban muriendo. En silencio, empecé a investigar: todos habían muerto asesinados. No podía ser una coincidencia. Alguien tenía un motivo y yo debía descubrirlo.

»Finalmente, sor Valentine vino a verme con sus propios descubrimientos. Ella sola había averiguado la relación entre los asesinatos. Los había conectado al principio sin saber por qué o cómo se vinculaban. Era una investigadora prodigiosa. Buceó entre los documentos de Torricelli en París, se entrevistó con Robbie Heywood, se metió en los archivos secretos en busca de precedentes históricos, unió las piezas de esta historia, siguió el rastro de las obras de arte desaparecidas, de los nazis y de ese "Simon" a quien ella había descubierto, y luego prosiguió hasta Alejandría en busca de la participación de la Iglesia en aquella relación de beneficio mutuo con los nazis supervivientes. Había investigado cuatro décadas o más y allí estaba ella, en el despacho de Klaus Richter en Alejandría, frente a una vieja fotografía donde aparecía su viejo amigo Giacomo D'Ambrizzi. –El cardenal unió las manos frente a sí, como si estuviera rezando–. El pasado siempre nos espera, reaparece y salta sobre nosotros cuando menos lo esperamos. Una de las pequeñas bromas de Dios. Eso nos hace más humildes.

»Sor Valentine me lo expuso todo, me dijo que creía que los *assassini* estaban actuando de nuevo, que disponía de todos los nombres en clave y de algunas teorías acerca de quiénes eran en realidad. ¿Sabía ella que yo era Simon? Nunca me lo dijo, pero me dio a entender que había descubierto gran parte de lo sucedido durante la guerra. Ahora todo se estaba repitiendo, me dijo, los *assassini* habían regresado y estaban matando a gente. Ella quería averiguar por qué. Yo tenía que ir con mucho cuidado. Debía negarlo todo, decirle que se había extraviado entre el puro mito y la coincidencia, más o menos lo que tuve que decirle luego a sor Elizabeth cuando siguió los pasos de sor Valentine. Por supuesto, yo incluí a mi fiel Sandanato en todo esto y él me ayudó a despistar a estas dos extraordinarias detectives, a pesar de que estaba al corriente de mis anteriores hazañas. Él era mi protegido, el joven a quien había formado en los recovecos de la Iglesia, el que había recibido mi herencia en vida, mis conocimientos, mi experiencia. Pero también acudí a un viejo amigo mío para que investigara los cinco asesinatos recientes y supervisara la investigación de Val. Esta delicada tarea recayó en mi fiel colega, el padre Dunn, y él terminó ratificando todos los argumentos de Val. Sin embargo, ¿quién estaba cometiendo aquellos asesinatos? ¿Y por qué?

»Aquello había empezado poco después de que Calixto cayese enfermo. Cuanto más lo contemplaba, más tendía a creer que aquella enfermedad era la causa y el efecto. Sor Elizabeth me lo planteó y yo la ridiculicé. Sabe que le pido disculpas, pero Val había muerto asesinada y yo no quería que sor Elizabeth siguiera el mismo destino. Concluí que la elección del nuevo papa también estaba profundamente relacionada con todo aquello. Pero ¿de qué modo? ¿Cómo encajaban en el esquema las víctimas de aquellos asesinatos? ¿Los unía el hecho de que todos hubiesen estado en París durante la ocupación nazi? Todos aquellos hombres estaban al corriente o podían haberse enterado de algunas cosas, y todos morían asesinados. Tal como me indicó el padre Dunn con su habitual tono bromista, yo era el asesino más evidente. Yo era sin duda un posible papa y podía estar saneando mi turbulento pasado. A fin de cuentas, yo estaba enterado de lo sucedido y por añadidura no me habían matado. Una teoría excelente, lógica. Sin embargo, yo no había asesinado a nadie.

»Entonces mataron a sor Valentine y el padre Dunn me informó de que lo había hecho un cura de cabello plateado, me dio su descripción y de pronto comprendí que debía de tratarse de mi viejo camarada August Horstmann, a quien no había visto desde el final de la guerra. ¿De dónde había salido? En una ocasión supe que vivía en un monasterio de su país de origen, en Holanda. Pero

¿quién más lo sabía? ¿Y por qué Horstmann, un alma bendita, se había transformado en un asesino?

»Había sólo una respuesta a esta pregunta: él únicamente obedecía órdenes de un hombre. De uno solo: Simon. Sin embargo, yo no había ordenado aquellos asesinatos. Alguien había decretado la muerte de sor Valentine, a quien yo conocía desde niña, la hija de mi viejo amigo Hugh Driskill. ¿Quién podía haber hecho semejante cosa? ¿Quién estaba enterado del pasado de Simon?

»Monseñor Sandanato estaba al corriente de gran parte de mi pasado, eso es indudable. Pero había alguien más que también lo conocía. Alguien que, en cuanto Calixto cayó enfermo, alejó de mi lado a mi fiel y apasionado Sandanato. No, Pietro, no protestes; eso ya no importa.

Sandanato se había levantado bruscamente y, tambaleante, apuntaba con un tembloroso dedo a D'Ambrizzi.

–¡Es usted! ¡Usted es quien ha destrozado a la Iglesia! Usted y su amigo Curtis Lockhardt, que se revolcaba con su monja, con su estimada sor Valentine, su querida sor Val, quien no obedecía y despreciaba cuanto la Iglesia ha construido, lo que nos han enseñado. Ella tenía que morir, usted mismo lo veía, veía que conduciría a la Iglesia a la ruina, trastocándolo todo. ¡Daba apoyo a los curas comunistas, defendía la divulgación de los métodos anticonceptivos, vociferaba contra todo lo que es sagrado y se había convertido en una heroína a los ojos de los débiles y de los rebeldes que deseaban minar y hundir los cimientos de la Iglesia! ¡Ella y los que son como ella pretenden destruir a la Iglesia! Y, que Dios me ayude, ¡hay que salvar a la institución!

Elizabeth sintió que los músculos de Driskill se combaban, se tensaban, como si fuera a saltar al otro lado de la mesa. Ella lo contuvo.

–Espera, Ben. Espera.

Un silencio mortal se había abatido sobre la mesa. Sandanato permanecía de pie, mirando fijamente a D'Ambrizzi, pero sus ojos con toda seguridad no veían nada. Los temblores que le recorrían el cuerpo parecían descargas eléctricas que lo sacudieran, como si sufriera un cortocircuito. Cuando habló de nuevo, lo hizo como si estuviese a solas, murmurando para sí:

–Ella iba a escribir un libro acerca de los nazis y la Iglesia. ¡Le habría destruido a usted, eminencia! ¡Habría lanzado sobre nosotros una descarga de fuego y desolación! Había que pararle los pies, restaurar el orden, y comprendí que la Iglesia necesitaba a...

–Pietro –lo interrumpió D'Ambrizzi, en voz baja–, siéntate ahora, hijo mío.

D'Ambrizzi aguardó a que Sandanato se derrumbara en la silla. Aquel rostro torturado y sensible se contorsionaba nerviosamente: había comprendido la verdad, sabía que se había visto atrapado por la rueda de los hechos, mucho mayor de lo que había supuesto.

Pero no había entendido nada. Lo habían utilizado.

D'Ambrizzi apartó la mirada de Sandanato, como si lo expulsara con tristeza hacia la oscuridad.

–¿Quién podía haber extraviado a mi joven amigo? Sólo alguien que conociera tantas cosas del pasado como yo. El hombre a quien el papa había enviado a París, el hombre conocido como el Recaudador. Indelicato. Él había registrado entre los escombros de la Segunda Guerra Mundial para averiguar todo lo posible acerca de los *assassini*. Él siguió mis pasos, me interrogó, me amenazó, pero siempre hasta cierto punto porque sabía que yo disponía de mi póliza de seguro. Yo conocía lo que él y Pío habían hecho y ordenado hacer, lo mismo que ellos sabían lo que había hecho yo. Aquello que algunos de ustedes conocen como el Plan de Pío.

»Indelicato quería ser papa y comprendía que yo era su mayor rival. Necesitaba borrar el pasado, a los testigos de la guerra, y buscó una solución refinada, matemática. Se libraría de todos los que sabían demasiado. Pero ¿por qué no desembarazarse de mí, simplemente? Habría sido muy sencillo provocar un accidente o un ataque al corazón. Lo habría sido, excepto por una cosa: el arma que él pretendía utilizar para matarme era el hombre que en el pasado había asesinado para mí: Horstmann. Pero Horstmann nunca se volvería contra mí. Sin embargo, Indelicato estaba en lo cierto: Horstmann todavía mataría "por Simon", por mí. La tarea de Indelicato consistió entonces en encontrar a Horstmann, algo relativamente sencillo para él, dado que había investigado el paradero de todos los *assassini* supervivientes cuando finalizó la guerra. Sin embargo, Indelicato no sólo necesitaba encontrar a Horstmann, sino que también debía convencerlo de que era Simon quien le pedía que regresara a la batalla en defensa de la Iglesia.

»De modo que Indelicato no tenía más remedio: debía seducir a Sandanato. Una hábil seducción intelectual que atrajera el espíritu fanático de Sandanato. Era el único punto vulnerable de Pietro. Pietro me quería, admiraba mi habilidad, la riqueza y el poder que yo había proporcionado a la Iglesia. Pero yo no soy un hombre piadoso, he pecado de palabra y obra, y Pietro a menudo ha rezado por la salvación de mi alma. Indelicato lo reclutó rápidamente cuando se enteró de la verdad sobre el estado de salud de Calixto, en cuanto supo que habría un nuevo papa en un corto plazo. Así fue como el pobre Pietro se convirtió en espía, en un cómplice del derramamiento de sangre, del asesinato. Pietro se convirtió en la voz de Simon ante August Horstmann. Todo el mundo sabía que Pietro era como mi sombra, mi hombre de confianza, de modo que Pietro podía explicárselo todo a Horstmann y éste se lo creería. Todo se haría por control remoto. Cuando Sandanato me contó que Horstmann había estado a punto de matar a Driskill en Princeton, casi me convencí de que Sandanato se había metido en terreno resbaladizo con Indelicato y con el otro.

Los ojos de Driskill perforaban a Sandanato, quien se había desplomado en su silla como si la vida se le escapara. No se había movido desde su estallido. Por su parte, Ben Driskill parecía haber entrado en trance.

–¿Ha corroborado Horstmann todo esto? –preguntó sor Elizabeth–. ¿O se trata de simple especulación por su parte?

–Puede estar segura, hermana, de que he hablado largo y tendido con August durante estos dos últimos días. Me ha contado toda la historia, todo cuanto sabía. Incluso cómo encontró al hombre que la visitó a últimas horas de la noche, hermana, a la pobre criatura que sólo pretendía asustarla y que en cambio cayó desde su terraza. Era un hombre sencillo, un hombre bueno que en el pasado me había salvado la vida, un hombre que sobrevivió a las torturas de la Gestapo, que encontró un hogar y a quien se le debería haber permitido pasar en su refugio el resto de sus días. Sí, hermana, por eso puedo asegurarles que los asesinatos finalizarán esta noche.

Un terrible alarido, un chillido agonizante y desesperado, brotó de los labios de Sandanato, el grito de un hombre que había estado mirando durante demasiado tiempo el pozo de las fieras, un hombre que había sentido cómo le clavaban los clavos en la palma de la mano y que se moría por un falso dios. Se incorporó de un salto, derribando la silla, y lanzó un sonido que no se parecía a ninguna palabra conocida. Retrocedió tambaleándose, la mano hacia la puerta.

Entonces Driskill se levantó con el rostro dominado por la rabia.

–¡Quieto ahí!

La voz de Driskill se adueñó de toda la sala y los demás permanecieron inmóviles en su sitio.

D'Ambrizzi le hizo una señal con la mano y Sandanato se detuvo, oscilando sobre los pies. La saliva le resbalaba por el cincelado mentón y los ojos parecían salírsele de las órbitas, confusos. A pesar de todo, seguía siendo Sandanato y su mirada se posó en Elizabeth. Ésta se encogió interiormente, pero sostuvo la vista, sin parpadear.

–Usted –susurró Sandanato–. Usted me comprende. Estuvimos hablando, hermana. Éramos una sola mente. La Iglesia necesitaba una purga. El mal al servicio del bien. Nosotros hemos estado hablando, hermana. ¿No puede hacerles comprender lo que se debe hacer? –Su voz se quebró y Sandanato se limpió la boca con la manga; su rostro resplandecía sudoroso–. Dígaselo. ¡Por el amor de Dios!

–Nosotros nunca... Eso que usted ha hecho no... –Elizabeth sacudió la cabeza, mirando hacia otro lado–. No, ésa es su propia locura.

–Vete, Pietro –le ordenó D'Ambrizzi.

La puerta se cerró poco a poco y luego él desapareció.

–¿Y bien, eminencia? –preguntó Summerhays, con voz apergaminada y seca–. ¿Qué quiere de nosotros? ¿Qué ocurrirá con Indelicato? Él ha puesto en funcionamiento esta maquinaria sangrienta y ahora se encuentra con el Santo Padre. Denos su consejo.

–Todas estas especulaciones acerca del próximo papa son prematuras. La voluntad de Dios y de ese hombre se sabrán a su debido tiempo.

De pronto, D'Ambrizzi se mostraba apacible, imperturbable.

–¡Al infierno con la voluntad de Dios! ¡Ahórreme toda su basura santurrona! –El grito de Driskill horadó como un soplete la confusión reinante–. No fue Dios quien apoyó el arma en la cabeza de mi hermana ni quien cortó el cuello al hermano Leo. Dios no tiene nada que ver con todo esto. ¡El hombre es el responsable! El loco que acaba de salir de aquí, libre como el viento, y el psicópata que apretó el gatillo y hundió la navaja. Y el asqueroso megalómano que está de cháchara con el papa mientras nosotros permanecemos aquí sentados. ¿Qué coño debemos hacer con ellos?

–¿Tú qué sugieres, Benjamin?

–¿Dónde está Horstmann? Usted habló con él.

D'Ambrizzi negó con su enorme cabeza.

–Se ha ido. Lo envié de vuelta a su vida anónima. Lo he absuelto de todo, lo he escuchado en confesión. A él lo han engañado y ha hecho lo que le habían enseñado a hacer. Su tormento y su culpa ya son suficiente castigo.

–Puede que lo sea para usted, pero no hable por mí. Sólo yo hablo por mí. Además, todavía no nos ha hablado del Archiduque. ¿Cuál es el gran secreto? ¿No posee usted una conclusión adecuada para el Archiduque? Él le traicionó. Al igual que usted y que Indelicato, el Archiduque lo sabía todo, y él lo acusó ante Indelicato. ¿Dónde lo sitúa ahora? No es uno de los tipos de la fotografía y tampoco lo han asesinado. Por tanto, Indelicato no se ha servido de Horstmann para matarlo. ¿Sabe lo que pienso? Pues pienso que el Archiduque participa en el plan de Indelicato, que el Archiduque ha sido un aliado de Indelicato y un enemigo suyo desde que descubrió el plan para asesinar a Pío. Creo que el Archiduque e Indelicato decidieron asociarse e impedir que sea usted papa porque no les gusta el rumbo que la Iglesia está tomando. Ellos le consideran a usted una persona que está del mismo lado que mi hermana, y ya están hartos. Unas cuantas vidas son un precio muy bajo para asustar a la curia y al Vaticano, y azuzar a los cardenales en dirección a Indelicato. Así que, ¿por qué se muestra tan reservado con el tema del Archiduque?

Driskill concluyó sin aliento, mirando fijamente a D'Ambrizzi.

–No tengo nada que decir acerca del Archiduque –contestó por fin el cardenal–. Esto se ha terminado. Dejémoslo así, olvidémoslo. –Se volvió hacia sus invitados–. No hay nada más que añadir. Confío en que todos ustedes sean absolutamente discretos. Esta crisis en la historia de nuestra Iglesia ha terminado. El tiempo dictará su sentencia respecto a Calixto y surgirá un nuevo papa. La vida y la

Iglesia seguirán adelante, mientras que nosotros y todo esto permaneceremos en el olvido.

Al final, el festín de D'Ambrizzi había bajado de intensidad. No había nada más que añadir. Nadie parecía saber qué hacer. ¿Esperaba el cardenal que todos se fueran a la cama y que disfrutaran de un sueño apacible? El cardenal se situó junto a la salida, ofreciendo a cada uno de ellos unas palabras, un apretón de manos. Todos eran hombres a quienes conocía desde hacía mucho, a través de los buenos tiempos y de los malos. Se mostraba espontáneo con todos, como siempre había sido.

Sor Elizabeth permaneció con Ben, que parecía perdido en sus pensamientos. El rostro de Driskill era una máscara indescifrable. El padre Dunn se les acercó.

–No parece usted muy satisfecho –comentó.

–¿Y eso le sorprende? –replicó Driskill.

–Por supuesto que no. Pero podría haberse preparado para esto. Tal vez haya conseguido usted casi todo cuanto podía obtener. Ha profundizado mucho, ¿sabe?

–Bueno, pues no me gusta lo que he averiguado.

–¿De verdad llegó a pensar lo contrario? Yo creía que sus peores sospechas se habían confirmado. ¿No es eso razonablemente satisfactorio? –Driskill se quedó mirándolo–. ¿Creía acaso que le colocaría a Horstmann y a los otros en una galería de tiro para que usted se dedicase a dispararles? –preguntó Dunn–. Vamos, amigo mío, sea realista...

–Artie.

–¿Sí, hijo mío?

–Cierre esa boca.

–Oh –exclamó Dunn–. El enfoque de la razón en pleno funcionamiento.

–¿Y qué me dicen de Sandanato? –Sor Elizabeth intentaba no mostrarse excesivamente preocupada en relación a lo que ellos acababan de averiguar sobre él–. No me entusiasma la idea de que deambule por Roma en ese estado.

–Tienes razón –dijo Driskill y un músculo se le tensó a lo largo de la mandíbula–. Quizá debería ir a buscarlo.

–Olvídense de él –aconsejó el padre Dunn.

–¿Y si intenta hacerse daño? –insinuó Elizabeth.

–Es un sacerdote –replicó Dunn.

–¡Jesús, María y José! –exclamó Driskill–. ¡Es un asesino! ¿Todavía no se ha enterado?

–No es exactamente un asesino –puntualizó Dunn.

–Está usted hilando muy fino, Artie. Él es cómplice de asesinato. Fue él quien lo preparó todo aquella noche en el estanque. ¿En qué estaría yo pensando? Me pidió que lo acompañara a patinar. ¡Dijo que me sentaría bien! Increíble.

–Me parece que está loco de atar –murmuró sor Elizabeth–. Cuando me acuerdo de las cosas que decía. Creo que intentaba hacerme comprender. Sin embargo, todo parecía muy teórico. –Vio que D'Ambrizzi se les aproximaba. Parecía agotado–. Esta noche voy a quedarme en la sede de la orden. Él me lo ha pedido –añadió, señalando con la barbilla al cardenal.

–Les doy las gracias por haber aguantado otra de mis largas confesiones. Quería que todo quedara claro.

–¿Así que se limita a perdonar a Indelicato?

–No exactamente, Benjamin. Hermana, necesito charlar con estos dos. Le he pedido a Summerhays, y a su... –aquí se permitió una leve sonrisa– guardián, que la acompañen. –La cogió de la mano y la acompañó hasta la salida–. Que duerma bien, querida. Mañana hablaré con usted.

Cuando Elizabeth se encontró ya a salvo con Summerhays, D'Ambrizzi se volvió hacia Driskill y Dunn.

–Quiero que vengáis conmigo.

–De acuerdo –asintió Dunn.

–¿Para qué? ¿Adónde? –preguntó Driskill.

D'Ambrizzi suspiró y consultó la hora en su reloj. Eran más de las dos de la madrugada.

–Al Vaticano. Vamos a ver al Santo Padre.

Monseñor Sandanato avanzaba a ciegas en medio de la noche. Había empezado a lloviznar, pero él no se había dado cuenta. Sus ojos estaban encendidos. Los oídos le zumbaban y la sangre le latía como si el corazón le fuera a estallar. Era incapaz de ordenar un solo pensamiento. La mente casi se había sumergido en la fiebre.

En lo alto de la escalinata de la plaza de España se detuvo para recuperar el aliento. No advirtió la presencia del hombre alto con gabardina negra que aguardaba entre las sombras, el sombrero inclinado a fin de que el ala le ocultara la cara.

Cuando monseñor Sandanato empezó a bajar la larga escalinata, tampoco advirtió los pasos que lo seguían.

Calixto estaba completamente despierto cuando le anunciaron que el cardenal Indelicato aguardaba en la antecámara.

–Hágale pasar y luego váyase a dormir. No necesitaré a nadie.

El cardenal se detuvo ante él, flaco, demacrado, solemne. Un pesado crucifijo con incrustaciones de piedras preciosas le colgaba en medio del pecho. Alguna joya de la familia, pensó Calixto, sonriendo interiormente.

–Santidad –saludó Indelicato–. Estoy a su disposición.

–¡Parece usted muy abatido! –Calixto exteriorizó la sonrisa de antes: estaba tumbado en la cama, apoyado contra una enorme almohada con sus iniciales–. Anímese. Lo último que desea ver un moribundo en plena noche es a alguien cariacontecido.

–Le ruego que me disculpe, santidad. ¿En qué puedo servirle? No necesita más que pedírmelo.

–Bueno, Fredi. ¿Qué es lo que ha llegado a mis oídos acerca de usted?

–No le comprendo.

–Me han dicho que es usted el Anticristo, Fredi. –El papa rió ahogadamente–. ¿Es posible que eso sea cierto?

–Lo siento, santidad. Apenas puedo oírle.

De pronto, Calixto fue consciente de todo lo que había en la habitación. La lluvia golpeando en la ventana, la carta en su cama, el antiguo documento al lado, la suave luz de la mesita de noche, las imágenes oscilantes y silenciosas de un partido de fútbol en la pantalla del televisor. Percibía la textura de la ropa de cama, su puño apretado bajo las sábanas. Con una parte de su cerebro era intensamente consciente de todo esto, de los susurros de la indumentaria de Indelicato. Con la otra parte, que muy pronto se apagaría para siempre, recordaba, veía y oía aquella noche en la cabaña rodeada de nieve, el frío viento, los hombres al acecho, con Simon animándolos para luchar contra el miedo y el helado ventarrón, el olor de las armas.

–Acérquese más, Fredi. Así podrá oírme. Hay algo importante.

–Cogió el pergamino entre sus dedos y sintió como si éste fuera a deshacerse–. Aquí. Tengo una cosa para usted.

El cardenal Manfredi Indelicato se aproximó a la cama.

Se inclinó sobre el cuerpo del Santo Padre para coger el documento y divisó el antiguo sello.

El Santo Padre se movió, un leve cambio bajo la sábana, y sacó la mano que mantenía oculta.

7

DRISKILL

El dormitorio del papa Calixto.

El palacio Apostólico, situado en el corazón del Vaticano, no era un sitio donde se me hubiese perdido nada. Resultaba terriblemente siniestro, los pasillos estaban vacíos, las luces a media intensidad y nuestros pasos resonaban amortiguados. Algunos de los tapices que colgaban de las paredes mostraban escenas históricas, de violencia, ejércitos desfilando, grupos de ángeles reclamando la atención, y sólo Dios sabe qué más había. Los tapices parecían cargados con el ruido y la furia, gritos de batalla y un surtido de trompetas celestiales, como si alguien hubiera bajado el volumen. O puede que ya no les quedaran fuerzas para seguir haciendo ruido.

D'Ambrizzi nos guiaba, ahora todo celeridad; Dunn y yo lo seguíamos como dos cortesanos. En el escritorio de la antecámara había un sacerdote haciendo la guardia nocturna. D'Ambrizzi habló con él en voz muy baja, con decisión, y el sacerdote no se movió de detrás de la mesa. Nosotros nos dirigimos al dormitorio. Resultaba extraña aquella ausencia de formulismos, que bastara con cruzar aquella puerta. Sin llamar. Sin que nos anunciaran. Nada. De todos modos, nadie habría contestado.

El cardenal Indelicato yacía boca abajo, atravesado sobre la cama. Estaba completamente inmóvil. Desde tres metros de distancia habría apostado doble a nada a que estaba muerto. Advertí el hecho sin más, pero las implicaciones se filtraron con mucha mayor lentitud. El padre Dunn se santiguó apresuradamente y suspiró:

–Dios mío.

–Lo dudo –dijo D'Ambrizzi.

El cardenal se acercó al otro hombre, a quien yo había olvidado por un instante. Calixto yacía bajo las mantas, el cuerpo de Indelicato lo inmovilizaba. Me aproximé. D'Ambrizzi se inclinó sobre la cama y murmuró:

–¿Santidad? ¿Puede oírme? Sal. Soy Simon. –Aguardó expectante y luego colocó los dedos de su mano derecha sobre el pulso del papa–. Vive. Está inconsciente, pero vive. Ayúdame a darle la vuelta.

Dunn se quedó mirando mientras D'Ambrizzi y yo colocábamos boca arriba el cuerpo del difunto cardenal Indelicato.

La luz era muy tenue. El televisor estaba encendido, pero sin sonido. Las sombras parecían haber engullido las paredes. Muy bien podíamos habernos encontrado sobre un escenario.

D'Ambrizzi encendió otras dos lámparas, además de la que había en la mesita de noche. Luego se quedó mirando fijamente hacia la cama, de pie, con los brazos en jarras. Por fin se volvió hacia mí y luego hacia Dunn.

–Este hombre ha fallecido de un ataque al corazón.

Sobresaliendo del pecho de Indelicato, aparecía el barroco puño dorado de la daga. Dunn y yo intercambiamos una mirada.

–En efecto –asintió Dunn–. Es una manera de expresarlo.

–Sí, a este hombre le ha fallado la coronaria –observó D'Ambrizzi, sabiamente.

Con cuidado, extrajo la daga del pecho de Indelicato. Cogió varios pañuelos de papel de una caja que había sobre la mesita de noche, los dobló en torno a la afilada hoja y la limpió. Luego cruzó la estancia, abrió el cajón del escritorio y dejó la daga en su interior.

–Una daga florentina. Una espléndida obra de artesanía –comentó mientras cerraba el cajón.

–No es muy frecuente ver un ataque al corazón que sangre como éste.

–Benjamin, tú no eres médico, de modo que no pretendas dártelas de listo. –Descolgó el teléfono–. Línea privada. No pasa por la centralita del Vaticano. –Marcó un número y aguardó–. ¿Doctor Cassoni? Soy D'Ambrizzi. ¿Ya se ha puesto el pijama? ¿No? Perfecto. Estoy con el Santo Padre. Está inconsciente, pero respira con normalidad. Será mejor que venga a dar un vistazo. Ah, otra cosa, Cassoni. Tengo aquí un cadáver. Un ataque al corazón. Ya se lo explicaré cuando llegue. Dese prisa y traiga alguien que pueda ayudarlo. ¿Ha entendido? Buen muchacho. –Colgó y de nuevo examinó el cadáver de Indelicato–. Puede que ahora ya no sepamos qué hombre habría preferido el Santo Padre como sucesor, pero su reacción con Fredi demuestra una indudable falta de confianza, ¿no os parece? –Contempló el rostro alargado y enjuto de su viejo enemigo–. Bueno, nada de lágrimas para Fredi. Fue un diabólico hijo de puta aquí en la Tierra y ha obtenido justo lo que se merecía. Ahora Dios podrá encargarse de él.

D'Ambrizzi marcó otro número de teléfono y me dio la espalda mientras yo pasaba al otro lado de la cama, intentando comprender todo aquello. Por supuesto, sabía que todo el mundo estaba desempeñando su papel. D'Ambrizzi, Indelicato, Calixto, que antes había sido Salvatore di Mona, Horstmann, Summerhays, incluso Dunn y yo. Todos encajábamos a la perfección en nuestro papel.

Entre los pliegues de la sábana descubrí un trozo de vitela o de pergamino, con un fragmento de sello de cera roja que parecía desmenuzarse. Cuando di un paso para cogerlo, pisé algo que se había caído de la cama. Era una sola hoja de papel, con una o dos líneas manuscritas.

La leí, e inmediatamente aquel acertijo adquirió un claro significado. A continuación doblé la hoja de papel cuidadosamente y me la guardé en el bolsillo.

–Mi querido cardenal Vezza –decía D'Ambrizzi por teléfono–, le ruego acepte mis disculpas por lo intempestivo de la hora. Sí, eminencia, me temo que es muy importante. Fredi Indelicato nos ha dejado. No, quiero decir que nos ha dejado definitivamente. Ha muerto, Vezza. Oh, sí, desde luego. Una gran tragedia. Bueno, sí, joven comparado con usted. –D'Ambrizzi rió ahogadamente–. Creo que sería conveniente que se reuniera con nosotros. Estamos en el dormitorio del Santo Padre. Ya he llamado a Cassoni. No, no lo sabe nadie más. Cuanto antes mejor, mi querido Vezza.

–¿Por qué a Vezza? –pregunté en cuanto él hubo colgado el teléfono.

–Es uno de mis aliados. Mi agente en el campo enemigo. Un miembro del pequeño grupo de Poletti, de los que apoyan a Indelicato. La verdad es que resulta inestimable. ¿Sabes que incluso han llegado a poner una grabadora en el carrito del oxígeno, a fin de espiar mis conversaciones con el papa? No, te lo aseguro, es verdad. No sólo le decía a Calixto lo que pudiera motivarlo, sino que al mismo tiempo los aguijoneaba a ellos a seguir adelante. Éste es un mundo extraño, Benjamin.

Mientras aguardábamos, atentos a la respiración del papa, D'Ambrizzi descubrió el pergamino encima de la cama. Se inclinó sobre las mantas y lo cogió.

–Ésta es la causa de tantos problemas. –Hizo una pausa y frunció sus gruesos labios–. No, no es cierto; en todo caso es una especie de registro de esos problemas. Es el concordato de los Borgia. ¿Cómo podríamos llamarlo? Supongo que el estatuto de los *assassini*. Pío lo envió a París conmigo como si fuera una reliquia de la auténtica cruz. Como si esto me otorgara validez, poder, como si me pudiera servir de inspiración para cumplir con mi cometido en nombre de la Iglesia. Lo mandé al norte con Leo y Horstmann, y ahora ha vuelto. Una lista de nombres.

–¿Cómo ha llegado hasta aquí? –pregunté.

–Horstmann me lo entregó ayer por la noche y yo se lo di a Calixto. En realidad, él nunca lo había visto. Yo quería que viese su nombre. Pero ahora, ¿qué podemos hacer con él? ¿Ocultarlo en los archivos secretos? –Se trataba de una pregunta puramente retórica–. No, creo que no. Es una reliquia de la que podemos prescindir, ¿no te parece?

Sin darle mayor importancia, puso el pergamino en el interior del cenicero que había sobre el escritorio y sacó su encendedor de oro. La llama saltó y D'Ambrizzi la acercó a la esquina de aquel pergamino que tenía varios siglos de antigüedad. En cuestión de segundos, la historia se transformó en humo. Dunn lo contemplaba haciendo oscilar la cabeza.

D'Ambrizzi se volvió hacia él.

–¿Quién lo necesita, padre? Nadie. La verdad es que no ha causado mucho bien.

Nos sentamos en los sillones a mirar el vídeo del partido de fútbol que se proyectaba en la pantalla del televisor.

Luego llegó el doctor Cassoni y se dispuso a efectuar ciertos arreglos muy especiales.

Al final pareció que el cardenal Indelicato había fallecido, efectivamente, de un ataque al corazón.

Se decidió que la noticia de la muerte del cardenal Indelicato no se haría pública hasta después de treinta y seis horas. Para entonces yo ya estaría a bordo de un avión hacia lo que podía parecer el mundo de la cordura en Princeton. Aparte de la confusión que dominaba mi mente, lo único que comprendía era que necesitaba algún tiempo para recuperarme. Además, también quería ver a mi padre. Había aprendido muchas cosas desde mi partida, aunque no había encontrado satisfacción en todo ello. Nada había resultado como yo esperaba. No parecía haber ni un solo canalla en el centro del mal, y menos que nadie Horstmann, quien ahora aparecía como una víctima inocente en el plan magistral de Indelicato. Aunque acaso el plan fuera tanto de Indelicato como del Archiduque. ¿Quién sabe? De todos modos, no me habría fiado de mí mismo con un arma en la mano y Horstmann a mi lado. Sin embargo, Horstmann había regresado de nuevo a la oscuridad de donde había salido y yo había perdido mi oportunidad para la venganza.

Además, estaba la cuestión de monseñor Pietro Sandanato. ¿Qué hacer con él? Bueno, imagino que era el típico católico histérico y medio chiflado, llámesele fanático o simplemente loco de remate. ¿Qué haría ahora? ¿Cómo podría vivir consigo mismo, después de traicionar a su mentor y de la muerte de su cómplice y nuevo padrino? Imaginaba que D'Ambrizzi, con toda su sabiduría y su poder omnímodo dentro de la Iglesia, enviaría a Pietro a un oscuro destino, en un lugar todavía más oscuro, a fin de disimular la pequeña desgracia de haber nutrido en sus entrañas a un asqueroso asesino durante todos aquellos años.

Tal vez tendría que haberme sorprendido más, o escandalizado, o al menos asombrado, por el hecho de que Calixto hubiese matado a Indelicato, aunque, en cierto modo –que yo podía considerar razonable, dentro de su estilo– resultaba lógico. Él había sido uno de los *assassini,* había seguido a su jefe hasta las montañas para matar a un papa. De manera que, cuarenta años después, aquel mismo jefe le recordaba que él era uno de los *assassini,* y que si bien en el pasado no habían logrado cargarse al papa, ¿qué les impedía ahora liquidar a un posible futuro papa? Me refiero a que una vez se ha tomado la decisión de matar a un hombre, a partir de ese momento ya sólo es cuestión de que se presenten las circunstancias y la motivación adecuadas. Habían transcurrido cuarenta años y Calixto, en el pasado Salvatore di Mona, todavía guardaba aquel espíritu dentro de sí. En el fondo, no sería el primer papa moribundo que se tomara la justicia por su mano. Allá él, me dije. Sin duda, la Iglesia también podría beneficiarse de algunos asesinatos bienintencionados. ¿No habría perdido yo el rumbo en algún punto de mi calvario?

Había quedado con el cardenal D'Ambrizzi en que nos encontraríamos aquella misma tarde. Nadie se había enterado aún, al menos públicamente, del mortal ataque al corazón que había sufrido Indelicato. D'Ambrizzi me había dejado instrucciones para encontrarnos en los jardines del Vaticano y hacia allí me escoltó un cura sonriente, de cara redonda, que parecía entusiasmado por el espléndido día que estaba haciendo.

El cardenal paseaba por un caminito y los bajos de su sotana se hinchaban al impulso de la brisa que soplaba entre las palmeras. Los jardineros estaban en plena labor. El cardenal paseaba con la cabeza gacha, contemplando las protuberantes punteras de sus botas pasadas de moda.

Cuando llegué a su lado, me cogió del brazo y seguimos paseando juntos durante un rato. Me sentía curiosamente próximo a él, como si fuéramos dos viejos amigos, lo cual era una mera ilusión, sin lugar a dudas. Yo culpaba de mi decepción al agotamiento. Nos detuvimos a observar a uno de los trabajadores, que empujaba una carretilla llena de nutritiva tierra negra.

–¿Ves a este hombre? –me dijo–. Ahora podrías decir que tiene las manos sucias. Sin embargo, Benjamin, hoy miro mis manos y, en un extraño momento de examen de conciencia, me digo que están mucho más sucias que las suyas. Hace muchos años que ando ensuciándomelas. Muy a menudo pienso en este tipo de metáforas y Dios sabe que eso nunca es bueno, en absoluto. Manos sucias, manos limpias, ¿qué más da? Pero te diré lo que sí importa, Benjamin. ¿Quieres saberlo?

–No estoy muy seguro –contesté.

D'Ambrizzi se encogió de hombros, sonriendo repentinamente.

–Lo que importa es la gente, Benjamin. Por ejemplo, echo de menos a Sandanato. Nunca lo recordaré por lo que ha hecho estos dos últimos años. Siempre será el Pietro joven y atento, fiel a mí. Sí, lo echaré de menos durante el resto de mi vida.

–¿Qué ha hecho usted con él? ¿Lo ha destinado a un lugar lejano?

–Yo no lo he mandado a ninguna parte. Mi viejo amigo August Horstmann lo mató anoche. Debía haber imaginado que Horstmann saltaría sobre él por haberme traicionado, ¿sabes? En cuanto se enteró de que Pietro había usurpado el papel de Simon... Oh, eso fue algo terrible. A veces August me enviaba notas pensando que llegaban al Simon que él había conocido en el pasado. En cambio, era Pietro quien las leía, e inducía a August a creer que trabajaba para mí. De modo que August hizo lo que mejor sabe hacer: asesinó a Pietro. La policía acaba de venir a verme. Una sola bala en la nuca. Te he llamado enseguida para que vinieras.

–De la misma forma que mató a mi hermana.

–Bueno, ahora todo ha terminado. Horstmann se ha ido. Sandanato e Indelicato están muertos. Calixto se encuentra en estado de coma y, según me dice Cassoni, es posible que no se recupere. Benjamin, ¿qué ocurriría si nos quedáramos sin sacerdotes?

–No le quepa duda de que me gustaría averiguarlo.

Su sonora risa se extendió por todo el jardín.

–A ti te parece una buena idea, ¿verdad? Nuestro pobre Pietro no lo encontraría gracioso. –D'Ambrizzi me miró socarronamente–. Él no tenía sentido del humor. Puede que eso fuera su peor defecto.

Se encogió de hombros.

–Que tenía defectos, eso es indudable.

–Tienes razón.

En la voz del anciano parecía aletear un recuerdo, una leve tristeza.

–Dado que soy un pagano...

–En eso también tienes razón.

–Y que no siento ningún respeto por los clérigos, ¿puedo hacerle una pregunta impertinente? La próxima noticia que tenga de usted, ¿será su elevación al papado?

–Quizá. Si me interesa, probablemente Summerhays hará todos los movimientos necesarios para comprármelo. Pero me estoy adelantando a los acontecimientos. ¿Necesita la Iglesia un líder a largo o a corto plazo? Ésa es la cuestión, ¿no crees?

Nos acercábamos al punto por donde yo había entrado en el jardín. La advertencia ya se había planteado: perdona al Archiduque, ¡porque él puede comprarte el papado!

–Creo que voy a seguir paseando un poco más, Benjamin.

D'Ambrizzi se volvió hacia mí, forzando la vista a través de sus párpados entornados. Era como si alguien viviera dentro de aquel anciano cascarón, después de haber excavado y haberse ocultado en su interior, y ahora se asomara, conspirara y de vez en cuando sintiera algo.

–Pero permíteme que te dé un pequeño consejo. ¿Cuándo regresas a casa?

–Mañana –contesté.

En principio no me interesaba su consejo, pero nunca podía saberse con seguridad. Él era un viejo astuto que había sobrevivido a más incidencias que las que yo lograría ver en toda mi vida, así que a lo mejor me convendría hacerle caso. El sol se estaba poniendo y las palmeras aparecían solitarias contra la cúpula del cielo que se volvía gris.

–Perdónate a ti mismo, Benjamin.

–No le entiendo, eminencia.

–Éste es mi consejo. Perdónate a ti mismo. Sigue mi ejemplo, hijo. Ignoro qué has hecho, pero últimamente habrás podido comprobar que existen cosas muchísimo peores. Supongo que eso forma parte de la vida. A lo largo de los años suceden cosas desagradables, uno comete actos... –Intentaba encender un cigarrillo contra el viento, y cuando por fin lo logró, dio una profunda calada–. Debes perdonarte tus malas acciones, tus ofensas, tus pecados. No te hablo como sacerdote, ni siquiera como católico, sino tan sólo como un hombre que ha vivido su vida. Perdónate a ti mismo, hijo.

Artie Dunn dijo que se quedaba en Roma unos cuantos días, sin duda para maquinar algún plan diabólico con D'Ambrizzi, de modo que decidimos reunirnos para la última cena en Roma. Parecía como si algo le rondara por la cabeza, pero no conseguí que soltara prenda. Por alguna razón, al final terminamos hablando de mis padres, de la muerte de Val y del suicidio del padre Governeau, que dormía el sueño eterno al otro lado de la valla, fuera del campo santo. Por error, claro, puesto que había sido asesinado. Oh, Dios es grande, Dios es misericordioso. Me deseó que mi padre se recuperara y me insistió para que lo obligara a leer los libros que le había dejado. Le prometí que así lo haría y él me dijo que me llamaría en cuanto llegase a Nueva York.

Hablamos sólo de pasada acerca de las muertes de Indelicato y de Sandanato. También a él le había informado D'Ambrizzi y sabíamos que hablaríamos de eso más adelante, cuando las aguas hubiesen vuelto a su cauce.

–Esta tarde, D'Ambrizzi me dijo una cosa que me sorprendió de forma bastante inesperada. –Estábamos subiendo las escalinatas de la plaza de España, en dirección al Hassler–. Le pregunté si creía que iba a ser elegido papa.

–¿De veras se lo preguntó?

Dunn levantó sus hirsutas cejas grises, y sus ojos centellearon maliciosamente.

–Se trata de lo que él me contestó.

–¿Qué dijo?

–Respondió que si decidía ser papa, Summerhays estaba preparado para comprarle el papado. Summerhays.

–Eso no es nada nuevo, Ben. Quiero decir que se trata de una industria en expansión, ¿no? Summerhays, su padre, Lockhardt, Heffernan y muchos otros. Estoy seguro de ello.

–Se olvida de una cosa. Summerhays. El Archiduque. ¿No se da cuenta de la amoralidad de todo esto? El Archiduque lo delató a Indelicato y al papa hace cuarenta años, y ahora dice que el Archiduque le va a comprar el papado. Me parece una cosa realmente asombrosa.

–Pues a mí me parece una excelente utilización de los recursos humanos –concluyó Dunn, guiñándome un ojo.

Yo no estaba muy seguro de cómo iba a ser la despedida con Elizabeth. La echaría de menos, pero la puerta no estaba cerrada del todo. Eso era lo importante. Así que la llamé. La conversación por teléfono fue bastante enigmática.

–Necesito decirte una cosa antes de que me vaya –le dije–. Algo importante. ¿Has visto al cardenal o has tenido noticias suyas?

–Sí, sí. –Pero me interrumpió enseguida–. Oye, no digas nada. No sé si están escuchando. Tenemos que vernos. ¿Cuándo te vas?

Se lo dije.

–De acuerdo. –Oí que pasaba las hojas de su agenda–. Oye, puedo saltarme las próximas dos horas, si te va bien. ¿Estás en el hotel?

–Claro. Estoy a tu disposición para...

–Nos veremos al pie de la escalinata dentro de un cuarto de hora.

La esperé al pie de la escalinata de la plaza de España y ella llegó jadeante. La cogí por los hombros.

–Tranquilízate –le dije, y ella me miró expectante–. Parece como si hiciese un mes que no te viera.

Elizabeth me sonrió y yo la besé suavemente en los labios, como si fuera la cosa más normal del mundo. Llevaba la chaqueta cruzada, con la insignia de la orden en la solapa.

–Vámonos –me dijo, tirando de mí–. ¿Qué es lo que sabes?

–Más de lo que creía posible.

–¿Te has enterado de la muerte de Indelicato?

–¿Enterarme? Elizabeth, D'Ambrizzi y yo levantamos el cadáver. Los dos vimos la daga al mismo tiempo.

–¿La daga? ¿Qué daga? ¿De qué estás hablando?

–De la daga florentina, para ser más exactos.

Elizabeth me miró como si yo estuviese loco. Se detuvo en seco, me tiró de la manga y me arrastró hacia un pequeño parque. Un grupo de chiquillos se arremolinaba ante un teatrillo de marionetas, donde una extraña representación mostraba a Pinocho haciendo el papel de un cura mentiroso, cuya nariz le crecía a medida que se pavoneaba ante una hermosa muchacha. No paraba de hablar de sus importantes victorias sobre el mal, mientras un caballero negro con armadura y montado sobre un caballo que enseñaba los dientes corveteaba a sus espaldas. La bella muchacha de cabello rubio no sabía cómo interrumpirlo a fin de avisarlo. Yo presentía que el padre Pinocho iba a recibir un buen coscorrón. Los gritos de la chiquillería, agudos, repletos de risas histéricas y de chillidos de advertencia, subían y bajaban siguiendo la acción que se desarrollaba en el minúsculo escenario. Pasamos por el lateral del teatrillo y nos sentamos en un banco, bajo unos árboles cuyas copas se mecían al impulso del viento.

–Ben, el cardenal Indelicato murió de un ataque al corazón. –Me lanzó una severa mirada–. D'Ambrizzi me telefoneó esta mañana. Me dijo que Indelicato había sufrido un ataque cardíaco mientras hablaba con Calixto, que se había desplomado ya sin vida, y que no iban a difundir la noticia hasta mañana.

–¿Te mencionó cómo se lo había tomado Calixto?

–No, pero...

–Mira, créeme lo que te digo. Yo estaba allí. El cardenal Indelicato fue asesinado por..., por... Oye, ahora no te me eches encima, ¿eh? Fue asesinado por Calixto.

–No puedes hablar en serio.

Así transcurrió la conversación. Calixto, el asesino, ahora estaba en coma. Sandanato había muerto a manos de Horstmann. No es que Elizabeth no creyera aquella historia: estaba al corriente de muchas cosas y no iba a perder el tiempo luchando contra la verdad. Sin embargo, habían sucedido demasiadas cosas para que pudiera digerirlas fácilmente.

Cuando hube terminado, Pinocho y el caballero negro habían desaparecido, y los escolares, junto con los más pequeños y sus madres, se desparramaban lentamente por el parque. El cielo soleado se había vuelto gris, y el viento helado soplaba un rato en una dirección y al cabo de poco en otra. Las navidades se estaban acercando.

–No puedo evitar pensar como la editora de un periódico –comentó Elizabeth, los ojos de color verde absortos en el parque. Se pasó los dedos por el abundante cabello color castaño: unos dedos largos, delgados, fuertes–. Menudo notición sería. –No consiguió disimular la sonrisa–. ¡Dios mío, qué titular! El papa mata a...

–Fue Salvatore di Mona quien asesinó a Indelicato.

–Sí, supongo que tienes razón. Y ahora está en coma. Eso significa que D'Ambrizzi me mintió.

Elizabeth se levantó.

–Todavía hay otra cosa. Fue Simon quien le ordenó que matara a Indelicato.

–¿Simon? ¿D'Ambrizzi?

–Sí. Envió una nota a Calixto para recordarle que era uno de los *assassini* y que debía cumplir una misión. Yo vi la carta. Estaba en la cama de Calixto cuando le encontramos.

–Supongo que D'Ambrizzi me considera una periodista –comentó ella–, por eso no me lo dijo. Sin embargo, tenía que saber que tú me lo contarías.

–Por supuesto que lo sabía. También sabía que nunca violarías esa confidencia.

–Bueno, ¿de qué serviría? ¿Cómo podría probarlo? ¿Dónde está el arma del crimen?

Regresábamos caminando a su despacho; mientras, el tráfico no paraba de ladrar y farfullar.

–Pienso ahora en el precio en vidas humanas –comentó Elizabeth–, y me pregunto cuántas habrá costado. Vidas de las que nunca sabremos nada.

–¿Quién sabe? En algún lugar oscuro deben de estar los restos de los cadáveres –solté de repente–. Oh, Dios, cómo te echaré de menos, Elizabeth.

–Es lógico, Ben. Estás enamorado de mí.

–¿Te burlas de mis sentimientos?

–Intento alegrar tu triste cara.

–Te pido disculpas por esta cara. Es que lo he pasado bastante mal últimamente. Cuando miro el panorama, tengo buenos motivos para estar triste. Por cierto, ya que lo mencionas, estoy enamorado de ti.

–Entonces no estés triste. El amor es alegre. Val te lo habría confirmado, ¿sabes?

–No, si no es correspondido.

–De todos modos, ¿qué tendrá que ver una cosa con la otra?

Me vi obligado a sonreír.

–Es cierto, ¿qué tendrá que ver?

–Despidámonos aquí, Ben.

Estábamos a punto de cruzar una plaza muy concurrida.

–Me sigue intrigando Summerhays. No por el hecho de comprar el papado para D'Ambrizzi, sino...

–¿A qué te refieres?

–¿Por qué estaba en Aviñón? Nunca ha explicado esto. ¿Qué estaba haciendo allí? ¿Por qué llevaba a Marco consigo?

–Bueno, ahora ya todo ha terminado. ¿Qué más da?

–Es que no se ha terminado, ¿no lo comprendes? No, si Summerhays es el Archiduque.

No tenía sentido seguir reteniéndola allí.

–Bueno, Elizabeth, cuídate. No sé qué más puedo decir.

Había llegado el momento de partir.

–Felicita de mi parte a tu padre por Navidad. Y quédate tranquilo, ¿de acuerdo? Necesito... Los dos necesitamos algún tiempo para poner las cosas en orden. ¿Lo entiendes?

–Por supuesto.

–Hablaremos pronto.

–¿Cuándo?

–No lo sé, Ben. Ésa es la cuestión. Pero no te impacientes conmigo.

Le dirigí una mirada que significaba: «Confío en que sepas lo que estás haciendo».

La contemplé mientras cruzaba la plaza.

Me dijo adiós agitando una sola vez la mano por encima del hombro, sin volverse a mirar hacia atrás.

Subí al avión que me llevaría de vuelta a casa, me desplomé en mi asiento y el agotamiento me golpeó como un martillazo. Floté en esa especie de limbo que existe entre el sueño y la vigilia, y tuve múltiples visitas. Estas presencias evitaron que sucumbiese, que me hundiera en la oscuridad donde el fantasma me aguardaba.

Me hallaba rodeado por todos los rostros, tanto del pasado como del presente, y la foto que había encontrado en el interior del bombo de juguete cobró vida. Sin embargo, la figura que había disparado la cámara seguía en las sombras, continuaba siendo un misterio. Entonces vi a Richter y me pregunté quién lo representaría a él –y a sus intereses– dentro del Vaticano, ahora que Indelicato había muerto. Vi a LeBecq en su galería de Alejandría, su rostro paralizado por el terror cuando lo presioné tal como había hecho mi hermana con anterioridad. Recordé a la hermosa monja que me había señalado el camino y había aceptado mi invitación a cenar, y que parecía ahora tan lejana. Y a la encantadora Gabrielle, a quien nunca volvería a ver. Todos los rostros estaban presentes: aquella babosa que era el sobrino de Torricelli; Clive Paternoster, con su increíble nariz, los vagabundos que cocinaban su cena bajo la lluvia en la plaza de la Contrescarpe. También el hermano Leo, y mi avance entre la niebla sobre las losas del acantilado, con el oleaje haciendo temblar el mundo a mis pies, paralizado por el miedo. Y Artie Dunn, con su historia acerca de las memorias de D'Ambrizzi, Artie Dunn apareciéndoseme como un genio, casi en medio de una nube de humo, allá en Irlanda. Y sor Elizabeth sollozando en la habitación de Val, aquella noche lluviosa en París. Aviñón, Erich Kessler, Summerhays y su pequeño guardaespaldas moviéndose como figuras en un sueño. Y Horstmann en aquella iglesia, burlándose de mi pistola de plástico, diciéndome que me marchase a casa. Elizabeth, confiándome sus secretos en Aviñón; mi rabia y mi odio hacia la Iglesia deformándolo todo, todo cuanto yo necesitaba. Y luego Roma.

La cortina de la ventana del avión estaba bajada, ocultando el luminoso e interminable día a medida que volábamos hacia el oeste. Un par de copas, algo de comida, y al final ya no pude resistir hundirme en el oscuro estanque.

Allí estaba ella, esperándome. La misma fatigosa actuación de siempre.

Mi madre, en el papel del espectro que venía del más allá, nunca cambiaba de tema.

Seguía llamándome, reviviendo el instante que mi mente consciente rechazaba. Aún seguía hablando del padre Governeau, el pobre desgraciado.

«Tú lo has hecho... ¡Has sido tú! Tú, tú, tú lo has hecho...»

Su dedo me estaba señalando.

Estaba totalmente convencida.

Sexta parte

I

Driskill

Las linternas de calabaza, las brujas con sus escobas y los duendecillos con caretas de Nixon habían desaparecido para ceder el puesto al rollizo y alegre Santa Claus, a los muñecos de nieve, a los gnomos y a los renos de nariz roja. La universidad yacía bajo varios centímetros de nieve, congelada en la superficie y barrida por el viento, mientras que la enorme reja de Nassau Street brillaba a causa del hielo. Aquel invierno era extraordinariamente frío y se había adelantado bastante. La calle aparecía helada, con las marcas de los neumáticos, y el viento silbaba obscenamente al pasar entre las mangas, mientras los villancicos resonaban por los altavoces del exterior. Las puertas de las tiendas tintineaban alegremente y los regalos resplandecían en los escaparates adornados. En efecto, había llegado la Navidad, época para que la familia se reuniera, si el destino lo permitía, época para disfrutar de una pequeña feliz Navidad.

Cuando aparqué el Mercedes ante la entrada y salí del coche comprendí que la casa estaba vacía. Resultaba evidente que nadie había pasado por el sendero de acceso desde hacía varios días. Además, la casa ratificaba esta deducción: helada, vacía, con eco. Di una vuelta por allí sin rumbo fijo, preguntándome qué habría ocurrido. No había ni una nota. Sin embargo, encontré muchas pruebas de que mi padre había estado allí desde que abandonara el hospital. Se me ocurrió la posibilidad de una recaída. Llamé por teléfono a Margaret Korder al despacho de Manhattan y le dije que estaba en casa y que no había forma de localizar a mi padre.

–Pero, Ben, debería habernos avisado. Él está en la cabaña de los Adirondacks. Si me permite serle sincera –añadió con tono incisivo–, se está convirtiendo en un serio problema. Está imposible, Ben. Tuvo una enfermera allá, estos últimos días, pero ayer me llamó hecha un mar de lágrimas. La ha despedido. Cada vez está más autoritario e intratable, por lo que me dijo. Ahora ya no sé con certeza qué hacer.

–¿Cómo subió hasta allí, Margaret? ¿Se encuentra lo bastante recuperado para estar solo?

–¿Bromea usted? Él cree que está bien, pero ya no es un niño, Ben. Por supuesto que no está recuperado, pero intente decirle por dónde puede ir y lo que puede hacer. Estaba absolutamente desesperado. Se llevó con él a ese cura amigo suyo, al padre Peaches. Él lo llevó allí arriba con el coche y se quedó varios días, pero también tiene su trabajo. –Se interrumpió para tomar aliento.

–Creo que voy a hacerle una visita al viejo, Margaret. No me gusta que esté allí solo. Mañana subiré.

–Pues tenga cuidado. Se acerca una gran tormenta de nieve. En Chicago hay medio metro. ¿Cuándo regresó usted, Ben? ¿Qué ha sucedido por allá?

–Oh, Margaret, ¿qué quiere que le diga? Llegué ayer a Nueva York.

–Pues bienvenido a casa. ¿Todo se solucionó a su entera satisfacción?

–Dígame cuál fue la última vez que algo se solucionó a la entera satisfacción de alguien. Eso nunca ocurre, ¿no le parece?

–La muerte del cardenal Indelicato ha sido una gran sorpresa. ¿Lo ha llegado a conocer?

–Sí. La verdad es que fue una auténtica sorpresa.

Le dije que tenía prisa, y ella volvió a advertirme que se aproximaba una tormenta. Colgué el teléfono y me pregunté cuánto tardaría en acostumbrarme a saber tantos secretos que nunca podría revelar, que nunca podría comentar con nadie. ¡Cómo habríamos disfrutado Val y yo hablando de todo aquello!

Me topé con el mismo problema a la hora del almuerzo.

Llamé a Peaches y nos encontramos en la Nassau Inn, en la sala de abajo, donde habíamos coincidido en el pasado, aquella otra noche fría y nevada, cuando Val estaba ya muerta en el suelo de nuestra capilla. Peaches condujo desde New Pru cargado de preguntas sobre lo que yo había descubierto «por allá». Le dije que todo era muy complicado, pero que cuando llegabas al fondo de la cuestión, en realidad se trataba de un asunto interno de la Iglesia y que me habían excluido de las grandes conclusiones. Etcétera. Peaches me dirigió una mirada divertida y me guiñó un ojo como si pretendiera decirme que ya sabía cómo funcionaban las cosas en Roma.

–Pero dime una cosa, ¿averiguaste quién mató a Val? –Se advertía en él un profundo dolor, la herida sangrante que nunca lograría cicatrizar, y pensé que al menos le debía esta explicación–. ¿Fue el mismo individuo que os atacó a ti y al monseñor de Roma?

–El mismo. O al menos ésta es la opinión general. Un viejo cura medio loco. Vete a saber qué habrá sido de él. No creo que nunca lleguemos a encontrarlo o que volvamos a saber de él. Mira, Peaches, estoy bastante cansado con todo esto. Ya hablaremos más adelante. En estos momentos, en fin, todo parece un jeroglífico. Me entra dolor de cabeza sólo de pensar en ello.

–Te comprendo, muchacho.

Me dedicó su vieja sonrisa infantil, pero su rostro aparecía cansado y lleno de arrugas. Eran las tres de la tarde y nosotros estábamos comiendo hamburguesas con queso y patatas fritas. Éramos los únicos clientes y en el exterior se oía el silbido del viento.

–Y bien, ¿qué opinión te ha merecido nuestra querida Iglesia de Roma estos últimos días?

Sentí que la risa brotaba dentro de mí ante aquella extraña pregunta.

–Es curioso, Peaches. Carecerá de todo sentido, pero la Iglesia nunca me había parecido tan humana como ahora. Es tan imperfecta, que casi te sientes obligado a querer a esa pobre institución.

Le pregunté por mi padre y eso le llevó a contarme la historia de cómo había encontrado el manuscrito de D'Ambrizzi y se lo había llevado a Artie Dunn.

–Me encontré con Dunn por allí –le dije–. Ya me contó lo del manuscrito.

–¿De verdad? ¿Lo viste? ¡Dios, menudo elemento está hecho! Cuando encontré aquellos documentos, Dunn y yo pasamos la noche en su apartamento. Deberías ver el rascacielos donde vive. En los días claros, seguro que se ve Princeton desde allí. ¡Dice que los helicópteros pasan volando por debajo de sus ventanas!

–Él me puso al corriente del contenido básico –le dije–. Pero, en sí, todo el manuscrito resulta muy misterioso. Sé que era una especie de póliza de seguro para D'Ambrizzi, aunque eso ya es agua pasada.

No veía ninguna razón para complicar más a Peaches en todo aquel asunto. Era mejor que se mantuviera al margen.

Los ojos le brillaban y tenía las mejillas encendidas.

–Todos aquellos nombres en clave y aquel tono de aventuras de capa y espada... Lo curioso es que, a pesar de tanto secreto y de tanto escondite, tu padre estuviese al corriente de todo. Dijo que no era asunto suyo y que nunca le había preocupado, pero estaba enterado de que D'Ambrizzi había entregado el manuscrito al viejo cura parlanchín. Ahora, hará unos diez días, de pronto se acordó de él. Es fantástico cómo funciona la mente humana, Ben. Realmente fantástico.

Peaches me explicó la historia que mi padre le había contado acerca del cura borrachín, celoso y locuaz, a quien D'Ambrizzi había entregado su manuscrito, y cómo le había pretendido tentar con él. Sin duda había ocurrido así. Recordaba muy bien a aquel viejo papanatas cuyo aliento siempre olía a ginebra.

–En fin –prosiguió Peaches, barriendo los restos del ketchup con la última patata frita–, tu padre daba la sensación de saber que yo estaba al corriente de todo. Parecía cosa de brujas. Me obligó a contarle hasta el último detalle.

–¿Le dijiste que se lo habías enseñado a Dunn?

Se encogió de hombros.

–Bueno, cielos, creo que no. Imagino que no quería contárselo todo. En cualquier caso, luego me convenció para que lo acompañara al chalet. Me hacía sentir como si yo fuera un empleado suyo. Puede ser un tipo muy dominante, ¿sabes?

–Lo has notado, ¿verdad?

–En fin, pasé buena parte de la semana allí arriba, sin preocuparme en absoluto de mis feligreses. Quiero decir que fue maravilloso pasear por la montaña. Es un sitio fantástico, con aquel oso enorme, de pie en el rincón.

–¿Qué más hiciste?

–¡Hice un muñeco de nieve! Llené la despensa con lo que había en el supermercado de Everett. Me entretuve por allí, leí dos novelas, cociné, hice de chico de los recados para tu padre.

–¿Y mi padre qué hacía mientras tanto?

–Leyó el manuscrito de D'Ambrizzi varias veces, aunque no parecía tener gran cosa que decir acerca de él. Se llevó consigo un montón de discos y varias libretas de dibujo para tomar apuntes.

Escuchaba discos a todas horas. No hablábamos mucho. Él iba a lo suyo, aunque de manera amistosa. Estuvo bien. Hablamos de ti, de lo que estarías haciendo. Se está recuperando muy bien, Ben. Sin embargo, parecía preocupado por ti, pensaba que te estabas buscando problemas al escarbar dentro de la Iglesia. Decía que tú no entendías a la Iglesia. Yo me limitaba a asentir y lo dejaba hablar. Ha encajado muy mal la muerte de Val, Ben. Una noche lo oí llorar. Fui a su habitación y le pregunté si se encontraba bien. Me dijo que estaba soñando con Val, y que al despertarse había recordado que estaba muerta. Me dio pena, Ben, te lo aseguro.

–Voy a subir allí mañana –le aseguré–. Estuvo con él una enfermera cuando tú te fuiste, pero la ha despedido. No quiero que esté solo allí arriba.

–¿Quieres que te acompañe en otro coche? Se supone que hay una fuerte tormenta soplando en aquella dirección.

–No te preocupes. Todo irá bien. Tú debes atender a tus feligreses.

–Mis feligreses –murmuró–. Pobres desgraciados.

A solas en la casa, por la noche, me costaba conciliar el sueño. La muerte de Indelicato había aparecido en las noticias nacionales, sobre todo dentro del contexto especulativo relacionado con la salud del papa, que llevaba dos meses sin aparecer en público. No mencionaron nada más respecto a la Iglesia en las noticias de última hora, aparte de que el cardenal arzobispo Klammer había decidido quedarse en Roma para el funeral de Indelicato. Yo seguí en el gran salón con mi tercer Laphroaig doble con hielo, escuchando el silbido del viento en el exterior y el sonido de la nieve que se levantaba del suelo y golpeaba contra los cristales de las ventanas.

Procuraba no darle vueltas a todo lo sucedido desde la muerte de Val, pero era en vano. No lograba pensar en otra cosa: era como si yo hubiese nacido aquel mismo día. Cuando finalmente me terminé la bebida, me puse mi viejo chaquetón de piel de borrego y un par de botas de goma y salí fuera.

El aire frío me llenó los pulmones y me despejó la cabeza. Me dirigí hacia el huerto, donde, quizá en una noche como ésta, alguien había colgado el cuerpo ya muerto del padre Governeau, muchos años atrás. Hice el mismo trayecto que Sandanato y yo habíamos realizado con los patines de hielo. El estanque aparecía al otro lado del huerto, brillante a la luz de la luna. Una pareja de patinadores se deslizaba en silencio, como unos modelos de Currier e Ives. Las cuchillas captaban y reflejaban los rayos plateados sobre el hielo.

De forma inevitable, irresistible, me sentí atraído hacia la capilla. Yo no era un sentimental; no supe lo que hacía hasta que no estuve allí dentro. La puerta no estaba cerrada con llave y el hielo había vuelto resbaladizos los escalones. La noche se estaba cubriendo con una neblina helada.

Encendí las luces. ¿Qué diablos hacía yo allí? No había ningún fantasma en la capilla, ninguna voz en la oscuridad.

Me senté en el banco donde descansaba Val cuando Horstmann apoyó el liso cañón de la pistola contra su cabeza.

Entonces hice algo que no había hecho desde hacía veinticinco años.

En la casa de Dios, me arrodillé, incliné la cabeza y recé por el eterno descanso del alma de mi hermana. En medio de aquella penumbra, con los ojos cerrados, todavía como un católico, musité en voz alta confesándome de mis pecados y supliqué el perdón a quien pudiera concederlo.

Más tarde, esa noche, me tumbé en mi vieja cama, debajo de la foto de Joe DiMaggio, atento al silbido del viento sobre el hielo, a las corrientes de aire con sus habituales murmullos bajo los aleros. Me hundía en el sueño y luego emergía, y hubo un instante en que vi a Val abriendo el lateral de su bombo de juguete, mientras escondía la foto allí dentro para que yo la encontrase; al instante siguiente ya me hallaba en el pasillo superior de la escalera, viendo cómo mi padre caía...

Permanecí allí tumbado, con la esperanza de que al menos por una noche mi madre no se me presentara. Éste era el motivo de que yo casi temiera dormirme del todo, porque ella estaría allí al acecho, con todas sus acusaciones.

Mientras permanecía en la cama, dando vueltas, golpeando con la cabeza contra la almohada para encontrar una postura cómoda, me acordé de que Val había venido una noche a mi habitación, a la misma donde ahora me encontraba. Era bastante pequeña, llevaba su bata roja de franela y estaba llorando, frotándose los ojos. Se había levantado para ir al baño y se encontró con nuestra madre de pie en el pasillo, como si la estuviera esperando. Entonces se le había echado encima. Quién sabe por qué recordaba ahora aquel suceso, pero allí estaba, el recuerdo de Val, llorosa, medio dormida, asustada, mientras yo le preguntaba qué le había pasado.

Me dijo que mi madre había sido mala con ella.

Yo le pregunté qué quería decir.

«Dice que he sido yo, Ben. –Val estaba sollozando–. Le he preguntado qué había hecho, pero ella seguía diciendo lo mismo, que he sido yo...»

«Cuéntame exactamente qué te ha dicho.»

«Lo has hecho tú, lo has hecho tú. Has sido tú, ahí fuera, en el huerto. Tú te lo has llevado, lo has hecho tú. –Luego empezó de nuevo a llorar–. Pero yo no he sido, Ben. Te lo prometo.»

Entonces le pasé el brazo sobre los hombros y le dije que podía pasar el resto de la noche conmigo en mi cama.

Le expliqué que nuestra madre habría tenido una pesadilla, que no era culpa suya y que no debía asustarse de ella. No recuerdo que nunca más volviéramos a hablar de lo ocurrido. Quizá porque estaba relacionado con aquel suceso siniestro que había ocurrido en el huerto, aquello de lo que nos estaba prohibido hablar, aquello de que habían encontrado a alguien ahorcado allí fuera.

Ahora, al cabo de tantos años, la pesadilla de mi madre aún seguía con vida.

Val no, pero la pesadilla sí. La pesadilla de mi madre se había transformado en la mía.

2

Driskill

El viaje hasta la cabaña fue largo y lento debido a la densa mezcla de niebla y nieve, impulsada por un viento fuerte y borrascoso que hacía oscilar el coche. La nieve había formado una gruesa capa cuando llegué a Everett y vi el letrero que indicaba la desviación. El puente no había pasado una revisión del estado y el tráfico debía desviarse por Menander, otra pequeña población. Seguí las señalizaciones, superé la prolongada cuesta que pasaba por debajo de un puente de piedra y luego giré hacia la izquierda. La subida era muy brusca y por un instante temí que la tracción no me permitiera subir por la nieve y el hielo. Las arboladas laderas de la colina formaban un laberinto de ramas oscuras y sin hojas, que parecían enmarañarse desesperadamente entre sí. Algunos chiquillos de Menander se deslizaban en trineo entre los árboles. Las crestas de las colinas se ocultaban entre la niebla y la capa de nieve de la carretera era cada vez más espesa, sobre todo en los arcenes, y debajo había una capa de hielo. De haber salido una hora más tarde, habría tenido auténticos problemas.

Menander estaba adornado para la Navidad. Los motivos navideños colgaban de las farolas y del asta de la bandera al otro lado de la calle. Frente a la iglesia había un belén iluminado por unos focos. La nieve había dejado una gruesa capa sobre el tejado del pesebre. San José, la Virgen y los tres Reyes Magos parecían estar desesperadamente fuera de su elemento. Me detuve en la tienda que antiguamente había pertenecido a una sociedad formada por un hermano y una hermana, llamados Potterveld, y que ahora formaba parte de una de las múltiples cadenas de supermercados. Telefoneé a casa y me contestó la voz de mi padre. Sonaba mucho más potente de lo que me había parecido durante las llamadas desde el otro lado del Atlántico. Le dije que estaba a punto de ir a verlo.

–Bueno, has llegado justo a tiempo –me contestó–. Debí imaginar que vendrías a casa por Navidad. No quieres perderte los regalos. Te conozco, Ben. –Rió para demostrarme que estaba bromeando, en vez de proseguir la batalla que manteníamos desde hacía tanto tiempo–. Será mejor que te des prisa. Por aquí está oscureciendo ya y nieva copiosamente.

–Estaré ahí en menos de una hora.

Mientras conducía con cuidado por aquel serpenteante tramo de la carretera, cada vez más traicionera, por algún extraño motivo –quizá porque la voz de mi padre me había inducido a mostrarme amable con él– me acordé de aquel día, siglos atrás, en que el sol brillaba y Gary Cooper estaba sentado en el porche, hablando con mi padre acerca de la película, de sus aventuras en la OSS que en la pantalla cobrarían vida para mí, mostrándome las fantásticas y heroicas proezas de mi padre al cruzar la pista de aterrizaje mientras las balas de los nazis levantaban el polvo junto a sus pies. Me acordé del día soleado, de la pequeña Val, que se exhibía por allí, de Cooper haciéndonos el retrato. De ensueño. Aquellos días, contemplados a través de mi estado de ánimo, adquirían un perfecto tono rosado. Pero hacía tiempo que Cooper había muerto, también Val estaba muerta, y los heroicos días de mi padre en la OSS eran sólo recuerdos, una historia, una película. Como siempre, todo quedaba reducido a polvo.

La cabaña se alzaba sobre la cumbre redondeada de una colina, rodeada de árboles deshojados, espinosos acebos, abetos y pinos. La luz diurna estaba a punto de desaparecer cuando entré en el sendero que conducía a la casa. Había una gruesa capa de nieve por todos lados, como la cobertura de un bizcocho de cumpleaños. Unos copos perfectos, inmaculados, caían entre las ramas, formando pilas cada vez más altas. La cabaña era una construcción maciza, parecía como si estuviese hecha de gigantescos troncos de pinos de Lincoln. La capa de nieve que cubría el inclinado tejado tendría ya unos treinta centímetros de espesor y una columna de humo se elevaba de una chimenea. Una de las vertientes del tejado empezaba a nivel del suelo, con lo cual dejaba un extremo de la gran sala de estar por debajo de este nivel. La mayor parte de esta vertiente era un tragaluz que daba al norte, a fin de que mi padre pudiera pintar. Se veía luz en las ventanas. Cuando detuve el coche en la zona empedrada, la puerta principal se abrió y allí apareció mi padre, de pie, con la luz irradiando a sus espaldas y saludándome con la mano. Estaba algo delgado, pero sus anchos hombros todavía eran firmes bajo el grueso suéter azul oscuro. No recordaba que mi padre me hubiese dado nunca la bienvenida con anterioridad.

Aquella primera noche el comportamiento de mi padre fue inusitadamente entrañable, o por lo menos no fue agresivo. Era indudable que su enfermedad le había robado parte de su energía, pero yo quería creer que tal vez entrábamos en una nueva fase de nuestras relaciones. Mejor tarde que nunca. Yo pensaba lo mismo de siempre respecto a él.

Los dos estuvimos trasteando por la cocina y al final nos regalamos con una larga y pausada cena consistente en carne a la plancha, patatas al horno, ensalada, un robusto clarete y un café cargado preparado con achicoria. Lógicamente, las preguntas no podían obviarse, pero las abordamos pausadamente, con extremo cuidado cuando se referían al asesinato de Val. Sin embargo, poco a poco le conté cómo se había desarrollado todo. Era la primera vez que intentaba relatar toda la historia y eso nos exigió una larga velada, pero en ningún momento le flaqueó el interés ni la energía.

Los nombres que yo mencionaba estimulaban sus recuerdos y abrían un boquete en su surtido de anécdotas. Torricelli, Robbie Heywood, Klaus Richter, innumerables recuerdos acerca de D'Ambrizzi, la guerra y sus aventuras en la Resistencia. Me contó anécdotas que nunca me había confiado, historias de lanzamientos sobre la Francia ocupada, en aviones que volaban a la altura mínima para que los paracaidistas no se mataran al saltar, o las aproximaciones a la costa con lanchas de goma desde los submarinos, eludiendo a las patrullas alemanas, conectando con los grupos de la Resistencia, encontrándose con D'Ambrizzi en los sitios más extraños. Todo era como un juego, se advertía en su voz. Peligroso casi siempre, pero en aquella época ellos eran jóvenes y había una guerra en marcha, de manera que debían cumplir con su obligación...

–¿Conociste a Richter? ¡Pero si era un oficial alemán!

–Mira, hijo, él colaboraba con D'Ambrizzi en París y yo estaba trabajando con D'Ambrizzi. Son cosas que pasan. Yo hice la guerra de una forma bastante insólita.

–Pero ¿sabía Richter que tú pertenecías a la OSS?

–Por supuesto que no. ¿En qué estás pensando, Ben? Seguramente D'Ambrizzi le diría que yo era un norteamericano que se había visto atrapado en París al estallar la guerra. No lo sé.

–Pero alguien que conociera tu identidad podría haberte traicionado.

–Bueno, pero no a Klaus Richter. A éste le importaba un bledo quién fuera yo o incluso quién pudiera ganar la guerra. Él ya tenía su propio cometido. Todo el mundo estaba comprometido con su propia guerra particular. Gente como LeBecq, o como los otros.

–¿Conociste a LeBecq? –Resultaba desconcertante descubrir que mi padre había estado allí entonces y que yo había seguido sus pasos muchos años después–. ¿Sabías que D'Ambrizzi lo mató por traicionar el Plan de Pío?

–Por supuesto. –Mi padre se sirvió más café, cortó el extremo de un puro y acercó una cerilla encendida–. Lo cierto es que el Plan de Pío era una idea absurda donde las haya. –Dio varias chupadas seguidas–. D'Ambrizzi estaba jugando con fuego en esa ocasión. Estaba fuera de sí.

–¿Tan terrible hubiese sido?

Nos habíamos instalado en el salón de la claraboya y el viento lanzaba la nieve por encima de nuestras cabezas, al otro lado de los cristales. El fuego ardía en la chimenea forrada con piedras sin desbastar y los dos estábamos sentados frente a frente, en mullidos sillones. En el rincón más apartado, detrás del arco que conducía al comedor, se erguía el imponente oso Kodiak, con los brazos abiertos, dispuesto a atrapar a quien se atreviera a acercársele.

–D'Ambrizzi realizó un informe bastante bueno acerca de Pío como simpatizante de los nazis, casi un criminal de guerra.

–Ese hombre pretendía asesinar al papa a sangre fría. ¿No te parece eso un poco demencial? Pío no era un criminal de guerra. Había que ser muy cauto en un continente dominado por el Eje. El destino de millones de católicos estaba en manos de Hitler y de Pío. Por otro lado, ¿podía Pío adoptar las decisiones morales que adoptaba D'Ambrizzi? Al fin y al cabo, D'Ambrizzi traficaba con los nazis a diario.

Mi padre miraba fijamente las llamas de la chimenea.

–Obedeciendo las órdenes de Pío –puntualicé.

–Mira, D'Ambrizzi era un gran hombre. No digo lo contrario. Pero de vez en cuando tendía a lanzarse irreflexivamente a una acción. Matar al papa. De todos modos, no llegó a ocurrir.

Se encogió de hombros.

Mi padre nunca había charlado conmigo de aquella forma. Me hablaba confidencialmente, de hombre a hombre, como nunca había hecho con anterioridad.

–No llegó a ocurrir porque el Archiduque lo traicionó y todos los hombres de D'Ambrizzi murieron.

–Todos no.

–¿Tuviste alguna vez tratos con el Archiduque?

–Bueno, yo no estaba presente cuando saltó aquella liebre, pero, por supuesto, me enteré de algunas cosas. Luego llegó el momento de sacar a D'Ambrizzi de todo el embrollo. El tipo me caía bien, era un buen muchacho. El Vaticano lo acosaba, así que le ayudé a escapar.

Mi padre me observó a través del humo del puro.

–¿Y qué me dices del Archiduque?

–Nunca lo conocí.

–Pero ¿sabías quién era?

–No podría decírtelo aunque lo supiera. De todos modos, ahora todo ha terminado. ¿Qué importa eso ya?

–Importa porque todo está relacionado con lo que ocurre en estos momentos, con el asesinato de Val.

–Estás confundiendo pasado y presente, Ben.

–No, casi he descubierto la conexión entre el pasado y el presente, papá. He estado a punto de conseguirlo. Se trata de un, no, de dos hombres. Indelicato era uno de ellos, encadenaba pasado y presente. Pero hay alguien más: el Archiduque. Sospecho que todavía vive, que en el pasado se alió con Indelicato para traicionar a D'Ambrizzi, y que ahora también se había aliado con aquél para impedir que D'Ambrizzi fuese elegido papa, para asegurarse de que el elegido fuera Indelicato. Por supuesto, ahora que éste ha muerto, la moneda está en el aire.

–Veo que le das mucha importancia a ese Archiduque –comentó–. ¿Tienes alguna idea acerca de quién puede ser?

–Estoy seguro de que lo sé.

–¿Y bien?

–No te va a gustar. –Respiré profundamente–. Summerhays.

–¿Qué? –Dio un fuerte golpe con la palma de la mano sobre el brazo del sillón–. ¿Summerhays? ¿Y por qué Summerhays, en nombre de Dios?

–¿No era tu mando en Londres, en la época de la OSS?

Mi padre asintió y una pequeña sonrisa de sorpresa apareció en su ancho e inexpresivo rostro.

–Él te tenía a ti y a muchos otros tanto en Francia como en Alemania. Podía acceder a toda la información que llegaba a Londres desde toda Europa. Tenía además un largo historial de estrechas relaciones con la Iglesia, y conocía a Pío tanto antes como después de ser elegido papa. Es un tradicionalista en asuntos de la Iglesia. Os enseñó a ti y a Lockhardt cómo funciona todo. Enfréntate a ello, papá, no cabe duda de que él es el Archiduque, ¡tanto si te gusta como si no!

–¿Y dices que aún está metido en esto? Es un trago difícil de aceptar, Ben.

–Más difícil resulta admitir lo que ha estado ocurriendo estos últimos dieciocho meses, para borrar el pasado. Papá, tú puedes ayudarme en eso, puedes ayudarme a probarlo. Summerhays confía en ti.

–Oh, vamos, Ben. No sé nada de eso. Dios mío, Drew Summerhays. Hacía muchísimo tiempo que no pensaba en todo este asunto.

–Pues has podido refrescar tu memoria leyendo los documentos que D'Ambrizzi dejó cuando se marchó de Princeton.

Mi padre asintió, riendo por lo bajo.

–Claro, claro; pero Summerhays... En esto me has cogido realmente por sorpresa, Ben. Sigues una pista falsa, es evidente. Y sí, he leído el resumen de D'Ambrizzi. Peaches me habló de él.

–Con un poco de presión, según he oído.

–De modo que has estado hablando con el joven Peaches. ¿Te contó la historia de ese viejo sacerdote que solía fanfarronear ante mí? –Asentí con la cabeza–. Bueno, la verdad es que fastidié un poco al pobre Peaches y al final admitió que había encontrado el documento. Lo leí de cabo a rabo. Es un material interesante, pero ¿qué puede obtenerse de todo aquello? Lo ignoro. La Iglesia patrocinando a una especie de célula de la Resistencia, algunas obras de arte involucradas en el asunto, un asesinato sin importancia, montones de nombres en clave. Todo muy manido, ¿no? Tú ¿qué opinas?

–Que tiene un toque de autenticidad –repliqué–. ¿Sabías que Indelicato era el Recaudador? ¿Sabías que era a Indelicato a quien acudió el Archiduque con la historia del Plan de Pío?

–Es posible, Ben. ¿Quién se acuerda ahora? –Mi padre levantó la vista al oír que una ráfaga de viento barría el lateral de la cabaña, y una corriente de aire silbó a través del suelo–. Pero lo que sí descubrí es que Indelicato era el hombre a quien habían enviado en busca de D'Ambrizzi. Es lógico, fui yo quien le ayudó a salir de Europa cuando Indelicato le pisaba los talones.

–Al final ha resultado que Horstmann cometió los asesinatos. ¿Coincidiste con él alguna vez por allí?

Los recuerdos lo dejaban agotado pero, si bien su rostro se veía abatido, los ojos le brillaban y no parecía dispuesto a interrumpir la conversación.

–No, no creo haberlo conocido nunca. Pero eso no me sorprende. D'Ambrizzi disponía de una red de hombres bastante intrincada.

–*Assassini* –puntualicé.

–Llámalos como quieras, pero los tenía. La mayor parte de sus maquinaciones no tenían nada que ver con lo que yo hacía, Ben. Ahora me tomaría un coñac. No, no discutas; es bueno para mi corazón.

Serví una copa para cada uno y él dio un sorbo para apoyar enseguida la cabeza en el respaldo del sillón.

–Reflexiona acerca de ello, papá. ¿Qué te parece si pudiésemos desenmascarar de alguna manera a Summerhays por lo que ha hecho? Él es tan culpable como Indelicato, está metido de lleno, conspirando, matando.

–Ben, ahora estoy muy cansado. Ya continuaremos mañana. Me interesa oír el resto de la historia, pero me siento agotado.

Se levantó despacio, pero yo sabía muy bien que no debía ayudarlo. Se detuvo al pie de las escaleras que conducían a la galería y a los dormitorios del primer piso. La nieve se arrastraba por encima de la claraboya. A través de las ventanas contemplé la nieve que se iba acumulando. Mi coche estaba cubierto por una capa de nieve recién caída. Diez centímetros por lo menos.

–Ben, se me acaba de ocurrir una idea. Mañana podrías salir a buscar un árbol de Navidad. –Lanzó un profundo suspiro–. Echo de menos a tu hermana, hijo. Maldita sea.

Cuando me levanté, ya había transcurrido más de media mañana y mi padre estaba friendo huevos con beicon. Nos sentamos a la mesa del comedor y me zampé una buena ración. Al darme cuenta de cuánto había comido, me acordé de sor Elizabeth. Mi padre trajo una cafetera a la mesa y me dijo que quería escuchar el resto, cómo había terminado todo.

Se lo conté. Le hablé de la explicación que D'Ambrizzi había dado al pequeño grupo en el Hassler. Supuse que si aquella noche D'Ambrizzi había sido capaz de explicar a aquella gente todo lo que había hecho, sin duda yo podía contárselo a su antiguo compañero de armas. Dios mío, si incluso se lo había contado a Summerhays. Así que puse a mi padre al corriente: necesitaría su ayuda, si lográbamos encontrar una forma de desenmascarar a Summerhays. Se lo conté todo, excepto los motivos por los que Val había tenido que morir: porque había averiguado la verdad, había atado cabos y decidió regresar a casa para contárselo a su padre y a su hermano.

Antes quería asegurarme de que él podía con todo aquello, con la parte más dura. Así que esperé. Él no me hizo ninguna pregunta acerca de Val, de modo que decidí esperar un poco más.

En cambio, le conté el resto. Cómo había muerto Indelicato, cómo lo habíamos encontrado, que D'Ambrizzi había... ¿de qué manera podía decírselo a mi padre?, que D'Ambrizzi había hablado desde el pasado, utilizando el nombre de Simon, para impartir a Salvatore di Mona sus últimas instrucciones: matar al cardenal Indelicato.

Mi padre me observaba por encima del borde de la taza de café. Tenía los ojos hundidos, con ojeras, como si hubiese pasado toda la noche en vela.

–Bueno, como estudioso de la historia de la Iglesia, debo decir que un papa que cometa un asesinato no es algo del todo nuevo. Ni siquiera la eliminación de su probable sucesor. Todo esto ya se ha hecho con anterioridad. No hay nada nuevo bajo el sol, ni bajo la cúpula de San Pedro.

Sus cansados ojos me taladraron. Algo había cambiado desde la noche anterior. No éramos enemigos, pero habíamos perdido el compañerismo. Parecía como si el mundo se hubiese interpuesto entre nosotros, a hurtadillas, aprovechando la oscuridad de la noche.

Le conté que Sandanato había traicionado a D'Ambrizzi al ponerse de parte de Indelicato, y mi padre comentó:

–Todos creían que estaban haciendo lo correcto, ¿no? Ésta es la tragedia, hijo mío. Ésta ha sido siempre la tragedia central de la Iglesia. Indelicato, Sandanato, el Archiduque: todos querían lo mejor para la Iglesia. La Iglesia. Tu hermana, incluso Peaches, por lo que tengo entendido, quiere lo mejor para la Iglesia. Calixto estaba dispuesto a matar por la Iglesia en 1943 y ha matado por ella ahora. Ésta es la fuerza que ejerce sobre las personas. ¿Comprendes lo que quiero decir, Ben? ¿No has creído alguna vez en algo hasta el punto de matar por ello?

–No lo sé. Nunca he matado a nadie.

–Pienso que, a la larga, mucha gente estaría dispuesta a matar por algo, aunque no quiero decir que siempre haya que llegar a ese extremo.

–El corazón de la Iglesia es el centro de la oscuridad –dije–. Lo sé porque he estado allí. Acabo de regresar y no creo que esté llena de gente buena que intente hacer lo correcto.

–Tú no has estado en el centro de la oscuridad, hijo. Ni siquiera te has aproximado. Yo sí estuve allí, al igual que tu madre. Tú no. No hay peor lugar, y cuando lo encuentras, es inconfundible. De haber llegado allí, lo sabrías.

Le conté cómo había muerto Sandanato.

Mi padre se aproximó a la ventana y se quedó mirando la nieve, que caía sin cesar.

–Horstmann es de esos hombres que al parecer creen en la venganza. Siempre a punto para atacar de nuevo.

Por la tarde, me embutí en el viejo chaquetón de piel de borrego, cogí un hacha y un serrucho, y salí bajo la nieve. Aún seguían cayendo grandes y húmedos copos, en silencio, lentamente. Pasé por delante de la claraboya que subía inclinada desde el suelo, y miré al interior, hacia abajo, a la sala de estar. El calor que irradiaba la casa derretía la nieve sobre el cristal, mientras se iba apilando en torno al tragaluz. Vi a mi padre de pie ante el tocadiscos, rebuscando entre los discos de fundas gastadas. Tenía los hombros hundidos. Después de colocar el disco en el plato, se apoyó en el bastón y, muy despacio, avanzó hasta su sillón junto al fuego. Se sentó con cuidado y se quedó contemplando las llamas. Con las defensas bajas no era en absoluto el mismo de siempre. Parecía un hombre a quien no le quedara mucho tiempo de vida: demasiado viejo, demasiado frágil. Deseé no haberlo visto así.

La ladera de la montaña, cubierta de árboles, ascendía más o menos un centenar de metros, salpicada de afloramientos rocosos entre los tupidos grupos de abetos verdinegros y los troncos esbeltos de los robles, los olmos y los álamos. En la cúspide, ésta decrecía y bajaba ligeramente hasta un lago no muy grande, donde yo había nadado y remado por primera vez. Era un pequeño lago de aguas insoportablemente frías. Ahora estaría helado. Cuando empecé la escalada, descubrí que hacía más viento del que había pensado. Los ahuecados copos de nieve parecían de pronto más pequeños y afilados, ideales para aguijonear.

Descubrí un par de posibles árboles de Navidad mientras subía con la cabeza gacha hacia la cumbre. Imagino que me sentía atraído hacia allí por algún recuerdo del pasado. Habían transcurrido varios años desde la última vez que subiera a la cabaña y no había vuelto con regularidad desde la infancia. A unos veinte metros de la cumbre me detuve y me apoyé contra un árbol para recuperar el aliento. En ese preciso momento llegó hasta mí una vaharada que me sorprendió. Era el olor a restos de un fuego hecho con ramas y piñas secas.

No tardé mucho en descubrir la procedencia de aquel olor. Al pie de uno de los grupos de rocas, debajo de una cornisa que le servía de protección, estaban los húmedos restos renegridos de un montón de ascuas, cubiertas parcialmente con nieve. Aún quedaban unos hilillos de humo, sólo un hálito moribundo, además del aroma de las piñas quemadas y húmedas. Sin embargo, alguien se había estado calentando con aquel fuego durante la noche. Miré hacia abajo, a través de los 80 metros que me separaban de la cabaña. Entre los árboles oscurecidos por la tarde grisácea, el resplandor que salía por el gran tragaluz resultaba claramente visible, un destello amarillento. El humo dibujaba espirales al salir de la chimenea. El viento me lanzaba nieve contra la nuca y yo estaba sudando a causa de la escalada.

Alguien había permanecido toda la noche agazapado junto a la hoguera, esperando, acurrucado para conservar el calor del fuego. Pero ¿por qué? No lograba descubrir nada especial ante mí, aparte de la ladera profusamente cubierta de nieve y nuestra propia cabaña.

Empecé a buscar algún indicio de llegadas y partidas. Había huellas que se alejaban, pero a los pocos metros desaparecían, cubiertas por la nieve, y se confundían con el resto del paisaje. Seguí uno de los rastros que parecía bajar desde el lago y lo recorrí en dirección contraria hasta comprobar que se extinguía. De pronto me encontré en la cumbre, mirando hacia abajo, a la superficie helada del lago. No había nadie a la vista y el viento era frío, cortante como el serrucho que yo llevaba. Los ojos se me habían llenado de lágrimas y sentía como si la cara se me fuera a cuartear por culpa del ventarrón. Di media vuelta y lentamente me hundí en la profunda capa de nieve entre los árboles.

La luz del día estaba menguando.

Aún tenía que cortar el árbol, aunque hubiera alguien más por la ladera de la montaña, vigilándome. ¿Quién podía encontrarse en un lugar tan aislado, tan alejado de la carretera, de cualquier carretera, a tan altas horas de la noche? La respuesta, lógicamente, era que nadie. Sin embargo, mi conclusión parecía absurda. La persona que hubiese estado allí tenía intención de estar allí y no en otro lugar. ¿Quién? ¿Por qué? ¿Acaso estarían ellos vigilando a mi padre por algún motivo? ¿O, ya puestos a ello, me estarían acechando a mí? ¿Acaso esperaban mi llegada?

Luchando contra la tentación de mirar por encima del hombro, escogí un árbol, utilicé el hacha para cortar las ramas más bajas, y a continuación me arrodillé y empecé el trabajo con el serrucho. Casi esperaba oír el crujido de los pasos de alguien sobre la nieve, oírlos demasiado tarde, el golpe en la nuca. Pero no apareció nadie. Demasiadas películas rondaban por mi cabeza.

Con el árbol por fin talado junto a mí, volví a echar una ojeada a mi alrededor, me desenrollé la gruesa bufanda y me acomodé sobre la piedra que el desconocido había acercado junto al fuego y donde se había sentado durante la acampada. Allá abajo, frente a mí, en medio de una oscuridad cada vez más densa, la claraboya parecía incluso más luminosa. En la cabaña mi padre escuchaba su música, intentando disimular su estado de ánimo ante mí, esperando el árbol de Navidad, mientras contemplaba su propia idea de lo que era el centro de la oscuridad.

Permanecí sentado en la piedra durante bastante rato, pensando en esa región donde creía haber estado, aunque mi padre lo negara. En ningún momento había puesto yo en duda que él hubiese estado allí, en el lugar más profundo y más oscuro, donde la esperanza y la cordura habían desaparecido. Pero ¿por qué había incluido también a mi madre? ¿Qué podía saber mi madre de aquello, con su vida de riquezas, comodidades y privilegios? Pero ¿en qué estaría yo pensando?

Mi madre se había suicidado. En dos ocasiones. Una, ahogando en alcohol su íntima tristeza, y luego saltando desde la galería. Quizá ella había penetrado más en la oscuridad que cualquiera de nosotros.

¿Por qué lo habría hecho? No era una pregunta a la cual yo hubiese prestado mucha atención con anterioridad. Ella era mi madre, y algunas madres hacían locuras. Había madres de mis compañeros de escuela que se comportaban de manera extraña; madres y padres. El alcohol y el suicidio no eran temas desconocidos para mis amigos, formaban parte de la vida. De modo que nunca había que preguntar acerca de eso.

–Madre.

Cuando pronuncié esta palabra entre sollozos, casi sin darme cuenta de que lo hacía, oí de nuevo su voz, como si se encontrara a mi lado. Yo mantenía la mirada fija en la última de las huellas, ahora casi cubierta por la nieve, y pareció como si mi madre cobrara vida a mis espaldas, entre las sombras. Aquellas pisadas no debían estar allí, y tampoco mi madre, pero yo podía oír su voz tal como la había percibido en sueños, sólo que en esta ocasión era diferente. La escuchaba con total claridad, no como una voz amortiguada en el pasillo en plena noche. Esta vez oía claramente lo que ella le había dicho a Val y lo que llevaba muchos años diciéndome a mí. Sin embargo, esta vez era diferente, no eran las palabras que yo había estado oyendo; eran distintas y significaban algo completamente diferente de lo que yo había entendido siempre.

«Hugh lo ha hecho...

»Ha sido Hugh...

»Hugh lo ha hecho...

»Ha sido Hugh, en el huerto...»

Hugh. No «tú», como había entendido Val.

Los dos éramos unos chiquillos. Nos figurábamos que quería castigarnos.

En cambio, lo que nuestra madre nos estaba diciendo era que nuestro padre había matado al padre Governeau.

Seguramente Val lo había recordado también. Era eso lo que debía rondarle por la mente cuando regresó a Princeton y empezó a preguntar acerca del padre Governeau.

Historias de familia, mentiras de familia.

Lentamente, sin saber qué diablos hacer, arrastré el árbol de Navidad hacia la cabaña. Hasta que hube llegado, no se me ocurrió pensar si alguien me estaría espiando.

Tuve que luchar a brazo partido para meter el árbol en el salón. Era un árbol perfecto, de algo más de dos metros de altura. Mi padre había sacado varias cajas de adornos que teníamos guardadas. Cajas con espumillón dorado y tiras con unas doscientas bombillas rojas, verdes y azules. Se entretuvo observándome mientras yo me esforzaba por meter el árbol en el soporte, animándome, sosteniendo el árbol recto mientras yo atornillaba aquel maldito artefacto. Hacía grandes esfuerzos por actuar como si se encontrara repuesto, como si aquélla fuera simplemente otra Navidad en la cabaña. Sin embargo, se paraba a descansar a menudo, su respiración se hacía cavernosa y cuando servía alguna bebida, la botella le temblaba en la débil mano. Me miraba entonces con ojos acuosos, parpadeantes, cuando en el pasado eran capaces de helar el agua en un vaso.

«Hugh lo ha hecho... Ha sido Hugh...»

Cuando el árbol estuvo ya seguro y en el exterior había caído la noche, mi padre se llevó su bebida a la cocina y se dedicó a preparar un poco de pasta para la cena. Lo oía trajinar, haciendo sonar cazos y sartenes.

Yo me fui a mi habitación y cogí el sobre de debajo de las camisas y ropa interior que había metido en la bolsa para el viaje a la cabaña. Me senté en el borde de la cama y saqué del sobre la foto de esquinas arrugadas. Mientras permanecía allí sentado, manipulaba la foto e intentaba convencerme de que mi hermana Val estaba realmente muerta, que ya nunca más volvería a entrar de estampida en mi habitación, que ya nunca oiría su risa y, sobre todo, que nunca volveríamos a sentarnos junto al fuego para compartir los recuerdos, toda una vida que sólo nosotros dos conocíamos, todos los detalles que siempre nos comentábamos mutuamente. No me resultaría fácil convencerme de que se había ido para siempre.

Contemplé una vez más la fotografía.

¿Quién había sacado aquella foto a Torricelli, Richter, D'Ambrizzi y LeBecq?

El Archiduque. Eso era lo que daba sentido a todo lo sucedido.

Summerhays. Eso había sorprendido a mi padre. Por supuesto que lo había sorprendido. ¿Cómo podía ser de otra forma?

Summerhays, Indelicato y Sandanato habían conspirado para salvar a la Iglesia: a su Iglesia y a su manera, y en aquella conspiración estaba incluido matar a Val.

Mi hermana tenía muchas cosas en la cabeza cuando regresó a Princeton. Sin duda, quería contarnos a mi padre y a mí lo que había descubierto acerca del cáncer que corroía a la Iglesia. A pesar de todo, también había recordado lo que mi madre le había dicho. «Hugh lo ha hecho...»

Ahora tenía que enfrentarme a las decisiones yo solo. ¿Qué podía decirle a mi padre? ¿Tenía algún sentido sacar a relucir lo que mi madre había dicho? ¿Era la verdad? Y si mi padre había matado al padre Governeau –lo cual desde luego explicaría por qué había sido encubierto el crimen–, ¿por qué lo había hecho?

Por supuesto, parecía lógico. Pero eso no respondía a mi pregunta sobre qué debía hacer yo.

Además, allí fuera había alguien, en medio del frío y de la nieve, vigilándonos. ¿Debía decírselo a mi padre? ¿Tendría él alguna idea de quién podía ser? Habría rogado a Dios por saberlo.

La cena transcurrió en silencio. Mi padre jugaba con la pasta como si su mente se hallara muy lejos. Logró contarme un par de anécdotas referentes a sus enfermeras, a Peaches, al cuidado maternal de Margaret Korder, al montón de novelas que Artie Dunn le había dejado. Había intentado leer unas cuantas y dijo que no eran santo de su devoción, «aunque las cubiertas no estaban mal». Ésa era la idea que mi padre tenía de una broma. Al final, me miró fijamente y me dijo:

–Algo te ronda por la cabeza, Ben.

–Y a ti también –contesté.

–Bien, será mejor que hablemos de todo esto. Ver cómo te reconcomes por dentro me va a provocar una indigestión, a menos que me dé otro ataque al corazón. Si eso ocurriera, prométeme que me dejarás morir. –Empujó la silla hacia atrás–. Estoy preparado para efectuar mi retirada. Ahora, vayamos a adornar el árbol.

Conseguí entrelazar por las ramas las malditas luces y mi padre me fue pasando las bolas de cristal de varios colores, los pequeños renos, los muñequitos de nieve y los espejitos cubiertos de escarcha. Mientras yo pensaba cómo expresar lo que tenía que decir, él empezó a hablar. A medida que mi padre divagaba, se me ocurrió que todo habría resultado mucho más fácil si él no hubiese padecido el ataque al corazón. Yo estaba acostumbrado a odiar a aquel hombre. Había estado a punto de arruinar mi vida. En una ocasión incluso llegó a decirme que habría sido mejor que hubiese tenido éxito cuando intenté suicidarme. Todo cuanto yo había hecho siempre le había ofendido, irritado, humillado y encolerizado. Yo había fracasado en mi intento de convertirme en sacerdote, y a partir de entonces nunca había sido bien recibido, ni en su mente ni en su corazón. Tal vez fuera eso lo que D'Ambrizzi había querido decir: perdónate a ti mismo por haber fallado a tu padre. Era sin duda un buen consejo, bastante más fácil de decir que de poner en práctica. Sin embargo, ahora mi padre me había hecho la última jugarreta: había envejecido, había enfermado, casi había muerto, y el odio lo había abandonado.

Yo me había quedado solo con mi sensación de haber fallado a mi padre, con mi odio enconado y culpable hacia él. Con todo, sabía que eso no estaba bien y, en consecuencia, sentía que mi odio se revolvía contra mí. Ahora contemplaba lo que quedaba de él y veía que el recuerdo de su obsesiva frialdad y desprecio, de sus juicios duros e implacables, se difuminaba ante mis propios ojos.

–He estado pensando en todo ese asunto de los nazis y la Iglesia, Ben –comentó mientras me tendía un diminuto Santa Claus con un trineo repleto de regalos–, en todas esas relaciones, en el chantaje mutuo, en el Plan de Pío, y en todo eso del Archiduque. Resulta todo tan insidioso, Ben, pero ya casi se ha terminado. Esta generación de hombres pronto va a desaparecer. Van a morir, eso es inevitable. ¿De verdad tiene tanta importancia ese asunto ahora?

–Si tenemos en cuenta los asesinatos, las obras de arte almacenadas en los sótanos de la villa de Indelicato... Porque éstas van a durar bastante tiempo.

–Mejor. La Iglesia se beneficiará de ello. Los nazis no perdurarán, el arte sí. Un tanto para la Iglesia.

Por lo que estaba viendo, él deambularía por un callejón sin salida, en dirección opuesta a lo que de verdad importaba.

–Escucha, papá, ¿no quieres conocer las razones que provocaron la muerte de Val? ¿No es ése el motivo de que estemos aquí?

–Yo creía que querías pasar las navidades con tu padre.

–Ella estaba enterada de todo.

–No, no estoy muy seguro de que debamos hablar de eso ahora, Ben.

–Aguarda, es sólo un momento. –Terminé de colgar otro adorno en una rama y me erguí–. Estábamos hablando de Val. ¿No quieres saber por qué Horstmann la siguió hasta Princeton? ¿Por qué tuvo que matarla? ¿Quién dio la orden? ¿No quieres averiguar por qué mató a Lockhardt, a Heffernan y a tu hija?

–Ben... –Me tendió un puñado de espumillón.

–Porque Indelicato y el Archiduque la temían. Tenían miedo de lo que ella había averiguado, miedo de que nos lo revelara a ti, a mí o a Lockhardt. Por eso intentaron matarme, utilizando a Sandanato para hacerme salir: porque ella podía haberme contado la historia antes de que la asesinaran. También te habrían matado a ti, pero entonces sufriste el ataque, así que decidieron esperar a ver qué ocurría. De pronto, después de lo de Irlanda, abandonaron la idea de asesinarme, puede que incluso antes. Quizá se les ordenó que lo dejaran correr después del primer intento. ¿Por qué? Me gustaría saberlo. Me gustaría averiguar hasta qué punto dirige el Archiduque todo esto. Decidieron asesinar a todos los que podían perjudicarles, excepto a mí. ¿Por qué?

Mi padre sirvió Laphroaig en dos vasos con unos cubitos de hielo y me tendió uno.

–Confusión para nuestros enemigos –brindó, entrechocando su vaso con el mío.

Aguardé a que hiciera algún comentario, a que dijese algo, pero él se limitó a acercarse al árbol y depositar algunas tiras de espumillón sobre las ramas.

–¿No se te ha ocurrido preguntarte por qué Val empezó a interesarse por el padre Governeau? –Tenía que lograr que entrara en el tema, captar su atención, obligarlo a reaccionar–. ¿No te pareció eso extraño desde el primer momento? El último día de su vida y ella se limita a preguntar por ahí respecto al asesinato del padre Governeau. Porque fue un asesinato, es absurdo seguir negándolo. Sólo que no consigo ver la relación. Es lo que había descubierto acerca de la Iglesia, tanto en el pasado como en el presente, lo que la trae a casa, y ¿qué es lo primero que hace cuando llega? Empieza a hacer preguntas sobre el padre Governeau. Tiene que haber alguna relación. Val no hacía estupideces, no era tonta. Necesité algún tiempo para darme cuenta, pero al fin lo comprendí, o al menos en parte.

–¿En serio? Pues tienes que ser muy listo, Ben. Que me condene si sé de qué estás hablando. ¿Por qué no tomas un trago y seguimos con el árbol?

Estaba apoyado contra el paño de la chimenea, haciendo girar su whisky dentro del vaso. Las llamas que se reflejaban en el prisma del cristal tallado me llamaron la atención: un violento arco iris. A pesar del agotamiento que se reflejaba en su rostro, parecía la viva imagen de la seguridad con sus pantalones grises y su elegante suéter amarillo y gris perla. Había algo vivo en el fondo de sus ojos. Tal vez se debiera a mi cambio de actitud. De pronto mi frustración se veía reflejada en aquellos ojos planos, helados. Le encantaba la agresión que intuía en mí. Se nutría con ella. Yo le transmitía la fuerza.

–Val vino con las preguntas acerca de Governeau porque había recordado algo que mamá nos había dicho a los dos. Lo he comprendido al cabo de todos estos años.

–¿Tu madre? ¿A qué viene meter a esa pobre alma en todo esto? ¿Estaba sobria o bajo la influencia de sus demonios? –El fuego crepitaba y el viento invernal silbaba por la chimenea–. Estás lanzando palos de ciego, hijo.

–Tú mataste al padre Governeau –le dije–. Eso era lo que Val tenía en la cabeza.

–Bueno –contestó mi padre, después de una larga pausa–, él murió asesinado. –Su tono era suave y tranquilo, como sólo le había oído en un par de ocasiones en toda mi vida. Había varios mundos agitándose dentro de su cabeza–. En eso has acertado. Pero te equivocas en lo que se refiere a tu virtuoso padre. Si yo hubiera matado al maldito cabrón, lo habría admitido y me habría convertido en un héroe. En un héroe, Ben. Pero yo no lo maté. Lo único que logré fue hacer el ridículo y meterme en un montón de problemas, pero no tenía otra salida. De modo que lo colgué de un árbol en el huerto. Mira, yo estaba a punto de enloquecer, medio destrozado, y todo aquello empezaba a tomar el aspecto de una broma típica de Halloween, como recorrer las casas pidiendo golosinas. Recurrí a todas mis influencias para encubrir la verdad, no importa que me creas. Hay riesgos que un hombre está obligado a correr, Ben.

Tomó un sorbo de whisky y se quedó mirándome.

–¿Qué quieres decir con eso? ¿Por qué ocultar algo que no te habría perjudicado y en cambio te habría convertido en un héroe?

–Por caballerosidad. No seas obtuso, Ben. Fue tu madre quien asesinó a Governeau. Y debo decir que hizo un buen trabajo al matarlo.

Sentí que las piernas me temblaban. El árbol pareció oscilar. Él se me estaba escapando, el hombre a quien había odiado durante tanto tiempo.

–Pero ¿qué estás diciendo?

–Tu madre era una mujer extraña. ¡Dios, qué horrible y vulgar suena eso! Ella estuvo muy enferma durante muchos años y no sólo por culpa de la bebida. ¡Que me condene si profundizo más en eso con su hijo! Ella se merece un poco de dignidad y lo que estoy a punto de contarte no la deja a ella, ni a cualquier otra mujer, en muy buen lugar que digamos. En cuanto al asunto de que golpeó al padre Governeau en la cabeza, bueno, puedo contártelo todo porque yo mismo fui testigo. –Suspiró y me miró con severidad–. Hubiera preferido que no sacaras a relucir el tema, te lo aseguro. Eres mi hijo, pero también una especie de monstruo, Ben. No te das cuenta de que eres un ser dañino, es algo intrínseco en ti. ¿Qué demonios hay en ti? Eres incapaz de comportarte como es debido. Val tampoco podía. Imagino que debe de ser por algún gen aberrante. Al final resultará que la culpa es mía. –Se sirvió más hielo en su bebida–. Se supone que yo no debía estar en casa aquella noche. Tenía una reunión en Nueva York. Maldita sea, hace más de medio siglo y todavía lo recuerdo con todo detalle. Llegué a Princeton a eso de las nueve y media. Era invierno, nevaba, hacía frío. Había un viejo Chevrolet aparcado en la entrada y las luces de la capilla estaban encendidas. No me preocupé. Metí el coche en el garaje haciendo los ruidos de costumbre y entré. En fin, debieron de oírme llegar, pero las cosas no iban como es debido en la casa. El padre Governeau no llevaba nada encima, sólo la camiseta y los calcetines. Como en los chistes verdes. Tu madre estaba desnuda. Recuérdalo, hijo, tú me has acusado de asesinato y yo te estoy explicando cómo ocurrió todo en realidad. Has sido tú quien lo ha querido, y ahora vas a cargar con ello. Ella lo estaba empujando, luchaba con él, al parecer para disimular ante mí, ¿sabes? Él estaba allí de pie, en el gran salón, sexualmente excitado y muy confuso al verme en el umbral; me estaba mirando fijamente, paralizado como un conejo ante los faros del coche. Era indudable que habían estado tumbados frente a la chimenea. Mientras él me observaba, acobardado y seguramente pensando en lo que diría el obispo cuando le llegara la noticia, tu madre lo atacó con una pesada botella de jerez; golpeó con todas sus fuerzas a un sorprendido cura galanteador. Parece que necesitas otra copa, hijo.

Asentí, vertí más whisky en mi vaso y bebí. Oía el viento y la nieve húmeda golpeando contra la claraboya.

–Ella intentó convencerme de que la había violado. Él estaba tendido allí en el suelo como un borracho, ella estaba desnuda, balbuceante; en fin, no era una escena divertida, mierda. Indiqué a tu madre que se vistiera y que se olvidara de que alguna vez había abierto la puerta al padre Governeau. Por supuesto, habían estado flirteando durante un tiempo. Le dije que cerrara la boca y que se tomara un trago. Después llamé a Drew Summerhays a Nueva York y le pedí que viniera a Princeton lo antes posible. Ya sabes qué clase de tipo es Drew. Se levantó, subió a su Packard y llegó allí poco después de la una. Tu madre estaba acostada, inconsciente, y yo le conté a Drew lo que había ocurrido. No toqué absolutamente nada hasta que él llegó. Sólo había tomado un par de tragos y Governeau estaba tendido en la alfombra. Drew y yo decidimos que lo más importante de todo era no implicar a tu madre en nada de lo ocurrido. Ella era demasiado frágil, y un escándalo como haber tenido una aventura con un sacerdote o haber sido violada por él, al margen de si había sido ella o yo quien lo hubiese matado, habría terminado con ella para siempre. De modo que vestimos el cadáver y luego vino lo más difícil. Nos preguntábamos qué hacer con el cuerpo. Drew opinaba que debíamos dejarlo tirado en alguna parte, pero eso es más difícil de lo que uno piensa; además, luego no tendríamos ningún control sobre la investigación, que podría repercutir sobre tu madre. Los dos estábamos medio atontados. Lo hablamos, barajamos varias posibilidades y creo que hasta nos emborrachamos un poco. Entonces se me ocurrió que podíamos simular un suicidio y a Drew le pareció bien, de modo que arrastramos el cadáver al huerto, donde estaba nevando copiosamente, y lo colgamos de un árbol para encontrarlo más tarde. Es inútil decir que yo estaba cometiendo una estupidez, Ben, porque el hecho es que funcionó. Drew se llevó el viejo Chevrolet a una carretera comarcal, y allí lo abandonó. Yo lo seguí con el Packard, lo recogí y volvimos a casa. En cuanto llegó a Nueva York, me llamó para decirme que todo estaba arreglado. Eso es cuanto necesitas saber acerca de este asunto. Tu madre y yo nunca volvimos a comentar lo sucedido. Te lo repito: nunca. ¡Nosotros éramos así, maldita sea! Ésta es la verdadera historia. No sé qué te parecerá a ti, pero yo lo veo así: tu madre era una mujer que se sentía sola, yo no era un gran marido, así que tuvo un lío con un cura embaucador. Él recibió su castigo, porque el culpable era Governeau, no tu madre. ¡No quería que aquel maldito cabrón fuese enterrado en campo santo! En fin, todo esto sucedió hace ya mucho tiempo. –Tiró un poco más de espumillón sobre el árbol–. Relájate, Ben. Es sólo un suceso poco digno que debemos ocultar. ¿Y qué? –Se acercó a mí con una disimulada sonrisa en su rostro inexpresivo y enjuto, y luego se volvió hacia el árbol–. Necesitamos más espumillón.

Sentí su mano sobre los hombros, y me dio unos golpecitos. En los rincones más ignominiosos de mi memoria percibí el olor a lana húmeda del hábito de la monja, sentí de nuevo el alivio de sus brazos tendidos para acogerme, la seducción que había resultado tan cruel y tan fatal, y volví a ser un chiquillo.

–Sorprendido, ¿verdad, hijo?

–Sí –contesté–. Debo reconocer que lo has logrado.

Aquella historia que me acababa de contar mi padre era la primera confidencia que compartía conmigo en toda su vida. Como un idiota, sentí que los ojos me escocían y volví la cabeza hacia otro lado. No hubiese soportado que él me viese en aquel estado. Los dos estábamos atareados poniendo espumillón en el árbol, cuando en algún lugar del exterior se produjo un ruido, un fuerte crujido, como de algo que se rompiera debido al viento. Di un respingo.

–La rama de algún árbol que se ha roto con el viento –dijo mi padre.

–Tenía yo razón con Val, ¿verdad? ¿También ella lo había rastreado?

Mi padre asintió.

–Es curioso que mis dos hijos llegaran a la conclusión de que yo era un asesino. Mis dos hijos, de tanto pensar acabaron sin saber de qué diablos estaban hablando.

Su voz había cambiado y yo me preguntaba si sería por culpa del whisky o quizá por algo peor. La calma se retiraba y asomaba la irritabilidad. Tal vez se tratara efectivamente del whisky. Quizá fuera el recuerdo de aquella horrible noche de hacía casi medio siglo. O puede que la causa fuese yo.

–¿Cuándo te habló Val de todo esto, de sus sospechas?

–Ben, no pienso comentar de nuevo este tema contigo. He perdido a mi hija, y, por lo que respecta a mi hijo, ha habido muchas ocasiones en que me habría sentido mejor de no haberlo tenido. ¡Señor! Te presentas aquí y me acusas de asesinato. Debería habérmelo esperado de ti, supongo. –Murmuró una exclamación y luego ahogó el estallido de rabia–. Nos convendría un poco de música, Ben. –Me señaló hacia el tocadiscos–. Pon el trío de Beethoven. Me apetece oírlo esta noche. ¿Sabes una cosa? Este trío me recuerda una anécdota. Conocí a D'Ambrizzi en Roma, allá por los años treinta, y enseguida congeniamos; una pareja de jóvenes prometedores. Una noche, uno de los dos tenía entradas para un concierto. Fue una noche fantástica. Fuimos los dos juntos y la interpretación resultó brillante, perfecta. Tocaron esta obra. Desde entonces me ha gustado la música clásica. Él me regaló el disco, uno de esos enormes y pesados álbumes a setenta y ocho revoluciones. El *Trío número siete en si bemol mayor* de Beethoven.

Mi padre se llevó el vaso a los labios.

Me dirigí a la pila de discos y encontré el que buscaba debajo del concierto para violonchelo de Kabalevsky. El segundo disco de la pila.

Aquél fue el instante más doloroso y revelador de mi inútil existencia; no muy distinto de cuando descubrí el cuerpo sin vida de Val, con aquel olor a sangre y a cabello chamuscado. Pero éste traía otra vaharada ardiente, el fuego del infierno, el Anticristo. Aquél estaba lleno de simplicidad, éste era distinto. Aquél había sido como una bala en mi propio cerebro. Éste era nuevo, más sutil, inenarrable. Nuevo, peor e inexplicable porque me había alcanzado de pleno en el vientre y me había desgarrado interiormente, derramando mi propio odio y el de mi padre, hasta que comprendí que en aquella noche los dos tendríamos que sumergirnos en la oscuridad.

La grabación la había realizado en 1966 el Suk Trio, compuesto por Josef Suk, Josef Chuchro y Jan Panenka.

Si bien el título formal con que se la conocía era el *Trío número siete en si bemol mayor, Opus 97*, la obra tenía otro título. La pieza que mi padre y D'Ambrizzi habían escuchado y disfrutado aquella noche en Roma antes de la guerra, antes de que cada uno prosiguiera su propio destino, tenía dos títulos. El otro título aparecía claramente impreso en la funda de esquinas dobladas del viejo álbum.

El *Trío del Archiduque*.

Por fin logré deslizar el disco en el eje y lo puse en marcha. Las manos me temblaban. Me volví hacia mi padre.

–Val lo averiguó todo, ¿verdad?

–Ya te lo he dicho, Ben. Tu hermana era una liante.

–Val sabía que eras tú. De alguna manera lo averiguó. Descubrió todo el maldito embrollo. –De nuevo me resultaba difícil respirar–. Ella descubrió que tú eras el Archiduque.

–¿Qué diablos estás diciendo?

–Sabía que tú eras el Archiduque. Sabía que colaborabas con Indelicato para impedir que D'Ambrizzi se convirtiera en papa.

–¡Estás loco! ¡No entiendo nada de lo que dices!

–Ella vino a casa para advertirte que iba a sacarlo todo a la luz. Tú la viste el día que la mataron. No me trago lo de tu maldita coartada, tu reunión en Nueva York. Nadie lo ha comprobado nunca y, por el amor de Dios, tú eres Hugh Driskill, puedes incluso inventar una coartada con el presidente. Ella quería que la convencieras de alguna manera de que se había equivocado, de que no era cierto. Tú, tú, maldito monstruo, ¡tú te cercioraste de que Horstmann la asesinaba! Tenías que salvar ante todo la asquerosa conspiración. De modo que Val... –Me estaba ahogando en mi propia rabia, una especie de llama roja y púrpura que rasgaba y fundía cuanto se apelotonaba en mi interior–. De modo que Val tenía que morir.

La música seguía sonando y mi padre dejó caer el vaso, que se estrelló contra la chimenea de piedra.

–¡Tenía que salvar a la Iglesia!

Mi padre se tambaleó hacia atrás, con el rostro blanco como el papel, y cayó pesadamente sobre los cristales rotos. Luego se miró la mano, manchada de sangre, con las astillas del vaso clavadas en la palma.

–¡Tuve que sacrificar lo que más quería en este mundo! Se trataba de la Iglesia, Ben. ¡Se trataba de la Iglesia!

3

Driskill

Se dice que la confesión es un bálsamo para el alma, pero a medida que escuchaba a mi padre empecé a preguntarme si él tendría alma. La había vendido hacía demasiado tiempo, así que yo no alcanzaba a imaginar qué confesión podría reclamar. El alma, fuera lo que fuese, había desaparecido, y lo que yo veía ante mí no eran más que los restos del naufragio, un ser sin otro centro que la pena y el dolor, y una inagotable capacidad para la traición, todo en nombre de su Dios y de su sempiterna y maldita Iglesia. Era como si hubiese venerado a la fiera, la hubiese servido, matado por ella y nutrido, para luego convertirse en el festín de la misma fiera.

Se sentó en el banco de obra junto al fuego, con la espalda apoyada en el revestimiento de piedras, y me habló mientras apoyaba las manos ensangrentadas en el regazo, con las palmas hacia arriba, el gran Hugh Driskill, el que podía haber llegado a la Casa Blanca, el que había administrado la eterna y monumental fortuna ejerciendo el poder que ésta conllevaba, y la había incrementado. El gran Hugh Driskill, el que había dispuesto el asesinato de su hija y la traición a su amigo, y que, por Dios, había salvado la vida a un papa. Hugh Driskill, que había encubierto el crimen cometido por su esposa y había dispuesto que la víctima fuese enterrada fuera de los límites de la Iglesia. Hugh Driskill, quien había echado un vistazo a la Iglesia de Roma y había decidido que él sabía mejor que nadie lo que le convenía, que estaba al corriente de todo y había derramado suficiente sangre para mantenerla a flote tal como él quería. Había despreciado a su hijo y ahora estaba sentado en el charco de su propia sangre, con las palmas asaetadas por resplandecientes fragmentos de cristal, mientras se confesaba al mismo hijo que le devolvía su odio con todo su venenoso poder, que se preguntaba si tendría el suficiente valor para coger el atizador de hierro forjado y golpearlo con él hasta matarlo.

–Indelicato me avisó de que Val sabía demasiado.

La voz de mi padre sonaba en un tono bajo, y mientras hablaba pasaba la mirada de mí a sus manos, como si yo pudiera tener alguna explicación razonable para lo que le había sucedido. Su rostro estaba manchado de sangre. Parecía un indio en pie de guerra, pero ya no lo era. Ya no. En absoluto.

–Indelicato –repetí.

La daga brotando de su pecho, la elegante empuñadura de oro. De nuevo lo vi todo ante mí, mientras el fuego saltaba y crepitaba allí delante. Mi padre estaba sudando. No se daba cuenta. Tenía problemas con su confesión. Luchaba por dejarlo todo claro.

–Indelicato y yo éramos lo único que quedaba de los viejos tiempos. Y D'Ambrizzi, por supuesto, pero él era un corrupto, no entendía a la Iglesia. Pensó que podría conseguir que ella sirviera a sus intereses. Manfredi y yo conocíamos muy bien a la Iglesia, sabíamos cómo era, cómo es. Su naturaleza es inalterable; nosotros debemos servirla a ella, no ella a nosotros. D'Ambrizzi nunca entendió eso. Su espíritu contaminó a Val. Indelicato me informó de que ella iba a destruir a la Iglesia tal como nosotros la concebíamos. Ella, D'Ambrizzi y Calixto, que se había convertido en una marioneta de D'Ambrizzi. Pero Dios intervino para hacerse cargo de Calixto. Sin embargo, estábamos luchando contrarreloj, teníamos que estar preparados para cuando Calixto muriese.

Él continuaba hablando y yo me descubría mirando su rostro, enjuto y brillante por la sangre y el sudor, o contemplando el fuego, o simplemente escuchando los gemidos del viento y el golpeteo de la nieve sobre la claraboya. El árbol de Navidad relucía como el sueño de un chiquillo, perfecto y maravilloso.

–Ella lo descubrió todo. Parecía algo imposible de conseguir, pero Val, ya sabes, siguió dando palos de ciego, toda su vida fue así.

–No necesitas decirme cómo era Val –lo atajé.

–Lo había descubierto todo: los asesinatos, tanto en la guerra como ahora, lo de D'Ambrizzi y Simon, Indelicato y el Recaudador, y a mí, al hombre que había salvado al papa. Sólo que ella me consideraba otra cosa, faltaría más. La Iglesia ha sobrevivido ya a muchos ataques. Indelicato y yo repasábamos hasta la saciedad la situación, intentando buscar una salida, pero la investigación de Val, las pruebas que había ido acumulando eran demasiado. Eran demasiado en esta época dominada por los medios de comunicación, en esta época en que la televisión y los periodistas de investigación se abaten sobre la noticia, la sacuden y la trituran. Debes comprenderlo, Ben, por primera vez en la historia había alguien que podía destruir a la Iglesia, convertirla en un espectáculo de feria, alguien que podía arrastrarla por las pantallas de todas las televisiones del planeta. Una monja famosa en todo el mundo por sus obras, por su inteligencia, por su ingenio, por sus escritos, podía conseguirlo.

»Piénsalo, la televisión mimaba a tu hermana, ella habría hecho todo lo posible para que la noticia no se acallara, la habría hecho circular una y otra vez, los periodistas habrían ahondado hasta donde fuera necesario y se habría producido un desastre total. ¿No lo comprendes? El papa se estaba muriendo y habrían vuelto a resucitar las historias acerca de los asesinatos de Juan XXIII y de Juan Pablo I, pero en esta ocasión habrían seguido adelante, no habríamos podido acallarlas o suprimirlas como una simple excentricidad. Por otra parte, estaba todo el lío del Banco del Vaticano, con los suicidios, los asesinatos, el fraude. Todo habría vuelto a salir a la luz. Sólo que en esta ocasión sor Val habría estado allí para atizar el fuego y todo se habría descontrolado.

Se secó el sudor de la cara y algunos de los cristales de la mano le arañaron la frente. Si se hubiese dado cuenta, le habría gustado el simbolismo: la frente sangrante, la corona de espinas, el mártir que entrega su sangre por sus creencias, por su Iglesia.

–Habría sido el triunfo del Anticristo, el fin de la Iglesia de Roma. Era mi hija, Ben, la persona a quien más quería en el mundo. Pero yo le dije todo esto a ella y no conseguí detenerla. Lo había averiguado todo, había hecho las conexiones necesarias. No sé cómo se enteró de que yo era el Archiduque, pero llevaba consigo aquella miserable fotografía que había robado a Richter y, esgrimiéndola, me dijo: «Sé que tú eres el Archiduque. Sé que has estado metido en esto desde el primer momento, tú, el antiguo agente de la OSS, el héroe de guerra, el eterno servidor de la Iglesia».

Escuchaba las palabras de mi padre, pero lo que oía era la voz de mi hermana. Podía ser muy dura cuando quería, como un boxeador con los puños abriendo la guardia, con golpes cortos y continuados que te dejaban sin aliento. Tenía el instinto de los asesinos, era parte de su naturaleza, y me la imaginaba perfectamente tirando a matar.

–Luego me dijo: «Tú, papá, fuiste quien sacó esta foto a los demás, ¿verdad? Tú traicionaste a tu amigo D'Ambrizzi delatándolo a esa babosa de Indelicato». Llamó babosa a Indelicato, Ben. ¿Adónde estábamos yendo a parar? Una monja diciendo esas cosas, ¿qué significaba eso?

–Pues que Indelicato era una babosa y que Val tenía razón. –Me pregunté si habría sonreído mientras pensaba en Val y llegué a la conclusión de que sí–. Y se mostró benévola con él –dije–. Seguramente porque tuvo en cuenta tu extrema sensibilidad.

–Ella no comprendía que hombres como Indelicato o Pío... Yo lo conocí, Ben, conocí a ese hombre. Hombres como ellos llevan la bondad de la Iglesia en su corazón, no es un capricho pasajero, no es la pobre moralidad del momento. ¡Dios, Ben, D'Ambrizzi quería asesinar al papa! Había que detenerlo. Pero yo era un buen amigo suyo. Podría haberlo matado, pero lo apreciaba; así que traicioné la conspiración, tal como ella me dijo. ¡Que me había equivocado al salvar al papa! Val estaba loca, Ben. La locura la dominaba. Nada le interesaba ya, había renegado de sus votos. ¡Era la ramera de Lockhardt! Iba a arruinarlo todo, ¿no lo comprendes? No entiendes nada de lo que te estoy diciendo. Hice cuanto pude. Cuando abandoné la casa aquella tarde, Horstmann estaba esperando en la carretera de Princeton. Mi partida sería la señal para él. –Mi padre estaba llorando–. Fue el peor momento de mi vida. Aquello fue el centro de la oscuridad, Ben, y no puedes imaginar cómo es.

–No puedo creer que te resultara tan duro, papá. Ahora estarías metido en un infierno.

Un impulso asesino luchaba por salir de mi interior, inundaba mi mente.

–¡Estoy en un infierno! ¡Dios mío! ¿No lo ves? Estoy metido en un infierno y ya nunca podré salir de él.

–Y la gente dice que no hay justicia –comenté–. Sólo para dejarlo claro, ¿tú diste a Indelicato o a Horstmann la señal para que mataran a tu hija? No, no me importa cuándo ni cómo, pero ¿qué delito cometió ella? ¿Asesinó Val a alguien? ¿Qué cadáver había abandonado en la cuneta? ¿O en la capilla? Ella era una monja que amaba a la Iglesia, que creía en su bondad esencial y en su poder para hacer el bien. Ella quería librarla del mal. No era una fanática, ni una loca, sólo poseía las pruebas de que eran los enfermos quienes dirigían el manicomio. Ésta era la gran diferencia entre tú y Val. Tú no crees en la esencia de la Iglesia, ella sí. Ella creía en la bondad, en la decencia, en la rectitud y en la fortaleza de la Iglesia; estaba convencida de que ésta sobreviviría, prosperaría y florecería en cuanto volviera a estar limpia.

–¡Pero yo te salvé la vida, Ben! Ellos querían matarte. Yo permanecía en la cama de aquel hospital, deseando morir por lo de Val, cuando te atacaron. Amenacé a Indelicato con revelarlo todo si tú morías, porque a mí ya no me quedaría nada, porque la Iglesia habría ya saltado por encima del pozo de los horrores. ¿No lo entiendes? ¡Te salvé a ti y salvé a la Iglesia!

–Felicidades, papá.

–Luego empezó con lo de Governeau. Dijo que mi estilo era el asesinato, que todo se haría público. La oscuridad se había adueñado de Val, y quería arrastrarme a mí con ella.

–Ahora lo sé todo acerca del centro de la oscuridad, porque lo estoy viendo ante mí.

Recordé a Val bajo las caricias del sol, a la pequeña muchacha con el traje de baño rojo haciendo cabriolas bajo los arcos de los aspersores, el sol iluminando por zonas su pequeño cuerpo, como si estuviese cubierta de diamantes. Avancé un paso hacia mi padre. Había llegado el momento de poner fin a tanta miseria. Había llegado el momento de tratarlo como el fanático que era.

Se encogió asustado. Sabía lo que se le avecinaba. Un parricidio encajaría a la perfección en el historial de la familia.

Mi padre levantó la mano para defenderse. Las mangas del suéter estaban empapadas en sangre.

Entonces oí un ruido. Un golpe seco, un grito ahogado por encima del viento. Miré a mis espaldas. En el salón no había nadie, aparte de nosotros. El árbol parecía burlarse de mí con sus luces brillantes. Las lucecitas se reflejaban en los ojos del oso, como si éste hubiese cobrado vida. Reparé en que el golpe seco se había convertido ahora en unos fuertes golpes, y oí que algo crujía por encima de mi cabeza.

Un hombre permanecía tendido sobre el tragaluz, con los brazos abiertos y los puños golpeando débilmente sobre los cristales, mientras éstos y el armazón empezaban a ceder.

De pronto pareció como si el cielo se derrumbara y la claraboya estalló dentro del salón con el peso de aquel cuerpo. El armazón de aluminio empezó a retorcerse y a saltar, las piezas parecían ir cada una por su lado, los cristales se cuarteaban y luego se hacían añicos. A continuación una lluvia brillante y trémula de cristales y varillas de metal captó la luz del fuego del hogar y de las bombillas de vivos colores que adornaban el árbol; una ráfaga de viento irrumpió en la sala junto con millones de copos de nieve que caían en espiral, mientras mi padre gritaba en algún lugar a mis espaldas. En medio de los cristales, las varillas de metal y la nieve, un hombre cayó sobre nosotros como un meteorito procedente de un espectáculo de rayos cósmicos.

El cuerpo del hombre golpeó contra el respaldo del sofá, chocó contra la mesita de centro y cayó boca abajo en el suelo, junto al árbol de Navidad. El hombre se movió, pataleó, forcejeó para volverse. Sus dedos enguantados tiraban del negro pasamontañas que le cubría la cara, como si se ahogara, como si le faltara el aire bajo la máscara de lana.

Me arrodillé junto a él. Le di la vuelta. La pechera del anorak blanco estaba empapada en sangre. Había un limpio orificio de entrada en la parte baja del tronco, a la izquierda, justo por encima de la cintura, y al darle la vuelta descubrí el desgarrón del agujero de salida. Había perdido mucha sangre y no precisamente por una rama que se hubiese roto. Seguía tironeando de la máscara para la nieve. Tanto en ésta como en el anorak aparecían clavados fragmentos de cristales. El hombre carraspeó bajo el pasamontañas, como si intentara decir algo.

Le ayudé a quitarse la máscara, tirando de ella por encima de la cabeza. Su rostro estaba lleno de arañazos y sangraba por la nariz y la boca. Era Artie Dunn.

Él me miró y se humedeció los labios ensangrentados con la lengua.

–Qué día más asqueroso –susurró, y su pecho se estremeció con una risita ahogada–. Ese hijo de puta me ha disparado. Yo os estaba vigilando. Pero no estoy acostumbrado a ir de excursión, amigo. Sabía que él vendría en busca de su padre. Está por aquí.

–¿Lo sabía?

–¡Por el amor de Dios! Sabía que Summerhays no era el Archiduque, de modo que tenía que ser su padre, lo sabía. Comprendí que usted nunca lo descubriría. Oh, mierda, cómo duele. Lamento lo del techo, pero tenía que avisarlos. –Sus ojos estaban ligeramente vidriosos y miró a su alrededor, moviendo la cabeza lentamente, con gran esfuerzo–. Su padre no tiene muy buen aspecto. Necesita usted un protector, Ben, se lo aseguro. –Carraspeó y se humedeció los resecos labios: su saliva era de color rosado, quizá a causa de los cortes que tenía en la boca–. Lo mío no es nada. Ahora escuche, él está aquí. Ha vuelto y merodea por ahí fuera. Supe que vendría y le esperé, vigilando.

Jadeaba mientras yo lo sostenía con un brazo por debajo de los hombros. Las fuerzas lo abandonaban rápidamente.

Mi padre hundía la cabeza entre las manos, todavía sentado junto al fuego. Seguía restregándose los ojos y embadurnándose la cara con la sangre de las manos. Debajo de aquella máscara sanguinolenta, su tez adquiría un tono grisáceo, como de cemento húmedo.

–¿A quién se refiere? Dígamelo. ¿Quién está aquí? ¿Quién ha venido?

Una voz surgió a mis espaldas, una voz que yo había oído con anterioridad. En aquella iglesia de Aviñón, diciéndome que me marchara a casa. Ahora ya sabía por qué no me había matado cuando tuvo la ocasión. Mi padre había dado instrucciones desde su lecho, en el hospital de Princeton. Sólo a mí me había perdonado la vida.

Me volví y descubrí los ojos sin fondo de August Horstmann. Vestía un largo abrigo negro y un sombrero de fieltro también negro con las alas caídas alrededor de la cabeza. Sus ojos miraban fijamente a través de las gafas de cristales redondos. Llevaba una bufanda de color escarlata y nieve adherida en el sombrero y el abrigo. Mostraba una calma total.

–Te está diciendo que he venido a por ti, Archiduque. Ya sabías que iba a venir, ¿no?

Se hallaba ante el gigantesco oso, que parecía amenazarlo por la espalda sin que él se diese cuenta; como si levantara sus zarpas hacia él.

Tuve intención de decir algo, pero me interrumpió levantando una mano, la que sostenía una Walther de 9 milímetros.

–No estoy aquí por usted –dijo con marcado acento.

Me estudió brevemente desde lo alto de su roma nariz. Distinguí el árbol de Navidad reflejado en sus gafas. Entonces se volvió hacia mi padre. Percibí que la mano del padre Dunn se movía a mis espaldas, lentamente, hacia el bolsillo de su anorak. Carraspeó débilmente.

–Ha llegado tu hora, Archiduque –dijo Horstmann–. Para un Judas, esta hora es tan inevitable como la muerte. Es la misma muerte. –Mi padre lo contemplaba con una mirada de incredulidad, que poco a poco se iba transformando en algo parecido a un trance–. Tú traicionaste a Simon y muchos hombres murieron por tu culpa. Ahora me has obligado a matar a gente inocente. He vuelto para vengarlos a todos, Archiduque. Son muchos. Pero todos están aquí ahora. A tu alrededor. Cierra los ojos y verás sus rostros.

Mi padre se incorporó muy despacio, de cara a él, y cerró los ojos.

–¿Los ves, Archiduque?

Entonces Horstmann disparó a mi padre en la cabeza. Éste cayó de espaldas, la cabeza y los hombros chocaron con estrépito en el interior de la chimenea, las chispas salieron disparadas y los troncos que ardían se partieron bajo el impacto. Las llamas se avivaron, rodearon el rostro de mi padre y las oleadas de calor empañaron sus rasgos como si se estuviera fundiendo. Sus pies daban pataditas sobre el suelo en pleno paroxismo, como en una danza de la muerte.

Dunn dejó escapar un suspiro y advertí que deslizaba algo en mi mano, algo frío y pesado. Luego volvió a desplomarse de espaldas. Tenía espuma rosácea alrededor de los labios. Respiraba lentamente, pero la mancha que partía del agujero de la bala formaba un círculo cada vez mayor. Apreté la culata del Colt 45 del ejército y lo apunté hacia Horstmann.

Éste dejó de mirar la hipnotizante visión de mi difunto padre ardiendo entre llamas y se volvió hacia mí. Algo en la chimenea estaba chisporroteando.

–No quiero hacerle ningún daño –me dijo, apuntándome con la Walther.

No parecía haber reparado en la pesada arma automática que yo empuñaba.

–Lo supongo, porque yo no le he hecho nada a usted –repliqué–. Sin embargo, usted ha disparado contra mi amigo, el padre Dunn, y también mató a mi hermana... ¿Le sorprende saber que me importan un rábano sus excusas? Ya sé que le han engañado, pero yo he pasado por momentos muy difíciles para compadecerme de usted ahora.

–He hecho todo cuanto he podido para saldar las cuentas.

Negué con la cabeza.

–Eso no basta. Usted no puede vengar a mi hermana. Sólo yo puedo hacerlo. Usted la asesinó y yo le juré a ella que lo encontraría. Ahora voy a matarlo, no me queda otra elección.

Horstmann me sonrió.

–¿Con otra arma de juguete, señor Driskill?

–No –dije–. Ésta es de verdad.

La primera bala le hizo saltar la caja torácica y lo empujó hacia atrás, entre las zarpas del oso, donde se quedó colgando, incapaz de soportar el impacto, los ojos presionando contra los límites de las cuencas. Tal vez lo maté al primer disparo, o así debería haber sido, pero yo no había conseguido expulsar todo el veneno que llevaba dentro. Aguardé un rato interminable y anhelé que me contemplara una gran multitud, porque me sentía como si fuera a hacer unas declaraciones: el arma hablaría en mi nombre, borraría mi frustración. Era como una catarsis. Una Epifanía con una Colt 45.

El segundo disparo se llevó parte de su cara y de su cráneo, además de un gran fragmento peludo perteneciente al hombro del oso. Un estruendo insoportable.

El tercer disparo le hizo estallar la garganta y la barbilla, y los derribó a ambos –a Horstmann y al oso– por el pasillo.

Oí la débil voz de Dunn a mis espaldas.

–Yo diría que ya se lo ha cargado, Ben.

Llamé a la policía y al departamento de bomberos de Menander, y les pedí que enviaran una ambulancia a la cabaña, que era cuestión de vida o muerte. Luego retiré de la chimenea el cuerpo chamuscado de mi padre, y percibí el hedor que desprendía al quemarse. Muy poco podía hacer yo por Artie Dunn. Todo estaba en sus manos. Lo sostuve entre mis brazos e intenté hablarle para mantenerlo con vida. Le repetía una y otra vez que mirara el árbol de Navidad que se erguía ante nosotros, mientras sentía en mi rostro el viento helado y la nieve que caía a través de la noche.

Al cabo de un rato, empecé a cantar en voz baja. Villancicos. El padre Dunn se agitó entre mi brazos y oí que susurraba:

> Dios está con vosotros, caballeros,
> no permitáis que cunda el desánimo...

Y así nos encontraron.

La nieve cayendo sobre nosotros, las luces del árbol festivas y brillantes, tres hombres abatidos a tiros, un oso por los suelos y un pagano cuya mente había salido a dar un largo paseo y deambulaba sin rumbo fijo en la oscuridad que se había cernido sobre todos nosotros.

Descanse en paz

La muerte de mi padre tuvo que competir por la atención de la prensa y de las grandes personalidades con el fallecimiento de su santidad el papa Calixto. Según mis cálculos, el corazón del papa dejó de latir unas doce horas después de que August Horstmann matara a mi padre. Al contemplar todo el asunto desde un distanciamiento psicológico, adquirió el aspecto de una de aquellas tontinas inglesas del siglo pasado, en las que el último miembro que quedaba vivo se llevaba el gran premio. Al parecer, el último guerrero que se mantenía en pie era D'Ambrizzi. ¿Sería su premio la Silla de San Pedro?

Aún hubo que hacer una considerable cantidad de planes subrepticios inmediatamente después de aquella última noche en la cabaña, si queríamos evitar preguntas difíciles de contestar. No se me ocurrió pedir ayuda a nadie que no fuera Drew Summerhays, quien sospecho que debió de recurrir a toda su influencia para impedir que la tapa saltara y salpicara hasta Roma. Sacó al cardenal arzobispo Klammer de la cama para que empezara a pulsar algunas teclas y el resto es sólo un recuerdo borroso por lo que a mí respecta. A quienquiera que llamara, obtenía su colaboración. Él se encargó de construir una tapadera impenetrable. Al final no había resultado ser el Archiduque, pero en las venas de Summerhays corría la sangre de Hércules y de Maquiavelo.

Cuando le pregunté qué hacía en Aviñón, intentó responder con un encogimiento de hombros. Pero, al verse presionado, se limitó a decir: «Temí que algo se estuviese pudriendo en el corazón de las cosas, pero no estaba muy seguro de qué sucedía en el fondo. Así que intenté evitar que todo cayera sobre ti. Ben, no sabes cuánto lamento el precio que has tenido que pagar». Por el amor de Dios, Drew había intentado protegerme.

La noticia que se difundió fue que el corazón ya maltrecho de mi padre no había podido resistir. *Sic transit.* «Ya no volveremos a verlo. Héroe en la guerra, diplomático en la paz, siervo de la Iglesia de toda la vida.»

August Horstmann fue enterrado sin ostentaciones en un pequeño cementerio contiguo a una aldea mayormente católica de la región minera de Pensilvania, cerca de una residencia para curas ancianos sin recursos económicos. El padre Dunn fue trasladado a un hospital privado que tenía gran experiencia en cuidar discretamente de la gente muy rica, muy famosa y muy influyente. A las veinticuatro horas supimos que iba a sobrevivir.

Por su colaboración en aquel complicado rompecabezas, el pueblo de Menander obtuvo ciertas garantías de que iba a ser recompensado, sin falta, mediante los fondos de las arcas de la Iglesia y la generosidad de anónimos millonarios católicos, esa clase de hombres a los que se llama cuando se necesita algún favor especial. Era evidente que, como heredero de mi padre, se esperaba que yo contribuyera generosamente a algunas mejoras cívicas, entre las cuales figuraba la estación de bomberos, el hospital de la localidad, una nueva pista de hockey y el gimnasio del instituto. Después de dar tantas vueltas, incluso con su muerte mi padre haría el bien, me comentó Drew Summerhays.

El funeral oficial –lo llamo así porque en realidad es así como fue– de Hugh Driskill se celebró en la catedral de San Patricio, en la Quinta Avenida. Las limusinas se apiñaban en la calle, los lacayos de azul –los más elegantes de Nueva York, con sus túnicas de botonadura de bronce y polainas relucientes– estaban en su sitio, mientras el vapor de los resoplidos de sus caballos salía con toda su fuerza por los ollares, el sol brillaba con la luz perfecta y clara de Dios, las cámaras de la televisión captaban todas las llegadas y hacían feliz a Klammer al convertirlo en un busto parlante de las noticias de la noche, el gigantesco árbol de Navidad dominaba a los patinadores en la pista de hielo del Rockefeller Center, y los comerciantes sufrieron la inconveniencia de tener la avenida bloqueada durante varias horas la mañana de vísperas de Navidad. En cuanto todo el mundo agotó la reserva de tópicos, cogimos a mi padre y nos reunimos unos pocos para marcharnos, mientras los grandes y los poderosos regresaban a Wall Street, a Albany, a Washington, a Londres o a Roma. Gran parte de aquella gente volvería a reunirse días más tarde en Roma para la pompa y el ceremonial de los funerales de Calixto. Los demás viajamos tan sólo hasta la iglesia de St. Mary, en New Prudence.

Eché de menos a Artie Dunn, quien habría sabido mantenerlo todo bajo una diáfana perspectiva. También echaba de menos a mi hermana, pero eso se había convertido en un dolor ya habitual que nunca se curaría. Lo llevaría conmigo para el resto de mis días. Por supuesto, también echaba de menos a sor Elizabeth. Pero ella estaba en Roma, pertenecía a Roma, y con mi mente la veía allí, imaginaba lo inquieta y excitada que debía sentirse con el fallecimiento de Calixto y los toques finales del juego que coronaría al nuevo ganador, al sucesor de Calixto. Mientras aguardaba de pie en el pequeño y sobrio cementerio, me dediqué a pensar, a recordar. El viento era helado, el cielo frío y transparente, y el sol declinaba hacia la barrera de nubes plateadas que yacían como escarcha en el horizonte. Las sombras se alargaban rápidamente sobre la capa de nieve. Peaches cumplía con su cometido. Rondaban por allí Margaret Korder, algunos de sus viejos compañeros, un ex ministro de Asuntos Exteriores, un comentarista de televisión ya retirado, algunos de sus socios de toda la vida, y Drew Summerhays, quien había visto morir y enterrar a muchos de sus camaradas.

Mientras aguardábamos a que descargaran el féretro del coche mortuorio y lo trasladaran a la tumba, Summerhays se detuvo a mi lado. En cierto modo parecía cohibido, como si ambos compartiéramos un vergonzoso secreto, y supongo que así era, aunque ignoraba hasta qué punto estaba al corriente de todo. Me sonrió con su familiar aspecto invernal, que sobrevivía a todas las estaciones.

–No sé qué decir –murmuré con voz queda–. Te has cuidado de todo, de cada detalle. Me gustaría agradecértelo, aunque no sé cómo.

–Oh, ya lo harás, Ben. Ya lo harás.

El féretro pasó ante nosotros; Peaches iba hablando con Margaret Korder. Pareció como si Summerhays tuviera que esforzarse mucho para no dar un último saludo a los restos de mi padre.

–Cualquier día de éstos me tocará a mí el turno. He dejado una carta diciendo que deseo que tú te encargues de todo. No será muy complicado, pero habrá algunas personas que insistirán en venir, y hará falta un tacto especial. Te he dejado instrucciones. Tú conseguirás que todo se resuelva con facilidad. Yo estaré vigilando.

Me cogió del brazo y nos acercamos muy lentamente a la fosa recién excavada. Mi padre yacería con mi hermana a un lado y mi madre al otro.

–Olvídate de todo esto, de todo lo que ha pasado desde la muerte de tu hermana. ¿Me oyes, Ben?

–¿Por qué lo dices? ¿De qué tienes miedo ahora?

–Yo ya he recorrido mucho camino en la vida, para no temer nada. ¿Por qué lo digo? Pues, porque cuando la ignorancia es una bendición, es una insensatez hacerse el listo.

–Ya. En fin, por lo que se refiere a la Iglesia, pasada o presente, la ignorancia es la condición a la que yo aspiro. Resulta extraño, Drew, pero últimamente he estado pensando en la fe.

–Ignorancia y fe. Tal para cual. Lo experimentamos desde hace muchos siglos. La Iglesia está muy lejos de desaparecer, ¿sabes?

–Eso es lo que me ha hecho pensar en la fe. Si la Iglesia es capaz de sobrevivir a todo esto...

–Respecto a tu padre –dijo finalmente–, es algo muy complicado. Me refiero a lo relacionado con él. Todo es consecuencia de su compromiso con la Iglesia.

–Además, resulta más complicado cuanto más se piensa en ello –dije–. Así que voy a pasar el resto de mi vida intentando prescindir de ello.

–Pues estás condenado al fracaso, Ben. Tu padre ha sido un gran hombre y, en todos los aspectos, tú te pareces mucho a él. –El viento era tan frío, que yo sentía como si me fuera a cuartear, como si pudiera resquebrajarme–. Nunca se perdonó la forma en que se comportó contigo, pero no sabía cómo arreglarlo.

–Eso ya no importa, Drew. Somos lo que somos, cada uno de nosotros. La suma total del pasado.

Nos detuvimos junto a la tumba y yo pensé en mi hermana, en nuestra familia. Ahora todos estaban muertos. Yo era el único Driskill que quedaba. Producía una sensación peculiar contemplar la hilera de tumbas, ver el sitio al lado de mi hermana, donde un día yo también sería enterrado.

Sentí un escalofrío y luego oí el ruido de un coche que se detenía a nuestras espaldas, fuera, en el camino, cerca de la tumba del padre Governeau. Oí el ruido de la portezuela del coche al cerrarse, un golpe sordo y potente. Peaches estaba hablando acerca de mi padre y de los Driskill.

Advertí que las lágrimas corrían por mis mejillas y me sentía demasiado confuso para saber exactamente por qué.

El responso finalizó, bajaron a mi padre en la tumba, y todo el mundo desfiló ante mí, tocándome, murmurando las cosas que la gente suele decir en tales ocasiones. Luego me quedé yo solo junto a la tumba. La oscuridad era cada vez mayor.

–Ben.

Reconocí la voz, por supuesto. Me volví, sintiendo que el corazón me golpeaba contra las costillas.

Ella se acercaba hacia mí y el viento hacía oscilar su larga capa de lana, dándole el aspecto de un jactancioso salteador de caminos. Las punteras de las botas hacían revolotear los copos de nieve. Su paso largo cubrió rápidamente la distancia que había desde el coche aparcado en un lateral del camino. El viento le empujaba el largo cabello contra la cara y ella se lo retiraba con los dedos enguantados. Me contempló con aquella mirada suya tan serena, tan juiciosa.

–Siento haber llegado con retraso. Me he perdido. –Me sumergí en sus ojos, en su rostro, mientras hablaba. Sabía qué iba a ocurrir y no podía hacer nada para evitarlo–. Parece como si estuviésemos aquí por Val. –Se me acercó y me cogió de la mano–. ¿Cómo te encuentras, Ben?

–Estoy bien, Elizabeth. No tenías que haber venido desde tan lejos.

–Ya sé, ya sé.

–Deben de volverte loca en Roma. Con el funeral de Calixto, la concentración de los cardenales y todo eso. A estas horas tendrías que estar cubriendo las probabilidades de los candidatos.

Elizabeth sonrió.

–D'Ambrizzi va por delante con tres a cinco. Las huestes de Indelicato están confusas y derrotadas. Tal como se desarrollan las cosas, mucha gente piensa que D'Ambrizzi puede caer muerto antes de que se celebre la elección.

–Es la gran ocasión para san Jack.

Elizabeth encogió sus anchos hombros, pero su sonrisa no se borró.

–La verdad es que da lo mismo. ¿No te parece?

–¿De verdad lo crees así? Es curioso que seas tú quien diga eso. ¿Hasta cuándo piensas quedarte?

Mentalmente ya la veía regresar al coche y emprender el camino al aeropuerto Kennedy, después de su visita de cortesía.

–Eso depende en gran parte de ti –contestó.

–¿Qué quieres decir?

–Que estoy donde quiero estar, Ben. O sea, que estoy aquí.

–¿Ya lo has pensado bien?

Tardé una eternidad en comprender. Tenía miedo de dar crédito a mis oídos.

–Ben, esa pregunta me parece algo estúpida. –Pasó el brazo en torno al mío y me atrajo hacia ella–. Me temo que vas a tener que decir lo que piensas, o callártelo para siempre, como solemos decir en la Iglesia.

Otra sonrisa apareció lentamente en su rostro, como una radiante mañana.

–Bueno, ¿y por qué no? –dije más para mí que para ella.

Elizabeth tiraba de mí. Tenía las mejillas encendidas por el frío. Sentí el viento que silbaba en mis oídos. En medio de la muerte, parecía como si yo volviese a la vida. ¿Había oído la risa alegre y fantasmal de mi hermana a través del viento?

–Tengo que contarte muchas cosas –le dije.

Para entonces ya había oscurecido y nosotros nos dirigíamos hacia la luz y el calor, hacia la pequeña iglesia.

Índice

Nota del autor 9

Prólogo 11

Primera parte 35
Segunda parte 185
Tercera parte 339
Cuarta parte 463
Quinta parte 543
Sexta parte 653